Excalibur

Herausgegeben von
Melissa Anderson
und
Gerd Rottenecker

Von Juliet Marillier ist außerdem erschienen:
Der Sohn der Schatten

Juliet Marillier

TOCHTER DER WÄLDER

Roman

Aus dem Englischen von
Regina Winter

Knaur

Die Originalausgabe dieses Buches erschien 1999 unter dem Titel
Daughter of the Forrest bei Pan Macmillan Australia Ptg Ltd.

Am Ende dieses Buches finden Sie eine Liste der in der Geschichte vorkommenden altirischen Namen mit ihrer korrekten Aussprache sowie ein Glossar der wichtigsten Begriffe aus der gälischen Kultur.

Besuchen Sie uns im Internet:
www.knaur.de
www.knaur-fantasy.de

Deutsche Erstveröffentlichung 2001

Umschlaggestaltung: ZERO Werbeagentur, München
Umschlagabbildung: John Jude Palencar, Ohio/USA
Lektorat: Ralf Reiter
Satz: Ventura Publisher im Verlag
Druck und Bindung: Ebner & Spiegel, Ulm
Printed in Germany
ISBN 3-426-70226-6

KAPITEL 1

Drei Kinder lagen auf den Felsen am Ufer. Ein dunkelhaariges kleines Mädchen. Zwei Jungen, ein wenig älter. Dieses Bild sitzt für immer in meiner Erinnerung fest, wie ein zerbrechliches Geschöpf, das in Bernstein erhalten wurde. Ich selbst, meine Brüder. Ich erinnere mich an die kleinen Wellen, die entstanden, als ich mit dem Finger über die schimmernde Wasseroberfläche fuhr.

»Beug dich nicht so weit vor, Sorcha«, sagte Padraic. »Du könntest hineinfallen.« Er war ein Jahr älter als ich und versuchte, soviel wie möglich aus der geringen Autorität, die ihm das verlieh, herauszuholen. Das war wohl verständlich – immerhin hatte ich insgesamt sechs Brüder, und fünf von ihnen waren älter als er.

Ich ignorierte ihn und griff in die geheimnisvolle Tiefe hinein.

»Sie könnte reinfallen, nicht wahr, Finbar?«

Langes Schweigen. Als es andauerte, schauten wir beide Finbar an, der auf dem Rücken lag, ganz auf dem warmen Felsen ausgestreckt. Er schlief nicht; seine Augen spiegelten das offene Grau des Herbsthimmels wider. Sein Haar breitete sich wirr und schwarz über dem Fels aus. Er hatte ein Loch im Jackenärmel.

»Die Schwäne kommen«, sagte Finbar schließlich. Er setzte sich langsam auf und stützte das Kinn auf die angezogenen Knie. »Sie kommen heute Abend.«

Hinter ihm brachte eine Brise die Zweige von Eichen und Ulmen, Eschen und Holunder zum Beben und verstreute ein paar Blätter, golden, bronzefarben und braun. Der See lag in einem Kreis bewaldeter Hügel, geschützt wie in einem großen Kelch.

»Woher willst du das wissen?« fragte Padraic. »Wie kannst du so sicher sein? Sie könnten auch morgen kommen oder übermorgen. Oder sie könnten an einen anderen Ort ziehen. Du bist immer so überzeugt.«

Ich weiß nicht mehr, ob Finbar antwortete oder nicht, aber später an diesem Tag, in der Abenddämmerung nahm er mich wieder mit zum Seeufer. Im Zwielicht über dem Wasser sahen wir, wie die Schwäne heimkamen. Die letzten schrägen Sonnenstrahlen fingen eine weiße Bewegung am dunkler werdenden Himmel ein. Sie waren nahe genug, dass wir ihre Formation erkennen konnten, die ordentlichen Reihen, die im trüber werdenden Licht durch die Luft segelten. Das Rauschen der Flügel, die Vibration der Luft. Der letzte Gleitflug zur Wasseroberfläche, das silbrige Aufblitzen, als das Wasser sich teilte, um sie zu empfangen. Als sie landeten, klang das Geräusch wie mein Name, wieder und wieder: *Sorcha, Sorcha.* Meine Hand stahl sich in Finbars Hand; wir standen reglos, bis es dunkel war, und dann brachte mein Bruder mich nach Hause.

Wenn man das Glück hat, so aufzuwachsen wie ich, hat man viele gute Dinge, an die man sich erinnern kann. Und einige nicht so gute. Einmal, im Frühling, auf der Suche nach den winzigen grünen Fröschen, die auftauchten, sobald die erste Wärme in der Luft lag, platschten meine Brüder und ich knietief im Bach und machten dabei genug Lärm, um jedes Lebewesen zu vertreiben. Es waren drei meiner sechs Brüder dabei: Conor, der vor sich hin pfiff; Cormack, sein Zwillingsbruder, der sich hinter ihn schlich, um ihm eine Hand voll Sumpfgewächse in den Kragen zu stecken, woraufhin die beiden sich ringend und lachend im Wasser wälzten; und Finbar. Finbar war weiter bachaufwärts gegangen und wartete dort bei einem kleinen Felstümpel. Er drehte die Steine nicht um, um die Frösche zu finden; er wartete und lockte sie mit seinem Schweigen heraus.

Ich hatte eine Hand voll Wildblumen gepflückt, Veilchen,

Mädesüß und die kleinen rosafarbenen, die wir Kuckucksblumen nennen. Unten am Ufer gab es eine neue Art mit hübschen, sternförmigen Blüten in einem zarten, hellen Grün und Blättern wie graue Federn. Ich stakste näher und streckte eine Hand danach aus.

»Sorcha! Nicht anfassen!« rief Finbar rasch.

Erschrocken blickte ich auf. Finbar befahl mir sonst nie etwas. Wenn es Liam gewesen wäre, der älteste, oder Diarmid, der nächste im Alter, hätte ich das erwartet, Finbar rannte jetzt zurück zu mir und hatte die Frösche offenbar vergessen. Aber wieso sollte ich von ihm Notiz nehmen? Er war nicht soviel älter als ich, und es war nur eine Blume. Ich hörte ihn noch sagen: »Sorcha, nicht ...«, als ich meine kleinen Finger an einen der weichen Stängel legte.

Der Schmerz in meiner Hand war wie Feuer – ein glühend heißes Stechen, das bewirkte, dass ich das Gesicht verzog und aufheulte, während ich den Weg entlangrannte. Meine anderen Blumen hatte ich längst fallen lassen. Finbar hielt mich eher unsanft auf, packte mich mit den Händen an den Schultern.

»Mieren«, sagte er und sah sich meine Hand an, die dabei war, zu schwellen und eine beunruhigende Rotfärbung anzunehmen. Inzwischen hatte mein Geschrei auch bewirkt, dass die Zwillinge angerannt kamen. Cormack hielt mich fest, weil er stark war, und ich heulte und schlug vor Schmerz um mich. Conor riss einen Streifen von seinem schmutzigen Hemd. Finbar hatte zwei spitze Zweige gefunden, und damit zog er vorsichtig einen nach der anderen die winzigen nadelähnlichen Stacheln heraus, die die Pflanze in meiner weichen Haut hinterlassen hatte. Ich erinnere mich an den Druck von Cormacks Händen auf meinen Armen, während ich unter Schluchzen nach Luft schnappte, und ich kann immer noch hören, wie Conor leise auf mich einredete, während Finbar mit geschickten Fingern seiner Arbeit nachging.

»... und sie hieß Deirdre, Herrin des Waldes, aber niemand sah sie jemals. Nur bei Nacht, wenn man unter den Birken entlangging, konnte man vielleicht einen Blick auf ihre hochgewachsene Gestalt in einem mitternachtsblauen Umhang erhaschen, und ihr langes Haar, wild und dunkel, hing ihr auf den Rücken. Sie trug eine kleine Krone aus Sternen ...«

Als Finbar fertig war, verbanden sie mir die Hand mit Conors improvisiertem Verband und ein paar zerdrückten Butterblumenblüten, und am nächsten Morgen war es besser. Und als wir nach Hause kamen, verrieten sie meinen älteren Brüdern nicht, was für ein dummes Mädchen ich doch war.

Von da an wusste ich, was Mieren waren, und ich machte mich daran, mehr über andere Pflanzen herauszufinden, die wehtun oder heilen konnten. Ein Kind, das halb wild im Wald aufwächst, lernt dessen Geheimnisse zum Teil einfach durch Erfahrung. Essbare Pilze und Giftpilze. Flechten, Moos und Kletterpflanzen. Blätter, Blüten, Wurzeln und Rinde. Überall in dem sich schier endlos erstreckenden Wald wuchsen unter riesigen Eichen, starken Eschen und sanften Birken eine Myriade kleinerer Pflanzen. Ich lernte, wie ich sie finden konnte, wann ich sie schneiden musste und wie man sie als Salbe oder Aufguss verwendete. Aber damit war ich nicht zufrieden. Ich redete mit den alten Frauen, bis sie meiner müde wurden, und ich studierte alle Manuskripte, die ich finden konnte, und probierte selbst Dinge aus. Es gab immer noch mehr zu lernen, und es mangelte nie an Arbeit.

Wo liegt der Anfang? Als mein Vater meine Mutter kennen lernte, sein Herz verlor und sich entschied, aus Liebe zu heiraten? Oder bei meiner Geburt? Ich hätte der siebte Sohn eines siebten Sohns sein sollen, aber die Göttin hat uns einen Streich gespielt, und ich war ein Mädchen. Und nachdem sie mich zur Welt gebracht hatte, starb meine Mutter.

Man könnte nicht sagen, dass mein Vater sich seinem

Schmerz ergab. Dazu war er zu stark. Aber nachdem er sie verloren hatte, erlosch ein Licht in ihm. Es ging nur noch um Beratungen und Machtspiele und Verhandlungen hinter geschlossenen Türen. Das war alles, was er sah, alles, was ihm noch etwas bedeutete. Also wuchsen meine Brüder wild im Wald rings um Sevenwaters auf. Und ich war vielleicht nicht der siebte Sohn der alten Geschichten, derjenige, der magische Kräfte und die Gunst des Feenvolkes haben soll, aber ich trottete dennoch hinter den Jungen her, und sie liebten mich und zogen mich so gut auf, wie ein Rudel Jungen es eben kann.

Unser Zuhause war nach den sieben Bächen benannt, die sich den Hügel herab in den großen, von Bäumen umgebenen See ergossen. Es war ein abgelegener, stiller, seltsamer Ort, gut bewacht von schweigsamen Männern in Grau, die ihre Messer, Äxte und Schwerter scharf hielten. Mein Vater ging kein Risiko ein. Mein Vater war Lord Colum von Sevenwaters, und sein Túath war das Sicherste und geheimste diesseits von Tara. Alle achteten ihn. Viele fürchteten ihn. Außerhalb des Waldes gab es so etwas wie Sicherheit nicht. Stammeshäuptling kämpfte gegen Stammeshäuptling, König gegen König. Und dann waren da die Überfälle von See her. Häuser christlicher Gelehrsamkeit wurden geplündert, ihre friedlichen Bewohner getötet oder verjagt. Manchmal griffen die heiligen Brüder in ihrer Verzweiflung selbst zu den Waffen. Der alte Glaube ging in den Untergrund. Die Nordländer versuchten, unsere Strände einzunehmen, bauten in Dublin ein Lager und überwinterten dort, so dass sich um diese Jahreszeit niemand sicher fühlen konnte. Selbst ich hatte bereits Spuren ihrer Untaten gesehen, denn in Killery gab es eine Ruine, wo sie die heiligen Frauen getötet und ihre Zuflucht zerstört hatten. Ich ging nur einmal dort hin. Es lag ein Schatten über diesem Ort. Wenn man zwischen den Trümmern einherging, konnte man immer noch das Echo der Schreie der Frauen hören.

Aber mein Vater war anders. Lord Colums Autorität war absolut. Innerhalb des Ringes von Hügeln, die von uraltem Wald bedeckt waren, waren seine Grenzen so sicher, wie es in diesen unruhigen Zeiten überhaupt nur möglich war. Für jene, die ihn nicht achteten, die ihn nicht verstanden, war der Wald undurchdringlich. Ein Mann oder ein ganzer Trupp von Männern, die sich nicht auskannten, konnte sich dort hoffnungslos verirren in all den plötzlichen Nebelfeldern, den abzweigenden, trügerischen Pfaden und anderen, älteren Dingen, die kein Wikinger oder Brite je hoffen konnte zu verstehen. Der Wald schützte uns. Unser Land war sicher vor Banditen, ob sie nun über die See kamen oder Nachbarn waren, die planten, ihren Ländereien ein paar Weiden oder ihrer Herde ein paar Stück Vieh hinzuzufügen. Sie fürchteten Sevenwaters und machten einen großen Bogen um uns.

Aber Vater hatte wenig Zeit, sich mit den Nordländern oder den Pikten zu befassen, denn wir führten unseren eigenen Krieg. Wir waren im Krieg mit den Briten. Ganz besonders mit einer bestimmten Familie von Briten, den Northwoods. Diese Fehde hatte eine lange Geschichte. Ich gab mich nicht sonderlich damit ab. Immerhin war ich ein Mädchen und wusste außerdem Besseres mit meiner Zeit anzufangen. Außerdem hatte ich noch nie einen Briten oder einen Nordmann oder einen Pikten gesehen. Sie waren für mich nicht wirklicher als Geschöpfe aus alten Legenden, Drachen oder Riesen.

Vater war einen großen Teil der Zeit unterwegs, knüpfte Allianzen mit Nachbarn an, überprüfte die Außenposten, inspizierte die Wachtürme, rekrutierte Männer. Mir waren jene Zeiten am liebsten, wenn wir die Tage verbringen konnten, wie wir wollten: den Wald erforschen, auf die hohen Eichen klettern, Expeditionen zur anderen Seeseite durchführen und die ganze Nacht draußen bleiben. Ich lernte, wie man Brombeeren und Haselnüsse und Holzäpfel findet. Ich lernte, wie man ein Feuer anzünden konnte, selbst wenn das Holz feucht ist, und in den Kohlen Kastanien oder Zwiebeln briet. Ich konnte einen Unterschlupf aus Farnkraut bauen und ein Floß geradeaus steuern.

Ich war am liebsten draußen und spürte den Wind auf meinem Gesicht. Dennoch unterrichtete ich mich auch weiterhin in der Heilkunst, denn mein Herz sagte mir, dass dies meine wirkliche Aufgabe sein würde. Wir konnten alle lesen, obwohl Conor mit Abstand der Geschickteste war, und in einem Raum im Obergeschoss der Festung gab es alte Manuskripte und Schriftrollen. Diese verschlang ich in meinem Wissensdurst und hielt es für ganz und gar nicht ungewöhnlich, denn es war die einzige Welt, die ich kannte. Ich wusste nicht, dass andere zwölfjährige Mädchen stickten, sich gegenseitig das Haar zu kunstvollen Kronen flochten und lernten, wie man tanzte und sang. Ich verstand nicht, dass nur wenige von ihnen lesen konnten und dass die Bücher und Rollen, die diesen stillen Raum im Obergeschoss füllten, in einer Zeit von Zerstörung und Plünderung unbezahlbare Schätze darstellten. Sicher im Schatten seiner Wächterbäume, von Kräften älter als die Zeit vor der Welt verborgen, war unser Zuhause tatsächlich ein ganz anderer Ort.

Wenn mein Vater dort war, veränderten sich die Dinge. Nicht, dass er sich sonderlich für uns interessierte; seine Besuche waren kurz und galten weiteren Beratungen und Verhandlungen. Aber er sah zu, wie die Jungen mit Schwert oder Stab übten oder vom Rücken eines galoppierenden Pferdes ihre Äxte warfen. Man wusste nie, was Vater dachte, denn sein Blick verriet nichts. Er war ein kräftig gebauter Mann mit strenger Miene, und alles an ihm kündete von Disziplin. Er kleidete sich einfach; aber er hatte etwas an sich, das einem sofort mitteilte, dass er ein Anführer war. Er trug sein braunes Haar fest zusammengebunden. Wohin auch immer er ging, von der Halle in den Hof, vom Schlafraum in die Ställe, seine beiden großen Wolfshunde trabten lautlos hinter ihm her. Das, so nehme ich an, war der einzige Luxus, den er sich leistete. Aber selbst sie hatten ihren Nutzen.

Jedes Mal wenn er nach Hause kam, begrüßte er uns alle förmlich und sah sich an, welche Fortschritte wir gemacht hatten, als wären wir eine Art Pflanzen, die irgendwann erntereif sein würden. Wir hassten diese rituellen Paraden von Familienzugehörigkeit, obwohl es einfacher für die Jungen wurde, sobald sie zu jungen Männern herangewachsen waren und Vater begann, sie für nützlich zu halten. Man rief uns in die große Halle, nachdem irgendein Diener, dem die undankbare Aufgabe zugefallen war, auf uns aufzupassen, uns kurz ein wenig hergerichtet hatte. Vater saß dann in seinem großen Eichensessel, seine Männer in respektvollem Abstand, die Hunde zu seinen Füßen, entspannt, aber wachsam.

Er rief die Jungen, einen nach dem anderen, zu sich, begrüßte sie recht freundlich, beginnend mit Liam, und arbeitete sich dann langsam abwärts. Er befragte jeden von ihnen kurz nach seinen Fortschritten und den Aktivitäten, seit er sie zum letzten Mal gesehen hatte. Das konnte einige Zeit dauern; immerhin waren es sechs, und dann war auch noch ich da. Da ich keine andere Form elterlicher Anleitung kannte, akzeptierte ich das als vollkommen normal. Falls meine Brüder sich an eine Zeit erinnerten, in der die Dinge anders waren, erwähnten sie es nicht.

Die Jungen wuchsen rasch. Als Liam zwölf war, steckte er schon mitten in einer intensiven Ausbildung in den Kriegskünsten und verbrachte immer weniger Zeit mit uns anderen in unserer vergnüglichen, undisziplinierten Welt. Nicht lange danach brachte Diarmids Geschicklichkeit mit dem Speer ihm einen Platz an der Seite seines Bruders ein, und schon zu bald ritten sie mit Vater und den Kriegern zusammen aus. Cormack konnte kaum auf den Tag warten, wenn auch er alt genug sein würde, sich ernsthaft mit diesen Dingen zu beschäftigen; die Ausbildung erhielten alle Jungen von Donal, dem Waffenmeister unseres Vaters, aber das genügte Cormacks Drang, sich zu beweisen, kaum. Padraic, der jüngste der Brüder, hatte die Begabung, mit Tieren umzugehen, und Gegenstände wieder herzurichten. Auch er lernte zu reiten und ein Schwert zu schwingen, aber häufiger konnte man ihn bei der Geburt eines Kalbes antreffen, oder wenn er sich auch um die Wunden eines Zuchtbullen kümmerte, der mit einem Rivalen gekämpft hatte.

Wir anderen waren anders. Conor war Cormacks Zwillingsbruder, aber er hätte vom Charakter her kaum unterschiedlicher sein können. Conor hatte immer gerne gelernt, und schon als kleiner Junge hatte er einen Handel mit einem christlichen Eremiten abgeschlossen, der in einer Höhle am Hügelabhang oberhalb des südlichen Seeufers wohnte. Mein Bruder brachte Vater Brien frischen Fisch und Kräuter aus dem Garten und vielleicht den einen oder anderen Laib Brot, den er in der Küche geschnorrt hatte, und im Austausch dafür brachte ihm der Eremit das Lesen bei. Ich erinnere mich genau an diese Zeit. Conor saß auf einer Bank neben dem Eremiten, tief in eine Debatte über eine Feinheit von Sprache oder Philosophie vertieft, und in der Ecke hockten Finbar und ich im Schneidersitz auf dem gestampften Boden, leise wie die Feldmäuse. Wir drei saugten das Wissen auf wie kleine Schwämme und glaubten in unserer Isolation, dass dies ganz normal sei. Zum Beispiel lernten wir die Sprache der Briten, eine raue, abgehackte Art zu sprechen, die keinen Wohlklang hatte. Und mit der Sprache unserer Feinde erfuhren wir auch viel über ihre Geschichte.

Sie waren einmal ein Volk gewesen, das dem unseren nicht unähnlich war, wild, stolz, begabt für Lied und Legenden, aber ihr Land war offen und verwundbar und war immer wieder überrannt worden, bis sich ihr Blut mit dem der Römer und Sachsen mischte, und als endlich eine Art Frieden einkehrte, war das alte Volk dieses Landes verschwunden und an seiner Stelle lebte ein neues auf der anderen Seite des Meeres. Das erzählte uns der heilige Vater.

Jeder hatte eine Geschichte über die Briten. Erkennbar an ihrem hellen Haar, ihrem hohen Wuchs und dem Fehlen jedweden Anstands, hatten sie die Fehde begonnen, indem sie Hand an etwas so Unberührbares, unserem Volk so zutiefst Heiliges legten, dass dieser Diebstahl war, als hätte man uns das Herz aus dem Leib gerissen. Dies war der Grund unseres Krieges. Die Kleine Insel, die Größere Insel und die Nadeln. Orte unendlicher Geheimnisse. Orte gewaltiger Rätselhaftigkeit; das Herz des alten Glaubens. Kein Brite hätte jemals die Insel auch nur betreten dürfen. Nichts würde mehr sein wie früher, wenn wir sie nicht vertrieben. So erklärten es jedenfalls alle.

Es war deutlich zu sehen, dass Conor nicht zum Krieger bestimmt war. Mein Vater, reich an Söhnen, akzeptierte dies widerwillig. Er verstand vielleicht, dass ein Gelehrter in der Familie auch von Nutzen sein konnte. Es gab immer Chroniken zu verfassen, Bücher zu führen und Karten zu zeichnen, und meines Vaters Schreiber wurde langsam alt. Daher fand auch Conor seinen Platz im Haushalt und nahm ihn zufrieden ein. Seine Tage waren erfüllt, aber er hatte immer Zeit für Finbar und mich. Wir drei standen einander sehr nahe, verbunden durch unseren Wissensdurst und ein tiefes, unausgesprochenes Verständnis.

Was Padraic angeht, er war bei allem geschickt, aber am wichtigsten war ihm, Dinge zu untersuchen und herauszufinden, wie sie funktionierten; er konnte Fragen stellen, bis es einen schier um den Verstand brachte. Padraic war der einzige, der hin und wieder zu Vater durchdrang; manchmal konnte man den Hauch eines Lächelns auf Colums ernstem Gesicht sehen, wenn er seinen jüngsten Sohn betrachtete. Mich lächelte er nicht an. Und Finbar auch nicht. Finbar sagte, das läge daran, dass wir ihn an unsere Mutter erinnerten, die gestorben war. Wir waren die einzigen unter Colums Kindern, die ihr lockiges, wildes Haar geerbt hatten. Ich hatte ihre grünen Augen und Finbar ihre Begabung zu schweigen. Außerdem hatte ich sie getötet, indem ich geboren wurde. Kein Wunder, dass es Vater so schwer fiel, mich anzuschauen. Aber wenn er mit Finbar sprach, stand eisige Kälte in seinem Blick. Ganz besonders bei einer Gelegenheit. Das war nicht lange, bevor *sie* kam und sich unsere Leben für immer veränderten. Finbar war fünfzehn; noch kein Mann, aber auch kein Kind mehr.

Vater hatte uns alle zu sich gerufen, und wir waren in der großen Halle versammelt. Finbar stand kerzengerade vor Lord Colums Sessel und wartete auf das rituelle Verhör. Liam und Diarmid waren inzwischen junge Männer, und daher ersparte man ihnen diese Prüfungen. Aber auch sie waren anwesend, weil sie wussten, dass das den Rest von uns tröstete.

»Finbar. Ich habe mit deinen Lehrern gesprochen.«

Schweigen. Finbar schien mit seinen großen, grauen Augen direkt durch Vater hindurchzusehen.

»Ich höre, dass du deine Fähigkeiten gut entwickelst. Das erfreut mich.« Trotz dieser Lobesworte war Vaters Blick kalt, sein Ton abweisend. Liam warf Diarmid einen Blick zu, und Diarmid verzog das Gesicht, als wollte er sagen *Jetzt kommt es.*

»Deine Einstellung allerdings lässt viel zu wünschen übrig. Man erzählt mir, dass du diese Ergebnisse erreicht hast, ohne große Anstrengung oder Interesse an den Tag zu legen, und dass du häufig ohne Grund bei den Übungen fehlst.«

Eine weitere Pause. Zu diesem Zeitpunkt wäre es wahrscheinlich eine gute Idee gewesen, irgendetwas zu sagen, nur um den Ärger zu vermeiden; »Ja Vater«, hätte genügt. Finbars vollkommenes Schweigen war schon eine Beleidigung an sich.

»Wie erklärst du das, Junge? Und spar dir deine unverschämten Blicke, ich möchte eine Antwort!«

Vater beugte sich vor, brachte sein Gesicht näher an das

von Finbar heran, und seine Miene ließ mich schaudern und näher zu Conor rücken. Es war ein Blick, der auch einen erwachsenen Mann erschreckt hätte.

»Du bist nun alt genug, um dich zu deinen Brüdern an meine Seite zu gesellen, zumindest solange ich hier bin, und in nicht allzu langer Zeit auch im Feld. Aber im Krieg gibt es keinen Platz für Dummdreistigkeit. Ein Mann muss lernen zu gehorchen, ohne Fragen zu stellen. Also sprich! Wie willst du dieses Verhalten erklären?«

Aber Finbar hatte nicht vor zu antworten. *Wenn ich nichts zu sagen habe, werde ich nicht sprechen.* Ich wusste, dass er diese Gedanken im Kopf hatte. Ich umklammerte Conors Hand. Wir hatten Vater schon früher zornig gesehen. Es wäre dumm, so etwas herauszufordern.

»Vater«, mischte sich Liam ein. »Vielleicht ...«

»Genug!« befahl Vater. »Dein Bruder braucht niemanden, der für ihn spricht. Er hat eine Zunge und einen eigenen Kopf – soll er beides benutzen!«

Finbar wirkte vollkommen gelassen. Nur ich, die jeden Atemzug mit ihm geteilt hatte, die jeden Augenblick des Schmerzes oder der Freude kannte, die er durchlebt hatte, als wären es meine eigenen Empfindungen, spürte die Anspannung in ihm und verstand den Mut, den es brauchte, überhaupt etwas zu sagen.

»Ich werde dir antworten«, sagte er ganz ruhig. »Zu lernen, wie man mit einem Pferd umgeht und Schwert und Bogen benutzt, ist ehrenwert. Ich kann diese Fähigkeiten benutzen, um mich oder meine Schwester zu verteidigen oder meinen Brüdern in Zeiten der Gefahr zu helfen. Aber erspare mir deine Kriege. Ich will nichts damit zu tun haben.«

Vater konnte es nicht glauben – noch war er zu verblüfft, um wütend zu werden, aber seine Augen waren wie Gletscher. Was immer er erwartet hatte, es war ganz bestimmt nicht diese Art von Konfrontation. Liam setzte abermals dazu an, etwas zu sagen, aber Vater brachte ihn mit einem wilden Blick zum Schweigen.

»Erzähl uns mehr davon«, lud er Finbar höflich ein, wie ein Raubtier, das seine Mahlzeit in eine honigversüßte Falle lockt. »Kann es sein, dass du dir der Bedrohung für unser Land, ja unser ganzes Leben hier so wenig bewusst bist? Man hat dich von alle diesen Angelegenheiten unterrichtet – du hast gesehen, wie meine Männer blutend aus dem Kampf zurückkehrten, hast gesehen, welchen Schaden diese Briten an Leben und Land anrichten. Deine eigenen Brüder halten es für ehrenhaft, neben ihrem Vater zu kämpfen, damit ihr anderen Frieden und Wohlstand genießen könnt. Sie setzen ihr Leben aufs Spiel, um unsere kostbaren Inseln wiederzuerlangen, die unserem Volk von diesen Banden entrissen wurden. Hast du so wenig Vertrauen in ihre Urteilskraft? Wo hast du diesen absurden Unsinn gehört?«

»Ich habe es mit eigenen Augen gesehen«, erklärte Finbar schlicht. »Während du Jahr um Jahr damit zubringst, diesen eingebildeten Feind zu Land und zu Wasser zu verfolgen, werden die Dorfbewohner krank und sterben, und es gibt keinen Herrn, an den sie sich um Hilfe wenden können. Die Skrupellosen beuten die Schwachen aus. Ernten werden schlecht gelagert, Vieh vernachlässigt. Der Wald bewacht uns. Das ist gut so, denn du hättest ansonsten längst Heim und Menschen an die Finnghaill verloren.«

Vater holte tief Luft. Seine Männer traten einen Schritt oder zwei zurück. »Fahr bitte fort«, sagte er mit vollkommen ausdrucksloser Stimme. »Ich sehe, dass du ein Experte für das Thema Nordmänner bist.«

»Vielleicht ...«, sagte Liam.

»Still!« Diesmal war es ein Brüllen, das Liam beinahe schon aufhielt, bevor er auch nur dieses eine Wort geäußert hatte. »Das hier ist zwischen deinem Bruder und mir. Heraus damit, Junge! Welche anderen Aspekte meiner Verwaltung hast du in deiner großen Weisheit beklagenswert gefunden? Sprich ganz offen, nachdem du schon einmal damit begonnen hast.«

»Genügt das nicht?«

Ich bemerkte endlich einen Hauch von Unsicherheit in Finbars Stimme. Immerhin war er noch ein Junge.

»Dir ist die Verfolgung eines weit entfernten Feindes wichtiger, als dein eigenes Haus in Ordnung zu halten. Du sprichst von den Briten, als wären sie Ungeheuer. Sind es denn nicht Menschen wie wir?«

»Du kannst ein solches Volk kaum mit dem Ehrentitel *Mensch* würdigen«, erklärte unser Vater, endlich zu einer direkten Antwort veranlasst. Seine Stimme war rau von wachsendem Zorn. »Sie kommen mit böser Absicht und reißen in barbarischer Weise das an sich, was von Rechts wegen uns gehört. Möchtest du etwa sehen müssen, wie deine Schwester ihrem wilden Treiben ausgesetzt ist? Willst du, dass dein Zuhause von ihrem Schmutz überzogen wird? Deine Argumente zeigen nur, dass du die Tatsachen nicht kennst und dass du betrübliche Lücken in deiner Bildung hast. Was nützt dir deine schöne Philosophie, wenn du deinem Feind mit dem bloßen Schwert in der Hand gegenüberstehst? Wach auf, Junge. Da draußen ist eine wirkliche Welt, und die Briten haben das Blut unseres Volks an ihren Händen. Es ist meine Pflicht ebenso wie deine, Rache zu nehmen und wiederzubeanspruchen, was von Rechts wegen uns gehört.«

Finbar hatte Vater die ganze Zeit über weiterhin angesehen.

»Ich bin mir dieser Dinge bewusst«, sagte er immer noch ruhig. »Pikten und Wikinger haben uns angegriffen. Sie haben ihr Zeichen in unserem Geist hinterlassen, obwohl sie uns nicht zerstören konnten. Das erkenne ich an. Aber die Briten haben ebenfalls Land und Leben bei diesen Überfällen verloren. Wir verstehen nicht ganz, was sie damit bezwecken, unsere Inseln zu erobern und diese Fehde am Leben zu erhalten. Vielleicht sollten wir uns lieber mit ihnen gegen unsere gemeinsamen Feinde verbünden. Aber nein: deine Strategie wie die ihre besteht darin, zu töten und zu verstümmeln und nie nach Antworten zu suchen. Im Laufe der Zeit wirst du deine Söhne verlieren, wie du deine Brüder verloren hast, in blinder Verfolgung eines schlecht umrissenen Ziels. Um diesen Krieg zu gewinnen, musst du mit deinem Feind sprechen. Lerne ihn zu verstehen. Wenn du ihn ausschließt, wird er immer klüger sein als du. In deiner Zukunft liegen Tod und Leiden und eine lange Zeit des Bedauerns, wenn du diesen Weg weiter verfolgst. Viele werden mit dir gehen, aber ich werde nicht unter ihnen sein.«

Sein Worte klangen seltsam; sein Tonfall ließ mich frösteln. Ich wusste, dass er die Wahrheit sagte.

»Ich will nichts mehr davon hören!« donnerte Vater und stand auf. »Du redest wie ein Narr von Angelegenheiten, die du nicht verstehen kannst. Ich schaudere, wenn ich mir vorstelle, dass einer meiner Söhne so wenig wissen kann und dennoch so unverschämt ist. Liam!«

»Ja, Vater?«

»Ich will, dass dein Bruder da ausgerüstet wird, um mit uns zu reiten, wenn wir uns wieder auf den Weg nach Norden machen. Kümmere dich darum. Er hat den Wunsch ausgesprochen, den Feind zu verstehen. Vielleicht wird er das ja, wenn er aus erster Hand Zeuge des Blutvergießens wird.«

»Ja, Vater.« Liams Miene und Tonfall waren von wohleinstudierter Neutralität. Er warf Finbar allerdings einen kurzen, mitleidigen Blick zu. Er überzeugte sich nur zunächst davon, dass Vater das nicht bemerkte.

»Und wo ist meine Tochter?«

Ich trat zögernd vor, kam dabei an Finbar vorbei und streifte seine Hand mit meiner. Seine Augen glühten in einem Gesicht, aus dem alle Farbe gewichen war. Ich stand vor Vater, hin und her gerissen von Gefühlen, die ich kaum verstand. Sollte ein Vater denn seine Kinder nicht lieben? Wusste er denn nicht, wie viel Mut es gekostet hatte, dass Finbar so mit ihm sprach? Finbar sah die Dinge auf eine Weise, wie der Rest von uns es nie gekonnt hätte. Vater hätte das wissen sollen, denn die Leute behaupteten, unsere Mutter hätte dieselbe Gabe gehabt. Wenn er sich Zeit gelassen hätte, hätte er es gewusst. Finbar konnte in die Zukunft sehen, und wenn er vor etwas warnte, war es gefährlich, diese Warnung nicht zu beherzigen. Es war eine seltene Begabung, gefährlich und eine Last. Einige nannten es den Blick.

»Komm noch ein wenig näher, Sorcha.«

Ich war wütend auf Vater, und dennoch wollte ich, dass er mich anerkannte. Ich wollte sein Lob. Trotz allem konnte ich diesen Wunsch tief in mir nicht abtöten. Meine Brüder liebten mich. Wieso konnte Vater das nicht? Das waren meine Gedanken, als ich zu ihm aufblickte. Von ihm aus gesehen musste ich eine jämmerliche Figur abgegeben haben, dünn und ungepflegt, und meine Locken fielen mir zerzaust über die Augen.

»Wo sind deine Schuhe, Kind?« fragte Vater müde. Er wurde langsam ruhelos.

»Ich brauche keine Schuhe, Vater«, sagte ich, ohne groß nachzudenken. »Meine Füße sind rau und fest. Sieh doch«, und ich hob einen schmalen, schmutzigen Fuß, um ihn ihm zu zeigen. »Es ist nicht notwendig, dass ein Geschöpf stirbt, nur damit ich Schuhe trage.« Dieses Argument hatte ich gegenüber meinen Brüdern benutzt, bis sie seiner müde waren und mich barfuß laufen ließen, wenn mir das passte.

»Welcher Diener ist für dieses Kind verantwortlich?« fauchte Vater gereizt. »Sie ist inzwischen zu alt, dass man sie einfach rennen lassen kann wie einen Hausiererjungen. Wie alt bist du, Sorcha – neun, zehn?«

Wie konnte er es vergessen haben? War meine Geburt nicht gleichzeitig mit dem Verlust alles dessen, was er in der Welt geliebt hatte, erfolgt? Denn meine Mutter war am Mittwintertag gestorben, als ich noch keinen Tag alt war, und es hieß immer, ich hätte Glück gehabt, dass die dicke Janis, unsere Köchin, damals ein Baby und genug Milch für zwei hatte, oder ich wäre vermutlich auch tot. Es zeigte, wie gut es Vater gelungen war, dieses alte Leben vor sich selbst zu verschließen, dass er nicht mehr jede einsame Nacht, jeden leeren Tag seit ihrem Tod zählte.

»Ich werde am Mittwinterabend dreizehn, Vater«, sagte ich und richtete mich so hoch auf, wie ich konnte. Vielleicht würde er mich ja dann für erwachsen halten und anfangen, richtig mit mir zu sprechen, wie mit Liam und Diarmid. Oder mich mit dieser Andeutung eines Lächelns betrachten, mit dem er sich manchmal Padraic zuwandte, der mir dem Alter nach am nächsten stand. Für kurze Zeit begegnete der Blick seiner dunklen, tief liegenden Augen dem meinen, und ich starrte auf eine Weise zurück, die, wenn ich das auch nicht wusste, der meiner Mutter sehr ähnlich war.

»Das genügt«, erklärte er abrupt. Sein Tonfall war wegwerfend. »Schafft diese Kinder hier heraus, wir haben zu tun.«

Dann drehte er sich um und wandte sich einer großen Karte zu, die sie auf dem Eichentisch ausrollten. Nur Liam und Diarmid konnten erwarten, bleiben zu dürfen; sie waren jetzt Männer, und ihnen war erlaubt, die Strategien meines Vaters zu hören. Für den Rest von uns war es vorbei. Ich wich zurück aus dem Lichtkreis.

Warum kann ich mich so gut daran erinnern? Vielleicht hat sein Missvergnügen mit dem, was aus uns geworden war, Vater dazu bewogen, die Wahl zu treffen, die er schließlich traf, und eine ganze Reihe von Ereignissen in Gang zu setzen, die schrecklicher waren, als jeder von uns sich hätte vorstellen können. Zweifellos benutzte er unser Wohlergehen als eine seiner Ausreden, um diese Frau nach Sevenwaters zu bringen. Dass darin keine Logik lag, war unwichtig – er muss im Herzen gewusst haben, dass Finbar und ich aus anderem Stoff gemacht waren, stark und bereit, an Geist und Körper wohl ausgeformt, wenn auch noch nicht ganz erwachsen, und dass die Erwartung, wir würden uns einem anderen Willen beugen, dem Versuch glich, die Gezeiten zu ändern oder den Wald am Wachsen zu hindern. Aber er war von Kräften beeinflusst, die er selbst nicht verstehen konnte. Meine Mutter hätte sie erkennen können. Ich habe mich später manchmal gefragt, wie viel sie von der Zukunft wusste. Der Blick zeigt einem nicht immer, was man sehen möchte, aber ich denke, als sie uns Lebewohl sagte, muss sie gewusst haben, welch seltsamen, gewundenen Wegen ihre Kinder folgen würden.

Sobald Vater uns aus der Halle geschickt hatte, war Finbar weg – ein Schatten, der die Steintreppe zum Turm hinauf verschwand. Als ich mich umdrehte, um ihm zu folgen, zwinkerte Liam mir zu. Er mochte ein junger Krieger sein, aber er war auch mein Bruder. Und Diarmid grinste, aber dann schaute er wieder ausdruckslos drein, und als er sich Vater zuwandte, war auf seiner Miene nur noch Respekt zu lesen.

Padraic war wahrscheinlich schon draußen; er hatte im Stall eine verletzte Eule, die er gesund pflegte. Es war verblüffend, sagte er, wie viel ihn das über die Prinzipien des Fluges gelehrt hatte. Conor arbeitete mit dem Schreiber meines Vaters zusammen an ein paar Berechnungen; wir würden ihn eine ganze Weile nicht oft zu sehen bekommen. Cormack übte wahrscheinlich Schwert- oder Stockkampf. Ich war allein, als ich mit meinen bloßen Füßen die Steintreppe in den Turmraum hinaufging. Von hier aus kann man noch weiter nach oben auf ein Schieferdach mit niedrigen Zinnen ringsumher, die vermutlich nicht genügt hätten, einen Sturz aufzuhalten, aber das hatte uns nie daran gehindert, nach dort oben zu gehen. Es war ein Ort für Geschichten, für Geheimnisse; ein Ort, an dem man gemeinsam schweigen konnte.

Er saß, wie ich erwartet hatte, an der gefährlichsten, steilsten Stelle des Dachs, die Knie hochgezogen, die Arme um sie geschlungen, die Miene unergründlich, als er über die steinummauerten Weiden, die Scheunen und Bauernhäuser zum Rauchgrau und Samtgrün und nebligen Blau des Waldes hinausstarrte. Nicht so weit entfernt glitzerte das Wasser des Sees. Der Wind war recht kühl und zupfte an meinen Röcken, als ich die Schräge hinaufstieg und mich neben meinen Bruder setzte. Finbar regte sich nicht. Ich brauchte ihn nicht ansehen, um seine Stimmung zu erkennen, denn ich war auf den Geist dieses Bruders eingestimmt wie ein Bogen auf die Sehne.

Wir schwiegen recht lange, während der Wind uns das Haar zerzauste und ein Schwarm Möwen über uns hinwegflog. Hin und wieder drangen Stimmen und das Klirren von Metall herauf: Vaters Männer, die im Hof übten, und Cormack war bei ihnen. Vater würde mit ihm zufrieden sein.

Langsam kehrte Finbar aus den Weiten seines Geistes zurück. Er wickelte sich eine Haarsträhne um die schlanken Finger.

»Was weißt du von dem Land hinter dem Wasser, Sorcha?« fragte er leise.

»Nicht viel«, erwiderte ich verwirrt. »Liam sagt, die Karten zeigen nicht alles; es gibt Orte, von denen er nur wenig weiß. Und Vater sagt, man müsse die Briten fürchten.«

»Er fürchtet, was er nicht versteht«, sagte Finbar. »Was ist mit Vater Brien und seinen Leuten? Sie kamen von Osten übers Meer und haben dabei großen Mut bewiesen. Mit der Zeit wurden sie hier anerkannt und haben uns viel gegeben. Vater versucht nicht, seine Feinde zu kennen oder zu verstehen, was sie wollen. Ihm geht es nur um die Bedrohung und die Beleidigung, und so verbringt er sein ganzes Leben damit, sie zu verfolgen, zu töten, zu verstümmeln, ohne eine einzige Frage zu stellen. Und warum ?«

Ich dachte eine Weile darüber nach.

»Aber du kennst sie ebenfalls nicht«, erklärte ich logisch genug. »Und es ist nicht nur Vater, der sie für gefährlich hält.

Liam sagt, wenn die Kämpfe im Norden und an der Küste im Osten nicht siegreich gewesen wären, würden wir eines Tages überrannt und alles verlieren, was wir haben. Vielleicht nicht nur die Inseln, sondern auch Sevenwaters. Und dann würde unsere Art zu leben für immer untergehen. Das sagt er jedenfalls.«

»In gewisser Weise stimmt das auch«, entgegnete Finbar überraschenderweise. »Aber in jedem Kampf gibt es zwei Seiten. Er beginnt über eine Kleinigkeit, eine zufällige Bemerkung, eine unbedachte Geste. Von da an wächst er. Beide Seiten können ungerecht sein. Beide können grausam sein.«

»Woher weißt du das?«

Finbar antwortete nicht. Sein Geist war dicht vor mir abgeschlossen, dies war nicht der Zeitpunkt für eine Begegnung von Gedanken wie das lautlose Austauschen von Bildern, das so oft zwischen uns stattfand und das uns so viel leichter fiel als das Sprechen. Ich dachte eine Weile nach, aber mir fiel nichts ein, was ich sagen konnte. Finbar kaute auf seinen Haarspitzen – er trug das Haar im Nacken zusammengebunden und lang. Seine dunklen Locken hatten, wie die meinen, einen eigenen Willen.

»Ich denke, unsere Mutter hat uns etwas hinterlassen«, sagte er schließlich. »Sie hinterließ in jedem von uns ein kleines Stück von sich. Es ist gut, dass Liam und Diarmid das haben. Es wird verhindern, dass sie werden wie er.«

Ich wusste, was er meinte, ohne seine Worte vollständig verstehen zu können.

»Liam ist ein Anführer«, fuhr Finbar fort, »ebenso wie Vater, aber nicht genauso. Liam hat Gleichgewicht. Er weiß, wie man ein Problem abwägt. Männer würden für ihn sterben. Eines Tages wird es vielleicht auch geschehen. Diarmid ist anders. Ihm würden Leute bis zum Ende der Welt folgen, einfach weil sie denken, dass das Spaß machen könnte.«

Ich dachte darüber nach; ich stellte mir vor, wie Liam sich

bei Vater für mich einsetzte, wie Diarmid mir beibrachte, wie man Frösche fing und sie wieder gehen ließ.

»Cormack ist ein Krieger«, meinte ich. »Aber er ist großzügig. Sanftmütig.« Da war immerhin der Hund. Eine der Wolfshündinnen hatte sich verleiten lassen und Mischlinge zur Welt gebracht; Vater hätte sie alle ersäuft, aber Cormack rettete einen der Welpen und behielt ihn, eine magere Hündin namens Linn. Seine Freundlichkeit wurde mit der tiefen, fraglosen Ergebenheit belohnt, wie sie nur ein treuer Hund geben kann. »Und da ist noch Padraic.«

Finbar lehnte sich gegen die Dachziegel und schloss die Augen.

»Padraic wird weit kommen«, sagte er. »Er wird weiter kommen als jeder von uns.«

»Conor ist anders«, stellte ich fest, war aber nicht in der Lage, diesen Unterschied in Worte zu fassen. Es war etwas daran, das mir immer wieder entglitt.

»Conor ist ein Gelehrter«, sagte Finbar. »Wir alle lieben Geschichten, aber er schätzt das Lernen wirklich. Mutter hatte ein paar wunderbare alte Geschichten und Rätsel und seltsame Gedanken, über die sie dann lachte, so dass man niemals wusste, ob sie es ernst meinte oder nicht. Conor hat seine Liebe für Ideen von ihr. Conor ist – er ist einfach er selbst.«

»Wie ist das möglich, dass du dich an all das erinnerst?« fragte ich, unsicher, ob er es nicht zu meiner Freude erfand. »Du warst erst drei, als sie starb. Ein kleines Kind.«

»Ich erinnere mich aber«, meinte Finbar und wandte den Kopf ab. Ich wollte, dass er weitersprach, denn ich war fasziniert davon, von unserer Mutter zu hören, die ich nie gekannt hatte. Aber er schwieg nun wieder. Es wurde spät; lange Baumschatten streckten ihre Spitzen über das Gras tief unter uns.

Das Schweigen zog sich wieder dahin, so lange, dass ich schon glaubte, Finbar wäre eingeschlafen. Ich wackelte mit den Zehen; es wurde kalt. Vielleicht brauchte ich wirklich Schuhe.

»Was ist mit dir?« Ich brauchte kaum zu fragen. Er war wirklich anders. Er war anders als wir alle. »Was hat sie dir hinterlassen?«

Er drehte sich um und lächelte mich an, und dieses Lächeln veränderte sein Gesicht vollkommen.

»Vertrauen in mich selbst«, sagte er einfach. »Dass ich tun kann, was richtig ist, und nicht davon abweiche, ganz gleich, wie schwierig es wird.«

»Das war heute schwierig genug«, sagte ich in Gedanken an Vaters kalten Blick und daran, wie Finbar ausgesehen hatte.

Es wird noch viel schwerer werden. Ich wusste nicht, ob dieser Gedanke aus meinem eigenen Geist oder aus dem meines Bruders stammte. Es lief mir eiskalt über den Rücken.

Dann sagte er laut: »Du solltest eins nicht vergessen, Sorcha. Vergiss nicht, dass ich immer für dich da sein werde, ganz gleich, was geschieht. Das ist wichtig. Und jetzt komm, es ist Zeit zurückzugehen.«

Wenn ich mich an die Jahre meiner Kindheit erinnere, ist das wichtigste der Baum. Wir gingen oft dorthin, alle sieben, nach Süden, durch den Wald oberhalb des Seeufers. Als ich noch klein war, trugen Liam oder Diarmid mich auf den Rücken; sobald ich laufen konnte, nahmen zwei Brüder mich bei den Händen und zogen mich mit, manchmal mit *eins, zwei, drei* schaukelnd, während die anderen vor ihnen zum See liefen. Wenn wir näher kamen, wurden wir alle stiller. Das Ufer, wo die Buche wuchs, war ein Ort tiefster Magie, und wir dämpften unsere Stimmen, wenn wir uns rund um den Baum versammelten.

Für uns alle war klar, dass dieses Land ein Tor in jene andere Welt darstellte, das Reich von Geistern und Träumen, das Reich des Feenvolks. Der Ort, an dem wir aufwuchsen, war so voller Magie, dass sie beinahe zum Alltagsleben gehörte – nicht, dass man jedes Mal, wenn man zum Beerenpflücken nach draußen gegangen wäre oder um Wasser vom Brunnen zu holen, einem dieser Wesen begegnet wäre, aber jeder, den wir kannten, hatte einen Freund, der einen Freund hatte, der zu weit in den Wald gegangen und dann verschwunden war, oder der sich in einen Pilzring gewagt hatte, eine Weile lang weg gewesen und auf kaum merkliche Weise verändert zurückgekehrt war. An diesen Orten konnten seltsame Dinge geschehen. Man konnte für vielleicht fünfzig Jahre verschwinden und immer noch als junges Mädchen zurückkehren; oder man verschwand für einen Zeitraum, der nach menschlichem Ermessen nicht mehr als ein Blinzeln war, und kehrte runzlig und vom Alter gebeugt zurück. Diese Geschichten faszinierten uns, aber sie genügten nicht, uns vorsichtig werden zu lassen. Wenn so etwas geschehen sollte, würde es geschehen, ganz gleich, ob es einem gefiel oder nicht.

Die Birke allerdings war etwas anderes. Hier lebte ihr Geist, der unserer Mutter, nachdem die Jungen den Baum am Tag ihres Todes auf ihre eigene Bitte hin gepflanzt hatten. Nachdem Mutter ihnen gesagt hatte, was sie tun sollten, hatten Liam und Diarmid, damals sechs und fünf Jahre alt, ihre Spaten zu der Stelle gebracht, die sie beschrieben hatte, die weiche Erde aufgeworfen und den Samen am flachen, grasigen Ufer des Sees vergraben. Mit schmutzigen Händen hatten die Jüngeren geholfen, die Erde festzudrücken, und Wasser geholt. Später, nachdem man ihnen gestattete, mich mit aus dem Haus zu nehmen, gingen wir alle zusammen dorthin. Das war für mich das erste Mal; und danach versammelten wir uns dort zweimal im Jahr, zum Mittsommer- und Mittwintertag.

Grasende Tiere hätten den kleinen Schössling fressen, der kalte Herbstwind seinen schlanken Stamm brechen können, aber er war verzaubert, und innerhalb weniger Jahre war er hochgeschossen und anmutig, sowohl in seiner nackten Winterstrenge wie in seiner silbrigen, rauschenden Sommerschönheit. Ich sehe die Stelle nun in meinem Geist deutlich vor mir, und uns Sieben, wie wir im Schneidersitz rund um die Birke sitzen, uns nicht berühren, aber so deutlich verbunden sind, als hätten wir uns an den Händen gefasst. Wir waren älter, aber immer noch Kinder. Ich war vielleicht fünf, Finbar acht. Liam hatte gewartet, bis wir alt genug waren, um zu verstehen, bevor er uns diese Geschichte erzählte.

... Jetzt war etwas an diesem Zimmer, was uns Angst machte. Es roch anders, seltsam. Man hatte unsere neue kleine Schwester weggebracht, und es gab viel Blut, und die Leute sahen verängstigt aus und liefen hin und her. Mutters Gesicht war so blass, als sie dalag, mit dem dunklen Haar auf dem Kissen. Aber sie gab uns den Samen und sagte zu uns, zu Diarmid und mir: »Ich möchte, dass ihr das mitnehmt und es am See pflanzt. In dem Augenblick, wo ich gehe, wird der Samen neues Leben hervorbringen. Und dann, meine Söhne, werde ich immer bei euch sein, und wenn ihr an diesem Ort seid, werdet ihr wissen, dass ihr Teil eines großen Zaubers seid, der uns alle miteinander verbindet. Unsere Kraft kommt aus diesem Zauber, aus der Erde und aus dem Himmel, aus dem Feuer und aus dem Wasser. Fliegt hoch, schwimmt tief, gebt der Erde zurück, was sie euch gibt ...«

Sie wurde müde, sie verlor ihr Lebensblut, aber sie hatte noch ein Lächeln für uns beide, und wir versuchten, durch die Tränen zurückzulächeln. Wir verstanden kaum, was sie uns sagte, aber wir wussten, dass es wichtig war. »Diarmid«, sagte sie, »pass auf deine kleinen Brüder auf. Teile dein Lachen mit ihnen.« Ihre Stimme wurde leiser. »Liam, Sohn. Ich fürchte, es wird eine Weile lang schwer für dich werden. Du wirst ihr Anführer sein, und du bist so jung für eine solche Last.«

»Ich werde es schaffen«, sagte ich und verkniff mir die Tränen. Leute waren im Zimmer beschäftigt, ein Arzt murmelte vor sich hin und schüttelte den Kopf, Frauen brachten die blutigen Tücher weg, und jemand versuchte, uns wegzuschicken. Aber Mutter sagte, nein, noch nicht, und sie schickte sie alle weg, nur einen kleinen Augenblick. Dann versammelte sie uns um ihr Bett, um Lebewohl zu sagen. Vater war draußen. Er behielt seinen Schmerz für sich, selbst damals.

Also sprach sie leise mit uns allen, ihre Stimme wurde immer leiser. Die Zwillinge standen zu ihren beiden Seiten, beugten sich vor, einer ein Spiegelbild des anderen, die Augen grau wie der Winterhimmel, das Haar dunkelbraun und schimmernd wie eine reife Kastanie.

»Conor, mein Herz«, sagte sie. »Erinnerst du dich an den Vers über die Hirschkuh und den Adler?« Conor nickte, sein kleines Gesicht sehr ernst. »Dann erzähl es mir«, flüsterte sie.

»*Meine Füße werden leise sein wie die eines Hirschs im Wald*«, sagte Conor und runzelte vor Konzentration die Stirn. »*Mein Geist wird so klar sein wie Wasser vom heiligen Brunnen. Mein Herz wird so stark sein wie eine große Eiche. Mein Geist wird sich ausbreiten wie Flügel eines Adlers und davonfliegen. Das ist der Weg der Wahrheit.*«

»Gut«, sagte sie. »Vergiss es nicht und erzähle es deiner Schwester, wenn sie älter ist.«

Wieder ein ernstes Nicken.

»Es ist so ungerecht!« rief Cormack, und Tränen des Zorns überwältigten ihn. Er schlang die Arme um ihren Hals und klammerte sich an sie. »Du darfst nicht sterben! Ich will nicht, dass du stirbst!«

Sie strich ihm übers Haar, tröstete ihn mit sanften Worten, und Conor ging um das Bett, um die Hand seines Zwillings zu nehmen, und Cormack wurde still. Dann hielt Diarmid Padraic hoch, dass Mutter die beiden einen Augenblick lang umarmen konnte. Finbar, der neben ihrem Kissen stand, war so still, dass man ihn beinahe hätte übersehen können, und beobachtete schweigend, wie sie ihre Söhne losließ, einen nach dem anderen. Ihm wandte sie sich als letztem zu, und diesmal sagte sie kein Wort, sondern bedeutete ihm nur, den Stein zu nehmen, den sie um den Hals trug, und ihn sich selbst umzuhängen. Er war damals noch so klein, dass die Schnur ihm bis auf die Taille hing. Er schloss die Faust um das Amulett. Für ihn brauchte sie keine Worte.

»Meine Tochter«, flüsterte sie schließlich. »Wo ist meine Sorcha?« Ich ging nach draußen und fragte, und die dicke Janis kam und legte meiner Mutter das neugeborene Baby in die Arme. Mutter war inzwischen fast zu schwach, um das kleine Bündel zu halten. Finbar rückte näher heran und half mit seinen kleinen Händen, die Last zu stützen. »Meine Tochter wird stark sein«, sagte Mutter. »Die Magie ist stark in ihr, wie in euch allen. Seid ehrlich zu euch selbst und zu euren Geschwistern, meine Kinder.« Dann lehnte sie sich zurück, schloss die Augen, und wir gingen leise nach draußen, und so wurden wir nicht Zeugen ihres Todes. Wir pflanzten den Samen in den Boden am Seeufer, und der Baum nahm Gestalt an und begann zu wachsen. Sie ist nicht mehr bei uns, aber der Baum lebt, und durch ihn gibt sie uns ihre Kraft, die die Kraft alles Lebendigen ist.

Mein Vater hatte nicht nur Feinde, sondern auch Verbündete. Das ganze nördliche Land war ein Flickwerk von Túaths wie seinem, einige größer, die meisten erheblich kleiner, zwischen denen ein unsicherer Waffenstillstand herrschte. Weit im Süden, in Tara, regierten der Hochkönig und seine Gefährtin, aber hier, in der Abgeschiedenheit von Sevenwaters, berührte uns ihre Autorität nicht sonderlich, ebenso wenig wie unsere lokalen Fehden sie berührten. Allianzen wurden am Ratstisch geschmiedet, durch Ehen verstärkt und häufig durch Streitereien über Vieh oder Grenzen wieder gebrochen. Es gab Scharmützel und Kämpfe genug, aber nicht gegen unsere direkten Nachbarn, die meinen Vater achteten und fürchteten. Sie waren verbündet gegen die Pikten und Nordmänner, die unsere Ländereien bedrohten, besonders aber gegen die Briten, die das Undenkbare getan hatten.

Es konnte mir nicht entgehen, dass Vater und seine Männer hin und wieder Gefangene mitbrachten, aber man bewachte sie grimmig, und keiner meiner Brüder sprach darüber. Nicht einmal Finbar. Das war seltsam, denn meist hielt er seinen Geist offen für mich, und meine eigenen Gedanken waren nie vor dem abgeschlossen. Ich kannte seine Ängste und seine Freuden; ich spürte zusammen mit ihm die sonnigen Lichtungen und die dunklen, geheimnisvollen Tiefen unseres Waldes, den Herzschlag der Göttin auf seinen sonnenfleckigen Pfaden und in seinen frischen Quellen. Aber selbst damals gab es einen Teil, den Finbar verborgen hielt. Vielleicht hat er schon früh versucht, mich zu schützen. Also waren mir die Gefangenen ein Rätsel. Unser Haushalt war geprägt von bewaffneten Gestalten, knappen Worten und hastigen Abschieden. Selbst wenn mein Vater weg war – den größten Teil des Jahres –, ließ er eine starke Festungswache zurück, unter dem eisernen Befehl seines Waffenmeisters Donal.

Das war eine Seite des Haushalts; die andere, häuslichere, war zweitrangig. Die Diener, die wir hatten, gingen ihrer Arbeit nach, und die Leute in der Siedlung leisteten ihren Anteil, denn es gab Steinmauern und Dächer, die geflickt werden mussten, und Arbeit in der Mühle und der Molkerei. Es gab Vieh, um das man sich kümmern musste, Schweinehirten taten ihr Bestes, ihre Schutzbefohlenen in den Wäldern wiederzufinden, und die Frauen sponnen und webten. Unser Verwalter wurde krank und starb, und danach kümmerte sich Conor um die Finanzen und die Buchhaltung, solange Vater weg war. Nach und nach übernahm er die Führung über diesen Teil des Haushalts. Selbst mit sechzehn verfügte er bereits über jene Mischung aus Klugheit und Nüchternheit, die sein Alter Lügen strafte und auch bei den hart gesottenen Soldaten Vertrauen erweckte. Es wurde allen deutlich, dass Conor mehr als ein Schreiber war. In Vaters Abwesenheit veränderten sich die Dinge unauffällig: Die armen Bauern erhielten rechtzeitig vor dem Winter einen Vorrat an Torf für ihre Feuer, und mir stand nun ein Raum zur Verfügung, in dem mir eine Dienerin stundenweise half, für die Kranken Tränke und Salben herzustellen. Als das Kleine Volk Madge Smallfoots Mann holte und er von den Felsen hinab in den See sprang und ertrank, war es Conor, der dafür sorgte, dass Madge zu uns kam und für uns arbeitete und in der Küche Teig knetete und Hühner rupfte. Es waren nur kleine Dinge, aber ein Anfang.

Finbar nahm in diesem Jahr nicht an den Kämpfen des Herbstes teil; entgegen Vaters früherer Anordnung waren es Liam und Diarmid und zu seiner großen Freude der junge Cormack, die an einem hellen, kühlen Morgen abrupt davonritten. Der Ruf zu den Waffen war früh und unerwartet gekommen. Wir hatten Gäste, was ebenfalls nichts Gewöhnliches war: unsere Nachbarn, Seamus Rotbart von Glencarnagh und mehrere Mitglieder seines Haushalts. Seamus war einer der wenigen, denen mein Vater vertraute. Aber selbst er betrat den Wald nie ohne eine Eskorte von Männern meines Vaters, die ihm bis zu seiner eigenen Grenze entgegenkamen und ihn sicher zur Festung von Sevenwaters brachten.

Seamus hatte seine Tochter mitgebracht, die fünfzehn Jahre alt war und eine Haarmähne in derselben verblüffenden Farbe hatte wie ihr Vater. Sie mochte feurig aussehen, aber Eilis war ein stilles Mädchen, rundlich und rosig, und im Gegensatz zu meinen Brüdern fand ich sie eher langweilig. Unsere Gäste waren seit etwa zehn Tagen bei uns gewesen, und da Eilis nie auf Bäume klettern oder im See schwimmen oder mir mit den Kräutertränken helfen wollte, wurde ich ihrer Gesellschaft bald müde und überließ sie sich selbst. Ich war verblüfft, dass sich die Jungen so sehr für sie interessierten, denn wenn sie etwas sagte – was selten genug vorkam –, war es ausgesprochen oberflächlich. Das konnte sie doch nicht interessieren? Aber immer wieder sah ich Liam, Diarmid oder Cormack, die sich geduldig und mit offensichtlicher Faszination zu ihr beugten, um jedes einzelne Wort von ihren Lippen zu lesen, oder ihre Hand nahmen, um ihr eine Treppe hinabzuhelfen, die ich selbst mit ein paar harmlosen Sprüngen bewältigt hätte.

Es war seltsam und wurde noch seltsamer – obwohl das Merkwürdigste daran war, dass ich so lange brauchte, um zu verstehen, was geschah. Nach den ersten paar Tagen zeigte sie, was sie wollte, und schloss sich fest an Liam an. Er, von dem ich angenommen hätte, dass er am meisten zu tun hatte, schien immer Zeit für Eilis zu haben. Mir fiel etwas Neues in seinem Gesicht auf, das inzwischen beinahe männlich-hart und hager aussah: Es war eine Warnung gegenüber seinen Brüdern, sich fern zu halten, und sie nahmen diese Warnung ernst. Wenn ich Eilis nicht auf ihren Spaziergängen begleitete, war es Liam. Eilis, die bei Tisch meist den Kopf schüchtern gesenkt hielt, konnte spüren, wenn Liams Blick auf ihr ruhte, dann schaute sie ihn eine Sekunde lang an und errötete liebreizend, bevor ihre langen Wimpern die blauen Augen wieder abschirmten. Und immer noch ahnte ich nichts, bis mein Vater eines Abends auf den Tisch klopfte und um Schweigen bat.

»Meine Freunde! Meine lieben Nachbarn!«

Die Versammelten schwiegen; Kelche hielten auf dem halben Weg zu wartenden Lippen inne, und ich spürte so etwas wie Erwartung, als wüssten alle, was Vater sagen würde – von mir einmal ausgenommen.

»Es ist gut, in diesen unruhigen Zeiten zusammen zu feiern, zu trinken und zu lachen und die Früchte unserer Weiden zu teilen. Schon bald, bei Vollmond, werden wir wieder losziehen, diesmal vielleicht, um unsere Strände ein- für allemal zu sichern.«

Ein paar Pfiffe und zustimmende Rufe waren zu hören, aber

sie warteten eindeutig noch auf etwas anderes. »In der Zwischenzeit seid ihr in meiner Halle willkommen. Es ist lange her, seit es hier ein solches Fest gab.«

Einen Augenblick lang wurde seine Miene grimmig. Seamus Rotbart beugte sich vor, das Gesicht erhitzt.

»Sicher, und du bist ein guter Gastgeber, Colum, und keiner soll etwas anderes sagen«, erklärte er, und seine Aussprache litt ein wenig unter der Qualität unseres Bieres. Eilis errötete und senkte den Blick wieder auf ihren Teller. Aus dem Augenwinkel bemerkte ich, dass Cormack seiner Hündin Linn, die sich unter den Tisch gedrückt hatte, Fleischstücke zusteckte. Er nahm ein Stück Rindfleisch oder Huhn lässig zwischen Daumen und Zeigefinger, und einen Augenblick später tauchte die große, haarige Schnauze auf und verschwand wieder, und Cormack ließ die leere Hand an der Tischkante ruhen, den Blick demonstrativ auf etwas völlig anderes gerichtet.

»Und so fordere ich euch auf, trinkt auf das glückliche Paar! Möge ihre Ehe lange und fruchtbar und ein Zeichen von Freundschaft und Frieden zwischen Nachbarn sein!«

Irgendetwas musste mir entgangen sein. Liam stand jetzt auf, ziemlich bleich, aber nicht imstande, sich das Lächeln zu verbeißen, und dann nahm er Eilis' Hand. Endlich sah ich, wie sie einander anschauten, und erkannte, was geschehen war.

»Heiraten? Liam?« sagte ich. »*Eilis?*« Aber alle lachten und jubelten, und selbst mein Vater sah beinahe zufrieden aus. Ich entdeckte den alten Eremiten, Vater Brien, der leise mit Liam und Eilis sprach. Ich drückte meinen Schmerz fest an mich, schlüpfte aus der Halle, weg von den Fackeln und Kerzen und dem Lärm, in meinen Arbeitsraum; ich setzte mich aufs Fensterbrett und starrte hinaus in den dunklen Küchengarten. Ein schmaler Mond und ein paar Sterne waren zu sehen; langsam enthüllten sich die vertrauten Gesichter des Gartens, obwohl ich sie so gut kannte, dass ich sie vermutlich auch in völliger Dunkelheit gesehen hätte: Dort draußen waren die Pflanzen, und hier drinnen auf den Regalen hinter mir ihre Öle und Essenzen in Flaschen und Tiegeln, und ihre getrockneten Blätter und Blüten hingen in ordentlichen Bündeln an den Dachbalken. Ein zarter, heilender Duft hing in der stillen Luft. Ich holte ein paarmal tief Luft. Es war sehr kalt; der alte Umhang, den ich an einem Haken an der Tür gelassen hatte, half ein wenig, aber die Kälte drang direkt in die Knochen. Der beste Teil des Sommers war vorüber.

Ich muss einige Zeit lang dort gesessen haben, selbst in der Vertrautheit meiner eigenen Dinge frierend. Mit dieser Verlobung ging etwas zu Ende, und ich wollte nicht, dass es zu Ende ging. Aber es gab nichts, was ich dagegen tun konnte. Es war unmöglich, nicht zu weinen. Tränen liefen mir lautlos über die Wangen, und ich versuchte nicht, sie wegzuwischen. Nach einer Weile erklangen draußen Schritte, dann klopfte es leise an die Tür. Selbstverständlich, einer von ihnen würde zu mir kommen. Wir standen einander so nahe, wir Sieben, dass kein Kindheitsschmerz unbemerkt verging, keine Verletzung, wirklich oder nur vorgestellt, ohne Trost ertragen werden musste.

»Sorcha? Kann ich reinkommen?«

Ich hatte gedacht, es wäre Conor, aber es war mein zweiter Bruder, Diarmid, der sich unter dem Türsturz durchduckte und sich auf die Bank neben meinem Fenster hockte. Die flackernde Kerzenflamme zeigte mir sein Gesicht in Extremen von Schatten und Licht; schlank mit gerader Nase, eine jüngere Version von Liam, bis auf den volleren Mund, der immer so bereit war, in ein boshaftes Grinsen auszubrechen. Aber diesmal war er ernst.

»Du solltest zurückkommen«, sagte er in einem Ton, der mir mitteilte, dass es ihm selbst nicht um Höflichkeiten ging. »Man hat deine Abwesenheit bemerkt.«

Ich schluckte und rieb mir mit einem Stück meines alten Umhangs über die feuchten Wangen. Nun war es eher Zorn als Kummer, was ich spürte.

»Warum müssen Dinge sich ändern?« sagte ich ärgerlich. »Warum können wir nicht so weitermachen wie bisher? Liam war zuvor auch glücklich – er braucht sie nicht!«

Ich muss es Diarmid hoch anrechnen, dass er mich nicht auslachte. Er streckte die Beine aus und starrte nachdenklich zu Boden.

»Liam ist jetzt ein Mann«, sagte er nach einer Weile. »Und Männer heiraten, Sorcha. Er wird hier Verantwortung haben – eine Frau kann das mit ihm teilen.«

»Er hat uns«, stieß ich hervor. Jetzt lächelte Diarmid und bekam Grübchen, die denen von Cormack in nichts nachstanden. Ich fragte mich, wieso Eilis ihn nicht Liam vorgezogen hatte.

»Hör mir zu, Sorcha. Ganz gleich, wo wir sind oder was wir tun, wir Sieben werden niemals wirklich getrennt sein. Wir werden füreinander immer dieselben sein. Aber wir werden erwachsen, und Erwachsene heiraten, ziehen weg und lassen andere Menschen in ihr Leben. Selbst du wirst es eines Tages tun.«

»Ich!« Ich war verdutzt.

»Das weißt du doch sicher.« Er rückte näher und griff nach meiner Hand, und ich bemerkte, dass seine Hände groß und rau waren – die Hände eines Mannes. Er war jetzt siebzehn. »Vater plant schon eine Heirat für dich, die in ein paar Jahren stattfinden wird, und zweifellos wirst du dann von hier weggehen und bei der Familie deines Mannes leben. Wir werden nicht alle hier bleiben.«

»Weggehen? Ich würde nie von Sevenwaters weggehen! Das hier ist mein Zuhause! Ich würde eher sterben als wegzugehen!«

Wieder traten mir Tränen in die Augen. Ich wusste, dass es dumm war; ich war nicht so unwissend, dass ich keine Ahnung von Heiraten und Allianzen hatte, und von dem, was man von mir erwartete. Es war nur, dass Liams Verlobung mir einen Schock versetzt hatte; meine Welt veränderte sich, und ich war nicht darauf vorbereitet.

»Dinge ändern sich, Sorcha«, sagte Diarmid ernst. »Und nicht immer so, wie wir es wollen. Nicht alle von uns wollten, dass Eilis Liam heiratet; aber so ist es nun einmal, und wir müssen es akzeptieren.«

»Wieso will er überhaupt ausgerechnet *sie* heiraten?« wollte ich wissen. »Sie ist so langweilig!«

»Liam ist ein Mann«, meinte Diarmid streng und schob sein eigenes Bedauern beiseite. »Und sie ist seine Frau. Ihre Ehe wurde schon vor einiger Zeit abgesprochen. Sie haben Glück, dass sie einander mögen, denn sie sind sich ohnehin versprochen. Sie wird ihm eine gute Frau sein.«

»Ich werde nie einer abgesprochenen Heirat zustimmen«, erklärte ich heftig. »Niemals. Wie kann man sein ganzes Leben mit jemandem verbringen, den man hasst oder mit dem man nicht reden kann? Dann heirate ich lieber überhaupt nicht.«

»Und du wirst eine alte weise Frau, die Kräuterarzneien braut?« grinste mein Bruder. »Nun gut, hässlich genug dafür bist du. Tatsächlich kann ich jetzt schon sehen, wie dir Falten wachsen, Großmutter!«

Ich versetzte ihm einen Schlag gegen den Arm, stellte aber fest, dass ich selbst grinste. Er umarmte mich rasch und fest genug, dass ich nicht wieder in Tränen ausbrach.

»Komm schon«, sagte er. »Wasch dir das Gesicht, kämm dir das Haar, und dann gehen wir zum Fest zurück. Liam wird sich Sorgen machen, wenn du den ganzen Abend wegbleibst. Er braucht deine Zustimmung, also solltest du lieber dein Einverständnis zeigen.«

Ich tanzte nicht, aber ich mischte mich wieder unters Volk und küsste Eilis' rosige Wange und sagte Liam, wie sehr ich mich für ihn freute. Mein Blick musste gezeigt haben, wie ich wirklich empfand, aber in dem Rauch und Fackellicht und nach ein wenig mehr Bier, als er gewöhnt war, schien Liam das nicht aufzufallen. Die anderen beobachteten mich; Diarmid war freundlich, er brachte mir ein wenig Met und sorgte dafür, dass ich nie zu lange alleine war; Conor schaute ein wenig streng drein, als verstünde er meine eigensüchtigen Gedanken nur zu gut. Padraic und Cormack versuchten, aus diesem seltenen Besuch eines Frauenhaushalts das Beste zu machen, und tanzten mit den hübschesten von Eilis' Frauen, und dem Kichern und Zwinkern nach zu schließen, waren meine Brüder trotz ihrer Jugend sehr willkommen. Finbar war in ein ernstes Gespräch mit einem grauhaarigen, alten Krieger aus Seamus' Haushalt versunken.

Mein Vater hatte sich entspannt. Es war lange her, seit ich ihn so gesehen hatte. Es war ihm schwer gefallen, sein Haus den Gästen zu öffnen, aber es war im Interesse einer strategischen Allianz mit seinem Nachbarn notwendig gewesen. Vater hatte bemerkt, dass ich zurückgekehrt war, und als ich mich bemühte, Eilis' ältere Anstandsdame angemessen zu unterhalten, nahm er das sogar mit einem zustimmenden Nicken zur Kenntnis. Sicher, dachte ich verbittert, eine Tochter wie Eilis war genau, was er wollte – fügsam, weich, ein süßes Ding ohne eigenen Kopf. Nun, auch ich konnte an diesem Abend um Liams willen diese Rolle spielen, aber er sollte lieber nicht glauben, dass ich das aufrechterhalten würde.

Der Abend ging weiter; Met und Bier flossen in Strömen, immer mehr Essen wurde hereingetragen und verschwand ebensoschnell wieder. Es gab nur das Beste: Schweinebraten, weiches Weizenbrot, gewürztes Obst und Käse aus Schafsmilch. Es gab noch mehr Musik und Tanz – die Musiker kamen aus Seamus' Haushalt und machten mit ihrer Lebhaftigkeit wett, was ihnen an Kunstfertigkeit fehlte. Der Bursche am Bodhran hatte Arme wie ein Schmied, und dem Flötenspieler war der Met zu Kopf gestiegen. Das Stampfen, Pfeifen und Jubeln war so laut, dass es einige Zeit dauerte, bis der Lärm am Haupttor, das Klirren von Metall und das Rufen auffielen.

Langsam erstarben die Festgeräusche, und die Menge teilte sich, um eine kleine Gruppe der Männer meines Vaters durchzulassen, immer noch in Rüstung, die nackten Schwerter in den Händen. Sie zerrten einen Gefangenen zu meinem Vater, dessen Gesicht ich nicht sehen konnte, aber dessen Haar, das jemand von hinten fest in der Faust hielt, im Fackellicht hellgolden schimmerte.

»Lord Colum!« dröhnte der Hauptmann. »Ich bedaure, Eure Festlichkeiten zu stören.«

»Ach ja«, erwiderte mein Vater eisig. »Es muss tatsächlich wichtig sein, wenn ihr hier so eindringt. Was willst du? Ich habe Gäste.«

Er war verärgert über die Unterbrechung; aber zur gleichen Zeit zuckte seine Hand schon zum Schwertgriff. Lord Colum kannte seine Männer; sie würden nicht ohne Grund seinen Zorn so auf sich ziehen. Neben ihm saß Seamus Rotbart im Stuhl zusammgesackt und lächelte selig über nichts Besonderes. Er mochte an diesem Tag zu viel getrunken haben, aber sein Gastgeber war nüchtern.

»Ein Gefangener, Herr. Wir haben ihn am nördlichen Seeufer gefunden; aber es sind sicher mehr von seiner Art in der Nähe, das hier ist kein Söldner, Lord Colum.«

Es gab eine heftige Bewegung, und der Soldat hielt inne, als sein Gefangener an den Fesseln zerrte. Die Leute drängten sich näher heran, um ihn besser sehen zu können, aber ich konnte in dem Durcheinander nur das Gold seines Haares und die große Faust des Mannes erkennen, die es hielt, und die Art, wie der Gefangene sich aufrichtete, als wäre er der einzige auf der Welt, der zählte.

Ich duckte mich unter ein paar Armen durch und drehte mich an einer Gruppe flüsternder Mädchen vorbei, dann kletterte ich auf die breite Steinbank, die die ganze Halle umgab. Noch ein weiterer, vorsichtiger Schritt auf den Rand einer Säule, und ich hatte einen direkten Blick über die Köpfe der murmelnden, hälsereckenden Menge hinweg. Als erstes sah ich Finbar, der auf der anderen Seite genau an derselben Stelle stand. Sein Blick ging direkt über mich hinweg zu dem Gefangenen.

Das Gesicht des Mannes war sehr zerschlagen; seine Nase hatte geblutet, und die schimmernden Locken waren bei näherer Betrachtung über der Stirn feucht von Schweiß und Blut. Seine Augen glühten wie Kohlen, als er den Blick auf meinen Vater richtete. Er war jung und verwundet und verzweifelt vor Hass. Er war der erste Brite, den ich je gesehen hatte.

»Wer bist du, und was willst du hier?« wollte mein Vater wissen. »Sprich, denn Schweigen wird dir nicht helfen, das kann ich dir versprechen. Für solche wie dich haben wir kein Willkommen, nur den Tod, denn wir wissen, dass nur ein Grund dich in unser Land geführt haben kann. Wer hat dich hergeschickt?«

Der junge Mann richtete sich auf, riss verächtlich an den Seilen, die ihm die Hände auf den Rücken fesselten. Er spuckte mit verblüffender Genauigkeit auf Vaters Füße. Sofort zog einer der Krieger das Seil fester, der andere schlug mit der ganzen Kraft einer behandschuhten Faust über das Gesicht des Gefangenen und hinterließ eine rote Schwiele auf Mund und Wangen. Zorn blitzte aus den Augen des jungen Mannes, aber er biss die Lippen grimmig zusammen und schwieg. Vater stand auf.

»Das hier ist kein Anblick für Damen und hat keinen Platz in einer Halle, wo gefeiert wird«, sagte er. »Vielleicht ist es Zeit, sich zurückzuziehen.« Er ließ den Blick durch die Halle schweifen, und es gelang ihm, nur damit allein den Gästen Dank und Lebewohl zu sagen. »Männer, macht euch bereit für einen frühen Aufbruch. Es sieht so aus, als könnte unser Unternehmen nicht bis zum Vollmond warten. Inzwischen werden wir herausfinden, was dieser unwillkommene Besucher uns zu sagen hat; meine Hauptleute sollen zu mir kommen und alle anderen gehen. Meine Gäste, ich bedaure dieses unzeitige Ende unseres Festes.«

Der Haushalt fiel innerhalb von Sekunden wieder in seinen Kriegsstatus. Dienstboten erschienen; Flaschen, Kelche und Teller verschwanden. Eilis und ihre Damen gingen rasch in ihre Kammern, Seamus folgte nicht viel später, und bald schon waren nur Vater und eine Hand voll seiner vertrautesten Männer zurückgeblieben. Irgendwie hatte man den Gefangenen inmitten des allgemeinen Tumults nach draußen gezerrt. Falls Vater seinen Wachen Anweisungen gegeben hatte, war mir das entgangen.

Und in der dunkler werdenden Halle wurden Finbar und ich, jeder auf seiner Seite, eins mit den Schatten, wie wir es beide so gut konnten. Ich kann nicht erklären, warum ich blieb, aber das Muster, das unser Schicksal formen sollte, bildete sich bereits heraus, wenn ich es auch noch nicht wusste.

»... schon hier ganz in der Nähe; das bedeutet, sie wissen genug von unseren Stellungen und stellen eine wirkliche Bedrohung ...«

»... sie finden und töten, aber schnell, bevor die Informationen ...«

»Es ist wichtig, ihn zum Sprechen zu bringen.« Das war Vater. »Sagt ihnen das. Und das muss heute Abend sein, denn bei diesem Unternehmen ist Eile vonnöten. Wir reiten in der Morgendämmerung. Sagt euren Männern, sie sollen versuchen, noch ein wenig zu schlafen.« Er wandte sich einem der älteren Männer zu. »Du wirst das Verhör überwachen. Und achte darauf, dass er am Leben bleibt. Ein solcher Gefangener könnte sich als wichtige Geisel erweisen, nachdem er erst einmal seinen Zweck erfüllt hat. Das ist eindeutig kein gewöhnlicher Fußsoldat. Er ist vielleicht sogar Verwandter der Northwoods. Sag deinen Leuten, sie sollen vorsichtig sein.«

Der Mann nickte zustimmend und verließ die Halle, und die anderen kehrten zu ihrer Planung zurück. Liam tat mir ein wenig Leid – gerade erst verlobt, und nun musste er schon wieder in den Krieg. Vielleicht war das Leben so, wenn man ein Mann war, aber es kam mir ungerecht vor.

»Sorcha!« Ein Flüstern hinter mir ließ mich beinahe laut aufschreien und mein Versteck verraten. Finbar zupfte an meinem Ärmel und führte mich leise hinaus in den Hof.

»Schleich dich nicht so an!« zischte ich. Seine Finger auf meinen Lippen brachten mich rasch zum Schweigen, und erst als wir um die Ecke gebogen waren und er sorgfältig nachgesehen hatte, dass niemand in Hörweite war, sprach er.

»Du musst mir helfen«, flüsterte er. »Ich wollte dich nicht fragen, aber ich schaffe es nicht allein.«

»Was schaffen?« Sofort war ich neugierig, obwohl ich nicht die geringste Ahnung hatte, wovon er sprach.

»Wir können jetzt nicht viel tun«, meinte er, »aber wir könnten ihn am Morgen wegbringen, wenn du mir geben kannst, was ich brauche.«

»Was?« fragte ich. »Wovon redest du?«

»Ein Schlafmittel«, sagte Finbar. Er führte mich durch den Bogengang zum Garten. Wir waren beide in der Lage, uns auf jeder Art von Terrain rasch und leise zu bewegen – das kam davon, halbwild aufgewachsen zu sein.

Sobald wir in meinem Raum waren und sowohl die inneren als auch die äußeren Türen verriegelt hatten, bat ich Finbar abermals zu erklären. Er wollte nicht; er setzte jene störrische Miene auf, die er immer dann hatte, wenn die Wahrheit schmerzlich oder quälend war, aber ausgesprochen werden musste. Lügen war etwas, was keiner von uns so recht gelernt hatte.

»Du musst mir sagen, was du vorhast«, forderte ich. »Aber ich weiß ohnehin, was du denkst. Ich bin jetzt zwölfeinhalb, Finbar; ich bin alt genug, dass du mir vertrauen kannst.«

»Ich vertraue dir, Sorcha, darum geht es nicht. Es ist nur, wenn du mir jetzt hilfst, wirst auch du in Gefahr sein, und außerdem ...« Wieder wand er sich eine Haarsträhne um den Finger. Er sagte nichts mehr, aber ich war auf seine Gedanken eingestimmt, und einen Augenblick lang vergaß er, sie abzuschirmen. In der Dunkelheit des stillen Zimmers konnte ich einen erschreckenden Blick auf ein glühendes Kohlebecken und auf schreckliche Brandwunden werfen, und ich hörte einen Mann schreien. Zitternd riss ich mich los. Unsere Blicke begegneten sich im Entsetzen der geteilten Visionen.

»Was für eine Art Schlafmittel?« fragte ich erschüttert und tastete nach Zunder, um eine Kerze anzuzünden.

»Einen Trunk, der einen Mann bis zum Morgen schlafen lässt. Genug davon für vier, und es darf nicht bitter schmecken, so dass sie es in einem Krug Bier nicht bemerken. Und ich brauche es vor Sonnenaufgang, Sorcha. Sie werden früh frühstücken und die Wachen wechseln, bevor der Morgen weit fortgeschritten ist. Wir haben wenig Zeit. Weißt du, wie man einen solchen Trunk herstellt?«

Im Dunkeln nickte ich zögernd. Wir brauchten einander nicht zu sehen, nur vor dem geistigen Auge, um zu einem Einverständnis zu kommen.

»Aber du wirst mir sagen müssen«, meinte ich bedächtig, »wofür es gedacht ist.«

Die Kerze flackerte, und ich schirmte sie mit der Hand ab. Es war jetzt sehr spät, gut nach Mitternacht, aber draußen hörte man gedämpfte Geräusche, Pferde, die bewegt wurden, Waffen wurden geschliffen, Vorräte geladen; sie bereiteten sich schon für den Abschied im Morgengrauen vor.

»Du hast den Gefangenen gesehen«, sagte Finbar mit stillem Nachdruck, »er ist nur ein Junge.«

»Er war älter als du.« Ich konnte nicht widerstehen, darauf hinzuweisen. »Mindestens sechzehn, nehme ich an.«

»Alt genug, um für eine Sache zu sterben«, sagte mein Bruder. Ich konnte spüren, wie angespannt er war, wie sehr ihn seine Entschlossenheit, das Richtige zu tun, trieb. Wenn Finbar die Welt durch reine Willenskraft hätte ändern können, hätte er es getan.

»Was soll ich tun? Diesen Briten in Schlaf versetzen?« Im trüben Kerzenlicht warf ich einen Blick auf meine Regale; das Päckchen, das ich brauchte, war gut versteckt.

»Er hat geschwiegen. Und er wird weiter schweigen, wenn ich ihn richtig deute. Das wird ihn teuer zu stehen kommen. Brite oder nicht, er verdient eine Chance zur Freiheit«, erklärte Finbar nüchtern. »Dein Schlaftrunk kann ihm das erkaufen. Es gibt keine Möglichkeit, ihn vor dem Schmerz zu bewahren; dafür ist es schon zu spät.«

»Welcher Schmerz?« Vielleicht kannte ich bereits die Antwort auf meine eigene Frage, aber mein Geist weigerte sich, die Hinweise zusammenzufügen, die ich erhalten hatte, weigerte sich, das Unakzeptable zu akzeptieren.

»Der Schlaftrunk ist für die Wachen.« Finbar sprach nur widerstrebend. Es war klar, er wollte, dass ich so wenig wie möglich erfuhr. »Braue ihn einfach, ich kümmere mich um den Rest.«

Meine Hände fanden das Päckchen beinahe automatisch: Nachtschatten, in geringem Maß und gemischt mit anderen Kräutern verwendet, würde die Männer tief schlafen lassen, mit wenigen schlechten Nebenwirkungen. Die Kunst bestand in der richtigen Dosierung; zu viel, und das Opfer würde nie wieder erwachen. Ich stand still, die getrockneten Beeren auf der Steinplatte vor mir.

»Was ist?« fragte Finbar. »Worauf wartest du noch? Sorcha, ich muss wissen, ob du das tun wirst. Und ich muss gehen. Es gibt andere Dinge, um die ich mich kümmern muss.«

Er war schon wieder auf den Beinen, begierig zu gehen, und malte sich bereits den nächsten Teil seiner Strategie aus.

»Was werden sie ihm antun?« Doch sicherlich nicht, was ich in diesem Aufblitzen einer Vision gesehen hatte, die bewirkte, dass mir so übel wurde.

»Du hast Vater gehört. Er sagte, lasst ihn leben. Überlasse es mir, mir darum Sorgen zu machen, Sorcha. Stelle einfach nur den Schlaftrunk her. Bitte.«

»Aber wie kann Vater nur …«

»Es wird mit der Zeit einfacher«, sagte Finbar. »Es gehört zur Ausbildung; die Fähigkeit, deinen Feind nicht mehr als wirklichen Menschen zu sehen. Er ist etwas Niedrigeres – man lernt, mit ihm zu tun, was man will, und ihn für die eigenen Zwecke zu nutzen.« Er spürte mein Entsetzen. »Schon gut, Sorcha«, sagte er. »Wir können diesen Mann retten, du und ich. Tu nur, was ich dir sage, und überlass mir den Rest.«

»Was wirst du tun? Und was, wenn Vater es herausfindet?«

»Zu viele Fragen! Wir haben nicht mehr viel Zeit – kannst du es nicht einfach tun?«

Ich wandte mich ihm zu, die Arme um den Oberkörper geschlungen. Um ehrlich zu sein, ich schauderte, und nicht nur von der Kälte.

»Ich weiß, dass du mich nicht anlügst, Finbar. Ich habe keine Wahl, als zu glauben, was du mir gesagt hast. Aber ich habe doch nie zuvor jemanden vergiftet – ich bin Heilerin.«

Ich blickte auf zu seinem schweigenden Gesicht, dem breiten beweglichen Mund, den klaren, grauen Augen, die immer auf einen zukünftigen Weg gerichtet schienen, auf dem es keine Unsicherheiten gab.

»Es geschieht«, sagte er ruhig. »Es gehört zum Krieg. Manchmal reden sie. Manchmal schweigen sie. Oft sterben sie. Und hin und wieder können sie entkommen.«

»Dann solltest du dich lieber beeilen«, sagte ich, und meine Stimme kam mir wie die einer anderen vor. Meine Hände suchten schon nach einem scharfen Messer, begannen automatisch, die Bestandteile meines Schlaftrunks zu hacken. »Mach schon, Finbar.«

»Danke.« Das Aufblitzen eines Lächelns, dieses großzügigen Lächelns, das sein ganzes Gesicht aufleuchten ließ. »Wir arbeiten gut zusammen. Uns kann niemand hinters Licht führen. Wie könnten wir versagen?«

Er drückte mich einen Augenblick lang an sich, gerade lange genug, dass ich die Spannung in seinem Körper und seinen schnellen Herzschlag spürte. Dann war er weg, glitt lautlos wie eine Katze davon.

Es war eine lange Nacht. Das Wissen, dass der geringste Irrtum mich zur Mörderin machen könnte, hielt mich wach, und vor Tagesanbruch war der Schlaftrunk bereit und sicher in einer kleinen Steinflasche verkorkt, die man in der Hand verstecken konnte. Die Kammer war gesäubert, jede Spur meiner Aktivitäten verschwunden. Finbar holte mich, als draußen vor der Tür das Klirren von Zaumzeug und von eilenden, bestiefelten Füßen lauter wurde.

»Geh und bring es in die Küche«, flüsterte er. »Du wirst ihnen weniger auffallen.« Ich erinnerte mich vage, dass er diesmal mit in den Krieg ziehen sollte – hatte nicht Vater so entschieden? Dann hatte ich zu viel zu tun, um noch nachdenken zu können, schlüpfte in die Küche, drängte mich zwischen Dienern und Bewaffneten durch, die einen letzten Bissen zu sich nahmen, Rationspäckchen vorbereiteten und Wein- und Wasserflaschen füllten. Die dicke Janis, hatte Finbar erklärt, gehe dahin, wo die dicke Janis ihren Eisentopf über dem Feuer hat. Wenn sie die Nacht über gearbeitet haben, wird sie ihnen früh am Morgen warmes Bier bringen. Ihr Spezialgebräu. Es heißt, es hätte ein paar interessante Nebenwirkungen. Sie bringt es selbst zu ihnen, und vielleicht tun sie ihr im Gegenzug den einen oder anderen Gefallen. Welche Gefallen? fragte ich. Mach dir darüber keine Gedanken, sagte Finbar. Sorge nur dafür, dass sie dich nicht sieht.

Es gab einiges, was ich wirklich gut konnte. Ich konnte Gifte und Heiltränke mischen, und ich konnte ungesehen bleiben, wenn ich wollte. Es war überhaupt nicht schwierig, den Schlaftrunk ins Bier zu gießen; Janis drehte dem Feuer einen

Augenblick den Rücken zu, lachte über eine Bemerkung eines Kriegers, als er das letzte Stück Wurst in den Mund steckte, zur Tür ging und seinen Schwertgürtel zuschnallte. Ich war fertig und schon wieder verschwunden, ehe sie sich zurückdrehte, sie hat mich nie gesehen. Das war einfach, dachte ich, als ich auf die Tür zuging. Es waren mindestens fünfzehn Menschen dort, und keiner von ihnen hatte mich entdeckt. Ich war beinahe schon draußen, als etwas bewirkte, dass ich mich noch einmal umdrehte. Auf der gegenüberliegenden Seite der Küche, den Blick direkt auf mich gerichtet, stand mein Bruder Conor. Er stand in der abgelegenen Ecke des Raums, halb im Schatten, eine Liste in einer Hand, eine Feder in der anderen. Sein Helfer, mit dem Rücken zu ihm, packte Vorräte in eine Satteltasche. Ich war erstarrt vor Schreck: Von dort, wo er stand, musste mein Bruder alles gesehen haben. Wie kam es, dass er mir nicht vorher aufgefallen war? Hin- und hergerissen zwischen dem Instinkt, mich zu verstecken, und mich dem Unvermeidlichen zu stellen, zögerte ich auf der Schwelle. Und Conor senkte den Blick auf seine Liste und fuhr fort, sich Notizen zu machen, als wäre ich tatsächlich unsichtbar. Ich war zu erleichtert, um darüber weiter nachzudenken, und floh wie ein erschrockenes Kaninchen. Finbar war nirgendwo zu sehen. Ich verzog mich ins sicherste Versteck, das mir einfiel, das alte Stallgebäude, wo mein jüngster Bruder Padraic seine Menagerie von Waisen und Streunern hielt. Dort fand ich eine warme Ecke im Stroh, und der Esel, der ältere Ansprüche hatte als ich, machte mir mürrisch Platz. Hungrig, frierend, verwirrt und erschöpft fand ich diesmal Zuflucht im Schlaf.

KAPITEL 2

Unsere Geschichte kann nicht weiter erzählt werden, ohne Vater Brien zu erwähnen. Ich sagte bereits, dass er ein Eremit war und dass er hin und wieder Gelehrsamkeit gegen einen Laib Brot oder einen Sack Äpfel tauschte. Das ist wahr; aber es war erheblich mehr an Vater Brien. Es hieß, er sei einmal ein Kämpfer gewesen, der mehr als nur ein paar Wikingerschädel eingeschlagen hatte; es hieß, er sei über das Wasser gekommen, den ganzen Weg aus Armorica, wo er seine Geschicklichkeit mit Feder und Tinte im christlichen Gebetshaus von Kells eingesetzt hatte, aber er hatte schon lange alleine gelebt, und er war alt, mindestens fünfzig, ein kleiner, schmaler, grauhaariger Mann, auf dessen Miene sich die ruhige Hingabe eines Menschen abzeichnete, dessen Geist während eines ganzen Lebens voller Prüfungen ungebrochen geblieben war. Ein Besuch bei Vater Brien war ein Abenteuer für sich. Er wohnte auf dem Hügel südlich des Sees, und wir ließen uns Zeit, dorthin zu gelangen, denn das war ein Teil des Spaßes. Es gab eine Stelle, wo man auf einem Seil den Bach überquerte und wild zwischen den großen Eichen hin und her schaukelte. Einmal fiel Cormack hinein; zum Glück war es Sommer. Dann gab es eine Stelle, wo man einen Felskamin hinaufklettern musste, was seinen Zoll von Ellbogen und Knien verlangte, nicht zu reden von den Löchern in der Kleidung. Und es gab ausführliche Versteckspiele. Tatsächlich konnte man in der Hälfte der Zeit auf einem Karrenweg dorthin gelangen, aber unser Weg war besser. Manchmal war Vater Brien nicht zu Hause, die Feuerstelle kalt, der Boden sauber gefegt. Laut Finbar, der irgendwie über diese Dinge Bescheid wusste, stieg der heilige Vater direkt auf Ogmas Gipfel, was für einen alten Mann ein ziemlicher Weg war, und blieb dort reglos wie ein

Stein stehen, um nach Osten übers Meer und über es hinaus zum Land der Briten zu spähen; oder zumindest zu den Inseln. Man konnte die Insel von diesem Punkt aus nicht sehen, aber wen immer man fragte, wo sie sich befanden, der zeigte mit dem Finger voller Selbstvertrauen nach Osten und ein wenig nach Süden. Es war, als wäre diese Landkarte dem Geist der Menschen eingeprägt, und weder Zeit noch Entfernung konnten das auslöschen.

Wenn der Eremit zu Hause war, unterhielt er sich gerne mit uns. Er beherrschte viele verschiedene Sprachen; er kannte sich auch gut mit Kräutern aus und konnte Knochen richten. Von ihm erhielt ich viele der Grundlagen meiner Kunst, aber meine Besessenheit mit den Heilkräften von Pflanzen trieb mich weiter an, und ich überflügelte ihn schon bald.

Es gab Zeiten, in denen wir einander halfen, uns um die Kranken zu kümmern; er hatte die Kraft, ein ausgerenktes Glied wieder einzurenken oder einen Bruch zu schienen; ich wusste, wie man die richtigen Tränke und Salben zubereitet. Zusammen haben wir vielen geholfen, und die Leute gewöhnten sich an mich, die ich immer noch ein Kind war, ihnen aber in die Augen oder in den Hals schaute und etwas verschrieb. Meine Heilmittel halfen, und das war alles, was die Leute wirklich interessierte.

Es gab einige, denen man nur schwer helfen konnte. Wenn das Feenvolk einen erwischte, gab es nicht viel Hoffnung. Es gab einmal ein Mädchen, das seinen Geliebten an die Königin unter dem Hügel verloren hatte. Sie waren draußen im Wald gewesen, mitten in der Nacht, die albernen Dinger, und, abgelenkt, wie sie waren, in einen Pilzring geraten. Die Königin nahm ihn, aber nicht sie. Sie sah nur noch die rote Feder auf seiner Kappe, die in einem Riss in den Felsen verschwand, und hörte lachende Stimmen. Als das Mädchen zu uns kam, hatte es schon halb den Verstand verloren, und weder Vater Briens Gebete noch meine Schlaftränke gaben ihr viel Frieden. Er tat sein Bestes und behandelte die verzauberte Liebende mit derselben Sorgfalt, die er den Schnitten und Verbrennungen von Bauern und Schmieden widmete. Seine Hände waren stark, seine Stimme sanft, sein Verhalten ganz auf das Praktische ausgerichtet. Er lauschte viel und sprach wenig.

Er unternahm keinen Versuch, uns seine Religion aufzudrängen, obwohl es dazu viel Gelegenheit gab. Er verstand, dass unser Haushalt dem alten Weg folgte, selbst wenn sich seit dem Tod unserer Mutter nicht mehr viele darum kümmerten. Von Zeit zu Zeit hörte ich, wie er mit Conor über die Unterschiede zwischen den beiden Religionen sprach und was sie vielleicht gemeinsam haben mochten, denn er teilte Conors Neigung zu Debatten. Manchmal fragte ich mich, ob Vater Briens tolerante Ansichten vielleicht der Grund gewesen waren, dass er das Gebetshaus in Kells verlassen hatte, denn es hieß, dass in anderen Teilen von Erin der christliche Glaube mit Feuer und Schwert verbreitet wurde und die alte Religion inzwischen kaum mehr als eine Erinnerung war. Ganz gewiss, Vater Brien versuchte nie, uns zu bekehren, aber er sprach gern ein paar Gebete, bevor die Männer in den Kampf zogen, denn was immer er von den Zielen meines Vaters hielt, es schadete nicht, die Kämpfer mit einem Segen auf den Weg zu schicken.

Das Klirren von Metall weckte mich. Müde kam ich auf die Beine und zupfte mir das Stroh aus dem Haar. Der Esel hatte die Nase tief im Futtertrog.

»Du hast alles verpasst«, bemerkte Padraic, der damit beschäftigt war, frisches Stroh in den Stall zu schaffen. »Finbar wird wieder Ärger haben. Heute früh hat ihn keiner finden können. Vater war sehr unzufrieden. Hat stattdessen Cormack mitgenommen. Du hättest sein Grinsen sehen sollen. Cormack meine ich, nicht Vater. Ich werde meinen Hut essen, wenn ich *den* jemals grinsen sehe. Jedenfalls, sie haben sich auf den

Weg gemacht, nachdem der alte Mann seine Paternoster und sein Amen gesprochen hatte, und jetzt ist alles wie immer. Bis nächstes Mal. Ich möchte nicht in Finbars Haut stecken, wenn Vater ihn erwischt.«

Er stellte die Mistgabel weg und machte sich daran, nach der Eule zu sehen, die in einer dunklen Ecke der Scheune angebunden war. Ihr Flügel heilte gut, und er hoffte, sie bald wieder freilassen zu können. Ich bewunderte seine Beständigkeit und Geduld, obwohl ich meinen Blick von den lebendigen Mäusen abwenden musste, die er der Eule als Futter brachte.

Finbar war verschwunden. Aber es war nicht ungewöhnlich für ihn, sich in den Wald oder an den See davonzumachen. Ich hatte keine Ahnung, wo er war, und sprach das Thema auch nicht an, um keine Aufmerksamkeit auf mich oder ihn oder unsere nächtlichen Aktivitäten zu lenken. Ich machte mir auch Sorgen wegen meines Giftes und sah an jenem ersten Nachmittag mit einiger Erleichterung die vier Wachen im Hof sitzen, die Köpfe zwischen den Händen, heftig gähnend und voller Selbstmitleid. Bis zum Abendessen hatte sich herumgesprochen, dass der Gefangene geflohen war, zwischen Colums Abschied und dem Wachwechsel, und es gab viele und sehr unterschiedliche Theorien darüber, wie etwas so Undenkbares geschehen sein konnte. Man schickte Lord Colum einen Mann hinterher, um ihm die schlechten Nachrichten zu bringen.

»Der Brite wird nicht weit kommen«, meinte Donal säuerlich. »Nicht in der Verfassung, in der er war. Nicht in diesem Wald. Es ist es kaum wert, ihn zu verfolgen.«

Am zweiten Tag machten sich Eilis und ihr Gefolge auf den Rückweg, mit ihren eigenen sechs Männern und zweien von unseren als Eskorte. Das Wetter war dabei, umzuschlagen; kalte Windböen peitschten die Röcke der Damen und die Umhänge ihrer Bewaffneten, und Wolken huschten über die Sonne. Conor, als der älteste im Haus verbliebene Sohn, verabschiedete Eilis förmlich und bat sie zurückzukehren, wenn sich alles beruhigt hatte, und Eilis dankte ihm für die Gastfreundschaft, obwohl diesem Dank nach meiner Ansicht etwas fehlte. Ich fragte mich, wie lange es wohl dauern würde, bis sie Liam wieder sah, und ob sie das sehr störte. Dann vergaß ich sie, denn beim nächsten Abendessen erschien Finbar wieder, als wäre er nie weg gewesen.

Padraic, versunken in seine eigene Welt, hatte die Abwesenheit seines Bruders kaum bemerkt; Conor sagte nichts. Ich starrte Finbar über den Tisch hinweg an, aber seine Gedanken waren vor mir verborgen, und er hatte den Blick auf den Teller gesenkt. Seine Hände, mit denen er das Brot brach und den Becher hob, waren ruhig. Ich konnte kaum erwarten, dass die Mahlzeit vorüber war und Conor aufstand und uns damit erlaubte zu gehen. Ich folgte Finbar nach draußen und stellte ihn auf dem langen Weg unter den Weiden.

»Was ist passiert? Wo warst du?«

»Was glaubst du wohl?«

»Du hast diesen Jungen irgendwo hingebracht, das glaube ich. Aber wohin?«

Er schwieg einen Augenblick lang und dachte vermutlich darüber nach, wie er mir möglichst wenig erzählen musste.

»An einen sicheren Ort. Es ist besser, wenn du es nicht weißt.«

»Wie meinst du das?«

»Denk darüber nach, Sorcha. Selbst du bist jetzt in Gefahr. Sollten Vater oder Liam herausfinden, was wir getan haben, dann wären sie ... nun, zornig ist wohl untertrieben.«

»Wir haben nur jemanden davor gerettet, verletzt zu werden«, sagte ich, obwohl ich wusste, dass es um viel mehr ging.

»Sie würden es als Verrat betrachten. Als einen Dolchstoß in den Rücken der Familie. Einen Spion freilassen. Für sie gibt es nur Schwarz und Weiß, Sorcha.«

»Und auf welcher Seite stehst du?«

»Es gibt keine Seiten, nicht wirklich. Es ist nur eine Frage, woher man kommt. Kommen die Briten nicht hierher, um unser Land zu nehmen, unsere Geheimnisse zu erfahren und unsere Art zu leben zu zerstören? Ihnen zu helfen ist gegen die Familie und die Brüderschaft und alles, was heilig ist. So sehen es die meisten Leute. Vielleicht sollten wir es auch so sehen.«

Nach langer Zeit des Überlegens sagte ich: »Aber Leben ist heilig, nicht wahr ?«

Finbar kicherte. »Du hättest ein Brithem sein sollen, Sorcha. Du findest immer wieder ein Argument, zu dem mir nichts einfällt.«

Ich sah ihn fragend an. Ich, mit meinen bloßen Füßen und dem wirren Haar, sollte jemand sein, der Urteile fällt? Es fiel mir meistens schwer genug, den Unterschied zwischen Unrecht und Recht zu finden.

Wir beide schwiegen. Finbar lehnte sich an einen Baum, lehnte den Kopf gegen die raue Rinde und schloss die Augen. Seine dunkle Gestalt verband sich mit den Schatten, als wäre er ein Teil davon.

»Warum hast du es also getan?« fragte ich nach einer Weile. Er nahm sich mit der Antwort Zeit. Es wurde kühl, und abendliche Feuchtigkeit hing in der Luft. Ich schauderte.

»Hier«, sagte Finbar, öffnete die Augen und legte mir seine alte Jacke um die Schultern. Er trug immer noch dasselbe Hemd wie in jener Nacht. War es wirklich erst drei Tage her?

»Es ist, als wäre alles Teil eines Musters«, sagte er schließlich. »Beinahe so, als hätte ich keine andere Wahl, als sähe ich alles vor mir wie eine Art Landkarte meines Lebens. Ich denke, Mutter sah, was uns bevorstand, vielleicht nicht genau, aber sie hatte eine Ahnung davon, wohin wir gehen.« Er berührte das Amulett, das er immer um den Hals trug. »Und dennoch, es geht ebenso darum, dass wir eine Wahl haben. Wäre es nicht leichter für mich, einer von den Jungs zu sein und mir mit Schwert und Bogen Vaters Liebe zu verdienen – ich könnte es –, und meinen Platz an seiner Seite einzunehmen und unser Land und unsere Ehre zu verteidigen? Es wäre gut, anerkannt zu werden, Gefolgsleute zu haben und eine Art Stolz. Stattdessen habe ich diesen Weg gewählt. Oder er wurde für mich gewählt.«

»Und wo ist der Junge nun? Ist er entkommen?«

Wie ich schon sagte, Finbar und ich hatten zwei Arten des Sprechens. Die eine erfolgte mit Worten wie jede andere auch. Die zweite gehörte uns allein, es war eine lautlose Kunst, die Übertragung von Bildern oder Gedanken oder Gefühlen direkt von einem Geist zum anderen. Er benutzte nun dies, zeigte mir Vater Briens Karren, beladen mit Bündeln und Kisten, wie er langsam zurück den Weg zur Höhle des Eremiten geschoben wurde. Ich spürte Schmerz bei jedem Rucken des Karrens, obwohl Vater Brien das alte Pferd langsam gehen ließ. Ein Rad blieb stecken; der junge Helfer des guten Vaters sprang ab, um es wieder auf den Pfad zu hebeln. Es lag ein Schwung in den Schritten dieses jungen Mannes, der ihn als meinen Bruder kennzeichnete, obwohl die Kapuze sein Gesicht verbarg, denn Finbar bewegte sich immer so, mit federndem Schritt, mit leicht nach außen gerichteten Füßen. Dann kam ein Bild von beiden Männern vor der Höhle, wie sie vorsichtig ein langes Bündel vom Wagen hoben. Ein Aufblitzen von Gold unter den fleckigen Decken.

»Er war nicht in der Verfassung, weiter zu kommen«, sagte Finbar tonlos. »Aber er ist in guten Händen. Mehr brauchst du nicht zu wissen – nein«, als ich ihn unterbrechen wollte, »ich werde dich nicht weiter hinein verwickeln. Ich habe bereits genug Menschen in Gefahr gebracht. Es ist vorüber, zumindest für dich.«

Und das war wirklich alles, was ich in jener Nacht aus ihm herausholen konnte. Er war erschreckend geübt darin, seinen Geist mir gegenüber zu verschließen, und weder mit Flehen noch mit meinen Versuchen, in einem unbeobachteten Augenblick seine Gedanken zu lesen, konnte ich mehr erfahren. Seine Voraussage jedoch sollte sich als vollkommen falsch erweisen.

Es folgte eine ruhigere Zeit. Nachdem Vater und die älteren Jungen weg waren, fielen wir in unsere alte Routine zurück, obwohl nun mehr Wachen rings um die Festung postiert waren. Conor kümmerte sich mit ruhiger Kompetenz um die Haushaltsangelegenheiten, schlichtete, wenn zwei Bauern sich wegen einer Gänseherde stritten, überwachte die Brauereiarbeit und die Bäckereien im Herbst, das Auslesen der Jährlingskälber, das Einsalzen von Fleisch für den Winter. Für Finbar, Padraic und mich war es eine gute Zeit. Donal unterrichtete die Jungen immer noch mit Schwert und Bogen, und Conor brachte ihnen ebenfalls bei, was er konnte. Für gewöhnlich stahl auch ich mich in diesen Unterricht, weil ich dachte, ein wenig Gelehrsamkeit könne mir nichts schaden. Wir konnten alle lesen und schreiben. Wir kannten die Runen, wir konnten rechnen, wir konnten eine Landkarte zeichnen und hatten ein gutes Repertoire an alten und neuen Geschichten. Zusätzlich dazu konnten wir singen, Flöte spielen, und ein paar von uns spielten auch die kleine Harfe. Wir hatten einmal einen Barden, der bei uns überwinterte; das war zwar schon einige Zeit her, aber er hatte uns die Grundzüge beigebracht, und wir hatten ein Instrument, das Mutter gehört hatte, eine feine, kleine Harfe, in deren Rahmen Vögel geschnitzt waren. Padraic mit seiner Findigkeit, was das Reparieren von Dingen anging, hatte das Instrument wieder gestimmt, und wir spielten es in einem der oberen Räume, wo Vater uns nicht hören konnte. Auch ohne zu fragen, wussten wir, dass diese Erinnerung an sie ihm nicht willkommen sein würde.

Der Flügel von Padraics Eule wurde besser, und das Tier war begierig, sich wieder davonzumachen. Padraic hatte gewartet, bis der Flügel wieder gut war, und eines Tages gingen wir in der Abenddämmerung in den Wald hinaus, um sie freizulassen. Ein Lächeln reinen Entzückens lag auf dem Gesicht meines Bruders, als er das Tier zum letzten Mal von seinem Handschuh in die Luft warf und zusah, wie sie diese großen, grauweißen Flügel ausbreitete und sich in die Luft schraubte, hinauf zu den Baumwipfeln. Ich sagte ihm nicht, dass ich die Tränen in seinen Augen bemerkt hatte.

Finbar war still. Ich spürte, dass er Pläne hatte, aber er zog es vor, sie mir nicht mitzuteilen; stattdessen machte er zwischen seinen Übungen im Reiten und Bogenschießen, im Schreiben und Rechnen lange einsame Spaziergänge, oder man fand ihn in seinem Lieblingsbaum oder oben auf dem Dach, in tiefes, undurchdringliches Nachdenken versunken. Ich ließ ihn in Ruhe; wenn er reden wollte, würde ich da sein. Ich beschäftigte mich damit, in Vorbereitung auf die Krankheiten des Winters Beeren und Blätter zu sammeln, Tränke zu destillieren und Kräuter zu trocknen.

Ich habe schon von der Festung erzählt, in der meine Familie lebte, von dem kargen Steinturm tief im Wald, dessen Mauern hier und da von schmalen Fensterschlitzen durchbrochen waren. Der Hof, die Hecken und der Küchengarten trugen nur wenig dazu bei, die Anlage weniger grimmig aussehen zu lassen. Aber Sevenwaters hatte mehr aufzuweisen als das. Ohne unsere ummauerten Felder, die strohgedeckten Ställe für die Tiere und die Gärten mit den Reihen von Möhren, Rüben und Bohnen, ohne die Mühle und die Getreidespeicher, hätten wir in solcher Isolation nicht überleben können. Also waren zwar nur wenig Bäume gefällt worden, und das mit dem größten Respekt, aber hinter der Festung war der Wald ein Stück weit gerodet, um Platz zu machen für den Hof und eine kleine Siedlung. Es war nicht notwendig, hier einen Graben oder eine Mauer zu errichten, um Banditen fern zu halten. Es war nicht notwendig, einen Fluchttunnel oder Geheimgänge einzurichten, obwohl wir die Höhlen nutzten, um Butter und Käse für den Winter aufzubewahren, wenn die Kühe keine Milch geben. Hier und da gab es an anderen Stellen des riesigen Waldes kleine Siedlungen, die alle zum Túath meines Vaters gehörten. Sie zahlten Tribut und erhielten dafür Schutz. Alle gehörten zu Sevenwaters, und schon die Väter und Großväter dieser Menschen hatten hier gelebt. Mitunter zogen sie zum Markt, oder sie ritten mit meinem Vater in den Krieg, wo die Dienste eines guten Schmiedes oder Wagenbauers immer gebraucht wurden. Das war in Ordnung, denn sie waren Waldmenschen und kannten sich aus. Aber kein Fremder betrat den Wald jemals ohne Eskorte und Augenbinde. Jene, die dumm genug waren, es zu tun, verschwanden einfach. Der Wald schützte die Seinen besser als jede Festungsmauer.

Die Kätner aus unserer eigenen Siedlung, jene, die Lord Colums eigenen Hof bearbeiteten und sich um seine Tiere kümmerten, hatten ihre kleinen Häuser am Rand dieses offenen Bereichs, wo ein Bach ein Mühlrad drehte. Jeden Tag machte ich mich auf zu diesen Hütten, um mich dort um die Kranken zu kümmern. Die Mischlingswolfshündin Linn begleitete mich dabei, denn seit Cormacks Abschied hatte sie sich mir angeschlossen und trabte leise hinter mir her, wohin ich auch ging. Bei jeder möglichen Bedrohung, einer im Zorn erhobenen Stimme, einem Schwein, das auf der Suche nach Eicheln meinen Weg kreuzte, war sie sofort zwischen mir und der Gefahr und knurrte wild. Der Herbst näherte sich rasch, und das Wetter war trostlos geworden. Regen verwandelte den Weg in einen Sumpf. Conor hatte dafür gesorgt, dass die ältesten Hütten instand gesetzt wurden, und der alte Tom, der dort mit seinem Stamm von Kindern und Enkelkindern wohnte, war zuvor, als ich vorbeigegangen war, herausgekommen, um mir dankbar die Hand zu schütteln.

»Dein Bruder ist ein wahrer Heiliger«, sagte er mit einem Schluchzen in der Stimme. »Einer der Weisen, wie es sein Vater hätte sein können, das ist der junge Conor. Nun regnet es keinen Tropfen mehr durchs Dach, und wir haben genug Torf für die kalte Jahreszeit.«

»Was meinst du damit?« fragte ich neugierig. »Einer der Weisen? Welche Weisen?«

Aber er schlurfte bereits wieder hinein, zweifellos begierig, seine steifen Gelenke an dem kleinen Torffeuer zu wärmen, dessen Rauch durch die Kaminöffnung abzog.

Ich besuchte eine junge Frau, die vor kurzem unter großen Schwierigkeiten Zwillinge zur Welt gebracht hatte. Ich hatte den Dorffrauen bei der langen Nacht dieser Geburt geholfen und hielt weiterhin ein Auge auf die Mutter, um mich zu überzeugen, dass sie die Kräutertees, die ich ihr gegeben hatte, um den Leib wieder zusammenzuziehen und die Milch fließen zu lassen, auch trank. Als ich auf dem Heimweg war, brachen die Wolken auf, und Regen durchtränkte mich bis auf die Haut. Ich stapfte weiter durch den Schlamm; das Donnergrollen ließ mich das Quietschen von Wagenrädern erst hören, als Vater Brien plötzlich neben mir war, einen alten Sack über Kopf und Schulter gezogen. Das Pferd stand unerschütterlich im Regen, die Ohren zurückgelegt.

»Spring!«, rief der Vater über das Getöse des Gewitters und streckte die Hand aus, um mich neben sich auf den Bock zu ziehen.

»Danke«, keuchte ich. Es macht nicht viel Sinn, gegen das tosende Element anzureden, also saß ich schweigend und zog meinen Umhang fester um mich. Es gab eine Stelle, wo der Weg kurz durch einen Hain alter Fichten führte, deren untere Äste abgesägt worden waren. Sobald wir diese geschützte Stelle erreichten, zügelte Vater Brien das Pferd; das Nadeldach hielt den schlimmsten Regen ab, und der Lärm verklang zu einem gedämpften, entfernten Grollen.

»Ich brauche dein Hilfe, Sorcha«, sagte Vater Brien, lockerte den Griff um die Zügel und ließ das alte Pferd den Kopf senken, damit es ein paar Halme grasen konnte.

Verblüfft sah ich ihn an. »Ihr seid hier, um mich zu holen?«

»Ja, und ich muss noch heute wieder zurückkehren. Ich wäre ohne guten Grund bei solchem Wetter nicht losgefahren. Ich habe einen Patienten, den ich selbst nicht heilen kann; Gott weiß, dass ich es versucht und auch einiges erreicht habe. Aber er braucht jetzt etwas, was ich ihm nicht geben kann.«

»Ihr wollt, dass ich helfe? Dass ich einen Kräutertrank oder eine Salbe bringe?«

Vater Brien seufzte und starrte seine Hände an.

»Ich wünschte, es wäre so einfach«, sagte er. »Tränke habe ich ausprobiert, einige mit guter Wirkung. Ich habe vieles von dem benutzt, was du mich gelehrt hast und ein paar meiner eigenen Arzneien. Ich habe gebetet und geredet und geraten. Jetzt kann ich nicht mehr tun, und er entgleitet mir.«

Ich brauchte nicht zu fragen, wer denn dieser Patient sein mochte.

»Selbstverständlich werde ich helfen. Aber ich weiß nicht, ob ich viel nützen kann. Meine Fähigkeiten beschränken sich auf Arzneien. Es klingt so, als bräuchte er mehr.«

Ich würde ihn nicht direkter fragen, was mit dem Jungen nicht stimmte; dies war gefährlicher Boden. Ich wusste nicht, wie viel er wusste oder was ich ihm sagen durfte.

»Du wirst es selbst sehen«, sagte er und griff wieder nach den Zügeln. »Wir müssen auf jeden Fall direkt wieder zurückkehren, nachdem du deine Sachen geholt hast. Ich habe ihm einen Schlaftrunk gegeben, und das wird ihn den größten Teil des Tages beruhigen, aber wir müssen dort sein, wenn er aufwacht, oder er wird sich vielleicht Schaden zufügen.«

»Ich bin nicht sicher, ob Conor mich gehen lässt.«

»Warum fragen wir ihn nicht?« fragte Vater Brien.

Wir fanden Conor alleine und mit Schreibarbeit beschäftigt. Briten wurden nicht erwähnt, auch keine entflohenen Gefangenen; Vater Brien erklärte nur, er brauche meinen Rat wegen eines Patienten, und Conor zeigte einen bemerkenswerten

Mangel an Neugier, was die Einzelheiten anging. Er schien die Bitte beinahe erwartet zu haben und stimmte unter der Bedingung zu, dass ich nach Hause zurückkehren würde, sobald er Finbar nach mir schickte. Ich ließ die beiden allein und ging in mein Zimmer, um ein kleines Bündel zu packen, wobei ich mich fragte, womit ich es wohl zu tun bekäme: Verbrennungen, Prellungen, Fieber, Schock? Vater Brien hatte nichts weiter gesagt. Ich nahm ein wenig Kleidung für mich selbst, die für ein paar Tage genügen würde, und einen trockenen Umhang, der einem der Jungen gehörte. Leider musste ich zugeben, dass der Beginn des Herbstes von mir verlangte, Schuhe zu tragen, und ich steckte meine kalten Füße in ein Paar Stiefel, die ein wenig zu groß für sie waren. Es war praktisch, die Jüngste und Kleinste zu sein.

»Nur ein paar Tage«, sagte Conor noch einmal, als ich zum Wagen ging. »Ich schicke Finbar nach dir. Und pass auf der Straße auf; sie wird an diesem letzten Hügel rutschig sein.«

Vater Brien saß bereits auf dem Kutschbock, und trotz der Kürze seines Aufenthalts stand neben ihm ein Korb mit Brot und Käse und Gemüse. Er nickte meinem Bruder ernst zu, und Conor hob mich auf den Bock, nicht allzu sanft, und wir waren auf dem Weg, bevor ich noch ein Wort sagen konnte.

Der Regen hatte zu einem Nieseln nachgelassen. Wir fuhren unter den kahlen Weiden hindurch, zwischen den ersten Felsen am grauen Seewasser entlang, wo nicht ein einziger Vogel zu sehen war.

»Ich nehme an, du weißt, wer dieser Junge ist?« sagte Vater Brien lässig und nahm dabei den Blick nicht vom Weg.

»Ich weiß, was er ist«, verbesserte ich ihn vorsichtig. »Nicht wer. Ich habe eine gewisse Vorstellung davon, was mit ihm geschehen ist. Was ich nicht weiß, ist, was ich für ihn tun soll. Das solltet Ihr mir lieber sagen, bevor wir dort eintreffen.«

Er warf mir einen offensichtlich amüsierten Seitenblick zu.

»Also gut«, meinte er. »Der Junge hat ein paar Wunden davongetragen. Ernsthafte Wunden. Er wäre wahrscheinlich gestorben, wenn dein Bruder ihn nicht weggebracht hätte.«

»Wobei ich ihm geholfen habe«, erklärte ich ein wenig verstimmt, dass mein Anteil an der Rettung bereits vergessen sein sollte.

»Ja, davon habe ich gehört«, meinte der gelehrte Vater. »Das war nicht ungefährlich, wie?«

»Ich weiß, wie ich einen Schlaftrunk dosieren muss«, sagte ich.

»Ja, besser als die meisten von uns, Sorcha. Aber wie ich schon sagte, ich habe diesen Patienten behandelt, und ich habe für ihn gebetet. Er war – er hatte eine Anzahl von Wunden, und um die habe ich mich gekümmert, so gut ich konnte. Obwohl er nie wieder sein wird, was er einmal war, heilt sein Körper gut genug. Sein Geist ist eine andere Sache.«

»Ihr meint, das, was sie mit ihm gemacht haben, hat ihn um den Verstand gebracht? Wie dieser Mann, der in der Mühle gearbeitet hat, Fergal hieß er – er wurde sehr seltsam, nachdem das Kleine Volk ihn über Nacht behalten hat. Ist es so etwas?« Ich erinnerte mich an den Müller, seinen schlaffen Mund, sein Zittern, daran, wie er neben der Feuerstelle im Dreck hockte.

Vater Brien seufzte. »Verstand verloren – nein, nicht ganz. Der da ist aus stärkerem Stoff gemacht als die Fergals dieser Welt. Er ist vielleicht jung, aber er ist ein Krieger; es liegt in seinem Wesen, zu kämpfen. Er hat seinen Peinigern die ganze lange Nacht widerstanden, und ich bezweifle nicht, dass ihm kein Wort von den Lippen kam. Er war sehr krank. Er hatte ein schreckliches Fieber, und ein paar seiner Wunden hätten einen schwächeren Mann sofort getötet. Er hat hart gegen den Tod gekämpft, und eine Weile lang glaubte ich, er hätte gewonnen. Aber sein nächster Kampf wird der schwerste: der Kampf gegen sich selbst. Er ist immerhin kaum mehr als ein Junge, und die stärksten Männer überstehen es schlecht, wenn ihre eigene Art sich gegen sie wendet. Der Junge will nicht zugeben, dass er verletzt und verängstigt ist; stattdessen wendet er seine Qual nach innen und peinigt sich selbst.«

Ich versuchte, das alles zu begreifen.

»Du meinst, er will sterben?«

»Ich glaube nicht, dass er weiß, was er will. Was er braucht, ist Frieden des Geistes, ein wenig Zeit ohne Hass, um Körper und Geist wieder zusammenzubringen. Ich dachte daran, ihn zu den Brüdern im Westen zu schicken; aber er ist zu schwach für diesen Weg, und ich möchte ihn keinen anderen Händen anvertrauen.«

Einige Zeit lang schwiegen wir, und nur der leise Hufschlag und das Seufzen des Windes zwischen den Felsen waren zu hören. Der Weg wurde schmaler und steiler, die Bäume standen dichter. Hier oben waren es große Eichen, deren obere Äste bereits kahl waren, und uraltes Unterholz. Das alte Pferd kannte seinen Weg und stapfte stetig weiter.

»Vater, wenn Ihr diesen Jungen nicht heilen konntet, dann kann ich es sicher auch nicht. Wie meine Brüder mir immer wieder sagen – ich bin nur ein Kind. Vielleicht kann ich bei einem Husten helfen oder bei einem Nesselausschlag, aber so etwas ... ich weiß kaum, wo ich anfangen soll.«

Der Wagen ruckte über einen Stein, und Vater Brien streckte die Hand aus, um mich zu stützen.

»Dennoch«, sagte er auf seine gemessene Art, »wenn du nichts tun kannst, dann kann es niemand mehr. Conor war sicher, dass du diejenige bist, die mir helfen könnte. Ich glaube, du wirst wissen, was zu tun ist, wenn du ihn siehst. Und ich glaube auch, dass er dich nicht fürchten wird, wie er mich fürchtet. Und Angst ist ein großes Hindernis, wenn es ans Heilen geht.«

»Conor war sicher?« sagte ich verblüfft. »Conor wusste von dem Jungen? Aber ...«

»Mach dir wegen Conor keine Sorgen«, sagte Vater Brien. »Er wird euer Geheimnis nicht verraten.«

Wir kamen unter einen Felsüberhang, und er zügelte das Pferd. Er sprang vom Kutschbock und half mir nach unten.

»Ich hoffe, dass wir, während du hier bist, über eine ganze Anzahl von Dingen reden können. Aber kümmern wir uns zuerst um diesen Jungen. Und dann kannst du entscheiden, was du tun kannst und was nicht.«

Die Luft in der Höhle war schwer vom Duft der Heilkräuter. Meine Nase sagte mir, dass Vater Brien eine Mischung verbrannt hatte, um den Jungen länger im Frieden tiefen Schlafs zu halten. Minze zum Schutz und für Mut und Thymian, um den Schrecken der Nacht fern zu halten. Schwieriger zu erkennen waren die Sporen einer Pflanze, die wir Wolfsklaue nannten, und ich fragte mich, wie er davon erfahren hatte, denn diese Pflanze war ausgesprochen gefährlich. Man durfte eine Person nicht zu lange unter ihrem Einfluss lassen. Der Schläfer musste geweckt werden und sich seinen Ängsten stellen, oder er blieb für immer an den finsteren Orten seines Geistes versunken.

Die äußere Höhle war kühl und trocken, mit Öffnungen hoch oben in den Mauern. Das hier war der Ort, wo Vater Brien heilte. Es gab viele Regale voller getrockneter Kräuter und Gewürze, Krüge und Tiegel und ordentliche Stapel gefalteten Tuchs. Zwei riesige Eichenbretter auf großen Steinen dienten als Arbeitstisch. Von diesem ordentlichen Raum ging eine innere Kammer ab. Und dort gab es einen Strohsack, auf dem sein Schützling lag, in einer Decke gewickelt und Schutz suchend zusammengerollt. Vater Brien selbst aß und schlief in der winzigen Steinhütte, kaum mehr als eine Zelle, unter den Bäumen neben der Höhlenöffnung. Er sah aus, als hätte er in letzter Zeit nicht viel Schlaf bekommen; seine Augen lagen tief im Schatten.

»Die Verbrennungen heilen gut«, sagte Vater Brien leise. »Er hatte ein paar innere Verletzungen; für die habe ich getan, was ich konnte. Auch sie werden mit der Zeit heilen. Das Fieber war schlimm, aber ich habe es mit Wickeln und Kräutertränken gesenkt. Als es hoch war, hat er viel gesprochen und mehr von sich verraten, als ihm vielleicht lieb wäre. Aber nun weiß er, wo er ist, und schweigt die meiste Zeit. Selbst wenn ich mit ihm in seiner eigenen Sprache rede, hat er nichts übrig für meine Gebete oder für meinen Rat. Einmal musste ich ihn davon abhalten, entweder sich oder mich zu töten. Er ist immer noch sehr schwach, aber nicht so schwach, dass er keinen Schaden anrichten könnte, wenn er die Gelegenheit erhielte.« Der Vater unterdrückte ein gewaltiges Gähnen. »Du wirst dich vielleicht ausruhen wollen, bis er erwacht; dann werden wir sehen.«

Ich warf dem Eremiten einen forschenden Blick zu. Seine Miene war ernst, und er war nun bleich vor Müdigkeit.

»Er wird noch eine Weile nicht wach werden«, sagte ich mit einem Blick auf die in Decken gewickelte Gestalt. »Ich bleibe hier bei ihm sitzen, und Ihr könnt Euch ausruhen.«

»Du solltest nicht mit ihm allein sein«, erwiderte er. »Er ist unberechenbar, und obwohl ich deine Hilfe brauche, hat man mir strengstens befohlen, dich keiner Gefahr auszusetzen, Sorcha.«

»Unsinn«, erwiderte ich und setzte mich auf den dreibeinigen Hocker hinten in der Kammer. »Hier ist Eure kleine Glocke, und ich habe eine laute Stimme. Und bin ich nicht schon mit sechs Brüdern zurechtgekommen? Geht und schlaft, wenigstens ein bisschen, oder Ihr werdet keinem von uns nützen.«

Vater Brien lächelte bedauernd, denn er stand tatsächlich kurz davor, vor Erschöpfung umzufallen. »Also gut«, sagte er, »aber ruf mich sofort, wenn er wach wird.«

Er hatte gesagt, ich würde sofort wissen, was zu tun sei, wenn ich den Jungen sah. Nun, hier war er, und ein wirklich jämmerlicher Anblick, zusammengerollt wie ein geschlagener Hund, und er schlief den erschöpften Schlaf eines Menschen, den man über das Maß des Erträglichen hinaus gequält hat. Seine Lider waren schwer, die blonden Locken strähnig. Ich versuchte mir vorzustellen, wie er erwachte; vielleicht würde er mich mit dem leeren Blick eines Idioten anstarren, oder dem wilden Blick einer in die Ecke gedrängten Kreatur; aber alles, was mir einfallen wollte, war eine der alten Geschichten und das Bild des Helden Culhan, der lautlos wie ein Hirsch durch die Wälder zog. Ich lehnte mich gegen die Höhlenwand und erzählte mir leise im Kopf diese Geschichte. Sie war eine von denen, die man häufig hört und die dazu neigen, von einem Mal zum Nächsten zu wachsen. Culhan hatte viele Abenteuer; er hatte viele Prüfungen überstanden, um seine Dame zu gewinnen und seine Ehre wiederzuerlangen. Es dauerte eine Weile, sie mir alle zu erzählen, und der Junge schlief immer noch.

Ich war gerade an der Stelle, wo Culhan über die Brücke aus Speeren gehen muss, um die magische Insel zu erreichen, auf der man seine Geliebte gefangen hält. Solange er an seine Fähigkeiten glaubt, kann er seine Füße auf die nadelspitzen Speerspitzen der Brücke setzen, ohne Schaden zu nehmen. Aber der geringste Hauch eines Zweifels, und die Speere werden seine Füße aufschlitzen.

»Also ging Culhan einen Schritt, und dann den Nächsten. Sein Blick war wie ein blaues Feuer, und er richtete ihn auf den Strand der Insel. Vor ihm hob sich die Brücke in einer einzigen, glitzernden Biegung, und die Sonnenstrahlen, die die Speerspitzen zum Blitzen brachten, blendeten ihn beinahe.«

Ich war selbst schläfrig von den Dämpfen aus Vater Briens kleinem Kohlebecken; aber der Vorrat an einschläfernden Kräutern im Deckel des Beckens war fast aufgebraucht, und die Luft wurde wieder klar.

»Von ihrem Fenster aus sah Lady Edan, wie er die bloßen Füße mit sicherer Anmut auf die Brücke setzte. Dann verdunkelte sich die Sonne, als ein riesiger Raubvogel auf den Helden niederstieß.«

Ich war nicht so sehr in meine Geschichte versunken, als dass mir die geringfügige Bewegung auf dem Strohsack neben mir entgangen wäre. Der Junge hatte die Augen noch fest geschlossen, aber er war wach. Ich fuhr fort, und erst jetzt bemerkte ich, in welcher Sprache ich gesprochen hatte.

»Kreischend vor Zorn stürzte sich der Zauberer Brieden in Vogelgestalt wieder und wieder auf Culhan, mit eisernen Krallen, einem grausamen Schnabel und boshaftem Willen. Nur einen Augenblick lang zögerte der Held, und drei Blutstropfen fielen von seinem Fuß in das wirbelnde Wasser des Sees. Sofort nahmen sie die Gestalt dreier roter Fische an, die sich im Ried verbargen. Der Vogel gab einen schrillen Triumphschrei von sich. Aber Culhan holte tief Luft und ging ohne einen einzigen Blick nach unten weiter; und der riesige Vogel stürzte sich kreischend vor Verzweiflung ins Wasser. Was aus dem Zauberer Brieden geworden ist, weiß niemand, aber es heißt, dass in diesem See ein riesiger Fisch lebt, von unsäglich hässlichem Aussehen und unglaublicher Kraft. Also überquerte Culhan die Brücke aus Speeren und holte Lady Edan zurück. Aber seitdem hatte er eine Narbe am rechten Fuß, die von seinem Augenblick des Zweifels kündete. Und noch an seinen Kindern und den Kindern seiner Kinder kann man dieses Zeichen finden.«

Die Geschichte war beendet, bis sie zum nächsten Mal erzählt würde. Ich stand auf, ging zu dem Tisch mit dem Krug Wasser darauf und sah, wie der Junge mich beobachtete, aus immer noch halb zusammengekniffenen, tiefblauen, feindseligen Augen. Es war immer noch ein Schatten jener trotzigen Wut zu erkennen, die er in der Halle meines Vaters gezeigt hatte, aber seine Haut war bleich und die Augen eingesunken.

»Trink«, sagte ich in seiner eigenen Sprache, kniete mich neben den Strohsack und hielt ihm den Becher hin, den ich gefüllt hatte. Diesmal war es einfach nur Wasser; er würde damit auskommen müssen, denn ich wusste, wie schädlich es war, wenn man zu lange unter dem Einfluss gewisser Kräuter stand. Ich würde zumindest die Dosierung langsam verringern müssen. Er starrte mich schweigend an.

»Trink«, wiederholte ich. »Du hast lange geschlafen; dein Körper braucht es. Es ist nur Wasser.«

Ich trank selbst einen Schluck, um ihn zu überzeugen. Er musste sehr durstig sein, nachdem er den größten Teil des Tages neben dem brennenden Kohlebecken verschlafen hatte; aber seine einzige Bewegung bestand darin, ein Stück von mir zurückzuweichen. Ich hielt ihm den Becher an die Lippen, und dabei berührte meine Hand seinen Arm. Er zuckte heftig zusammen, zog die Decke fest um sich und drückte sich gegen die Mauer, so weit von mir entfernt wie möglich. Ich konnte die Angst und die Vibrationen spüren, die durch jeden Teil seines Körpers gingen. Es war wie das Zittern eines hochgezüchteten Pferdes, das man schlecht behandelt hat.

Meine Hand war immer noch ruhig; ich hatte keinen einzigen Tropfen vergossen, obwohl mein Herz heftig klopfte. Ich setzte den Becher neben dem Strohsack ab und zog mich auf meinen Hocker zurück.

»Dann trink, wenn du dazu bereit bist«, sagte ich, setzte mich und faltete die Hände im Schoß. »Hast du je die Geschichte des Bechers von Isha gehört? Das war wirklich ein seltsames Trinkgefäß, denn als Bryn ihn fand, nachdem er den dreiköpfigen Riesen besiegt und das Feuerschloss betreten hatte, sprach dieser Becher zu ihm, als Bryn nach ihm griff, geblendet von den Smaragden und den Silberornamenten darauf. *Nur einer, der reinen Herzens ist, darf aus mir trinken,* sagte eine Stimme, die leise, aber schrecklich war. Und dann hatte Bryn Angst, den Becher zu nehmen, aber die Stimme schwieg, und er griff danach und steckte den Becher in seinen Umhang.«

Ich beobachtete ihn, während ich sprach; er drängte sich immer noch an die Mauer und hatte die Decke immer noch fest um sich gewickelt.

»Erst viel später, als Bryn an einen kleinen Bach kam und sich an den Becher erinnerte, holte er ihn aus dem Umhang, um etwas zu trinken. Aber seltsam genug, der Becher war bereits voll mit klarem Wasser. Er stellte ihn auf den Boden, und bevor er es aufhalten konnte, hatte sein Pferd den Kopf gesenkt und getrunken. Und noch seltsamer – ganz gleich, wie viel das Tier trank, der Becher von Isha blieb voll bis zum Rand. Das Wasser schien dem Pferd nicht zu schaden; dennoch, Bryn selbst benutzte den Becher nicht, sondern tauchte die Hände in den Bach und stillte seinen Durst auf diese Weise, denn, so nahm er an, ein Tier musste reinen Herzens sein, weil es nicht anders konnte, aber dieser Becher war zweifellos verzaubert und war für den größten Mann auf Erden gedacht und nicht für einen einfachen Reisenden. Wie konnte er würdig sein, aus einem solch magischen Gefäß zu trinken?«

Der Junge bewegte eine Hand; mit den Fingern machte er eine Geste, die schwach an das Zeichen zur Abwehr des Bösen erinnerte.

»Ich bin keine Zauberin«, sagte ich. »Ich bin Heilerin, und ich bin hier, um dir zu helfen, gesund zu werden. Das magst du vielleicht nicht glauben, aber es ist die Wahrheit. Ich lüge nicht. Du hast keinen Grund, dich vor mir oder vor Vater Brien zu fürchten. Wir wollen dir nicht schaden.«

Der Junge hustete und versuchte, mit einer trockenen Zunge die Lippen zu befeuchten.

»Das sind nur Spielchen«, brachte er schließlich heraus, und die Verbitterung in seiner Stimme war schrecklich. »Katz und Maus. Warum bringt ihr mich nicht einfach um?«

Er musste die Worte geradezu herauszwingen, und ich konnte ihn kaum verstehen. Dennoch, allein die Tatsache, dass er etwas sagte, hatte viel zu bedeuten.

»Dauert es so lange, bis ihr begreift, dass ich nicht reden werde? *Macht ein Ende, verdammt.*«

Das schien ihn vollkommen zu erschöpfen, und er lehnte sich aufs Bett zurück und starrte ins Leere, die Decke immer noch fest um sich geschlungen. Ich wählte meine Worte sorgfältig.

»Es sind die Männer, die solche Spiele spielen«, sagte ich, »und Männer, die dir das angetan haben. Ich bitte dich nicht, mir irgendwelche Geheimnisse zu verraten – ich will nur, dass du gesund wirst. Das hier ist kein Becher von Isha; trink davon, und du wirst nur bekommen, was dein Körper braucht. Außerdem war es einer meiner Brüder, der dich gerettet hat, und ich habe ihm geholfen. Wieso sollte ich dir jetzt Schaden zufügen wollen?«

Nun drehte er seinen Kopf ein wenig und sah mich geringschätzig an.

»Einer deiner Brüder«, sagte er. »Wie viele hast du?«

»Sechs.«

»Sechs«, echote er verächtlich. »Sechs Mörder. Sechs Teufel. Aber wie kannst du das verstehen? Du bist ein Mädchen.«

In seinem Tonfall schwangen sowohl Gift als auch Angst mit. Ich fragte mich, wie es Vater Brien überhaupt gelungen war, ihn so lange am Leben zu erhalten; vielleicht hatten die Kräuter den Jungen kooperativer gemacht.

»Mein Bruder hat viel aufs Spiel gesetzt, um dir zu helfen«, sagte ich, »und ich ebenfalls.« *Aber du wurdest in meinem Haus von meinen Leuten gefoltert.* »Mein Bruder tut immer das Richtige. Er verrät niemals ein Geheimnis. Und ich mag dir wie ein Kind vorkommen, aber ich weiß, was ich hier tue – deshalb hat man nach mir geschickt. Ich weiß nicht, was sie mit dir vorhaben, aber man wird dir sicher helfen, eine Zuflucht zu erreichen, von der aus du nach Hause zurückgehen kannst.«

Er gab ein höhnisches Lachen von sich, so plötzlich, dass es mich erschreckte.

»Nach Hause!« erwiderte er verbittert. »Das denke ich nicht.« Er hatte den Griff um die Decke ein wenig gelöst und verschränkte nun die Finger. »Es gibt dort keinen Platz für mich, und auch nirgendwo sonst. Warum solltest du dich darum kümmern? Geh zurück zu deinen Puppen. Dich hierher zu schicken war dumm. Was glaubst du, wie schnell ich dich umbringen könnte? Ein schneller Griff zum Haar, kurz den Hals umgedreht ... ich wäre dazu fähig. Was hat er geglaubt, dein Bruder?«

Er bog die Finger.

»Gut«, sagte ich anerkennend und versuchte, mit fester Stimme zu sprechen. »Zumindest fängst du an, zu denken und dich umzusehen. Vielleicht hatte mein Bruder unrecht und Vater Brien ebenfalls; immerhin haben sie erwartet, dass ein Krieger wie du eine Schuld bezahlen kann. Vielleicht glaubten sie, dass es bei deinem Volk so etwas wie Ehre gibt wie bei unserem.«

»Ehre? Ha!« Er sah mich direkt an, und ich bemerkte, dass sein Gesicht hätte hübsch sein können, hätte es nicht diese Zeichen von Schmerz und Erschöpfung getragen. Seine Nase war lang und gerade, die Züge ausgeprägt. »Du weißt gar nichts, Mädchen. Bitte deinen Bruder, dich durch ein Dorf zu führen, wenn er und seine Männer damit fertig sind, und lass dir von ihm zeigen, was übrig geblieben ist. Frag ihn, ob er jemals eine schwangere Frau gepfählt hat wie ein Spanferkel. Erinnere ihn an die Gewohnheit deines Volkes, ihren Opfern Arme und Beine abzuschneiden, während sie nach einem raschen Ende schreien.« Er hob die Stimme. »Frag ihn nach den Anwendungen heißen Eisens. Und dann erzähl mir mehr von Ehre.«

Er hielt inne, begann zu husten, und ich hielt ihm ohne nachzudenken den Wasserbecher an die Lippen. Wegen seines Hustens und seiner angestrengten Versuche zu atmen und wegen des Zitterns meiner Hand wurde das meiste Wasser aufs

Bett verspritzt, aber es gelang ihm, ein paar Tropfen zu trinken. Endlich holte er tief Luft und sah mich über den Rand des Bechers an.

»Verdammt sollst du sein«, sagte er leise, nahm den Becher aus meiner Hand und trank den Rest. »Verdammt sollt ihr alle sein.«

Vater Brien wählte diesen Augenblick, um in der Tür zu erscheinen, sah mich kurz an und befahl mir, nach draußen zu gehen. Dort saß ich dann unter den Bäumen, lauschte den leisen Geräuschen von Vögeln und Insekten, die ihren Alltagsdingen nachgingen, und weinte um meinen Vater, meine Brüder und um mich.

Vater Brien blieb lange in der Höhle. Nach einiger Zeit ließen meine Tränen nach, und ich putzte mir die Nase und versuchte, über das, was der Junge gesagt hatte, hinwegzukommen und mich darauf zu konzentrieren, wieso ich hier war. Aber es fiel mir schwer; ich musste jeden Schritt des Wegs mit mir kämpfen.

Finbar ist gut. Ich kenne ihn so gut wie mich selbst.

Warum hat er dann nichts unternommen, ehe der Schaden angerichtet war? Und was ist mit den anderen? Sie haben gar nichts getan.

Liam ist mein großer Bruder. Unser Anführer und Beschützer. Unsere Mutter hat ihm diese Aufgabe gegeben. Er würde nichts Böses tun.

Liam ist ein Mörder wie sein Vater. Ebenso wie der lächelnde Diarmid. Dir wendet er ein freundliches Gesicht zu, aber in Wahrheit versucht er, genau wie die beiden anderen zu sein.

Und was ist mit Conor? Er zieht nicht in den Krieg. Er ist gerecht. Er ist der Denker in der Familie.

Auch er hätte etwas sagen können und hat es nicht getan.

Aber er hat uns geholfen, zumindest glaube ich, dass er uns geholfen hat, er wusste von dem Gefangenen, und er hat mich nicht aufgehalten.

Conor spielt nur Spielchen, und das tut er geschickt.

Cormack weiß noch nichts vom Krieg; für ihn ist es nur Spaß und Sport, eine Herausforderung. Er würde keine Folter zulassen.

Er wird es bald genug lernen. Er hungert nach dem Geschmack von Blut.

Und was ist mit Padraic? Er ist doch sicher unschuldig, ganz versunken in seine Tiere und Experimente?

Das stimmt, aber wie lange noch? Und was ist mit dir, Sorcha? Denn du bist nicht mehr unschuldig.

So stritt ich mit mir selbst und konnte diese andere Stimme nicht mehr ignorieren. Dennoch, es war quälend, es zu glauben: Konnten die Brüder, die sich um meine aufgeschlagenen Knie gekümmert und mich mit solcher Geduld an so vielen Kinderabenteuern beteiligt hatten, wirklich die grausamen Wilden sein, die der Junge beschrieben hatte? Und wenn das der Fall war, wo blieben dann ich und Finbar? Selbst mit zwölf war ich nicht so naiv zu glauben, dass nur eine Seite in diesem Konflikt fähig war zu foltern. Hatten wir den Feind gerettet? Konnte man niemandem trauen?

Vater Brien ließ sich Zeit. Ich blieb, wo ich war, während der Konflikt in mir langsam nachließ und mein Geist etwas von der Ruhe aufnahm, die von den alten Bäumen selbst ausging, und von dem Boden, der sie nährte. Dies war ein vertrautes Gefühl, denn es gab viele Stellen in diesem großen Wald, wo man seine Energie trinken und eins mit seinem uralten Herzen werden konnte. Wann immer einen etwas bekümmerte, konnte man an diesen Orten einen Weg finden. Ich kannte sie, und Finbar kannte sie; was die anderen anging, war ich nicht so sicher, denn häufig, wenn wir beide still in der Astgabelung einer großen Eiche hockten oder auf den Felsen lagen und ins Wasser starrten, machten sie Wettläufe oder kletterten oder schwammen im See. Auch dadurch erfuhr ich nun, wie wenig ich meine eigenen Brüder kannte.

Der Regen hatte vollkommen aufgehört, und im Schutz des Hains war die Luft feucht und frisch. Vögel kamen aus ihren Verstecken; ihr Lied erklang über mir, zog hoch über mir vorbei. In solchen ruhigen Augenblicken hatten Stimmen schon häufig zu mir gesprochen, und ich hatte geglaubt, es handele sich um die Waldgeister oder die Seelen der Bäume selbst. Manchmal spürte ich, dass es die Stimme meiner Mutter war, die da sprach. Heute waren die Bäume still, und ich war an einem weit entfernten Ort in meinem Geist, als eine geringfügige Bewegung auf der anderen Seite der Lichtung mich aufschrecken ließ.

Ich hatte nicht den geringsten Zweifel daran, dass die Frau, die dort stand, nicht aus unserer Welt stammte; sie war ausgesprochen groß und schlank, ihr Gesicht war milchweiß, ihr schwarzes Haar reichte bis zu den Knien, und ihr Umhang hatte das tiefe Blau des westlichen Himmels zwischen Abend- und Morgendämmerung. Langsam stand ich auf.

»Sorcha«, sagte sie. Ihre Stimme war wie Musik, aber gleichzeitig auch furchterregend. »Du hast eine lange Reise vor dir. Du hast keine Zeit mehr zu weinen.«

Es schien ungeheuer wichtig, die richtigen Fragen zu stellen, solange ich die Gelegenheit hatte. Ehrfurcht lähmte mir die Zunge beinahe, aber ich zwang die Worte heraus.

»Sind meine Brüder wirklich böse? Sind wir alle verflucht?«

Sie lachte – ein leises Geräusch, aber es schwang eine Kraft mit, die über alles Menschliche hinausging.

»Kein Mensch ist wirklich böse«, sagte sie. »Das wirst du noch selbst herausfinden. Und die meisten von ihnen lügen, zumindest manchmal, oder sie benutzen Halbwahrheiten, wenn es ihnen passt. Vergiss das nicht, Sorcha, Heilerin.«

»Du sprichst von einer langen Reise. Was soll ich als Erstes tun?«

»Es ist eine noch längere Reise, als du dir vorstellen kannst. Du bist bereits auf dem Weg, der dir bestimmt ist, und dieser

Junge Simon ist einer der Meilensteine. Schneide heute Nacht Goldholz. Du kannst dieses Kraut benutzen, um seinen Geist zu beruhigen.«

»Was noch?«

»Du wirst es schon herausfinden, Tochter des Waldes. Durch Schmerz und Trauer, durch viele Prüfungen, durch Verrat und Verlust werden deine Füße einen geraden Weg finden.«

Sie begann zu verschwinden, das dunkle Blau ihres Umhangs verband sich mit der Dunkelheit der Blätter hinter ihr.

»Warte ...« Ich ging auf den Rand der Lichtung zu.

»Sorcha?« Das war Vater Briens Stimme, die aus der Höhle kam. Und die Frau war sofort verschwunden, als wäre nie etwas anderes dort gewesen als sich bewegende Nachmittagsschatten. Vater Brien kam aus der Höhle und rieb sich die Hände an einem Tuch trocken.

»Ich sehe, wir haben Besuch«, sagte er leise. Ich warf ihm einen scharfen Blick zu, dann spähte ich in den Schatten. Vorsichtig, als wäre sie sich ihres Willkommens nicht sicher, kam die Hündin Linn dort heraus. Offenbar war sie mir den ganzen Weg gefolgt. Ich sprach sie freundlich an, und sie kam begeistert auf mich zugerannt, ihr ganzer Körper erfüllt von verspätetem Erkennen und dem dringenden Bedürfnis nach Zuneigung.

»Komm herein«, sagte Vater Brien. »Und bring den Hund, das wird nichts schaden. Wir müssen über diesen Jungen sprechen, und zwar schnell. Die Wirkungen meines Kräutertranks sind beinahe verschwunden, und ich möchte ihm nicht noch mehr geben. Aber wenn ich ihn nicht überzeugen kann, mitzuarbeiten, werde ich mich nicht um seine Wunden kümmern können.« Er drehte sich um, um wieder hineinzugehen.

»Hast du dich erholt?« fügte er sanft hinzu. »Er weiß, wie er seine Worte setzen muss, damit sie wehtun. Das ist vielleicht die einzige Waffe, die er noch hat.«

»Es geht mir gut«, sagte ich, den Kopf immer noch voll von meiner Vision. Ich streckte die Hand aus, um das Fell der Hündin zu berühren, und ihre Zunge an meinen Fingern versicherte mir, dass die wirkliche Welt immer noch vorhanden war, ebenso wie die andere. »Es geht mir gut.«

Der Junge saß gebeugt auf seinem Strohsack, mit dem Rücken zu uns. Trotz all seiner trotzigen Worte und zornigen Blicke erinnerte mich seine Haltung an ein kleines Geschöpf, das zu heftig getadelt worden war, das sich in Verwirrung über eine Welt, die sich zum Schrecklichen verändert hat, in sich zurückgezogen hat.

»Seine Wunden müssen gesäubert und neu verbunden werden«, sagte Vater Brien in unserer eigenen Sprache. »Das ist mir recht gut gelungen, solange er halb schlief, obwohl er sich vor meiner Berührung fürchtete. Aber jetzt ...«

»Er muss aufhören, diese Kräuter zu sich zu nehmen«, sagte ich, »wenn Ihr ihn halbwegs bei Verstand nach Hause zurückschicken wollt. Wir sollten die Luft vollständig säubern, und er sollte hinausgebracht werden, wenn wir das schaffen. Kann er gehen?«

Ein erschreckender Ausdruck, in dem sich Mitleid und Abscheu mischten, zog rasch über Vater Briens Gesicht.

»Ich habe es nicht gewagt, ihn zu bewegen, außer, um seine Wunden zu verbinden«, sagte er. »Er hat immer noch große Schmerzen, und ihm die Mittel zu rasch zu entziehen, wird für ihn zu schwer sein. Ohne sie wird er kaum schlafen können, denn er fürchtet seine Träume.«

Die Vision immer noch vor Augen, hatte ich ein deutliches Gefühl dessen, was getan werden musste, obwohl die Herrin mir im Grunde wenig praktische Anweisungen gegeben hatte. Aber etwas in mir wusste, was zu tun war.

»Morgen«, sagte ich. »Morgen muss er die Sonne und den offenen Himmel sehen. Von jetzt an gibt es nur noch ein Kraut, nur Goldholz, und es muss nachts geschnitten werden.

Ich werde das später tun. Und was machen wir mit diesen Wunden?«

Ich ging auf den Strohsack zu. Linn schlüpfte an mir vorbei und trabte vertrauensvoll auf den Jungen zu. Sie wusste, dass er nicht Cormack war, aber ähnlich genug. Sie drängte sich an ihn und schob ihm die kalte Nase in die Hand.

»Ruhig, Linn«, sagte ich in der Sprache, die der Junge verstand. Nachdem er zunächst instinktiv die Faust geballt hatte, entspannte er die Finger, und Linn leckte sie begeistert. Er sah sie misstrauisch an und verriet nichts.

Vater Brien hatte eine Schale warmen Wassers mit Kamille und Malvenwurzel und weiche Tücher vorbereitet. Vielleicht hatte er schon versucht, mit der Arbeit zu beginnen, während ich draußen war, denn das Bettzeug war in Unordnung und einiges Wasser verschüttet. Er ging wieder auf das Bett zu.

»Ich habe *nein* gesagt.« Das klang entschlossen.

»Als Soldat«, erwiderte Vater Brien ungerührt, »solltest du wissen, was mit Wunden geschieht, die unbehandelt bleiben; wie sie die schlechten Körpersäfte anziehen und das Fieber den Mann schließlich überwältigt, so dass er Erscheinungen hat und stirbt. Wünschst du dir ein solches Ende?« Sein Tonfall war sanft, während er sich sorgfältig die Hände wusch und an einem Tuch abtrocknete.

»Sie soll es tun.« Der Junge warf mir einen Blick zu, ohne den Kopf zu wenden. »Soll sie doch sehen, was ihre Leute getan haben, und dafür büßen. Ich habe die Wahrheit gesprochen. Mein Körper ist Zeuge.«

»Ich denke nicht«, sagte Vater Brien rasch, und zum ersten Mal lag eine gewisse Schärfe in seiner Stimme. »Sorcha ist ein Kind. Solche Wunden sollten Mädchen nicht sehen müssen, und es ist beschämend, dass du das vorschlägst. Es ist Männerarbeit, und ich werde sie tun.«

»Wenn du mich noch einmal berührst, bringe ich euch beide um.« Das meinte er ernst, und vielleicht hatte er tatsächlich genug Kraft, es zu versuchen. »Lass es das Mädchen tun, oder lass mich verfaulen. Ich kann sicher nicht noch tiefer sinken.«

»Ich bezweifle, ob du tun könntest, womit du drohst, ganz gleich, wie sehr du es dir wünschst«, sagte ich. »Aber ich werde mich unter einer Bedingung um deine Wunden kümmern.«

»Bedingung?« fauchte der Brite. »Welche Bedingung?«

»Ich werde alles tun, was notwendig ist«, erklärte ich fest. »Aber nur, wenn du mitmachst. Du musst zuhören, wenn ich mit dir rede, und tun, was ich dir sage, denn ich habe die Kraft, dich zu heilen.«

Er lachte mich aus. Es war kein angenehmes Geräusch.

»Du bist eine arrogante kleine Hexe, wie? Ich bin nicht sicher, ob ich nicht lieber verrotten und am Fieber sterben möchte. Aber das Endergebnis ist wahrscheinlich dasselbe. Was meinst du, alter Mann?«

»Es gefällt mir nicht, und deinen Brüdern würde es auch nicht gefallen, Sorcha. Du solltest mir das überlassen.«

»Und wieso habt Ihr mich dann hergebracht?« fragte ich einfach. Da er keine Antwort darauf wusste, schwieg er.

»Hinaus«, sagte der Junge, der einen Sieg erkannte, wenn er ihn vor sich hatte, und Vater Brien ergab sich widerstrebend dem Unvermeidlichen.

»Ich bin direkt draußen vor der Höhle, Sorcha«, sagte er in unserer eigenen Sprache, die der Junge offenbar nicht verstand, »und diesmal solltest du sofort rufen. Was du siehst, wird dich bekümmern. Behandle ihn, wie du ein krankes Tier behandeln würdest, und versuche nicht, die Schuld für das zu übernehmen, was man ihm angetan hat, Kind.«

»Macht Euch keine Sorgen«, sagte ich, denn der Geist der Waldherrin lag immer noch auf mir und gab mir Kraft.

Ich will mich nicht mit dem aufhalten, was als Nächstes kam. Sich vor mir auszuziehen und sich mir zu überlassen, war schmerzlich für ihn, sowohl für den Körper als auch für den Geist. Seine Wunden zu sehen, die boshafte Phantasie zu bedenken, die dahinter steckte, war eine Erfahrung, die sich so tief in mein Herz brannte, wie die Folterinstrumente sich in seinen Körper gebrannt hatten. Er würde nie wieder gesund sein, oder jene bedenkenlose Freude an seiner Männlichkeit haben, die ich bei meinen Brüdern bemerkt hatte, wenn sie miteinander rangen oder mit einem hübschen Mädchen schäkerten. Dass ein anderer Mann ihm so etwas angetan haben konnte, war kaum vorstellbar. Während ich arbeitete, erzählte ich ihm den Rest der Geschichte von Isha, da uns das beide von der schrecklichen Aufgabe ablenkte. Linn saß direkt am Bett und leckte die fest geballten Fäuste des Briten. Dennoch wich er vor meiner Berührung zurück, aber nachdem er dem Handel zugestimmt hatte, ertrug er den Schmerz und schrie nur ein einziges Mal.

Endlich war die Geschichte beinahe zu Ende und meine Arbeit getan. Ich war schweißgebadet, mein Gesicht tränennass. Ich legte meinen Patienten in die bequemste Stellung zurück, die er einnehmen konnte, und breitete eine frische Decke über seinen sauber verbundenen Körper. In dem kurzen Augenblick, den es brauchte, den Wasserkrug zu holen, war der Hund aufs Bett gesprungen und hatte sich neben ihn gelegt, sanft mit dem Schwanz wedelnd. Linns Miene sagte mir, dass sie hoffte, ich würde so tun, als hätte ich nichts bemerkt.

»Gut gemacht, Simon«, sagte ich, hielt ihm einen Becher Wasser hin, und diesmal trank er; er war zu erschöpft, um zu widersprechen, und weit jenseits aller Angst. »Vielleicht kannst du jetzt schlafen – einer von uns wird hier sein, wenn du jemanden brauchst. Linn!« Ich schnippte mit den Fingern. »Runter mit dir!«

»Nein ...« Seine Stimme war so leise, dass ich ihn kaum verstand. »Lass sie hier.« Er legte die Hand auf ihr drahtiges graues Fell.

Ich wollte Vater Brien holen. Ich war zu müde, um Hunger

zu verspüren, aber meine Arbeit für diesen Tag war noch nicht vorüber.

»Nein.«

Ich warf ihm einen Blick zu.

»Bleib.«

»Ich bin kein Hund, der dir einfach gehorcht«, sagte ich. »Ich muss etwas essen, und das solltest du ebenfalls tun.«

»Diese Geschichte«, sagte er leise und überraschte mich damit vollkommen. »Bring die Geschichte zu Ende. Hat Bryn jemals aus dem Becher getrunken, oder hat er ewig an sich gezweifelt?«

Langsam setzte ich mich wieder hin. »Er hat es getan«, sagte ich und fand irgendwo tief in mir den Willen, weiterzumachen. »Es war erst viel, viel später, und ohne dass er viel daran gedacht hätte, denn nach all seinen Abenteuern und dem Unheil, das so vielen anderen widerfuhr, nachdem sie versucht hatten, den Becher von Isha zu benutzen, stellte er ihn auf ein Regal hinten in seiner Hütte und vergaß ihn vollkommen. Und da stand der Becher nun mit seinen Smaragden und Rubinen zwischen dem alten Steingutgeschirr und dem Zinn, und so manchen langen Tag bemerkte ihn niemand. Denn Bryn blieb in seiner Hütte nahe dem verzauberten Wald und wurde dort alt; und immer noch bewachte er den einzigen Eingang und ließ niemanden vorbei, weder Mensch noch Tier. Es gab viele junge Mädchen, die ihn gerne geheiratet hätten, wenn er gewollt hätte, aber er lehnte sie alle höflich ab. Ich bin nur ein einfacher Mann, sagte er, nicht gut genug für Euch, meine Damen. Und außerdem ist mein Herz bereits vergeben.

Im Lauf der Jahre gab es viele Gelegenheiten, wegzureiten – mit den Soldaten in den Krieg, oder auf Reisen, um ein Vermögen zu machen, aber das wollte er nicht. Das hier ist meine Wache, sagte er ihnen, und hier bleibe ich, und wenn ich auf meinem Posten sterbe. Und als dreimal zwanzig Jahre vorüber waren und Bryn ein alter, alter Mann war mit einem weißen Bart, der ihm bis auf die Stiefelränder reichte, wurde der Fluch aufgehoben, und die Dornenmauer verschwand, und heraus kam eine alte, alte Dame in einem zerrissenen weißen Gewand, mit einem Gesicht so runzlig wie eine Pflaume. Aber Bryn erkannte sie sofort als seine Geliebte und fiel vor ihr auf die Knie und dankte, dass man sie freigelassen hatte.

›Ich habe Durst‹, sagte die alte Frau mit heiserer Stimme – aber für Bryn war es der himmlischste Laut, den er je vernommen hatte. ›Holt mir bitte etwas zu trinken, Soldat.‹ Und da er nur einen einzigen Becher in seinem einfachen Haus hatte, der einer solchen Dame angemessen war, holte der alte Mann den Becher von Isha von seinem staubigen Küchenregal, und siehe, er war voll bis zum Rand mit frischem, klarem Wasser. Mit zitternden Händen bot er ihn der Dame.

›Du musst als erster trinken‹, sagte sie, und er war machtlos gegen ihren Willen. Also trank er einen Schluck, und sie trank einen Schluck, und die Edelsteine am Becher schimmerten wie Sterne. Als Bryn aufblickte, war seine Geliebte vor ihm so jung und schön wie an dem Tag, an dem er sie verloren hatte, und als er in den Becher von Isha schaute, zeigte sein Spiegelbild rabenschwarze Locken und ein blendendes, strahlendes Lächeln.

›Aber ... aber ich dachte ...‹ Er bekam kaum ein Wort heraus, denn sein Herz klopfte wie eine Trommel. Seine Geliebte lächelte und griff nach seiner Hand. ›Du hättest die ganze Zeit daraus trinken können‹, sagte sie, ›denn wer außer einem Mann von reinem Herzen würde sechzig Jahre auf seine Geliebte warten?‹ Sie stellte den Becher auf einen Stein an der Straße, und dann gingen sie zusammen in das kleine Häuschen und verbrachten dort den Rest ihres Lebens. Und der Becher von Isha? Dort steht er, im Gebüsch und unter den Gänseblümchen, und wartet darauf, dass der nächste Reisende ihn findet.«

Der Junge schlief beinahe, seine Miene entspannter als zuvor, aber dennoch wachsam. Er sprach flüsternd.

»Wenn du keine Hexe bist«, sagte er, »woher wusstest du dann meinen Namen?«

Eine vom Feenvolk hat ihn mir genannt. Das war die Wahrheit, aber ich konnte kaum erwarten, dass er mir das glaubte. Ich dachte rasch nach. Wie ich schon zuvor sagte, war Lügen eine Fähigkeit, die ich nie richtig gelernt hatte, und ich war dabei nicht besser als mein Bruder Finbar.

»Das werde ich dir sagen, wenn ich dich auf den Beinen und draußen in der frischen Luft sehe«, war das Beste, was ich herausbringen konnte. »Und jetzt musst du dich ausruhen, während ich nachsehe, was Vater Brien für uns zu essen hat. Der Hund hat sicher auch Hunger.«

Aber als ich versuchte, Linn dazu zu bewegen, mir zu folgen, legte sie nur ihre haarige Schnauze auf die Pfoten und sah mich mit feuchten Hundeaugen an. Simons Hand ruhte auf ihrem Rücken, die Finger bewegten sich im struppigen Fell. Und so ließ ich die beiden eine Weile allein.

Es folgte die seltsamste Zeit meines jungen Lebens, zumindest bis dahin, denn das, was später kam, war nicht nur seltsam, sondern beinahe für einen Menschen nicht mehr zu verstehen. An jenem ersten Abend tat ich, was die Herrin mir gesagt hatte, ging allein nach draußen unter die großen Eichen und stieg hoch hinauf, wo das zarte Netz von Goldholz wie eine Sternenkonstellation zwischen den massiven Ästen des Waldriesen wuchs. Ich benutzte eine kleine Sichel, um abzuschneiden, was ich brauchte. Vater Brien machte sich Sorgen, dass ich stürzen oder mich mit der Sichel verletzen könnte. Aber ich erklärte ihm, wie heilig diese Pflanze jenen vom alten Glauben ist. Tatsächlich ist sie so geheimnisvoll und mächtig, dass auch ihr wahrer Name geheim ist und weder laut ausgesprochen noch in geschriebener Weise weitergegeben werden darf. Wir nannten sie stattdessen Goldholz oder Vogelleim oder bei anderen Namen. Es ist ein seltsames Kraut, das außerhalb der Gesetze der Natur steht, denn es wächst nicht zum Licht hin wie andere Pflanzen, sondern in welche Richtung es auch immer will, aufwärts, abwärts, nach Osten oder Westen. Es wurzelt auch nicht im Boden, sondern auf den oberen Ästen einer Eiche, eines Apfelbaums, einer Fichte oder einer Pappel, windet sich um ihre Glieder und ruht in ihren Wipfeln. Es kümmert sich nicht um Jahreszeiten, es kann gleichzeitig reife und grüne Beeren haben, ebenso wie Blüten und neue Blätter. Es gibt strenge Regeln, was das Schneiden der Pflanze angeht, und ich hatte sie alle so gut wie möglich befolgt.

Goldholz kann auf viele Weisen benutzt werden. Bei meinem Versuch, den Briten zu heilen, wandte ich beinahe alle davon an. In einen Kranz gewoben und über seinen Strohsack gehängt, hielt es die Schrecken der Nacht fern. Ich stellte auch einen Sud her, und wir tranken ihn alle, aber sparsam. Meine Kur bestand zum Teil darin, Simons Körper von den Einflüssen der Kräuter zu säubern, die bis dahin so wichtig gewesen waren; aber diese Arznei, die mächtigste von allen, brauchte er immer noch. Als ich sie bei zunehmendem Mond schnitt, sah ich, wie eine Eule über mich hinwegflog, in der kalten Stille des Nachthimmels. Vielleicht war es jene, die ich kannte und die nun wieder Teil des Gewebes der dunklen Nacht war.

Die wenigen Tage, die Conor mir gestattet hatte, kamen und gingen, ebenso wie Finbar. Er kam auf einem kräftigen Bergpony heraufgeritten, dessen starker Rücken uns leicht beide nach Hause hätte bringen können. Vater Brien war in seiner Hütte und arbeitete mit Feder und Tinte, während Simon und ich ein Stück weiter den Hügel hinab im Gras saßen – oder, in seinem Fall, lagen. Ihn zu bewegen, war ein Alptraum gewesen, jedenfalls beim ersten Mal. Jeder Schritt war eine Qual für ihn, aber er weigerte sich, sich von einem alten Mann und einer mageren Göre, die zu viel redete, wie er es ausdrückte, tragen zu lassen. Also ging er selbst und biss sich die Lippe auf bei dem Versuch, nicht zu schreien, und ich spürte, wie der Schmerz meinen eigenen Körper durchbohrte, als ich seinen Arm hielt und neben ihm ging.

»Ich hoffe, du weißt, was du tust, Sorcha«, sagte Vater Brien. Er sah beunruhigt aus, aber er überließ mir die Behandlung. Auf Simons anderer Seite trabte der Hund und schränkte sein übliches Toben ein, lehnte sich sogar leicht an Simon, um ihn zu stützen. Er griff nach Linns Halsband.

»Ja, ich weiß«, sagte ich. Vater Brien glaubte mir.

Also waren wir dort zu dritt – Simon, ich und der Hund, aber Linn hatte uns kurze Zeit verlassen, um unter den Bäumen herumzuschnuppern, und wedelte mit dem Schwanz, als sie die Witterung eines Kaninchens aufnahm. Wir hatten inzwischen viel gesprochen, oder genauer gesagt, ich hatte gesprochen, und Simon hatte zugehört, da er kaum eine Wahl hatte. Ich fragte ihn nichts, und er verriet nichts; also verließ ich mich auf die alten Geschichten und Fetzen von Liedern, und hin und wieder sprach ich über meinen Wald und die seltsamen Dinge, die dort geschehen waren. Er konnte unhöflich und sogar grausam sein – er war beides, wenn es ihm passte. Ich hörte viel über das Wesen meines Volkes und was es im Laufe der Jahre seinem eigenen Volk angetan hatte; er war erfindungsreich, was seine Beleidigungen mir und Vater Brien gegenüber anging. Damit kam ich zurecht; die Kriegsgeschichten waren schlimmer für mich, deshalb sprach ich wahrscheinlich die meiste Zeit selbst – zumindest bewirkte das, dass er still war. Seine Stimmung schwankte; sie konnte von erschöpfter Toleranz zu Wut und dann zu Schrecken wechseln, und das alles innerhalb von Augenblicken, und mich um ihn zu kümmern, kostete mich mehr Energie, als jeder andere Patient zuvor gebraucht hatte. Ich verband seine Wunden zweimal täglich, denn er ließ Vater Brien nicht in seine Nähe. An diese Aufgabe konnte ich mich nicht gewöhnen.

Obwohl er darüber schnaubte, wie unwahrscheinlich sie waren, wusste ich, dass er meine Geschichten mochte. Die frische Luft und die Bewegung, so schwer es ihm fiel, hatten ein wenig Farbe in sein Gesicht gebracht, die Kornblumenaugen waren nicht mehr ganz so leblos. Ich bürstete sein Haar; er stellte sich wegen des Zerrens und Reißens schlimmer an, als er es jemals wegen der grausamen Schmerzen seiner Wunden getan hatte. Ich nahm seine allgemeine schlechte Laune als gutes Zeichen; denn alles war besser als die hohläugige Verzweiflung, mit der er darauf wartete, dass der endlose Tag vorüberging, die graugesichtige Angst seiner durchwachten Nächte.

Und dann kam Finbar. Sein Pferd hatte den letzten Teil der Strecke im Schritt zurückgelegt; er hatte es in einiger Entfernung zurückgelassen und kam zu Fuß. Einer Gewohnheit folgend, bewegte er sich vollkommen lautlos, also erschien er recht plötzlich dort am Rand des Hains. Simon war sofort aufgesprungen, und sein rasches Nach-Luft-Schnappen war das einzige Anzeichen davon, was diese Bewegung ihn gekostet hatte. Dann spürte ich, wie mein Haar von hinten gepackt wurde, und kaltes Metall an meiner Kehle.

»Einen Schritt weiter, und ich schneide ihr die Kehle durch«, sagte Simon, und Finbar blieb wie erstarrt stehen. Kein Laut war zu hören, abgesehen vom Gesang eines weit entfernten Vogels und Simons keuchendem Atem irgendwo hinter mir. Finbar streckte sehr, sehr langsam die Hände aus, zeigte, dass sie entspannt und leer waren; dann ließ er sich auf den Boden nieder, mit geradem Rücken und wachsamem Blick. Er war so bleich, dass seine Sommersprossen sich deutlich abzeichneten, sein Mund war eine dünne Linie. Ich konnte hören, wie Vater Brien in der Hütte vor sich hin summte. Das Messer bewegte sich leicht von meinem Hals weg.

»Ist das dein Bruder?«

»Einer von ihnen«, brachte ich heraus; meine Stimme war

eine Art Quieken. Simon lockerte seinen Griff ein wenig. »Finbar hat dich gerettet. Er hat dich hierher gebracht.«

»Warum?« Die Stimme war tonlos.

»Ich glaube an Freiheit«, sagte Finbar mit bewunderungswürdiger Festigkeit. »Ich habe versucht, wann immer ich kann, Unrecht wieder gutzumachen. Du bist nicht der Erste, dem ich auf diese Weise geholfen habe, aber ich weiß nicht, was aus den anderen wurde. Wirst du meine Schwester gehen lassen?«

»Warum sollte ich dir glauben? Wer, der noch bei Verstand ist, würde ein kleines Mädchen in die Arme des Feindes schicken, von einem alten Priester ganz abgesehen? Wer sollte seine eigene Familie verraten wollen? Was für eine Art Mann bist du? Vielleicht hast du einen Trupp Krieger mitgebracht, die sich gleich auf mich stürzen.« Simons Stimme klang fest, aber ich konnte die Anspannung in seinem Körper spüren und wusste, dass es ihm ungeheure Schmerzen verursachen musste, zu stehen und mich festzuhalten. Er würde es nicht viel länger ertragen können. Ich sprach direkt zu Finbar, ohne Worte, direkt von Geist zu Geist.

Überlass das mir. Vertrau mir.

Finbar blinzelte mir zu, und seine Wachsamkeit ließ einen Augenblick lang nach. Ich las in seinen Gedanken Zorn und Verwirrung, wie ich sie vorher nie bei ihm bemerkt hatte.

Es geht nicht darum, dass ich dir *nicht trauen würde. Ich traue ihm nicht.*

Ich hatte nie zuvor die schwächeren Wesenszüge einer Frau gezeigt; tatsächlich bin ich trotz meiner geringen Größe und offensichtlichen Zerbrechlichkeit stark und imstande, viel zu ertragen. Ich hätte mich auch nie eines solchen Betrugs für fähig gehalten und riskierte viel, indem ich auf Simons mögliche Reaktion setzte. Aber zu diesem Zeitpunkt war es das einzige, was mir einfiel. Also stöhnte ich leise, knickte in den Knien ein, und es spricht für Simon, dass er das Messer fallen ließ und mich auffing, bevor ich zu Boden sackte. Ich ließ die Augen fest geschlossen, lauschte auf Finbars Äußerungen brüderlicher Sorge und bemerkte, dass Simon seine Waffe wieder aufhob und meinen Bruder warnte. Dann hörte ich Vater Briens Stimme – er war sofort an meiner Seite und wischte mir das Gesicht mit einem feuchten Tuch ab, das nach Lavendel roch. Ich öffnete vorsichtig die Augen und entdeckte, dass der gute Vater mich sehr misstrauisch ansah.

Ich drehte den Kopf. Finbar saß, wo er zuvor gesessen hatte, im Schneidersitz, kerzengerade, und seinem Gesichtsausdruck war nichts zu entnehmen. Ich drehte mich in die andere Richtung. Simon war sehr nah, mit dem Rücken gegen einen großen Stein gelehnt, das Messer in beiden Händen. Ich hatte das Gefühl, dass er mich beobachtete, aber nun hatte er den Blick abgewandt und zu den Bäumen gerichtet. Die Farbe seiner Haut gefiel mir nicht, denn es war jenes verschwitzte Weiß, von dem ich gehofft hatte, es nie wieder sehen zu müssen.

Alle vier wussten wir nicht, was wir als Nächstes tun sollten. Das Problem wurde unerwartet von Linn gelöst, die genug von ihrer Kaninchenjagd hatte und nun aus dem Wald auf uns zugerannt kam, begeistert, so viele Freunde gleichzeitig zu entdecken. Erst sprang sie Finbar an, stellte ihm die Vorderpfoten auf die Schultern und wusch sein Gesicht. Dann kam sie herüber zu mir, kümmerte sich nicht um meinen angeblich so zarten Gesundheitszustand und drückte mir im Vorbeispringen fest die Pfoten in den Magen. Sie umkreiste Simon, bebend vor Erwartung, aber immer noch bemüht, ihm nicht wehzutun.

»Nun, Kinder«, sagte Vater Brien sachlich, »ich hole einen Becher Met, denn ich glaube, das könnten wir alle brauchen. Und dann unterhalten wir uns. Ich flehe euch an, versucht einen Augenblick lang, einander nicht wehzutun.«

Er stand auf, und Simon ließ ihn gehen. Mir allerdings gestand er nicht die Freiheit zu, dasselbe zu tun, denn sobald ich mich aufrecht setzen konnte, spürte ich wieder seine Hand um meinen Arm. Er verfügte eindeutig über Kraftreserven, die nicht einmal ich vermutet hatte.

Wir saßen in unbehaglichem Schweigen, bis Vater Brien mit einem Krug und ein paar Bechern zurückkehrte, dann begann Finbar, in unserer Sprache zu sprechen.

»Nein!« sagte ich und schnitt ihm das Wort ab. »Sprich so, dass Simon dich verstehen kann. Es hat schon genug Geheimnisse gegeben.«

»Kommt schon«, fügte Vater Brien hinzu und reichte jedem von uns einen Becher, »tun wir zumindest so, als herrschte Waffenstillstand. Ich glaube, Finbar ist in einer friedlichen Angelegenheit hier, junger Mann; er wollte seine Schwester abholen und nach Hause bringen.«

»Wie du sehen kannst, bin ich unbewaffnet«, sagte Finbar, die Hände offen auf den Knien. Eine Haarsträhne fiel ihm über die Augen, aber er versuchte nicht, sie wegzuschieben. Ich war es, der seine ganze Aufmerksamkeit galt. »Ich bin hier, um Sorcha zu holen, das ist alles. Ich wollte mich auch nach deiner Gesundheit erkundigen, um zu sehen, ob es wert war, dich zu retten, aber damit werde ich mich jetzt nicht mehr abgeben.«

Er hat nicht vor, mir wehzutun. Siehst du das denn nicht?

Finbar schaute mich ungläubig an. Simon schwieg; der Becher stand unberührt im Gras neben ihm. Ich spürte seine Hand auf meiner Haut brennen, durch den dünnen Stoff meines Kleides. Der Hund schnupperte am Met. »Gibt es Neuigkeiten von deinem Vater, Finbar?« fragte Vater Brien beiläufig.

»Noch nicht. Es wird wohl noch etwas länger dauern. Dein Patient wird in Sicherheit sein, bis er reisen kann. Es wäre gut, wenn man dasselbe von meiner Schwester sagen könnte. Für eine, die hierher gekommen ist, um zu heilen, hat man sie offenbar nicht gut behandelt. Ich denke, ich bin gerade noch rechtzeitig aufgetaucht.«

Simons Stimme war grausam. »Was hast du erwartet? Ein begeistertes Willkommen? Schmachtende Dankbarkeit? Nenn mir einen Grund, wieso ich dankbar sein soll.«

Schweigen.

»Sohn«, meinte Vater Brien schließlich, »die Zukunft mag dir im Augenblick finster erscheinen, und man kann nicht sagen, wohin dein Weg dich führen wird. Aber auf jedem Weg gibt es Licht. Und irgendwann wirst du es finden.«

»Erspare mir deinen selbstgezimmerten Glauben, Priester«, meinte Simon müde. »Ich verachte ihn ebenso wie dich.«

»Du bist kaum in der Lage, dich gegen ihn zu wenden«, meinte Finbar. »Er kümmert sich um dich und deine Leute, und zwar wegen diesen Glaubens. Ohne ihn wäre er wahrscheinlich ein Mörder wie meine Verwandten. Und wie wahrscheinlich deine.«

»Tatsächlich war ich einmal ein solcher Mann. Ich weiß, wie blind einen eine Sache, die man verfolgt, gegenüber der Wirklichkeit machen kann. Finbar erkennt das bereits. Vielleicht ist es dein Auftrag im Leben, es ebenfalls zu lernen.« Vater Brien klang nachdenklich.

»Das interessiert mich nicht! Ich bin zu nichts gut. Ich falle schneller wieder auseinander, als sie mich zusammenflicken kann, und ich stinke nach Fäulnis. Ihr hättet mich lieber gelassen, wo ich war. Dann wäre das Ende rascher gekommen.« Simon hatte die Stimme immer noch unter Kontrolle, aber ein Schauder lief über seinen Körper. Ich setzte dazu an, etwas zu sagen, aber Finbar war schneller.

»Ich nehme meine Schwester wieder mit nach Hause«, sagte er. »Ich wollte dir helfen, und sie ebenfalls. Aber ich lasse nicht zu, dass man ihr wehtut oder sie bedroht. Wir haben getan, was wir konnten, und es scheint, dass du uns nicht mehr brauchst.«

Simon lachte höhnisch. »Nicht so schnell, großer Bruder«, sagte er. »Ich habe immer noch mein Messer, und ich bin nicht vollkommen hilflos. Die kleine Hexe bleibt hier. Du hast sie hergeschickt, um mich zu heilen; also soll sie mich heilen.«

»Du vergisst, dass sie noch ein Kind ist«, sagte Vater Brien.

»Ein Kind? Ha!« Simon gab ein freudloses Lachen von sich. »Äußerlich vielleicht. Aber sie ist anders als jedes Kind, das ich je gekannt habe. Welches Kind kennt sich mit Kräutern aus oder weiß tausend Geschichten, von denen jede seltsamer ist als die Letzte, und wie man ...« Seine Stimme verebbte. Finbar warf Vater Brien einen Blick zu, der diesen Blick nachdenklich erwiderte. Mein Arm begann dort, wo Simon ihn immer noch umklammerte, heftiger zu schmerzen.

»Diese Entscheidung steht dir nicht zu«, sagte ich so entschlossen ich konnte. Ich sah sie alle nacheinander an – Finbar mit seinem bleichen Gesicht und den klaren, grauen Augen, den milden, durchdringenden Blick von Vater Brien. Simons Berührung kündete von seinem Schmerz und seiner Verzweiflung. »Ich habe hier etwas zu tun, und ich bin noch nicht fertig. Ihr habt es geschafft, an diesem Nachmittag den größten Teil meiner Arbeit zunichte zu machen. Finbar, du musst nach Hause gehen und mich meinem Auftrag überlassen. Du weißt, dass ich hier in Sicherheit bin, und es geht mir besser, wenn du mich in Ruhe lässt. Ich rufe dich, wenn ich fertig bin.«

Er braucht mich, Finbar.

Ich lasse dich nicht hier. Er versuchte, mich aus seinen Gedanken zu verbannen, aber er konnte nicht ganz die Schuldgefühle und die Verwirrung verbergen. Das beunruhigte mich. War Finbar nicht immer der Bruder, der sich über alles so sicher gewesen war, der immer wusste, was er tun musste?

Lass mich allein. Das ist meine Entscheidung.

Und das tat er schließlich. Es war gut, dass Vater Brien mir vertraute und an das glaubte, was ich tat, denn schließlich war er es, der meinen Bruder überredete, mit zurück in die Hütte zu gehen und mich mit meinem Patienten allein zu lassen. Erst nachdem sie außer Sichtweite waren und sich die Hüttentür hinter ihnen geschlossen hatte, wurde Simons Griff an meinem Arm zu einer Bitte um Stütze, und er atmete schaudernd aus. Der Hund und ich brachten ihn mit einiger Mühe zurück in die Höhle, und ich brach all meine Regeln und bereitete ihm einen Trunk, der ihn vernünftig schlafen lassen würde. Dann saß ich bei ihm, sagte nicht viel, sah zu, wie er versuchte mit dem Schmerz zurechtzukommen und darum kämpfte, nicht zu schreien. Nach einer Weile wirkte der Kräutertrank, und er entspannte sich ein wenig. Mein Arm tat ziemlich weh; ich ging leise hinüber zu Vater Briens Regalen, um dort eine Salbe zu finden. Ich fand, was ich suchte, in einem flachen Tiegel und kehrte zu meinem Hocker zurück, um meine Prellungen einzureiben. Rings um meinen Oberarm gab es einen Ring roter Haut. Die Salbe daraufzureiben, linderte den Schmerz ein wenig.

Etwas bewirkte, dass ich aufblickte, als ich den Tiegel wieder schloss. Simon war immer noch wach, hatte die schweren Lider noch nicht ganz geschlossen. »Du bekommst zu schnell blaue Flecken«, sagte er undeutlich. »Ich wollte dir nicht wehtun.« Dann schlief er ein. Der Hund drängte sich dichter an ihn, zwängte sich auf den schmalen Strohsack neben ihn.

Nun war ein wenig Zeit für Erklärungen und Entscheidungen. Ich ging zur Hütte, und wir blieben dort, aber ließen die Tür auf, denn wie ich den anderen sagte, Linn würde sich bemerkbar machen, falls Simon erwachte. Vater Brien bestand darauf, dass Finbar und ich etwas aßen und tranken, obwohl keiner von uns Lust dazu hatte.

Es dauerte eine Weile, bis wir Finbar überredet hatten, wieder nach Hause zu gehen. Er glaubte immer noch, dass ich in Gefahr war, und schwor, dass Conor nie erlauben würde, dass ich blieb. Ich benutzte seine eigenen Argumente gegen ihn: Man sollte nicht annehmen, dass ein Brite böse war, nur wegen seines hellen Haares, seines hohen Wuchses oder seiner seltsamen Sprache. Er war ein menschliches Wesen mit Stärken und Schwächen, genau wie wir. Hatte Finbar das nicht oft selbst gesagt, selbst zu unserem Vater?

»Aber er hat gedroht, dich zu töten«, meinte Finbar gereizt, »er hat dir ein Messer an die Kehle gehalten.«

»Er ist krank«, sagte ich. »Er hat Angst. Und ich bin hier, um ihm zu helfen. Außerdem hat man mir gesagt ...« Ich hielt inne.

Finbar warf mir einen scharfen Blick zu. »Was gesagt?«

Ich konnte nicht lügen. »Man hat mir gesagt, ich müsse es tun. Es sei nur der erste Schritt auf einem langen, schwierigen Weg. Ich weiß, dass ich es tun muss.«

»Wer hat dir das gesagt, Sorcha?« fragte Vater Brien sanft. Beide starrten mich jetzt neugierig an. Ich wählte meine Worte sorgfältig.

»Erinnert ihr euch an Conors alte Geschichte über Deirdre, die Herrin des Waldes? Ich glaube, sie war es.«

Vater Brien schnappte nach Luft. »Du hast sie gesehen?«

»Ich glaube schon«, erklärte ich überrascht. Welche Reaktion ich auch von ihm erwartet hatte, diese ganz bestimmt nicht. »Sie sagte mir, dies sei mein Weg. Es tut mir Leid, Finbar.«

»Dieser Brite«, sagte Finbar bedächtig. »Er ist nicht der Erste, den ich kennen gelernt oder mit dem ich gesprochen habe. Die anderen waren jedoch älter, abgehärteter und gleichzeitig schlichter. Sie waren froh, frei zu sein und gehen zu können. Der da spielt Spielchen, er spielt mit uns und genießt unsere Verwirrung. Wenn man dir tatsächlich solche Anweisungen gegeben hat, dann hast du keine andere Wahl, als zu gehorchen; aber ich kann kaum glauben, dass dieser Junge dir nichts Böses will. Ich lasse dich nur ungern hier zurück, und ich denke, Conor wäre ganz meiner Meinung.« Er zwirbelte eine Haarlocke zwischen den Fingern. Inzwischen hatte sein Gesicht wieder Farbe angenommen, aber seine Miene war grimmig.

Ich starrte ihn an. »Wieso sollte Conor das entscheiden?«

fragte ich. »Er führt vielleicht im Augenblick den Haushalt, aber er ist erst sechzehn.«

»Conor ist älter als seine Jahre«, sagte Vater Brien auf seine gemessene Weise. »Darin ist er euch beiden ähnlich. Auch er hat einen Weg. Ihr haltet diesen Bruder für nichts Besonderes; der stille Conor mit seiner festen Verlässlichkeit und seiner Sanftheit und Gerechtigkeit und seinem Schatz an Wissen. Aber ihr kennt ihn weniger gut, als ihr glaubt.«

»Er scheint eine Menge seltsamer Dinge zu wissen«, meinte ich. »Dinge, die einen überraschen.«

»Wie die Ogham«, sagte Finbar leise. »Die Zeichen, und wo man sie findet und wie man ihre Bedeutung liest. Was wir davon wissen, haben wir von Conor gelernt.«

»Und das weiß er nicht aus einem Buch.«

»Conor kennt sich in vielen Dingen aus«, meinte Vater Brien und schaute aus seinem kleinen Fenster. Die Spätnachmittagssonne fiel auf die Strähnen ergrauenden Haares um seinen kahlen Hinterkopf und ließ sie zu einer Flammenkrone werden. »Einiges davon hat er von mir gehört, wie ihr anderen auch. Einiges hat er sich aus Manuskripten beigebracht, die in der Bibliothek eures Vaters verstaubten, wie du, Sorcha, was Kräuter und Arzneien angeht. Wenn ihr älter werdet, werdet ihr feststellen, dass Conor außer diesem Wissen noch andere Fähigkeiten hat; er kennt sich mit uralten Dingen aus, die zu eurer Überlieferung gehören, die aber in der heutigen Welt so gut wie vergessen sind. Ihr seht doch, wie die Leute im Dorf ihn verehren. Es stimmt, dass Conor ein guter Verwalter ist, und das erkennen sie an. Aber es geht sehr viel tiefer.«

Dann fiel mir etwas ein. »Dieser alte Mann im Dorf, der alte Tom, der einmal Dachdecker war, hat etwas gesagt – er sagte, Conor sei einer der Weisen wie Vater, oder wie Vater es hätte sein sollen. Ich habe das nicht verstanden.«

»Die Familie von Sevenwaters ist eine uralte Familie, eine der ältesten dieses Landes«, meinte Vater Brien, »dieser See und dieser Wald sind Orte, an denen seltsame Dinge geschehen, wo das Ungewöhnliche zum Alltäglichen wird. Das Eintreffen von solchen wie mir und meinem Glauben mag die Dinge an der Oberfläche verändert haben. Aber darunter gibt es immer noch Magie, so machtvoll wie in den Tagen, als das Feenvolk aus dem Westen kam. Die Fäden vieler Religionen können nebeneinander verlaufen; von Zeit zu Zeit mischen sie sich und werden zu einem stärkeren Seil gedreht. Du hast das selbst erkannt, Sorcha, und du ebenfalls, Finbar – ihr spürt die Kraft, die euch zum Handeln treibt.«

»Und Conor?« fragte Finbar.

»Euer Bruder hat ein schweres Erbe angetreten«, sagte Brien. »Dieses Erbe wählt selbst aus, wem es zufällt, und so fiel es nicht dem ältesten zu, nicht einmal dem zweiten, sondern dem, der am besten imstande war, es zu tragen. Euer Vater hatte die Kraft, aber er hat die Bürde an sich vorbeigehen lassen. Conor wird der Anführer des alten Glaubens sein, und er wird es still und unauffällig tun, so dass der alte Weg weiterblühen und anderen helfen kann, tief im Wald verborgen.«

»Ihr meint, Conor ist ... Ihr meint, er ist ein Druide? Wie konnte er das aus Büchern lernen?« fragte ich verwirrt. Hatte ich meinen Bruder so wenig gekannt?

Vater Brien lachte leise. »Das war unmöglich«, meinte er. »Diese Überlieferung wurde nie dem Papier anvertraut; er hat sie von anderen seiner Art gelernt und lernt immer noch. Sie zeigen sich nicht, noch nicht, denn es war ein harter Kampf für sie, zu überleben. Es werden immer weniger. Euer Bruder hat einen langen Weg zu gehen; er hat seine Reise kaum begonnen. Neunzehn Jahre – das ist die Zeitspanne, die man ihm zum Lernen zugesteht. Und selbstverständlich darf kein Wort davon verbreitet werden.«

»Ich habe mich das manchmal schon gefragt«, meinte Finbar. »In den Siedlungen erfährt man schnell, wem die Menschen vertrauen und warum. Es erklärt, warum er uns unseren eigenen Wegen folgen lässt.«

»Was meintet Ihr damit«, sagte ich immer noch nachdenklich, »dass unser Vater auserwählt war und es aufgegeben hat?«

Ich konnte mir Vater mit seiner angespannten, verschlossenen Miene und seiner Kriegsbesessenheit unmöglich als Kanal einer spirituellen Botschaft vorstellen.

»Du musst verstehen«, sagte Vater Brien sanft, »dass dein Vater nicht immer so war, wie er jetzt ist. Als junger Mann war er vollkommen anders, gut aussehend und vergnügt, ein Mann, der sang und tanzte und Geschichten erzählte und alle beim Reiten, Bogenschießen und beim Zweikampf mit Schwert oder nackten Fäusten übertraf.«

»Was hat ihn dann so verändert?« fragte Finbar bedrückt.

»Als sein Vater starb, wurde Colum Lord von Sevenwaters. Es bestand noch kein Anspruch an ihn, etwas anderes zu sein, denn es gab einen viel Älteren und Weiseren, der in dieser Gegend den alten Weg am Leben hielt. Euer Vater begegnete eurer Mutter, und wie es bei denen aus eurer Familie so oft ist, liebte er sie sofort und leidenschaftlich, dass es ihm wie Sterben vorkam, ohne sie zu sein. Acht Jahre lang waren sie unvorstellbar glücklich, und dann starb sie.«

Seine Miene hatte sich verändert; ich beobachtete, wie das Licht auf seinen Zügen spielte, und glaubte, eine tiefe Trauer zu erkennen, die dort vergraben war.

»Habt Ihr sie gekannt?« fragte ich.

Vater Brien wandte sich mir zu, und in seinen Augen stand nicht mehr als eine leichte Traurigkeit. Vielleicht hatte ich mir das alles nur eingebildet.

»O ja«, sagte er. »Und ich hatte die Wahl. Man schätzte meine Fähigkeiten mit der Feder im Haus von Kells, aber meine Gedanken bewirkten ... Unruhe. Ich musste mich anpassen, sagte man mir, oder alleine leben. Ich kannte euren Vater schon aus der Zeit, bevor ich das Gelübde ablegte, von damals, als ich noch ein Kämpfer war. Als ich das Kloster verließ, bot er mir hier einen Platz an – eine großzügige Geste, wenn man die Unterschiede zwischen uns bedenkt. Ich habe eure Mutter kennen gelernt. Ich habe gesehen, welche Freude sie aneinander hatten und wie ihr Tod ihm alles Licht nahm.«

»Er hatte uns«, meinte Finbar verbittert. »Ein anderer hätte das für einen Grund zum Leben gehalten.«

»Ich denke, du verlangst zu viel«, sagte Vater Brien, aber seine Stimme war sanft. »Du kennst diese Liebe noch nicht, die einen trifft wie ein Blitz; die einem das Herz umklammert, so unvermeidlich wie der Tod; die zu dem Stern wird, der einem für den Rest des Lebens den Weg weisen wird. Ich würde niemandem eine solche Liebe wünschen, keinem Mann und keiner Frau, denn sie kann ein Leben zum Paradies machen oder einen vollkommen zerstören. Aber es liegt im Wesen eurer Familie, so zu lieben. Als eure Mutter starb, brauchte Colum große Willenskraft, um ihren Verlust zu ertragen. Er hatte überlebt, aber er hat einen hohen Preis gezahlt. Es ist wenig für euch oder für andere geblieben.«

»Er hatte die Wahl, oder nicht?« fragte Finbar leise. »Er hätte einen anderen Weg einschlagen können, nachdem sie gestorben war – er hätte die Art Anführer sein können, die Conor vielleicht einmal sein wird.«

»Das war möglich, denn der Alte war dem Ende seiner Tage nahe gekommen, und die Weisen suchten Colum auf. Er musste ihnen sehr wichtig gewesen sein, dass sie sich so direkt näherten. Es ist viel besser, dic langen Jahre des Lernens als Kind zu beginnen, oder als sehr junger Mann. Aber sie fragten ihn. Colum jedoch war tief in Verzweiflung versunken. Wäre es nicht um seine Pflicht gegenüber seinem Tuáth und gegenüber seinen Kindern gegangen, hätte er seinem Leben vielleicht ein Ende gemacht. Also hat er sie wieder weggeschickt.«

»Und so haben sie Conor auserwählt?«

»Damals noch nicht. Conor war damals nur ein Kind; erst warteten sie und beobachteten euch, während ihr aufwuchst, euch alle sieben. Und der Alte hat sein Hinscheiden verzögert. Sie beobachteten Conor, wie er Lesen und Schreiben lernte, wie er seine Verse übte und seine Geschichten, wie er euch anderen die Weisheit der Bäume beibrachte, und dass ihr euch umeinander kümmern müsst. Im Lauf der Zeit wurde klar, dass er der Auserwählte war, und sie teilten es ihm mit.«

Eine Weile lang saßen wir schweigend da und versuchten zu verarbeiten, was er uns gesagt hatte, während die Sonnenstrahlen schräg durchs Fenster fielen und die Luft langsam kühl wurde. Aus der Höhle drang kein Laut. Ich hoffte, dass Simon traumlos schlief.

»Ihr seht also«, meinte Brien schließlich, »was euren Vater so antreibt. Sich an sein Land zu klammern und die Inseln zurückzugewinnen, die schon so lange verloren sind, hat den Platz eurer Mutter als einzigen Grund seiner Existenz eingenommen. Indem er sich darauf konzentriert, hält er die Wölfe der Erinnerung in Schach. Wenn sie sich um ihn drängen, zieht er wieder in den Krieg und bringt sie mit Blut zum Schweigen. Dieser Weg fordert einen hohen Zoll von ihm. Er hat es allerdings geschafft, dass sein Land und das seiner Nachbarn sicher sind, und sich mit seinen Feldzügen große Hochachtung im Norden dieses Landes verschafft. Er hat die Inseln noch nicht zurückerobert, aber vielleicht wird er das tun, wenn all seine Söhne erwachsen sind.«

»Er wird es ohne mich tun«, sagte Finbar. »Ich weiß, dass die Inseln auf eine Art geheimnisvoll sind, die sich dem Verständnis entzieht, ein Platz des Geistes, und ich sehne mich danach, die Höhlen der Wahrheit aufzusuchen. Aber ich würde für dieses Privileg nicht töten. Das ist Glaube, der zu Wahnsinn wird.«

»Wie ich schon sagte, eine Sache kann bewirken, dass man der Wirklichkeit gegenüber blind wird«, meinte Vater Brien.

»Menschen haben seit den Tagen von Colums Ur-Ur-Urgroßvater um die Inseln gekämpft, seit der erste Brite seinen Fuß auf diesen Boden setzte, nicht ahnend, dass es sich um das mystische Herz des Glaubens unseres Volkes handelte. So entstand die Fehde, und viele Leben und Vermögen gingen darüber verloren. Warum sollte Lord Colum, der siebte Sohn seines Vaters, der Erbe sein? All seine Brüder wurden getötet, im Kampf um die Sache.«

»Aber nun schickt er seine Söhne auf denselben Weg«, fügte Finbar grimmig hinzu.

»Mag sein«, erwiderte Brien. »Aber eure Brüder haben nicht dieselbe Besessenheit wie Lord Colum, und außerdem gibt es noch Conor und euch. Es mag an der Zeit sein, dass dieses Muster aufgebrochen wird.«

Ich dachte nach. Nach einer Weile meinte ich: »Ihr sagt, Conor wird zulassen, dass ich hier bleibe und versuche, Simon zu helfen – dass er versteht, was die Herrin mir gesagt hat, dass das alles Teil eines großen Plans für uns ist?«

Vater Brien lächelte. »Wenn irgendjemand sich von einem feststehenden Weg lösen kann, dann bist du das, Kind. Aber du hast Recht, was Conor angeht. Er wusste genau, wieso du hierher gekommen bist. Es ist ein Zeichen seiner Kraft und seiner Position, dass er dieses Wissen mit der Verwaltung der Ländereien deines Vaters vereinbaren kann.«

Ich runzelte die Stirn. »Ihr klingt beinahe so, als wäret Ihr der Ansicht, dass Conor Oberhaupt der Familie sein sollte.« sagte ich. »Aber was ist mit Liam? Er war immer unser Anführer, seit Mutter ihm gesagt hat, dass er es sein solle, und er ist der Älteste.«

»Es gibt Anführer und Anführer. Unterschätze keinen deiner Brüder, Sorcha«, sagte Vater Brien. »Und nun esst, ihr beiden, denn die Arbeit dieses Tages ist noch nicht getan.«

Aber wir hatten keinen Appetit, und das Brot und der Käse waren immer noch kaum angerührt, als Finbar sich verabschiedete und mit einigem Widerstreben sein Pferd wieder nach Hause lenkte. Seine Abschiedsworte sprach er nicht laut aus.

Ich traue deinem Briten immer noch nicht. Gib ihm eine Botschaft von mir: Sag ihm, wenn er dich noch einmal anrührt, wird er das nicht nur gegenüber mir, sondern auch gegenüber den fünf anderen verantworten müssen.

Ich weigerte mich, das ernst zu nehmen. Finbar, der mit Gewalt drohte? Recht unwahrscheinlich.

Ich werde ihm nichts dergleichen sagen. Du klingst wie deine großen Brüder. Und jetzt geh und überlass die Sache mir. Und mach dir keine Sorgen um mich, Finbar, es geht mir gut.

»Hm«, sagte er laut und auf sehr brüderliche Weise. »Wo habe ich das schon einmal gehört? Vielleicht damals, bevor du über den Zaun geklettert bist, um den Bullen zu streicheln, oder war es, als du so sicher warst, ebenso über den Bach springen zu können wie Padraic, selbst mit deinen kurzen Beinen? Erinnerst du dich noch, was dann passiert ist?«

»Verschwinde!« gab ich zurück, versetzte dem Pony einen Schlag aufs Hinterteil, und er ritt los. In der Höhle begann der Hund zu bellen. Es war Zeit, sich wieder an die Arbeit zu machen.

KAPITEL 3

Einiges, was zerbrochen ist, kann man nicht kitten. Einiges muss man sehr langsam wieder zusammensetzen, ein zerbrechliches Stück nach dem anderen, und warten, bis das letzte Stück Arbeit stark genug ist, bevor man das nächste versucht. Es braucht viel Geduld.

So war es mit Simon. Finbars Besuch hatte uns weit zurückgeworfen, und ich musste mich zunächst um diesen Schaden kümmern, bevor ich wieder mit dem langen Prozess des Heilens begann. Simon hatte einen Handel mit mir abgeschlossen, und es schien, dass er sein Wort hielt. Daher biss er immer die Zähne zusammen und folgte meinen Anweisungen, selbst dann, wenn er in finsterster Stimmung war und kaum mehr Überlebenswillen in seinem gebrochenen Körper hatte.

Sechs oder sieben Tage vergingen, und wir schleppten uns quälend langsam dahin. Nachts war es am schlimmsten. Weil Simon Vater Briens Hilfe nicht zuließ, war ich es, die mich um all seine Bedürfnisse kümmern musste, obwohl mir Vater Brien so unbemerkt wie möglich zur Hand ging, indem er dafür sorgte, dass genug Tuch und Salben vorhanden waren, das Bettzeug frisch war, und indem er Essen und Trinken lieferte, das wie durch Zauberkraft immer dann auftauchte, wenn ich die Zeit hatte, etwas zu mir zu nehmen. Dennoch, ich war müde bis auf die Knochen, wie ich es noch nie zuvor erlebt hatte. Ich benutzte das Goldholz so sparsam wie möglich. Mit seiner Hilfe schlief Simon kurze Zeit, bevor die Alpträume einsetzten, und ich lernte einzuschlafen, sobald er es tat, denn auch für mich war es die einzige Zeit der Erholung.

Diese Nächte nahmen eine Art Muster an. Simon schrie, und ich wachte erschrocken auf und fand ihn aufrecht sitzend, die Hände vors Gesicht geschlagen, schaudernd und keuchend. Er sagte nie, was er gesehen hatte, aber ich konnte es mir vorstellen. Dann entzündete ich eine Kerze und reichte ihm ein Tuch, um ihm den Schweiß abzuwischen, während der Hund sich zur Tür zurückzog und unruhig winselte. In diesen dunklen Zeiten erzählte ich viele Geschichten, und meine Kehle wurde trocken und heiser. Einiges davon hörte Simon, anderes ging an ihm vorbei wie Blätter im Wind. Wenn die Angst ihre schlimmsten Phasen erreichte, ließ er es zu, dass ich die Arme um ihn legte und ihm Schlaflieder sang und übers Haar strich, als wäre er ein verängstigtes Kind. Endlich schlief er dann wieder ein, und Erschöpfung überwältigte mich, die ich noch an seinem Bett saß, so dass ich schlief, wo ich war, den Kopf auf dem Strohsack, meine Hand in seiner. Dies dauerte allerdings nicht lange. Er erwachte vier- oder fünfmal in einer Nacht; die Versuchung, ihm etwas Wirksameres zu geben, damit wir eine ganze Nacht Ruhe hatten, war stark, aber ich wusste, dass der Weg zu seiner Gesundung darin lag, den Körper zu läutern und mit der Angst leben zu lernen. Denn die Erinnerungen würden in der einen oder anderen Verkleidung immer bei ihm sein.

Er ließ Vater Brien nicht in seine Nähe. Es war ich, nur ich, die alles tun musste, sofort aufwachen, ihn trösten und beruhigen, die Wunden säubern und verbinden und mich um Simons sämtliche Bedürfnisse kümmern. Das war schwierig, aber so war unsere Übereinkunft. Dennoch, nachts ließ Vater Brien uns nie allein. Er saß in der äußeren Kammer, eine Kerze neben sich, und wartete, bis der Segen des Schlafs wieder kam. Seine lautlose Gegenwart war tröstlich, denn ich stellte fest, dass die Dämonen der Nacht eine große Herausforderung waren.

Es gab Zeiten, an denen ich Simon hasste, obwohl ich nicht hätte sagen können, warum. Ich nehme an, ich wusste, dass nach diesen Tagen nichts mehr für mich dasselbe sein würde. Und ich war immerhin noch nicht einmal dreizehn, und ich musste immer wieder daran denken, wie schön es doch wäre, zu Hause zu sein, mit Padraic zusammen auszureiten oder Krokusknollen für das Frühjahr zu pflanzen. Ich sehnte mich danach, in meinem kleinen Garten zu arbeiten, der so still und ordentlich war, so voll frischer Düfte und gesunder, wachsender Dinge.

Nach acht oder neun solcher Nächte sahen Vater Brien und ich aus wie Gespenster, bleich und erschöpft. Dann kam ein Tag, an dem die Sonne früher herauskam und die Luft ein wenig wärmer wurde, und ich brachte Simon dazu, aufzustehen und hinauszugehen, weiter zu gehen als üblich, so dass wir hoch genug kamen, um über die Bäume hinwegzuschauen und einen Blick auf das silberne Wasser des Sees zu erhaschen, der tief in den graugrünen Schatten des Waldes lag.

»Unser Zuhause ist da unten«, sagte ich ihm, »ganz nah am Seeufer, aber es ist unter den Bäumen verborgen. Auf dieser Seite hier zieht sich der Wald bis zum Ufer. Es gibt Wege durch den Wald, jeder von ihnen anders.«

»Dort würde man sich leicht verlaufen.«

»Wir nicht«, sagte ich. »Aber es passiert, wenn Leute sich nicht auskennen.« Ich dachte zum ersten Mal darüber nach. Wie kam es, dass wir immer den Weg wussten? Simon lehnte sich gegen den Stamm einer kahlen Esche und schloss die Augen. »Ich habe eine Geschichte für dich«, sagte er und überraschte mich damit gewaltig. »Ich habe nicht deine Begabung zum Erzählen, aber es ist eine recht einfache Geschichte.«

»Also gut«, sagte ich, ein wenig misstrauisch.

»Es waren einmal zwei Brüder«, begann Simon, und seine Stimme war flach und ausdruckslos. »Äußerlich waren sie sich recht ähnlich, auch was die Kraft und die Intelligenz anging; aber der eine hatte dem anderen ein paar Jahre voraus. Seltsam, was für einen Unterschied ein paar Jahre machen können! Ihr Vater starb, und wegen dieser paar Jahre erbte der ältere Bruder das ganze Anwesen. Und der andere? Er bekam nur ein kleines Stück Land, das sonst keiner wollte. Der Ältere war bei allen beliebt; er hatte diese wenigen Jahre voraus, um Anspruch auf ihre Herzen zu erheben und die Loyalität der Menschen zu erwerben, und das tat er, ohne auch nur einen Augenblick an seinen Bruder zu denken. Und der Jüngere? Obwohl er ebenso gut, begabt und stark war wie sein Bruder, schien es niemand zu wissen.

Der Ältere war ein Anführer, und seine Männer blickten zu ihm auf und achteten ihn. Er war unfähig, sich zu irren, und wohin er auch kam, brachte man ihm vollkommene Loyalität entgegen, ohne dass er sich darum bemühen musste. Der Jüngere? Er tat sein Bestes, aber es war nie gut genug.« Simon schwieg, als wolle er nicht fortfahren.

»Und was ist dann passiert?« fragte ich schließlich.

Simon verzog den Mund zu etwas, was ein Grinsen hätte sein können, wäre nicht die Kälte seines Blicks gewesen. »Der Jüngere erhielt eine Gelegenheit, sich zu beweisen. Etwas zu tun, das jeder, selbst sein Bruder, hätte anerkennen müssen. Danach, dachte er, werde ich genauso sein wie er, ebenso gut wie er, vielleicht sogar besser. Er versuchte es und versagte.«

»Und was dann?«

»Das weiß ich nicht, kleine Hexe. Diese Geschichte hat offenbar kein Ende. Wie würdest du sie beenden?« Vorsichtig ließ er sich auf den Boden nieder.

Ich rutschte zur Seite, um ihm auf einem abgerissenen Ast Platz zu machen. Linn war ganz in ihrem Element, schnüffelte in den Herbstblättern herum, schoss hierhin und dahin und kam zurück, um hin und wieder nach uns zu sehen.

Ich wählte meine Worte sorgfältig. »Es klingt wie eine Lehrgeschichte, obwohl es normalerweise darin drei Brüder gibt, nicht nur zwei. Ich denke, der jüngere Bruder hat sich in die Welt aufgemacht, um sein Glück zu suchen, und den großen Bruder zurückgelassen. Auf dem Weg begegnete er drei Leuten oder Geschöpfen – es sind für gewöhnlich immer drei.«

»Du hast auf alles eine Antwort«, meinte Simon betrübt. »Erzähl mir den Rest.«

»Nun, man kann die Geschichte auf verschiedene Weise beenden«, meinte ich und wurde langsam vertrauter mit der Aufgabe.

»Sagen wir, der jüngere Bruder begegnet einer alten Frau. Er hat Hunger, und er hat nur einen Haferkuchen, aber er gibt ihn ihr. Sie bedankt sich, und er zieht weiter. Vielleicht sieht er als Nächstes ein Kaninchen in einer Schlinge und befreit es.«

»Wahrscheinlich wird er es eher häuten und essen«, meinte Simon. »Besonders, da er jetzt keinen Haferkuchen mehr hat.«

»Aber dieses Kaninchen sieht ihn aus so schönen grünen Augen an«, sagte ich. »Er muss es einfach gehen lassen. Zum Schluss begegnet er einem Riesen. Der Riese fordert ihn zu einem Stockkampf heraus. Der junge Mann stimmt zu, denn er glaubt, dass er nichts mehr zu verlieren hat. Sie kämpfen eine Weile, und es gelingen ihm ein paar gute Schläge, bevor der Riese ihn bewusstlos schlägt. Als er wieder zu sich kommt, dankt der Riese ihm höflich für diesen Kampf; von all den Reisenden, die vorbeikamen, war er der Erste, der es wagte, stehen zu bleiben und diesem Riesen ein wenig Unterhaltung zu verschaffen. Danach kommt der Riese als eine Art Leibwächter mit ihm.«

»Praktisch«, sagte Simon. »Was dann?«

»Dann gibt es ein Schloss und eine Dame darin«, sagte ich, sammelte ein paar trockene Blätter und Beeren und begann zerstreut, sie ineinander zu flechten. »Er sieht sie von weitem, vielleicht reitet sie an ihm vorbei, während er und sein Riesenfreund sich die Straße entlangschleppen, und sobald er sie sieht, verliebt er sich in sie und will sie haben. Aber es gibt ein Problem. Um sie zu bekommen, muss er eine Aufgabe erfüllen.«

»Oder vielleicht auch drei.«

Ich nickte. »Das ist verbreiteter. Und hier helfen ihm seine guten Taten der Vergangenheit. Vielleicht muss er einen riesigen Stall vor Sonnenaufgang ausmisten, und die alte Frau taucht auf und erledigt es mit einem magischen Besen innerhalb eines Augenblicks. Vielleicht muss er einen Gegenstand, einen goldenen Ball, aus einem tiefen, engen Ort holen, aus einem langen Tunnel unter der Erde. Das könnte das Kaninchen für ihn tun. Das Letzte wäre ein Kräftemessen, und hier macht sich der Riese nützlich. Also gewinnt unser Held die Dame, und danach leben sie glücklich bis an ihr Ende.«

»Und was ist mit seinem Bruder?«

»Mit ihm? Nun, bis der jüngere Bruder all seine Abenteuer hinter sich und das Herz der Dame gewonnen hat, hat er seinen großen Bruder und seine Eifersucht vollkommen vergessen. Er führt sein eigenes Leben.«

»Das Ende gefällt mir nicht«, sagte Simon. »Such ein anderes.«

Ich dachte einen Augenblick lang nach. »Was, wenn er in den Krieg zog und zurückkam und feststellte, dass sein Bruder inzwischen gestorben war und er das ganze Land erbt?«

Simon lachte, und die Verbissenheit in diesem Lachen gefiel mir nicht. »Wie wäre ihm dann zumute?«

»Ich nehme an, er wäre ziemlich durcheinander. Er würde bekommen, was er sich immer gewünscht hat – den Platz seines Bruders. Aber er wird ewig über die Jahre nachdenken, die er damit verschwendet hat, seinen Bruder zu beneiden, statt ihn kennen zu lernen.«

»Sein Bruder war nicht daran interessiert«, meinte Simon tonlos, und ich befürchtete, ihm zu nahe gekommen zu sein. Ich konzentrierte mich auf den Kranz, den ich wob. Blätter in Rottönen von tiefstem Braun und goldgelb. Ein paar von ihnen waren schon recht zerbrechlich, die letzte Spur des Sommers glitt aus ihren Körpern. Beeren rot wie Blut. Er beobachtete mich.

»Sorcha«, sagte er nach einer Weile, und es war das erste Mal, dass er meinen Namen benutzte, statt mich als »Hexe« oder schlimmeres anzusprechen. »Wie kannst du an diese Geschichten glauben? Riesen und Feen und Ungeheuer. Das sind Kinderträume.«

»Einige sind vielleicht wahr und andere nicht«, sagte ich, zog ein lang gezogenes, spitzes Blatt unter dem Kranz hindurch und noch einmal herum. »Ist das wichtig?«

Er stand auf, und ich hörte die Veränderung in seinem Atem, als er einen gequälten Aufschrei unterdrückte.

»Nichts im Leben ist so wie in deinen Geschichten«, sagte er. »Du lebst hier in deiner eigenen, kleinen Welt; du hast keine Ahnung, was es außerhalb davon gibt. Ich wünschte ...« Er hielt inne.

»Du wünschst was?« fragte ich, als er nicht fortfuhr.

»Ich wünschte beinahe, dass du es nie entdecken wirst«, sagte er mit dem Rücken zu mir.

»Denkst du nicht, dass ich schon damit begonnen habe?« Ich stand auf, den kleinen Kranz in einer Hand. »Ich habe gesehen, was sie dir angetan haben. Ich habe gehört, wie du um Hilfe riefst. Und du hast mir selbst solche Geschichten von Grausamkeit erzählt, dass ich dir glauben muss, dass sie wahr sind. Du hast mich nicht gerade geschont.«

»Du hast diese Welt mit deinen Geschichten ausgeschlossen.«

»Nicht vollständig«, sagte ich, als wir uns langsam wieder auf den Rückweg machten. »Nicht um deinetwillen oder um meinetwillen. Die Geschichten machen es etwas einfacher, das ist alles. Aber du wirst schließlich darüber sprechen müssen, wenn du gesund werden und nach Hause zurückkehren willst.«

Vater Brien hatte ihm einen kräftigen Stock aus Eschenholz gegeben, und er benutzte ihn zum Gehen; er zögerte immer noch häufig, aber nun bewegte er sich oft ohne meine Hilfe.

Hier war der Weg dick mit Laub bedeckt, und das wirre Netz kahler Äste ließ kaltes Licht hindurchfallen, das sie mit Gold und Silber überzog. Linn war begeistert, grub hier, schnüffelte da. Ein Vogel rief; ein anderer antwortete.

»Werde ich je wieder schlafen können?« fragte er plötzlich. Meine Antwort war vorsichtig; ich hatte jene gesehen, die das Feenvolk geholt hatte, und wie ihr Wahnsinn sie weder bei Tag noch bei Nacht vollständig verließ, wie der Strudel ihrer Erinnerungen tief im Kopf ihnen keinen Frieden gab.

»Es könnte lange dauern«, sagte ich sanft. »Du hast einige Fortschritte gemacht; aber ich will dich nicht belügen. Solche Schäden heilen nicht einfach. Du wirst dein eigener bester Helfer sein, wenn du den richtigen Weg wählst.«

Simons Körper heilte. Er war jung und stark und widerstandsfähig. Nach einiger Zeit konnte er ohne Stock gehen, und er wechselte erste Worte mit Vater Brien, beinahe ohne es zu bemerken. Ich begrüßte jeden kleinen Sieg voller Freude. Ein freundliches Wort, ein Versuch, etwas Neues zu tun, ein spontanes Lächeln – all das waren unersetzliche Geschenke. Sobald der Heilungsprozess erst begonnen hatte, wurde er schneller, und ich fing an zu glauben, dass wir ihn irgendwann tatsächlich zu seinen Leuten zurückschicken könnten.

Es war allerdings klar, dass er unsere Obhut noch nicht verlassen konnte. Das Spätherbstwetter wurde unangenehmer, die Nächte wurden länger und kälter. Und Simon konnte die Dämonen, die ihn im Dunkeln bedrängten, noch nicht abschütteln. Wieder und wieder suchten seine Folterer ihn heim, und er kämpfte gegen sie oder floh vor ihnen oder ergab sich ihnen. Eines Nachts schlug er mir ein blaues Auge, als er im Halbschlaf aus dem Bett stieg und versuchte, in die Nacht hinaus zu fliehen. Vater Brien und ich konnten ihn aufhalten, aber er schlug mir mit voller Wucht ins Gesicht. Am Morgen konnte er nicht glauben, dass er das getan hatte. Ein anderes

Mal erwachte er vor mir, plötzlich und voller Angst, aber diesmal schweigend; und er hatte schon das Messer in der Hand und gegen sich gewandt, bevor ich es merkte. Ich weiß nicht, wie ich mich so schnell bewegen konnte, aber ich hielt ihn am Handgelenk und klammerte mich an ihn und schrie nach Vater Brien, und zusammen versuchten wir, ihn zu beruhigen, während er weinte und tobte und uns anflehte, ihn zu töten und ihm endlich ein Ende zu machen. Und langsam, langsam sprach ich zu ihm und sang ihm vor, bis er ruhig wurde und beinahe schlief, aber nicht ganz. Er hatte aufgehört zu sprechen, aber seine Augen sprachen zu mir, und ihre Botschaft war eindeutig. Er verstand genau, wie seine Zukunft aussehen würde, und er fragte mich, warum ich diesem Leiden kein Ende machte. Welches Recht hatte ich, es ihm zu verweigern?

Ich hatte ihm viele Geschichten erzählt. Aber ich konnte ihm nicht sagen, wieso ich glaubte, dass er am Leben bleiben und gesund werden musste. Er schnaubte verächtlich über die Geschichten von Culhan und den alten Helden, die Sagen der Leute aus dem Westen, und er fand die Geschichten vom Kleinen Volk und den Baummenschen seltsam, obwohl ich ihr Werk mit eigenen Augen gesehen hatte – aber wie konnte ich von ihm erwarten, dass sein Schicksal und meines irgendwie in jener Weise verbunden waren, wie die Herrin des Waldes mir gesagt hatte? Er würde mir nie glauben, dass ich sie gesehen hatte, dort auf der Lichtung, in ihrem mitternachtsblauen Umhang und mit den blitzenden Edelsteinen im Haar. Simon gehörte einem vollkommen anderen Volk an, einem praktischen, erdverbundenen Volk, das nur glaubte, was es mit eigenen Augen sah. Und dennoch, wenn ich jemals einen Menschen kennen gelernt hatte, der die Zauberei und die Geheimnisse der alten Art in seinen Geist hätte einlassen müssen, dann war er das. Ich benutzte sie, um ihn zu heilen, ob er es nun wusste oder nicht, aber ohne seinen eigenen Glauben an sich selbst würde es nicht weit genug reichen. Bis er nicht überzeugt war, einen Grund zum Leben zu haben, konnten wir ihn nicht sicher gehen lassen.

Ich versuchte, darüber mit ihm zu sprechen, aber er schloss mich aus, wann immer ich das Gespräch auf sein Zuhause oder seine Familie brachte, oder was ihn hierhergetrieben hatte. Zunächst klammerte er sich einfach an seine Soldatenausbildung, die dazu geführt hatte, dass er auch unter der Folter nichts preisgab, und die mit der Fehde zwischen unseren Völkern zusammenhing. Ich war der Feind, ich durfte nichts von ihm wissen, das mir einen Vorteil verschaffen oder seine Leute gefährden könnte. Aber jene Nächte der Qual, die wir zusammen durchmachten, ob wir es nun wollten oder nicht, veränderten uns beide. Gegen Ende erkannte er mich irgendwie als Teil seiner Welt an, und gleichzeitig wusste er, dass ich in diesem langen Kampf auf keiner Seite stand. Mit meinen Kräutern und meinen Geschichten war ich für Simon ein seltsames, fremdes Wesen, aber langsam begann er, mir ein wenig zu vertrauen, beinahe gegen seinen Willen.

Vater Brien schmiedete Pläne, so gut er konnte. Die Zeit verging, und die Angst in der Nacht hielt an. Es war feucht geworden, und ich konnte nicht mehr mit Simon spazieren gehen; er war nun ruhelos, nachdem er selbst am Tag in der Höhle eingesperrt war, und er ließ das an mir aus, indem er mir in der kleinsten Kleinigkeit noch widersprach. Wieso musste er zu jenen Zeiten essen und trinken, wenn ich es ihm sagte – wozu war das gut? Und häufig: warum ging ich nicht nach Hause und spielte mit meinen Puppen, statt mit ihm zu experimentieren? Wieso kümmerte ich mich darum, seine Kleidung zu flicken, wenn er nie imstande sein würde, etwas anderes zu tun, als herumzuliegen und von einem verrückten Mädchen und einem frommen, alten Mann gequält zu werden? Nach einer Weile brachte er uns beide fast um den Verstand, aber Vater Brien hatte zumindest die Möglichkeit, sich in die Hütte zurückzuziehen und dort zu schreiben oder zu meditieren. Ich hatte Simon etwas versprochen und musste es halten.

Ich versuchte zu nähen und mich auf meine Arbeit zu konzentrieren, während er neben mir auf und ab ging.

»Was machst du da eigentlich?« wollte er wissen und sah sich das Hemd, das ich in der Hand hielt, näher an.

»Was ist das?«

Ich zeigte es ihm. »Es wird dir kaum auffallen«, sagte ich, »aber es wird helfen, dich zu schützen. Die Eberesche ist einer der heiligsten Bäume; ein solches Kreuz ist in all die Sachen meiner Brüder eingenäht, wenn sie in den Krieg ziehen.« Der rote Faden, den ich um das winzige Ebereschenkreuz gestrickt hatte, war wie ein Blutstropfen auf der rohweißen Wolle des Futters. Von außen war es nicht zu sehen.

»Ich werde in keinen Krieg mehr ziehen«, meinte Simon. »Ich bin kaum mehr imstande dazu. Und vielleicht war ich das auch noch nie«, fügte er leiser hinzu und wandte sich ab.

Ich legte Nadel und Faden wieder in die Schachtel zurück. »Wie meinst du das?« fragte ich.

»Ich ... nichts«, sagte er, setzte sich auf die Bettkante und starrte zu Boden. Ich saß still da und wartete. Nach einer Weile blickte er auf, und sein Gesicht war bleich.

»Das Problem ist«, sagte er mit einiger Schwierigkeit, »das Problem ist, es nicht zu wissen. Nicht zu wissen, ob ich – ob ich stark genug war.«

»Stark genug wofür?« Aber ich konnte es erraten.

»Das Problem ist – *ich kann mich nicht erinnern.* Nicht an alles.« Er schauderte nun, als die Erinnerungen zurückfluteten, nicht in den gedankenlosen Heimsuchungen der Nacht, sondern im hellen Tageslicht. »Nicht an alles. Ich bin ziemlich sicher, dass ich durchgehalten habe. Ich muss lange durchgehalten haben, denn sie waren wütend, sie waren so wütend ...«

»Schon gut, Simon«, sagte ich, ging rasch zu ihm, kniete

mich neben ihn und nahm seine Hände. »Du kannst es mir sagen.« Er klammerte sich an meine Hände, wie sich jemand an sein Leben klammert.

»Aber am Ende, als sie – als sie ...« Er schloss die Augen, sein Gesicht verzerrt von erinnertem Schmerz. »Dann ... ich ... ich weiß nicht, ob ich ... ich könnte ...« Er schien nicht imstande zu sein, diesen Gedanken zu Ende zu führen, als könne er nicht die Kraft aufbringen, Worte zu finden.

»Du meinst, du hättest ihnen etwas gesagt, was du nicht hättest sagen sollen? Ein Geheimnis verraten?«

Er nickte. »Ich habe dir doch erzählt, dass er versagt hat – er hat jene verraten, die ihm vertrauten, und hat die Männer seines Bruders dem Feind verraten. Wie würde er danach wieder zurückkehren können?« Er entriss mir seine Hände. »Wer würde nach einer solchen Tat noch sein Freund sein wollen? Er hätte besser gleich sterben sollen.«

»Du weißt es nicht sicher«, sagte ich vorsichtig. »Ich denke, dass du ... er ...«

»Sein Bruder«, sagte Simon. »Du erinnerst dich an die Geschichte? Sein Bruder wartet darauf, dass die Truppe zurückkehrt, aber sie kommen nicht wieder. Er wartet noch ein wenig länger, dann schickt er einen Späher aus, um nach ihnen zu suchen. Es ist ein weiter Weg, quer übers Wasser. Der Späher findet die Stelle, wo sie ihr Lager aufgeschlagen haben. Aber sie sind alle tot; Arme und Beine abgehackt, blicklose offene Augen, die die Krähen fressen. Verraten von einem der Ihren. Danach verflucht ihn sein Bruder, und er darf nie wieder nach Hause zurückkehren zu jenen, die er so verraten hat. Aber für den jüngeren Bruder ist das nichts Neues. Er war nie erwünscht; er hätte wissen müssen, dass das Muster seines Lebens sich nicht ändert. Sein Bruder ist der Held einer jeden Geschichte; aber er ist zum Versagen verurteilt.«

»Unsinn!« erwiderte ich, und ich war so wütend auf ihn, dass ich ihn an den Schultern packte und ordentlich durchschüttelte. »Das Ende deiner Geschichte ist, was *du* daraus machst, und sonst nichts. Du kannst damit tun, was du willst. Und einem Helden stehen so viele Wege offen, wie es Äste auf einem großen Baum gibt. Sie sind wunderbar und schrecklich und gerade und gewunden. Sie berühren sich und teilen sich und sind ineinander verwoben, und du kannst ihnen folgen, wie du willst. Sieh mich an, Simon.«

Er blinzelte einmal, zweimal; im Kerzenlicht waren seine Augen von einem hellen Blau, von der Farbe des Morgenhimmels. Und kalt vor Selbsthass.

»Ich glaube an dich«, sagte ich leise. »Du bist ein tapferer Mann, du bist ehrlich, und ich bin überzeugt, dass du in jener Nacht deine Geheimnisse bewahrt hast. Ich vertraue dir mehr, als du dir selbst vertraust. Du hättest mich so oft verletzen können, und auch Vater Brien, aber du hast es nicht getan. Es gibt eine Zukunft für dich. Schleudere mir das Geschenk deiner Heilung nicht wieder ins Gesicht, Simon. Wir sind so weit gekommen; lass uns weitergehen.«

Er saß lange schweigend da; so lange, dass ich Zeit hatte, alles sauber zu machen und Wasser und das Tuch und die Salben für seine Verbände zu holen. Endlich sprach er.

»Es ist schwer, dir gegenüber nein zu sagen.«

»Du hast etwas versprochen«, sagte ich. »Erinnerst du dich? Du kannst nicht nein sagen.«

»Wie lange muss ich tun, was du mir sagst?« fragte er halb im Scherz. »Jahre?«

»Nun«, meinte ich, »ich habe meine großen Brüder herumkommandiert, seit ich noch ziemlich klein war. Du solltest dich lieber daran gewöhnen, zumindest, bis es dir wieder gut geht.«

Und dann begannen wir wieder mit der grausamen Arbeit des Waschens und Salbens und Verbindens.

Als es draußen dunkler wurde, erzählte ich ihm die Geschichte einer Kriegerkönigin, hinter der die Männer her waren wie die Fliegen, die aber keinen lange behielt; und Simon, der die Geschichte schon mehrmals zuvor gehört hatte, gab einen trockenen Kommentar zu den unanständigsten Teilen davon ab. Und endlich war die Arbeit vorüber, die schmutzigen Verbände waren weggebracht, und Vater Brien kam mit Suppe und Holunderwein. Eine Atmosphäre des Friedens umfing uns drei an jenem Abend, als wir uns still mit unserer einfachen Mahlzeit ans Feuer setzten; und später schlief Simon wie ein Kind, die Wange auf die Hand gestützt.

»Ich werde dich morgen allein lassen müssen«, sagte Vater Brien. »Ich muss in das Dorf im Westen, denn einer meiner Brüder erwartet Schriften von mir; und wir brauchen Vorräte. Ich werde nicht fragen, ob du ohne mich zurechtkommst, denn das war schon die ganze Zeit so. Aber ich werde dafür sorgen, dass ich bei Einbruch der Nacht zurück bin. Ich will dich nicht im Dunkeln allein lassen.«

»Es geht ihm gut«, sagte ich. »Noch ein Monat oder zwei, und er wird bereit sein, weiterzuziehen – aber wohin?«

»Das werde ich morgen organisieren«, sagte Vater Brien. »Ich nehme an, meine Brüder im Westen können ihn aufnehmen. Er kann eine Weile dort bleiben, und wenn er bereit ist, werden sie ihn sicher nach Hause zurückbringen, wo immer das sein mag.«

»Wie?«

»Wir können dafür sorgen. Aber du hast Recht, er kann noch nicht gehen, solange er eine Gefahr für sich selbst darstellt. Und er kann nicht reiten; in einem oder zwei Monaten wird er vielleicht imstande sein, auf einem Wagen zu reisen. Morgen Abend werde ich mehr wissen.«

Wie er gesagt hatte, machte er sich im Morgengrauen des nächsten Tages auf den Weg und nutzte es aus, dass der Regen für einige Zeit aufgehört hatte. Simon und ich hatten besser geschlafen, denn er war nur zweimal aufgewacht, und er hatte ein wenig mehr Farbe in den Wangen. Wir schauten Vater

Brien von der Tür aus nach, als der Wagen unter den Bäumen davonrumpelte.

Der Morgen war friedlich. Es nieselte hin und wieder, und dazwischen schien die Sonne, als könne der Tag sich nicht entscheiden. Ich band mein Haar zurück und machte mich daran, Salben aus getrocknetem Lavendel herzustellen. Ich maß Öl und Bienenwachs ab; Simon schaute mir zu. Später teilten wir ein paar grüne Äpfel und ein ziemlich hartes Haferbrot. Wir brauchten tatsächlich frische Vorräte. Ich fragte mich, ob es noch genug Mehl gab, um ein paar Brötchen zu backen.

Linn hörte es noch vor uns. Sie spitzte die Ohren und knurrte tief in der Kehle. Ich starrte sie an; von draußen war kein Laut zu hören. Dann stand die lautlose Botschaft mit drängender Klarheit in meinem Geist.

Versteck ihn, Sorcha. Sofort. Schnell.

Keine Zeit für Fragen. Ich packte Simon am Arm.

»Jemand kommt«, sagte ich. »Geh rüber in die Hütte, rasch. Geh hinein und verriegele die Tür.«

»Aber ...«

»Widersprich nicht. Tu, was ich sage!« Er starrte mich einen Augenblick länger an; ich muss bleich gewesen sein, denn Finbars Botschaft hatte etwas ausgesprochen Drängendes an sich gehabt. Linn bellte einmal, zweimal, dann war sie aus der Tür und den Weg entlang, wild mit dem Schwanz wedelnd. »Eil dich!« Halb zerrte ich den unwilligen Simon über die Lichtung zur Hütte und schob ihn hinein. Und nun konnten wir es beide hören – Hufschlag von mehreren Pferden. »Lass dich nicht sehen! Du wirst hier sicher sein, bis sie wieder weg sind.«

»Aber was ist mit ...«

»Schließ die Tür! Schnell!« Ich drehte mich um, rannte zurück in die Höhle und versuchte dabei, die Spuren im Schlamm zu verwischen.

Gerade noch rechtzeitig erreichte ich den Höhleneingang, denn nun waren auch Stimmen zu hören, und drei Männer kamen auf die Lichtung geritten: Finbar als Erster, sein Gesicht angespannt, und zwei Krieger in Rüstungen mit Schwertern an den Seiten – mein Bruder Liam, hochgewachsen und grimmig, und Cormack, der beeindruckend erwachsen aussah.

Der Hund war außer sich vor Begeisterung, und als Cormack aus dem Sattel glitt, erreichte das Bellen einen ekstatischen Höhepunkt. Linn sprang an ihm hoch, stützte ihm die Vorderpfoten auf die Brust und leckte ihm mit kleinen, entzückten Lauten übers Gesicht. Cormack grinste und kratzte sie hinter den Ohren. Aber die beiden anderen zeigten keine Spur guter Laune.

Finbar warf mir einen fragenden Blick zu, als er auf den Höhleneingang zukam. *Wo ist er?*

Aber es gab keine Zeit zu antworten.

»Kommt herein«, sagte ich gastfreundlich, »Vater Brien ist im Dorf; er hat die Hütte abgeschlossen. Ich bin überrascht, dass ihr alle hier seid.« Ich war recht zufrieden mit dieser kleinen Ansprache – leider zitterten meine Hände, und ich steckte sie in die Tasche meiner Schürze.

»Wir haben Neuigkeiten, Sorcha«, sagte Liam, bückte sich unter der Tür durch und zog gleichzeitig den nassen Umhang aus. Über der Rüstung trug er immer noch die Tunika mit dem Wappen von Sevenwaters auf der Brust: zwei miteinander verbundene Goldringe; die äußere Welt und die innere. Diese Welt und die Anderwelt. Denn im Leben des Sees und des Waldes waren diese beiden untrennbar miteinander verbunden. »Du musst sofort mit uns nach Hause kommen«, fuhr er fort. »Es stehen Veränderungen bevor, und Vater verlangt, dass du da bist. Er war nicht erfreut, als er erfuhr, dass du so lange hier geblieben bist, ganz gleich, wie notwendig deine Kräuterkenntnisse sein mögen.«

»Vater?« fragte ich skeptisch. »Ich bin überrascht, dass er

sich überhaupt dafür interessiert, wo ich bin oder nicht. Hat er nichts Besseres zu tun?«

Cormack versuchte vergeblich, den Hund zu beruhigen. Linn wedelte sozusagen mit dem ganzen Körper und winselte aufgeregt.

»Er hat nichts dagegen, dass du einige Zeit damit verbringst, etwas von Vater Brien zu lernen«, sagte Finbar betont, »oder deine Kenntnisse mit ihm zu teilen. Vielleicht hat er deine Heiratsaussichten im Sinn – es ist für eine Frau nützlich, sich mit Kräutern auszukennen. Aber nun ...« Er hielt inne, und ich entdeckte eine Spur intensiven Unbehagens in seiner Stimme.

»Nun was?« Es gab etwas, was keiner von ihnen mir sagen wollte.

Liam nahm eine Bienenwachskerze vom Tisch und rollte sie zwischen den Fingern. Cormack setzte sich auf die Bettkante, und der Hund sprang neben ihn und schnüffelte an den Decken. Ich beobachtete den Hund; Linn hatte den Blick erwartungsvoll zur Tür gerichtet. Gab es hier irgendetwas, das uns verraten würde – ein paar Stiefel, ein blutiger Verband? Es war so wenig Zeit gewesen. Ich sah Finbar an; es war nicht nur die Angst, dass man Simon finden könnte, die ihn beunruhigte.

»Vater ist zurückgekehrt«, erklärte Liam gewichtig, »und er hat eine Braut mitgebracht. Sie kommt aus dem Norden, und er wird sie in ein paar Tagen heiraten. Es war plötzlich und unerwartet. Er möchte, dass all seine Kinder bei der Hochzeit anwesend sind.«

»Eine Braut?« Nach dem, was Vater Brien uns erzählt hatte, schien das beinahe unmöglich.

»Es stimmt«, meinte Cormack. »Wer hätte das von ihm gedacht? Und noch wichtiger, sie ist jung, schön und bezaubernd. Ein ganz neues Leben für den alten Mann. Du solltest Diarmid sehen. Er folgt ihr überall hin und schmachtet sie an.«

Liam betrachtete ihn stirnrunzelnd. »So einfach ist es nicht«, meinte er. »Wir wissen so gut wie nichts über diese

Frau – Oonagh heißt sie – außer, dass er sie kennen gelernt hat, als er bei Lord Eamonn von den Marschen Quartier nahm, und sie war ein Gast in diesem Haus. Von ihrer eigenen Familie hat sie wenig erzählt – oder er hat sich entschieden, uns das nicht mitzuteilen.«

»Ich kann einfach nicht glauben, dass er wieder heiratet«, sagte ich. Erleichterung, dass sie nicht wegen Simon gekommen waren, mischte sich mit schockierter Ungläubigkeit. »Er ist so – so ...«

»Nicht zu ihr«, meinte Finbar. »Sie ist ... anders; so glitzernd und gefährlich wie eine exotische Schlange. Wenn du sie siehst, wirst du wissen, wieso er das getan hat.«

»Conor mag sie nicht«, sagte Cormack.

Liam stand auf. »Wir müssen zurück, Sorcha«, sagte er. »Es ist schade, dass Vater Brien nicht da ist, denn ich hätte gern mit ihm über diese Dinge gesprochen. Vater wird zweifellos nach ihm schicken, damit er die Zeremonie vollzieht. Inzwischen ist das ganze Haus in Aufruhr, du wirst gebraucht. Hol deine Sachen; du kannst hinter mir reiten.«

Jetzt sofort? Simon allein zu lassen, ohne mich auch nur von ihm zu verabschieden, ohne ihm zu sagen, was geschehen war? Ich schickte eine verzweifelte Botschaft an Finbar. *Ich kann jetzt nicht gehen, nicht so. Er ist noch nicht bereit, lass mich zumindest ...*

»Reite du vor, Liam«, sagte Finbar. »Ich werde Sorcha beim Packen helfen, und dann kann sie mit mir kommen.«

»Bist du sicher?« Liam brannte darauf, sich wieder auf den Weg zu machen, er hatte schon seinen Umhang wieder umgelegt. »Aber beeilt euch. Es gibt viel zu tun. Komm schon, Cormack, dieser dumme Hund da wird sicher froh sein, wieder nach Hause kommen zu können.«

Aber das war sie nicht. Die beiden stiegen in den Sattel, und erst umkreiste Linn Cormacks Pferd ganz begeistert. Aber als sie den Weg entlang davonritten, wurde ihr die Endgültigkeit ganz plötzlich klar, und sie hielt inne, dann kam sie zurück zu uns. Sie sah sich um, schnupperte, zögerte. Es begann heftiger zu regnen.

»Linn! Komm mit!« Cormack rief sie und zügelte sein Pferd am Beginn des Waldes. »Komm!«

Sie drehte sich um und kam langsam auf ihn zu; dann blieb sie wieder stehen und sah sich um.

»Geh schon, Linn«, sagte ich und kämpfte gegen die Tränen an: um sie, um mich, um Simon. »Geh nach Hause!«

Cormack pfiff, und diesmal ging sie tatsächlich zu ihm, aber die Begeisterung war gewichen. Sie verschwanden zwischen den Bäumen.

»Beeil dich«, sagte Finbar. »Wo sind deine Sachen? Ich werde packen, du redest mit ihm, dann gehen wir.« Das alles hatte etwas schrecklich Endgültiges an sich. Schweigend zeigte ich auf mein Bündel, meinen Umhang, meine kleinen Tiegel und Töpfe; dann floh ich durch den Regen zur Hüttentür, aber sie war von innen verriegelt. Simon hatte getan, was ich ihm gesagt hatte.

»Simon!« schrie ich über den Regen hinweg. »Ich bin's, lass mich hinein.«

Es musste genug Drängen in meiner Stimme gelegen haben, um sein Misstrauen zu überwinden, denn die Tür ging schnell auf. Er hatte das Messer in der Hand, aber er versuchte nicht, mich zu berühren, stattdessen zog er sich an das andere Ende des Raums zurück, als ich hineinstolperte und die Tür hinter mir zuwarf.

Es gab keine Möglichkeit, ihn zu schonen.

»Ich muss gehen, jetzt sofort. Es tut mir Leid, ich wollte es nicht. Aber meine Brüder warten.«

Er starrte mich an.

»Ich weiß, es ist zu früh, aber ich habe keine Wahl. Vater Brien wird heute Abend zurückkommen, er wird sich genauso gut um dich kümmern wie ich ...« Ich plapperte verzweifelt weiter. Simon legte das Messer auf den Tisch. Seine Stimme war nur noch der Schatten eines Geräuschs.

»Du hast es versprochen«, sagte er.

Ich konnte ihn nicht ansehen.

»Ich habe keine Wahl«, sagte ich wieder. Nun begannen die Tränen zu fließen, und ich wischte sie zornig weg. Das half keinem von uns. Aber ich konnte die langen Nächte ahnen, die er vor sich hatte, ich wagte nicht aufzublicken, um zu sehen, wie die Leere in seinem Blick zurückkehrte.

Er schwieg, regte sich nicht, und nach einer Weile rief Finbar von draußen: »Sorcha! Bist du fertig?«

Simon griff nach dem Messer, und schnell wie ein Blitz streckte ich die Hand aus und packte ihn am Gelenk.

»Ich kann mein Versprechen nicht halten«, sagte ich zitternd. »Aber ich binde dich an deines. Halte heute durch; dann lass dir von Vater Brien helfen. Beende die Geschichte, so wie ich es getan hätte. Das bist du mir schuldig, wenn nicht gar mehr. Ich vertraue dir, Simon. Verrate mich nicht.«

Ich ließ sein Handgelenk los, und er nahm das Messer, hob es dicht an mein Gesicht, so dass ich gezwungen war, aufzublicken. Er sah mir direkt in die Augen, und es war eine Wildheit in seinem Blick, die mir sagte, dass sein Alptraum direkt vor ihm stand. Er war kreidebleich.

»Verlass mich nicht«, flüsterte er wie ein kleines Kind, das Angst vor dem Dunkeln hat.

»Ich muss.« Es war das Schwerste, was ich je gesagt hatte.

»Sorcha!« rief Finbar abermals.

Eine rasche Bewegung der Klinge, und Simon hielt eine lange, gelockte Strähne meines Haars in den Fingern. Mit der anderen Hand bot er mir das Messer an, den Griff zuerst.

»Hier«, sagte er. Dann wandte er mir den Rücken zu und wartete. Und ich öffnete die Tür und ging hinaus in den Regen.

Lady Oonagh. Ich spürte ihre Gegenwart, noch bevor ich sie sah. Ich spürte sie in Finbars Schweigen, als wir unter einem grauen Himmel nach Hause ritten. Ich erkannte sie in dem kalten Wind, der die Zweige der Bäume in unterwürfiger Ergebenheit niederpeitschte, in den brodelnden Wellen des Seewassers, im Schrei einer Möwe, die in ihrem Flug von Nadeln gefrorenen Wassers gebremst wurde. Ich spürte sie in der Schwere meines eigenen Herzens, auf jedem Schritt des Wegs. Sie war da, und ihre Hand lag auf uns allen. Ich wusste, wir waren in Gefahr. Aber dieses Wissen genügte nicht, um mich wirklich auf sie vorzubereiten.

Finbar setzte mich im Hof ab und ging in den Stall, um sich um das Pferd zu kümmern. Zumindest war es gut, wieder zu Hause zu sein. Ich sehnte mich danach, schnell in mein eigenes Zimmer davonzuschlüpfen, oder in die Küche – ein wenig heißes Wasser, ein Feuer und trockene Kleidung waren alles, was ich in diesem Augenblick wirklich wollte, und ein wenig Zeit für mich. Aber die Tore wurden aufgerissen, und einen Augenblick später war ich in der großen Halle, mit tropfendem Umhang und am Ende einer Spur schlammiger Fußabdrücke, und obwohl mein Vater dort war, war alles, was ich sehen konnte, seine Braut, Lady Oonagh.

Sie war hübsch. Cormack hatte Recht gehabt. Ihr Haar war ein Vorhang aus dunklem Feuer, und ihre Haut weiß wie frische Milch. Es waren die Augen, die sie verrieten. Wenn sie meinen Vater ansah, ganz vergnügt und liebenswert, war ihr Blick unschuldig und liebevoll. Aber wenn man direkt in ihre rötlich braune Tiefe sah, wie ich es tat, schauderte man von dem, was man dort erblickte. Die Botschaft war offenkundig: Jetzt bin ich hier. Es gibt keinen Platz für euch.

Ihre Stimme war glockenrein. »Deine Tochter, Colum? O wie reizend! Und wie heißt du, meine Liebe?« Ich starrte sie stumm an, während aus meiner Kleidung Dampf aufzusteigen begann.

»Sorcha, so solltest du dich nicht zeigen!« sagte Vater barsch. »Du beschämst mich, in einem solchen Zustand vor deiner Mutter zu erscheinen. Verschwinde, säubere dich, und dann komm zurück. Du machst mir keine Ehre.«

Ich sah ihn an. Mutter?

Lady Oonagh brach das unbehagliche Schweigen mit perlendem Lachen. »Ach, Unsinn, Colum, du bist zu hart mit dem Kind. Siehst du, jetzt hast du sie verletzt! Komm, meine Liebe, wir nehmen dir diesen nassen Umhang ab, du musst dich am Feuer wärmen. Wo um alles in der Welt bist du gewesen? Colum, ich kann nicht glauben, dass du sie einfach so umherrennen lässt – sie könnte sich den Tod holen! Schon besser, Kleines – oh, du schauderst ja. Später werden wir uns unterhalten, nur du und ich – ich habe ein paar hübsche Dinge mitgebracht, und es wird solchen Spaß machen, etwas auszusuchen, das du bei der Hochzeit anziehen kannst. Grün, denke ich. Ich fürchte, deine Garderobe ist sehr vernachlässigt worden.« Abschätzend betrachtete sie mein Kleid aus selbstgesponnener Wolle, mein abgetragenes Oberkleid, das viele alte Flecken hatte: Holundertinktur, Rosmarinöl und Blut.

Ich setzte dazu an, etwas zu sagen, aber die Worte blieben aus, und stattdessen spürte ich, wie mich große Müdigkeit überkam. Ich gähnte gewaltig.

»Sorcha!« tadelte Vater. »Das ist wirklich zu viel! Kannst du nicht ...« Aber wieder unterbrach sie ihn in angeblicher Besorgnis.

»Du armes Mädchen, was hast du nur getan?« Ihr Arm um mich war eine eisige Fessel. »Komm schon, du musst dich ausruhen – wir haben später Zeit, uns zu unterhalten. Dein Bruder kann dich in dein Zimmer bringen, du bist ja todmüde – Diarmid, mein Lieber?«

Und erst jetzt wurde mir klar, dass mein zweitältester Bruder die ganze Zeit dort gewesen war, im Schatten hinter Lady Oonaghs Stuhl. Er trat vor, begierig zu helfen, und nahm mich am Arm. Sie warf ihm unter langen Wimpern einen Blick zu.

Diarmid schwatzte auf dem ganzen Weg zu meinem Schlafzimmer auf mich ein. Wie wunderbar sie war, wie lebhaft und jugendlich, wie erstaunlich es war, dass eine solch schöne Frau zugestimmt hatte, Vater zu heiraten, der immerhin nicht mehr der Jüngste war.

»Vielleicht hatten Reichtum und Macht etwas damit zu tun«, wagte ich, meinen Bruder zu unterbrechen.

»Also wirklich, Sorcha«, tadelte Diarmid. »Höre ich da etwa eine Spur von Eifersucht? Du warst auch nicht glücklich über Liams Verlobung, wenn ich mich recht erinnere. Vielleicht möchtest du die einzige Dame des Hauses sein, ist es das?«

Verärgert wandte ich mich ihm zu. »Kennst du mich wirklich so wenig? Eilis ist zumindest – harmlos. Diese Frau da ist gefährlich; ich weiß nicht, warum sie hier ist, aber sie wird unsere Familie zerstören, wenn wir das zulassen. Du bist vollkommen ihrem Bann verfallen, ebenso wie Vater. Du siehst sie nicht wirklich – du siehst eine Art von ... Ideal: ein Phantom.«

Diarmid lachte mich aus. »Was weißt du schon? Du bist nur ein Kind. Und außerdem kennst du sie kaum. Sie ist eine wunderbare Frau, kleine Schwester. Vielleicht wirst du jetzt, wo sie hier ist, wie eine Dame aufwachsen.«

Ich starrte ihn an, zutiefst gekränkt von seinen Worten. Schon begann das Muster unserer Existenz um mich herum zu zerbrechen. Wir hatten einander endlos geneckt, hatten gewitzelt und gestritten, wie Brüder und Schwestern es tun. Aber wir waren nie grausam zueinander gewesen. Die Tatsache, dass er das nicht einmal sah, machte es noch schlimmer. Und ich konnte nicht mit ihm sprechen, denn er hörte mir nicht mehr zu. Wir erreichten mein Zimmer, und Diarmid war schnell wieder verschwunden, ganz begierig, sich wieder um seine neugefundene Göttin zu kümmern.

Ich schickte die Dienerin weg und zog mich selbst aus. Ich setzte mich ans Feuer, in eine Decke gewickelt, und starrte in die Flammen. Trotz meiner Erschöpfung konnte ich nicht schlafen, denn mein Kopf war voll Gedanken und Bilder. Vielleicht war ich einfach nur dumm, vielleicht war sie nur eine wohlmeinende Frau, die sich tatsächlich in meinen Vater verliebt hatte. Aber irgendetwas kam mir nicht richtig vor. Mir fiel wieder ein, was Cormack gesagt hatte. *Conor mag sie nicht.* Ich hatte die Botschaft in Lady Oonaghs Blick gesehen, die all ihren honigsüßen Worten widersprach. Es war etwas ausgesprochen Beunruhigendes an Diarmids schmachtender Bewunderung und der Bereitschaft meines Vaters, sich von dieser Frau ins Wort fallen zu lassen. Und die Diener huschten unruhig umher, als hätten sie Angst, einen falschen Schritt zu machen.

Und was war mit Simon? Es war immer noch Nachmittag; er würde allein auf Vater Briens Rückkehr warten müssen. Niemand, der seinen stillen Tag mit Geschichten füllte und seine Visionen von ihm fern hielt. Nicht einmal mehr der treue Hund. Ich stellte mir vor, wie er zusah, wie sich die Sonne über ihn hinwegbewegte und schließlich hinter den Bäumen verschwand, wie er auf das Geräusch der Wagenräder auf dem Pfad wartete. Zumindest nach Einbruch der Dunkelheit würde er nicht mehr allein sein.

Endlich legte ich mich hin und schlief. Das Feuer brannte nieder, aber meine Kerze flackerte weiter, so dass der Raum, als ich plötzlich erwachte, voller bewegter Schatten war. Einen Augenblick lang war ich wieder in der Höhle und sprang mit weit aufgerissenen Augen auf, bereit, mich dem Alptraum zu stellen. Aber diesmal gab es keine Schreie; die Steinmauern schwiegen, das Einhorn und die Eule auf meinem einzigen Wandbehang bewegten sich leicht im Durchzug. Ich legte mich wieder hin, aber ich konnte Simon nicht vergessen, der vielleicht genau in diesem Augenblick mit seinen Dämonen rang, und ich erzählte mir selbst eine alte Geschichte, bis ich wieder schlafen konnte.

Es sollte viele Nächte dauern, bis ich dieses Muster brechen konnte: das abrupte Aufwachen, das Herzklopfen, das langsame Erkennen, wo ich war, und das überwältigende Gefühl, ihn verlassen zu haben. Ich schlief nie mehr als eine kurze Zeit, ohne wieder aufzuwachen, und meine Müdigkeit machte meine Verwirrung und mein Unbehagen bei Tag noch schlimmer. Denn Liam hatte Recht gehabt. Veränderungen standen bevor, ob ich sie wünschte oder nicht.

Am schlimmsten war die Veränderung Diarmids, der Lady Oonagh vollkommen verfallen war. Er wollte nichts Böses über sie hören, tänzelte den ganzen Tag um sie herum, oder zumindest so lange, wie sie es zuließ. Es war unmöglich, ein vernünftiges Gespräch mit ihm zu führen. Er war, wie ich zu Finbar sagte, wie einer, den das Kleine Volk geholt hatte. »Nein«, sagte Finbar, »nicht das; aber beinahe. Das hier ist eher wie der Bann, der über einen kommt, der die Königin unter dem Hügel gesehen hat und sich nach ihr sehnt, obwohl er sie niemals haben kann, wenn sie es nicht will. Sie kann einen Mann auf diese Weise lange warten lassen, bis sein Gesicht die Jugend und sein Schritt den Schwung verlieren.«

»Ich habe solche Geschichten auch gehört«, sagte ich. »Sobald er den Geschmack des Neuen verliert, wird sie ihn ausspucken wie ein Stück Apfelschale.«

Cormack und Padraic vermieden die Probleme, indem sie ihr aus dem Weg gingen. Immer, wenn jemand fragte, erfuhr man, dass sie ausgeritten waren, mit dem Bogen übten oder auf dem Feld und in der Scheune beschäftigt waren. Finbar gab sich nicht einmal die Mühe, Ausreden für seine Abwesenheit zu finden. Er war einfach nicht da. Lady Oonagh neigte dazu, uns herbeizuzitieren, wann es ihr passte, und obwohl sie dabei immer nach außen freundlich und liebenswert blieb, war es deutlich genug, dass sie Ungehorsam missbilligte. Vater sorgte dafür, dass ihre Anweisungen befolgt wurden, wie er selbst jede von ihnen befolgte. Mit ihm war sie allerdings etwas vorsichtiger als mit dem armen, lächelnden Diarmid. Was immer er sein mochte, Lord Colum war kein schwacher Mann, und immerhin waren sie noch nicht verheiratet.

Es blieben nur noch ein paar Tage bis zur Hochzeit. Seamus Rotbart und seine Tochter waren auf dem Weg zu uns; ich hörte, wie Liam die Verteilung der Schlafräume änderte, damit Eilis und ihre Frauen so weit wie möglich von Lady Oonaghs Kammer entfernt untergebracht wurden. Statt sich zu freuen, dass er seine Verlobte so bald wieder sehen sollte, war mein ältester Bruder grimmig und still. Er versuchte mehrmals, mit Vater allein zu sprechen, aber Oonagh tat diese Versuche mit ihrem silbernen Lachen ab, und Vater erklärte mürrisch, dass Liam auch in Gegenwart der Lady sprechen könne, denn es gäbe keine Geheimnisse zwischen ihnen.

Ich wollte mit Conor sprechen, aber er war beschäftigt. Der größte Teil der Vorbereitungen war ihm zugefallen, und er hatte wenig Zeit. Am zweiten Abend hatte ich in einer dunklen Ecke der großen Treppe zwischen Abendessen und Schlafenszeit kurz die Gelegenheit, mit ihm zu sprechen. Ausnahmsweise war niemand in der Nähe, der uns hätte belauschen können. Ich betrachtete meinen Bruder nun mit anderem Blick, stellte ihn mir im weißen Gewand eines Druiden vor, sein glänzendes, braunes Haar geflochten und mit bunten Bändern gebunden, wie es die Weisen taten. Sein Blick war ernst und ins Weite gerichtet, auf eine Art, die man bei seinem Zwilling nie sah, denn Cormack war ein Mann der Tat, der für den Augenblick lebte.

»Ich schicke nach Vater Brien, Sorcha«, sagte er ernst. »Glaubst du, dass er kommen wird?«

Ich nickte. »Wenn auch nur für einen Tag, für die Zeremonie selbst. Wen schickst du?«

Er sah mich an, las die unausgesprochene Frage in meinem

Blick. »Ich werde wohl Finbar schicken, wenn ich ihn finden kann. Es ist unmöglich, dass du selbst zurückkehrst, Sorcha. Sie beobachtet dich zu genau. Du musst vorsichtig sein.«

»Du spürst es also auch?« Plötzlich wurde mir eiskalt, und ich blickte auf ins bleiche Gesicht meines Bruders.

Er war ruhig wie immer, aber sein Unbehagen war deutlich zu spüren. Er nickte.

»Sie beobachtet jene von uns, die die größte Bedrohung darstellen, und sie weiß genau, womit sie es zu tun hat. Diarmid und Cormack bedeuten ihr nichts, die armen Unschuldigen, und sie sieht keine Bedrohung in Padraic, so jung wie er ist. Aber du und Finbar und ich – wir haben vielleicht genug Kraft, um ihr zu widerstehen, wenn wir zusammenhalten. Das macht sie unsicher.«

»Was ist mit Liam?«

Conor seufzte. »Sie hat versucht, ihn zu bezaubern. Dann hat sie bald genug entdeckt, dass er aus anderem Stoff gemacht ist. Liam bekämpft sie auf seine eigene Art. Wenn er es erreichen könnte, dass Vater ihm zuhört, könnte er ihn vielleicht warnen. Aber auch er hat seine Schwachpunkte. Diese ganze Geschichte gefällt mir nicht, Sorcha. Ich wünschte, du hättest wegbleiben können.«

»Das wünschte ich auch«, sagte ich. Immerhin, Vater Brien würde zumindest vorbeikommen und mir das Neueste erzählen können.

»Sorcha.«

Conor musste gewaltig mit sich selbst gerungen haben – er war offenbar nicht sicher, wie viel er mir sagen konnte, ohne mich zu verängstigen.

»Was?«

»Du musst sehr gut auf dich aufpassen«, sagte er bedächtig. »Sie werden heiraten, daran habe ich keinen Zweifel. Ob wir nun vor diesem Tag noch mit Vater allein sprechen oder nicht, das Ergebnis wird sich kaum ändern. Und was könnten wir sagen? Lady Oonagh macht nie etwas falsch; er wird behaupten, unsere Ängste beruhten auf Einbildung oder auf dem Wunsch, uns einer Veränderung zu widersetzen oder einfach auf Dummheit. Denn sobald sie einen einmal in ihren Bann geschlagen hat, sieht man ihr wahres Selbst nicht mehr. Sie kleidet sich in einen Nebel; die Schwachen und Verwundbaren haben keine Chance.«

»Und wenn sie verheiratet sind?«

Conors Lippen wurde zu einer schmalen Linie. »Vielleicht werden wir dann etwas von der Wahrheit erleben. Glaub mir, wenn ich dich vorher noch wegschicken könnte, würde ich das tun. Aber Vater ist immer noch Oberhaupt dieses Haushalts, und solch eine Bitte, so nah an seinem Hochzeitstag, würde ihm seltsam vorkommen. Ich werde so gut wie möglich auf dich aufpassen, und Liam ebenfalls, aber du musst vorsichtig sein. Was Finbar angeht ...«

»Wer ist sie, Conor? Was ist sie?« Wenn überhaupt irgendwer, dann würde Conor diese Fragen beantworten können.

»Das weiß ich nicht. Ich bin auch nicht sicher, welche Gründe sie hat, zu tun, was sie tut. Wir haben keine andere Wahl, als zu warten, so schwierig das sein mag. Hinter all diesen Dingen mag ein Muster liegen, das so groß und kompliziert ist, dass nur die Zeit es deutlich machen wird. Aber es ist zu spät, die Heirat zu verhindern. Und nun geh, kleine Eule – du siehst aus, als könnte ein wenig Schlaf dir gut tun. Wie geht es ihm?«

Ich wusste, von wem er sprach, trotz des plötzlichen Themenwechsels.

»Er war auf dem Weg der Besserung, bis ich gezwungen war zu gehen. Könnte sogar das Teil ihres Plans gewesen sein?«

»Es ist kaum anzunehmen, dass sie es wusste. Darüber solltest du dir nicht auch noch Sogen machen. Es klingt, als hättest du etwas Gutes geleistet – vielleicht kann er sich nun selbst heilen, mit der Hilfe von Vater Brien. Und es gibt noch andere, die ihn in Sicherheit bringen können. Vielleicht ist es

Zeit, ihn loszulassen und dich um dich selbst zu kümmern. Geh schon, ins Bett mit dir.«

Am nächsten Tag schien die Sonne ein wenig, drang schwach zwischen den allgegenwärtigen Wolken hindurch, und ich machte mich daran, im Garten zu arbeiten, entschlossen, ihn für die Vernachlässigung zu entschädigen. Ich band mein Haar mit einem Stück Stoff zusammen, zog eine alte Schürze an und bewaffnete mich mit Messer und Spaten. Wuchernden Lavendel und Wermut schnitt ich zurück; ich jätete das Unkraut und fegte die Wege. Während ich stetig weiterarbeitete, verlor sich langsam die Verwirrung von Angst und Sorgen, und die Arbeit, die direkt vor mir lag, war alles, was noch zählte.

Endlich war der Garten wieder einigermaßen in Ordnung, und ich holte die Knollen und Zwiebeln, die ich zum Trocknen und Neupflanzen beiseite gelegt hatte. Hyazinthen im größten Korb; Krokusse, Iris und fünf verschiedene Arten Lilien.

Padraic hatte mir ein kleines Werkzeug aus Birkenholz gemacht, um damit die Pflanzlöcher zu stechen. Während ich mich im Garten hin und her bewegte, grub und sorgfältig jede Knolle oder Zwiebel an den richtigen Platz brachte, den üppigen Boden wieder darüberstrich und sie für den Winter zudeckte, erinnerte ich mich an Conors Worte an jenem Tag, als Padraic angeboten hatte, mir dieses Werkzeug zu machen. Schneide kein lebendes Holz, hatte er gesagt. Finde einen Ast, den der Wind oder der Blitz vom Baum gerissen hat, oder eine Birke, die in einem Sturm umgestürzt ist. Wenn möglich, schneide dein Holz davon. Wenn es sich nicht vermeiden lässt, neues Holz zu schneiden, solltest du es angemessen vorwarnen. Die Geschenke des Waldes sollten nicht einfach so genommen werden. Wir alle kannten diese Lektion. Ein rasches Wort, ob es an dem Baum selbst oder an den Geist, der darin weilte, gerichtet war, änderte wahrscheinlich nichts. Und manchmal wurde ein kleines Geschenk hinterlassen – nichts sonderlich Wertvolles, aber immer etwas, das dem Gebenden etwas bedeutete – ein Lieblingsstein, eine besondere Feder, eine glitzernde Glasperle. Der Wald war immer großzügig in seinen Geschenken an uns Sieben, und wir haben es nie vergessen.

Nun erschien es mir nur umso richtiger, dass es Conor gewesen war, der uns diese Lektion lehrte.

Ich war beinahe fertig; ich kniete, um die letzten Krokusse zwischen die moosigen Felsen zu pflanzen, die sie schützen würden, wenn die kalten Frühlingswinde kamen. Dann ging die Tür von meinem Raum nach draußen mit einem Knarren auf.

»Herrin?« Es war eine sehr junge Dienerin, die vor Nervosität kaum wusste, wohin mit sich. »Lady Oonagh möchte Euch sprechen. Sofort, hat sie gesagt.« Sie knickste entschuldigend und floh.

Ich war beinahe glücklich gewesen. Nun, als ich dort kniete, die Hände voller Erde und das Haar zerzaust, wurde mein Herz wieder kalt, selbst in der Ruhe meines eigenen Gartens. Ich konnte sie nicht ausschließen, nicht einmal hier.

Drinnen wusch ich mir die Hände, aber die Nägel waren immer noch schwarz. Ich strich mein Haar so gut wie möglich zurück und hängte die Schürze an einen Haken. Das würde genügen müssen. Die Mühe, die ich mir um Lady Oonaghs willen gab, hatte Grenzen.

Er hatte ihr das beste Zimmer gegeben, dessen schmale Fenster auf den See hinausgingen, ein Zimmer mit Nachmittagssonne. Sie wartete auf mich, stand bescheiden am Bett, mit Tuchballen und Spitzen und Bändern um sie herum verstreut. Ihr rötlich braunes Haar fing das Licht in seinen dunklen Locken ein. Sie war allein.

»Sorcha, meine Liebe! Wieso hast du so lange gebraucht?« Das war ein recht sanfter Tadel. Ich ging vorsichtig auf sie zu.

»Ich habe in meinem Garten gearbeitet«, sagte ich. »Ich erwartete nicht, gerufen zu werden.«

»Hmm«, sagte sie, und ihr Blick glitt von meinem zerzausten Haar zu den schmutzigen Füßen. »Und du bist schon beinahe dreizehn. Das kommt davon, wenn man in einem Haus voller Jungen aufwächst, nehme ich an. Aber das werden wir alles ändern, meine Liebe. Wie enttäuscht deine Mutter gewesen wäre, dich so verwildert zu sehen, und das an der Schwelle deines Lebens als Frau! Es ist gut, dass sie nicht hier ist und sieht, wie sehr deine Erziehung vernachlässigt wurde.«

Ich war zutiefst beleidigt. »Sie wäre nicht enttäuscht!« sagte ich zornig. »Unsere Mutter hat uns geliebt, sie hat uns vertraut. Sie hat meinen Brüdern gesagt, sie sollten sich um mich kümmern, und das haben sie getan. Vielleicht entspreche ich nicht deiner Vorstellung einer Lady, aber ...«

Sie unterbrach mich mit einer Kaskade ihres Lachens und legte mir den Arm um die Schultern. Ich spannte mich bei der Berührung an.

»O meine Liebe«, schnurrte sie, »du bist so *jung*. Selbstverständlich verteidigst du deine Brüder, und ich nehme an, sie haben getan, was sie konnten. Aber sie sind immerhin nur Jungen, und nichts ersetzt die Hand einer Frau, meinst du nicht auch? Und es ist nie zu spät, damit anzufangen. Wir haben noch ein Jahr oder zwei, bevor wir an eine Verlobung denken können. Wir müssen deine Manieren aufpolieren, und auch dein Aussehen.«

Ich wich vor ihr zurück. »Wieso sollte ich poliert und verbessert werden wie etwas, das man verkaufen will? Vielleicht will ich nicht einmal heiraten! Und außerdem habe ich viele Fähigkeiten, ich kann lesen und schreiben und Flöte und Harfe spielen. Wieso sollte ich mich, um einem Mann zu gefallen, verändern? Wenn er mich so, wie ich bin, nicht will, dann soll er sich eine andere Frau suchen.«

Sie lachte abermals, aber es lag eine gewisse Schärfe darin, ebenso wie in ihrem Blick.

»Du hast keine Angst vor Ehrlichkeit, wie? Das ist ein Charakterzug, den du mit einigen deiner Brüder teilst, wie mir aufgefallen ist. Nun, darüber werden wir später noch sprechen. Ich hoffe, du wirst lernen, mir zu vertrauen, Sorcha.«

Ich schwieg.

Oonagh ging hinüber zum Bett, wo eine Unmenge von Stoff lag. Sie hob einen weichen, grünen Stoff hoch.

»Für die Hochzeit dachte ich an das hier. Es gibt eine hervorragende Schneiderin im Dorf, höre ich, die dein Kleid an einem einzigen Tag nähen wird. Komm her, meine Liebe.«

Ich war machtlos und konnte mich nicht weigern. Sie stellte mich vor einen Spiegel, den ich nie zuvor gesehen hatte. Seine glatte Oberfläche war von Zwillingsgeschöpfen umgeben. Ihre roten Edelsteinaugen waren auf mich gerichtet, als ich mein Spiegelbild ansah. Klein, dünn, blass. Ein unordentlicher Wirrwarr dunkler Locken, grob zurückgebunden. Eine gerade Nase, ein breiter Mund, trotzige grüne Augen. Meine Version des Familiengesichts hatte nicht die weitsichtige Ruhe Conors oder die bleiche Intensität von Finbar. Es war weicher als Liams Gesicht und feinknochiger als das von Padraic. Die Grübchen, die Cormacks und Diarmids Lächeln so bezaubernd machten, fehlten auf meinen schmalen Wangen. Dennoch sah ich die Abbilder meiner Brüder, als ich mein eigenes betrachtete.

Lady Oonagh hatte nach einer Bürste gegriffen, und als ich vor dem Spiegel stand, löste sie das Band, mit dem ich mir die Locken aus dem Gesicht gehalten hatte, und begann, mein Haar auszubürsten. Ich ballte die Fäuste und regte mich nicht. Etwas in der gleichmäßigen Bewegung des Bürstens und der Art, wie sie mich in der polierten Bronze des Spiegels betrachtete, ließ mir einen Schauder über den Rücken laufen. In mir erklang eine leise Stimme, und ich spürte wieder etwas Wärme; ich konzentrierte mich auf die Worte: *Du wirst einen Weg finden, Tochter des Waldes. Du wirst einen geraden Weg finden.*

»Du hast hübsches Haar«, sagte sie. Die Bürste bewegte sich rhythmisch. »Ungepflegt, aber hübsch. Du solltest es mich schneiden lassen. Nur ein wenig Ordnung schaffen – auf diese Weise wird es unter einem Schleier besser aussehen. Oh! Was ist denn hier passiert?« Ihre beutegierigen Finger hatten die kurze Strähne über meiner Stirn gefunden, wo Simon mit dem Messer eine Locke abgeschnitten hatte.

»Ich ...« Ich versuchte noch, mir eine Ausrede auszudenken, als meine Augen im Spiegel ihrem Blick begegneten. Dieser Blick war kalt, so kalt, dass er nicht ganz menschlich schien. Die Bürste fiel zu Boden; sie hatte ihre Finger immer noch in meinem Haar, und es war, als könne sie tief in mich hineinsehen, meine Gedanken lesen, als wüsste sie genau, was ich getan hatte. Ich wich von ihr zurück.

Es dauerte nur einen Augenblick lang. Dann lächelte sie, und ihr Blick änderte sich wieder. Aber ich hatte es gesehen, und sie hatte es gesehen. Wir hatten erkannt, dass wir Feinde waren. Was immer sie sein mochte, was immer sie wollte, mein Herz zog sich dabei zusammen. Und dennoch glaube ich, dass sie verblüfft war über die Kraft, die sie in mir sah.

»Ich werde dir zeigen, wie wir dein Haar für die Hochzeit frisieren«, sagte sie, als wäre nichts geschehen. »An den Seiten geflochten und hinten aufgesteckt ...«

»Nein«, sagte ich, wich weiter zurück und zog mein Haar aus ihrem Griff. »Nein danke. Ich werde es selbst frisieren, oder Eilis wird es tun. Und ich werde auch etwas finden, was ich anziehen kann ...« Ich warf einen sehnsüchtigen Blick zur Tür.

»Ich bin jetzt deine Mutter, Sorcha«, erklärte Oonagh mit eiskalter Endgültigkeit. »Dein Vater erwartet, dass du mir gehorchst. Deine Erziehung gehört jetzt zu meinen Aufgaben, und du wirst lernen, zu tun, was ich dir sage. Also wirst du das grüne Kleid tragen. Morgen kommt die Schneiderin, um Maß zu nehmen. Inzwischen versuche, dich sauber zu halten. Es gibt hier Diener, um Rüben auszugraben und den Misthaufen zu wenden – in Zukunft wirst du deine Zeit mit Besserem verbringen.«

Ich floh, aber ich konnte ihr nicht entkommen. Ich würde Grün zur Hochzeit tragen, ob es mir nun gefiel oder nicht; und ich würde mit meinen Brüdern dabeistehen und zusehen; wie Lord Colum eine – was war sie? Eine Hexe? Eine Zauberin wie in den alten Geschichten, mit einem hübschen Gesicht und Bosheit im Herzen? Sie hatte eine Macht an sich, das war sicher, aber sie hatte nie zu *ihnen* gehört. Die Herrin des Waldes, die ich glaubte gesehen zu haben, erweckte mehr Ehrfurcht – aber sie war wohl wollend, wenn auch schrecklich. Ich nahm an, dass Oonagh etwas anderes war, gleichzeitig weniger mächtig und gefährlicher.

Ich stand in meinem grünen Gewand vor dem Spiegel, während sie mir Bänder ins Haar flocht und mich über meine Brüder ausfragte. Wieder richteten die seltsamen Geschöpfe ihre Rubinaugen auf mich, und ich antwortete gegen meinen Willen.

»Sechs Brüder«, murmelte sie. »Was für ein glückliches Mädchen du doch sein musst, in einem Haushalt solcher Männer aufzuwachsen! Kein Wunder, dass du anders bist als andere in deinem Alter. Zum Beispiel diese kleine Eilis. Ein liebes Mädchen. Hübsches Haar. Sie wird bald Kinder bekommen, und ihre Blüte wird rasch vergehen.« Mit einem Fingerschnippen entledigte sie sich jeden Gedankens an die arme Eilis, dann knotete sie das grüne Band und zog das Ende fest. »Dein Bruder hätte eine Bessere finden können. Viel besser. Ein ernsthafter Junge, nicht wahr?«

»Er liebt sie!« Damit war ich unklugerweise herausgeplatzt,

um Liam zu verteidigen. Ich mochte seine Liebe zu Eilis einmal bedauert haben, aber ich würde nicht daneben stehen und zuhören, wie diese Frau die Wahl meines Bruders kritisierte. »Was kann man Besseres tun, als aus Liebe heiraten?«

Diese Bemerkung wurde mit Kaskaden von Gelächter begrüßt; selbst die säuerliche Dienerin lächelte über meine Naivität.

»Ja wirklich!« meinte Oonagh leichten Herzens und steckte einen kurzen Schleier über mein geflochtenes Haar. Die Gestalt im Spiegel war kaum mehr wieder zu erkennen – ein bleiches Mädchen mit umschatteten Augen, deren elegantes Kleid nicht so ganz zu ihrer gehetzten Miene passen wollte. »Das sieht soviel besser aus, Sorcha. Siehst du, wie es die Linien deiner Wangen weicher werden lässt? Ich werde vielleicht sogar stolz auf dich sein können, meine Liebe. Und jetzt sag mir, es scheint, als neige deine Familie zu Zwillingsgeburten – und dennoch habe ich nie unterschiedlichere Brüder gesehen als den jungen Cormack und Conor. Äußerlich gleichen sie sich wie Erbsen – ihr seid euch alle recht ähnlich, mit euren langen Gesichtern und den großen Augen. Cormack ist ein reizender Junge, und dein Vater sagt mir, dass er ein vielversprechender Kämpfer ist. Sein Zwilling hingegen ist sehr – zurückhaltend. In vielerlei Hinsicht beinahe wie ein alter Mann.«

Ich schwieg. Die Dienerin rollte Bänder zusammen und hatte die Lippen fest zugekniffen. Hinter mir arbeitete die Schneiderin aus dem Dorf immer noch am Fall des Rocks. Es war ein anmutiges Gewand; ein anderes Mädchen hätte es vielleicht mit Stolz getragen.

»Ich glaube, Conor lehnt mich ab«, meinte Oonagh. »Er stürzt sich mit einer Entschlossenheit in die Haushaltsangelegenheiten, die für einen Mann seines Alters ungewöhnlich ist. Glaubst du, er ist vielleicht eifersüchtig, dass sein Zwilling sich so hervortut? Möchte er in Wahrheit vielleicht ein Krieger sein und sich vor seinem Vater bewähren?«

Ich starrte sie an. Sie sah so viel und doch so wenig. »Conor? Kaum. Er folgt immer einem Weg seiner eigenen Wahl.«

»Und was für eine Wahl ist das, Sorcha? Möchte ein kräftiger junger Mann wirklich sein Leben als Schreiber verbringen, als Verwalter des Haushalts seines Vaters? Welcher Junge würde nicht lieber reiten und kämpfen?«

Ihr Blick begegnete dem meinen im Spiegel, und die bronzenen Geschöpfe erhielten Macht von diesem Blick und hefteten ihr mürrisches Starren auf mich. Es gelang mir nicht zu schweigen.

»Es gibt auch ein inneres Leben«, flüsterte ich. »Du siehst nur Conors Oberfläche. Du wirst Conor nie kennen, wenn du nur das ansiehst, was er tut. Du musst herausfinden, was er ist.«

Es folgte ein kurzes Schweigen, nur unterbrochen vom Rascheln von Oonaghs Gewand, als sie sich hinter mir bewegte.

»Interessant. Du bist schon ein seltsames Mädchen, Sorcha. Manchmal kommst du mir wie ein solches Kind vor, und dann machst du eine Bemerkung wie eine uralte Frau.«

»Ich – kann ich jetzt gehen? Sind wir fertig?« Ich fühlte mich plötzlich ganz elend. Warum konnte ich in ihrer Gegenwart meine Zunge nicht beherrschen? Ihre letzten Worte hatten mich an Simon erinnert, und ich konnte nicht zulassen, dass sie meine Gedanken über ihn bemerkte, denn wenn sie die Wahrheit erfahren würde, würde sie nicht zögern, damit zu Vater zu rennen, und das würde nicht nur Simon, sondern auch Finbar, mich und Conor gefährden.

Die Anprobe war offenbar vorüber. Die Schneiderin begann, die Nadeln eine nach der anderen zu lösen. Es gab viele Nadeln.

»Von deinem jüngsten Bruder sehe ich nicht viel«, sagte Oonagh lächelnd. Sie saß jetzt am Fußende ihres Betts und wippte mit dem Fuß. In ihrem weißen Kleid mit dem Haar, das ihr auf die Schultern fiel, sah sie nicht älter aus als sechzehn. Bis man ihr in die Augen schaute. »Immer ist er unterwegs, dieser Padraic. Man sollte fast glauben, dass er mich meidet. Was hält ihn vom Morgengrauen bis nach dem Abendessen vom Haus fern?«

Das schien ungefährlich zu sein.

»Er liebt Tiere, und er repariert gerne Dinge«, sagte ich. Es war kalt in der Kammer, trotz des Feuers. »Er hält Tiere in der alten Scheune. Wenn ein Vogel sich den Flügel gebrochen hat oder ein Hund verletzt ist, kümmert sich Padraic darum. Und er kann so gut wie alles bauen.«

»Hmm«, sagte sie. »Also noch einer, der kein Krieger sein wird.« Ihr Tonfall war kühl.

»Meine Brüder können alle mit Schwert und Bogen umgehen«, sagte ich verteidigend. »Sie wählen vielleicht nicht Vaters Weg, aber es mangelt ihnen nicht an Fähigkeiten eines Kriegers.«

»Selbst Finbar nicht?«

Die Augen der Geschöpfe am Spiegel glitzerten. Ich starrte zurück, nahm meine ganze Willenskraft zusammen und schloss den Mund fest. Sie war plötzlich wieder hinter mir und hatte die Haarbürste in der Hand. Sie wartete, während die Dienerin grimmig das Netz grüner Bänder löste, das mein Haar zähmte.

»Du möchtest jetzt darüber nicht sprechen, aber wie kann ich eine gute Mutter für diese Jungen sein, wenn ich sie nicht kenne?« Sie seufzte ausdrucksvoll. »Ich fürchte, Colum hat einige seiner Söhne bevorzugt und andere vernachlässigt. Ich spüre eine sehr kühle Atmosphäre, wenn es um den jungen Finbar geht. Was kann er nur getan haben, um das zu verdienen? Ist es einfach seine Weigerung, am Krieg seines Vaters teilzunehmen? Oder ist es, dass er seiner Mutter nie wirklich verziehen hat, dass sie starb und ihn allein ließ?«

»Das ist ungerecht!« Ich stand auf, fuhr herum und entriss der Dienerin damit mein Haar. Der Schmerz kümmerte mich nicht. »Mutter hatte es sich nicht ausgesucht zu sterben! Selbstverständlich fehlt sie ihm – sie fehlt uns allen. Niemand kann je die Leere wieder füllen, die sie hinterlassen hat. Aber wir sind nicht allein, waren es nie, wir haben einander. Verstehst du das denn nicht? Wir sind Freunde und Verwandte, wir sind Teil voneinander wie Blätter am selben Zweig oder Tümpel im selben Bach. Dasselbe Leben fließt in uns allen. Von Eifersucht zu reden ist einfach albern.«

»Setz dich, Liebste.« Oonaghs Stimme war ruhig; sie reagierte nicht auf meinen Ausbruch. »Selbstverständlich verteidigst du deinen Bruder – das ist nur natürlich, da du all diese Jahre keine andere Gesellschaft hattest. Welche Möglichkeiten zum Vergleich hattest du schon in dieser engen, kleinen Welt? Es ist nicht überraschend, dass du seine Beschränkungen nicht erkennst.«

Endlich gelang es mir zu fliehen, aber ich konnte ihre Worte nicht vergessen und fragte mich abermals, was sie von mir, von uns wollte. Ich verspürte ein intensives Bedürfnis, all meine Brüder um mich zu haben, sie zu berühren, mit ihnen zu sprechen, ihre Kraft zu spüren, ihre tröstliche Ähnlichkeit. Also sah ich mich nach ihnen um; aber Cormack steckte mitten in einem Stockkampf und forderte Donal grinsend heraus, einen Weg an seiner wirbelnden Waffe und der Fußarbeit vorbei zu finden. Und Padraic war mit etwas beschäftigt, was er baute. Auf dem Boxenrand saß ein Rabe und drehte den Kopf hierhin und dahin, während Padraic arbeitete. »Was ist das?« fragte ich meinen jüngsten Bruder und betrachtete den kunstvollen Faltrahmen aus feinen Holzstöcken und darübergespanntem Leinen.

»Nicht ganz ein Flügel, nicht ganz ein Segel«, murmelte Padraic. »Damit wird ein kleines Boot sehr schnell übers Wasser kommen; selbst beim geringsten Wind. Siehst du, wie die Segel sich bewegen, wenn ich an diesem Faden ziehe?« Es war tatsächlich genial – und das sagte ich ihm auch. Ich streichelte den alten Esel und spähte in die Box, wo ein paar neugeborene Kätzchen in einer Ecke des warmen Strohs lagen. Der Rabe folgte mir, immer noch ein wenig hinkend von einer Verletzung – Padraic glaubte, er sei von anderen Vögeln angegriffen worden, aber er heilte gut. Er machte einen weiten Bogen um die Katzen.

Unten am See ging Liam mit Eilis spazieren. Er hielt ihr mit dem Arm seinen Umhang um die Schultern, kümmerte sich nicht darum, wer das sehen könnte, und hatte den Kopf gesenkt, um mit ihr zu sprechen. Eilis hatte sich ihm zugewandt, und sie sah ihn an, als wolle sie den Rest der Welt ausschließen. Einen Augenblick lang spürte ich eine dunkle Vorahnung, einen Schatten über den beiden, dessen Kälte sich bis zu mir hin ausbreitete. Dann verschwanden sie unter den Bäumen, und ich ging wieder zum Haus zurück.

In der Küche war viel los, Wagen kamen und fuhren wieder fort, Fässer mit Bier und riesige Fleischstücke wurden herangetragen und verstaut. Der Geruch nach Gebackenem und Gebratenem hing in der kalten Luft, und Pferde stapften und schnaubten. Linn grüßte mich an der Tür, schob ihre feuchte Nase in meine Hand, ging aber nicht hinein. In diesem Augenblick bemerkte ich unter den Wagen ein vertrautes Gefährt. Und das war seltsam. Wieso sollte Vater Brien jetzt hier sein, einen Tag vor der Hochzeit? Ich war sicher gewesen, dass er früh am Morgen herkommen und vor Einbruch der Dunkelheit zurückfahren würde, denn wie konnte er Simon allein lassen?

Ich ging hinein, aber keiner meiner Brüder war da, und die dicke Janis behauptete, sie hätte gerade genug, um sich Sorgen zu machen, mit all dieser Backerei und den Männern, die einfach hereinkamen und sich selbst bedienten, ohne dass ihr noch Kinder vor die Füße liefen. Als sie mich zur Tür schob, steckte sie mir zwinkernd ein Stück warmen Honigkuchen in die Hand.

Ich fand sie schließlich, wo ich angefangen hatte zu suchen, in meinem eigenen Kräutergarten. Es war vielleicht der zurückgezogenste Ort, den es gab, mit den hohen Steinmauern und dem einzelnen Tor, das nach drinnen ins Haus führte. Vater Brien saß auf dem moosigen Steinsitz, und Conor lehnte sich neben ihn und redete ernst auf ihn ein, während Finbar im Schneidersitz auf dem Gras saß. Als ich die Tür knarrend weiter öffnete, schwiegen sie und drehten sich alle drei zu mir um. Es war, als hätten sie auf mich gewartet, es war eindeutig etwas nicht in Ordnung.

»Was ist?« fragte ich. »Was ist los?« Meine beiden Brüder sahen Vater Brien an, und er seufzte, stand auf und nahm meine Hände, als ich zu ihm rannte. »Diese Nachrichten werden dir nicht gefallen, Sorcha«, sagte er ernst. »Ich wünschte, ich hätte bessere.«

»Was ist passiert?« Ich gestattete mir nicht, nachzudenken.

»Dein Patient ist weg«, sagte Vater Brien ohne weitere Umschweife. »An dem Tag, als ich weg war, kam ich bei Sonnenuntergang zurück, wie wir geplant hatten. Alles war dunkel. Zunächst befürchtete ich das Schlimmste für euch beide; aber ich konnte sehen, dass deine Sachen weg waren und kein Schaden angerichtet war, und der Hund war weder geblieben noch, wie es schien, verletzt worden. Ich wusste, Linn hätte nicht ohne Blutvergießen zugelassen, dass man dich verschleppte. Es war deutlich, dass die Pferde, deren Hufe Spuren hinterlassen hatten, deinen Brüdern gehörten.«

»Aber Simon – ich habe ihn zurückgelassen – er sagte, er würde auf Euch warten ...«

»Es war nichts von ihm zu sehen, Kind«, sagte Vater Brien sanft. »Seine Kleidung und sein Eschenstock waren weg, aber er hat offenbar weder Essen noch Wasser mitgenommen, auch keinen Umhang gegen die Kälte und keine Stiefel. Ich kann nur raten, was er vorhatte.«

Denn es war ihm gleich, ob er lebte oder starb, aber er hatte es mir versprochen.

»Habt Ihr Euch gar nicht nach ihm umgesehen? Warum habt Ihr nicht nach uns geschickt?« Mein Kopf war voller Bilder von Simon allein im Wald, bei Nacht, umgeben von seinen vertrauten Dämonen, wie er langsam vor Schmerzen und Kälte schwächer wurde. Vielleicht lag er bereits still unter den großen Eichen, und die Moose krochen über seinen leblosen Körper.

»Still, Tochter. Selbstverständlich habe ich gesucht; aber er ist ein Krieger, und obwohl ihn seine Wunden behindern, weiß er, wie er unauffindbar sein kann, wenn er will. Und wie hätte ich nach einem von deinen Brüdern oder nach dir schicken können? Ich hielt es für sehr wahrscheinlich, dass jene, die dich abgeholt hatten, ihn gefangen genommen und mit hierher gebracht hatten. Ich habe von Finbar erfahren, dass dies auch beinahe geschehen wäre.«

»In der Tat«, meinte Finbar. »Vielleicht hat er, als er sah, wie leicht man ihn wieder erwischen würde, diesen Weg gewählt, Sorcha. Es gibt Männer, die lieber sterben, als sich gefangen nehmen zu lassen. Und er war ein störrischer Bursche.«

»Aber er hat es mir versprochen«, sagte ich und versuchte, mir die Tränen zu verbeißen. »Wie konnte er so weit kommen und dann alles wegwerfen?« Ich konnte nicht vergessen, dass ich mein eigenes Versprechen gebrochen hatte. Nun wusste ich, wie sich das anfühlte.

Conor legte den Arm um mich. »Was genau hat er dir versprochen, kleine Eule?«

Ich schluckte. »Zu leben, wenn er könnte.«

»Dann kannst du nicht wissen, ob er dieses Versprechen gebrochen hat oder nicht«, sagte Conor. »Vielleicht wirst du es nie wissen. Obwohl es schwierig ist, musst du es hinter dir lassen, denn es gibt keine Möglichkeit, deinem Briten noch zu helfen. Du weißt, dass du für ihn alles getan hast, was du konntest, und jetzt denk an morgen, denn uns stehen andere Prüfungen bevor.«

»Dein Bruder spricht die Wahrheit«, sagte Vater Brien. »Wir haben keine andere Wahl. Es gilt, eine Ehe zu segnen; das macht mir keine große Freude, aber dein Vater hat mich gebeten, und ich habe keinen Grund, mich zu weigern. Wird er mit mir allein sprechen, was meinst du?«

»Ihr könnt es versuchen«, meinte Conor. »Das Letzte, was er im Augenblick will, ist ein guter Rat, aber wenn er von Euch kommt, ist er vielleicht nicht ganz unwillkommen. Sowohl Liam als auch ich haben versucht, mit ihm allein zu sprechen, und er hat es uns verweigert.«

»Was für einen Sinn soll das haben?« warf Finbar ein. »Er ist zum Untergang verurteilt. Ihr könntet genauso gut versuchen, eine der großen Sturmwellen aus dem Westen aufzuhalten oder die Sterne in ihrem Tanz, als sich ihr in den Weg zu stellen. Lady Oonagh hat ihn in ihren Bann geschlagen, mit Körper und Geist. Ich hätte nie geglaubt, ihn je so schwach zu sehen; und seltsamerweise bin ich doch nicht überrascht. Denn für beinahe dreizehn Jahre hat er sich jedes menschliche Gefühl, jede Wärme verweigert. Kein Wunder, dass er eine so leichte Beute für sie war.« Sein Tonfall war bitter.

»Du beurteilst ihn so hart«, sagte Vater Brien und betrachtete meinen Bruder forschend. »Seine Entscheidung ist unklug, aber er hat sie mit der besten Absicht getroffen. Er sieht seine neue Braut zweifellos als jemanden, der seine jüngeren Kinder anleiten und zügeln kann und ein wenig Wärme in ihr Leben bringt. Er ist sich seiner Mängel als Vater bewusst. Wenn es ihm schon nicht gelingt, die Hände nach Euch auszustrecken, vielleicht glaubt er, dass sie es kann.«

Finbar lachte. »Es wird deutlich, dass Ihr Lady Oonagh noch nicht kennt.«

»Conor hat mir von ihr erzählt, und auch euer ältester Bruder, der mich bei meiner Ankunft begrüßte. Ich weiß, womit ihr es hier zu tun habt, glaubt mir, und ich bete für euch alle. Es ist eine Tragödie, dass euer Vater ihren wahren Charakter nicht begreift. Ich versuche nur, euch davon abzuhalten, ihn zu hastig zu beurteilen. Wieder einmal.«

»Ihr werdet also versuchen, mit ihm zu sprechen?«

»Ja.« Langsam stand Vater Brien auf. »Vielleicht treffen wir ihn ja jetzt alleine an. Conor, willst du mich begleiten? Oh, und übrigens ...« Er suchte in einer Tasche seines Gewandes und holte etwas heraus. »Dein Freund ist nicht geflohen, ohne etwas zu hinterlassen, Sorcha. Er hat es gelassen, wo ich es sicher finden würde, daher nehme ich an, dass es für dich bestimmt war. Die Bedeutung ist mir nicht ganz klar.«

Er legte den kleinen Gegenstand in meine Hand, und die beiden gingen schweigend davon. Finbar beobachtete mich, als ich das Ding in meinen Fingern drehte und versuchte, die Botschaft zu erkennen. Das kleine Stück Birkenholz war geschliffen und geschnitzt worden, bis es bequem in einer kleinen Hand wie der meinen lag. Die Schnitzerei war zweifellos nicht die Arbeit eines Nachmittags; sie war präzise und kunstvoll und zeigte ein Maß an Fertigkeiten, das mich überraschte. Ich konnte die Bedeutung nicht verstehen. Es war ein Kreis und darin ein kleiner Baum. Der Form nach hielt ich ihn für eine Eiche. Am Fuß des Baums gab es zwei Wellenlinien – ein Fluss vielleicht? Wortlos reichte ich es Finbar, der es schweigend betrachtete.

»Wieso lässt ein Brite so etwas zurück?« sagte er schließlich. »Will er dich einer Gefahr aussetzen, falls es gefunden wird? Was ist der Zweck dieses Dings? Es kündet zweifellos davon, wer er ist, auf eine Art, die mir nicht klar wird. Du solltest es vernichten.«

Ich nahm ihm die kleine Schnitzerei ab. »Das werde ich nicht tun.«

Finbar sah mich an. »Werde nicht sentimental, Sorcha. Wir befinden uns im Krieg, vergiss das nicht – und du und ich, wir haben sämtliche Regeln gebrochen. Wir haben vielleicht das Leben dieses Jungen gerettet, vielleicht auch nicht. Aber erwarte nicht, dass er uns dafür dankt. Krieger lassen keine Spuren zurück, es sei denn, sie wollen gefunden werden. Oder es sei denn, dass der Hinterhalt bereit ist.«

»Ich werde es sicher aufbewahren«, sagte ich. »Ich werde es verstecken. Und ich bin mir der Gefahr bewusst.«

»Da bin ich mir nicht so sicher, Sorcha«, erwiderte mein Bruder. »Lady Oonagh wartet nur darauf, eine schwache Stelle zu finden. Und dann wird sie zuschlagen wie ein Wolf in der Nacht. Du kannst deine Gefühle oder die Wahrheit nicht gut verbergen. Sie hätte keine Gnade mit dir; und Vater würde es uns, sobald sie es ihm sagt, bitter vergelten. Und denk daran, was aus Conor würde, wenn sein Anteil bekannt wird. Es wäre besser gewesen, wenn du mir nur in jener Nacht geholfen und nichts weiter erfahren hättest.«

Diese brüderliche Bemerkung war kaum einen Kommentar wert. Außerdem musste ich an anderes denken.

»Es ist wohl unmöglich, dass er überlebt, oder?«

»Du weißt besser als ich, welche Chancen er hat«, meinte Finbar stirnrunzelnd. »Ein gesunder Mann, der weiß, wie man ein Feuer entfacht und Wild jagt, könnte sich verstecken und quer durchs Land kommen. Man müsste allerdings wissen, wohin man will.«

»Es ist so eine Verschwendung!« Ich konnte nicht richtig ausdrücken, wie mir zumute war, aber Finbar las meine Gedanken klar genug – er war immer gut darin gewesen, jeden Schild zu durchdringen, den ich gegen ihn errichtete.

»Lass es sein, Sorcha«, sagte er. »Vater Brien hatte Recht – wir können nichts mehr tun. Wenn er weg ist, ist er weg. Ich nehme an, seine Chancen, nach Hause zurückzukehren, waren nie sonderlich groß.«

»Warum hast du es dann getan? Warum bist du ein solches Risiko eingegangen?«

»Würdest du nicht auch lieber in Freiheit sterben?«

Ich verbrachte einige Zeit allein in meinem Arbeitsraum, bereitete eine Holundersalbe, und dann fegte ich die Kammer aus. Später ging ich nach draußen, weil ich Hunger bekommen hatte. Der Honigkuchen der dicken Janis hatte nicht sehr lange gereicht. Das Abendessen war keine angenehme Aussicht, denn an diesem wichtigen Tag würde man von der ganzen Familie erwarten, dass sie sich versammelte. Vielleicht würde ein Wunder geschehen und Vater Brien konnte meinen Vater überreden, die Hochzeit abzusagen. Vielleicht.

Vor meiner Tür, geduckt in eine Ecke des zugigen Flurs, hockte Linn. Ich hätte sie beinahe übersehen, denn sie duckte sich in die Schatten, aber ich hörte ein leises Winseln.

»Was ist, Linn? Was ist denn?« Ich sah näher hin und hätte beinahe entsetzt aufgeschrien, als ich die große, nässende Wunde sah, die sich von oberhalb eines Auges bis zur Ecke des Mauls zog. Ihre Zähne glitzerten durch eine aufgerissene blutige Lippe.

Ich lockte die Hündin aus ihrer Ecke; sie schauderte und wich sogar vor meiner freundlichen Berührung zurück, aber ich redete weiter ruhig auf sie ein und streichelte sie sanft. Dann brachte ich sie in den alten Stall, wo Padraic mich mit dem Entsetzen und dem Zorn begrüßte, die ich erwartet hatte. Er murmelte etwas über bestimmte Leute und wieso man sie nicht in die Nähe von Tieren lassen sollte und was er mit ihnen tun würde, wenn er herausfand, wer es gewesen war, dann säuberte er die Wunde und nähte sie, während ich die arme Linn ruhig hielt und ihr von grünen Feldern und Knochen erzählte. Als Padraic fertig war, seufzte der Hund, trank eine halbe Schale Wasser und ließ sich neben dem Esel im Stroh nieder.

Es dämmerte nun, und ich erinnerte Padraic daran, dass wir uns lieber zum Abendessen waschen sollten; Lady Oonagh hatte etwas gegen Zuspätkommen. Als wir uns gerade zum

Gehen wandten, bemerkten wir Cormack, der mit kreidebleichem Gesicht im Schatten stand.

»Wie lange bist du schon hier?« fragte ich überrascht.

»Es geht ihr gut«, sagte Padraic mit seltsam angespannter Stimme. »Warum streichelst du Linn nicht und lässt sie wissen, dass du hier bist, um sie zu sehen? Wieso tust du das nicht, Bruder?«

Unbehagliches Schweigen breitete sich aus, und dann sagte Cormack: »Ich kann nicht.«

Ich schaute von einem zum anderen.

»Was ist hier los?« fragte ich verdutzt.

»Frag ihn doch«, sagte Padraic wütend. »Frag ihn, warum er nicht hereinkommt und seinen eigenen Hund streichelt. Die Schuld steht ihm doch ins Gesicht geschrieben. Das hier ist sein Werk. Verzeih mir, wenn ich nicht hier bleibe.« Und dann ging er an seinem älteren Bruder vorbei, als wäre Cormack nicht da.

»Kann das wahr sein?« fragte ich entsetzt und ungläubig. »Hast du das wirklich getan, Cormack?« Sicher hatte Padraic sich geirrt. Es war Cormack, der diesen Hund vor dem Ertränktwerden gerettet hatte. Cormack hatte Linn aufgezogen, Cormack war es, dessen Schritten sie in sklavischer Ergebenheit folgte. Meine Brüder mochten Feinden im Krieg wenig Gnade zeigen, aber sie würden niemals willentlich ein Geschöpf verletzen, das ihnen anvertraut war.

Ich sah schweigend zu, als Cormack zu den Boxen ging und seinen verletzten Hund ansah. Er hatte die Arme um sich geschlungen, als könnte er gar nicht warm werden, und als ich näher herankam, sah ich, dass er Tränen in den Augen hatte.

»Du hast es also wirklich getan«, flüsterte ich. »Cormack, wie konntest du? Sie ist ein guter Hund, treu und ehrlich und von gutem Charakter. Was hat dich dazu gebracht, ihr wehzutun?«

Er wollte mich nicht ansehen. »Ich weiß nicht«, sagte er schließlich mit tränenerstickter Stimme. »Ich war im Hof und übte, und sie kam hinter mir angerannt, und ich – ich weiß nicht, was über mich gekommen ist. Ich habe einfach zugeschlagen. Es war beinahe, als würde jemand anderes es tun.«

Ich setzte dazu an, etwas zu sagen, und überlegte es mir dann anders.

»Sie war nicht einmal im Weg, Sorcha. Nur – nur plötzlich war ich wütend und habe sie geschlagen.«

»Rede mit ihr«, sagte ich. »Sie verzeiht dir, sieh doch.«

Als Linn seine Stimme hörte, hob sie den verwundeten Kopf vom Stroh und wedelte schwach mit dem Schwanz. Der Esel brummte im Schlaf.

»Ich kann nicht«, sagte Cormack betrübt. »Woher weiß ich, dass ich es nicht wieder tun werde? Ich sollte mich von allem fern halten, Menschen und Tieren.«

»Du hast etwas Grausames getan«, sagte ich. »Du kannst es nicht mehr zurücknehmen. Du hast Glück, dass dein Bruder den Schaden beheben kann. Aber sie braucht deine Liebe, damit es ihr wirklich wieder besser geht. Ein Hund beurteilt dich nicht. Sie liebt dich, ganz gleich, was du tust.«

Linn winselte.

»Geh schon«, sagte ich. »Streichle sie, rede mit ihr. Dann kann sie besser schlafen.«

»Aber was, wenn ...«

»Du wirst es nicht wieder tun«, sagte ich grimmig. »Vertrau dir selbst, Cormack.«

Endlich kniete er nieder und streckte zögernd die Hand aus, um dem Hund den Hals zu streicheln, wobei er den Blick nicht von der garstigen Wunde nahm. Linn drehte mit einiger Schwierigkeit den Kopf und leckte ihm die Hand. Ich ließ die beiden allein.

Nun wende ich mich mit einigem Zögern einem Teil unserer Geschichte zu, der nur schwer zu erzählen ist; obwohl es sich nicht um den schwierigsten handelt. Wir aßen also zu Abend, und Cormack war nicht da und Finbar ebenfalls nicht. Vater gab eine Bemerkung dazu ab und stieß bei seinen anwesenden Kindern auf eine Wand aus Schweigen. Vater Brien saß still am anderen Ende des Tisches. Er aß wenig und entschuldigte sich früh. Eilis warf Lady Oonagh immer wieder nervöse Blicke zu wie ein verängstigtes Tier. Liam hielt unter dem Tisch ihre Hand, aber sein Gesicht war wie Stein. Niemand brauchte mir mehr zu erzählen, dass Vater Briens Gespräch mit Vater nichts geändert hatte.

Und dann war es später Abend, und der größte Teil des Haushalts schlief. Als einziges Mädchen hatte ich den Luxus eines eigenen Schlafzimmers, und dort kamen meine Brüder zusammen. Es waren alle da bis auf Diarmid, obwohl Cormack rote Augen hatte und sich nicht neben seinen jüngsten Bruder setzen wollte. Finbar war aus dem Nichts aufgetaucht wie ein Schatten. Wir zündeten sieben weiße Kerzen an und verbrannten Wacholderbeeren und saßen schweigend eine Weile dort, dachten an unsere Mutter und versuchten, was wir an Kraft hatten, miteinander zu teilen. Das Feuer war beinahe niedergebrannt, die Kerzen warfen ein stetiges Licht auf ernste Gesichter.

Zu solchen Zeiten sprachen wir kaum, sondern waren damit zufrieden, aus der Berührung der anderen und aus unseren geteilten Gedanken Kraft zu gewinnen. Nicht, dass alle von uns in Gedanken kommunizieren konnten, wie Finbar und ich es taten. Das war eine Fähigkeit, über die nur wenige verfügten, und wie es dazu gekommen war, ist ein Geheimnis. Dennoch, wir waren alle sieben gut aufeinander eingestimmt und konnten ohne Worte den Schmerz und die Freude und die Angst unserer Geschwister spüren. In dieser Nacht spürten wir Diarmids Abwesenheit wie den Verlust eines Arms oder Beins, denn wir waren in unserem Gefühl einer finsteren Vorahnung vereint, und unser schützendes Netzwerk war ohne ihn unvollständig. Niemand äußerte sich darüber, wo er sein mochte.

Liam bewegte sich ein wenig; eine Kerze flackerte und ließ die Schatten hoch auf den Wänden tanzen.

»Wir ziehen unsere Kraft aus den großen Eichen des Waldes«, sagte er leise. »Wie sie ihre Nahrung aus dem Boden und aus dem Regen, der den Boden durchtränkt, ziehen, so finden wir unseren Mut im Muster des Lebens rings um uns her. Die Eichen stehen in Sturm und Regen, sie wachsen und erneuern sich. Wie ein Hain junger Eichen bleiben wir stark.«

Dann übernahm Conor, der zu seiner Linken saß.

»Das Licht dieser Kerzen ist nur die Reflexion eines größeren Lichts. Es scheint von den Inseln hinter der westlichen See her. Es schimmert im Tau und auf dem See, in den Sternen am Nachthimmel, in jeder Reflexion der Geisterwelt. Das Licht ist immer in unseren Herzen und führt uns. Und sollte einer von uns das Licht verlieren, wird Bruder oder Schwester ihn führen, denn wir sind sieben und gleichzeitig eins.«

Cormack war als Nächster dran, aber er schwieg so lange, dass ich schon dachte, er hätte beschlossen, nichts zu sagen. Endlich ergriff er das Wort: »Ich habe heute etwas Schlimmes getan. Etwas so Schlimmes, dass ich nicht hier sein sollte. Erzähl es ihnen, Sorcha. Erzähl es ihnen, Padraic. Es hat bereits begonnen ... die Schande, die Fäulnis. Ich glaube, ich kann das nicht mehr tun; ich bin nicht würdig.«

Liam und Conor und Finbar sahen ihn an. Padraic öffnete den Mund, aber ich war schneller. »Er hat seinem Hund wehgetan«, sagte ich. »Ziemlich schlimm, und wegen nichts. Sie wird sich wieder erholen, dank Padraic. Er gibt sich selbst die Schuld; aber ich glaube, das ist falsch.«

»Wieso falsch?« fauchte Padraic zornig. »Er hat es getan, er hat es selbst zugegeben.«

»Er sagte, dass es beinahe so war, als würde jemand anderes

es tun«, meinte ich. »Was, wenn tatsächlich jemand anderes es getan hat?«

»Du meinst ...«

»Ich habe es selbst gespürt«, fuhr ich bedrückt fort. »Als ich in ihren Spiegel schaute. Sie hat es irgendwie damit erreicht, dass sie mir das Haar gebürstet hat, mit ihrem Geist, mit ihrer Stimme. Sie hat versucht, mir den Willen zu nehmen, mich Dinge sagen und tun zu lassen, die ich nicht wollte. Sie war sehr stark. Ich konnte sie nicht ganz ausschließen.«

»Sie war tatsächlich da«, sagte Cormack langsam und ungläubig. »Auf der Treppe, im Übungshof. Sie sah mir zusammen mit Vater zu. Sie war da. Könnte sie denn – nein, das kann ich mir nicht vorstellen.«

»Aber warum?« fragte Padraic zornig. »Warum sollte sie so etwas tun wollen? Es gibt keinen Grund dafür, es ist nur ein kleinlicher Trick. Sie wird ihn heiraten, sie hat doch bereits, was sie will. Und Linn ist unschuldig. Wieso sollte sie den Hund grundlos verletzen wollen?«

Conor dachte an etwas anderes. »Was wollte sie von dir erfahren, Sorcha? Was wollte sie wissen?«

»Alles Mögliche. Über mich und über euch – sie hat nach euch allen gefragt. Kleinigkeiten. Aber es fühlte sich schlimm an, nicht, als wollte sie uns einfach nur kennen lernen, sondern ...« Ich schauderte. »Ich weiß es nicht. Als wollte sie das, was sie erfuhr, für irgendetwas verwenden. Gegen uns verwenden.«

Conor wandte sich seinem Zwilling zu. »Du liebst diesen Hund«, sagte er und sah Cormack direkt in die Augen. »Linn ist ein Teil von dir. Sie verdankt dir ihr Leben. Du würdest ihr nie wehtun.«

»Aber ich habe ihr wehgetan. Ganz gleich, wer mich dazu gebracht hat, wer den Gedanken in meinen Kopf gepflanzt hat, es war meine Hand, die zuschlug.«

»Was geschehen ist, ist geschehen«, sagte Conor. »Das

kannst du nicht ändern. Aber du kannst es besser machen, du weißt, wie. *Sei* der Hund, spüre ihren Schmerz, spüre, wie verraten sie sich fühlt. Spüre auch ihre Schlichtheit, ihre Verzeihung, ihre Liebe und ihr Vertrauen. Ihr beide werdet zusammen heilen.«

Er ließ meine Hand los und nahm Cormacks Hand, zog ihn in den Kreis. Nach einer Weile regte sich auch Padraic und nahm die andere Hand seines Bruders, und wir saßen wieder schweigend.

»Wir suchen nach Führung«, meinte Finbar schließlich. »Wir tragen das Licht in uns, und manchmal ist der Weg klar. Aber oft ist das Licht trüb, und wir können nicht einmal uns selbst trauen. Geister des Waldes, Geister des Wassers, Geister der Luft, Wesen der Tiefe und der geheimen Orte, helft uns in unserer Zeit der Not. Denn uns steht Dunkelheit und Verwirrung bevor.«

Seine Worte ließen mich schaudern. Hatte er in unsere Zukunft gesehen?

»Ich habe einmal eine Geschichte gehört«, sagte ich, »von einem Helden, der nach langen Reisen und gewaltigen Taten einem Ungeheuer mit Kiefern wie Eisen begegnete, das die Kraft von drei Riesen hatte. Der Held wurde in Stücke zerrissen, und als das Ungeheuer mit ihm fertig war, waren die Teile weit verstreut. So lag eines seiner Schienbeine in einer tiefen Höhle, wo Wasser ununterbrochen die Wände hinablief; und sein Haar wurde vom Ostwind weggeblasen, bis es sich in einem Haselstrauch weit am Rand des Landes verfing. Sein Schädel wurde einige Zeit als Trinkschale benutzt, dann in einen Bach geworfen, der ihn zum Ufer des westlichen Meeres brachte. Ein wilder Hund trug seinen kleinen Finger davon, um seine Jungen zu füttern. Und nach einiger Zeit schien nichts mehr von ihm übrig zu sein. Jahre vergingen, und winzige, bleiche Pilze wuchsen, wo sein Beinknochen lag, und die Blätter des Haselstrauchs wuchsen um sein schimmerndes

Haar. Am Meeresstrand füllte sich sein Schädel mit Sand, und wilde Kräuter wuchsen darin, und durch seine Fingerknochen, die die Welpen weiß und sauber geleckt hatten, wuchsen Krokuspflanzen. Und es heißt, wenn ein Reisender jemals die wilden Kräuter pflückt und die Rinde des Haselstrauchs nimmt und die geheimen Pilze und sie mit Krokus aus dem Waldstück mischt, wo die letzten Knochen des Helden liegen, wird ein mächtiger Zauber zum Leben erwachen. Der Held wird wieder geboren, nicht wie vor seiner Zerstörung, sondern viel stärker an Körper und Geist; denn er wird erfüllt sein mit der Kraft von Erde, Meer und Luft. Ich denke an uns Sieben wie an die Teile eines einzelnen Körpers. Man mag uns auseinander reißen, und es mag so aussehen, als gäbe es kein Morgen für uns. Wir gehen alle unseren eigenen Weg, und es mag sein, dass wir stürzen, dass wir uns verletzen, dass wir wieder heilen. Aber am Ende, so sicher wie Sonne und Mond ihren Weg über den Himmel machen, ist die Kraft jedes Einzelnen die Kraft von Sieben. Vergesst nicht, was unsere Mutter sagte, als sie starb. Wir müssen die Erde berühren, wir müssen in den Himmel schauen und den Wind spüren. Wie Tümpel im selben Bach müssen wir uns treffen und teilen und wieder treffen. Wir gehören zum Fluss des Sees und zum tief schlagenden Herzen des Waldes.«

Die Kerzen waren nun weiter niedergebrannt, und wir schwiegen wieder. Es war eine Jahreszeit, in der Geister sehr nahe waren, kaum zwei Monde vom Mittwintertag entfernt, und ich konnte in den Schatten rings um uns her beinahe ihre leisen Stimmen vernehmen. Padraic hatte nicht wieder gesprochen, aber er legte Cormack kurz die Hand auf die Schulter, und Cormack nickte. Conor sagte sehr leise zu seinem Zwilling: »Ich komme eine Weile mit dir in die Scheune.«

»Danke«, erwiderte Cormack.

Finbar blieb als einziger. Er saß da und starrte ins Feuer. Trotz unserer tapferen Worte schauten wir in einen Abgrund.

»Was denkst du, Finbar?«

»Etwas, das ich nicht mit dir teilen kann.«

Ich ging dichter ans Feuer und steckte die Hände in die Taschen, um sie zu wärmen. Die glatte Oberfläche von Simons Schnitzerei passte genau in meine Handfläche.

Sag es mir. Sag mir, was du siehst.

Ich versuchte, in seinen Geist zu schauen, aber es war eine Barriere da, eine dunkle Mauer um seine Gedanken.

Ich will dir keine Angst machen.

Ich fing ein Bild von mir selbst als kleinem Kind auf, das im fleckigen Sonnenlicht barfuß durch den Wald lief.

Hast du Angst?

Heftige Kälte. Wasser. Luft, die am Körper vorbeifegt, das seltsame Gefühl zu fallen, zu fliegen, zu fallen. So viel enthüllte er mir. Dann schloss er sich abrupt ab.

Ich kann das nicht mit dir teilen.

»Du kannst dich nicht vor der ganzen Welt verschließen«, sagte ich laut und bereits erschöpft von dem Versuch, in seine Geistesbilder einzubrechen. »Wie können wir einander helfen, wenn wir Geheimnisse haben?«

»Mein letztes Geheimnis mit dir zu teilen, hat uns nicht viel geholfen«, sagte er tonlos. »Oder dem Briten. Ich frage mich jetzt, wie viel meine Versuche, Vaters Werk entgegenzuarbeiten, wert waren. Du bist verletzt, und der Brite – ich habe kaum etwas für ihn tun können. Vielleicht sollte ich aufhören, mich einzumischen. Vielleicht sollte ich akzeptieren, dass alle in unserer Familie Mörder sind. Wenn Lady Oonagh uns als Spielfiguren will, was macht das schon?« Er grinste schief.

»Das glaubst du doch nicht wirklich, Finbar!« Ich war entsetzt; konnte er sich so rasch verändert haben? »Sieh mir in die Augen und sag das noch einmal.« Ich nahm sein Gesicht fest zwischen meine Hände, und ich bemerkte, dass sein Blick so klar und weitblickend wie immer war.

»Schon gut, Sorcha«, sagte er sanft. »Ich habe nachgedacht,

das ist alles. Ich habe mich nicht so sehr verändert. Aber ich weiß, dass uns großes Übel bevorsteht, und ich frage mich, ob unsere Kraft genügen wird, um zu widerstehen. Ich wünschte, du wärest irgendwo in Sicherheit, nicht hier in der Mitte von allem. Und ich muss mich auf meine Brüder verlassen, muss in der Lage sein, allen von ihnen zu trauen.«

»Du kannst ihnen vertrauen«, sagte ich. »Du hast gehört, was sie gesagt haben. Wir teilen einen Geist, und so wird es immer sein. Wann immer einer von uns in Schwierigkeiten ist, werden sechs da sein, um zu helfen.«

»Ihr Geschäft ist Folter und Tod. Wie können sie vom selben Geist sein wie du oder Conor oder ich?«

»Darauf habe ich keine Antwort. Nur – nur dass, wenn du die Geschichten glaubst, es im Wesen unseres Volkes liegt, in den Krieg zu ziehen und zu töten, genau wie zu singen und Geschichten zu erzählen. Vielleicht sind das zwei Hälften derselben Geschichte. Ich weiß, wir sieben stammen aus einer Familie, und wir haben nur einander. Und das muss genügen.«

Aber ein Bruder fehlte bereits, und als ich die Tür öffnete, um Finbar nach draußen zu lassen, sahen wir ihn am Ende des langen Flures, wie er leise aus einer Schlafkammer schlich, die nicht seine eigene war. Sie verbarg sich hinter der Tür, als sie sich von ihm verabschiedete, aber wir sahen, wie sie ihren weißen Arm ausstreckte und mit den Fingern über seine Wange strich, und dann schlich Diarmid barfuß davon, so betört und blind wie ein Junge, der vom Feenvolk verzaubert wurde. Finbar sah mich an und ich ihn, aber wir sagten beide kein Wort.

Also heirateten sie – sie in einem langen Gewand aus tiefstem Rotbraun und mein Vater, der sie ansah, als gäbe es außer ihnen beiden keine Seele auf der Welt, während ringsum die Familie, die Gäste, die Männer der Garnisonen, die Diener und die Bauern vor sich hin murmelten und Seitenblicke austauschten. Ich stand da, in meinem grünen Gewand, mein Haar in Bändern, und neben mir standen meine sechs Brüder in einer Reihe. Es schien überhaupt keine richtige Zeremonie zu sein. In den Geschichten geschahen solche Dinge draußen, unter einer massiven Eiche, und es gab Theaterspiele und Schaukämpfe und Rätsel, und die Druiden kamen aus dem Wald und vollzogen das Ritual des Händeschließens. Keiner der Uralten war bei der Hochzeit meines Vaters anwesend, und es wurde kein Zugeständnis an den alten Weg gemacht. Vielleicht kam Lady Oonagh aus einem christlichen Haushalt, aber das konnte man nicht wissen, denn niemand von ihren Verwandten war anwesend. Vater Brien sprach die Worte ruhig, wie es seine Art war, aber es kam mir so vor, als sei sein Gesicht ausgemergelt, sein Tonfall distanziert. Sobald die Formalitäten vorüber waren, belud er seinen Wagen und fuhr davon. Es folgte ein Festessen. Und am nächsten Tag ging es los.

Eilis wurde krank – von etwas, das sie gegessen hatte, dachten sie, aber es zog sich zu lange hin, und man rief mich zu ihr. Ihr Gesicht hatte seine rosige Rundlichkeit verloren, und sie übergab sich häufig und erbrach Blut. Ich schickte einen Jungen nach Vater Brien, aber er kam nicht, also hielt ich ihr den Kopf und sprach mit ihr und ging mit ihr im Zimmer auf und ab, und wenn sie fertig war, machte ich ihr eine Mixtur und saß an ihrem Bett, bis sie in einen unruhigen Schlaf fiel. Liam wartete besorgt draußen, ebenso wie Eilis' Vater.

Ich blieb die Nacht über bei ihr und tat, was ich tun musste. Am nächsten Tag schien sie schwach, aber ein wenig lebhafter. Sie brauchte Ruhe und musste gut gepflegt werden. Es war tatsächlich etwas, das sie gegessen hatte. Ich erkannte die Symptome einer Eisenhutvergiftung und wusste, dass das kein Zufall war. Die Menge musste präzise berechnet worden sein, denn jemand konnte nur die kleinste Dosis dieser tödlichen Substanz überleben. Es ging darum, Unheil anzurichten, nicht Eilis umzubringen. Ich wusste nicht, wie die Wurzel dieser

Pflanze ihren Weg ins Hochzeitsessen und besonders zum Teller nur einer einzigen Person gefunden hatte. Und ich hatte nicht vor, meine neue Stiefmutter laut anzuklagen, obwohl ihr Blick auf mir ruhte, als Seamus Rotbart sich hastig verabschiedete. Eine Sänfte war vorbereitet worden, und er brachte seine Tochter heim nach Glencarnagh. Liam fragte mich so zornig aus, wie ich es nie zuvor erlebt hatte; aber ich warnte ihn, da ich Lady Oonagh besser verstand als er. Sie wusste genug über meine Fähigkeiten, um zu wissen, dass die Quelle von Eilis' geheimnisvoller Krankheit nicht lange unentdeckt bleiben würde. Angeklagt zu werden war genau, was sie erwartete, denn was wäre besser, um einen Keil zwischen Vater und Sohn zu treiben? Außerdem sagte ich Liam, dass Eilis nun in Sicherheit war. Sie war ein kräftiges Mädchen, und ich hatte die Vergiftung früh genug erkannt. Es wäre besser, wenn sie nach Hause zurückkehrte, zumindest für eine Weile.

Diarmid hatte ein blaues Auge und Cormack einen Riss an der Wange. Vielleicht waren gewisse Informationen nicht ganz geheim gehalten worden. In dieser Angelegenheit würde ich mich nicht einmischen, obwohl ich sah, wie Diarmid sie beobachtete, beobachtete und jeden Tag ein wenig dünner und bleicher wurde, wie ein Mann, der einmal Feenfrüchte gegessen hatte und nun von seiner Sehnsucht zerfressen wird. Auf dem Gesicht meines Vaters lag ein Schatten desselben Ausdrucks, obwohl er mehr oder weniger seinen Angelegenheiten nachging wie früher. Oonagh saß am Tisch, ihr Lächeln heiter, ihr Blick alles beherrschend. Alle huschten unruhig umher, um ihr zu gehorchen. Wohin man sich auch wandte, es schien, dass sie dort war und zusah. Die Krieger machten einen großen Bogen um sie.

Dann begannen Padraics Tiere krank zu werden und zu sterben. Zunächst war es der alte Esel, der eines Morgens kalt und steif im Stall gefunden wurde. Wir waren traurig, aber er hatte seine angemessene Zeit mehr oder weniger gelebt, und wir akzeptierten seinen Verlust mit einem bedauernden Blick in die leere Ecke. Als Nächstes verschwand die Katze und ließ ihre Jungen zurück. Padraic versuchte sie zu füttern und ich half, aber eins nach dem anderen wurden sie schwächer, und ihre kleinen Leben vergingen. Ich weinte, als das Letzte von ihnen starb, die einstmals blitzenden Augen zu einem trüben Grau verblasst.

Zwei Tage später fand ich Padraic, wie er mit den Fäusten gegen die Stallwand schlug, seine Knöchel blutig, die Augen geschwollen von Tränen. Und zu seinen Füßen lag der Rabe, dessen Bein beinahe geheilt war, dessen Gefieder wieder gesund und schimmernd geworden war, aber nun lag er starr da, den Kopf seltsam verdreht, die Augen blicklos auf den weiten Winterhimmel gerichtet. Der alte Stall war leer. Padraics wortloser Schmerz und Zorn zerrissen mir fast das Herz. Für mich war klar, dass noch Schlimmeres bevorstand. Ich hätte vorbereitet sein sollen, aber ich war es nicht.

KAPITEL 4

Lady Oonagh hatte mir gesagt, dass die Besuche im Dorf aufhören müssten; es sei unpassend, dass die Tochter von Lord Colum sich in der Nachbarschaft herumtrieb wie das Kind eines Hausierers, sich die Füße schmutzig machte und sich mit Gesindel abgab. Ich müsse all diesen Unsinn aufgeben, erklärte sie, und lernen, eine Dame zu werden. Musik – das war angemessen. Ich verbrachte den Morgen damit, ihr auf der Flöte vorzuspielen und widerstrebend auch auf der Harfe, denn sie befahl, dass unser kleines Instrument in die Halle gebracht wurde. Zum Glück war mein Vater an diesem Tag anderswo beschäftigt. Es war ihr bald klar, dass ich nur noch wenig zu lernen hatte. Also Nähen. Sie wollte meine Stickkünste sehen, und ich war gezwungen zuzugeben, dass ich nicht sticken konnte. Gut, ich konnte flicken und ein Kleid oder ein Hemd säumen. Aber nach feinerer Arbeit hatte in diesem Haushalt von Männern nie Bedarf bestanden. Oonagh zeigte mir einen Schleier aus dünnstem Baumwollstoff, überzogen mit einer Myriade winziger Vögel und Blüten. Es war tatsächlich wunderschöne Arbeit, drapiert über ihr schimmerndes Haar, ließ es sie wie eine Königin aussehen. Solche Techniken zu erlernen, brauchte lange Zeit und viel Übung, daher würde es keine Besuche mehr bei den Kranken mit einem Korb voll Kräutertränken und Salben geben. Jemand anders sollte es tun. »Es ist niemand anders da, der es kann«, sagte ich, ohne nachzudenken. Das war die Wahrheit. Oonagh kniff die Augen ein wenig zusammen und runzelte unwillkürlich die weiße Stirn.

»Das ist unangenehm«, meinte sie schließlich. »Dann werden diese Leute eben tun müssen, was immer sie getan haben, bevor du sie besucht hast. Du kommst morgen mit deinen Nadeln und dem Faden direkt nach dem Frühstück hierher. Wir haben viel aufzuholen.«

Ich hielt nicht länger als ein paar Tage durch. Meine Finger, die so geschickt waren, wenn es darum ging, Verbände anzulegen, zu mischen und abzumessen, waren ungelenk mit Nadel und feiner Seide. Unter Oonaghs beobachtendem Blick zerriss ich den Faden, ließ die Nadel fallen und befleckte den zarten Stoff mit Blut von meinem Finger. Ich sehnte mich danach, dass einer meiner Brüder uns unterbrach und mich rettete, aber sie taten es nicht. Vater plante einen weiteren Kriegszug über unsere Grenzen hinaus, und sie hockten alle über Landkarten oder bewegten Pferde oder schärften und polierten ihre Waffen.

Selbst mein Vater war abgelenkt, und das gefiel Lady Oonagh nicht. Etwas beunruhigte ihn. Aber ich konzentrierte mich weiter auf meine Nadel, und sie beobachtete mich. Manchmal stellte sie Fragen, manchmal saß sie schweigend da, was schlimmer war, denn ich konnte spüren, wie sie ihren Geist nach meinem ausstreckte, als wollte sie meine geheimsten Gedanken wissen. Ich versuchte, mich von ihr abzuschirmen, so wie Finbar gelernt hatte, seinen Geist vor mir zu verbergen. Aber sie war sehr stark, und wenn sie mich nicht direkt lesen konnte, war sie doch klug genug mit Worten und wusste, wie man Fallen stellte.

»Dein Vater ist dieser Tage sehr beschäftigt«, sagte sie eines Morgens recht freundlich, als sie mir beim Sticken eines langen Blütenstils zusah. »Ich hatte gehofft, er würde länger zu Hause bleiben, aber Männer sind immer so ruhelos.« Sie lachte und zuckte die schmalen Schultern in ihrem blauen Samtgewand. »Ich nehme an, Ehefrauen gewöhnen sich irgendwann daran.«

Ich hasste ihre Bemühungen, geschwätzig zu sein, beinahe noch mehr als ihre Feindseligkeit. »Das nehme ich an«, sagte ich und starrte stirnrunzelnd auf meine Arbeit.

»Dennoch, es ist wenig Zeit seit dem letzten Kriegszug vergangen«, meinte Oonagh und schlenderte zu dem schmalen Fenster, das auf den Hof hinausging, wo Liam und Diarmid immer wieder vorbeikamen, übten, sich halb aus dem Sattel gleiten zu lassen und wieder aufzurichten – einen unangenehmen Trick, den sie im Nahkampf benutzten, um den Feind zu überraschen, wie sie sagten. »Man fragt sich, was sie sobald schon wieder davonruft. Mehr Eindringlinge an unserer Grenze?«

»Das kann ich nicht wissen«, sagte ich und trennte ein paar Stiche wieder auf.

»Oder vielleicht suchen sie nach geflohenen Gefangenen«, meinte sie beiläufig. »Mein Herr hat mir erklärt, dass er vorhat, seinen Waffenmeister zu entlassen, da jemand hier offenbar seine Pflichten vernachlässigt hat. Seltsam. Sie strengen sich alle so sehr an. Und dennoch verschwinden Gefangene auf geheimnisvolle Weise. Man fragt sich, wie so etwas geschehen kann.«

Mir war plötzlich eiskalt. Sie wusste es. Das hatte sie so gut wie zugegeben. Ich schwieg weiter, als sie sich wieder lächelnd mir zuwandte.

»Arme Sorcha, ich langweile dich, Kind. Was könnte all das ein Mädchen interessieren? Blutfehden und verschwundene Geiseln? Du hattest tatsächlich eine seltsame Kindheit, in einem solchen Haushalt aufzuwachsen. Es ist gut, dass ich jetzt hier bin und mich um deine Erziehung kümmern kann. Nun zeig mir einmal, was du gemacht hast. Oje, das ist alles schief! Ich fürchte, es muss noch einmal aufgetrennt werden.«

Endlich durfte ich gehen und suchte nach Finbar, denn Vater hatte doch sicherlich nicht wirklich vor, sich von Donal zu trennen, der die gesamte Ausbildung meiner Brüder überwacht hatte und dessen grimmige Züge und kräftige Gestalt so sehr zu unserem Haushalt gehörten wie die Steinmauern selbst. Aber Finbar war nirgendwo zu finden; stattdessen suchte mich ein Mädchen aus dem Dorf auf – konnte ich ihrer Großmutter helfen, deren Fieber nicht nachließ? Wie hätte ich ihr sagen können, dass es mir nun verboten war? Diese Leute verließen sich auf mich. Also holte ich meinen Korb, warf einen alten Umhang über, zog meine Stiefel an und machte mich davon.

Sobald sie mich im Dorf sahen, kamen auch andere, um meine Hilfe zu suchen. Nachdem ich mich um die Frau mit dem Fieber gekümmert hatte, ging ich zum alten Tom, wegen eines Abszesses an einer sehr unangenehmen Stelle, der aufgebrochen war. Ich behandelte ihn, und er überhäufte mich mit Dank und pries meinen Bruder Conor, der einem seiner Enkel Arbeit im Stall gegeben hatte. Dann rief man mich zu einem winzigen kranken Kind. Ich ließ der besorgten jungen Mutter ein paar Kräuter da, aus dem sie einen Tee bereiten konnte, der ihr Milch geben würde, und versprach, frisches Gemüse aus meinem Garten zu bringen.

Als ich fertig war, war es längst nach Mittag, und ich ging so rasch wie möglich nach Hause. Es war lange her seit dem Frühstück, und ich konnte in der frischen Winterluft schon beinahe Janis' Haferkuchen schmecken. Ein feiner Nebel senkte sich, als ich den Pfad zum Küchengarten hinaufging. Ich war tief in Gedanken versunken und wäre beinahe mit Vater und Donal zusammengestoßen, als ich um eine Ecke bog. Auch sie waren auf ihr Gespräch konzentriert und sahen mich nicht. Ich blieb stehen, dann wich ich rasch in die Hecke zurück, denn die ruhige Intensität von Donals Stimme sagte mir, dass das ein sehr vertrauliches Gespräch war.

»... nicht mein Ziel, Eure Entscheidung in Frage zu stellen, Herr. Aber hört mich zumindest an, bevor ich gehe.« Donal beherrschte seine Stimme ebenso wie die Pferde, sein Schwert und seine Männer.

»Was kannst du mir schon zu sagen haben?« erwiderte Vater kühl. »Ich habe meine Entscheidung getroffen. Was gibt es da noch zu sagen?«

Sie waren direkt vor mir stehen geblieben, und ich konnte mich nicht rühren, ohne dass sie mich entdeckt hätten. Vater hatte mir den Rücken zugewandt. Donal hielt sich so aufrecht wie immer, aber die tiefen Furchen um Mund und Nase zeugten von seinen Empfindungen. »Ich übernehme die volle Verantwortung für das, was geschehen ist. Es gibt keine Entschuldigung für einen solchen Fehler. Aber man kann die Vergangenheit nicht mehr ändern. Diese Strafe ist unangemessen, Lord Colum.«

»Ein Gefangener ist entflohen. Nicht der Erste. Ein wichtiger Gefangener diesmal. Wie kann ich einen solchen Fehler durchgehen lassen? Als ich die Festung verließ, war der Mann sicher in seiner Zelle, nicht nur sicher bewacht, sondern bewusstlos, kaum imstande zu gehen, geschweige denn, alleine seinen Weg nach draußen zu finden. Als Nächstes höre ich, dass der Gefangene nirgendwo zu finden ist. Deine Männer sind betäubt worden. Es muss Hilfe in der Festung gegeben haben. Als Ergebnis deiner Nachlässigkeit wurde unsere Position sehr geschwächt. Wer weiß, welchen Vorteil eine solche Geisel uns gebracht hätte? Ich kann mir keinen weiteren solchen Fehler leisten. Wenn du nicht imstande bist, deine Männer angemessen zu kommandieren, gibt es für dich hier keinen Platz. Du solltest dich glücklich schätzen, dass ich dir erlaubt habe, in meinem Dienst zu bleiben, während die Angelegenheit untersucht wurde. Ich hätte dich entlassen sollen, nachdem ich nach Hause zurückgekommen war.«

»Vater.« Erst als er sprach, bemerkte ich, dass auch Liam dort war, weiter unten am Weg, außerhalb meiner Sichtweite. Seine Stiefel knirschten auf den Steinen. »Bitte, lass Donal reden. Alles, was wir können, verdanken wir ihm und seiner Geduld. Es ist zu hart, ihn wegen dieses einen Fehlers zu entlassen.«

»Das hier ist meine Entscheidung, nicht deine«, fauchte Vater. »Du bist viel zu jung, um dich in solche Angelegenheiten einzumischen. Vielleicht weißt du die Wichtigkeit dieses Fehlers nicht einzuschätzen. Wegen dieser Unfähigkeit und der Verspätung, mit der ich davon erfuhr, kann unser britischer Gefangener jetzt schon auf dem Heimweg sein, um alles über unsere Truppen, dieses Gelände und unsere Position zu verraten. Seine Gruppe war nicht einfach nur ein Spähtrupp. Wir können uns so etwas nicht noch einmal leisten.«

»Er war in jener Nacht dem Tod nahe«, meinte Donal. »Er kann nicht weit gekommen sein. Außerdem hatten wir bereits festgestellt, dass er nichts zu sagen hatte. Ich glaube, Ihr schätzt seine Wichtigkeit falsch ein.«

»Ich schätze sie falsch ein? *Ich*?« Vater hob die Stimme. »Es steht dir kaum zu, mein Urteil in Frage zu stellen.«

»Vielleicht nicht«, meinte Donal, »aber da ist noch die Frage der Loyalität. Ich habe Euch, wie Euer Sohn sagt, in diesen vierzehn Jahren gut gedient. Seit den Tagen der Herrin, als dieser Haushalt ein Ort der Freude war. Ich habe Eure Söhne zu guten jungen Kriegern gemacht, die wohl geeignet sind, neben Euch um Eure verlorenen Inseln zu kämpfen. Ich habe mir Zeit für sie genommen, die Ihr nicht hattet. Ich habe Eure Tochter zum Abbild ihrer Mutter aufwachsen sehen, ein so schönes Mädchen, wie es nur diese Wälder hervorbringen können. Ich habe Eure Männer an Geist und Körper gedrillt, und ihre Loyalität zu Euch steht außer Frage. Aber nun – bei der Herrin, Lord Colum, ich muss es aussprechen, denn es sieht so aus, als hätte ich durch Ehrlichkeit nichts mehr zu verlieren!«

»Ich werde mir das nicht anhören«, sagte Vater grimmig und wandte sich ab.

»Du wirst ihm zuhören, Vater.« Liam hatte die Hände auf Vaters Schultern gelegt und hielt ihn fest. Ich sah Vaters geballte Faust, als wolle er Liam schlagen. Dann senkte er den Arm langsam wieder.

»Es fällt Euch vielleicht schwer, mich anzusehen und meinen Worten zu lauschen.« Und es fiel Donal schwer zu sprechen. »Glaubt mir, es ist noch schwieriger für mich, und ich tue es nur, weil ich diesen Ort nun verlassen muss, der mir zur Heimat geworden ist. Herr, ich habe nie um viel gebeten, außer um ein Dach über dem Kopf, meine Arbeit und etwas zu essen, aber nun bitte ich Euch, mir zuzuhören.«

Nach einigem Schweigen sagte mein Vater schließlich: »Nun?«

»Ich werde es kurz machen, Herr. Ich kenne Euch gut. Manchmal besser, als Ihr Euch selbst kennt. In all diesen Jahren wart Ihr niemals unsicher in Eurem Urteil. Wie Eure Männer sagen, Ihr könnt manchmal hart sein, aber Ihr seid immer gerecht. Deshalb folgen sie Euch, sogar bis in den Tod. Deshalb seid Ihr Herr dieses Landes, vom großen Wald bis zu den Marschen, gefürchtet und respektiert bis in den Norden. Ihr macht keine Fehler. Bis jetzt. Bis ...«

»Weiter«, sagte Vater in dem eisigen Tonfall, den er normalerweise für Finbar reservierte.

»Bis Ihr Lady Oonagh kennen gelernt habt«, meinte Donal. »Seitdem seid Ihr nicht mehr Ihr selbst. Sie ist es, die hinter jeder Eurer Entscheidungen steht. Ihr seid wie geblendet ...«

»Genug!« Vaters Faust pfiff durch die Luft und landete auf Donals Wange. Der Waffenmeister wich nicht zurück; eine zornige rote Schwiele erblühte auf seinem Gesicht.

»Ich spreche die Wahrheit, und tief im Herzen wisst Ihr das«, sagte er leise. »Ihr habt mich nie zuvor geschlagen. Nun tut Ihr es wegen ihr. Sie hat Eure Gedanken vergiftet, und nun verliert Ihr Eure Urteilskraft. Seid vorsichtig, Herr, denn wenn Eure Männer den Glauben an Euch verlieren, könnt Ihr Euer Land nicht behalten.«

»Still!« Der Zorn meines Vaters war immer noch deutlich zu sehen. »Sprich nicht einmal ihren Namen aus, denn deine

Worte besudeln etwas, was makellos ist. So zahlst du mir mein Vertrauen zurück? Geh mir aus den Augen!«

»Vater, er bittet dich nur zuzuhören.« Liams Stimme zitterte ein wenig. »Donal ist nicht der einzige, der so denkt. Lady Oonagh hat eine Macht, die – die uns alle berührt. Deine Männer sind unruhig, dein Haushalt voller Angst. Eilis und ihr Vater wurden vertrieben. Deine Frau versucht, Bruder von Bruder zu trennen, Vater von Sohn und Freund von Freund, bis wir alle allein sind. Wenn du es nicht verhinderst, wird sie diesen Haushalt zerstören.«

Diesmal dauerte das Schweigen länger, und ich konnte Vaters angestrengtes Atmen hören und Liams bleiches, beunruhigtes Gesicht sehen. Er hatte sich einer großen Gefahr ausgesetzt. Nach einer Weile sagte Vater leise: »Was meinst du, vertrieben? Das Mädchen hat einen schwachen Magen, das ist alles. Was soll das mit meiner Frau zu tun haben?«

»Das Essen war vergiftet«, sagte Liam leise. »Ein ganz bestimmtes Gift, und nur auf ihrem Teller. Wir haben versucht, es dir zu sagen. Sorcha weiß viel über diese Dinge, und das war Eilis' Glück, denn sonst wäre sie vielleicht gestorben. Wir können nicht beweisen, wer sie vergiftet hat, aber die Gerüchte breiten sich aus.«

»Meiner Frau die Schuld zu geben ...«, sagte Vater, aber sein Tonfall hatte sich verändert, als hätte er schließlich doch gehört, was gesagt wurde. »Wieso sollte sie so etwas nur wollen?«

Um Vater von Sohn zu trennen, dachte ich, damit ihr eigenes Kind erben kann. Oder vielleicht hat sie noch größere Pläne.

»Es gab zuvor schon Gift«, meinte Vater. Er sah Donal in die Augen. »Du sagst, man hätte deinen Männern einen Schlaftrunk gegeben, an dem Tag, an dem der Gefangene entkam. Das war, bevor Lady Oonagh hierher kam. Diese Theorien sind nichts weiter als erfunden – Phantasien, um deinen Stolz zu retten, damit ich meine Ansicht ändere.«

»Nein«, erklärte Donal und griff nach dem kleinen Bündel, das er bei sich hatte. Erst jetzt bemerkte ich das Schwert an seiner Seite, den Bogen über seiner Schulter. »Mein Herz bleibt hier, ebenso wie meine Lebensaufgabe, aber ich werde gehen, wie man mir befohlen hat. Ich bitte Euch nur, dass Ihr über meine Worte und die Eures Sohnes nachdenkt. Seid gewarnt und seid auf der Hut.« Er streckte die Hand aus, um Liam am Ellbogen zu packen, und mein großer Bruder hatte Tränen in den Augen. Dann war Donal weg, ich konnte ihn nicht mehr sehen. Ich hörte das Klirren von Zaumzeug, als er auf das Pferd stieg, dann entfernten sich Hufschläge. Vater starrte ihm hinterher.

»Erst Eilis und ihr Vater, jetzt Donal«, sagte Liam. »Wenn du nicht bald aufwachst, wirst du uns alle verlieren, einen nach dem anderen.«

Vater sah ihn an. »Vielleicht solltest du mir lieber sagen, was du damit meinst«, sagte er. Liam kam näher, legte Vater eine Hand auf die Schulter und begann, leise auf ihn einzureden. Einen Augenblick später erscholl Lachen und das Geräusch eiliger Schritte, und dann war Lady Oonagh da, eine Vision in Samt, die mit zierlichen Schuhen den Pfad entlangtrippelte. Die Wolke roten Haares wirbelte über ihre rosigen Wangen, und ihre Brüste waren von dem engen, blauen Mieder kaum bedeckt. Ein Netz feiner Adern zeigte sich auf ihrer weißen Haut, und plötzlich wusste ich, vielleicht noch bevor sie es selbst wusste, dass sie sein Kind trug. Ihre Alabasterhaut schien von innen her zu schimmern. Hinter ihr trabte mein Bruder Diarmid drein, ganz Grübchen und Ernsthaftigkeit.

»Herr!« Sie fächelte sich mit der Hand und tat so, als wäre sie erschöpft. »So ernst, so feierlich! Lass mich dich aufheitern! Dieser Tag ist zu schön, um ein solches Gesicht zu ziehen!« Sie stellte sich auf die Zehenspitzen, packte ihn mit beiden Händen vorn am Hemd und küsste ihn auf die Lippen. Liams Augenblick war für immer vergangen. Mein Vater legte voller Besitzerstolz den Arm um seine Frau, und sie klammerte sich an ihn wie eine Ranke an einen Baum, während sie zurück zum Haus gingen. Ich sah zu, wie Diarmid ihnen folgte, bedrückt und verwirrt. Ich sah zu, wie Liam eine Hand voll Kies vom Pfad nahm und sie fest wieder auf den Boden zurückschleuderte. Ich sah, wie er zum Stall davonging, die Enttäuschung stand ihm deutlich ins Gesicht geschrieben. Dann, und erst dann, kroch ich aus meinem Versteck heraus.

Es dauerte einen Augenblick, als ich ins Haus und in meinen Arbeitsraum zurückkam, um zu bemerken, dass etwas nicht stimmte. Wenn einem ein Ort so vertraut ist, einem so sehr gehört, da hält man ihn einfach für selbstverständlich und betrachtet die Farben und Formen eigentlich nur noch als eine Ausdehnung seiner selbst. Also dauerte es einen Augenblick. Ich zog meinen Umhang aus und hängte ihn an den Haken. Ich drehte mich um, um meinen Korb auf den Tisch zu stellen. Dann sah ich es. Die Regale waren leer, die aufgehängten Kräuter, die Zwiebelzöpfe, die getrockneten Pflanzen weg. Jeder Krug, jeder Tiegel, jede Flasche, jedes Messer, jede Schale war verschwunden. Meine Gewürze, meine Salben, meine Tinkturen, meine Tücher, meine Becken und Bündel, all die Werkzeuge waren weg. Auf dem Fußboden war noch ein wenig getrockneter Lavendel zurückgeblieben, und die Tür nach draußen stand offen. Mit heftig klopfendem Herzen ging ich in den Garten.

Am anderen Ende der Mauer brannte ein kleines Feuer, und der dampfende Rauch warf einen sanften Schleier über die Zerstörung vor mir. Auf beiden Seiten des Mittelpfades war jedes Beet umgegraben, jede Pflanze ausgerissen worden, und ein Wirrwarr aus zerbrochenen Stielen, bleichen Wurzeln und zerbrochenen Pflastersteinen bedeckte den ganzen Bereich.

Ich stolperte betäubt vorwärts. Lavendel, Kamille, Rosmarin, Gänsefingerkraut und Wermut. Ich ging an ihren Überresten vorbei, und der süße Duft von ihren Wunden drang in einem letzten Abschied zu mir. Größere Äste waren auf den Boden geworfen oder zum Brennen aufgeschichtet. Mein Flieder war abgehackt. Immer noch schwieg ich und ging zitternd von einem Opfer zum Nächsten. Die frühen Knollen und Zwiebeln, deren geheimes Leben tief in ihrer schützenden Umhüllung lag; die Krokusse, die ich so sorgfältig gegen die Winterkälte eingepflanzt hatte - zerrissen, zerdrückt, entblößt auf der verwüsteten Erde. Die zarten Ranken von den Mauern gerissen und in tausend Stücke gefetzt; nie mehr würden die weißen Sternenblüten die Frühjahrssonne willkommen heißen. Ich ging weiter. Die kleine Eiche, kaum schulterhoch, die ich gehegt und gehätschelt hatte, seit ich acht Jahre alt war - ich hatte erwartet, sie Jahr um Jahr weiterwachsen zu sehen, um meinem Reich Schutz und Schatten zu geben. Sie war direkt über der Wurzel abgehackt und würde nie wieder knospen. Ich fiel auf die Knie, wühlte wild, in einer vergeblichen Anstrengung, irgendetwas zu retten, aber ich konnte nicht weinen. Dies ging über Tränen, über Gedanken hinaus. In meinem Herzen gab ich einen wortlosen, gequälten Schrei von mir.

Ich hatte meine Brüder nicht laut gerufen, aber zwei von ihnen hörten mich. Finbar war der erste, der den Arm um mich legte, mir übers Haar streichelte und leise vor sich hin schimpfte. Einen Augenblick später war auch Conor da, der mit zorniger Miene den Pfad entlangstapfte, nach den Gärtnern brüllte und seine Wut an den beiden Männern ausließ, die mir nicht aufgefallen waren und die sich nun, Spaten und Rechen in der Hand, nahe dem Feuer unter dem erbosten Verhör meines Bruders duckten.

Ich packte Finbar an der Jacke und strengte mich an, meinen Atem wieder unter Kontrolle zu bekommen. Mein Kopf explodierte schier vor Zorn und Trauer und Schock.

Weine, Sorcha. Lass dich fallen. Was geschehen ist, kann nicht ungeschehen gemacht werden.

Selbst meine Veilchen! Selbst meinen kleinen Eichenbaum! Sie hätten mir doch die Eiche lassen können!

Du hast überlebt. Wir sind stark. Und diese Pflanzen können wieder wachsen.

Wie können sie wachsen, mit so viel Bosheit in der Nähe? Wie kann hier noch irgendetwas wachsen? Meine Kräuter, meine Kräuter sind alle weg, all meine Sachen – wie kann ich ohne meine Sachen arbeiten?

Weine, Sorcha, lass dich fallen. Wir sind alle hier für dich. Lass dich fallen, kleine Schwester, die Erde nimmt deinen Garten an ihr Herz. Sie weint mit dir.

Er war stark, und schließlich brach ich in zorniges Schluchzen aus und durchtränkte sein Hemd, während er mich umarmte; und dann kam Conor.

»Das geschah auf Befehl von Lady Oonagh«, sagte er mit angespannter Stimme. »Auf einen sehr detaillierten Befehl, bei dem sie nichts ausließ. Den Männern kann man keine Schuld geben, sie hatten keine andere Wahl; sie wissen jetzt, dass sie mich demnächst vorher fragen müssen. Aber für dich, kleine Eule, ist das zu spät. Es tut mir Leid. Ich weiß, was es für dich bedeutet, und für jene, um die du dich kümmerst.«

»Nur weil – nur weil ...«, schluchzte ich.

»Hast du sie auf irgendeine Weise gegen dich aufgebracht?« fragte Conor leise.

»Das ist nicht notwendig.« Finbars Stimme war kälter als je. Er klang wie Vater. »Lady Oonagh braucht zu so etwas nicht provoziert zu werden. Sie wird uns einen nach dem anderen zerstören, wenn man sie nicht aufhält.«

»Sie – sie hat mir gesagt, ich dürfe nicht ins Dorf gehen«, brachte ich heraus und putzte mir dann in das Tuch, das Conor mir reichte, die Nase. »Aber sie haben nach mir geschickt, und ich dachte nicht – ich wollte nur – und sie – und sie ...«

Meine Brüder wechselten einen Blick.

»Sorcha, hol ein paarmal tief Luft«, sagte Conor und führte mich zu dem Steinsitz, der der einzige Überlebende in dieser Verwüstung war. »Setz dich hin. So ist es besser.«

Sie knieten zu meinen Seiten nieder, und Conor nahm meine Hände in seine. »Gutes Mädchen.« Drunten am Feuer rechten die beiden Gärtner die Trümmer zusammen, warfen mehr abgerissene Äste aufs Feuer. Sie schauten nervös zu uns hin.

»Und nun, Sorcha, will ich, dass du in mein Zimmer gehst und bis zur Nacht dort bleibst. Du darfst nicht versuchen, mit ihr oder mit Vater zu reden, bis wir alle miteinander gesprochen und beschlossen haben, was zu tun ist. Ich weiß, du bist traurig; aber Finbar hat Recht: Pflanzen können wieder wachsen, und mit deiner Hilfe werden sie selbst auf dem steinigsten Boden gedeihen. Du bist in Sicherheit. Das ist das wichtigste.«

Immer noch konnte ich nicht sprechen. Immer noch war der Schmerz in meinem Herzen überwältigend, und Tränen flossen mir über die Wangen. Nun, nachdem ich angefangen hatte zu weinen, schien es nicht mehr möglich aufzuhören.

»Wir müssen uns unterhalten, wir alle«, sagte Conor. »Ich glaube, du hast vielleicht den Schlüssel zu dieser ganzen Sache in der Hand, Sorcha. Aber zunächst musst du hereinkommen und dich wieder fassen.«

»Sie ist hier nicht sicher«, sagte Finbar. »Das trifft sie mitten ins Herz, und durch sie uns alle. Es war ein gut berechneter Schlag. Wir können nicht einfach zulassen, dass unsere Schwester so etwas erleiden muss. Wir sollten sie wegschicken, bevor es zu spät ist.«

»Nicht jetzt«, sagte Conor. »Sorcha muss sich ausruhen. Und du, Bruder, beherrsche dich, denn übereilte Worte gefährden uns alle jetzt nur noch mehr. Versuche nicht, das mit Lady Oonagh oder unserem Vater auszutragen, so geht es nicht.«

»Wie lange noch? Wie lange sollen wir warten, bis wir etwas unternehmen?«

»Nicht lange«, sagte Conor und half mir auf die Beine. Sein Arm um meine Schultern war stark, fest und tröstlich. »Morgen werden wir handeln, denn ebenso wie du glaube ich, dass die Zeit gekommen ist. Inzwischen sag den anderen, was geschehen ist, und bitte sie, nach Einbruch der Dunkelheit in mein Zimmer zu kommen. Aber ansonsten halte den Mund, Bruder, und behalte auch die Botschaft deines Blickes für dich. Lady Oonagh versteht mehr, als du glaubst.«

Ebenso wie du, dachte ich. Ich hatte es erst langsam begriffen, und es war mir immer noch nicht klar. Aber er war direkt nach Finbar gekommen, um mir zu helfen, und etwas, was er gesagt hatte, bestätigte es. Ich hatte geglaubt, dass diese wortlose Gemeinschaft des Geistes mir und Finbar allein zuteil geworden war. Ich fragte mich, wie lange Conor schon imstande gewesen war, unsere Gedanken und Gefühle zu lesen, und warum er es uns nie mitgeteilt hatte. Es passte irgendwie zu dem, was Vater Brien uns erzählt hatte.

»Conor ...«, sagte ich, als wir unauffällig nach oben schlichen.

»Schon gut«, sagte Conor und öffnete mir die Tür. »Deine Gedanken sind bei mir in Sicherheit. Ich benutze diese Fähigkeit selten, und nur wenn es notwendig ist. Manchmal fließt dein Schmerz über, und auch der von Finbar. Ich bin hier, um zu helfen.«

Wir erreichten das Zimmer, das Conor mit Cormack teilte. Nicht lange nach uns kam Cormack herein, mit grimmiger Miene, und brachte Linn mit, die neben ihm auf das schmale Bett sprang. Padraic und Liam folgten, der eine mit einem Becher gewürzten Weins, den er mich zu trinken überredete, der andere nahm meine Hand, küsste mich auf die Wange und zog dann seine Brüder beiseite, um leise mit ihnen zu sprechen. Nach einer Weile gingen sie alle davon, bis auf Cormack, der mit einem Messer in der Hand direkt hinter der Tür blieb. Finbar tauchte nicht wieder auf. Ich fühlte mich verwundet und leer und lag eine Weile da und sah zu, wie es dunkel wurde. Und nach einiger Zeit begann der Wein zu wirken, und ich fiel in einen ruhelosen Schlaf.

Später, viel später, waren alle da bis auf Diarmid. Ich war wach, und sie hatten mir Gerstenbrot und Honig gebracht, aber ich konnte es nicht essen und fütterte stattdessen den Hund damit. Vielleicht war es das, was die Geschichten meinten, wenn sie sagten, jemand sei bis ins Herz getroffen. Das Herz und der Magen, alles in einem fühlt sich leer und hohl an und tut weh.

»Denk an die guten Zeiten«, sagte Conor, aber das konnte ich nicht. Als Finbar hereinkam, legte er ein kleines, feuchtes Bündel neben mich aufs Bett. Linn schnupperte hoffnungsvoll daran. Ich rollte das Stück Sackleinen auf. Dort lag ein Embryo meines Gartens: schlanke Lavendeltriebe, Gänsefingerkraut, Wacholder, ein Stück Fliederholz, das wieder sprießen konnte; ein runder, weißer Stein von dem geborstenen Pfad, eine einzelne Eichel. Ich wickelte sie sorgfältig wieder ein. Vielleicht konnte ich ja tatsächlich wieder von vorn anfangen. Mein Bruder hatte mir den Rücken zugedreht. Ich spürte die Liebe in ihm und den Zorn.

»Nun«, sagte Conor, »muss ich dich fragen, Sorcha, ob du mit deinen Brüdern ein Geheimnis teilen willst.«

»Was für ein Geheimnis?« Ich fürchtete, was er vielleicht sagen würde. Lady Oonagh war beinahe über mein gefährlichstes Geheimnis gestolpert – eines, das zweifellos Bruder von Bruder trennen würde, denn drei von ihnen waren Krieger, ihrer Sache ergeben und rasch dabei, Rache im Blut zu suchen; und es gab drei, die immer erst versuchen würden, zu verhandeln, zu heilen und ihre Kämpfe mit Worten und nicht mit Schlägen zu führen.

»Er spricht von der Vision oder dem Geist, den du im Wald gesehen hast«, sagte Finbar aus seiner dunklen Ecke. »Conor glaubt, es könnte uns helfen. Du kannst es ihnen sagen.«

»Sie ist zu mir gekommen«, sagte ich. »Die Herrin des Waldes. Wie in den Geschichten. Sie – sie hat mit mir gesprochen, darüber, was ich tun muss. Dass es lang und schwierig sein wird und dass ich auf dem Weg bleiben muss. Das war alles.«

Nicht ganz alles. Aber den Rest würde ich nicht verraten.

»Würdest du wieder eine solche Vision haben, wenn du darum bittest?« fragte Liam. Es war dunkel im Zimmer, da nur eine einzige Kerze brannte, und meine Brüder kamen mir groß und grimmig vor, drei von ihnen ums Bett versammelt, Finbar in der Ecke und Padraic, der an der Tür wachte.

»Ich kann sie nicht einfach herbeirufen«, sagte ich und erinnerte mich daran, wie sehr ich bei meinen verzweifelten Versuchen, Simon zu helfen, Führung gebraucht hätte. »Sie kommt, wenn sie es für angemessen hält.«

»Lady Oonagh wird jeden Tag mächtiger«, sagte Conor. »Ich glaube, wir brauchen noch größere Kraft, um gegen sie zu kämpfen. Du könntest es versuchen. Am richtigen Ort, in einer Zeit der Not, wenn wir um dich herum sind, könntest du es versuchen.«

»Wirst du das für uns tun, Sorcha?« Cormack hatte erst spät erfahren, wogegen wir kämpften. Linn blickte beim Klang seiner Stimme auf. Ihre Wunde heilte gut.

»Wie?« fragte ich. »Wann?«

Alle schauten Conor an. Plötzlich erschien er viel älter als seine sechzehn Jahre, als läge der Schatten eines anderen Selbst über ihm.

»Morgen«, sagte er. »Am Baum unserer Mutter im Morgengrauen. Ich werde dafür sorgen, dass alles da ist, was gebraucht wird, und Sorcha wird mit mir zusammen dorthin gehen. Du, Liam, musst dafür sorgen, dass Diarmid da ist. Es ist mir gleich, wie du das tust, aber bring ihn mit. Wir müssen alle da sein. Keine Pferde; kommt zu Fuß. Sorcha, bring ein Bündel mit Sachen für eine Nacht oder zwei, denn du wirst einige Zeit lang nicht hierher zurückkehren. Und auch du,

Padraic. Wenn wir fertig sind, werdet ihr beide zu Vater Brien gehen, und er wird euch in Sicherheit bringen. Ich glaube, ihr nächster Schritt wird darin bestehen, zu töten, besonders, indem sie uns gegeneinander wendet. Und wir wären ein jämmerlicher Haufen, wenn wir nicht einmal unsere Schwester gegen so etwas beschützen können.«

»Was hast du vor, Conor?« fragte Cormack mit einem forschenden Blick zu seinem Zwillingsbruder.

»Frag nicht«, meinte Conor. »Je weniger du weißt, desto besser. Wir dürfen keinen Verdacht erwecken. Warum, glaubst du, habe ich Sorcha und Finbar gebeten, nicht zum Abendessen zu kommen? Die beiden sind wie ein offenes Buch, sie sprechen die Wahrheit und gefährden damit ihr Leben, und selbst wenn sie schweigen, flammen ihnen ihre Gedanken wie ein Leuchtfeuer aus den Augen. Bewundernswert, aber gefährlich. Es war schlimm genug, dass unser großer Bruder hier mit verkniffenen Lippen dasaß und den höflichen Fragen der Dame nur stirnrunzelnd begegnete.«

»Sie ist zornig, so freundlich sie sich auch gibt«, sagte Liam. »Sie hat mich an diesem Nachmittag aufgehalten, bevor ich mit Vater sprechen konnte. Aber nicht, bevor er begriffen hat, worauf ich hinauswollte; nicht, bevor ein kleiner Keim des Zweifels gepflanzt wurde. Sie muss bald handeln; ich habe das in ihren Augen gesehen.«

»Ich auch«, sagte Conor. »Also bleib heute Nacht außer Sichtweite. Wenn die Sonne über dem See aufgeht, treffen wir uns am Ufer, wo der Baum unserer Mutter wächst. Ich glaube, dass wir eine Macht herbeirufen können, der selbst Lady Oonagh weichen muss.«

Cormack ließ mir seinen Hund zur Gesellschaft und machte sich auf, anderswo zu schlafen, und es war Conor selbst, der in dieser Nacht mit einer Waffe an der Seite die Tür bewachte. Ich schlief immer nur kurz, schreckte häufig wieder auf, wie in den langen dunklen Nächten bei Vater Brien, und jedes Mal stand mein Bruder dort, mit seinem Blick auf eine weit entfernte Vision, und rezitierte leise etwas in einer unbekannten Sprache. Vielleicht war das Licht trügerisch, vielleicht auch nicht, aber ich hatte das Gefühl, als stünde er da mit einem Fuß ein wenig vom Boden erhoben und dem Arm hinter den Rücken gebogen; und als hätte er eines seiner Augen offen und das andere geschlossen. Er war reglos wie ein Stein. Die einzelne Kerze warf Schatten auf die Wand, und einen Augenblick lang sah ich einen Vogel mit weißen Flügeln durchs Zimmer gleiten, und dann einen großen Baum. Dann schlief ich wieder ein.

Am nächsten Morgen lag schwerer Tau überall, und der Nebel umhüllte das Seeufer. Wir machten uns schon vor der Dämmerung auf. Ich umklammerte das kleine Bündel, das ich mitgebracht hatte. Ich hatte nicht viele Schätze. Schweigend gingen wir über die Waldpfade. Conor trug Weiß, und ich folgte ihm wie ein kleiner, vertrauensvoller Schatten. Hinter mir trabte Linn daher. Sie spürte, dass es notwendig war, ruhig zu bleiben, und widerstand dem Drang, jedem Rascheln im Gras hinterherzujagen.

Wir waren die Ersten, die unser Ziel erreichten. Und dennoch, andere waren vor uns da gewesen, denn auf der Wiese neben der jungen Birke, wo wir uns so oft versammelt hatten, waren Gegenstände niedergelegt und warteten auf uns. Der erste Hauch des Dämmerungslichts zeigte im Osten weiße und gelbe Gänseblümchen im Gras, und auf ihnen lag ein Messer mit einem Knochengriff. An der Westseite, wo sich das Ufer zum See hinabsenkte, ruhte ein flaches Steingutgefäß am Baum, und wie der Becher von Isha war es randvoll mit klarem Wasser. Südlich und nördlich ein schlanker Birkenholzstab und ein moosiger Stein tief aus dem Wald. Das waren die Gegenstände, die wir für unsere Zeremonie brauchten. Wer sie hierhergelegt hatte, wusste ich nicht, und ich wollte Conor auch nicht fragen, denn ich hatte das Bedürfnis zu schweigen;

ich spürte, wie unendlich geheim und wichtig dieser Augenblick war.

Langsam kamen die anderen. Cormack, eine hochgewachsene Gestalt im Nebel. Dicht hinter ihm Padraic mit einem kleinen Bündel wie dem meinen. Conor stand dicht am Baum und wartete. Einer nach dem anderen stellten wir uns schweigend neben ihn. Nun war Finbar plötzlich da, obwohl ich ihn weder gesehen noch gehört hatte. Sein drängendes Flüstern brach die Stille.

»Sorcha. Sieh dir das an. Sag mir, was das ist.« Ein kleines Fläschchen mit einem Glasstopfen. Ein eleganter kleiner Behälter, geeignet für das Parfüm einer Dame. Ich zog den Stöpsel heraus, schnupperte und schüttete dann eine kleine Menge schwarzen Pulvers in meine Hand. Es war inzwischen hell genug, um im Licht den Schluss, den meine Nase gezogen hatte, mit den Augen zu bestätigen. Dies hier war eines der tödlichsten Gifte. Finbar las die Antwort in meinen Augen.

»Es ist Eisenhut«, flüsterte ich zurück. »Wo hast du es gefunden?«

»In ihrem Zimmer. Es beweist zumindest, dass sie Eilis wirklich vergiftet hat.«

»Still«, sagte Conor. »Wartet auf die anderen. Es ist noch nicht Morgengrauen.«

Also standen wir dort, und ich versuchte, die turbulenten Gedanken, die in meinem Geist tobten, zu verbannen und mich auf unser Ziel zu konzentrieren. Der Wald war still; es war noch nicht die Zeit für die Baumbewohner, mit ihren Morgengesängen zu beginnen. Es war ein Augenblick der Wahrheit, und wir mussten ihn nutzen. Aber wir waren noch nicht versammelt. Ohne die Sieben würden wir unser Ziel nicht erreichen können.

Es schien eine Ewigkeit zu dauern, aber es war wahrscheinlich nicht sonderlich lange, bis ein leichtes, rhythmisches Plätschern zu hören war und ein kleines Boot das Ufer erreichte.

Liam ruderte; Diarmid saß zusammengesackt im Bug, in einen grauen Umhang gewickelt. Cormack ging zum Ufer hinab und half ihnen an Land; er und Liam mussten Diarmid helfen. Diarmid stank gewaltig nach starkem Bier, und er schwankte zwischen seinen Brüdern, nur halb bei Bewusstsein. Liam sah nicht viel besser aus. Es schien, als hätte er Becher um Becher mit seinem Gefangenen trinken müssen, um ihn zu betäuben.

»Nun sind wir versammelt, und es dauert nicht mehr lange bis zum Tagesanbruch«, sagte Conor.

Wieder spürte ich die Anwesenheit von Anderen, Weiseren, Stärkeren, Älteren, die sich um ihn legte wie ein Mantel. Statt eines dunkelhaarigen Jungen im weißen Gewand war es, als stünde ein uralter Weiser dort vor uns, und die Lichtung schien sich in gewisser Weise um ihn herum zu öffnen.

»Bald werden wir beginnen. Aber ich warne Euch alle. Wir stehen zusammen, wir sieben; sie, die versucht, die Bindung zwischen uns zu trennen, tut das auf eigene Gefahr. Dies ist ein großes Geheimnis und kann unser Ende herbeiführen. Aber in allen Dingen ziehen wir aus der Geisterwelt nur solche Hilfe und solche Kraft, wie ihre Bewohner uns willig geben. Darüber hinaus müssen wir uns auf unseren eignen Geist, unseren Mut und unsere Entschlossenheit verlassen. Nun beginnen wir unsere Zeremonie. Und wenn wir fertig sind, trennen wir uns eine Weile. Du, Sorcha, und du, Padraic – ihr müsst euch verstecken. Vater Brien wird euch Schutz gewähren und euch an einen sicheren Ort bringen. Wenn hier alles erledigt ist, holen wir euch zurück. Und ob das, was wir an diesem Morgen tun, Hilfe bringt oder nicht, der Rest von uns wird heute handeln. Wir haben den Beweis; unser Vater muss sich der Wahrheit stellen und seine Wahl treffen.«

Wir bildeten einen Kreis um den kleinen Baum, wie wir es so oft zuvor getan hatten, standen dicht nebeneinander, hätten einander berühren können. Aber es war nicht nötig, einander zu berühren. Das hier war unser Ritualort, der Ort unserer

Einheit; die alten Eichen und Buchen hier hatten unsere Kinderreime gehört, unsere Geheimnisse, waren Zeugen unserer Gespräche mit dem Geist unserer Mutter geworden. Manchmal waren wir ernst und feierlich gewesen, manchmal hatten wir Witze gemacht und gelacht. Diese Bäume bewahrten in ihrem Herzen die Geschichte unseres Aufwachsens, und nun wurden sie Zeugen eines Geheimnisses, das größer war als alles in unserer Erfahrung.

Die ersten glitzernden Sonnenstrahlen beleuchteten den Rand des Himmels. Conor wandte sich nach Süden und hob den Birkenstab vor sich hoch.

»Geschöpfe des Feuers, hin- und herschießende Salamander«, sagte Conor, »Kinder der läuternden Flamme, standfest und entschlossen, wir grüßen euch!« Es schien, als bewegte sich etwas in der Luft, ein momentanes Aufflackern des Lichts; aber die Lichtung war immer noch von Nebel umhüllt.

Liam stand im Westen und schaute auf den See hinaus. Diarmid konnte seinen Platz im Kreis nicht länger halten, sondern sackte gegen Cormacks Schulter und blinzelte ins heller werdende Licht. Cormack hielt seinen Bruder fest. Liam hob die Schale, um das Tageslicht einzufangen.

»Geister des Wassers, stets euch verändernd, von tiefem Herzen, wissende Bewahrer der Geheimnisse, wir grüßen Euch«, sagte er und senkte die Schale wieder.

Finbar stand nach Norden, wo die Felsen eine Art gigantischen Weg zwischen den großen Bäumen bildeten. Seine Hände hielten den moosüberzogenen Stein; das erwachende Licht zeigte, dass die Oberfläche des Steins mit winzigen Symbolen überzogen war.

»Erdbewohner, Hüter der Geheimnisse, Wahrheitsverkünder, Weise und Würdige, wir ehren eure Gegenwart«, sagte er. Er drehte sich wieder in den Kreis und legte den Stein vorsichtig aufs Gras.

»Jetzt, Sorcha«, sagte Conor leise. Ich blickte auf zu den

mächtigen Bäumen, die sich vor mir nach Osten erstreckten. Über uns begann eine Lärche zu singen, und Padraic, der direkt neben mir stand, grinste aus reiner Freude über den Gesang. Der immer heller werdende Himmel zeigte, dass es bald Tag sein würde.

Das Messer lag in meinen Händen, die Blumen zu meinen Füßen. »Sylphen des Waldes«, flüsterte ich. »Geister von Eiche, Buche und Esche, Dryaden von Eberesche und Haselstrauch, hört uns. Ihr, die ihr jeden unserer Schritte gelenkt habt, deren Wipfel uns schützten, wir ehren euch. Herrin des Waldes, Herrin des blauen Mantels, hör mich an. Komm zu uns in der Zeit der Not, komm zu uns in der Zeit der Dunkelheit.«

Ich senkte das Messer und drehte mich um, um den Kreis zu vollenden. Vogelgesang erfüllte die Lichtung, erfüllte die Luft. Rund um unsere Füße und über der Seeoberfläche begann der Nebel, sich in der aufgehenden Sonne aufzulösen. Wir standen schweigend, die Köpfe gesenkt. Der Kreis durfte nicht gebrochen werden. Wir warteten, während der Himmel von Grau zu Blau wurde und das Schimmern des Seewassers durch die sich verziehenden Nebelschwaden brach.

Und dann kam sie. Es war, als wäre sie schon die ganze Zeit bei uns gewesen, eine schlanke Gestalt im Kapuzenmantel, die ganz allein dort stand, wo das Wasser des Sees den Sand berührte; und hinter ihr ein flaches, dunkles Boot, das neben dem anderen an Land gezogen war. Sie hatte mich gehört, und sie war gekommen. Sie ging einen Schritt auf uns zu, einen weiteren. Der wirbelnde Nebel hing an ihren Röcken. Aber etwas stimmte nicht. Linn knurrte tief in der Kehle. Und dann kam plötzlich eine Warnung von Finbar, von Conor.

Lauf, Sorcha, lauf!

In den Wald. Jetzt. Lauf!

Ich sah die ersten beutegierigen Nebelfinger, die sich ausstreckten und um die Körper meiner Brüder wickelten, sie fest hielten und dann auch weiter zu mir zogen, die ich auf der anderen Seite des Baums stand, und dann erkannte ich ihre Augen, dunkel und rötlich braun unter gebogenen Brauen, und das rötliche Haar unter der Kapuze. Sie hob eine weiße Hand, um die Kapuze vom Kopf zu schieben, und Triumph stand auf den zarten Zügen von Lady Oonagh. Ich drehte mich um und flüchtete, und die Angst verlieh mir Flügel über Steine und Felsblöcke, ließ mich durch Schlamm und Kies rennen, hinauf, den Hügel hinauf, bis der Wald mich in seinen stillen Schatten verbarg. Vor mir rannte Linn, den Schwanz zwischen die Beine geklemmt.

Als ich so weit gekommen war, wie ich konnte, kletterte ich in eine riesige Eiche, die mich in ihren gewaltigen Ästen wiegte, während ich um Atem rang und versuchte, mein heftig klopfendes Herz zu beruhigen. Linn duckte sich im Unterholz und winselte leise. Ich brauchte das Seeufer nicht zu sehen, denn ich sah durch Finbars Augen, spürte mit meinem Bruder einen grausamen Augenblick nach dem anderen, den unvermeidlichen Fortgang der Geschichte.

Lauf, Sorcha, lauf! Unsere Schwester wendet sich und flüchtet über die Lichtung wie eine kleine weiße Eule, und eine unbekannte Macht schützt sie, bis sie die Sicherheit der Bäume erreicht hat. Aber wir, wir sechs, sind reglos, während sich nasskalte Nebelschwaden um uns wickeln wie ein lebendiges Geschöpf. Unsere Beine sind wie angewurzelt, unsere Arme wie gefesselt, unsere Zungen schweigen. Nur unser Geist kämpft noch.

Sie streift die Kapuze zurück, und das Morgenlicht tanzt auf ihren Locken. Sie wirft den Kopf zu einem triumphierenden Lachen zurück.

»Wenn ihr euch nur sehen könntet, kleine Brüder! So komisch, so albern!« Ihre Stimme wird finsterer. »Habt ihr etwa geglaubt, mich mit diesem kleinen Schauspiel, diesem lächerlichen Versuch zur Zauberei besiegen zu können? Ihr solltet

euch schämen! Ihr hättet euch lieber an euer Kriegsspielzeug gehalten und nicht versucht, euch in Sachen einzumischen, die ihr nicht versteht. Nun, ihr werdet bekommen, was ihr verdient.«

Sie geht um den Kreis herum, in dem wir hilflos stehen. Vor jedem bleibt sie stehen und spricht.

»Liam, Beschützer und Anführer – ist das nicht die Rolle, die deine unglückliche Mutter für dich vorgesehen hat? Du hast das bis jetzt nicht sonderlich gut gemacht, Erstgeborener. Aber keine Sorge. Dein Vater kann mehr Söhne zeugen. Dieses Land wird dir niemals gehören. Selbstverständlich, Colum wird um dich trauern, das bezweifle ich nicht, aber nur eine Weile. Ich werde ihn trösten. Und er hat deine Warnung bereits vergessen.«

Sie geht weiter zu Diarmid, der immer noch an der Schulter seines Bruders lehnt und kaum imstande ist, ihre Worte zu verstehen. »Nun, mein Geliebter, mein sanfter Schatz. Glaubtest du, den Platz deines Vaters einnehmen zu können? Du bist nichts, nichts.*« Sie betont die Beleidigung, indem sie ihm mit den Fingern vor der Nase schnippt. »Wieso sollte ich mich mit einem Kind abgeben, wenn ich einen echten Mann im Bett haben kann?«*

Sie wendet sich Cormack zu. »Gefällt es dir, dein Messer in lebendem Fleisch zu drehen, hübscher Krieger? Dann interessiert dich vielleicht, was deine Schwester tut, wenn du nicht zu Hause bist. Denn ihr teilt nicht alle denselben Feind, fürchte ich. Du hast die Lektion deines Vaters gut gelernt – erst zuschlagen, dann fragen. Vielleicht hättest du diese Technik an mir ausprobieren sollen.«

Ich sehe Conors Augen, denn er steht ihr direkt gegenüber. Sie blitzen vor Mut. Er beschwört jeden Rest von Willenskraft herauf, sich ihr zu widersetzen. Aber er ist noch jung und noch nicht stark genug.

»Du hast versagt, kleiner Druide. Du hast sie alle im Stich

gelassen. Und es gibt keine zweite Chance für jene, die mir in den Weg geraten. Hast du wirklich geglaubt, ihre Macht könnte größer sein als meine? Wie wenig du weißt, obwohl du dich für so weise hältst. Wir sind ein und dasselbe.«

Sie dreht sich um, und nun steht sie mir gegenüber. Ich werde keine Angst haben. Wieder begegnet es mir, diese Kälte, diese Fremdheit, das Flügelflattern. Ich sehe das Gesicht des Todes.

»Du hättest mich im Angesicht deines Vaters herausgefordert«, sagt sie. Eiseskälte zieht mir über die Wirbelsäule. »Du hättest deine Schwester um jeden Preis gerettet. Aber ich erkenne, was du bist, mein alter Feind. Deine Schwester wird nie sicher sein vor mir, ich werde sie finden, und sie wird leiden, bis sie sich nach dem Tod sehnt. Und ich werde dich dort hinschicken, wo es keine mutigen Ideale gibt, keine moralischen Höhen, kein Recht, kein Falsch. Nur überleben. Was nützen dir deine heroischen Taten dann?«

Und als Letztes zu Padraic, der mit vor Entsetzen ausdruckslosem Gesicht dasteht. »Du wolltest alles wissen. Wissen, wie man fliegt, wie alles, was lebt und was ist, funktioniert, das Muster aller lebenden Geschöpfe. Du sollst erfahren, wie es ist zu fliegen, und du sollst die Angst und den Schmerz eines wilden Tieres kennen lernen. Du sollst leben, bis du flehst, in die Menschenwelt zurückzukehren. Du wirst bleiben, und so wirst du sterben, und es gibt keine Heilung.«

Ich lag zusammengerollt in dem großen Baum, hatte die Augen fest geschlossen, die Hände auf die Ohren gedrückt. Aber die Bilder waren trotzdem in meinem Kopf, denn ich hätte Finbar nicht ausschließen können. Seine Qual war stärker als jede Beherrschung seiner Gedanken.

Langsam hebt sie die Hand. Das dunkle Cape fällt zurück, und man sieht ihr blaues Kleid, ihren dünnen Schal mit seinen zar-

ten Mustern aus Blütenblättern und Schmetterlingen. Ihre Hand zeigt zum Himmel. Sie beginnt zu rezitieren, mit hoher, schriller, unheimlicher Stimme und in einer unbekannten finsteren Sprache. Plötzlich flackern Lichter um uns herum. Das Licht kommt von ihren Händen, vom Himmel, aus der Erde. Die ganze Lichtung ist voller Funken und Flackern. Die Vögel sind vor Angst verstummt. Die Rezitation erreicht ihren Höhepunkt und bricht ab. Und dann geschieht es. Die Kälte, das Rauschen, die Veränderung. Wo einmal feste Lederstiefel waren, sind jetzt die Schwimmhautfüße eines großen Wasservogels. Wo ein Umhang muskulöse junge Arme schützte – ein lang gezogener, gebogener, weißgefiederter Flügel. Und als Letztes verschwinden Geist und Denken. Leb wohl, Sorcha. Leb wohl, kleine Eule. Die Leichtigkeit, der Morgen, das Wasser. Wir sind Schwäne. Wir sind eins mit dem See. Wir sind ...

Sie waren verschwunden. Meine Brüder waren verschwunden. Aber ihre Stimme fuhr fort und erklang in meinem Kopf. »Ich habe dich nicht vergessen, Sorcha, kleine Schwester. Wenn du müde und hungrig bist, wenn der Wald dir nicht länger Zuflucht gewährt, werde ich dich finden. Dann, wenn du es am wenigsten erwartest, werde ich dort sein. Denn ohne deine Brüder bist du nichts. Erst werde ich mich um deinen Vater kümmern; und dann hole ich dich.«

Ich kann mich kaum erinnern, wie ich an jenem Tag zu Vater Brien gekommen bin. Ich habe meine Kleidung zerrissen und mir die Knie aufgeschlagen und mich beim Klettern von Felsen zu Felsen blaugeschlagen. Linn hielt mit mir Schritt, beobachtete mich unruhig, wartete auf mich, während ich mich über den Fluss kämpfte, als ich die Klippen hinaufstieg. Mein Kopf war leer, und ich konnte nicht aufhören zu weinen. Die Kehle war mir wie zugeschnürt. Ich kletterte und weinte und weinte und kletterte, und endlich kam ich zur Höhle des Eremiten.

Der Tag war warm und sonnig geworden. Es war Nachmittag; ich hatte den Weg rasch und um einen hohen Preis zurückgelegt, denn ich war nun schwindelig und atemlos, alles tat mir weh. Es war Linn, die die dunkle Gestalt als Erste sah, die Gestalt einer hochgewachsenen Frau, die ruhig auf der Bank unter den Ebereschen saß, ihr langes, schwarzes Haar über den Rücken fallend. Ihr langer Mantel war vom Blau weitentfernter Berge in der Abenddämmerung. Der Hund hielt inne, ging dann mit zögernd wedelndem Schwanz langsam weiter. Die Frau streckte die Hand aus.

»Komm her, Tochter des Waldes.« Ihre Stimme war tief und wohlklingend. Ich regte mich nicht. Linn ergab sich den streichelnden Fingern; auch sie war müde von unserer kopflosen Flucht, leckte die Hand der Frau noch kurz und eilte dann zum Wassertrog, um in langen, durstigen Schlucken zu trinken.

»Komm her, Sorcha. Kennst du mich nicht mehr?« Sie machte ihrerseits keinen Versuch, auf mich zuzugehen. Ich hob die Hand, um mir die Nase zu wischen. Wo war Vater Brien?

»Komm, Kind, du hast mich in der Zeit der Not gerufen. Jetzt bin ich hier und werde dir helfen.«

Da stieg Zorn in mir auf, und endlich trat ich vor sie und stellte mich dem Blick ihrer dunkelblauen Augen.

»Du bist nicht gekommen! Wir haben dich gerufen, wir alle – und nun sind meine Brüder ... meine Brüder sind weg ... und sie sagte, ihr wäret ein und dasselbe, es sei sie gewesen, die wir gerufen haben.« Ich konnte die Bilder nicht aus meinem Geist verbannen, diese Veränderung von Mann zu Schwan, und die schreckliche Leere, als mir ihre Gedanken entglitten. »Woher soll ich wissen, welcher von euch ich glauben kann?«

Sie warf mir einen forschenden Blick zu. »Die von ihrer Art

werden dir immer sagen, dass es kein Schwarz und kein Weiß gibt, nur Schatten. Dass alles falsch oder richtig sein kann, dass gut und schlecht zwei Seiten derselben Münze sind. Glaube ihr, wenn du willst. Vielleicht sagt sie die Wahrheit, und ich sage dir etwas Falsches. Das musst du selbst entscheiden.«

»Es gibt keine Wahl mehr«, jammerte ich. »Sie hat sie mitgenommen, sie hat sie verändert, und nun sind sie weg! Was kann ich denn tun, als mich zu verstecken und allein zu bleiben? Sie sagte, sie würde mich finden, ich kann nicht hier bleiben, ich muss Vater Brien finden ...«

»Still«, sagte sie, hob die Hand, und ich schwieg tatsächlich und schnappte schaudernd nach Luft. »Diesmal kann er nicht helfen. Hör zu.«

Ich hörte zu und war plötzlich erschrocken über die Abwesenheit jeden Geräuschs. Selbst die Insekten hatten offenbar aufgehört zu zirpen und zu summen. Kein Laut mehr erklang. »Es ist die Stille des Schlafs, des Abschieds. Er ist hier, aber er ist nicht hier.«

»Wie meinst du das?« Ich hatte nicht geglaubt, noch etwas empfinden zu können, aber bei ihren Worten wurde mir kalt.

»Es ist nur wenig Zeit«, sagte sie, stand auf, und nun konnte ich die Macht ihrer Gegenwart spüren, wie bereits einmal zuvor an diesem Ort; es war, als befände sich hier das Herz des ganzen Waldes. »Du musst zuhören, und zwar gut. Denn du hast tatsächlich eine Wahl. Du kannst fliehen und dich verstecken und warten, bis man dich findet. Du kannst deine Tage in Schrecken und ohne Bedeutung verbringen. Oder du kannst den schwierigeren Weg wählen und sie retten.«

Ich starrte sie an. Linn war fertig mit Trinken und legte sich jetzt in die Sonne.

»Sie retten?« flüsterte ich nach einer Weile. »Du meinst – dieser Bann kann irgendwie rückgängig gemacht werden?«

»Ja«, sagte sie, »aber es wird nicht leicht sein. Du bist die einzige, die das erreichen kann, und daher musst du ganz vorsichtig sein, denn sie befürchtet das und wird versuchen, dich zu finden und dich aufzuhalten. Die Warnung deiner Brüder hat dich gerettet, aber sich selbst konnten sie nicht mehr retten. Nur du kannst das tun.«

»Aber sie hat ihnen gesagt – sie sagte: *Es gibt kein Mittel dagegen*, ich konnte ihre Worte hören wie ein Todesurteil.«

»Sie wollte, dass sie keine Hoffnung haben und immer glauben, versagt zu haben, nicht nur sich selbst nicht mehr gerettet zu haben, sondern dich und ihren Vater ebenfalls nicht schützen zu können. Ohne Hoffnung werden sie verwundbar und weniger in der Lage sein, zu überleben. Das glaubt sie zumindest.«

»Das ist grausam«, sagte ich. »Wieso tut sie so etwas?«

»Es liegt in ihrem Wesen«, sagte sie ruhig. »Sie handelt ihren Launen entsprechend. Es gibt einen großen Plan, aber sie weiß noch nicht, dass es Muster gibt, die älter und größer sind als ihr eigenes. Diesmal kannst du ihr Werk rückgängig machen, wenn du den Willen dazu hast.«

Ich spürte das Aufflackern eines winzigen Hoffnungsfunkens. »Was muss ich tun?«

»Es wird langwierig, schwer und schmerzlich sein, Sorcha. Bist du stark genug?«

»Ja! Ja! Sag mir, was ich tun soll.«

In ihren Augen lag Mitgefühl, als sie sich wieder auf die Bank setzte. »Setz dich hier neben mich, Tochter, so ist es besser. Jetzt höre mir genau zu. Du musst ein Hemd für jeden deiner Brüder herstellen. Der Faden, die Webarbeit, jeder einzelne Stich dieser Kleidungsstücke muss deine eigene Arbeit sein.«

»Das kann ich tun, ich kann ...«

»Still. Das wäre eine recht leichte Aufgabe, selbst für ein wildes kleines Ding wie dich. Aber es gibt noch mehr. Von dem Augenblick an, wenn du diesen Ort verlässt, bis zu dem Moment der endgültigen Rückkehr deiner Brüder unter die Menschen, darf dir kein Wort über die Lippen kommen, kein

Schrei, kein Lied, nicht einmal ein Flüstern. Du darfst auch deine Geschichte nicht in Bildern, Buchstaben oder auf eine andere Weise erzählen. Du musst still sein, stumm wie die Schwäne selbst. Wenn du dieses Schweigen brichst, wird der Fluch für immer bleiben.«

»Ich verstehe«, sagte ich leise. »Und was sonst? Wie finde ich meine Brüder, um sie mit diesen Hemden zu kleiden?«

»Nicht so schnell«, sagte sie und nahm meine Hand in die ihre. »Das ist immer noch zu einfach. Diese Hemden sollen nicht aus Wolle oder Flachs oder Häuten bestehen. Sie müssen aus den Fasern der Miere bestehen. Die Stiele werden dich schneiden, die Stacheln werden dir das Fleisch zerreißen. Du wirst keinen Bruder haben, der dich tröstet. Du wirst lautlos weinen und dir auf die Lippen beißen, um nicht vor Schmerz aufzuschreien. Kannst du das tun?«

»Ja«, flüsterte ich. Linn kam zu mir und schob mir die kalte Nase in die Hand. Ich vergrub meine Finger in ihrem weichen Fell. »Werde ich meine Brüder sehen können?«

»Ja. Nächstes Jahr am Mittsommerabend, und danach zweimal im Jahr zum Mittsommer und Mittwinter, zwischen Abend- und Morgendämmerung, werden sie ihre Menschengestalt wieder annehmen und zu dir kommen, wenn sie können. Aber denk daran, du darfst keinen Laut von dir geben, du darfst deine Geschichte nicht erzählen, nicht einmal ihnen, oder sie werden ewig Schwäne bleiben. Es wird lange dauern, Sorcha. Du musst diesen Ort verlassen und dich in Sicherheit begeben, wie deine Brüder es geplant haben. Folge dem Pfad nach Westen. Kurz vor dem Kreuzweg gibt es einen sehr alten Pfad, der nach rechts abbiegt und zurück in den Wald führt. Schau sorgfältig hin, oder du wirst ihn nicht entdecken, denn er ist gut verborgen. Folge diesem Weg dem Seeufer entlang. Er wird dich an einen sicheren Ort bringen. Nimm von hier mit, was du brauchst. Triff deine Auswahl sorgfältig.«

Ich sagte zögernd: »Manchmal – manchmal sprechen meine

Brüder und ich ohne Worte miteinander. Durch geistige Bilder. Ist selbst das verboten?« Wie würde ich überleben können, wenn selbst diese Verbindung abriss? Sie sah sehr ernst aus. Ich dachte, dass sie versuchte, mich einzuschätzen, dass sie sich fragte, ob ich tatsächlich so stark war, wie ich glaubte. Sie setzte dazu an, etwas zu sagen, dann zögerte sie. Ich holte tief Luft.

»Ich werde tun, was ich tun muss«, sagte ich. »Aber meine Brüder sind ein Teil von mir und ...« Ich konnte sie ja wohl kaum um einen Gefallen bitten. Sie lächelte ein wenig, als verstünde sie das nur zu gut. »Ich habe diesen Bann nicht ausgesprochen; ich versuche nur, etwas dagegen zu tun. Lautlos zu sprechen wird immer noch sicher sein, denke ich. Lady Oonagh spielt mit Kräften, die sie nicht vollkommen versteht. Das Band zwischen dir und deinen Brüdern ist viel stärker, als sie sich jemals vorstellen könnte. Du wirst sie auf diese Weise nicht erreichen können, solange sie Schwäne sind. Aber du kannst es benutzen, wenn sie zurückkehren. Du gehst allerdings ein Risiko ein. Vergiss nicht, du darfst ihnen deine Geschichte nicht erzählen, denn wenn du das tust, kann der Bann nicht gebrochen werden. Du musst lernen, deinen Geist selbst vor ihnen zu schützen.«

»Aber was, wenn ...«

»Still, Kind. So ist es nun einmal mit Zauber, dass er uns diese Aufgaben auferlegt. Du kannst dir aussuchen, ob du tun willst, worum ich dich bitte oder nicht. Denke daran, wenn du diese Hemden genäht hast, musst du sie über die Schwanenhälse ziehen, alle sechs, einen nach dem anderen, und wenn du geschwiegen hast, werden deine Brüder wieder zu Menschen werden.«

Es rauschte von einem plötzlichen Wind in den Büschen, und innerhalb von einem Augenblick war sie verschwunden.

Ich hatte schon öfter Tote gesehen, meine Arbeit hatte das unvermeidlich werden lassen. Aber noch nie zuvor jemanden, der mir nahe gestanden hatte. Vater Brien lag auf dem Höhlenboden, wie er gestürzt war. Es war keine Zeit zum Trauern. Hätte ich die Zeit gehabt, dann hätte ich vielleicht geweint und vielleicht herausgefunden, woran er gestorben war. Vielleicht hatte es natürliche Ursachen gehabt, ein Herzkrampf oder ein Überfluss von üblen Körpersäften im Blut. Es konnte auch Gift gewesen sein, oder ein Daumen, der kundig am Hals angedrückt wurde. Ich schloss seine blicklosen Augen und berührte seine Wange. Was immer geschehen war, seine Miene zeigte nun die Ruhe von jemandem, der sein Schicksal akzeptiert hat. Er war eins mit sich selbst und dem großen Rad des Seins. Es heißt, dass der Geist den Körper erst am dritten Morgen nach dem Tod vollständig verlässt. Mein alter Freund war noch nicht so lange weg, aber sein inneres Selbst war davongegangen. Ich schob ihm das Holzkreuz in die Hände und hatte die Worte eines christlichen Gebets im Kopf, aber ich sagte nichts. Wer wusste, wohin sein Geist fliegen würde? Er war immer beiden Wegen gegenüber offen gewesen; im Tod würden sich ihm viele Tore öffnen.

Ich wollte ihn nicht allein lassen, selbst nicht diese leere Hülse, ohne etwas zu tun. Man hätte ihn verbrennen sollen, aber ein Feuer zu entzünden hätte dazu geführt, dass ich entdeckt wurde. Außerdem musste ich packen und die Höhle verlassen, solange noch Tag war. Es war noch Zeit genug, die Blätter von Raute und Gänsefingerkraut und Eisenhut über ihn zu streuen. Linn wartete draußen; sie wollte nicht hereinkommen. Ich weinte nicht um ihn. Stattdessen empfand ich eine kalte Zielstrebigkeit. Die Trauer und die Leere waren immer noch da. Aber ich war in der Lage, mich auf das zu konzentrieren, was getan werden musste, und ich machte mich rasch an das, was notwendig war.

Mehr als einmal segnete ich den guten Vater für seinen

Sinn fürs Praktische. Sein altes Pferd war dort, angebunden unter den Bäumen. Weil ich schnell und verborgen reisen musste, würde ich den Wagen nicht nehmen können, aber das Tier konnte eine Last tragen und mir auf diese Weise helfen. Denn ich zweifelte nicht daran, dass ich nun eine Zeit lang allein leben und für mich selbst sorgen musste. Hätte ich damals gewusst, wie lange es dauern würde, hätte mich der Mut vielleicht verlassen. Sechs Hemden, dachte ich, das könnte zumindest bis zum Mittsommer dauern. Und während dieser Zeit würde ich niemandem begegnen, also würde ich Lebensmittel und Pflanzensamen und Medizin brauchen und alles, was notwendig war, um Feuer zu machen, zu nähen, zu spinnen und zu weben. Diesen Teil hatte Vater Brien nicht vorausgesehen, aber dennoch gut vorbereitet, weil er erwartet hatte, mich und meinen Bruder für eine Reise über den Wald hinaus zu versorgen. Ich hatte mein eigenes Bündel am Seeufer liegen gelassen, als ich geflohen war. Ich würde keine Kleider, keine Salben und Arzneien haben, und auch nicht die Reste meines Gartens, die Finbar für mich gesammelt hatte. Ich steckte die Hand in die Tasche meines Kleides. Das kleine, glatte Stück Holz mit seinen geschnitzten Symbolen war noch dort.

Vater Brien bewahrte seine Vorräte hinten in der Hütte auf, und ich nahm alles, was nützlich sein könnte. Einen Sack Gerstenmehl, einen Sack getrocknete Bohnen, einen Tiegel Honig. Es war bereits kühl geworden. Ich nahm mir einen alten Umhang und ein Hemd. Simons Stiefel waren immer noch da, und ich nahm sie ebenfalls. Ein scharfes Messer, eine Sichel, einen Kochtopf. Es würde schwierig werden, die Hündin zu füttern. Ich vertraute darauf, dass sie jagen könnte. Vater Brien hatte keine Spindel und keinen Webrahmen. Aber selbst die Kleidung eines heiligen Vaters muss manchmal geflickt werden, also fand ich Knochennadeln und eine Rolle Garn, und diese steckte ich in den kleinen Rucksack. Eine Wasserflasche, einen Spaten. Das Pferd betrachtete mich ein wenig gequält und zuckte mit den Ohren. Ich legte ein paar aufgerollte Decken oben auf das Gepäck und band alles fest. Den kleinen Rucksack, der sorgfältig ausgewählte Gegenstände aus Vater Briens Kräuter- und Gewürzvorräten beinhaltete, trug ich selbst. Und seinen Eichenstock würde ich ebenfalls mitnehmen.

Ich blieb noch einen Augenblick, bevor ich mich verabschiedete. Die Lichtung war voller Erinnerungen. Das Eintreffen von Vater Brien, seine Gebete, sein Lesen, seine Heilerarbeit, sein einsames Leben im Wald, seine Belehrungen. Seine jungen Besucher: der ernste Liam und der vergnügte Diarmid, die Zwillinge wie Spiegelbilder, Cormack tapfer und furchtlos, Conor in tiefes Nachdenken versunken. Finbar mit seiner leidenschaftlichen Integrität. Padraic begierig nach Wissen. Und ihre kleine Schwester, die nicht der siebte Sohn eines siebten Sohnes war, aber trotzdem mit ihnen kam. Er hat uns im Laufe der Jahre viel gelehrt, und nun war er gegangen. Nun war das Menschenleben meiner Brüder nur noch eine Erinnerung, bis ich sie zurückbringen konnte. Hier war die Eberesche, wo ich die Herrin des Waldes zum ersten Mal gesehen hatte. Hier die Stelle, wo mir Simon sein Messer an die Kehle gesetzt und uns gefragt hatte, warum wir seinem elenden Leben kein Ende machen. In der Luft lag immer noch eine Spur seiner Stimme; lass mich nicht allein, flüsterte sie, lass mich nicht allein.

Ich rieb mir heftig über die Wangen, dann schnippte ich mit den Fingern nach Linn. Sie würde schnell lernen müssen, dass ich sie nicht mehr rufen oder mit freundlichen Worten loben würde. Dann griff ich nach dem Führseil des Pferdes, wand mich dem Wald zu und ging nach Westen.

KAPITEL 5

Die Herrin des Waldes hatte unsere Zuflucht gut gewählt. Sie lag dicht am Nordufer des Sees, an einer Stelle, wo ein kleiner, bewaldeter Hügel eine winzige Bucht vor Blicken schützte. Wo sich das Land von der Bucht aus erhob, gab es eine Höhle, die ebenso viel kunstvoller Bauarbeit als der Natur verdankte. Obwohl sie so nah am Ufer lag, war sie hinter knorrigen Ebereschen und Klettergewächsen beinahe vollkommen verborgen. Ein Stück weiter den Hügel hinauf, auf einer kleinen Lichtung, gab es eine Quelle, und hier wuchsen halbwilde Kräuter, die einstmals von einem anderen Wanderer angepflanzt worden waren. Und überall am Bachufer, den ganzen Weg bis hinunter zum See, wuchsen die kräftigen Stiele und fedrigen Blätter der Miere. Diese Pflanze bleibt selbst in kältesten Zeiten grün. Also konnte ich sofort anfangen.

Die Höhle selbst erwies sich als Überraschung; es sah aus, als sei sie sorgfältig gegraben und vergrößert worden, und hier und da waren seltsame Symbole in die Mauern gemeißelt, deren Bedeutung ich bestenfalls erraten konnte. Conor hätte vielleicht gewusst, welche Warnung oder welchen Schutz sie bedeuteten, welche Geschichte sie erzählten. Es waren Nischen in den Höhlenwänden, und sie waren nicht alle leer. Ich fand in Öltuch gewickelte Decken und alte Umhänge und ein paar Messer mit geschnitzten Knochengriffen und erstaunlich gut erhaltenen Klingen. Es sah so aus, als hätten andere hier schon Zuflucht gesucht, vielleicht geschützt vom Feenvolk. Noch nützlicher vielleicht war ein Sack Hafermehl und ein Vorrat kleiner, süßer, verschrumpelter Äpfel.

Die Decken waren die beste Entdeckung, denn es war kurz vor Mittwinter, und ich wollte nicht mehr als das kleinste Feuer entzünden, um nicht entdeckt zu werden. In den langen

Nächten drang mir die Kälte bis in die Knochen. Ich wickelte die Decken um mich und versuchte, meinen Schmerz nicht zu spüren.

Vielleicht war es dumm zu glauben, den Bann heben zu können. Zu viele Geschichten, könnte man sagen, den Kopf voll alter Märchen, wo es nur darum geht, Aufgaben zu erledigen, und dann erreicht der Held, was sein Herz begehrt. Aber selbst damals war ich nicht so dumm. Ich hatte Simon einmal gesagt, dass er seine Geschichte so enden lassen könnte, wie er wollte. Aber das traf nicht wirklich zu. Ich hatte meinen Weg gewählt; aber es gab andere, die seinen Verlauf beeinflussten, die ihn ablenkten und veränderten und verwirrten. Und wie die Herrin des Waldes mir schon gesagt hatte, würde es selbst zu Anfang schwer sein. Viel schwerer, als ich je geglaubt hätte, dass es sein könnte.

Jeder, der einmal versucht hat, mit Flachs oder feiner Wolle zu spinnen oder zu weben, weiß, dass es einen Zoll an den Händen fordert, weil das Kämmen und Drehen die Finger aufreibt, so dass Blasen an der Haut entstehen, und die Bewegung der Spindel verursacht Schmerz in den Gelenken. Man kann eine Spinnerin an ihren Händen erkennen. Je schöner ihre Arbeit wird, desto verkrümmter, verrenkter und älter werden ihre Hände. Die edlen Damen der alten Geschichten, Etain und Sadb, die zu einer Hirschkuh wurde, und Niamh vom goldenen Haar, die denselben Namen trug wie meine Mutter, können keine Spinnerinnen und Weberinnen gewesen sein, denn ihre Hände werden als weiß und schön beschrieben, geschmückt mit silbernen Ringen – Hände, wie sie ein tapferer Krieger gerne küsst, wenn er siegreich aus der Schlacht zurückkehrt. Hände, mit denen man sticken oder Harfe spielen kann. Schlanke Finger, hinter denen man ein zartes Gähnen verbirgt, oder mit denen man die Wange eines Geliebten berührt. Die Damen in den alten Geschichten hatten nie von der Miere gehört.

Ich habe schon von dieser Pflanze berichtet, dass sie mit ihren graugrünen Blättern und sternartigen Blüten weich und zart wie Taubenfedern aussieht. Dass sie einem winzige Nadeln tief in die Haut senkt, die wie Feuer brennen. Dass die Haut schwillt und rot wird und anfängt zu pochen und der Schmerz bleibt, bis jeder Rest des Giftes entfernt ist. Ich wusste kaum, wo ich beginnen sollte, denn es gab keine Möglichkeit, meine Hände zu schützen und es trotzdem zu tun. Ich konnte das Messer benutzen, um die Pflanzen abzuschneiden, und sie in ein Tuch wickeln, aber ich konnte die Stiele und Blätter nicht zerkleinern und in Fäden drehen, wenn ich Handschuhe trug. Außerdem wusste ich genug über Magie, um zu erkennen, dass man mir keine kleinen Tricks zugestehen würde. Um meine Brüder zu retten, würde ich leiden müssen, wie sie litten. Wie auch mein Vater zweifellos auf seine Weise litt, denn das plötzliche Verschwinden all seiner Kinder konnte ihn kaum unberührt lassen. Ich fragte mich, welche Erklärung Lady Oonagh ihm gegeben hatte. Nein, es war mir bestimmt, diese Pflanze zu packen und diese Hemden mit nackten, blutigen Händen herzustellen.

Ich hatte keine Werkzeuge und wenig Ahnung. Ich hatte eine gewisse Vorstellung davon, wie es zu tun war, und hatte die Frauen im Dorf beobachtet, wenn sie auf ihren Hockern saßen und die Wollfasern zupften, sie über den Spinnrocken zur Spindel fütterten und den Faden sich drehen und wachsen ließen, während die Spindel langsam ihren Weg zum Boden hinabfand. Es hatte einen Rhythmus, und sie sangen oft bei ihrer Arbeit. Es hatte ganz einfach ausgesehen. Aber ich hatte es hier nicht mit Wolle zu tun. Eine faserige Pflanze wie die Miere würde eingeweicht und geschlagen und getrocknet werden müssen, bevor ich auch nur daran denken konnte, einen Faden daraus zu bilden. Nun, irgendwo musste ich anfangen.

Als Erstes stellte ich die Spindel her. Weiter oben am Hügel gab es Tannen, und ein Stück eines schmalen Astes ohne Zweige würde als Spindelschaft genügen. Als ich das Beil ansetzte, vergaß ich nicht den lautlosen Gruß an die Waldgeister. Wenn ich hier alleine leben wollte, wäre es notwendig, mir ihren guten Willen zu bewahren. Linn half mir weiter, indem sie im Unterholz schnupperte und interessanten Gerüchen folgte. Sie hatte gelernt, Stöckchen zu bringen, und nun brachte sie einen grünen Tannenzapfen, der vom Baum gefallen war, noch bevor er reifen konnte, und legte ihn mir zu Füßen, in der Hoffnung, dass ich ihn für sie werfen würde. Der Zapfen war gut geformt, symmetrisch und hatte ein gutes Gewicht. Da hatte ich also schon einen Teil meiner Spindel. Ich streichelte Linn und warf ihr einen anderen Zapfen zum Spielen hin. Als ich in meine Höhle zurückkehrte, bohrte ich mit dem Messer ein Loch unten in den Zapfen und klemmte das Ende des Schafts hinein. Ich schnitt eine Kerbe in das andere Ende, durch die der Faden laufen würde. So weit, so gut. Dann machte ich mich daran, Mieren zu ernten.

Ich will mich nicht zu lange damit aufhalten, es zu beschreiben. Ich schnitt die Pflanzen ab, packte sie mit einem Stück Sackleinen, und das ersparte meinen Händen ein wenig, aber nach einiger Zeit schmerzten sie dennoch mehr, als ich es je für möglich gehalten hätte. Trotz des großen Vorrats an Pflanzen dauerte die Arbeit lange. Als ich genügend Pflanzen beisammen hatte, ging ich zum Seeufer und suchte nach einer Stelle, wo ich sie einweichen konnte. Ich hatte Glück. Das Quellwasser floss zwischen großen, moosigen Felsen hügelabwärts, und hier und dort hatten sich kleine Teiche gebildet. Direkt über dem Kiesstrand gab es eine Stelle, wo ich ein oder zwei Steine bewegen konnte, so dass es einen flachen Tümpel mit nur wenig Strömung ergab. Hier legte ich meine stachelige Last ab. Ich benutzte einen runden Stein, um die Fasern zu brechen und auseinanderzudrücken, bis sie mehr nach einzelnen Fäden aussahen. Ich drehte jeden dieser Stränge um einen Stock, der zwischen die Steine im Tümpel geklemmt werden konnte, damit das Wasser ringsumher floss. Dann wartete ich.

Ich hatte drei Tage Zeit, mir die Sternmierenstacheln aus den Händen zu ziehen und eine lindernde Salbe zu benutzen, Zeit, meine mageren Vorräte zu betrachten und zu erkennen, dass ich, ohne mir mehr zu beschaffen, nicht bis zum Frühjahr durchkommen würde. Zeit genug, um zu lernen, wie ich über dem Feuer Haferbrei kochen konnte, und mein neues Zuhause ein wenig zu entdecken. Ich war verblüfft, als ich bemerkte, dass es gar nicht weit von der Kuppe des westlichen Hügels entfernt war und dass ich von dort aus einen kleinen Bereich gerodeten Landes sehen konnte. Es gab dort ein oder zwei kleine Bauernhäuser. Vielleicht waren sie nahe genug, dass ich mich dort versorgen könnte. Vielleicht waren sie nahe genug, um eine Bedrohung darzustellen.

Am vierten Tag holte ich die Mieren aus dem Wasser, schlug die Fasern noch mal und hängte sie in die Höhle, bis sie beinahe trocken waren. Am nächsten Tag begann ich zu spinnen.

Arme Linn. Sie war so auf mich eingestimmt und so schlicht und treu, wie nur ein guter Hund sein kann. Sie konnte nicht verstehen, wieso ich weinte und wieso ich so angespannt war und warum sie es nicht besser machen konnte, indem sie mich leckte und winselte und so dicht bei mir saß, wie sie konnte. Es störte mich, sie so bedrückt zu sehen, und ich versuchte zu arbeiten, während sie jagte; aber es ging langsam, so langsam. Stiel um Stiel brüchigen Fadens, der brach und sich auflöste und sich nicht drehen wollte, und so sehr ich mich auch anstrengte, die Schmerzen wurden bald so stark, dass ich die Spindel fallen ließ und loslief, um meine armen Hände im Bach zu kühlen.

Es waren finstere Zeiten, und an den schlimmsten Punkten hörte ich eine innere Stimme, die sagte, diese Aufgabe ist unmöglich. Warum gibst du nicht auf? Deine Hände sind geschwollen, du weinst den ganzen Tag, und was ist das Ergebnis? Eine kleine Spule schlecht gesponnenen Fadens, klumpig und zerbrechlich, kaum genug für eine Jacke für einen Schmetterling, nicht zu reden von einem Hemd für einen Mann. Es kann nicht getan werden. Und woher bist du so sicher, dass die Herrin des Waldes dich nicht angelogen hat? Vielleicht ist das nur eine Grausamkeit von ihr, und deine Arbeit ist umsonst.

Es war schwer, diese Stimme zu ignorieren. Mehr als einmal holte ich das kleine, glatte Stück Holz heraus, sah mir den kleinen Baum an, der dort hinein geschnitzt war und stellte mir vor, wie ich mit Simon sprach, redete und redete, durch all seine Verzweiflung und seinen Selbsthass. Und ich begann, mir selbst Geschichten zu erzählen, nicht laut, sondern im Geist; und ich übte, all meine Aufmerksamkeit auf die Geschichte zu richten, ob es nun die eines Helden oder eines Riesen oder dreier Brüder war, die sich aufmachten, um das Glück zu suchen. Wenn ich mich an keine Geschichten erinnern konnte, erfand ich welche oder schmückte die aus, die ich kannte.

Den ganzen Tag war ich mit dieser schrecklichen Arbeit beschäftigt, die Schmerzen ließen nicht nach, und die Schwellung machte es schwer, Spindel und Faden zu beherrschen. Inzwischen allerdings gingen meine Gedanken über den Schmerz hinaus und richteten sich auf eine schöne Dame oder einen edlen Krieger oder auf Drachen, Schlangen und Zauber.

Wenn es zu dunkel war, um zu arbeiten, legte ich weg, was ich getan hatte, und versuchte, nicht darüber nachzudenken, wie wenig Faden als Ergebnis meiner langen Arbeit entstanden war. Es gab keinen Bruder, der die Mierenstacheln aus meiner Haut zog, keinen Sänger von Liedern, der mich tröstete, keinen Freund, der meine Hände mit heilenden Salben bestrich und verband. Die Stacheln mussten drinbleiben, denn mit meinen geschwollenen, betäubten Fingern konnte ich sie nicht herausziehen. Hin und wieder begann die Haut zu nässen. Dann wurde ich fiebrig und schwindelig. Aber ich hatte einen Vorrat von Vater Briens Arzneien mitgebracht, benutzte eine Kampfersalbe und stellte ein Gebräu aus Weidenrinde her, das ich sowohl zum Waschen als auch zum Trinken benutzte. Nach einer Weile ging es mir gut genug, dass ich wieder beginnen konnte, obwohl ich schwächer geworden war. Schließlich kam es mir so vor, als hätte mein Körper das Unvermeidliche akzeptiert, meine Hände bekamen Narben und Schwielen. Der Schmerz blieb, aber ich konnte weitermachen.

Der Winter ging in den Frühling über, und ich wurde dünner. Ich konnte meine Rippen zählen und spürte die Kälte in der Nacht, obwohl Linn neben mir schlief. Und ich hatte Hunger. Ein Sack Mehl reicht nicht lange, selbst für ein einzelnes Mädchen, und wenn man nicht betteln oder stehlen kann, muss man mit dem auskommen, was man fand. Ich hatte seit meiner Kinderzeit kein Fleisch oder keinen Fisch mehr gegessen, denn ich hatte mich immer allen Geschöpfen so nahe gefühlt, dass meine Sinne sich schon gegen den Gedanken wehrten. Linn hatte gelernt, im Wald zu jagen; und was immer sie mit ihrer Beute anfing, sie tat es nie in meiner Nähe. Für mich war es schwieriger. Jetzt, wo es wärmer wurde, gab es mehr zu essen, genügend Pilze, Kresse in den Bächen und wilde Zwiebeln. Für mehr war es noch zu früh, und ich rationierte den Rest meines Gerstenmehls und meine schwindenden Vorräte von Bohnen für die Zeit, wo wilde Beeren und Nüsse reif sein würden. Trotz meines Hungers war es mir Leid um jede Minute, die ich mit Sammeln verbrachte.

Das Pferd war mager geworden und hatte diesen wilden Blick bekommen, und ich konnte es nicht mehr behalten. An einem Tag, als die Erste wirkliche Frühlingswärme in der Luft hing, brachte ich es durch den Wald zu der Stelle, wo man grüne Felder und Steinmauern und in der Ferne Rauch von einem Bauernhof sehen konnte. Ich lehnte die Stirn eine Weile an den Hals des Pferdes und versuchte ihm zu sagen, dass Vater Brien sicher gewollt hätte, dass es sicher und nützlich und gut gefüttert wäre. Dann tätschelte ich ihm auf die Flanke und zeigte geradeaus. Vorsichtig ging es auf das Feld hinaus, und ich glitt zurück unter die Bäume. Ich hoffe, es hat freundliche Menschen und einen warmen Stall gefunden.

Zu Beginn des Frühlings gab es einen Sturm, der den Wald einen ganzen Tag und eine ganze Nacht lang peitschte, die Baumwipfel in einen wilden Tanz versetzte und Nadeln von eisigem Regen tief in meine Höhle trieb, so dass jede Decke, jedes Stück Kleidung, jede Ecke trockenen Bodens nun durchtränkt war. Mein Feuerholz war nutzlos, und ich saß dort und schauderte hilflos, während der Hund sein Bestes tat, mich zu wärmen. Als der Sturm am Morgen langsam abklang, zitterte ich so, dass ich kaum mehr etwas tun konnte; ich konnte nur noch an die große Feuerstelle in der Halle zu Hause mit ihren knisternden Fichtenscheiten und an das kleine Feuer in meinem Schlafzimmer denken, das sein Licht auf die Eule und das Einhorn des Wandbehangs geworfen hatte. Halb im Traum stellte ich mir starke Arme vor, die mich in eine Decke wickelten und mich wiegten, bis ich glaubte, warm und sicher zu schlafen. Durchnässt und zitternd und frierend aus diesem Traum zu erwachen war grausam. Nach einer Weile hatte Linn genug von mir und ging hinaus in den Norden, während ich weinend dasaß und dachte, jetzt könnte ich alles aufgeben, wenn mir jemand nur einen Schale von der Gerstenbrühe brachte, wie die dicke Janis sie immer kochte.

Ich weiß nicht, wie lange ich so dagesessen habe, aber schließlich wurde meine Trance des Selbstmitleids von Linns Gebell unterbrochen, und ich schleppte mich nach draußen, um festzustellen, dass eine der großen Eschen in der Nacht umgestürzt war und viele kleinere Schwestern damit umgerissen hatte. Nun lag sie nicht weit von meiner Tür. Linn war weiter oben am Hügel und jagte im Unterholz.

Der Tod dieses großen Baums hatte das dichte Waldland um meine Höhle geöffnet, und ich konnte das Seewasser zwischen den dicht stehenden jungen Ulmen und Weiden sehen. Ich stand neben dem gefallenen Riesen, legte die schwieligen Hände auf seine glatte, graue Rinde und sprach lautlos mit dem Geist, der dort gelebt hatte, denn der Sturm hatte ihm mit einer gewaltsamen Geste das Heim genommen. Ich dankte ihm für die Jahre des Schutzes, die der Baum den kleinen Geschöpfen gegeben hatte, für die Nahrung, die er dem Waldboden spendete, für den tiefen Frieden und das Verständnis. Ich versicherte ihm, das Holz gut zu nutzen, neue Werkzeuge daraus herzustellen und mein Feuer zu nähren. Ich spürte das Wissen und Geheimnis des großen Baums, wie es in meinem Geist eindrang, ich kannte die Einheit, die Einsamkeit, die Würde dieses Lebens und dieses Todes. Noch würde ich das Holz nicht schneiden. Ich würde warten, bis der Geist des Baums weitergezogen war, und erst dann hacken und trocknen und eine neue Spindel schnitzen und es mit einem Webrahmen versuchen, denn ich nahm an, ich hatte nun genug Faden für das erste Hemd. Ich war nicht kräftig genug, den massiven Stamm oder größere Äste eines solch riesigen Baums nutzen zu können, aber mit meinem kleinen Beil konnte ich die kleineren Äste angehen.

Inzwischen würde die große Esche ruhen, wo sie lag, und Moose würden ihren Stamm überziehen und winzige Geschöpfe ein Heim in ihren Höhlungen finden. Selbst im Tod war sie noch ein Glied der großen Kette des Waldes.

Die Zeit verging weiter. Bienen drängten sich um die süßen Lavendelrispen, und der Waldboden war mit Blüten bedeckt. Tag und Nacht waren beinahe gleich; die Vögel waren emsig mit Strohhalmen und kleinen Zweigen beschäftigt und bereiteten ihre Nester für ihre Brut vor. Wenn ich früh am Morgen zum Seeufer ging, sah ich Schwärme von Wasservögeln draußen an den kleinen Inseln, wie sie sich in großen Wolken flatternder Flügel zum Himmel erhoben oder nach Fischen tauchten. Auf diese Entfernung konnte ich nicht erkennen, ob auch Schwäne darunter waren.

Das Wasser war jetzt wärmer, und ich stählte mich, mich selbst und meine schlammbedeckte Kleidung, zum Waschen. Bisher hatte ich keine Anzeichen von Menschen an diesem Ufer entdeckt. Es war, als wäre diese Ecke der Wildnis irgendwie geschützt vor sterblicher Einmischung, und vielleicht war dies tatsächlich für einige Zeit der Fall. Der Wald wird dich verstecken, hatte die Herrin des Waldes gesagt.

Die Zeit verging, und neues Leben brach aus dem Wald. Ich vergrößerte meine kleine häusliche Runde jeden Tag. Ich stand in der Morgendämmerung auf und wusch mich mit Seewasser, dann erweckte ich die letzten glühenden Kohlen meines winzigen Feuers wieder zum Leben und kochte Wasser, mit vielleicht einer Hand voll Kresse und wilden Zwiebeln für ein mageres Frühstück. Danach machte sich Linn auf zum Ufer oder in die Wälder, und auch ich suchte nach Essen. Als der Frühling dem Sommer wich, wurde das einfacher. Brombeeren reiften, Stachelbeeren und Johannisbeeren waren überall zu finden. Holunderbüsche waren mit weißen Blüten übersät. Wilde Kräuter wucherten, Salbei, Majoran und Petersilie. Ich merkte mir, wo Apfelbäume und Haselbüsche wuchsen, denn diese würden später eine gute Ernte erbringen. Ich wusste nun, dass ich zumindest einen weiteren Winter hier verbringen müsste, denn ich kam mit meiner Arbeit nur elend langsam voran. Ich hatte kaum genug Faden für ein einziges Hemd, und es war bereits beinahe Sommer.

Wenn ich von meiner Vorratssuche zurückkehrte, griff ich nach der Spindel und den gnadenlosen Fasern, und ich spann und spann, und die Stacheln drangen mir in die Haut, und ich erzählte mir lautlos Geschichten, den Blick ins Leere gerichtet. Von Zeit zu Zeit stand ich auf, trat unter die Bäume hinaus und drückte meinen schmerzenden Rücken und die Schultern gegen eine starke Eiche oder Ulme. Dann suchte ich im Geist nach meinen Brüdern, auf dem See, am Himmel, überall.

Wo bist du, Finbar?

Aber ich spürte nichts. Es mochte durchaus sein, dass sie tot waren, getroffen vom Pfeil eines Jägers oder zerrissen von einem Wolf oder Bären.

Wo seid ihr jetzt?

Das gestattete ich mir nicht für lange. Linn kam zurück, leckte sich die Schnauze und ließ sich neben mir nieder, und dann begann ich wieder zu spinnen. Später am Tag nahm ich den Faden, den ich am Morgen hergestellt hatte, und fügte ihn meiner Webarbeit hinzu. Es überstieg meine Fähigkeiten, einen Webstuhl herzustellen, wie ich ihn bei den Frauen zu Hause gesehen hatte, aber ich hatte ein flaches Stück Rinde gefunden, zwei Handspangen lang und ein wenig weniger breit, die Ränder eingekerbt und die Kettfäden darumgewickelt. Den Schussfaden zog ich mit der Hand ein, mit einer Knochennadel, die einmal Vater Brien gehört hatte. Darunter und darüber, darunter und darüber. Der Stoff war unregelmäßig und knotig, aber er hielt. Es war später noch genug Zeit, darüber nachzudenken, wie man aus solcher Arbeit ein Hemd machen könnte.

Der Mittsommer überraschte mich beinahe. Ich arbeitete so stetig, wie ich konnte, und begann im weiteren Umkreis nach Mieren zu suchen, denn ich hatte den Vorrat nahe meiner Höhle beinahe erschöpft und musste nun warten, dass etwas nachwuchs. Eines Tages ging ich den alten Weg entlang zurück, auf dem ich das Pferd hierher gebracht hatte, zwischen Ranken und Bodendeckern, Farnen und Moosen, in dem dunklen, grünen, gefilterten Licht des alten Waldes, bis ich nahe an der Stelle war, wo ich das Pferd freigelassen hatte. Ich hatte ein seltsames Gefühl, als müsse ich mich davon überzeugen, dass der Rest der Welt nicht verschwunden war, während ich mich spinnend in meiner Höhle verborgen hatte. Was war mit den Geschichten von Jungen und Mädchen, die vom Volk unter dem Hügel geholt worden waren? Sie verbrachten vielleicht nur eine Nacht dort, singend und tanzend, aber wenn sie nach Hause kamen, stellten sie fest, dass hundert Jahre vergangen und ihre Verwandten alle tot waren. Wer konnte schon sagen, dass mir nicht dasselbe geschehen würde?

Ich ging so dicht zum Waldrand, wie ich es wagte, und dann kletterte ich langsam in die ausgebreiteten Arme eines Walnussbaums. Linn bewachte mein Bündel, erfreut, sich in den Farnen ausruhen zu können, denn es war drückend wie vor einem Gewitter. Von meinem Aussichtspunkt aus konnte ich eine Reihe jüngerer Bäume überblicken, bis hinunter zu einem Wagenpfad, begrenzt von Weißdornbüschen, und dahinter zu steinummauerten Feldern, einige von ihnen mit Gerste oder Roggen bepflanzt. Es gab ein Bauernhaus oder zwei, ganz in der Ferne. Und hinter dem Bauernland begann der Wald wieder. Ich saß ruhig in all dieser Stille und dachte kaum an etwas. Der süße Duft von Weißdornblüten hing in der Luft, und ich spürte die Bewegungen kleiner Geschöpfe, Insekten, die von der Sommerhitze träge geworden waren, das Rascheln von Kaninchen und Eichhörnchen im Unterholz und die weniger sichtbaren, geheimnisvollen Bewohner der Bäume, deren Stimmen in der Luft hingen wie flüsternde Musik.

Sei gegrüßt, Sorcha. Sorcha, unsere Schwester.

Ein leises Lachen und das Flattern eines zarten Flügels, oder ein Spinnennetz, das im gefleckten Licht halb sichtbar wurde. Manchmal entdeckte ich ein langes, goldenes Haar oder einen schlanken Fußabdruck. *Komm und tanz mit uns, Schwester.* Ich grüßte sie lautlos, wusste, dass sie wussten, dass ich ihnen nicht folgen konnte. Und dann waren sie plötzlich verschwunden, denn auf dem Weg näherte sich eine nur allzu menschliche Bande junger Leute, Jungen und Mädchen, lachend, pfeifend und rufend, mit Blüten und Bändern im Haar. Ich beobachtete sie still, und auch Linn verharrte reglos, wo sie war;

inzwischen genügte eine Geste von mir, dass sie gehorchte. Als die Gruppe zwischen den Weißdornbüschen durchkam, blieben sie stehen, um bunte Bänder an die duftenden Zweige zu binden, und sie sangen ein altes Lied, in dem sie die große Mutter um eine üppige Ernte baten. Sie sangen mit strahlenden Gesichtern und blitzenden Augen; und als sie fertig waren, kicherten die Mädchen und liefen den Pfad entlang davon. Die Jungen folgten ihnen, und dann ging alles wieder von vorne los.

Die Gruppe teilte sich schließlich. Die Mädchen gingen weiter den Weg entlang, bis jeder Weißdorn seine Sommergirlande aus goldenen, weißen und grünen Bändern hatte. Die Jungen machten ihren Weg zum kleinsten Hügel hinauf, und nun konnte ich sehen, dass dort oben Feuer vorbereitet waren, und mir wurde klar, dass dies tatsächlich die letzten Vorbereitungen für Meán Samhraidh, die Mittsommernacht, waren.

Heute Nacht würden im Feuer Opfergaben präsentiert werden, und man würde Fackeln zu Stall und Scheune, Feld und Hütte tragen, um den Segen von Dana, der Muttergöttin, jedem dort lebendem Wesen zu bringen.

Also war es Zeit, herauszufinden, ob ich wirklich glauben durfte, was die Herrin des Waldes mir gesagt hatte. Zeit, zu erfahren, ob es stimmte, dass ich den Bann brechen konnte. Denn ich erinnerte mich gut an ihr Versprechen; zweimal im Jahr, an Mittsommer und Mittwinter, können sie von Abend- bis Morgendämmerung ihre menschliche Gestalt wieder annehmen. Selbst diese Worte waren von Unsicherheit umgeben. Aber ich glaubte daran, dass meine Brüder kommen würden und dass ich zum See zurückkehren und auf sie warten müsste.

Die Mädchen waren auf dem Weg immer noch zu sehen; ich wagte nicht, mich zu regen, weil sie mich entdecken könnten. Und nun näherte sich ein anderer junger Mann, ein wenig zögernd, abseits von den anderen. Er war dicklich und hatte die groben, unschuldigen Züge von einem, der nicht ganz richtig geboren worden war, von einem, der immer einen Schritt hinter den anderen zurückblieb. Er eilte den Weg entlang, so gut er konnte, hinkte dabei ein wenig und streckte die großen Hände aus, um ein Band hier, eine Blüte da zu berühren, und sein breites Lächeln entblößte hervorstehende Zähne.

Die anderen waren ohne ihn weitergegangen, aber das schien ihn nicht zu stören. Stattdessen wählte er eine Stelle direkt unter meinem Baum, um sich an die Straße zu setzen und in seiner Tasche zu suchen. Ich wollte gehen, aber ich konnte mich nicht rühren. Der Junge holte ein Stück Brot und Käse heraus und begann, in aller Ruhe zu essen. Das konnte ich ihm kaum übel nehmen; immerhin hatte er dieselbe Stelle wie ich gewählt, um den Anblick und die Düfte dieses wunderschönen Sommertages zu genießen. Also wartete ich und beobachtete ihn bei jedem Bissen. Es war lange her, seit ich zum letzten Mal Brot gegessen hatte. Nachdem er fertig war, schien der Junge einzudösen, sein Hut rutschte ihm beinahe über die Augen, die Hände hingen zwischen seinen Knien, und er schien seine Umwelt kaum mehr wahrzunehmen. Ich wartete noch ein wenig. Er gab keine Anzeichen, dass er sich bewegen würde. Ich dachte an meine Brüder, an den langen Weg zurück zum See, und begann sehr langsam herunterzuklettern.

Es gab eine Zeit, in der meine Brüder und ich uns lautlos und schnell durch den Wald bewegen konnten. Niemand hätte uns gesehen oder uns gehört oder gefangen. Aber nun hatten meine Hände ihre Beweglichkeit und Sicherheit verloren. Einen Augenblick lang verlor ich den Halt und griff nach einem Ast, und ein Zweig knackte – nur das winzigste Geräusch. Der junge Mann war sofort auf den Beinen und starrte mich staunend an.

»Fee!« rief er mit lauter, ein wenig verschwommener Stimme. »Eine Fee!«

Sein Grinsen war breit und erfreut, als wäre sein schönster

Traum Wirklichkeit geworden. Einen Augenblick lang starrte ich zurück. Dann sprang ich zu Boden, nahm mein Bündel, floh in den Wald und überzeugte mich, dass mir niemand nach Hause folgte. Armer Junge. Ich fragte mich, wie oft er schon dort gewartet hatte, in der Hoffnung, eine vom Feenvolk zu sehen. Und tatsächlich waren es oft solche wie er, denen sie erschienen. Ich hoffte nur, wenn er seine Geschichte erzählte, dass man sie seiner Phantasie zuschrieb.

Die Begegnung hatte mich erschüttert. Mich ausgerechnet am Tag der möglichen Rückkehr meiner Brüder entdecken zu lassen, war ausgesprochen dumm gewesen. Ich schwor mir, nie wieder dorthin zu gehen, so groß mein Bedürfnis, Menschen zu sehen, auch sein mochte. Niemand durfte in meinem Dorf davon erfahren, auf keinen Fall Lady Oonagh. Denn sie würde mich holen kommen, wenn sie wüsste, wo ich war, davon war ich überzeugt. Außerdem hatte ich kostbare Zeit verschwendet. Es war bereits Mittsommer und das erste Hemd kaum begonnen. Bei diesem Tempo würde ich noch viele Monde lang hier sein. Ich eilte durch den Wald nach Hause und konnte kaum erwarten, dass es Abend wurde.

Um die Wahrheit zu sagen, jenes erste Mal zweifelte ich kaum daran, dass sie zurückkehren würden, wie sie mir gesagt hatte. Und so bereitete ich alles für sie vor, ich wusch mich, ich zog einen Kamm durch mein zerzaustes Haar und räumte mein einfaches Zuhause so gut wie möglich auf. Ich ließ das Feuer brennen, obwohl es nur winzig war, und ging hinunter zum Seeufer, lange vor Sonnenuntergang. Dort vollzog ich das Ritual, einsam und schweigend. Ich achtete darauf, nichts auszulassen. Nacheinander grüßte ich die Geister von Feuer, Luft, Wasser und Erde. Ich bat um nichts. Stattdessen öffnete ich meinen Geist dem, was kommen würde. Ich sagte ihnen, ich würde akzeptieren, was immer geschah. Ich bat sie, mich in das große Netz des Lebens aufzunehmen und mich zu benutzen, wie sie wollten. Als ich fertig war, griff ich nach meinem

Eichenstock, der einmal Vater Brien gehört hatte, und zog den Kreis auf dem weißen Sand ringsumher. Ich setzte mich im Schneidersitz in die Mitte und wartete. Langsam drangen die Geräusche des Waldes wieder in mein Bewusstsein. Bäume rauschten, Vögel sangen. Ich konnte nichts weiter tun. Der Himmel wurde rötlich violett und schließlich grau. Eine Eule flatterte über mich hinweg, ihr trauriger Ruf trieb in der Abendluft. Nicht lange, nicht mehr lange. Linn war still, hockte im Gras und sah mich an. Nun kam sie näher gerutscht und knurrte dabei leise. Sie waren da, draußen auf dem Wasser, alle zusammen, weiße Gespenster auf den dunkler werdenden Wellen. Mein Herz setzte beinahe aus, aber ich saß reglos. In der Ferne grollte der Donner, und die Luft klebte feucht an der Haut.

Die letzte Spur des Sonnenlichts war verschwunden; die Nacht streckte die Hand über den Wald. Als die Dämmerung der Dunkelheit wich, gab es eine Bewegung im Wasser, und sie kamen ans Ufer, einer nach dem anderen. Der Augenblick der Veränderung war durch die Nacht vor mir verborgen, denn der Mond war noch nicht durch die Wolken gebrochen. Trüb erkannte ich den Umriss eines Flügels, das Biegen eines Halses. Und dann waren sie hier, meine Brüder, meine Lieben, auf dem Sand vor mir, ein wenig betäubt und nass, halb bekleidet mit denselben Kleidungsstücken, die sie zuvor getragen hatten, und dann, als bester Balsam für meinen Geist, kamen der lautlose Gruß, zunächst stotternd und unverständlich, aber es erfüllte mein Herz mit größter Freude.

Sorcha. Sorcha, wir sind da.

Ich ging auf sie zu, berührte sie einen nach dem anderen, sah im Licht meiner kleinen Laterne die Verwirrung in ihrem Blick, hörte ihre zögernden Stimmen. Es ging ihnen nicht gut. Wenn ich erwartet hatte, dass sie unverändert, tapfer und lachend zu mir zurückkamen, wie ich sie verlassen hatte, dann hatte ich die Art ihrer Verzauberung falsch eingeschätzt.

Es ist nicht so schlimm. Conor legte den Arm um mich, während ich seine innere Stimme hörte. *Erinnerst du dich an die Geschichte von den vier Kindern des Lir? Sie waren neunhundert Jahre lang in Schwäne verwandelt, und als sie endlich wieder menschliche Gestalten erhielten, waren sie kleine alte Männer und Frauen, gebeugt und verkrüppelt. Wir sind zumindest unversehrt zurückgekehrt, körperlich unversehrt – und ein wenig früher als sie.*

Das tat wenig, um mir zu helfen. Wussten meine Brüder denn nichts von Zauber und Gegenzauber? Nichts von der Dauer des Bannes und der Methode, ihn aufzuheben? Wie sollte ich das erklären, ohne die Macht der Sprache, und mit dem Befehl, über meine Geschichte Schweigen zu bewahren? Und noch etwas stimmte hier nicht.

Wo ist Finbar? Denn ich war nur imstande, einen meiner Brüder mit dem Geist zu berühren und nur fünf mit der Hand.

»Er kommt. Lass ihm Zeit«, sagte Conor laut, und es tröstete mich, dass er klang wie früher. Und nun hatten sich auch die anderen gefasst, ächzten leise wie nach zu viel Bier oder nach anstrengenden Übungen im Schwertkampf, während ihr menschliches Bewusstsein langsam zu ihnen zurückkehrte. Sie versammelten sich um mich, umarmten mich und fassten einander bei den Schultern, als wollten sie sich überzeugen, dass dies nicht nur eine weitere Vision oder ein Zaubertrick war. Der Hund näherte sich vorsichtig Cormack. Er begann Linns Ohren zu kraulen und fuhr ihr mit sanften Fingern über die Narbe am Kopf. Dann erkannte sie ihn, sprang an ihm hoch und bellte begeistert. Ich sah, wie er eine Sekunde lang zurückwich, wie beinahe so etwas wie Angst über sein Gesicht zog, und dann war die Angst verschwunden und er streichelte sie strahlend.

Ich zupfte Conor an der Jacke und zog ihn weg vom Ufer. In meiner anderen Hand hielt ich die kleine Laterne. Meine Brüder folgten mir den Hügel hinauf in die Höhle, aber es dauerte immer noch, bis sie richtig bei Bewusstsein waren, und sie schwiegen die meiste Zeit und folgten mir ohne weitere Frage. Wir erreichten die Höhle, und ich legte neues Holz aufs Feuer und entzündete eine weitere Lampe. Ich nahm an, wir würden hier sicher sein. Heute Nacht würden sich alle zu den Mittsommerfeiern versammeln, und nur die waghalsigsten oder dümmsten Sterblichen würden sich um diese Zeit in den Wald wagen.

Meine Brüder saßen um das kleine Feuer wie verlorene Geister, die von ihrem Pfad abgewichen waren. Zunächst sprachen sie wenig; sie schienen erschüttert, obwohl sie von Zeit zu Zeit die Hände ausstreckten, um den anderen zu berühren, als wollten sie sich überzeugen, dass sie tatsächlich wieder Menschengestalt hatten. Nach einer Weile bemerkte ich, dass auch Finbar schweigend vom Wasser heraufgekommen war, um sich unserem kleinen Kreis anzuschließen. Als ich meine Hand ausstreckte, um ein weiteres Stück Eschenholz aufs Feuer zu legen, packte er mein Handgelenk; er hatte immer scharfe Augen gehabt.

»Deine Hände«, sagte er grimmig, »was ist mit deinen Händen los?« Und er fuhr sanft mit seinen langen, schmalen Fingern über die meinen und spürte die Schwielen und die Narben und die Verhärtung der Gelenke. »Sorcha, was ist passiert? Warum sprichst du nicht mit uns?«

Ich wusste, dass ich meine Geschichte nicht erzählen durfte, nicht einmal meinen Brüdern. Also berührte ich meine Lippen mit dem Zeigefinger, dann legte ich die Hände zusammen und riss sie rasch wieder auseinander und schüttelte den Kopf. *Ich darf nicht sprechen. Ich darf es euch nicht sagen.* Ich hatte einen festen Schild um meine Gedanken gelegt, aber nicht mit Conors Feinfühligkeit gerechnet.

»Sie hat einen Fluch auf dich gelegt«, sagte Conor. »Das ist klar. Mit welchem Ziel? Gibt es ein Ziel?«

Ich schüttelte den Kopf und zeigte abermals mit dem Finger auf den Lippen, dass ich es ihm nicht sagen durfte.

»Du darfst überhaupt nichts sagen?« fragte Diarmid enttäuscht. »Aber wie sollen wir wissen – wie sollen wir ...«

»Hast du keine Erinnerung an die Zeit?« fragte Conor ihn vorsichtig.

»Erinnerung? Nicht genau. Es ist mehr ...«

»Es sind Gefühle, keine Gedanken«, warf Padraic ein, der von ihnen allen am ehesten der Alte zu sein schien, wenn auch stiller. »Hunger, Angst, Wärme, Kälte, Gefahr, Zuflucht. Das ist alles, was ein Schwan weiß. Es war – anders. Sehr anders.« Ich sah, dass er einen Augenblick seine Arme betrachtete, so als würde er sich immer noch wünschen, fliegen zu können.

»Du musst verstehen, Sorcha«, erklärte Conor auf seine gemessene Art, »dass der Geist eines Tieres anders ist als der eines Mannes oder einer Frau. Ich glaube, nur sehr wenig kommt mit uns über die Grenze, wenn wir uns verändern. Als Schwäne können wir Dinge sehen, die Männern oder Frauen nicht auffallen, aber wir können sie nicht so begreifen wie du; und wenn wir erst wieder Menschengestalt haben, erinnern wir uns an das andere Leben nur trüb, wie durch einen Herbstnebel. Padraic hat es gut zusammengefasst. Ein wildes Tier kennt das Bedürfnis, sich zu verstecken, sich zu schützen, zu fliehen, Futter und Zuflucht zu suchen. Aber Bewusstsein, Gerechtigkeit, Vernunft – all das liegt außerhalb seines Geistes. Für Finbar ist diese Strafe besonders hart, da er diese Dinge über alles schätzt. Lady Oonagh hat den Fluch vielleicht besonders für ihn gewählt; aber für uns andere ist es ebenfalls schlimm genug.« Quer durch den Feuerkreis warf er Finbar einen Blick zu, der uns schweigend, das Gesicht im Schatten, beobachtete.

»Sorchas Strafe ist schlimmer«, meinte Cormack nüchtern. »Allein im Wald zu sein, weit von allem, und nicht sprechen zu dürfen.« Er sah mich forschend an.

»Zumindest sind wir jetzt zurückgekehrt und können alles in Ordnung bringen«, sagte Liam, streckte die langen Beine vorsichtig, als wollte er ausprobieren, ob sie immer noch funktionierten. »Oder ist dies nur eine Vision, die wieder verschwindet, bevor wir Zeit hatten, etwas zu tun? Wie lange haben wir unsere menschliche Gestalt?«

Aber das durfte ich nicht sagen. Das hätte zu der Geschichte gehört, und das war verboten.

»Ich fürchte, nicht lange, wenn ich nach Sorchas elendem Blick gehe«, meinte Diarmid verbittert.

»Ich nehme an, nur diese eine Nacht«, sagte Conor. »In den alten Geschichten sind die Zeiten der Veränderung die Abend- und Morgendämmerung. Wir müssen auf das Schlimmste vorbereitet sein.«

»Eine Nacht?« Diarmid war empört. »Was kann man in einer Nacht schon erreichen? Ich will Rache, ich will das Böse wieder gutmachen, zu dem ich beigetragen habe. Aber wir sind weit von zu Hause, zu weit, um zurückzukehren. Warum bist du hier, Sorcha – was ist mit Vater Brien, der dir helfen sollte?«

Das war eine andere Geschichte, und die durfte erzählt werden. Ich ging zur Zeichensprache über. Ein christliches Kreuz; Münzen auf den Lidern. Aufflattern in den weiten Himmel und nach Westen. Sie verstanden mich sofort.

»Also ist unser alter Freund tot«, sagte Liam.

»Und ich gehe einmal davon aus, er ist keines natürlichen Todes gestorben«, fügte Cormack hinzu. »Dieser Mann war wie eine Eiche, so mager er war; er hatte Kraft in sich, wie sie vielen Kriegern fehlt.«

»Lady Oonaghs Hand reicht weit«, sagte Diarmid.

Conor warf ihm einen Blick zu. »Wir werden unsere Rache haben«, sagte er. »Vollständige, schreckliche Rache. Vater Briens Mörder werden in Stücke zerrissen und die Krähen werden an ihren weißen Knochen nagen.«

Wir starrten ihn alle an. Er hatte nicht einmal die Stimme erhoben.

»Wir glauben dir«, sagte Diarmid und zog die Brauen hoch.

»Er war Christ«, wandte Padraic ein. »Vielleicht hätte er sich Verzeihung gewünscht und nicht Rache.«

Conor starrte ins Feuer. »Der Wald schützt die seinen.«

»Das war ein großer Verlust für dich, Sorcha«, sagte Liam. »Hast du hier außer der Einsamkeit nichts und niemanden?«

»Das darf sie dir nicht sagen«, meinte Conor. »Aber ich zweifle nicht daran, dass dies alles seinen Zweck hat. Sorcha, weißt du, wie lange diese Verzauberung dauern wird? Wird sie ein Ende haben? Und wann dürfen wir hierher zurückkehren?«

Ich schüttelte den Kopf und legte mir beide Hände auf den Mund. Warum hörten sie nicht auf, Fragen zu stellen? Ich spürte, wie mir eine Träne über die Wange lief.

»Ich denke, es wird noch lange dauern«, Finbars Stimme war sehr leise. »Eine Zeit, die eher in Jahren als in Monden zu messen ist. Ihr dürft Sorcha nicht um Antworten bedrängen.«

Niemand stellte in Frage, was er gesagt hatte. Wenn Finbar so sprach, war es immer die Wahrheit.

»Jahre!« rief Liam.

»Sie darf hier nicht solange alleine bleiben«, sagte Diarmid. »Es ist nicht sicher, und es gehört sich nicht.«

»Es gibt keine andere Möglichkeit«, sagte Conor. »Außerdem kennst du die alten Geschichten ebenso gut wie wir. Es muss einen Sinn haben, aber den darf sie uns nicht mitteilen, nicht wahr, Sorcha?«

»Sie muss bestimmte Dinge tun«, sagte Cormack leise von dort, wo er saß und die Arme um den Hund geschlungen hatte. »Sie muss bestimmte Dinge tun, bevor der Bann ein Ende hat.« Er sah mein zustimmendes Nicken. »Was können wir tun, Sorcha?«

Ich schüttelte den Kopf und spreizte die Finger. *Nichts. Nichts, aber seht zu, dass ihr am Leben bleibt.*

»Es hatte etwas mit ihren Händen zu tun«, sagte Conor bedächtig, und in seiner Stimme schwangen Gefühle mit, die ich nicht vollkommen verstand. »Du würdest dich nicht umsonst so verletzen. Irgendetwas Böses ist hier am Werk, da bin ich sicher.«

Ich schüttelte den Kopf, denn er hatte nur zur Hälfte Recht.

Nein. Nichts Böses. Das ist mein Weg. Ihr müsst es mich tun lassen. Ich kann euch retten.

»Hier«, sagte Padraic hinter mir. Ich hatte nicht bemerkt, dass er tiefer in die Höhle hinabgegangen war, aber nun kam er zurück, mit meiner Spindel in einer Hand und einem Stück des vielsagenden Fadens, stachelig und brüchig. Das Feuerlicht schimmerte auf den täuschend zarten Fasern. Alle holten tief Luft, und Padraic setzte sich wieder zu den anderen, die Spindeln zwischen seinen fähigen Handwerkerhänden.

»Was ist das?« fragte Liam zornig, nachdem er die Faser berührt hatte. »Dieser Faden ist voll winziger Stacheln. Kein Wunder, dass ihre Hände so geschwollen sind, dieser Faden ist ...«

»Es sind Mieren«, sagte Padraic. »Sorcha hat die Fasern zum Spinnen vorbereitet und ein Stück Stoff gewebt.«

»Mieren zu verspinnen!« rief Cormack. »Wer wäre je darauf gekommen?«

»Du selbst hast von Aufgaben gesprochen, die erfüllt werden müssen«, erinnerte Conor seinen Zwillingsbruder.

»Sechs Brüder.« Finbar hatte bisher kaum etwas gesagt, und nun war seine Stimme angespannt, als spräche er nur, weil es unbedingt notwendig war. »Sechs Brüder, sechs Kleidungsstücke?«

»Aus Mieren? Ich wäre nicht froh über ein solches Hemd«, bemerkte Diarmid.

Conor ließ seinen abschätzenden Blick über die anderen schweifen. »Ihr werdet vielleicht froh sein, es tragen zu können«, sagte er bedächtig, »wenn es die Macht hätte, den Bann zu lösen.« Er hatte nicht lange gebraucht, um es herauszufinden.

Einen Augenblick lang sahen sie einander über das Feuer hinweg an, und es kam mir so vor, als fände eine Verständigung zwischen meinen Brüdern statt, die keine Worte brauchte, und diesmal war ich diejenige, die ausgeschlossen war. Ich sah mich im Kreis um, spürte, dass sie einander nun näher standen als je zuvor, und dann begegnete ich Finbars Blick. In seiner Miene lag ein Misstrauen, das ich nie zuvor bemerkt hatte, eine Unsicherheit, die mich beunruhigte, denn er war von allen immer derjenige gewesen, der seines Weges am sichersten war. Ich versuchte, ihn im Geist anzusprechen.

Was ist los, Finbar?

Aber es war Conor, der antwortete.

»Es ist schwer zurückzukehren, Sorcha, und für einige ist es schwerer als für andere.«

»Wir haben hier nur wenig Zeit«, sagte Liam und stand auf. »Wenn das, was Conor annimmt, der Wahrheit entspricht, haben wir nur bis zur Morgendämmerung. Wir müssen für unsere Schwester tun, was wir können.«

»Nur eine Nacht, und das hier im Wald«, sagte Diarmid. »Wo können wir anfangen, wenn es so viel zu tun gibt?«

»Wir können einiges erreichen«, übernahm Liam wie gewohnt die Führung. »Vielleicht Kleinigkeiten, aber sie werden nützlich sein. Glaub mir, Sorcha, es quält und beschämt uns alle, dass wir dich hier wieder allein lassen müssen. Aber wir können dir vielleicht zumindest ein wenig Bequemlichkeit verschaffen, wir können Holz hacken, wir können die Höhle für den Winter vorbereiten, denn ich fürchte, wir werden erst wieder zurückkehren, wenn hier Schnee liegt; wir können bei Laternenlicht arbeiten. Hast du eine Axt?«

Ich nickte.

»Im Westen liegt Weideland, und es gibt Getreidescheunen«, sagte Conor.

»Wie weit entfernt?« wollte Cormack wissen.

»Du kannst vor Tagesanbruch dorthin und zurück gelangen«, antwortete sein Zwillingsbruder. »Nimm Linn mit. Es ist dunkel, und die Wege sind gefährlich. Sie wird dich führen. Ich nehme an, sie wäre ohnehin nicht einverstanden, zurückzubleiben.«

»Ich werde mit dir gehen«, sagte Padraic. »Oder ich würde es tun, aber diese Stiefel bringen mich um. Das ist das Problem mit Veränderungen. Man wächst weiter, aber die Kleider haben dieselbe Größe. Vielleicht würden deine Sachen mir passen, Finbar.« Seine Stiefel passten ihm gut genug, denn mein jüngster Bruder war jetzt einen halben Kopf größer als beim letzten Mal, als ich ihn gesehen hatte. Dann waren Padraic und Cormack im Wald verschwunden, die kleine Laterne in der Hand, Messer am Gürtel. Ich hoffte, sie würden die Waffen nicht brauchen. Ich hoffte, sie würden unbemerkt bleiben, was immer sie vorhatten. Linn folgte ihnen; niemand hätte den Hund zurückhalten können. Zumindest einer von dreien wusste also den Weg.

Liam und Diarmid machten sich mit Axt und Beil an die Arbeit, hackten Äste der toten Esche ab und stapelten sie im Schutz eines überhängenden Felsens. Sie arbeiteten mit einem Tempo und einer Präzision, die mich verblüfften, und hielten nicht einmal inne, um etwas zu essen oder zu trinken. Sie nahmen die zweite Lampe mit und ließen den Rest von uns am Feuer im Halbdunkel zurück.

»Also gut«, sagte Conor, »ich will diese Hände sehen. Hast du Salben? Bienenwachs?«

Ich zeigte ihm meine zur Neige gehenden Vorräte in einer Nische der Höhle.

»Das wird nicht mehr lange reichen«, sagte er ernst. »Was

willst du dann tun? Gibt es keine andere Möglichkeit, diese Aufgabe zu erledigen?«

Ich schüttelte den Kopf.

»Dann kann ich mich zumindest heute Nacht um dich kümmern und vielleicht ein wenig Hilfe für dich finden. Du musst verstehen, kleine Eule, dass dies das Schlimmste für uns ist. Nicht hier bei dir sein zu können, zuzusehen, wie du dich für uns opferst – das trifft uns tief. Für Finbar ist es am schwersten. Er braucht es von uns allen am dringendsten, einem geraden Weg zu folgen, welche Hindernisse auch im Weg sein mögen. Dass man ihm diese Möglichkeit nimmt, zerreißt ihn schier.«

Wir kehrten zum Feuer zurück, wo Finbar immer noch schweigend saß. Conor nahm meine kleine Hand in seine und begann, die Salbe sanft in meine Haut zu reiben, massierte und knetete meine Finger mit seinen eigenen. Er hörte auf zu sprechen und begann stattdessen, leise zu summen, eine monotone kleine Melodie, deren Anfang und Ende miteinander verwoben waren, so dass sie weiter und weiter ging und gut zur seltsamen Stille der Nacht passte. Weiter entfernt begleiteten die gedämpften Schläge der Axt auf Holz das Lied. Ich begann mich zu entspannen. Zunächst hatte ich mich zusammenreißen müssen, denn es tat weh, wenn jemand meine Hände berührte; aber nach einer Weile lullte mich das Lied ein, und ich hörte die Eulen in den Bäumen und das Quaken der Frösche in den vielen kleinen Bächen rund um den See. Und dann kam Finbar und setzte sich zu mir und nahm meine andere Hand. Conors Hand war warm und voller Leben; Finbars Hand war wie Eis. Eine Weile saßen wir so da, und ich überließ meine verletzten Finger meinen Brüdern und nahm Bilder und Gefühle in mich auf, die für die lange, müde Zeit bis zum Mittwinter reichen mussten. Conor summte immer noch leise sein Lied vor sich hin und arbeitete seine eigene Kraft in meine Hände.

Endlich sagte Finbar: »Es tut mir Leid, Sorcha. Ich weiß kaum, was ich sagen soll. Eine Nacht. Es ist eine viel zu kurze Zeit, um unsere Erinnerung an diese Welt zu wecken. Es ist so viel in meinem Kopf, und ich habe gesehen – ich – nein, einiges sollte man lieber unausgesprochen lassen.«

Ich wandte mich ihm zu, und diesmal hielt er meinem Blick stand.

Ich sah das Feuerlicht in seinen grauen Augen flackern, und es stand Zweifel in seinem Blick.

Was ist denn? Du kannst doch nicht aufgeben! Du doch nicht. Was ist los?

Immer noch schloss er seinen Geist ab.

»Du kannst mit uns sprechen, Finbar«, sagte Conor leise. »Wir drei sind von Hand zu Hand verbunden. Wir kennen dich. Wir kennen deinen Mut. Sprich es laut aus, wenn du uns deinen Geist schon nicht öffnen willst.« Die Worte waren sanft, aber es lag eine gewisse Autorität in der Stimme, die Finbar keine Wahl ließ.

»Warum Sorcha?« fragte er. »Warum soll ausgerechnet sie so leiden? Sie hat nichts Falsches getan. Wieso sollte sie dieses Opfer für uns bringen?«

»Weil sie die Stärkste ist«, sagte Conor schlicht. »Weil sie sich im Wind biegen kann und nicht bricht. Sorcha ist der Faden, der uns alle miteinander verbindet. Ohne sie sind wir Blätter im Wind, die hierhin und dahin geweht werden.«

»Wir sind stark. Wir sind alle stark.«

»Auf unsere eigene Weise, ja. Aber jeder von euch würde in diesem Sturm zerbrechen. Selbst du, denn es kommt eine Zeit, wo der gerade Weg unter den Füßen brüchig wird oder von einem Hochwasser unterspült wurde, und dann bist du verloren, wenn du keinen anderen Weg gehen willst. Nur Sorcha kann uns nach Hause bringen.«

»Du sprichst in Rätseln«, entgegnete Finbar ungeduldig.

»Was ist mit dir selbst? Wie kannst du so ruhig hinnehmen, dass deine Schwester dünn ist wie ein Gespenst, in Lumpen herumläuft und nässende Wunden hat? Ich würde lieber sterben oder für immer unter diesem Fluch bleiben, als sie so für mich leiden zu lassen. Kannst du einfach dastehen und das akzeptieren?«

Conor sah ihn ernst an. »Versteh mich nicht falsch. Ich spüre Sorchas Schmerz zutiefst, und sie weiß es. Aber ich bin diesen Weg schon öfter gegangen; und ich habe auf der Schwelle zwischen jener Welt und dieser gestanden. Vielleicht macht es das leichter, denn anders als ihr anderen trage ich beide in mir. Für dich wird die Veränderung jedes Mal schwerer werden. Aber deine Zweifel machen es Sorcha nicht leichter. Sie braucht unsere Kraft, solange wir hier sind.«

Eine Weile lang saßen wir schweigend da. Mir fiel auf, dass Conor die Frage seines Bruders nicht wirklich beantwortet hatte. Es war spät und der Wald still, bis auf die Axtschläge im Dunklen. Ich erinnerte mich an eine andere Zeit, in der ich Finbars Gedankenbilder gesehen hatte, obwohl er mich ausschloss; die Kälte, das Fallen, die Flucht ... war es das, was er fürchtete, das Aufblitzen einer Vision, die ihm von künftigen Dingen erzählte? Wie viel sah er? Und war die Zukunft so schrecklich, dass er es nicht wagte, seine Visionen mitzuteilen?

Ich hatte meinen Geist gut abgeschirmt, aber Finbar sprach, als würde er meine Gedanken kennen. »Sorcha«, sagte er leise. »Glaube mir, wenn ich dir sage, dass du das nicht tun solltest. Es wäre besser, wenn du weggingest und uns vergessen würdest. Verlass diesen Wald und such Schutz bei den heiligen Brüdern im Westen.« Er wickelte eine Haarsträhne um die ruhelosen Finger.

»Wir sollen also alle vergehen?« fragte Conor leise. »Lady Oonagh wäre zweifellos zufrieden damit. Du beleidigst deine Schwester mit einem solchen Vorschlag, Finbar. Wir sind ihre

Brüder; sie liebt uns, wie wir sie lieben. Sie hat keine solche Wahl.«

»Sie darf nicht hier bleiben«, sagte Finbar. Der Schild vor seinem Geist war fest; was immer an finsterem Wissen sich dort befand, wurde uns nicht offenbart.

»Diese Geistesbilder«, sagte Conor und stocherte mit einem langen Stock in den glühenden Kohlen herum, »können Rätsel sein. Was du siehst, ist vielleicht die Wahrheit oder Halbwahrheit oder dein eigener Alptraum, geboren aus Ängsten und Wünschen. Selbst jetzt kann es sein, dass der Fluch Lady Oonaghs in dir arbeitet. Vielleicht mischt sie sich in deine inneren Stimmen, wenn sie deine äußere Gestalt verändert. Du kannst diesen Visionen nicht trauen.«

»Worauf soll ich sonst noch vertrauen?« entgegnete Finbar. »Nachdem ich nichts über die Zeit weiß, in der wir weg sind, nach welcher anderen Landkarte soll ich meine Wahl treffen? Es ist kaum Zeit, mich zu erinnern, wer wir waren, bevor alles wieder ausgelöscht wird. Unser Vater könnte tot sein oder noch Schlimmeres.«

»Er lebt noch«, sagte Conor leise. »Schwer getroffen vom Verlust seiner Kinder und gebunden durch den Bann seiner Frau, aber nicht vollkommen von ihr beherrscht.«

Woher weißt du das? Conors Worte hatten uns beide schockiert; wir stellten gleichzeitig dieselbe Frage, ich innerlich, Finbar laut.

Conor schaute auf unsere verschränkten Hände und lächelte ein wenig schuldbewusst. »Ihr habt selbstverständlich Recht«, sagte er. »Man kann nicht gleichzeitig Mensch und Vogel sein. Wenn man diesen neuen Bewusstseinszustand erreicht, verliert man die Erinnerung an den alten. Du bist kein Mann in Schwanenfedern; so einfach ist es nicht. Du veränderst dich vollkommen; deine Sichtweise der Welt ist die eines wilden Tieres: Flucht, Sicherheit, Gefahr, Überleben. Der See; der Himmel. Es gibt kaum mehr. Während dieser Zeit fliegst du vielleicht über Lord Colums Festung oder schwimmst an dem Ufer, wo Eilis und ihre Freundinnen Ball spielen, aber du kannst sie nicht sehen, nicht so, wie ein Mensch es tun würde. Du kannst es nicht; *aber ich kann es.*«

Finbar holte tief Luft. »Ich hätte es wissen sollen«, sagte er langsam. »Du bist den Weg schon weiter gegangen, als ich dachte. Es tut mir Leid, aber ich bin auch froh; deine Last ist vielleicht schwerer als meine.«

Lady Oonagh. Was ist mit ihr?

»Noch immer regiert sie dort. Und zur Erntezeit wird sie ein Kind haben. Ihr Einfluss ist stark. Sie sucht nach dir, aber ohne Erfolg, denn die Bewohner des Waldes schützen dich.«

»Vater. Du sagst, er stünde nicht vollkommen unter ihrem Bann. Was meinst du damit?« fragte Finbar angespannt. Ich schaute ihn überrascht an. Vielleicht kannte ich ihn doch nicht ganz so gut, wie ich immer gedacht habe. Er bemerkte meinen Blick.

»Die Macht der Verzauberung ist groß, Sorcha«, sagte er ein wenig ruhiger. »Die Macht des Verlusts ebenfalls. Ich beginne jetzt zu verstehen, wieso er getan hat, was er getan hat. Also ist es wichtig für mich, dass er überlebt. Es ist wichtig für mich, dass sie aufgehalten wird. Aber der Preis, den ich dafür zahlen würde, hat seine Grenzen.«

»Ich könnte dir von Vater berichten«, sagte Conor. Der Klang von Äxten auf Holz hatte aufgehört; nun kamen meine beiden ältesten Brüder schwer atmend den Hügel hinab und setzten sich zu uns. »Aber manchmal ist es besser, nichts zu wissen.«

»Was nicht zu wissen?« fragte Liam, setzte sich zwischen mich und Conor und legte mir den Arm um die Schultern.

»Was geschieht und wie sich die Welt verändert, während wir in diesem anderen Zustand sind«, sagte Conor. Liam warf mir einen scharfen Blick zu. »Du weißt es also«, sagte er, nicht ganz einverstanden.

»Einiges ja, anderes nicht. Ich bin nicht imstande, überall gleichzeitig zu sein; meine körperliche Gestalt ist dieselbe wie eure. Ich sehe es anders, das ist alles. Vertraut darauf, dass unser Vater noch lebt und dass er nicht vollkommen verloren ist, obwohl sein Schmerz ihn quält. Am meisten sehnt er sich danach, seine Tochter zu sehen, deren Gesicht die letzte Erinnerung an eine ist, die er geliebt und verloren hat. Lady Oonagh hasst das«, sagte Conor.

Ich riss erstaunt den Mund auf. Mich? Aber er hatte mich doch kaum bemerkt, als ich noch dort war. »Wie hat sie unser Verschwinden erklärt?« fragte Diarmid verbittert.

»Das kann ich euch nicht sagen«, meinte Conor. »Und außerdem, warum sollten wir unseren eigenen Kummer vergrößern? Wir können nichts für ihn oder gegen sie tun, bis der Zauber gebrochen ist. Also müssen wir tun, was Sorcha will, und sie hier lassen, damit sie ihre Aufgabe erledigt, obwohl es uns das Herz bricht.«

Es war schrecklich, wie schnell der Rest dieser Nacht verging. Wir saßen am Feuer, sprachen von diesem und jenem, und versuchten, nicht zu oft nach den ersten Spuren der Morgendämmerung Ausschau zu halten. Später, viel später, kamen die beiden anderen und Linn von ihrer Expedition zurück. Es würde eine Nacht sein, die die Leute in der Nähe lange in Erinnerung behielten, ein Meán Samhraidh mit mehr als den üblichen Aktivitäten des Kleinen Volkes: An mehreren Wäscheleinen fehlten Stücke, in ein paar Molkereien und Vorratskellern waren nun Lücken. Padraic reichte mir ein warmes Wollkleid in leuchtendem Rot, das mir viel zu groß war, einen Schal und ein paar Strümpfe, gut geflickt. Die würden mir im Winter gut tun. Cormack brachte einen Sack Mehl, ein Bündel Rüben, ein Rad Käse und ein festes Seil. Beide hatten die Taschen voll kleiner Schätze.

»Ich hoffe, ihr habt dafür gesorgt, dass man euch nicht sieht«, sagte Liam missbilligend. »Ich möchte nicht, dass diese

Leute darüber mutmaßen, wo Sorcha ist – ihr wisst, wie das mit Gerüchten geht. Es braucht nur einen Reisenden, der etwas davon hört, und die Geschichte wird weiterverbreitet und gelangt zu Lady Oonagh, bevor man noch Luft holen könnte.«

»Schon gut, großer Bruder«, lachte Cormack. »Wir wissen vielleicht nicht, ob wir Mensch oder Vogel sind, aber wir haben nicht all unsere Fähigkeiten verloren. Ich garantiere dir, wir haben keine Spuren hinterlassen. Selbst der Hund hat mitgemacht, nicht wahr, Linn?«

Sie tänzelte glücklich um ihn herum; er war wieder da, und ihre Welt war wieder in Ordnung. Ich hätte weinen können, weil ich doch wusste, wie kurz er bleiben würde.

»Wenn wir wieder wir selbst sind, müssen wir diese Leute entschädigen«, sagte Diarmid. »Es ist falsch zu stehlen; und außerdem sind sie arm und können es sich kaum leisten, diese Dinge zu verlieren. Dennoch, ich glaube, Sorcha braucht sie im Moment dringender.«

»Mach dir keine Gedanken«, meinte Padraic leichten Herzens, weil er spürte, dass diese Lektion ihm galt. »Wir werden es nicht vergessen. In ein paar Jahren wird das Kleine Volk an einem Mittsommerabend einen Stapel Holz und ein Fass Bier und ein paar gute Kleider hinterlassen. Wir werden zurückkehren.«

»Vielleicht«, sagte Finbar.

»Das genügt jetzt!« Liams Stimme war scharf. »Um ihre Aufgabe hinter sich bringen zu können, braucht Sorcha unsere Unterstützung und unser Vertrauen. Hast du nicht immer gesagt, dass unsere Stärke in unserem Einssein besteht? Selbstverständlich wird Sorcha ihre Arbeit beenden, und selbstverständlich werden wir wiederkehren. Das bezweifle ich keinen Augenblick lang.«

»So sicher, wie die Sonne dem Mond folgt«, sagte Conor leise. »So sicher, wie sieben Bäche ein starker Fluss werden, der über Felsen und unter hochaufragenden Klippen fließt und stetig seinen Weg zum Meer findet.«

»Nächstes Mal, Sorcha«, sagte Padraic, »werde ich dir einen besseren Webrahmen machen. Es gibt hier ein paar gute Stücke Esche, ich habe sie zum Trocknen unter den Felsüberhang hinten in der Höhle gelegt. Gegen Mittwinter sollten sie bereit sein, wenn es dir gelingt, den Regen draußen zu halten. Und heb dieses Seil auf, ich werde es brauchen.«

Ich lächelte ihn an – er war so begierig zu helfen und noch so jung! Er war vielleicht aus seinen Stiefeln herausgewachsen, aber im Wesen hatte er sich nicht geändert. Nein, es war nicht mein jüngster Bruder, um den ich mir Sorgen machte.

»Ich frage mich«, sagte Finbar mit einem störrischen Unterton, den wir alle erkannten, »warum dies geschehen musste. Warum muss Sorcha das ertragen, wenn sie in Sicherheit und geschützt sein und ihr eigenes Leben in Frieden führen könnte? Warum lässt sie uns nicht, wie wir sind? Es mag gut sein, dass unser Vater, bis sie ihre Arbeit getan hat – wenn sie denn überhaupt getan werden kann –, schon tot oder für immer verändert ist, und warum müssen wir dann gerettet werden und das Leben unserer Schwester zerstören?«

Wir starrten ihn alle an. Einen Augenblick sagte niemand etwas. Es war Conor, der als erster die Stimme erhob.

»Weil das Böse nicht siegen darf«, sagte er.

»Weil wir wieder in Anspruch nehmen müssen, was uns gehört«, fügte Liam hinzu.

»Und wir müssen unseren Vater retten, wenn wir können«, meinte Cormack. »Trotz all seiner Fehler ist er ein guter Mann und ohne seine Führung ist unser Land verloren. Briten und Wikinger und Pikten werden über die Inseln hinwegschwärmen.«

»Weil Sorcha glaubt, dass es das Richtige ist«, erklärte Padraic mit vernichtender Schlichtheit.

»Und ich kann nicht zulassen, dass Lady Oonagh unbestraft

bleibt«, sagte Diarmid. »Wäre ich nicht so dumm gewesen, hätten wir sie vielleicht aufhalten können. Meine Ehre fordert, dass ich dem ein Ende mache.«

»Hört nur«, sagte Padraic. »Es ist schon beinahe Morgen.«

Sie schwiegen. Ein einzelner Vogel hatte hoch in den Ulmen angefangen zu singen, und der Himmel wurde tatsächlich heller.

Wir gingen zum Ufer. Liam voraus, die Laterne in der Hand. Ich ging neben Finbar und versuchte ihm mitzuteilen, wie ich mich fühlte, aber ich wusste nicht, ob er mich hörte.

Es wird alles gut. Glaube an mich. Halte durch und überlebe. Für uns alle. Es war, als schickte man Gedanken ins Nichts, in die Luft hinaus, damit sie von einer Brise weggeblasen wurden.

Wir warteten auf das Licht, hatten uns in unserem Kreis die Hände gereicht, schwiegen und gaben einander Kraft und Liebe weiter. Finbar stand zwischen Conor und mir; er ließ zu, dass wir seine Hände nahmen, aber sie waren immer noch eiskalt, als könnte sie nichts wieder wärmen. Vor dem ersten wirklichen Morgengrauen bat Conor mich, in die Höhle zurückzukehren, denn er meinte, es sei besser, wenn ich nicht zusähe, wie sie gingen. Einer nach dem anderen umarmten sie mich; Conor als Erster, dann die anderen, bis nur noch Finbar übrig war. Ich dachte schon, er würde ohne ein Wort gehen; aber er berührte meine Wange, und einen Moment lang ließ er zu, dass ich seine Gedanken erkannte.

Pass auf dich auf, Sorcha, bis zum nächsten Mal. Ich bin immer noch für dich da.

Die Vogelstimmen wurden lauter. Es war wie an jenem anderen Morgen, der Nebel hob sich vom See und nahm sie mit sich. Es war plötzlich zu viel, als dass ich es ertragen konnte, und ich spürte, wie meine Lippen zitterten und mir Tränen in die Augen traten.

»Geh wieder hinein, kleine Eule«, sagte Conor sanft, und

seine Stimme kam zu mir wie durch einen langen, schmalen Tunnel.

»Bis zum nächsten Mal«, sagte Cormack, oder vielleicht war es auch ein anderer, und dann dämmerte der Morgen wirklich. Wind kam auf, das Wasser wirbelte, und ich hörte Flügelschlagen und rannte tränenblind in meine Höhle und lag dort weinend, denn sie zu verlieren war nun nicht einfacher als beim letzten Mal, und ich wollte nicht sehen oder mir auch nur vorstellen, wie sie wieder zu wilden Tieren wurden.

Draußen stieß Linn ein schreckliches Heulen aus, das durch den Wald hallte und über das Wasser und in den rosafarbenen und blauen Himmel, an dem das Morgenrot zum Tag wurde.

KAPITEL 6

Nachdem ich dort so lange gelebt hatte, begann ich mich als ein Teil des Waldes zu fühlen. Es war wie eine der alten Geschichten, vielleicht die Geschichte eines jungen Mädchens, das grausam von seiner Familie im Stich gelassen wurde und das imstande ist, mit Vögeln, Fischen und Raben, Lachsen und Hirschen zu sprechen. Das hätte mir gefallen. Leider bewirkte die Gegenwart der ununterbrochen hungrigen Linn, dass die wilden Tiere einen großen Bogen um uns machten. Es gab eine Familie von Igeln, die, nachdem es wärmer geworden war, in der Abenddämmerung zur Höhle kam, und wann immer ich ein Bröckchen Essen übrig hatte, legte ich es auf einen glatten Stein unters Gebüsch und hielt Linn drinnen, bis die Igel sich wieder ins Unterholz davongemacht hatten.

Die wechselnden Stimmungen des Waldes drangen tief in mein Wesen ein. Als die Nächte länger wurden, als Beeren an den Sträuchern reiften und die Nüsse schwer an den Bäumen hingen, machte auch ich eine Veränderung durch. Ich war immer klein und mager gewesen und hatte mich nur von kalten Mahlzeiten ernährt. Dennoch, in jenem Herbst wurde mein Körper von dem eines Kindes zu dem einer Frau, und ich begann zu bluten. Das hätte eigentlich Grund für eine Art Feier sein sollen, aber ich empfand es eigentlich nur als Unbequemlichkeit, mein ganzer Wille, meine ganze Energie war darauf konzentriert, Mieren zu sammeln und meine sechs Hemden zu weben und zu spinnen. Dennoch nahm ich mir in der ersten Nacht nach dem Blut Zeit, mich im Mondlicht zu baden, und dann trank ich Rosmarintee gegen Krämpfe und saß unter den Sternen und lauschte den Eulen und der Stille. In jener Nacht hatte ich das Gefühl, dass die Herrin des Waldes sehr nahe war, und ich spürte rings um mich her eine tiefe Verzauberung.

Es wurde notwendig, mich weiter von der Höhle zu entfernen, um mehr Mieren zu suchen, denn der Nachschub des brüchigen, dornigen Fadens wurde knapper. Sechs Rechtecke des gewebten Stoffes hatten genügt, ein grobes Hemd zu fertigen, und ich hatte mit dem zweiten begonnen, aber ich hatte bestenfalls noch Faden genug für einen Ärmel, nicht für mehr. Ich nahm einen Sack und ein scharfes Messer mit und suchte nach den Flecken fedrigen Graus, die sich in den Waldlichtungen fanden, wo das Sonnenlicht stellenweise die herbstlichen Wipfel durchdrang. Diese Pflanze liebte Feuchtigkeit und wuchs nahe den Ufern kleiner Bäche. Es war eine Zeit der Ernte, und oft hatte ich das Glück, auch ein Bündel Nüsse und Beeren mitbringen zu können.

Ich erforschte die vergessenen Pfade und dunklen Schluchten des Waldes, wo sich Finbar vielleicht aufgehalten hatte, wenn er tagelang verschwunden gewesen war und bei seiner Rückkehr eine entfernte Vision vor Augen gehabt hatte, die niemand sonst sehen konnte. Ich bemerkte die Ogham-Einkerbungen an Baumstämmen und hier und da auf moosüberzogenen Steinen; und ich wusste, dass die geheimnisvollen Künste, die Conor begonnen hatte zu lernen, ihre Wurzeln hier im uralten Wald hatten.

Eines Tages entdeckte ich zufällig den geheimsten aller Orte. Auf der Suche nach der stacheligen Pflanze watete ich ein Bachbett entlang, und Linn platschte begeistert vor mir her. Wir bogen um eine Kurve und duckten uns unter einem Felsüberhang durch. Dann blieb Linn stehen. Ich hielt hinter ihr inne. Auf der anderen Seite eines runden Teiches stand eine riesige, ehrwürdige Eiche, deren Wurzeln sich weit erstreckten, tief in die Erde verknotet. Ihr Wipfel breitete sich dicht über mir aus, so dass das Licht kaum durch die unteren Äste drang. Die Blätter würden schon bald fallen, denn sie zeigten jede Schattierung von Rot und Bronze. Goldholz hing dick von den obersten Ästen. Und direkt mir zugewandt, in die Rinde geschnitzt, war ein uraltes Gesicht, hinterlassen von einem Wahrheitssucher. Es war weder männlich noch weiblich, weder freundlich noch abschreckend. Es war einfach da.

Linn wagte sich nicht näher, sondern ließ sich im Unterholz nieder, um auf mich zu warten, die Ohren gespitzt. Ich empfand Achtung, aber keine überwältigende Ehrfurcht. Immerhin gehörte mir dieser Wald ebenfalls. Also ging ich rund um den Teich, um mir alles näher anzusehen. Vor dem Gesicht, am Rand des Wassers, lag ein großer Stein, die Oberfläche schimmernd glatt von der Zeit und von Berührungen.

Dann erstarrte ich. Andere waren vor mir hier gewesen, und vor nicht allzu langer Zeit. Denn auf diesem Stein lag eine Opfergabe. Ein Stück Landbrot. Ein Stück Käse. Ich warf einen Blick zurück zu dem Hund und bedeutete ihr, still zu bleiben. Kein Laut kündete von menschlicher Aktivität, nur das Singen der Vögel und das entfernte Rauschen von Blättern war zu hören. Ich hielt den Atem an. Wer immer diese einfachen Geschenke hinterlassen hatte, war vielleicht schon wieder weg, aber Linn und ich sollten gehen, denn diese Gegenstände zeigten keine Anzeichen von Ameisen oder Käfern, sie waren noch nicht lange hier gewesen. Dennoch, ich konnte mich kaum rühren. Obwohl es die fruchtbare Zeit des Jahres war, war ich sparsam gewesen wie ein Eichhörnchen, hatte Nüsse und trockene Beeren für den Winter zurückgelegt, und ich hatte Hunger. Die Vorräte, die meine Brüder mir gebracht hatten, gingen rasch zur Neige. Ich war immerhin noch nicht einmal vierzehn und konnte das körnige Brot, den milden, weichen Käse beinahe schmecken. Linn gab ein leises Winseln von sich, und das trieb mich zu einem Entschluss. Ich nickte dem alten Gesicht in der Eiche respektvoll zu, dann steckte ich Brot und Käse in die Tasche, und wir machten uns auf den Heimweg.

Im Nachhinein sehen die Dinge oft anders aus. Damals, als

ich wieder sicher an unserem kleinen Feuer saß und diese wunderbare, unerwartete Festmahlzeit mit dem Hund teilte, freute ich mich über den Schutz des Waldes und hätte nie geglaubt, dass eine solch kleine Tat solch schreckliche Konsequenzen haben könnte. Tatsächlich glaubte ich damals, es sei ein Glück gewesen, dass mir dank des guten Willens der Waldgeister oder vielleicht der Herrin des Waldes selbst zugefallen war. Ich hatte allerdings noch ein wenig Vernunft bewahrt, also ging ich lange Zeit nicht mehr an diesen Ort. Ich war nicht dumm genug, die Entdeckung derart zu provozieren.

Zeit verging, und ich spann den Faden für ein zweites Hemd. Das Erste sah ziemlich jämmerlich aus, die gewebten Rechtecke mühsam zusammengenäht, die Ärmel ungleichmäßig lang. Aber es würde genügen. Eines Morgens war Reif am Boden, und die Büsche trugen Gewänder aus glitzerndem Silber, das nach einem dunstigen Sonnenaufgang an einem lavendelgrauen Himmel in kleine Tröpfchen schmolz. Der Winter stand vor der Tür, und mit ihm meine Brüder. Ich arbeitete so stetig, wie ich konnte, immer dankbar für das trockene Holz, das meine Brüder zurückgelassen hatten, denn meine Finger schmerzten von der Kälte. Ich ging das Risiko ein, ein größeres Feuer zu entzünden, und briet gestohlene Rüben in den Kohlen. Ein- oder zweimal schneite es, weiche Flocken, die dem Netz der nackten Zweige entkamen und lautlos vor meiner Tür auf den Boden fielen. Hier, wo die Bäume dicht am Wasser standen, lag der Schnee nicht tief, und dafür war ich dankbar. Ich trug mein altes Kleid und das rote Wollkleid darüber und eine Decke um die Schultern, und an meinen Füßen Padraics Stiefel. Mir war immer noch kalt.

Als meine Brüder zurückkehrten, war ich mit dem Rücken des zweiten Hemdes beschäftigt. Ich musste beinahe lachen, wenn ich an den Tag dachte, als ich mich von Vater Briens Hütte aus aufgemacht hatte. Damals hatte ich geglaubt, dass ich für meine Arbeit nur ein paar Monde brauchen würde, vom Winter bis zum Sommer vielleicht. Und nun war ich hier, fast ein Jahr später, und hatte kaum erst angefangen. Ich war ein wenig schneller geworden, aber meine Hände gehorchten mir nicht immer, so sehr hatten sie unter der Behandlung gelitten. Es war nur gut, sagte ich mir, dass ich mir nichts aus Heiraten und allem, was dazugehörte, machte. Welcher Mann würde schon ein Mädchen ansehen, das Hände hatte wie eine alte Frau? Diese Art von Leben mit Hochzeiten und Banketten, mit Musik und Lesen und feine Stickerei schien so weit von mir entfernt, dass ich mir nicht vorstellen konnte, dass einer von uns je dazu zurückkehren würde. Ich dachte nie daran, was geschehen würde, wenn ich endlich das sechste Hemd über den Kopf meines letzten Bruders ziehen und ihn wieder in diese Welt zurückbringen würde. Ich arbeitete so schnell ich konnte und ließ meinen Geist nur eine gewisse Zeit in die Zukunft reisen.

An ihren zweiten Besuch erinnere ich mich nicht so gut wie an den ersten. Es war am Abend der Wintersonnwende, Meán Geimhridh. Es war mein vierzehnter Geburtstag. Ich nehme an, einiges davon ging über den Dingen, die danach geschahen, verloren. Ich erinnere mich, dass Finbar ein wenig später erschien als die anderen. Ich erinnere mich an seinen Blick, an diesen Hauch von Wildheit, den er nicht ganz vor mir verbergen konnte.

Es gab Neuigkeiten. Conor wusste, dass ich sie hören wollte, aber er gab sie nur zögernd weiter.

»Das Kind ist an Samhain zur Welt gekommen«, sagte er. »Ein Junge. Sie haben ihn Ciarán genannt.«

Liam warf einen Ast ins Feuer. »Ein guter, starker Name«, sagte er missmutig.

Ich hielt meine Hände ins flackernde Licht. Es war eisig kalt, aber wir saßen immer noch draußen, denn das kleine Feuer strahlte eine Wärme aus, die sowohl das Herz als auch die

Knochen erfreute. Hier konnten wir einen Kreis ähnlich unserem alten bilden und so tun, als wäre nie etwas geschehen.

Ich hielt die fünf Finger einer Hand und zwei einer anderen hoch. Meine Brüder verstanden; aber in ihren Blicken stand auch ihr Schmerz beim Anblick meiner verrenkten Hände.

»Ja, Sorcha«, sagte Conor. »Er ist der siebte Sohn eines siebten Sohnes. Das müssen wir achten.«

»Achten?« spuckte Diarmid schier aus. »Wohl kaum. Er ist *ihr* Kind, die Ausgeburt des Bösen. Er sollte getötet werden, ebenso wie die Zauberin.«

Die anderen sahen ihn an und schwiegen.

»Er ist unser Bruder«, stellte Padraic nach einer Weile fest.

»Er ist der Sohn unseres Vaters«, stimmte Liam ihm zu, »und er ist nicht schuld an dem, was mit uns geschehen ist. Können wir hoffen, dass seine Geburt etwas zum Besseren verändert?«

Niemand antwortete ihm. Vater hatte immer deutlich gemacht, dass er vorhatte, Liam als seinen ältesten Sohn zum Erben von Sevenwaters einzusetzen. Obwohl jeder Mann aus Colums Familie diese Entscheidung anfechten und seinen eigenen Anspruch erheben konnte, denn so lautete das Gesetz. Bisher war es unwahrscheinlich gewesen, dass jemand so etwas tat. Und wer konnte schon sagen, ob Vater nicht den Sohn vorziehen würde, den seine neue Frau ihm geschenkt hatte?

Und offenbar hatte Conor noch schlechtere Nachrichten für Liam, denn er führte seinen älteren Bruder weg von unserer Gruppe. Eine Weile unterhielten sie sich ernst, gerade außer Hörweite. Danach kam Conor zurück, aber Liam blieb stehen, wo er war, und starrte ins Dunkel hinaus. Seine Miene erinnerte mich an die meines Vaters.

»Was ist denn los mit ihm?« fragte Cormack nicht sonderlich taktvoll.

Conor warf seinem Zwillingsbruder einen Seitenblick zu. »Probleme mit Frauen.«

»Redest du von Eilis? Sie ist doch nicht etwa tot?«

Conor schüttelte den Kopf. »Nein. Sie hat sich recht gut von der Vergiftung erholt, und Seamus hat seitdem gut auf sie aufgepasst. Er hat dafür gesorgt, dass sie nicht wieder nach Sevenwaters geht. Und da Colums heiratsfähige Söhne praktischerweise verschwunden sind, bestand ja auch keine Notwendigkeit. Nein, Eilis geht es gut. Tatsächlich blüht sie und ist bereit zu heiraten. Ihr Vater hat sie Eamonn von den Marschen versprochen. Wenn er schon seine Ostgrenze nicht sichern kann, indem er sie an einen von uns verheiratet, kann er es ja mit der nördlichen versuchen.«

Diarmid holte tief Luft. »Das wird eine furchterregende Allianz. Was, wenn sie sich gegen Vater wenden? Ich hoffe, dass er unsere Verteidigungsanlagen oben beim Fluss verstärkt. Seamus war immer ein Verbündeter, aber diese Neuigkeiten machen mich unruhig. Wir sollten uns darauf konzentrieren, unsere Kräfte gegen Northwoods zu verbünden, und um das tun zu können, müssten wir unseren Nachbarn trauen.«

»Ich weiß wenig von seinen Verteidigungsanlagen«, sagte Conor müde. »Es sieht nicht so aus, als hätte er einen Ersatz für Donal gefunden, und es gibt keine großen Aktivitäten, aber es ist Winter. Vielleicht wird Vater seine Männer im Frühjahr wieder zusammenrufen.«

»Was ist mit Eilis?« fragte Padraic, der im Licht der Laterne an einem Webrahmen aus Eschenholz arbeitete. »Ist sie damit zufrieden? Ist Eamonn nicht ein wenig alt für sie?«

»Es ist gegen ihren Willen«, sagte Conor leise und warf unserem ältesten Bruder, der immer noch im Schatten stand und den Kopf gesenkt hatte, einen Blick zu. »Aber sie ist eine gute Tochter und wird tun, was man ihr sagt. Sie hat nie verstanden, wie Liam einfach gehen konnte, ohne ihr zu sagen, warum. Ihr Herz schmerzt immer noch, aber sie wird eine treue Ehefrau und liebevolle Mutter sein. Und es ist besser so.«

»Besser für wen?« fragte Diarmid verbittert.

Es war ein trauriger Besuch. Ich wünschte mir so sehr, sprechen zu dürfen, denn ich konnte ihre Trauer sehen, ihren Zorn, ihre Schuldgefühle, und ich konnte spüren, wie es sie schier zerriss, wie es sogar dazu führte, dass sie sich gegeneinander wandten, aber ohne Sprache gab es wenig, was ich für sie tun konnte. Ich umarmte Liam, aber ich konnte ihm nicht sagen, dass ich wusste, dass Eilis ihn liebte und auf ihn gewartet hätte, wenn das möglich gewesen wäre. Ich nahm Diarmids Hände in meine und erforschte die Bitterkeit in seinen Zügen; ich hätte ihm gerne gesagt, dass wir ihm alle verziehen hatten; dass Oonagh sich jeden von ihnen hätte aussuchen können – es war nur sein Pech, dass sie ihn zu ihrem Spielzeug gemacht hatte. Ich hätte ihm gern gesagt, dass er nicht so hassen sollte. Aber ich konnte nicht sprechen. Was Finbar anging, so saß er allein da, die Arme um die Knie geschlungen, das lange Haar ungekämmt, und starrte auf das dunkle Wasser des Sees hinaus. Er schaute mich nicht an, und er sagte kein Wort.

So ging die Nacht weiter, und Padraic beendete den Webrahmen. Cormack flickte meine Stiefel, sorgfältig beobachtet von einer unruhigen Linn. Diese beiden Brüder hatten sich nicht so sehr verändert, dachte ich. Padraic war immer so auf eine Aufgabe oder ein Problem konzentriert, dass das Schreckliche, was mit ihnen geschehen war, für ihn vielleicht nur eine weitere interessante Herausforderung darstellte. Zumindest schien er damit zufrieden zu sein, seine einzige Nacht der Freiheit damit zuzubringen, zu basteln und zu reparieren und hin und wieder ein Wort ins Gespräch einzuflechten. Er zumindest würde überleben, dachte ich. In Cormacks Fall war es vielleicht Mangel an Phantasie, der ihm half. Das war kein freundlicher Gedanke von mir, fürchte ich, aber Cormack neigte dazu, die Welt in Schwarz und Weiß zu sehen, und das machte sein Leben in einiger Hinsicht einfacher. Seine Schwäche war seine Aggressivität, wie Lady Oonagh schon vor uns herausgefunden hatte. Indem sie das gegen Cormacks liebste und vertrauteste Begleiterin gewendet hatte, hatte sie ihn dazu gebracht, an seiner eigenen Integrität zu zweifeln, und nun würde ihn dieser Zweifel nie wieder ganz verlassen.

Später sprachen sie mehr über die Inseln und welche Strategien man benutzen konnte, sie zurückzuerobern; und sie zeichneten Landkarten in den sandigen Boden, ersetzten Mensch und Baum mit Blatt und Zweig. Ich lauschte ihnen halb; gut genug, um zu hören, wie Conor sagte, dass man die Inseln nie mit Gewalt zurückerobern konnte. Hatten sie denn nicht die Geschichte gehört, sagte er, dass jemand kommen würde, weder Ire noch Brite, sondern beides; ein jemand mit dem Zeichen des Raben, um das Gleichgewicht wieder herzustellen? Nur dann konnte der Bruch zwischen unseren Völkern überbrückt werden.

»Das ist nur eine Geschichte«, tat Cormack es ab. »Wir könnten noch hundert Jahre oder mehr auf das Erscheinen eines solchen Menschen warten. Wir könnten eine Ewigkeit warten. Aber die heiligen Bäume können nicht warten, während die Axtschläge über das Wasser hallen.«

»Die Geister können nicht einfach dasitzen, während die Stiefel der Fremden die Höhlen der Wahrheit schänden«, fügte Diarmid hinzu.

»Und außerdem«, meinte Liam, »bin ich nicht sicher, ob wir daran interessiert sind, den Bruch zwischen unseren Völkern zu überbrücken. Wir wollen das wieder haben, was rechtmäßig uns gehört – das liegt unserem Wesen näher.«

»Aber diese alten Geschichten erweisen sich oft als wahr«, meinte Padraic. »Manchmal bedeuten sie nicht genau das, was man glaubt, das sie bedeuten. Vielleicht hat Conor Recht. Die Dinge ändern sich jetzt; seht doch, was mit uns geschieht. Unsere Geschichte ist wahrhaftig seltsam genug.«

»Hmm«, meinte Diarmid zweifelnd. »Glaube ist eine andere Sache. Ich ziehe es vor, meinen mit einem scharfen Schwert und einem Trupp guter Männer zu unterstützen.«

»Und ein wenig Planung hat noch nie geschadet«, stimmte

Cormack seinem Bruder zu. »Wenn wir zurückkehren, müssen wir bereit sein. Vater ist vielleicht nicht mehr in der Lage, die Männer ins Feld zu führen, und unser alter Feind könnte seine Schwäche nutzen. Wir müssen dafür sorgen, dass das, was wir zuvor erobert haben, nicht verloren geht.«

Conor sprach in dieser Nacht wenig. Er war stark gewesen; das Bewusstsein beider Welten aufrechtzuerhalten war eine Last, und ich sah, dass das Gewicht ihn gezeichnet hatte. Aber Finbars Isolation war etwas anderes. Ich setzte mich zu ihm, als es auf den Morgen zuging, denn ich hatte gewartet und gewartet, aber er hatte nur geschwiegen. Es war Neumond, und ich konnte im trüben Licht seine Züge kaum erkennen. Aber ich brauchte meine Augen nicht, um ihn zu sehen, denn die Gesichter all meiner Brüder spiegelten sich in meinem Herzen. Lange Nase, breiter Mund, ein paar Sommersprossen auf der hellen Haut, ein festes Kinn, und unter dem dunklen Haar, das ihm in die Stirn fiel, Augen wie klares Wasser von unermesslicher Tiefe. Das war Finbar.

»Es tut mir Leid, dass ich dich ausschließe.« Dass er nach so langem Schweigen sprach, erschreckte mich fast. »Ich kann dir meinen Geist nicht mehr öffnen, ich kann es nicht mehr.«

Warum nicht? Traust du mir nicht mehr?

»Liebste Sorcha, ich würde dir mein Leben anvertrauen. Liegen nicht alle unsere Leben in deinen Händen? Aber ich habe – ich habe Dinge gesehen, die ich nur zu gern aus meinem Geist löschen würde. Schreckliche Dinge. Ich hoffe entgegen jeder Hoffnung, dass Conor Recht hatte – dass diese Visionen nicht die Zukunft zeigen, sondern nur böse Gedanken sind, die die Frau unseres Vaters zu ihrem eigenen Zweck in meinen Kopf gesenkt hat. Vielleicht hat sie vor, mich um den Verstand zu bringen. Diese Bilder sind wahrhaft grausam. Es ist besser, sie mit niemandem zu teilen.« Seine Stimme sagte mir, dass er tief im Herzen glaubte, tatsächlich die Zukunft gesehen zu haben.

Warum nicht? Sie mit mir zu teilen, könnte die Last erleichtern.

Er verlagerte leicht das Gewicht, zog die Schultern vor und wickelte eine Haarsträhne um den Finger.

»Nicht bei dieser Last. Und sollten es tatsächlich falsche Bilder sein, warum sollten andere darunter leiden? Was mich am meisten beunruhigt, ist, dass ich nicht weiß, was ich tun soll. Wenn ich tatsächlich die Zukunft sehe, und eine schlimme Zukunft, sollte ich etwas unternehmen, um es zu verhindern. Aber selbst wenn ich die Zeit hätte, etwas zu tun, wüsste ich kaum, wo ich anfangen sollte. Und außerdem ist das vielleicht genau das, was Lady Oonagh will. Und vielleicht sind diese Dinge sogar beabsichtigt; es könnte unmöglich sein, sie aufzuhalten. Zuvor wusste ich immer, was das Richtige war. Diese Sicherheit habe ich verloren.«

Du bist immer noch derselbe. Immer noch stark.

»Aber werde ich stark genug sein? Und es wird jedes Mal schwerer. Jedes Mal verändert sich ein kleiner Teil von mir, so dass der Mensch mehr wie der Schwan wird; aber der Schwan kann niemals der Mensch sein. O Sorcha, ich habe mein eigenes Ende gesehen, und das ist etwas, was niemand wissen sollte. Ich habe gesehen, wie meine Brüder durch Schwert und Wasser untergehen, und ich habe gesehen, wie einer weit, weit weggeht, wohin kein Gedanke mehr reichen kann. Und du – ich habe schreckliche Dinge für dich vorausgesehen, und ich weiß nicht, wie ich sie verhindern soll. Wenn du von hier weggehen kannst, solltest du es tun und so bald wie möglich.«

Sag mir, was es ist. Wie kann ich etwas dagegen tun, wenn ich es nicht weiß?

»Nein. Es kann sein, dass es einfach nicht wahr ist.«

Er gab nicht nach, und ich konnte nichts mehr von ihm erfahren. Wir saßen schweigend beisammen, und nach einer Weile nahm er meine Hand in seine, und ohne jeden Grund hatte ich plötzlich das schreckliche Gefühl, dass dies das letzte Mal war, dass wir uns berührten. Der letzte Rest unserer kostbaren Zeit verging, und ich kämpfte gegen die Tränen an, als der Himmel heller wurde. Zu weinen hätte niemandem geholfen.

Wir versammelten uns am Ufer, um uns zu verabschieden, und dort tat Finbar etwas, was mich mehr erschreckte als all seine warnenden Worte. Er nahm das Amulett, das ihm um den Hals hing, den glatten Stein mit der Rune, und hängte es mir um den Hals.

Ich hob protestierend die Hand – *nein, es gehört dir, Mutter hat es dir gegeben* –, aber er hatte sich bereits abgewandt, und ich konnte sein Gesicht nicht mehr sehen. Es war eine Geste von schrecklicher Endgültigkeit gewesen.

Lebt wohl, bis zum nächsten Mal. Lebt wohl, meine Lieben.

Ich hatte Simon gesagt, er könne seine Geschichte auf jede Art zu Ende bringen, die er wollte. Es war seine eigene Wahl, hatte ich gesagt; es gab mehr Wege als Fäden in einem großen Wandbehang, und er war der Weber. Aber meine Geschichte – wieso konnte ich das nicht mit meiner eigenen Geschichte tun? Warum mussten die Fäden dieser Geschichte einen Stoff der Gewalt bilden, das Rot von Blut und Verrat annehmen, den Ruch von Korruption und Qual und Abschieden? Mit der klaräugigen Vertrautheit einer Unschuldigen hatte ich Simon davon erzählt, wie notwendig es war, sein Schicksal in die Hand zu nehmen, und nie geglaubt, dass ich mich keine zwei Jahre später seinen Schlägen gegenüber hilflos finden würde.

Finbar hatte immer die Wahrheit gesucht, und ich sollte entdecken, dass seine Vision ihm nichts Falsches gezeigt hatte. Aber es geschah erst später; so viel später, dass ich seine Warnungen schon wieder abgetan hatte und wie üblich meiner Arbeit nachging und das warme Wetter genoss, denn ein halbes Jahr war vergangen, und es war beinahe wieder Mittsommer.

Zwei Hemden waren fertig, und das Dritte halb genäht. Aus meiner Höhle beobachtete ich die Sonne und das langsame Reifen der Beeren und glaubte, dass meine Brüder nun jeden Abend kommen könnten. Vielleicht an diesem Abend. Es waren Schwäne auf dem See, einige mit halberwachsenen Kindern; dort draußen beobachtete mich Conor vielleicht bereits mit seinem Menschenblick, während er in seinem weißen Gefieder dahinschwamm. Linn hatte gelernt, an den seichten Stellen Fische zu fangen, was einem Hund wirklich selten gelingt. Ihre Geduld, während sie reglos im Wasser stand, den Blick auf eine unsichtbare Beute fixiert, erstaunte mich.

Und dann veränderte sich alles innerhalb eines einzigen Tages. Die Sonne lockte mich aus der Höhle, und ich ging zum Ufer, um mich auf die Felsen zu setzen, und nahm meine Näharbeit mit. Ich ließ meine Füße ins Wasser hängen und spielte mit den Zehen im Kies. Eine Gruppe von Schwänen war nicht weit vom Ufer entfernt, putzte sich das Gefieder und fischte in aller Ruhe. Ich glaubte, dass sie warteten. Es war recht schwierig, den Ärmel einzunähen, ich beugte mich über meine Nadel, ignorierte die Stacheln in meinen Fingern dank langer Übung und wünschte mir wieder einmal, ich hätte besser aufgepasst, als eine der Dienerinnen versucht hatte, mir das Nähen beizubringen.

Ich hatte Linn vergessen, bis ich sie bellen hörte, irgendwo weiter am Ufer. Ich nahm an, dass sie von der Jagd nach Hause kam. Es war spät für sie, immer noch draußen zu sein. Dann begann das Bellen wieder, und es lag eine Warnung darin. Ich stand auf und spähte am Seeufer entlang. Nichts war zu sehen. Einen Augenblick später hörte ich eine Stimme fluchen, und das Bellen endete in einem schrecklichen, gurgelnden Jaulen. Ein Schauder lief mir über den Rücken. Ich ging den Weg entlang, auf den Schutz der Bäume zu, so leise ich konnte. Meine Sinne waren von Angst geschärft, aber dennoch waren die Männer zu rasch für mich. Es waren drei von ihnen, einer kam durch die Büsche hinter dem Höhleneingang, das schlaffe Lächeln zeigte ungleichmäßige, gelbliche Zähne. Er hatte ein blutbeflecktes Messer in der Hand. Ein anderer tauchte plötzlich hinter mir auf, sprang von den Felsen, packte mich um den Hals, und der üble Gestank seines Atems drang mir in die Nase. Und hinter ihnen erscholl eine vertrautere Stimme, halb aufgeregt, halb verzweifelt.

»Die Fee! Nicht der Fee wehtun!«

Was als Nächstes kam, ist schwer zu berichten. Ich habe es tatsächlich nur ein einziges Mal erzählt, als es notwendig war, und ich werde es auch diesmal nur aussprechen, weil es einen Faden im Stoff meiner Geschichte bildet, der sich in das verwebt, was danach kam. Ich habe versucht, ihre Worte und ihre Taten aus meiner Erinnerung zu verbannen, aber ich kann es nicht. Sie sagten und taten schreckliche Dinge. Ich nehme an, es dauerte nicht lange, bis es vorüber war, aber es kam mir so lang vor, und ihre Worte haben sich in meinen Kopf gebrannt, Narben wie die von Simon, die nie wieder heilen werden.

»Das ist also deine Fee, wie, Will? Ich finde, sie sieht ziemlich nach Fleisch und Blut aus. Und dazu ziemlich reif! Schau dir das da an!«

Er griff nach meinem Hemd und riss es vorne weit auf, enthüllte meinen Körper vom Hals bis zu den Knien. Ich versuchte mich zu bedecken, aber der andere hielt mir von hinten die Arme fest.

»Wie wäre es damit?« sagte der andere, der beinahe sabberte vor Erregung. Er nestelte an seinem Gürtel. »Schönes frisches Fleisch! Ganz so, wie ich es mag, jung und saftig. Sollte sehr lecker sein.« Er wandte sich dem Einfältigen zu, der am Rand der Lichtung die Hände rang. »Verschwinde, Will! Du kommst auch noch dran, Junge. Die Großen zuerst.«

»Nicht wehtun! Nicht der Fee wehtun! Und nicht dem Hund!«

Aber sie taten es. »Bring ihn zum Schweigen, ja?« sagte der Erste, und der Zweite versetzte dem Jungen einen Schlag aufs Ohr, der ihn ächzend in die Knie brechen ließ.

Dann hielt einer mich nieder, der andere spuckte auf seine Finger und steckte sie in mich. Ich biss mir die Lippe auf, verbiss mir den Schrei, und spürte, wie Blut und Tränen mein Gesicht benetzten, während er seine Hose herunterzog und sich in mich zwang. Es tat weh, es tat so schrecklich weh, und ich konnte ihn nicht einmal verfluchen. Ich versuchte unseren alten Trick, erzählte mir eine Geschichte, um den Schmerz auszuschalten ... *sie hieß Deirdre, Herrin des Waldes* ..., ich schloss die Augen ganz fest, um ihre roten, schwitzenden Gesichter nicht zu sehen ... *und wenn man ganz still war, so still wie ein ... ein Mäuschen, konnte man sie sehen* ... ich versuchte es angestrengt, während es weiter und weiter ging, und einer schauderte und zog sich zurück, und der andere nahm seinen Platz ein. »Sie gibt kein Wort von sich! Es gefällt ihr, der kleinen Schlampe. Eine Fee, ha – die da ist sterblich genug, gehört wahrscheinlich zum Bauernhof. Das Beste, was ihr je passiert ist, da wette ich.«

... *und die Weiden rauschten, wenn sie vorbeiging* ... er war riesig in mir, es tat so weh! Der andere packte mich an der Brust, seine Finger drückten mein Fleisch, der heiße Atem drang mir ins Ohr ... *in ihrem Umhang aus tiefstem Blau, und im Haar eine Krone kleiner Sterne* ... er stieß und stieß, bis ich glaubte aufzureißen, bis ich glaubte, vor Schmerz ohnmächtig zu werden ... *sie ging ... sie ging unter den hohen Eichen einher und sie* ... die Geschichte entglitt mir, und dann gab es nur noch das schreckliche, endlose Stoßen und die hässlichen Stimmen und den Schrei, der drohte aus mir herauszubrechen, ganz gleich, wie fest ich meine Zähne zusammenbiss.

»Sie soll dich lieber nicht anfassen«, meinte der Erste. »Hast du diese Pfoten gesehen?«

»Eine Fee, wahrhaftig!« sagte der andere. »Vielleicht war ihre Mutter eine Kröte.«

Endlich war es vorüber. Er ächzte und entspannte sich und zog sich aus mir heraus; der andere ließ los, und ich brach auf dem Boden zusammen, die Arme vors Gesicht geschlagen.

»Komm schon, Schwachkopf«, sagte einer. »Das ist deine Gelegenheit! Los, mach schon! Ich wette, du hast es noch nie getan, Bauernjunge.« Er trat mich in die Rippen. »Sie wartet nur auf dich, oder, Krötenmädchen? Sagt kein einziges Wort. Genau, was du immer gewollt hast, nicht wahr? Nun, davon kannst du noch mehr kriegen.«

»Beeil dich«, sagte der andere. »Sie bleibt bestimmt nicht mehr lange wach. Dann hast du nicht mehr so viel Spaß.«

Aber der Einfältige weinte, und ich hörte, wie er sich umdrehte und durch den Wald davonrannte.

»Verflucht soll er sein«, sagte der andere. »Wenn er als Erster zurückkommt, wird er es allen erzählen. Komm schon, wir sollten ihn lieber einholen. Sie ist später auch noch da.«

»Leb wohl, mein Schatz«, sagte der andere. Er packte mich am Haar und riss meinen Kopf hoch, starrte mir ins Gesicht. »Tut mir Leid, dich so bald schon zu verlassen. Wir kommen wieder, meine Süße. Fühl mal.« Er zwang meinen Kopf zwischen seine Beine, rieb sich an meinem Gesicht, und ich würgte und hustete und kämpfte um mein Schweigen.

»Ach übrigens, dein Hund ist am Hügel da«, sagte der andere kichernd. »Aber es ist nicht mehr viel mit ihm los.«

»Hat mich gebissen, das Miststück«, stellte der Erste fest und ließ mich zu Boden sacken. »Blödes Vieh.«

Ihre Stimmen verklangen unter den Bäumen, und ich lag da, selbst jetzt nicht in der Lage zu weinen. Dann erhob sich ein seltsamer Wind, und alle Bäume begannen zu rauschen, obwohl es auf dem Boden ruhig blieb. Es war, als wäre Dunkel über den Wald hereingebrochen.

Ich weiß nicht, wie lange ich dort lag. Es wurde immer dunkler, aber ob es der Tag war, der in die Dämmerung überging, oder ein Teil der seltsamen, unheilverkündenden Stille, die mein Heim an diesem Nachmittag heimgesucht hatte, konnte ich nicht sagen. Ich war in meinem Elend versunken. Über mir bewegten sich die Bäume und seufzten im Wind, und ich konnte Stimmen hören. *Sorcha, Sorcha*, flüsterten sie. *Kleine Schwester.* Am Boden rührte sich nichts. Die Vögel gaben keinen Laut von sich.

Nach einer Weile blieb mir nichts anderes übrig, als mich zu bewegen. Ich dachte an Linn. Ich konnte nicht hoffen, dass sie zu mir zurückkehrte, unter den Bäumen hervorgerannt kam, mit hocherhobenem Schwanz wie eine Fahne im Wind, aber ich musste sie finden, bevor es dunkel wurde. Und ich brauchte Wasser.

Alles war feindselig. Alles war zu schwer. Ich tat es sehr langsam. Meine Kleider waren zerrissen und schmutzig. Ich wollte sie niemals wieder berühren. Ich warf sie neben das Feuer. Ich wollte mich verzweifelt gerne waschen, aber ich hatte Angst, zum See zu gehen. Ich hatte einen Eimer Wasser und ein grobes Tuch, und ich wusch ihren Dreck von meinem Körper, schaudernd, obwohl es ein warmer Tag war. Ich wusch mich und wusch mich, und als das Wasser aufgebraucht war, rieb ich mich weiter mit dem Tuch ab, bis die Haut rot und wund war. Ich kümmerte mich um meine Wunden, so gut ich konnte, dann wickelte ich mich in einen der alten Umhänge und ging mit zitternden Knien den Hügel hinauf, und die Bäume waren verschwommen vor meinen Augen. *Die bleibt nicht mehr lange wach. Dann macht es nicht so viel Spaß.*

Ich erreichte die Hügelkuppe und fiel beinahe über Linn, die auf dem Weg lag, zwischen den Zähnen immer noch ein Stück Stoff vom Hemd des Mannes. Sie hatte die Zähne zu einer letzten Herausforderung gefletscht, und ihre Augen starrten blind zum Himmel. Ihr Fell war blutdurchtränkt von der Wunde an ihrer Kehle, und kleine, rote Pfützen bildeten sich zwischen den Felsen und Farnen. Ich nehme an, es war ein guter Tod für einen Hund, das Leben in Verteidigung einer zu verlieren, die man geliebt hatte. Ich selbst wusste nur, dass meine Freundin gegangen war, und nun war ich wirklich allein.

Sie war ein großer Hund, und ich war immer noch ein ziemlich kleines Mädchen. Dennoch, ich trug sie noch vor der Abenddämmerung zurück zum Höhleneingang und legte sie dort ins Gras, dann kroch ich von Kopf bis Fuß zitternd in die kleinste Nische, die ich unter der Felswand finden konnte, wickelte mich in den Umhang und versuchte es irgendwie zu erzwingen, dass mein Geist so still wie eine Feder in der Brise und reglos wie ein Stein wurde. Aber mein Körper bebte, und mein Geist war voller Angst und Hass und Scham. In der Abenddämmerung kamen sie. Ich hörte ihre Stimmen und regte mich nicht. Sie wussten, was geschehen war. Ich dachte später, wenn es tatsächlich meine Brüder gewesen wären, die ich zuvor gesehen hatte, dort auf dem stillen Wasser, wie muss es für Conor gewesen sein, alles zu sehen, was geschah und nicht imstande zu sein, etwas zu tun, bis die Sonne unterging? Sie sprachen mit leisen, zornigen Stimmen.

»Diarmid? Cormack?« fragte Liam.

»Nein, Cormack soll hier bleiben und sich um den Hund kümmern. Ich werde gehen. Das ist meine Aufgabe.« Finbars Stimme zitterte.

Dann spähte ich im Dämmerlicht durch meine Finger und sah, wie die drei Umhänge und Messer aus der Höhle nahmen und mit Tod im Blick in den Wald davongingen.

Conor wusste, wo ich war. Ich spürte, wie er versuchte meinen Geist zu berühren, aber ich zog mich weiter in mich zurück. Er kam nicht näher, noch nicht. Padraic, der gegen Tränen des Zorns und der Verwirrung anblinzelte, machte sich daran, das Feuer und die Lampe anzuzünden und Wasser zu erhitzen. Cormacks Gesicht war wie in Stein gemeißelt, als er nach dem Spaten griff und begann, eine Ruhestätte für die blutigen Überreste seines Hundes auszuheben.

Nach einer Weile kam Conor herüber und setzte sich neben meine Nische. Ich erinnere mich immer noch, wie sich der Felsen an meinem Rücken anfühlte, wie ich mich fest gegen ihn presste, in mich zusammengerollt, so klein wie möglich, einen Arm über den Kopf gelegt. Ich erinnere mich, dass ich mir wünschte, die Erde würde mich verschlingen, würde mich aufnehmen und den Schmerz und dieses schreckliche andere Gefühl aufsaugen. Ich war voller Hass; Hass auf die Männer, die das getan hatten, Hass auf den Unschuldigen, der sie zu mir geführt hatte, Hass auf Lady Oonagh, die mich an diesen einsamen Platz gebracht hatte. Ich hasste meinen Vater für seine Schwäche. Ich hasste auch meine Brüder, weil sie nicht da gewesen waren, als ich sie brauchte. Außerdem waren sie ebenfalls Männer, wie konnten sie es also wagen, zu versuchen, etwas besser machen zu wollen?

Aber Conor saß da, nicht zu nah bei mir, und sprach mit seiner ruhigen, gemessenen Stimme. Das Feuer, das Padraic wieder entzündet hatte, breitete sein goldenes Licht über Baumwurzeln und Farne aus, selbst in diese enge Felsspalte, und nach einer Weile spähte ich unter den Haaren, die mir ins Gesicht hingen, nach draußen und sah den Kummer und die Liebe in ihren Blicken.

»Möchtest du herauskommen, kleine Eule?« fragte Conor sanft. »Wir haben nur wenig Zeit, dir zu helfen.«

Es war schwer, ungeheuer schwer. Ich konnte es kaum ertragen, von ihnen berührt zu werden. Padraic hatte geschickte Hände, er hatte schon so manches kranke Tier gepflegt, und schließlich ließ ich zu, dass er meine Wunden verband. Trotz der warmen Nacht in Decken gewickelt, lag ich dann am Feuer, und sie sprachen leise mit mir, während sich der Duft von Heilkräutern in die Nachtluft erhob.

Cormack hatte seine grimmige Arbeit beendet und kehrte

zum Feuer zurück. »Linn war schon eine Weile tot«, sagte er nüchtern. »Wer immer das getan hat, hat den Wald längst verlassen. Unsere Brüder werden sie nicht verfolgen und bis Tageseinbruch zurückkehren können. Es wäre besser gewesen, sie wären geblieben und hätten uns hier geholfen. Vielleicht hätten wir Sorcha an einen sicheren Ort bringen können.«

Conor sah seinen Zwillingsbruder an und wandte dann den Blick ab. Cormack schien ruhig zu sein; aber seine Augen waren gerötet und seine Wangen tränenverschmiert.

»Das glaube ich nicht«, sagte Conor. »Sorcha kann nicht weggehen, nicht heute Nacht. Im Augenblick muss sie hier bleiben. Was diese andere Angelegenheit angeht – im nächtlichen Wald geschehen seltsame Dinge. Besonders in diesem Wald. Leute verlaufen sich mitunter im Dunkeln, selbst auf einem vertrauten Weg. Es ist nicht ungewöhnlich, dass Nebel so rasch aufsteigt und den wahren Weg verhüllt, oder dass geheimnisvolle Stimmen einen Wanderer einen falschen Pfad entlanglocken. Schluchten können auftauchen, wo es zuvor keine gab, und Bäume, wo zuvor eine Lichtung war. Viele sind unter diesen Bäumen umgekommen, und man hat ihre Leichen nie gefunden.«

Seine beiden Brüder sahen ihn an und dann einander.

»Hmm«, sagte Cormack. »Ich nehme an, du weißt, wovon du redest.«

»Ja«, erwiderte Conor.

Padraic kochte Wasser mit Kräutern darin; der Duft sagte mir, dass er Sanikel benutzte und die Sporen von Bärlapp, jener wichtigen Pflanze, die so vorsichtig gesammelt werden musste. Sie hatten mir schon etwas zu trinken gegeben, aber mein Magen verweigerte sogar das, was gut für ihn war. Nun nippte ich wieder an der Kräuterbrühe, aber nicht zu viel. Ich wollte nicht schlafen, denn kein Trank konnte mir einen Schlaf ohne Träume versprechen. Ich bin eine Heilerin; ich war es damals und bin es heute. Seltsam, wie ich in jener Nacht tief im Geist spürte, dass ich nie geheilt werden könnte, als könnte ich mich niemals mehr aus dieser Verzweiflung erheben. Ich war da gewesen, um Simon zu helfen, und anderen vor ihm. Aber wer würde mir helfen? Selbst mein Hund war weg. Ich beobachtete die Sterne, bis sie sich über mir zu drehen schienen, bis sie durch meine Tränen verschwammen.

Noch seltsamer war, dass mir in dieser Nacht gleich war, wen ich verletzte. Conors Gesicht war bleich und abgehärmt; er trug nicht nur die Last dessen, was gerade mit seiner Schwester geschehen war, die Schuldgefühle, nicht da gewesen zu sein, um es aufhalten zu können – das alles empfand er zweifellos –, sondern er kannte meine Gefühle aus erster Hand. Er war auf meine wortlosen Flüche und lautlosen Schreie eingestimmt, auf mein gequältes Gefühl des Verratenseins. *Du warst nicht da. Ich habe dich gebraucht, und du warst nicht da.* Ich konnte die Flut dieser Gefühle nicht zurückhalten. Mein Geist floss über vor Schmerz, und er nahm alles und sagte kein einziges Wort. Aber ich konnte es an seinem Gesicht erkennen. Das Schlimmste dabei war, dass es mir gleich war. Auch mein Bruder war ein Mann. Vielleicht war es nur gerecht, dass er seinen Anteil an dem Schaden trug, den andere Männer angerichtet hatten.

Ich bin wohl kurz eingeschlafen, denn ich erinnere mich, aufgeschreckt zu sein, als Liam einen blutigen Dolch in den Boden am Feuer stieß und sich die Hände am Umhang abwischte. Die drei waren zurückgekehrt. Diarmids Gesicht war eine Maske des Zorns, Liams mühsam kontrolliert. Finbar setzte sich von den anderen entfernt hin und legte die Hände an den Kopf, als drohten seine Gedanken ihn zu sprengen. Seine Hände waren dunkel von Blut. Zu Hause hatte Donal, der Waffenmeister, sie mit all seiner Disziplin üben lassen. Selbst ich wusste, dass eine Waffe immer direkt nach dem Gebrauch gereinigt werden musste; gesäubert und geölt und sicher weggelegt. Heute Nacht war es anders. Ihre drei Dolche steckten im Boden rund ums Feuer, und das sanfte Flackern der Flammen zeigte, wie sehr das Metall mit dem Lebensblut ihrer Beute bedeckt war. Es war eine Jagd gewesen, kein Kampf. Sie hatten rasch und gewaltsam Gerechtigkeit geübt. Es interessierte mich nicht, ob sie zwei oder drei getötet hatten. Ich weinte nicht um den Unschuldigen, der in etwas hineingeraten war, was er nicht verstand. Es war spät, zu spät. Mein Körper schmerzte, und ich hatte Angst, und selbst umgeben von meinen sechs Brüdern war ich allein.

»Dafür wird Oonagh mit Blut zahlen«, sagte Diarmid mit vor Wut bebender Stimme. Sein Rachedurst war von den Morden nicht gestillt worden. »Ich werde ihr mit diesem Messer die Kehle durchschneiden, wenn es kein anderer tut.«

»Sie ist verantwortlich dafür, wenn auch nicht direkt«, stimmte Liam zu. »Aber das ist nicht die Zeit. Wir haben getan, was wir tun mussten. Jetzt müssen wir uns um Sorcha kümmern. Sie muss diesen Ort verlassen, und zwar sofort. Wie bald wird sie reisen können, Conor?«

Sie sprachen über mich, als wäre ich eine Spielfigur in einem ihrer Strategiespiele; eine wichtige, aber immer noch ein Gegenstand, den man so vorteilhaft wie möglich manövrierte. Ich lag da, mit weit aufgerissenen Augen schweigend im Dunkeln.

In meinem Körper zuckte noch der Schmerz, in meinem Geist wiederholte sich endlos, was man mir angetan hatte. Ich war ganz offenbar nicht imstande, das aufzuhalten, und ich wünschte mir beinahe, ich hätte genug von dem Kräutersud getrunken, um eine Weile schlafen zu können, Alpträume oder nicht.

Die Stimmen meiner Brüder drifteten näher, entfernten sich wieder. Conor sagte, man sollte mich heute Nacht noch nicht wegbringen. Diarmid war wütend, Liam versuchte Pläne zu machen. Aufblitzen von Schmerz, Erinnerungen an andere

Stimmen. Ich hob die Hand, um die Augen zu bedecken, und die Schwielen kratzten auf meiner Haut. *Vielleicht war ihre Mutter eine Kröte.* Es gab auch noch andere Bilder. Mein zerstörter Garten. Vater Brien, der auf dem Boden lag, in der leeren Hülse seiner selbst. Simon, der im Dunkeln schrie. Oonagh, die mein Haar kämmte, und die Geschöpfe auf ihrem Spiegel. Schmerz und Angst. Ihre Stimmen, wieder und wieder. *Hübsches Stück Fleisch, wie? Genau wie ich es mag, jung und saftig.* Wie konnten meine Brüder weitersprechen, Pläne schmieden, sich streiten, als wäre ich nicht da?

»Das ist unmöglich!« schrie Diarmid. »Wir können sie nicht einfach hier lassen! Es muss eine andere Möglichkeit geben!«

»Es gibt keine andere Möglichkeit«, sagte Conor leise. Er hatte sich von mir abgewandt.

»Dann lasst uns diese Geschichte ein- für allemal beenden«, meinte Cormack gnadenlos. Er stand auf und trat seinem Zwillingsbruder gegenüber. »Wir können sie nicht allein lassen. Nicht jetzt. Ich sage, wir nutzen die Zeit, die uns noch bleibt, um sie zum nächsten Bauernhof zu bringen, unsere Geschichte zu erzählen und uns der Gnade dieser Leute zu überantworten. Dann hat Sorcha zumindest eine Chance. Wenn wir sie hier allein lassen, wird sie die nächsten Tage nicht überstehen.«

»Diese Leute haben wenig Gnade gezeigt, als sie unsere Schwester vergewaltigten«, zischte Diarmid.

»Und wir können das nicht tun und bei Tagesanbruch wieder hier sein«, meinte Padraic. In seiner Stimme lag eine unausgesprochene Frage.

»Padraic hat Recht, das geht nicht«, sagte Liam. »Wenn wir diesen Bauern unsere Geschichte erzählen, wird Lady Oonagh erfahren, wo Sorcha ist. Und wenn wir im Morgengrauen nicht am Wasser sind, enden wir auf jemandes Abendbrottisch. Ich hoffe, ihr seid nicht so dumm, euch das zu wünschen.«

»Wie meinst du das?« Diarmid hatte seinen Dolch aus dem

Boden gezogen und warf ihn ruhelos von einer Hand in die andere.

»Ich sage, dass dieser Plan unmöglich ist. Ich sehe keine andere Wahl, als es Sorcha so sicher und bequem zu machen, wie wir können, und sie zu verlassen. Vielleicht können wir sie beim nächsten Mal woanders hinbringen; es muss noch andere Höhlen am Ufer geben.« Liam schien allerdings mit seinem eigenen Vorschlag nicht sonderlich glücklich zu sein.

»Was meinst du, Druide?« Diarmids Tonfall brannte wie ein Peitschenschlag. »Keine weisen Erklärungen, keine Rhetorik, um uns zu inspirieren? Was hilft dir deine geheimnisvolle Kunst jetzt? Vielleicht wäre es an der Zeit, dass wir nicht mehr auf deinen Rat hören und die Dinge selbst in die Hand nehmen.« Er war wie ein Jagdhund, der an der Leine zerrt.

Liam sprach mit fester Stimme. »Du kannst doch nicht vergessen haben, wie es uns gelungen ist, unsere Beute heute Nacht so schnell zu finden. Selten habe ich gesehen, wie ein Nebel so rasch und so seltsam niederging. Oder sich sofort auflöste, nachdem wir fertig waren. Ich habe auch noch nie zuvor gesehen, wie sich Farne und Moose so schnell ausbreiten, um Fleisch und Blut von Menschen zu bedecken. Da war Magie am Werk, und dafür kannst du deinem Bruder danken.«

»Unsinn«, knurrte Diarmid, aber er setzte sich wieder hin, das Messer immer noch in der Hand. Ihre Worte verklangen wieder, und die Bilder kehrten zurück. Ich versuchte sie auszuschließen, aber sie wollten nicht gehen. Ich wollte all den Zorn und den Schmerz in meinem Kopf herausschreien, aber irgendwie biss ich immer noch die Zähne zusammen und schluckte die Geräusche, die aus mir herauszubrechen drohten, herunter, und meine Tränen flossen lautlos. Meine Brüder meinten es gut, aber ich wünschte mir beinahe, es wäre Morgen und sie würden wieder gehen. Sie stritten sich weiter, und nach einer Weile brachte Padraic mir mehr zu trinken; ich nahm es, und er ging wieder. Die Bilder zogen weiter und weiter durch meinen Kopf. Heißes Eisen auf menschlicher Haut. Eilis, die sich in Zuckungen wand, ihr hübsches Gesicht verzerrt. Der Hund mit seinem vertrauensvollen Blick und der Messerwunde im Gesicht. Das breite Grinsen des Einfältigen, als er in die Bäume hinaufschaute. *Nicht der Fee wehtun! Du bist als Nächster dran, Bauernjunge.* Unter dem dicken Umhang schauderte ich.

Ich bin hier, Sorcha.

Zuerst wollte ich es nicht glauben, es war so lange her, seit er meinen Geist auf diese Weise berührt hatte.

Ich bin hier. Versuche, es loszulassen, Liebes. Ich weiß, wie weh es tut. Stütz dich auf mich; lass mich deine Last eine Weile tragen.

Ich konnte ihn kaum sehen, er war auf der anderen Seite des Feuers, hinter den anderen und halb abgewandt, den Kopf immer noch in die Hände gestützt, als hätte er sich kaum bewegt.

Woher kannst du es wissen, woher?

Ich weiß es. Lass mich dir helfen.

Ich spürte die Kraft seines Geistes in meinen strömen, und irgendwie gelang es ihm, die schrecklichen, dunklen, geheimen Dinge abzutrennen, die er fürchtete, mit mir zu teilen, und meinen Kopf mit Bildern zu füllen, die gut und ermutigend waren. Ich selbst als kleines Kind tanzte vergnügt über einen Waldweg, geschützt von den gebogenen Ästen, beleuchtet vom fleckigen Sonnenlicht. Das war ein altes Bild, tief in seinem Bewusstsein, das alles beeinflusste, was er tat. Dann wir beide, wie wir auf den Felsen an den Quellteichen lagen, mit dem Gesicht nach unten, Kinn auf die Hände gestützt, reglos wie kleine Eidechsen in der Sonne, und die winzigen, edelsteingleichen Frösche beobachteten, die hüpften und tauchten und sprangen. Finbar, wie er geduldig die Stacheln der Miere aus meinen Händen zog, während Conor die Geschichte von

Deirdre, der Herrin des Waldes, erzählte. Wir sieben in einem Kreis um die kleine Birke.

Er ließ mir keine Zeit, nachzudenken, sondern überflutete meinen Geist und schob zumindest für diesen Augenblick meine Angst beiseite. Es war, als wäre sein Geist um meinen herumgeglitten, um ihn vor Schaden zu schützen. Und es gab mehr: wieder er und ich auf dem Dach zu Hause, wie wir auf den weitabgelegenen Wald und See hinausschauten. Ein kleines Bild von Vater Brien, die Zungenspitze zwischen den Lippen, wie er mit kundigen Pinselstrichen an einem kunstvollen Manuskript arbeitete. Conor in einem weißen Gewand, der die Kerben im Stamm einer großen Eberesche las. Diarmid und Liam beim Ringkampf im seichten Wasser, Kraft gegen Kraft, bis einer aufgab und der Wettbewerb in Albernheit und Geplansche endete. Padraic, der den Flügel einer Eule schiente, mit kundigen, vorsichtigen Bewegungen, um das Tier nicht zu erschrecken. Cormack und Linn, die am Ufer entlangrannten, und der Westwind peitschte das Wasser, um ihre Spuren im Sand zu verwischen.

Wieder begannen meine Tränen zu fließen, aber diesmal war der Schmerz anders.

Weine, Liebes. Unsere Liebe umgibt dich wie eine Decke. Unsere Kraft ist deine, und deine Kraft hält unsere Hoffnung am Leben.

Der Wald hält seine schützende Hand über dich. Das war eine andere Stimme, die von Conor. *Der Weg öffnet sich vor dir.* Alle anderen schwiegen, spürten vielleicht, dass die Dämmerung nahe war und dass etwas Wichtigeres geschah als alle Pläne, die sie machen konnten.

Was – was siehst du für mich voraus? Es kostete mich große Willenskraft, diese Frage zu stellen. *Was wird mit mir geschehen, Finbar? Zeig es mir diesmal.*

Ein Bild kam, zerrissen, schwer zu erkennen. Ein Mädchen, wahrscheinlich ich selbst, in einem kleinen Boot. Eine Eule.

Oder geschah das jetzt und war nicht Teil des geistigen Bildes? Zwei Hände hielten ein kleines Messer, schnitzten einen kleinen Holzblock. Ein Feuer brannte grün, purpurn und orange. Dann waren die Bilder verschwunden. Ob das alles war, das Finbar sah, oder ob er den Rest vor mir abschloss, wusste ich nicht. Und während der ganzen Zeit saß er da wie in Trance.

Schon bald berührte die erste Spur Grau den Himmel, und es war beinahe Zeit für sie zu gehen. Ich atmete nun ruhig und war ausgeruhter, obwohl ich immer noch Schmerzen hatte. Mein Kopf war erfüllt von Helligkeit, Stücken von Heldengeschichten, Bildern unserer Kindheit, eine Bastion aus liebevollen Erinnerungen, um die Schatten draußen zu halten. Finbar ließ nicht zu, dass etwas Böses oder ein hässliches Wort mich berührten. Ich lag immer noch in meiner Decke, und nun kam mir die Kuppel der Baumwipfel wohl wollend vor. Wieder hörte ich eine Eule rufen, und sie berührte meinen Geist ganz tief drinnen. Meine Brüder saßen schweigend und grimmig um das verglühende Feuer.

»Sorcha.« Diesmal sprach Conor laut, so dass alle ihn hören konnten. »Es gibt eine Möglichkeit, von der keiner von uns gesprochen hat. Ich will, dass du sie kennst.« Ich stellte fest, dass ich imstande war, mich aufrecht hinzusetzen und zustimmend zu nicken. Der Griff um meinen Geist entspannte sich ein wenig; aber Finbar hielt mich immer noch. Ich sah ihn an und war entsetzt – er war bleich und hatte tiefe Schatten unter den Augen. Er sah aus wie ein alter Mann, oder wie einer, der die Nacht beim Feenvolk verbracht hat und nie wieder er selbst sein wird.

Schon gut, Sorcha. Hör Conor zu. Finbar regte sich nicht.

»Wir haben zweifellos alle daran gedacht, aber keiner von uns wollte es aussprechen, obwohl Cormack kurz davor stand, glaube ich. Ich möchte, dass du es entscheidest, Sorcha. Du musst dir Zeit lassen und diese Entscheidung für dich selbst treffen und nicht für uns.« Nun übernahm Liam. »Sprich nicht in Rätseln, Conor. Du musst es in einfachen Worten sagen. Sorcha, was er sagen will, ist, dass dies vielleicht der Punkt ist, an dem du aufgeben solltest. Mir zumindest erscheint der Preis zu hoch. Jeder von uns würde gerne die Chance auf eine Zukunft für deine Sicherheit opfern.«

»Wir würden unser Leben für dich geben. Aber die Schuld ist so schwer zu ertragen, denn du setzt dein Leben täglich aufs Spiel, wenn du weiter an dieser Aufgabe arbeitest.« Cormacks Stimme war erschreckend sachlich.

»Wir können dich nicht schützen«, sagte Diarmid schlicht. »Wir sind schlimmer als nutzlos, wir sind eine Last für dich.« Ich sah in diesem Augenblick, dass er das kleine Bündel von Mierenhemden in den Händen hielt, trotz der Stacheln, und er hielt sie dicht, so dicht ans brennende Feuer. »Ich sage, zerstöre diese magischen Gewänder, lass die Aufgabe, die dich verschlingt, hinter dir, suche Zuflucht bei den heiligen Brüdern, die dich vor der Zauberin schützen können. Es ist gleich, ob wir keine Menschen mehr werden. Es macht nur wenig aus.«

Diese Ansprache musste ihn viel gekostet haben, denn ich wusste, wie das Bedürfnis nach Rache in seinem Herzen brannte. Ich wusste, wie sehr Liam sich danach sehnte, nach Hause zurückzukehren und alles mit Vater und seinem Land in Ordnung zu bringen, bevor es zu spät war, noch etwas retten zu können. Und Conor – was war mit seinem Weg, seinen Jahren der Vorbereitung, was mit den Dorfleuten, die voller Ehrfurcht von ihm sprachen, als wäre er schon ein Weiser? Wer würde seinen Platz einnehmen, wenn er nie in die Welt der Sterblichen zurückkehrte?

»Wir hätten ein Boot oder Floß bauen sollen«, sagte Padraic plötzlich. »Hier gibt es wenig Siedlungen; du könntest lange Zeit den See entlangfahren, dicht am Ufer, immer unter den Bäumen verborgen. Ich hätte daran denken sollen.« Die anderen sahen ihn an. »Nun, es war eine Idee«, sagte er.

»Hast du überhaupt zugehört?« fauchte Liam stirnrunzelnd.

Padraic rührte wieder in dem Topf über dem Feuer, wo er genug Kräutertee kochte, dass es mir ein oder zwei Tage genügen würde.

»O ja«, sagte er leise. »Sorcha wird die Wahl für uns alle treffen. Was sollte ich dazu noch sagen?«

Ich spürte, wie Finbars Griff an meinem Geist sich entspannte und langsam zurückzog. Auch Conors Präsenz zog sich so beinahe unbemerkt zurück, wie sie gekommen war. Sie wollten, dass ich diese Entscheidung alleine traf. Aber es gab keine Wahl, nicht für mich. Ich streckte die Hand nach dem Bündel Hemden aus, und Diarmid reichte sie mir.

»Bist du sicher, Sorcha?« fragte Liam leise. Ich nickte. Anders als Finbar wusste ich immer noch, welchen Weg ich nehmen musste. Es kam mir so vor, als ob sich das nie ändern würde, ganz gleich, was sonst mit mir geschah.

»Also gut«, sagte Liam. »Wir achten deine Entscheidung. Wir werden überleben und kehren zum Mittwintertag zurück.«

»Wir werden nicht hierher zurückkehren«, sagte Finbar leise, und als wir uns alle zu ihm umdrehten, schwankte er und fiel wie leblos zu Boden. Conor erreichte ihn als Erster, kniete sich neben ihn und schirmte sein Gesicht vor den anderen ab.

»Hebt ihn auf«, sagte Diarmid. »Es ist beinahe Morgengrauen.«

»Was ist überhaupt mit ihm los?« Cormack hatte kaum mehr Mitgefühl. »Er hat die ganze Nacht kaum ein Wort gesagt.«

»Er hat sein erstes Blut geschmeckt«, sagte Diarmid. »So etwas passiert manchmal. Er wird nicht fertig damit. Aber als es ums Töten ging, war er begierig genug. Ich habe nie einen Mann gesehen, der so tief zustach und das Messer mit solcher Begeisterung drehte. Seht euch seine Hände an.«

Padraic zog mich taktvoll beiseite, um von Kräutertränken zu sprechen und von Verbänden und dass er eine Stelle genäht hatte, an der ich die Naht selbst entfernen musste, was schwierig, aber nicht unmöglich sein würde. Ich hörte nur halb zu. Er brauchte mir meine eigene Kunst nicht zu erklären. Liam schlug Finbar auf die kreidebleiche Wange; Conor sprach leise auf ihn ein.

»Beeilt euch«, sagte Diarmid. »Bei der Herrin, ausgerechnet jetzt einen Anfall zu kriegen! Die Sonne berührt schon die Baumwipfel auf der anderen Seeseite. Schlag ihn fester, bring ihn wieder zu Bewusstsein. Er wird eine richtige Last für uns.«

»Halt den Mund!« sagte Liam, und er klang wie mein Vater. Es war eine Stimme, die auch erwachsene Männer schweigen ließ.

»Du beurteilst Finbar falsch«, sagte Conor, während er und Liam ihren Bruder auf die Beine zogen und langsam mit ihm zum See stapften, denn es war tatsächlich beinahe Zeit. Nur halb bei Bewusstsein, taumelte Finbar zwischen ihnen und bewegte seine Füße, als wären sie aus Blei. »Er hat in dieser Nacht mehr von sich gegeben, als du dir je vorstellen könntest. Beurteile nicht zu rasch, was du nicht verstehst.«

»Ich verstehe das gut genug«, murrte Diarmid, aber er mischte sich nicht mehr ein. Und so erreichten sie das Ufer und verabschiedeten sich abermals von mir. Und diesmal, als ich schwankend in meinem großen Umhang dastand, wollte ich nicht, dass einer von ihnen mich berührt, und sie wussten es ohne ein Wort. Also schlichen sie sich davon, einer nach dem anderen, und ich verstand in meinem Herzen, dass es lange dauern würde, länger als die Spanne vom Sommer bis zum Winter, bevor ich sie wieder sehen würde. Meine Liebe für sie war nicht geringer geworden, aber ich glaubte nicht, dass ich sie jemals wieder im Arm halten oder anfassen konnte, obwohl sie meine Brüder waren. Ich konnte ihnen nicht mehr wirklich vertrauen, weil sie nicht da gewesen waren, als ich sie brauchte. Dass dies nicht ihre Schuld war, machte keinen Unterschied. Es war die Macht des Bösen, das man mir angetan hatte. Als sie daher zum Wasser gingen, Finbar immer noch zwischen seinen zwei Brüdern zusammengesackt, und das Licht der ersten Sonne seine bleichen Züge golden einfärbte, rief ich nicht mit meiner inneren Stimme nach ihm. Ich sagte nicht *Danke* oder *Leb wohl.* Ich drehte mich um und ging zur Höhle zurück, und mein Geist und meine Zunge waren so still wie der Tod. Es gab kein Lebewohl für meine Brüder, als sich das Wasser hob, um sie zu nehmen.

Cormack hatte vorher gesagt, dass ich mit meinen Verletzungen im Wald nicht lange überleben würde. Er hatte nicht mit meiner Willensstärke gerechnet, und nicht mit meinen Fähigkeiten als Heilerin. Und er hatte auch nicht vorhergesehen, was der Wald selbst tat, durch seine geheimsten Bewohner. Die Zeit verging, der Mond schwoll und nahm wieder ab, und die warmen Sommertage wichen langsam den frischen, kühlen Tagen des frühen Herbstes. Es war still, so still, dass das plötzliche Zwitschern eines Vogels mich zusammenzucken ließ. Zu still. Die glatten, aufgeschütteten Flusssteine, die Linns letzte Ruhestätte kennzeichneten, sprachen täglich davon, welche Leere sie in meiner kleinen Welt hinterlassen hatte. Mein Tag war so sehr nach ihren Mustern wie nach meinen eigenen verlaufen, meine Arbeit am Webrahmen oder an der Spindel hatte sich nach ihren Beutezügen gerichtet, und ich hatte erst gegessen, wenn sie zurückgekehrt war. Unser Schlaf war von derselben Decke gewärmt worden. Einmal fand ich ihre Fußabdrücke, die immer noch in dem Sand erhalten waren, wo sie mit dem Wind um die Wette gelaufen war, und ich weinte und wusste, wie viel ich verloren hatte.

Mein Körper heilte dank Padraics und meiner eigenen Kunstfertigkeit. Nach einiger Zeit wusste ich, dass ich nicht schwanger war, und dankte wortlos dafür. Aber ich hatte immer noch Angst, und manchmal war selbst mein Tagesablauf eine zu große Last. Mein Zuhause war keine Zuflucht mehr für mich, hatte sich auf ewig verändert, durch das Böse, das dort geschehen war. Ich stellte mir vor, wie meine Kräuter nach und nach starben, oder hässliche, verkrüppelte Blüten und verschrumpelte Beeren hervorbrachten. Ich würde nicht wagen, neue Vorräte der Pflanze, die ich brauchte, zu sammeln, nicht einmal mit einem scharfen Messer am Gürtel.

Das geringste Geräusch erschreckte mich. Ich hatte Träume, und die werde ich nicht erzählen. Ich versuchte dagegen anzukämpfen. Ich tat mein Bestes, am Tag zu schlafen und in der dunklen Zeit wach zu bleiben, aber ich hatte fast keine Kerzen mehr, und die Träume kamen auch im hellen Sonnenlicht. Ich nahm Zuflucht zu Kräutern, und eine Zeit lang gaben sie mir Aufschub. Aber dann brauchte ich eine stärkere und stärkere Dosis. Nach einer Weile entschloss ich mich, aufzuhören, da ich wusste, wie solche Kräutertränke die Schwachen nach und nach beherrschen können. Die Dämonen kehrten zurück.

Ich dachte viel an Simon. Ich dachte an seine Verletzungen und wie ich ihn dazu gebracht hatte, mir zu versprechen, dass er überleben würde. Ich verübelte mir meine eigene Schwäche und beschloss, mich wieder an meine Arbeit zu machen. Aber es gab Tage, an denen ich einfach nicht die Willenskraft dafür hatte, und der Mierenfaden blieb ungesponnen, während ich dasaß, mit dem Rücken an den Eschenstamm gelehnt, und ins Nichts starrte. Ich hatte das Gefühl, als wartete ich, aber ich wusste nicht, worauf.

Ich hatte nicht viel Vorräte gesammelt, weil ich Angst hatte, zu weit wegzugehen. Ich hatte weder den Willen noch die Kraft, Beeren zum Trocknen vorzubereiten, und mein kleiner Kräutergarten war von Unkraut überwuchert. Es gab nur einen kleinen Sack getrockneter Erbsen, den ich vor einiger Zeit neben dem Wagenpfad gefunden hatte, wo er von einem Bauernwagen gefallen war. Ich hatte diese Erbsen aufgespart, und nun kochte ich morgens eine Hand voll zu einer Art Brühe, wenn ich die Kraft dazu aufbringen konnte. An manchen Tagen war es sogar zu anstrengend, mir das Haar zu kämmen. Ich wurde dünner und stellte fest, dass ich immer wieder unerwartet einschlief, nur um dann aus bösen Träumen aufzuschrecken. Während die Tage kürzer wurden, kam ich kaum mehr mit meiner Arbeit voran. Dann kam sie endlich. Lautlos wie eine Hirschkuh stand sie plötzlich im Schatten unter den grauen Stämmen der Eschen und betrachtete mich mit einem Blick, den ich nicht deuten konnte. An diesem Tag trug sie keinen mitternachtsblauen Umhang und hatte keine Juwelen im langen, dunklen Haar. Ihr Gewand war stattdessen schlicht geschnitten, der Stoff von einem moosigen Grün, und ihre Arme schimmerten bleich im durch die Bäume gefilterten Licht. Die Blätter und Zweige um sie rührten sich, und ich spürte den tiefen Herzschlag des Waldes, als würde er lebendiger, wo sie sich befand. Das letzte Mal hatte ich meinen Zorn und meine Angst an ihr ausgelassen. Nun spürte ich nur Leere.

Du kommst zu spät.

Ihre Miene war ungerührt. Wenn sie überhaupt einen Ausdruck hatte, dann den leichten Tadels.

»Es ist Zeit, Sorcha«, sagte sie. »Zeit, weiterzuziehen.«

Wohin weiterziehen? dachte ich. Alles fiel mir zu schwer, alles war eine zu große Anstrengung. Vielleicht würde ich einfach wieder nur in die Felsennische kriechen und die Augen schließen.

Ich habe genug davon, stark zu sein.

Sie lachte mich aus. Lachte, als wäre ich etwas Lächerliches.

»Du bist, was du bist«, sagte sie mit dieser tiefen, wohlklingenden Stimme. »Und jetzt komm und steh auf. Du bist nicht die erste Frau deines Volkes, die auf solche Weise von Männern missbraucht wird, noch wirst du die letzte sein. Wir haben voller Kummer gesehen, was man dir angetan hat; aber die Rache war schnell. Aber jetzt musst du von hier weg.«

Ein kleiner Keim des Zorns saß in mir und kämpfte gegen die tiefe Müdigkeit an, die meinen Kopf wirr und all meine Glieder schwer und schmerzend machte. Ich stand auf, und die Bäume schienen zu schaudern und sich um mich herum zu bewegen.

»Gut«, sagte sie leise. »Jetzt wirst du von hier weggehen. Du darfst nur eine Tasche mitnehmen. Wähle den Inhalt sorgfältig. Du wirst unter den Weiden nicht weit vom nördlichen Ende der Bucht ein kleines Boot finden. Es wird dich dahin tragen, wohin du gehen musst.«

Ich sah sie blinzelnd an. Die Bäume schienen in alle Richtungen zu schwanken, das Licht des Spätnachmittags flackerte zwischen ihren Blättern, grau, grün, golden, rotbraun und braun. Ihre Gestalt begann bereits zu verblassen.

Aber was, wenn ... aber ich kann doch nicht ... und wohin ...

Sie war nicht mehr da. Ich stand still, strengte mich an, endlich klarer zu sehen. Langsam kam die Welt um mich mehr oder weniger zum Stillstand. Ich dachte vage, dass ich vielleicht seit gestern nichts mehr gegessen hatte. Vielleicht war das das Problem. Außerdem, wenn ich nur eine einzige Tasche mitnehmen konnte, würde ich sie bestimmt nicht mit trockenen Äpfeln oder Wasserkresse füllen.

Wenn das Feenvolk einem eine Anweisung gab, folgte man, ob einem das passte oder nicht. So war es einfach. Wenn man genauer hinsah, hatte ich keine große Wahl. Ich war nicht auf den Winter vorbereitet, und meine Brüder hatten dieses Mal mehr zu tun gehabt, als für mich Holz zu hacken oder Vorräte zu beschaffen. Also ließ ich meinen Eichenstock, der einmal Vater Brien gehört hatte, und die Winterstiefel und den warmen Umhang und die drei scharfen Messer zurück. Ich ließ den Haufen glatter Seesteine zurück, unter denen mein Hund lag, und das letzte Bündel getrockneten Lavendels, in dessen süßem, schwachem Duft noch die Wärme des Sommers hing, und den zur Neige gehenden Vorrat an Eschenholz. Ich ließ sogar die Spindeln und meinen kleinen Webrahmen, den mein Bruder für mich gemacht hatte, zurück. Aber ich nahm die beiden ersten Hemden und das dritte halbgenähte mit, ebenso wie die Fasern, die ich noch nicht gesponnen hatte, und meine Nadel und meinen Faden, und ganz unten in der Tasche war Simons Schnitzerei. Ich trug mein altes Kleid und um den Hals Finbars Amulett, das einmal unserer Mutter gehört hatte. Ich ging von der Höhle weg, ohne einen einzigen Blick zurückzuwerfen. Aber ich hörte leise Stimmen, das Rauschen der Blätter und das Flattern zarter Flügel in den Baumwipfeln.

Sorcha, o Sorcha. Lebe wohl, lebe wohl.

Der Klang folgte mir am Ufer entlang, als ich barfuß zwischen Steinen und über raues Gras ging, bis ich das kleine flache Boot mit einem Stock zum Staken fand. *Schwester, o Schwester. Wohin gehst du? Wann wirst du zurückkehren?* Ich stieß den Stock in den Sand, schob das Boot hinaus in die Strömung, und das Wasser trug mich davon.

KAPITEL 7

Hätte ich in jenem Augenblick noch die geringste Willenskraft gehabt, hätte ich Padraics Rat befolgt und wäre am Ufer des Sees geblieben, dicht unter den Trauerweiden, bis ich relative Sicherheit erreicht hatte. Ich dachte halb betäubt, die Herrin hätte dies geplant und mich weitergeschickt, damit ich beschützt meiner Arbeit nachgehen konnte. Aber ich hatte nicht die Energie, das Boot zu steuern. Mir war schwindelig vor Hunger, und ich war vermutlich krank; das leichte Schaukeln des Bootes fühlte sich seltsam an, das Wasser war aufgewühlt, und das Schwanken der Bäume, an denen ich vorbeitrieb, ließ mich noch schwindeliger werden. Ich spürte, wie andere Hände das kleine Gefährt auf einen Weg führten, der nicht meine Wahl war.

Die Waldsylphen verklangen bald, und in den Wellen und dem Gurgeln des Seewassers erhoben sich andere Stimmen, flüchtig, ausweichend, sie murmelten einander zu, während ihre Besitzer mein kleines Boot rasch – zu rasch – auf das immer wilder werdende Wasser hinaustrugen. Ich blinzelte und starrte und fragte mich, wie viel Wirklichkeit und wie viel fiebrige Vision war. Es waren lange, bleiche Hände im Wasser und Gesichter mit weit auseinander stehenden Augen und Haar wie Wasserpflanzen, grau und grün und blau. Es gab Schwänze mit juwelenschimmernden Schuppen. »Eilt euch, eilt euch«, sangen sie einander zu. »Es ist Zeit.«

Und so bewegte sich das Boot schneller und schneller, wie auf einem schnellfließenden Fluss. Am Himmel über mir sammelten sich schwere Wolken, und es wurde dunkel. Fette Regentropfen trafen mich, in der Ferne war Donnergrollen zu hören. Der kleine Teil von mir, der noch wach war, bemerkte all diese Dinge, und dass ich allein inmitten einer großen Wasserfläche war, barfuß in meinem alten Kleid, in einem Boot, das nur für seichte, friedliche Gewässer gedacht war. Der Wind wurde stärker, und das kleine Gefährt schaukelte auf und nieder.

Wellen spritzten über die Seiten und durchtränkten mich bald bis zur Taille. Aber mir war nicht kalt; stattdessen war ich glühend heiß, und ich hörte ihre Stimmen rufen, ringsumher, unter, hinter und vor mir, im dunkler werdenden Wasser. »Es ist so einfach, so einfach, Sorcha. Lass dich hinübergleiten, einfach über die Seite des Bootes, und komm zu uns. Es ist kühl hier unter dem Wasser. Komm zu uns herunter.« Und eine andere: »Komm mit, komm mit nach unten. Sag Lebewohl zu deinem Schmerz, lass das Wasser den Schmerz wegwaschen. Komm, lass dich vom Wasser leiten. Komm und tanz mit uns in der Tiefe.« Ihre Stimmen waren liebevoll und verlockend. Ich wollte das kühle Wasser auf meiner brennenden Stirn spüren, wollte schlafen und vergessen. Es wäre so einfach, mich über die Seite zu beugen, ins Wasser zu gleiten und weg von allem. »Wirf mir dein Bündel zu! Wirf es her! Lass mich deine Last tragen!« Ich sah, wie sich lange Finger nach oben streckten, auf mich zu, und ich erwachte und klammerte die Tasche fest an meine Brust, ungeachtet der Stacheln der Mierenfasern. *Nein. Das werde ich nicht tun.* Dann hörte ich sie lachen, hohe Stimmen, tiefe Stimmen, und das Platschen ihrer Schwänze, während sie sich wild ums Boot bewegten. Und dann waren sie weg und überließen mich Wind und Wasser.

Ich bin an diesem Abend wohl fast ertrunken. Aber ich war müde und krank, und zu diesem Zeitpunkt schien die Gefahr mir unwichtig. Nach einiger Zeit wurde der Himmel dunkel, und Blitze zerrissen diese Dunkelheit wie große weiße Speere, die mit gewaltiger Kraft in die Erde gestoßen wurden. Regen peitschte über mich hinweg, und das Boot war halb mit Wasser gefüllt. Ich hielt mich mit beiden Händen fest, um das Gleichgewicht zu halten, und wusste, es war nur eine Frage der Zeit, bevor das Boot sinken würde. Ich wusste auch, dass ich im Wasser nicht lange überleben würde. Der See war längst zu einem rasch fließenden Fluss geworden, und das Ufer lag nun näher; ein Blitz beleuchtete Felswände und niedriges Gebüsch. Wir waren über den Wald hinaus in offenerem Land. Hier und da konnte ich Lücken in den Felsen und kleine Stücke von Ufer sehen, wo es vielleicht möglich gewesen wäre, an Land zu kriechen, wenn man die Kraft hatte. Ich griff nach der Stake, hoffte, das Boot in Sicherheit lenken zu können, denn das Wasser hier war vielleicht seichter. Aber es schien, als wäre mein Geist nicht imstande, meine Hände zu lenken, und die Stake entglitt mir, fiel über die Seite und trieb rasch außer Reichweite. Ich war zu schwach, um hinterherzuschwimmen, und konnte erst recht nicht daran denken, das Ufer zu erreichen. Wenn ich nicht ertrinken würde, würde mich die Kälte noch vor dem Morgen umbringen. Ich glühte vor Fieber und konnte die Kälte nicht spüren, aber die Heilerin in mir wusste, wie trügerisch diese Hitze war.

Die Sturmwolken rissen einen Augenblick lang auf, und der Mond erschien. Bleiches Licht breitete sich plötzlich über das wirbelnde Wasser aus. Auch am Strand war ein Licht, und einen Augenblick später rief eine Männerstimme: »He! Was ist das?« Und eine andere: »Da draußen – sieh nur! Da ist jemand drin! Ein Mädchen.« Eine Windbö blies mir das Haar über die Augen. Das Boot trieb wieder vom Ufer weg. Ich spähte zu dem kleinen Licht hin. Es waren zwei Männer, einer mit einer Art Laterne, und der andere zog sein Hemd aus und watete ins Wasser, dann schwamm er in den Sturm hinaus und auf mich zu. »Du bist verrückt!« rief ihm der andere nach. Er kam näher. Trotz Wind und Strömung kam er direkt und zielgerichtet auf mich zu. Er war ein großer, kräftiger Mann und bewegte sich mit grimmiger Entschlossenheit. Ich spannte mich erschrocken an, und plötzlich war der Gedanke, mich über die Seite des Bootes gleiten zu lassen, tief ins Wasser und aus dieser

Welt zu sinken, das einzig Vernünftige. Ich umklammerte meine Tasche mit beiden Händen und stand unsicher auf. Der Wind erledigte den Rest und kippte das Boot um. Das Wasser schloss sich über meinem Kopf.

Einen Augenblick lang war die Kälte wie ein Segen und der Wunsch, alles zu vergessen, stark genug, um den Rest auszulöschen. Dann lechzten die Lungen nach Luft, und der Geist sagte, *nein, noch nicht,* und ich kam wieder an die Oberfläche, keuchend, würgend, schaudernd und verängstigt. Kam hoch, als er die letzten Züge auf mich zuschwamm und mich mit Armen wie Eisen um die Taille packte. Ich konnte nicht schreien, aber ich kämpfte gegen ihn an, kratzte und trat ihn mit meiner letzten Kraft. »Hör auf damit, dumme Kuh«, sagte er und legte mir eine große Hand auf den Mund, drehte mich auf den Rücken und zog mich zum Ufer. Ich biss ihn. Er fluchte, benützte ein Wort, das ich nur einmal zuvor gehört hatte, denn er sprach in der Sprache der Briten. Sein Griff lockerte sich lange genug, dass ich wieder unters Wasser gleiten konnte, und ich versuchte wegzuschwimmen, ihm irgendwie auszuweichen, aber meine Nase füllte sich mit Wasser, ich spürte es schmerzlich in meiner Brust, und dann packte er mein Haar, und ich wurde unweigerlich zum Ufer gezogen. Ich weinte, meine Nase lief, und ich war so verängstigt, dass ich mir diesmal wirklich wünschte, ertrunken zu sein.

Wir erreichten das Ufer, wo er mich über die Schulter warf wie eine Jagdbeute. »Narr!« meinte sein Begleiter. Die beiden gingen hinauf ins Gebüsch, weg vom Wasser. Ich bemerkte, dass er meine Tasche in der Hand hielt. Beide hatten Messer im Gürtel. Ich dachte daran, nach einem davon zu greifen, wenn sie mich absetzten. Bevor ich zuließ, dass sie mir etwas antaten, würde ich mich umbringen. Aus welch anderem Grund würden diese Männer mich retten wollen, als um meinen Körper zu benutzen und mich dann beiseite zu werfen? Was sonst konnten sie mit einem Mädchen wollen, halb verhungert, halb ertrunken? Aber das würde ich nicht zulassen, nicht diesmal.

Aber als wir die Zuflucht einer Felswand erreichten und ich sah, dass dort ein dritter Mann im Dunkeln auf sie wartete, hatte ich keine Kraft mehr, mich zu schützen, und blieb hilflos liegen, wo er mich hinlegte. Das Licht der Laterne war nur schwach, aber ich konnte sehen, dass sie Briten waren und gekleidet wie Männer, die rasch und leise durchs Land kommen wollen.

»Wir müssen ein Feuer entzünden.« Das war die Stimme meines Retters.

»Du bist verrückt«, sagte der andere, der mit der Laterne. »Was ist mit Rotbart und seinen Männern? Sie können nicht weit hinter uns sein.«

»Du hast ihn gehört. Entzünde ein Feuer.« Das war der dritte Mann, der ein wenig älter klang als die anderen. Ich wagte nicht, meine Augen weiter als einen Schlitz zu öffnen. »Ein kleines Feuer. Dieser Sturm wird unsere Verfolger fern halten, bis es Morgen wird. Bis dahin können wir schon weg sein.«

Ich hörte, wie jemand an der Laterne nestelte, und nach einer Weile ein sanftes Knistern. Ein Glühen breitete sich aus und warf orangefarbenes Licht auf ihre grimmigen Gesichter. Sie unterhielten sich leise, und nach einer Weile gelang es mir, ihnen Namen zuzuordnen. Der ältere hieß John, der Mann mit der Laterne, jung und blond, hieß Ben. Den hochgewachsenen Mann, der mich aus dem Fluss gefischt hatte, nannten sie den Roten, so unwahrscheinlich das auch klang. Jetzt wühlte er in meiner Tasche herum. Ich schloss die Augen und versuchte, nicht mehr zu schaudern.

»Sie hat sich daran geklammert. Was ist da drin? Der Familienschmuck?«

Keine Antwort. Nach einer Weile öffnete ich die Augen ein wenig. Der Rote schloss die Tasche wieder.

»Nicht viel«, sagte er. Seine Stimme klang seltsam. Er sah

auch seltsam aus, obwohl ich sein Gesicht nur verschwommen sah, als er sich über mich beugte. Angewidert biss ich die Zähne zusammen.

»Ich glaube, sie ist krank. Gib mir deinen Umhang, Ben.«

»He, es ist kalt. Und was wird aus mir?« Aber er reichte ihm den Umhang, und ich spürte die Wärme. Der Mann berührte meine Schulter mit der Hand; ich zuckte zurück und unterdrückte einen Aufschrei. Einen Augenblick lang starrte ich ihm direkt in die Augen, die blau waren und mich erstaunt anschauten. Er runzelte die Stirn.

»Immer mit der Ruhe«, sagte er. »Immer mit der Ruhe«, als spräche er mit einem nervösen Pferd oder einem halbwilden Hund. Jetzt, dachte ich. Jetzt werden sie mich packen, und ich werde – und ich werde – ich kam nicht weiter, denn sie waren zu dritt, alle bewaffnet und alle viel größer und stärker als diese anderen. Das hier waren abgehärtete Kämpfer. Ich hatte keine Chance. Aber ich hatte scharfe Zähne und Nägel, und ich würde sie einsetzen, solange ich noch Kraft hatte.

»Zieh dich aus«, sagte der Rote, und ich rollte mich entsetzt zusammen. Ich spürte, wie ich zitterte. Mein klopfendes Herz maß das Schweigen. Wie lange würde es dauern, bis sie ihre schmutzigen Hände an mich legten? Wie lange konnte ich den Wutschrei unterdrücken, der in meiner Kehle loderte?

»Was ist los mit dir?« Er klang gereizt. »Hier.« Er hielt mir etwas hin.

»Sie versteht dich nicht, Roter.« Das war Ben. »Immerhin ist sie eine von den Eingeborenen, und ich glaube, ihr fehlen auch ein paar Ballen im Heuschober.«

»Wahrscheinlich hat man ihr schon öfter wehgetan«, warf der ältere Mann ein. »Sie hat Angst, dass ihr näher kommt. Gebt ihr die Kleider und zieht euch zurück. Es hat nicht viel Zweck, mit ihr zu reden – ihr müsst ihr zeigen, dass ihr nichts Böses wollt.«

Mein Retter zog die Brauen hoch und legte, was er in der

Hand hatte, neben mich auf den Boden. Dann zogen sich die drei zurück, wechselten einen Blick und wendeten sich ab.

»Das ist dumm«, sagte Ben mit dem Rücken zu mir. »Wer ist sie, eine Prinzessin, oder was? Als erstes ist sie eine Barbarin; zweitens ist sie so klug wie ein Stück Holz, und drittens sind Rotbarts Männer direkt hinter uns. Und hier stehen wir und machen uns Gedanken um weibliche Züchtigkeit.«

»Sei still, Ben«, sagte der Rote, und sein Begleiter schwieg.

Ich bemerkte, dass man mir ein ziemlich großes Hemd aus grobem Leinen und einen Gürtel gegeben hatte. Es roch nach Schweiß, aber es war trocken. Es gab auch eine Art Unterhemd.

Der Rote warf einen Blick über die Schulter zurück. »Du sollst deine nassen Sachen ausziehen und die anderen anziehen«, sagte er, aber es war klar, dass er nicht erwartete, dass ich ihn verstand. Also drehte er sich wieder vollständig um und spielte mir vor, was ich tun sollte, während ich ihn anstarrte.

Vielleicht, dachte ich, hatten sie wirklich nicht vor, mir wehzutun. Und im Übrigen hatte ich nicht viel zu verlieren. Ich konnte spüren, wie ich vor Fieber glühte. Mir war noch genug Vernunft geblieben, um zu wissen, dass trockene Kleider helfen würden. Der Rote drehte sich wieder um.

»Wieso redest du überhaupt mit ihr?« wollte Ben wissen. Er schien mehrere Jahre jünger zu sein als sein Freund, vielleicht gerade erst alt genug für ein solches Unternehmen, was immer es sein mochte. Wenn sie tatsächlich Briten waren, waren sie weit von daheim entfernt. »Man muss sie doch nur ansehen, um zu wissen, dass sie nicht ganz da ist. Du magst deine Gründe haben, hierher zu kommen, aber selbst du musst zugeben, dass es eine Zeitverschwendung war. Und jetzt verschwenden wir unsere einzige Chance zur Flucht wegen eines einfältigen Mädchens. Das ist das letzte Mal, dass du mich in so etwas hineingezogen hast.«

»Jetzt redest du so«, meinte John, »aber wenn er dich beim nächsten Mal fragt, gehst du wieder mit. Und jetzt sei still.«

Und während sie sich stritten, gelang es mir, mein durchtränktes Kleid auszuziehen, die trockenen Sachen überzuziehen und das riesige Hemd so gut wie möglich um meine Taille zu binden. Der Gürtel ließ sich zweimal um mich herumwickeln und war immer noch locker.

Der Streit schien zum Ende zu kommen. Die drei drehten sich um und betrachteten mich forschend, als ich schaudernd am winzigen Feuer saß. Auf der Miene des älteren Mannes lag eine Spur von Lächeln, als er mich betrachtete. Ich nehme an, ich sah ziemlich seltsam aus.

»So weit, so gut«, sagte der Rote, dessen Miene nichts verriet. »Nimm auch den Umhang da.« Ich ließ mir nicht anmerken, dass ich ihn verstand. Er griff nach dem Umhang und legte ihn mir über die Schulter. Ich zuckte zusammen, als er näher kam, aber die Wärme war willkommen, und ich zog den Stoff um mich.

»Gut«, sagte er. »Jetzt ruh dich aus. Ruh dich aus.« Er zeigte auf den Boden am Feuer und legte den Kopf auf seine Hände. Das schien plötzlich eine sehr vernünftige Idee. Ich legte mich hin, immer noch schaudernd, und fiel bald in einen fiebrigen Halbschlaf, in dem ihre leisen Stimmen immer wieder zu mir drangen.

»Du bist verrückt, Roter. Wir haben weniger als einen Tag, um zum Boot zu gelangen. Was sollen wir mit ihr machen?« Das war Ben, der am Ufer die Laterne gehalten hatte.

»Jedenfalls hat er sie nicht ersaufen lassen«, sagte John. »Morgen früh können wir ihr eine Decke dalassen.«

»Ich frage mich, was sie da wohl gemacht hat. Ziemlich schlechtes Wetter zum Fischen«, meinte Ben.

»Es sind seltsame Leute«, erwiderte der ältere Mann. »Ich habe gehört, dass sie manchmal Leute einfach zur Strafe in einem Boot aussetzen. Vielleicht hat dieses Mädchen jemanden beleidigt.«

»Sie wäre ertrunken.«

Der, den sie den Roten nannten, schien kein Mann vieler Worte zu sein. Nun sprach er leiser als seine Begleiter. »Sie hat Fieber. Und sie ist zu Tode verängstigt.«

»Nun, was auch sonst?« fragte Ben. »Sie ist eine von *ihnen*, nicht wahr? Also sind wir ihre Feinde. Vielleicht erwartet sie, dass wir sie so behandeln, wie ihre eigenen Leute mit denen umspringen, die sie nicht mögen.«

»Sie hat noch kein Wort gesagt«, erklärte John. »Und kein Geräusch von sich gegeben. Vielleicht ist sie weniger einfältig als stumm oder taub. Sie sieht halb wild aus. Es kann sein, dass ihre Leute sie verstoßen haben, weil sie nicht hören oder sprechen kann. Ich würde mir um sie nicht so viele Gedanken machen, Roter. Du hast eine gute Tat getan. Sie wird sich schon wieder erholen.«

Sie schwiegen eine Weile. Dann teilten sie eine Flasche Wasser und ein paar Streifen Trockenfleisch und gaben auch mir etwas davon, aber ich konnte das salzige Fleisch nicht anrühren und trank nur einen Schluck oder zwei aus dem Becher. Dann meldete sich der Rote freiwillig für die Wache, und sie löschten die Laterne. Sie kamen mir vor wie Männer, die lange unterwegs waren und wussten, wie man ein ordentliches Lager führt. Aber meine Anwesenheit dort brachte alles durcheinander.

Ich musste tatsächlich längere Zeit geschlafen haben und erwachte abrupt kurz vor der Dämmerung von einem namenlosen Traum. Selbst in meinem Schlaf machte ich kein Geräusch oder sprach nicht, aber der Brite sah, wie ich zusammenzuckte und mich aufsetzte. Ich nehme an, man sah meinem Gesicht die Dämonen an, die noch am Rand meines Bewusstseins lauerten. Er saß ganz still im Schein des verbleibenden Feuers und beobachtete mich. Nun konnte ich sehen, wieso man ihn den Roten nannte. Sein Haar war gnadenlos kurzgeschoren, aber sowohl das Kopfhaar als auch der ein paar Tage alte Stoppelbart hatten im Licht des Feuers das helle Rotgold der Herbstsonne auf Eichenblättern. Sein Gesicht war furchterregend, obwohl er noch jung war, kaum älter als Liam. Er hatte eine lange, gerade Nase, ein festes Kinn, einen breiten Mund und schmale Lippen. Kein Mann, den man sich zum Feind wünschte. In einiger Entfernung schliefen seine beiden Begleiter immer noch in Decken gewickelt. Es sah so aus, als hätte er mehr als eine Wache übernommen, um sie ruhen zu lassen. Der Felsüberhang hatte uns trocken gehalten; draußen hatte der Sturm nachgelassen, und das einzige Geräusch war das Tropfen und Fließen von Wasser zwischen den Steinen.

Ich schlang die Arme um mich und packte den Umhang mit beiden Händen. Mein Kopf war jetzt klarer, und der Alptraum verschwand. Vielleicht war ich kräftig genug, um zu fliehen. Vielleicht konnte ich, wenn er mir den Rücken zuwandte, leise davonschlüpfen. Sie wären froh, mich los zu sein. Es klang so, als müssten sie sich beeilen, und es sah nicht so aus, als wären sie glücklich darüber, dass ich ihr Tempo verlangsamte. Zweifellos bedauerte der Rote bereits, mich aus dem Wasser geholt zu haben. Ich überlegte, wie viel Schritte es brauchte, ins offene Land und zwischen die Büsche zu gelangen. Dann erschreckte er mich, indem er etwas sagte.

»Du solltest lieber etwas essen. Und trinken.«

Ich rührte mich nicht. Es war klug, ihn nicht wissen zu lassen, dass ich seine Sprache verstand. Wenn sie mich für ein wildes Waldmädchen hielten, für eine Dorfidiotin, würde ich sicherer sein. Und ich wäre keine große Trophäe oder eine Geisel.

»Hmm.« Er betrachtete mich forschend, während ich geduckt im Halbdunkel saß. Dann versuchte er es wieder, dämpfte seine Stimme, um die anderen nicht zu wecken. »Du – essen? Du – Wasser?« Es schien, als hätte er ein paar Worte in unserer Sprache gelernt. Sein Akzent war lächerlich. Ich sah ihn an, und er hielt einen Becher hin. Ich rutschte von ihm weg, denn so freundlich seine Worte auch sein mochten, er war ein Mann, groß und stark genug, um mit mir zu tun, was immer er wollte. Mein Fieber war gesunken, aber ich konnte nicht aufhören zu zittern.

Er stellte den Becher auf den Boden neben mich und zog sich zurück. Als ich nicht reagierte, versuchte er es wieder. »Du – Wasser«, wiederholte er. »Es sei denn«, fuhr er in seiner eigenen Sprache fort, »du hast ebenso wie ich festgestellt, dass du schon den halben See geschluckt hast. Du hast dich ganz schön angestrengt, mich runterzuziehen.«

Einen Augenblick lang überfiel mich eine ausgesprochen seltsame Empfindung, als wäre mir diese Szene bereits lange Zeit bekannt, nur ein wenig verändert. Dann war es weg, und ich griff nach dem Becher, verärgert darüber, wie meine Hand zitterte.

»Gut«, sagte er, ohne den wachsamen Blick von mir weichen zu lassen. Ich trank, und meine Hand war nun ruhiger. Noch ein wenig, und ich würde versuchen aufzustehen. Sehen, ob ich gehen konnte. Wenn ich einfach nur laufen könnte, weit genug, um zu entkommen. Denn die Briten hatten ihre eigene Mission. Sie würden keine Zeit darauf verschwenden, mir zu folgen, sie wären wahrscheinlich eher erleichtert, diese unerwartete Last wieder los zu sein. Und dann würde ich ... damit war ich mit meinen Gedanken am Ende. Ich war auf unbekanntem Land, ohne richtige Kleidung, ohne Lebensmittel, ohne Werkzeuge oder Hilfe. Und wenn ich es recht verstanden hatte, war ein Trupp bewaffneter, gefährlicher Männer ganz in der Nähe und würde uns folgen, sobald der Morgen dämmerte. Sie hatten von Rotbart gesprochen. Konnte das Seamus Rotbart, der Vater von Eilis, sein? Was, wenn sie in der Nähe waren und mich fanden? Es würden Männer dabei sein, die mich kannten, selbst nach beinahe zwei Jahren. Was dann? Ich konnte nicht ertragen, auch nur daran zu denken. Sie würden mich rasch zum Haus meines Vaters und zu Lady Oonagh zurückbringen. Der Gedanke verursachte mir eine Gänsehaut. In dieser Richtung lag nur Dunkelheit und Tod für mich und meine Brüder. Sowohl von den Briten als auch von ihren Verfolgern drohte Gefahr. Ich musste fliehen.

»Hier. Iss.« Der Brite hielt mir einen Streifen Trockenfleisch hin wie einem nervösen Hund. »Iss«, wiederholte er stirnrunzelnd. Seine Augen waren blau wie Eis, blau wie der Himmel an einem frostigen Wintermorgen. Ich hatte Hunger, aber nicht solchen Hunger, dass ich Fleisch ertragen hätte. Dann steckte er das Fleisch wieder in die Tasche, wo sie anscheinend ihre Rationen aufbewahrten, und er suchte offenbar nach etwas anderem und wandte einen Augenblick lang den Blick ab. Ich bewegte mich rasch und lautlos. Ich stand auf, ging ein paar Schritte unter den Überhang und ...

Er griff so schnell zu, dass ich es kaum kommen sah. Er packte meine Arm, so dass es wehtat, und riss mich neben ihn auf die Knie. Ich verbiss mir einen Aufschrei der Angst.

»Das glaube ich nicht.« Er hob nicht einmal die Stimme. Die anderen schliefen weiter. Sein Griff ließ nicht nach; er wusste, wie er den geringsten Druck einsetzten musste, um den meisten Schmerz zu verursachen, das war sicher. Er zog mich dichter an sich, dichter, als mir lieb war, und ich konnte seinen Schweiß und seinen Zorn riechen und seinen Atem auf meinem Gesicht spüren und die Kälte in seinem Blick sehen. Seine Kraft und Schnelligkeit erschreckten mich – wie hatte ich je glauben können, dass mir die Flucht gelingen würde? Das Fieber musste mich tatsächlich verblödet haben. Aber ich war auch wütend. Was war das für ein Spiel? Wieso sollte ich jetzt hier bleiben, wenn sie rasch und unbehindert davonkommen müssen?

Er hatte sich kaum von der Stelle, wo er saß, wegbewegt,

nur, um nach meinem Arm zu greifen und mich zu sich zu ziehen. Seine Finger gruben sich in mein Fleisch. Er hatte große Hände. Ich konnte ein schmerzerfülltes Aufkeuchen nicht ganz unterdrücken, und sein Griff lockerte sich, aber nicht viel.

»Verflucht sollst du sein«, sagte er immer noch mit dieser leisen Stimme. »Drei Monde und länger bin ich in diesem gottverlassenen Land und suche nach Antworten. Ich bin zu den seltsamsten Orten auf Erden gereist; ich habe jede Spur verfolgt, ich habe jeden elenden Stein umgedreht, ich habe das Leben meiner Freunde aufs Spiel gesetzt. Und wofür? Hunger und Kälte und ein Messer im Dunkeln. Auf dieser Insel hier gibt es keine Wahrheit. Genauer gesagt, es gibt so viele Wahrheiten wie Sterne am Himmel, und jede von ihnen ist anders.«

Ich starrte ihn an. Was immer ich von ihm erwartet hatte, das war es nicht.

»Ich könnte schwören, dass du mich verstehst«, sagte er und sah mir direkt in die Augen, »und dennoch, wie wäre das möglich?«

Was hatte Conor noch über mich und Finbar gesagt? *Die beiden sind wie offene Bücher ... ihre Gedanken flammen wie ein Leuchtfeuer aus ihren Augen ...* Ich hoffte, dass dieser Brite mich nicht so gut lesen konnte. Es wurde langsam hell; ich hörte, wie seine Begleiter sich rührten.

»Du willst gehen«, sagte er. »Wohin, kann ich mir nicht vorstellen; aber ich nehme an, du hast hier irgendwo ein Schlupfloch. Vielleicht, um dich darin zu verstecken, bis deine Landsleute kommen; vielleicht glaubst du, du kannst zusehen, wie sie uns in Stücke hacken. Ich habe dich nicht als Feind betrachtet, nicht, als ich dich vor dem Ertrinken rettete. Vielleicht bist du wirklich so unschuldig, wie meine Freunde glauben; zu einfältig, um gefährlich zu sein.«

Ich versuchte, ihm meinen Arm zu entziehen. »Nein«, sagte er tonlos. »Drei Monde ohne Antwort, und jetzt, am letzten

Tag, am allerletzten, finde ich den ersten Hinweis. Und wer kann mir das erklären? Ein Mädchen, das nicht sprechen kann oder will. Siehst du das da?« Er griff in die Tasche, und zum ersten Mal schlich sich ein Unterton in seine Stimme, der anders als ruhig und gleichgültig war. »*Sag mir, wo du das her hast.*«

Und da war sie. Simons kleine Schnitzerei, die kleine Eiche in ihrem schützenden Kreis mit den Wellenlinien, die vielleicht Wasser waren, vielleicht auch nicht. Nichts Interessantes in meiner Tasche, hatte er seinen Freunden gesagt. Nicht viel. Das war seltsam genug; man hätte annehmen können, die stachligen Hemden wären eine Bemerkung wert. Aber es war dieser Gegenstand, der ihn aufmerksam gemacht hatte. »*Sag es mir*«, forderte er. »*Wer hat dir das gegeben?*«

Und jetzt machte er mir wirklich Angst. Ich zwang mich dazu, eine ausdruckslose Miene aufzusetzen. Dachte an nichts. Ließ ihn nichts wissen. Es war gut, dass ich ohnehin zu schweigen geschworen hatte. Ich war keine Lügnerin; aber wie hätte sich wohl die Wahrheit angehört? *Ich habe es von einem anderen deiner Art. Er wurde von den Leuten meines Vaters gefoltert und ist beinahe daran gestorben. Er war dem Tod nahe und dem Wahnsinn noch näher. Wir haben ihn gerettet, ich habe versucht, ihm zu helfen, es ging ihm schon besser, und dann ... und dann habe ich ihn allein gelassen, als er mich am meisten brauchte. Er ging in den Wald hinaus, wo er wahrscheinlich nicht überlebt hat. Noch während wir hier sitzen, überziehen Moose seine weißen Knochen ein wenig mehr, irgendwo unter den riesigen Eichen. Vögel zupfen an seinem goldenen Haar, um ihre Nester zu polstern, und seine leeren Augen starren auf ewig zu den Sternen hinauf.*

»Verdammt sollst du sein«, sagte der Brite erneut, »wieso willst du nicht sprechen? Ich will eine Antwort von dir, bevor ich dich gehen lasse.« Und dann erwachten die anderen, erhoben sich schweigend, um ihre Decken zusammenzurollen und ihre Ausrüstung zu packen und alles vorzubereiten. Ich dachte: Du wirst lange auf deine Antwort warten müssen. Du wirst warten müssen, bis die sechs Hemden gesponnen, gewoben und genäht sind; bis meine Brüder zurückkehren und ich ihnen die Hemden überziehe und der Bann gebrochen wird. Bis zu diesem Tag wirst du keine Antwort von mir hören. Und kein Mann hat die Geduld, so lange zu warten.

Im grauen Licht vor der Morgendämmerung beobachtete ich sie und staunte über das lautlose Verständnis, das von langen Tagen und Nächten im Feld oder auf der Flucht kündete. Ich wusste nicht, was sie waren oder wo sie hingingen. Vielleicht waren sie Spione wie jene, die mein Vater gefangen gehalten und in seine geheimen Kammern eingesperrt hatte; vielleicht waren sie Söldner. Ihre wachsamen Mienen, ihre gestählten Körper, die leichte Ausrüstung und die sorgfältig gepflegten Waffen zeugten von langer Erfahrung.

Sie waren schon bald bereit und fanden sogar Zeit, mir ein paar ungestörte Momente für meine Bedürfnisse zu lassen. Ich wusste, ich konnte nicht fliehen. Der Rote wäre schneller und klüger, was immer ich auch versuchte. Im Augenblick. Als ich zurückkehrte, unterhielten sie sich leise.

»... keinen Zweck zu streiten. Wenn der Rote sagt, wir nehmen sie mit, nehmen wir sie mit. Es wird uns langsamer machen; also sollten wir jetzt lieber gehen und so weit wie möglich kommen, bevor es richtig hell wird.«

Ben war zornig; seine Worte waren wie ein Zischen, denn alle versuchten, leise zu sein. Ich nahm an, die Männer, die sie verfolgten, waren ganz in der Nähe.

»Das ist Wahnsinn! Vergiss dieses Mädchen; sie wird hier zurechtkommen, und wenn nicht, was macht das schon? Ihr Volk – das sind Barbaren, jeder Einzelne ein Mörder. Wie viele gute Männer haben wir in diesen verfluchten Wäldern verloren, wie viele sind als Hülsen ihrer selbst zurückgekehrt? Ich weiß nicht, was für ritterliche Ideen du plötzlich hast, Roter, aber ich riskiere nicht meine Haut für sie. Und was dich angeht, John, du musst verrückt sein, dass du ihm das durchgehen lässt.«

Der Rote kümmerte sich nicht um ihn, lud sich nur sein Gepäck auf den Rücken und streckte die Hand zu mir aus. »Komm mit«, sagte er und schnippte mit den Fingern, als ich ihn anstarrte. Ich würde mich nicht wie einen Hund behandeln lassen, der seinem Herrn folgte. »Komm«, sagte er wieder, und diesmal packte er mich am Arm, wo er mir schon zuvor wehgetan hatte, und ich schnappte nach Luft.

»Sie hat ein paar blaue Flecken«, meinte John. »Ich hoffe, du weißt, was du tust, Roter.«

Der Rote sah ihn an. »Ja«, sagte er. »Und jetzt trennen wir uns, so dass mein guter Freund hier sich nicht mehr darüber beschweren kann, dass das Mädchen ihn verlangsamt. Ihr beiden werdet euren ursprünglichen Weg zur Bucht zurück nehmen. Ihr solltet davonkommen können, wenn ihr euch beeilt, und das Boot ist sicherlich schon da. Mit einigem Glück.«

»Was ist mit dir?« wollte Ben wissen.

»Ich nehme das Mädchen, und wir umgehen die Felsen und gehen den Klippenpfad hinunter. Das ist vielleicht gefährlicher, aber direkter. Wahrscheinlich werden sie euch folgen. Ich werde den Fluss so weit wie möglich umgehen. Wenn ich nicht rechtzeitig am Strand bin, wartet nicht. Wir treffen uns am Kloster.«

»Wie?« sagte John und kratzte sich am Kopf. Aber er bekam keine Antwort, und niemand widersprach. So schien es zu sein. Der Rote traf die Entscheidungen, und die anderen akzeptierten sie, selbst wenn diese Entscheidungen, wie es mir vorkam, unglaublich dumm waren. Wie konnte ein Mann, der so unvorhersehbar handelte, der solche Entscheidungen fällte, der Anführer sein? Liam hätte mit seinen Männern gesprochen und wäre zu einem vernünftigen Kompromiss gekommen. Hier gab es keine Diskussion. Ben und John schulterten ihr

Gepäck und verschwanden im Gebüsch, und der Rote packte mein Handgelenk und riss mich hinter sich her, zurück zum Fluss. Ich wehrte mich und zerrte fest genug, dass er sich gereizt umdrehte.

»So werden wir nicht weit kommen«, sagte er. »Ich ...« Er sah, wohin ich zeigte. Meine Tasche mit den Hemden lag immer noch, wo er sie unter dem Überhang fallen gelassen hatte, nahe den Resten unseres kleinen Feuers.

»Also gut«, sagte er, griff nach der Tasche und warf sie mir zu. »Aber du wirst sie selbst tragen.«

Es war ein langer und verzweifelter Morgen. Ich versuchte, mit ihm Schritt zu halten, aber ich wusste, dass ich ihn nur verlangsamte. Der Weg war nicht einfach, besonders nachdem das Land sich höher zog, der schmale Pfad über Felsen und Geröll hoch über den gewundenen Fluss führte. See und Wald blieben hinter uns zurück, als wir uns nach Nordosten wandten. Die Sonne kletterte stetig weiter. Ich war oft mit meinen Brüdern im Wald unterwegs gewesen, war über Nacht draußen gewesen, und wir hatten einen Tag oder zwei dort gelebt. Ich konnte mich schnell bewegen und wusste, wie man im Wald einen Pfad findet. Aber das hier war anderes Gelände. Außerdem war ich schwächer, als ich gedacht hatte, und musste öfter eine Rast einlegen, um Luft zu holen, bevor ich weiterkonnte. Ich hatte keine Schuhe. Meine Füße waren schwielig, aber die Felsen schnitten durch die Hornhaut hindurch, und es blutete. Der Rote machte mir wenige Zugeständnisse, nur hin und wieder packte er mich an Handgelenk und Arm und riss mich mit sich, oder wartete schweigend, bis ich ihn wieder einholte. Seine Miene war ernst. Ich nahm an, er bedauerte seine Entscheidung, und das war kein Wunder. Er hatte Wasser in einem Schlauch und teilte das mit mir. Es versprach, ein warmer Tag zu werden. Wir überquerten den Fluss, oder genauer gesagt, er überquerte ihn, indem er durch das taillenhohe Wasser einer Furt watete und mich dabei über die Schulter geworfen hatte. Als wir auf dem anderen Ufer anlangten, ließ er mich auf einen flachen Stein fallen.

»So weit, so gut«, sagte er und hockte sich neben mich, so dass seine hellblauen Augen auf gleicher Höhe mit meinen waren. Er sah mich forschend an. Sein Blick war durchdringend.

»Sie sind immer noch weit genug hinter uns«, sagte er. »Aber nicht sonderlich weit. Ich nehme an, sie haben sich aufgeteilt. Schaffst du es noch weiter?« Ich versuchte nicht zu zeigen, dass ich ihn verstanden hatte. Es war nicht einfach. Meine Füße schmerzten, und in meinem Kopf drehte sich wieder alles. Aber es gab keine Wahl, als mit ihm zu kommen.

»Männer«, sagte er und versuchte die Sprache, von der er annahm, dass ich sie verstand. »Böse Männer. Du – gehen – ich?« Er benutzte Gesten, um mir diese Botschaft zu übermitteln, und das Bedürfnis zu kichern überfiel mich trotz der Ernsthaftigkeit der Situation. Ich kniff den Mund fest zusammen, entschlossen, weder Schwäche noch andere Gefühle zu zeigen. Ich dachte vage darüber nach, welchen Weg ich hätte einschlagen wollen, als die Herrin des Waldes mich in einem kleinen Boot vom Wald weggeschickt hatte. Was hatte ich falsch gemacht? Denn dies war zweifellos der falsche Weg – nach Osten, immer weiter nach Osten, mit schmerzendem Kopf und blutenden Füßen und einem grimmigen Fremden als Gesellschaft. Wie würden meine Brüder mich so weit von daheim finden können?

Wieder sah ich den Roten an. Er betrachtete meine Füße, dann meine Hände und machte ein seltsames Gesicht. Spöttisch, dachte ich, aber sein Spott richtete sich nicht gegen mich, sondern nach innen.

»Störrisch, wie?« sagte er, nahm den Rucksack vom Rücken und wühlte darin herum. Er holte ein altes Leinenhemd heraus, das er in Streifen riss, indem er eine Ecke zwischen seine starken, weißen Zähne packte. »Aber diese Füße da halten heute nichts mehr aus. Hier.« Geschickt verband er meine beiden Füße mit Leinenstreifen. Er war gut; ich hätte es kaum besser tun können. Ich wusste, dass diese weichen Verbände keinen ganzen Tag halten würden, aber ich nahm an, dass er es gut meinte. Immerhin, wenn ich nicht weit genug kam, würde er es auch nicht können. Es sei denn, er ließ mich zurück.

»Gut«, sagte er. »Und jetzt musst du etwas essen, und dann gehen wir weiter. Hier wachsen Äpfel, hast du gesehen? In dieser Gegend werden sie anscheinend früh reif. Vielleicht sind sie ja mehr nach deinem Geschmack als unsere Ration.« Und tatsächlich gab es Äpfel; kleine grüne mit einer schwachen Spur von Rosa. Rund und vollkommen. Er pflückte einen und viertelte ihn ordentlich mit einem kleinen, tödlichen Messer.

»Hier«, sagte er und bot mir ein Viertel an. Ich griff danach und wunderte mich. Sie waren tatsächlich lange vor ihrer Zeit reif, und auf seltsame Weise. Es gab an dieser geschützten Stelle mehrere Bäume, aber nur einen, dessen Früchte reif zum Essen waren. An den anderen waren sie hart und grün. Es gibt viele Geschichten in unserem Land, in denen Äpfel vorkommen; sie sind die Früchte des Feenvolks und werden oft benutzt, um Sterbliche zu verlocken, länger an dem Ort unter dem Hügel zu bleiben, als gut für sie ist. Äpfel sind ein Pfand der Liebe, ein Versprechen. Es war klar, dass der Rote nie davon gehört hatte, was es bedeutete, wenn ein Mann einen Apfel mit einer jungen Frau teilt. Vielleicht, dachte ich, funktionierte es bei Briten sowieso nicht. Und außerdem war ich hungrig und hatte noch einen langen Weg vor mir. Also nahm ich sein Geschenk und aß es, und es war das Beste, was ich je geschmeckt habe. Als wir fertig waren, stand ich auf, aber der Rote hielt mich fest.

»Nein«, sagte er. »So geht es schneller.« Er hob mich hoch wie ein Kind.

»Du musst dich festhalten«, sagte er. »Mach dir keine Gedanken, ich beiße nicht.«

Es war von Anfang an ein verlorenes Rennen. Vielleicht hätten wir eine Chance gehabt, wenn sich seine Vorhersagen als richtig erwiesen hätten und seine Verfolger seine beiden Begleiter gejagt hätten. Der Brite eilte unermüdlich weiter, trug mein Gewicht ohne offensichtliche Schwierigkeiten, setzte mich ab, um eine Steilwand hochzuklettern, zog mich mit einem Arm hinter sich her, oder half mir über einen Überhang oder ein einstürzendes Ufer hinunter. Aber bald wurde klar, dass sie uns einholten. Ich wusste nicht, wie weit wir noch gehen mussten. Es hing ein feuchter, frischer Geruch in der Luft, der nahe legte, dass das Wasser nicht weit war, und viele Vögel flogen über uns hinweg. Wir kamen durch Ebereschengebüsch, und unsere Kleider wurden von Brombeerranken zerrissen, unsere Gesichter und Arme von Zweigen und Dornen gepeitscht und zerkratzt. Wir waren schnell; ich spürte das stetige Klopfen seines Herzens, als er begann, unter den Bäumen schneller zu laufen. Er fluchte leise. Und ich hörte deutlich, wie mehrere Stiefel die Blätter zu unserer Rechten und unserer Linken und hinter uns zum Knirschen brachten, und das Zischen eines Pfeils, der über seine Schulter hinwegflog, um in den Stamm eines hohen, beerenbeladenen Ebereschenbaums einzudringen. Der Brite flüsterte etwas und ließ mich fallen.

»Lauf«, sagte er, zog sein Schwert und lehnte sich mit dem Rücken an den Baum. »Los, lauf!« Er machte eine drohende Bewegung mit dem Arm; er wollte, dass ich alleine weiterging, während er sie bekämpfte. »Geh, verdammt noch mal, geh!« Ich stellte fest, dass ich mich nicht von der Stelle rühren konnte; und dann war es zu spät. Sie waren da, traten aus dem Dickicht, Männer in derselben Art Rüstung, wie meine Brüder sie trugen, Männer mit den lang gezogenen, klugen Gesichtern und dem dunklen, lockigen Haar meines eigenen Volkes.

Männer, in deren Blick Hass und Rache stand. Einer legte einen neuen Pfeil auf einen Langbogen; die anderen hatten die Schwerter gezogen. Sie ließen sich Zeit.

»In meinem linken Stiefel ist ein Messer«, murmelte der Rote und bewegte sein Schwert von einer Hand in die andere. »Nimm es. Benutze es. Und lauf, wenn du kannst.«

Ich griff nach dem Messer, und er warf mir einen scharfen Blick zu, bevor er vortrat, mich hinter sich schob und der erste Mann angriff und sein Schwert in einem Manöver schwang, das ich vom Übungshof zu Hause erkannte. Meine Brüder hätten reagiert, indem sie sich duckten und nach den Knien des Gegners schlugen. Der Rote duckte sich nicht; stattdessen trat er schnell wie ein Blitz zu, trat seinem Gegenüber das Schwert aus den Händen und fing es geschickt auf. Einen Augenblick später taumelte der Mann davon, mit einem blutenden rechten Ärmel.

Sie standen im Halbkreis um uns herum und kamen nicht zu nahe. Unter ihnen waren Männer, die ich schon am Tisch meines Vaters gesehen hatte. Ich hielt mich hinter dem Roten.

»Er kann kämpfen«, sagte einer. »Der Mistkerl kann kämpfen. Wer ist der Nächste?«

Es war wie in der Geschichte von Cu Chulainn, wenn sein Sohn kämpft. Aber mir war nicht klar gewesen, dass Männer immer noch solche tödlichen Spiele spielten. Eine Art Einzelkampf, wo jeder es versuchte, bis der Gegner schließlich erschöpft war oder sie genug hatten und sich gemeinsam auf ihn stürzten. Es konnte eine sehr langsame Art zu sterben sein.

»Ich tue es«, sagte ein anderer. »Mein Bruder ist in dem Hinterhalt am Ardrnan gestorben; und so mancher gute Freund. Soll er in Blut für das Blut zahlen, das dort vergossen wurde.« Der Bogenschütze blieb stehen, wo er war, den Bogen gespannt; es war klar, dass dieser Kampf nur ein Ende haben konnte. Der zweite Mann war geschickter als der Erste, und seine Taktik war klar – den Roten aus der Deckung zu locken, weg von der Eberesche in seinem Rücken in eine verwundbarere Position. Aber der Rote hatte den Vorteil, größer und schwerer zu sein als sie alle, und er war selbst nicht schlecht mit dem Schwert. Außerdem war er für einen solch großen Mann geschickt und wendig, und das Klirren der Klingen und das heftige Atmen ging einige Zeit weiter. Die Männer, die zuschauten, kommentierten, was sie sahen; sie verspotteten ihren Freund, als er einen Fehler machte und die Klinge des Roten eine scharlachfarbene Linie über seine Wange zog; den Briten selber sprachen sie nur mit Beleidigungen an. Sie bezichtigten ihn der übelsten Dinge. Es war ein grausamer Sport.

Der Rote kämpfte ohne ein Wort und unerbittlich. Sein Schweigen machte den Gegner unruhig, so dass er nur für einen Augenblick seinen Blick von dem Briten nahm. Dieser Augenblick genügte; der Rote ließ die flache Seite seiner Klinge auf seinen Unterarm niederschnellen, und er ließ sein Schwert fallen, der Arm plötzlich nutzlos geworden. Wahrscheinlich gebrochen.

»Mistkerl«, zischte er durch zusammengebissene Zähne. »Du kämpfst schmutzig wie alle von deinem Volk.« Dann kamen die anderen näher, plötzlich waren es vier oder fünf gegen einen. Der Rote hatte mich weiter hinter sich gehalten, aber nun war er gezwungen, sich in verschiedene Richtungen zu wenden, als ein Mann nach dem anderen ihn angriff. In weiterer Entfernung wartete der Bogenschütze schweigend. Ich hatte das kleine Messer in der Hand und fragte mich, ob ich den Willen haben würde, es zu benutzen, wenn ich die Gelegenheit bekam. Männer stürzten zu Boden, man hörte Ächzen und Flüche, und ich konnte sehen, dass zumindest einer tot war; sein Kopf war in einem sehr unwahrscheinlichen Winkel verrenkt. Der Rote hatte sich von dem Baum entfernt, und ich gab ihm nur noch wenige Augenblicke.

»Lauf!« rief er, ohne mich anzusehen. »Lauf, verdammt!« Dann schlug einer der Männer zu; er parierte, und gleichzeitig stach ein anderer nach seinen Beinen, und ein Dritter näherte sich von hinten. Er atmete zischend aus und ließ die Waffe fallen. Ich spürte einen Griff an meiner Schulter und in meinem Haar, jemand drehte mich herum, und ich stand einem von Seamus' Männern gegenüber.

»Ich kenne dich«, sagte er bedächtig. »Ich kenne dich irgendwoher, da bin ich ganz sicher. Was macht ein braves kleines Mädchen wie du hier draußen in der Wildnis mit einem Briten? Ha? Oder vielleicht bist du doch kein so braves kleines Mädchen. Du verkaufst ihm Geheimnisse und deinen Körper? Wir werden sehen, was mein Herr dazu zu sagen hat.« Er riss mich am Haar.

»Warte«, sagte einer der anderen. »Ist das nicht – nein, das ist nicht möglich. Sie ist tot. Seit zwei Jahren oder so. Sie kann es nicht sein.«

»Du meinst ...«

»Sie ist es doch! Sieh dir die grünen Augen an, wie die einer Katze. Sie ist es.«

»Fessel ihr die Hände. Wir bringen sie zurück.«

»Als Gefangene? Dafür könnten wir großen Ärger kriegen. Denk daran, wessen Tochter sie ist. Und du weißt, wie Liam ist. Du weißt, was ihre Brüder tun werden, wenn sie es herausfinden.«

»Es ist verdammt unwahrscheinlich, dass die jemals wieder auftauchen. Und wieso ist sie bei *ihm*? Binde ihr die Hände.«

Als der Mann nach meinen Handgelenken griff, das Seil in der Hand, stach ich mit dem kleinen Messer zu, und er fluchte und ließ mich los. Blut schoss aus seiner Hand. Ich ließ das Messer fallen. Der Rote wurde von allen Seiten angegriffen, er schien Schwierigkeiten zu haben, aufrecht stehen zu bleiben, als hätte er eine Wunde am Bein. Einer der größeren Männer hielt ihm ein Messer dicht an den Hals; der Rote griff nach dem Handgelenk des Mannes und schob das Messer mit angespannten Muskeln weg. Über die blitzende Klinge hinweg begegnete sein Blick dem meinen, und endlich zeigte dieser Blick etwas außer eisiger Ruhe. Er würde sterben, und man würde mich nach Hause bringen. Nach Hause zu Lady Oonagh, meine Brüder einem sicheren Tod überlassend.

Ich rief um Hilfe. Wenn ich das Feenvolk jemals gebraucht hatte, dann jetzt. Nicht, dass sie bis jetzt eine große Hilfe gewesen wären. Ich rief nach ihnen, nach jedem, der es hören konnte, mit einem lautlosen Aufschrei aus tiefstem Herzen. *Helft ihm. Er sollte nicht sterben, nicht so. Helft mir. Denn wenn ich vergehe, sind auch meine Brüder tot.*

Es begann zu regnen. Der Regen fiel aus einem klaren Himmel, der plötzlich grau wurde, so wie der warme Tag innerhalb eines Augenblickes kalt war wie mitten im Winter. Ein heftiger, unwahrscheinlicher, druidischer Regen, der blendete und betäubte; der jeden einzelnen Mann von der Welt abschnitt. Es war, als stünde man unter einem Wasserfall; es war, als befände man sich im Herzen eines Sturms. Ich konnte niemanden sehen und niemanden hören, außer dem Tosen des Wassers, das vom Himmel stürzte, mich in einem einzigen Augenblick durchtränkte und den Boden unter meinen nackten Füßen in Schlamm verwandelte. Dann streckte ich durch die Wassermassen meine Hand aus, und eine große Hand ergriff sie, und wir beide rannten, taumelten, rutschten durch den Schlamm, liefen blind zwischen Büschen und Ranken einher, keuchten nach Luft, Körper und Gesichter dampfend, die Füße machten Sauggeräusche auf dem nassen Boden. Ich konnte den Atem des Roten hören; den schweren, angestrengten Atem eines Mannes mit einer ernsthaften Verletzung, wenn er sich zu sehr anstrengt. Ich glaubte nicht, dass er viel weiter hätte gehen können; und dann gab der Boden unter uns nach, und wir rutschten einen steilen Hang hinab, klammerten uns an Zweige, brachen durch Gebüsch, prallten von Felsen ab, die uns blaue Flecke schlugen, bis wir endlich auf festem, trockenem Boden zur Ruhe kamen. Die Geräusche unseres raschen Absturzes erstarben langsam; noch ein paar kleine Steine rieselten hinter uns her, dann war es still, einmal abgesehen vom Geräusch des Regens und unserem Keuchen.

»Alles in Ordnung?« fragte der Rote schließlich mit seltsamer Stimme. Ich blinzelte das Wasser aus den Augen, benutzte beide Hände, um die durchtränkten Locken, die mir am Gesicht klebten, zurückzuschieben und mein Haar trocken zu wringen. Wir waren in einer Höhle; als ich aufblickte, konnte ich das Loch sehen, durch das wir glücklicherweise in diese Zuflucht gefallen waren. Der Boden war harter Stein. Hinter uns schien eine schmale Passage in eine größere Höhle zu führen, aber der Weg bog sich, und man konnte nicht weiter sehen. Ich schaute in die andere Richtung. Licht fiel durch einen Vorhang von Laub; der Regen hatte offenbar so abrupt aufgehört, wie er angefangen hatte. Ich ging auf den Eingang zu.

»Vorsicht«, sagte der Rote und hielt mich am Hemdsaum, als ich an ihm vorbeiging. Ich riss mich los, aber ich ging langsam, denn die Felsen wurden glatt, wo sie nahe dem Höhleneingang nass geworden waren. Ich spähte durch das Netz von Ranken. Und dann erstarrte ich vor Staunen.

»Du hast noch nie das Meer gesehen«, stellte der Rote leise fest. Nein, das hatte ich nicht. Meine Brüder hatten mir zwar von der riesigen Fläche von Wasser erzählt, von den Myriaden Vögeln und dem Licht, das auf der sich bewegenden Oberfläche glitzerte und sich veränderte und spielte, aber nichts hätte mich auf diesen Anblick vorbereiten können. Unsere Höhle war hoch oben an einem steilen Abhang, der weiter unten noch steiler wurde, eine richtige Klippe, und ich schaute über eine gewaltige Entfernung, und alles war Wasser, Wasser bis zum Horizont. Der Himmel war blau, es gab kein Anzeichen von Wolken. Die Felsen ringsumher dampften in der Sonne. Alle Spuren des plötzlichen Regens würden bald verschwunden sein, bis auf die Geschichten, die man sich vielleicht später erzählen würde. Und unsere Verfolger waren unterwegs. Ich wandte mich wieder dem Briten zu. Er hatte sich mit dem Rücken gegen die Felsmauer gelehnt und ein Bein ungelenk vor sich ausgestreckt. Er hatte Blut an der Kleidung, eine ganze Menge Blut. Jetzt, als ich ihn genauer ansah, bemerkte ich, dass er ziemlich bleich war und den Mund grimmig zusammengekniffen hatte. Männer können ein wenig dumm sein, wenn es um Verletzungen aus dem Kampf geht, als würden diese verschwinden, wenn man so tat, als ob nichts wäre, oder als ob niemand es merken würde, wenn man darüber schwieg.

»Sie werden uns suchen«, sagte er. »Und wir haben nicht einmal mehr ein Messer. Ich fürchte, wir haben keine andere Wahl, bis nach Einbruch der Dunkelheit hier zu bleiben. Vielleicht können wir uns dann an ihnen vorbeischleichen. Ein Stück weiter oben an der Küste ist ein Dorf, und dort gibt es kleine Boote.«

Ich starrte ihn an, dachte an dieses riesige Wasser und wollte einfach nicht begreifen, was er sagte. Aber danach zu urteilen, wie dieses Bein aussah, hatte er Glück gehabt, bis zur Höhle hinken zu können, von der Klippe und einem Dorf gar nicht zu reden. Was sollte dann geschehen? Ich nahm an, sein Freund Ben hatte Recht gehabt. Er war verrückt. Aber er brauchte meine Hilfe, und ich war entschlossen, sie ihm zu geben. Denn ich hatte keinen Zweifel daran, dass er mir das Leben gerettet hatte, zumindest einmal, vielleicht sogar zweimal. Ich war ihm etwas schuldig, worin immer seine Motive bestanden.

Ich hatte immer noch meinen kleinen Rucksack und er seinen. Das war zumindest etwas. Er beobachtete mich, als ich mich niederhockte und die Wunde untersuchte. Er hatte also sein Schwert verloren und ich seine andere Waffe. Das war ein Problem. Aber was war mit dem kleinen Messer, mit dem er den Apfel geschnitten hatte? Ich suchte in seinem Gepäck. Er sah mir schweigend zu. Ich fand das Messer und die Reste des alten Hemdes, mit dem er meine Füße verbunden hatte. Ich blickte bedauernd nach unten. Die Verbände waren vollkommen verschwunden und meine Füße voller Blut und Dreck.

»Wasser«, sagte er hilfreich. »Du brauchst Wasser. Du kannst mich verstehen, nicht wahr?«

Ich nickte; die Zeit für Verstellung war vorüber. Er hatte es gewusst, dachte ich, sobald er mir gesagt hatte, ich solle nach seinem kleinen Dolch greifen und mich verteidigen, und ich es getan hatte. Ich zeigte ihm die Höhle; dort konnte man das Geräusch fließenden Wassers hören. Was als Erstes? Seine Kleidung war bereits zerrissen; ich schlitzte sie weiter auf und zog ihm den kaputten Stiefel aus. Das musste ihm große Schmerzen verursachen, aber von einem plötzlichen Luftschnappen abgesehen gab er das nicht zu. Es war hell genug, dass ich den hässlichen Riss sehen konnte, der seine Wade vom Knie bis zum Knöchel spaltete; und das frische Blut, das immer noch herausfloss, die Tiefe der Wunde und das Glitzern von Metall tief drinnen. Ich warf einen Blick in sein Gesicht. Störrisch, wie? Die Wunde würde ihn nicht töten; nicht, wenn sie rasch behandelt und danach richtig gepflegt wurde. Aber hier, gefangen in einer Höhle und bedeckt mit Schlamm und Dreck, war das eine ganz andere Sache.

»Nicht gut, wie?« sagte er tonlos. »Kannst du es zusammenflicken? Irgendwas drumwickeln?« Ich nickte und versuchte, fähig und sicher auszusehen. Ich glaube nicht, dass ich damit Erfolg hatte; ich sah, wie er den Mundwinkel eine Sekunde im Versuch eines Lächelns verzog. Aber vielleicht war es auch nur eine unwillkürliche Reaktion auf den Schmerz. Ein Brite hatte keinen Sinn für Humor; wie konnten Menschen ohne Magie, ohne geistiges Leben etwas von Lachen verstehen?

Ich fand den Wasserschlauch im Gepäck des Roten und ging tiefer in die Höhle hinein. Weiter unten wurde sie gewaltig. Es war ziemlich dunkel, aber ich entdeckte die Umrisse von großen Felssäulen, die vom Boden aufragten, und anderen, die sich niedersenkten, um ihnen zu begegnen. Ich spürte kleine Geschöpfe, die hoch über mir im Dunkeln schliefen. Und ich fand frisches Wasser, das herabtropfte und sich in steingesäumten Tümpeln sammelte. Ich füllte den Schlauch und kehrte zurück.

An diesem Tag wünschte ich mir sehr, dass Vater Brien oder ein anderer, ähnlich fähiger Heiler hier gewesen wäre. Ich tat mein Bestes. Zumindest war es möglich, dass ich mir die Hände wusch und danach die Wunde säuberte. Dass das Blut floss, war gut, es floss langsam und nicht in tödlichem Schwall. Es würde den schlechten Körpersäften helfen, den Körper zu verlassen. Ich erinnerte mich an den Mann, den ich mit dem kleinen Dolch gestochen hatte. Er hatte wahrscheinlich viel Blut verloren. Ich hätte ihm sagen können, wie er den Blutfluss stillen konnte; aber das hatte ich nicht. Als ich sah, wie sie den Roten bedrängten, hatte ich vergessen, dass ich Heilerin war. So weit, so gut. Es wurde immer schwieriger, mich dumm zu stellen. Ich versuchte, dem Roten klar zu machen, dass etwas in seinem Bein steckte; etwas, was ich entfernen musste. Es hätte geholfen, wenn er ein wenig weniger störrisch gewesen wäre, oder wenn ich ein wenig Met gehabt hätte oder Bier oder ein paar ausgewählte Kräuter für einen Schlaftrunk.

»Ich bin mir nicht sicher, was du mir sagen willst«, meinte er. »Du musst noch etwas anderes tun? Es wird wehtun? Gut, dann mach schon.«

Ich versuchte, ihm mit Zeichensprache klar zu machen, dass er sehr still halten müsse, denn ich hatte nur die Spitze des kleinen Messers, mit der ich den Metallgegenstand entfernen konnte. Er nickte grimmig. Ich fragte mich, warum er mir nicht schon längst gesagt hatte, ich sollte aufhören und ihn in Ruhe lassen. Er hatte keinen Grund, mir zu vertrauen.

Es brauchte eine Weile. Ich lernte einen weiteren britischen Fluch. Davon abgesehen blieb er still, obwohl ich hörte, wie sein Atem sich veränderte, und sein Gesicht war schweißfeucht. Meine Hände waren nicht so geschickt wie früher, aber es war einige Zeit her, dass ich Mieren gesponnen oder gewebt hatte, denn ich hatte in meinem Elend meine Aufgabe vernachlässigt, und die Schwellung meiner Finger war ein wenig abgeklungen. Das war gut so, denn es war schwierig. Das kleine Metallstück saß tief, und meine Hände waren beide blutig bis zu den Gelenken, ehe ich es herausgeholt hatte. Wieder säuberte ich die Wunde mit frischem Wasser und trocknete sie, so gut ich konnte. Es gab keine Kamille, keinen Lavendel, keine Wacholderbeeren. Ich holte ein paarmal tief Luft, dann holte ich eine Knochennadel heraus, die kleinste, die ich hatte. Und in meinem Rucksack war noch eine Spule Faden, Faden, der nicht aus Miere gesponnen war, sondern weich und fest. Ich biss die Zähne zusammen und machte mich an die Arbeit. Er versuchte angestrengt, gleichmäßig zu atmen, aber es kostete ihn viel. Ich eilte nicht; ich musste so sorgfältig und ordentlich arbeiten, wie ich konnte. Er würde eine Narbe zurückbehalten, aber sein Bein würde heilen. Dann war ich fertig, biss den Faden ab und spürte, wie er meine Hand in seine nahm.

»Sag mir«, meinte er, »wieso hat ein Mädchen aus guter Familie, mit Haut so weiß wie frischer Milch, Hände wie ein Fischerweib? Wer hat dich so gestraft? Dein Verbrechen muss wirklich schrecklich gewesen sein.«

Damit war meine Kraft am Ende. Ganz plötzlich überwältigten mich Hunger und Schreck und Erschöpfung, und ich sank auf den Boden, so weit weg von ihm, wie ich konnte, und schlug die Hände vors Gesicht, als bittere, lautlose Tränen mir über die Wangen liefen. Ich war nicht wütend auf ihn oder auf die Männer, die uns angegriffen hatten, oder auf irgendjemanden überhaupt. Ich war durchnässt und elend und müde, und ich wollte meine Brüder zurück und meinen kleinen Garten und meinen Hund und imstande sein, Geschichten zu erzählen und zu lachen. Ich weinte voller Selbstmitleid und weil ich wusste, dass es keinen Weg zurück gab. Man wählte seinen

Weg, und das war alles. Ich weinte um Vater Brien und um Linn und um das, was meine Brüder einmal gewesen waren, und um meine eigene verlorene Unschuld. Ich weinte, weil ich hässliche Hände hatte. Ich war immerhin erst vierzehn.

»Es tut mir Leid«, sagte er. Es half nicht viel. Jetzt, wo ich angefangen hatte zu weinen, konnte ich kaum mehr aufhören. Ganz ähnlich wie bei einem kleinen Kind, dessen Kummer oft länger andauert als die eigentliche Verletzung, da das Weinen selbst immer neue Tränen hervorbringt. Ich weinte, bis mir der Kopf wehtat und ich Sterne sah, und endlich legte ich mich auf den harten Stein und schlief, immer noch schniefend, ein. Danach musste er sich gezwungen haben, sich zu bewegen, um mich mit einem Umhang zuzudecken und mir ein zusammengefaltetes Hemd unter den Kopf zu schieben, denn so erwachte ich sehr viel später. Es war überall dunkel, es war Nacht. Einen Augenblick lang wusste ich nicht, wo ich war, und tastete in wilder Panik um mich. Ich zwang mich, ruhig zu sitzen und langsam zu atmen. Nach einer Weile hatten sich meine Augen an das Mondlicht gewöhnt, dessen dünne Finger durch das Laub am Höhleneingang krochen, und in dieser trüben Beleuchtung konnte ich den Briten sehen, der schlafend an der anderen Höhlenwand lag, mit bleichem Gesicht, die Lider schwer im Schlaf vollkommener Erschöpfung. Sein Verband schien, nach allem, was ich sehen konnte, sauber zu sein. Keine weitere Blutung. Das war gut.

Ich blieb eine Weile sitzen, während das Licht langsam heller wurde und leise Geräusche an mein Bewusstsein drangen. Eine Eule rief ganz in der Nähe. Hoch über mir musste es einen anderen Höhleneingang geben, denn ich spürte eher, als dass ich hörte, wie sich Unmengen winziger Geschöpfe hinein- und hinausbewegten, ein knarrendes, raschelndes Geräusch. Und weiter hinten, weiter entfernt, ein anhaltendes Brausen, ein großes, gedämpftes, endloses Sich-Bewegen. Das Meer. Das Meer war so groß, dass es keine Grenzen hatte; es erstreckte sich nach Westen, zu den Inseln der alten Geschichten, es zeigte einen schimmernden, mondbeleuchteten Weg nach Osten; zum Heim des Briten. Ich brauchte nicht aus der Höhlenöffnung hinauszusehen; dieser Anblick war in meinem Geist eingeprägt. Werfen wir nicht unsere eigenen Verbrecher weit hinter die neunte Welle, damit sie dort sterben, oder nach dem Willen der Götter an einem ungastlichen Strand an Land gespült werden? Und stammte nicht dieser Fremde, der hier zu meinen Füßen schlief, aus jenem Land hinter der neunten Welle, weit, weit dahinter? Er hatte von Booten gesprochen und das Land verflucht, das ihm keine Antworten gab. Er war auf dem Weg nach Hause. Kälte durchdrang mich, und mir lief ein Schauder über den Rücken. Er war auf dem Weg nach Hause, und er würde mich mitnehmen, bis ich ihm sagte, was er unbedingt wissen wollte. Ich verstand mit einer Sicherheit, die wie ein Stein auf meinem Herzen lag, dass auch ich hinter die neunte Welle reisen würde und meine Brüder zurücklassen musste.

Du könntest jetzt fliehen, sagte meine innere Stimme. Du könntest gehen, während er schläft, du könntest ein paar Dinge stehlen, in den Wald zurückkehren und dort wieder von vorn beginnen. Er wird noch eine Weile nicht aufwachen, und wenn er erwacht, wird er langsam sein. So hörte ich mich selbst, und ich antwortete mir. Ich kann ihn nicht allein lassen. Sein Bein ist verletzt, und seine Feinde sind in der Nähe. Ich werde ihn nicht allein lassen.

In seiner Tasche waren noch ein paar mehr Äpfel, und ich nahm einen und aß ihn, Kerne und alles. Ich trank einen Schluck Wasser aus dem Schlauch; es war kalt und süß. Und dann hörte ich die Stimmen. Von tief drinnen aus der Höhle, leise, lockend, hallten sie aus der Dunkelheit der großen Kammern. *Komm herunter. Komm herunter, Sorcha.* Und Lichter flackerten golden und silbern, lockende Lichter, die mich baten zu folgen.

Ich musste einfach hingehen, weiter und weiter nach unten, wo die Luft kühl und feucht war und das Gewicht der Erde schwer über mir hing. Drunten, wo die Baumwurzeln über der Höhlendecke hingen, wo kristallklares Wasser tröpfelte und sich unter Steinsäulen sammelte. Die Lichter lockten, Fackeln, Laternen, immer noch eine Ecke weiter. Ich stolperte und glaubte, Lachen zu hören. Und Musik, die schwachen Klänge einer Harfe, einer Fiedel und einer Flöte, die eine Girlande von Tönen um eine alte Melodie webte. Selbst so weit im Osten, selbst hier am Meeresufer hatte das Feenvolk also seine Behausungen. Denn ich bezweifelte nicht, dass diese Stelle, die wir zufällig gefunden hatten, ein Tor in diese Welt darstellte, wie sie in vielen alten Geschichten beschrieben wurden, eines jener Portale zwischen unserer Welt und der ihren. An einen solchen Ort fand man sie häufig genug, eine Höhle, einen Riss, eine Öffnung in der Erde, wo die beiden Bereiche einander für kurze Zeit berührten.

Endlich kam ich in eine Kammer, die noch größer und gewaltiger war als alle anderen zuvor, wo die Säulen aus lebendem Stein vom glatten Boden bis zur gewölbten Decke reichten und sich in einem langen, stillen Teich spiegelten. Dort waren sie, ihr Lachen und ihr Gesang hörte abrupt auf, als ich ins Licht ihrer Fackeln trat. Viele Blicke waren auf mich gerichtet. Ich sah ein Gesicht, das ich kannte, bleich und schön mit dunklen Augen und Haar wie schwarzer Seide. Sie nickte ernst. Aber um sie herum waren viele von ihrer Art, alle größer als Menschen, alle gekleidet in schimmernde Stoffe, in Gewänder aus Gaze wie Schmetterlingsflügel oder schwarz und glänzend wie das Gefieder von Raben. Sie waren gekrönt mit seltsamem Schmuck aus Federn und Muscheln und Seealgen, aus Nüssen und Beeren und Blättern. Ihre Augen waren merkwürdig wissend, suchend; ihre Gesichter gleichzeitig wunderbar und schrecklich. Sie beobachteten mich schweigend. Dann schloss sich der Fackelkreis ein wenig, und der hochgewachsenste unter den Männern trat vor.

»Nun gut«, sagte er und sah mich abschätzend an. »Du bist also endlich hier. Tritt vor und zeige dich.« Ich blickte zu ihm auf. Ich musste weit nach oben schauen. Sein Gesicht war sehr hell, schimmernder, als es von den Fackeln möglich war; ein Licht von innen schien seine Haut in Gold und Silber zu verwandeln. Sein Haar stand ihm vom Gesicht ab, als wäre er von Flammen gekrönt, es war leuchtend rot, außer dort, wo Frost es an den Schläfen und an seinem Vollbart berührt hatte. Seine Augen hatten keine und dennoch jede Farbe. Er trug ein schlichtes, weißes Gewand, aber wenn das Licht darauf fiel, schimmerte der Stoff wie von vielen winzigen Edelsteinen.

Herr, grüßte ich ihn lautlos. Ich wandte mich der Herrin des Waldes zu, die an seiner Seite stand. *Herrin. Was meint Ihr damit: endlich hier?* Er lachte, und das Geräusch hallte in der großen Felsenkammer wider. Ein Summen von Stimmen war zu hören, das sofort erstarb, als auch er wieder schwieg.

»Du glaubst doch nicht, du wärest zufällig hier?« wollte der Schimmernde wissen. »Oder doch? Ich verstehe, wie wenig die von deiner Art begreifen. Eure Zeit in der Welt ist nur kurz, und eure Kenntnisse sind entsprechend.«

Ich bin nicht hierher gekommen, um mich beleidigen zu lassen. Ich war gereizt. Sie hatten mir bis jetzt wenig Hilfe geleistet, von dem Regen einmal abgesehen. Aber Feenvolk oder nicht, ich würde mich nicht von ihnen schikanieren lassen. *Was wollt ihr von mir?*

»Von dir, Kind des Waldes, nichts.« Es war sie, die jetzt sprach, die Herrin, und zumindest in ihrer Stimme schwang eine Spur Wärme mit. »Nichts über das hinaus, was du ohnehin tun musst. Zeig mir deine Hände, Sorcha.«

Ich streckte sie aus und blinzelte, als eine Laterne näher herangetragen wurde. Sie betrachteten meine Hände.

»Diese Hände zeigen keine Spuren kürzlicher Arbeit«, erklärte der mit dem Flammenkopf stirnrunzelnd. »Wie sollen deine Brüder überleben, wenn du deine Aufgabe vernachlässigst? Wie sollen diese Hemden ohne Spindel oder Webrahmen entstehen?«

Ich warf ihm einen wütenden Blick zu. *Das ist ungerecht.* Und wieder lachten alle, Herrin und Damen, und ihre wohlklingenden Stimmen füllten meine Ohren mit süßer Verachtung.

»Gerecht«, keuchte der Schimmernde vergnügt. »Gerecht, sagt sie! Was für ein Kind sie ist! Bist du sicher, dass das das richtige Mädchen ist? Denn sie kommt mir dumm und faul vor.«

Er ging auf mich zu, legte mir die Hand unters Kinn und bog meinen Kopf ein wenig nach hinten, um mich genauer ansehen zu können. Seine Augen waren sehr leuchtend, bewegten sich, veränderten sich. Es war schwer, seinen Blick zu erwidern, ohne schwindelig zu werden.

»Das brauchst du mich nicht zu fragen«, sagte die Herrin des Waldes. »Du weißt genau, dass sie die Richtige ist. Sie faucht dich an, wenn du über sie lachst; nach alledem noch hält sie den Kopf hoch. Es gibt keinen Grund, an ihrer Kraft zu zweifeln.«

»Sie vernachlässigt ihre Arbeit. Die Zeit läuft ab«, sagte er, und nun hielt er meine Hände und drehte sie hierhin und dahin. »Ich frage mich, ist das Eitelkeit? Weinst du darüber, dass deine Hände nie wieder weich und weiß sein werden?«

»Lass sie los.«

Ich fuhr herum; die Dame und der Herr und ihr Gefolge wandten alle ihre seltsamen, schimmernden Augen dem Höhleneingang zu, durch den ich hereingekommen war. Das flackernde Licht ihrer Fackeln zeigte den Roten, der dort schwankend stand, sein Gesicht kreidebleich, eine Hand um des Gleichgewichts willen gegen die Felsenwand gestützt. Seine Miene war zornig.

»Ich sagte, lasst sie los.«

Der Schimmernde ließ seine Hände von meinen Händen und lächelte, ein kleines, gefährliches Lächeln, das dem Briten vollkommen entging.

»Berühre sie noch einmal, und du wirst dafür bluten«, erklärte der Rote sehr leise, und er hinkte vorwärts, um sich neben mich zu stellen. Nach einem Augenblick begann das Gefolge, träge und höhnisch zu klatschen. Der Rote setzte dazu an, den Arm zu heben, aber ich streckte die Hand aus und hielt ihn auf. Er hatte zweifellos nicht die geringste Ahnung, mit wem er es hier zu tun hatte.

Der Schimmernde verschränkte die Arme und beobachtete uns mit einem dünnen Lächeln. Ob er in der Sprache des Briten sprach oder einer anderen, weiß ich nicht mehr, nur, dass wir ihn alle verstanden.

»Lord Hugh von Harrowfield, das ist wohl dein Name, wie? Es heißt, stille Wasser sind tief; aber unter dieser beherrschten Maske trägst du eine Last von Zorn, junger Mann. Du bist weit weg von daheim, zu weit, würden einige sagen. Was bringt dich über das Meer und in den Wald und unter Fremde?«

Der Rote sah ihm in die Augen. Er nutzte meine Schulter jetzt als Stütze; es sah aus, als könne das Bein sein Gewicht nicht mehr lange tragen.

»Ich brauche dir nicht zu antworten«, sagte er.

»*Du wirst es dennoch tun*«, erwiderte der Schimmernde, und ich sah so etwas wie einen winzigen Blitz aus seinen Augen auf den Briten zuzucken. Der Rote schnappte nach Luft – was immer es war, es hatte ihm wehgetan.

»*Du wirst antworten.*«

Der Brite schwieg; er schob mich ein wenig hinter sich. Ich sah, wie das Gesicht des Schimmernden sich anspannte und seine Augen eine rötliche Färbung annahmen. Er war begierig auf einen Kampf der Willenskraft, aber ich wusste, das konnte nur ein Ergebnis haben. Man spielte nicht mit dem Feenvolk.

Lass ihn in Ruhe, schickte ich meine Botschaft zu ihm mit der flammenden Krone, aber auch zur Herrin. *Er weiß nicht, wie man dieses Spiel spielt. Lass ihn in Ruhe.*

»Sag mir, Lord Hugh« – jetzt war es die Herrin, die sprach. »Wieso nimmst du unser Mädchen mit, wo du doch weißt, dass sie nur nach Hause gehen will? Sie gehört nicht in deine Welt.«

Das brachte ihn zu einer Antwort. »Das Mädchen gehört nicht euch und nicht mir und auch sonst niemandem. Aber im Augenblick reist sie unter meinem Schutz, und jeder, der Hand an sie legt, hat sich mir gegenüber zu verantworten.«

»Wohlklingende Worte«, sagte die Herrin. »Aber du hast Schwert und Dolch verloren. Dein Bein ist bis auf die Knochen offen, du hast Hunger, du hast lange nicht geschlafen und bist auf feindlichem Land. Deine Drohungen haben wenig Substanz.«

»Ich habe meine beiden Arme und meinen Willen«, sagte der Rote. »Das genügt. Wer immer es wagt, kann mich auf die Probe stellen.« Sein Rücken war fest genug; selbst auf Zehenspitzen konnte ich kaum über seine Schulter schauen. Es war wirklich eine Schande mit dem Bein, denn das würde keinen Augenblick lang standhalten, wenn es wirklich belastet würde. Er war ein Narr; ein mutiger, aber dennoch ein Narr.

»Tritt beiseite«, sagte der Schimmernde müde. »Das Mädchen soll sich zeigen. Wir wollen ihr nichts tun; sie ist eine der unseren.« Und der Augenblick der Krise schien vorüber.

»Du hast gut gewählt, Tochter des Waldes«, sagte die Herrin, sah erst den Roten und dann mich an.

Was meinst du damit, ich habe gut gewählt? Ich habe gewählt? Ich habe mir überhaupt nichts davon ausgesucht. Wäre ich hier, wenn ich eine Wahl gehabt hätte?

»Still, Kind. Es gibt immer eine Wahl, das wusstest du, als du den Fuß zum ersten Mal auf diesen Weg gesetzt hast.«

»Du hast noch nicht geantwortet, Lord Hugh von Harrowfield«, sagte der Schimmernde. »Warum bringst du das Mädchen weg vom Wald? Was willst du von ihr?«

»Sag die Wahrheit«, fügte die Herrin warnend hinzu.

»Ich bin euch nicht verpflichtet, wer immer ihr sein mögt«, sagte der Rote. »Ich werde euch nicht antworten.«

»Du bist ein Narr.« Der Schimmernde hob die Hände in Verzweiflung. »Ich dachte, du wolltest wissen, was mit deinem Bruder geschehen ist – das dachte ich wirklich. Aber schweige ruhig, wenn du willst; wenn du nicht die richtigen Fragen stellen kannst, kannst du auch keine vernünftigen Antworten erwarten.«

Die Wirkung dieser Worte auf den Briten war erschütternd. Er trat vor, er vergaß sein verletztes Bein, stolperte und fiel beinahe; dann zwang er sich, aufrecht zu stehen, sein Gesicht schweißbedeckt. Etwas Neues war in seinen hellen, kalten Augen erwacht.

»Mein Bruder!« keuchte er. »Ihr wisst von meinem Bruder? Sagt es mir!«

»Oh, oh, oh, nicht so schnell«, erwiderte der Schimmernde heimtückisch, »nichts ist umsonst, nicht hier unten. Außerdem kann sie es dir sagen, nicht ich.« Er zeigte in meine Richtung. »Deshalb willst du sie mitnehmen, nicht wahr? Nicht, weil sie allein und hilflos ist und Schutz braucht; sondern wegen dem, was sie dir erzählen kann. Und das kann sie tatsächlich; sie hat ihn gesehen, sie hat mit ihm gesprochen, und er hat ihr dieses Ding gegeben, das du so eifersüchtig in deiner Tasche bewachst. Frage sie, sie wird dir alles sagen, was du über deinen kostbaren Bruder wissen willst; ja, und darüber hinaus noch einiges, was du nicht wissen möchtest.«

»Das Mädchen kann nicht sprechen«, sagte der Rote, und ich sah ihm an, dass er sich anstrengen musste, seine Stimme zu beherrschen. »Oder sie will nicht. Ihr sagt, sie hat mit meinem Bruder gesprochen; jetzt spricht sie nicht.«

»Oh, wir hören sie schon«, meinte der Lord leichthin. »Sie

bittet uns, dich nicht weiter zu quälen. Sie sagt, du wärest zu dumm, um gefährlich zu sein.«

»Aber ich kann nichts hören«, sagte der Rote. »Sie ist stumm. Sie sagt nie etwas.«

Die Herrin schaute ihn an. »Das liegt daran, dass du nicht gelernt hast, wie man zuhört«, sagte sie. »Aber eines Tages wird sie zu dir sprechen. Kannst du gut warten?«

Der Rote schaute wild von einem zum anderen.

»Sagt mir wenigstens, ob mein Bruder noch lebt«, bat er. »Werde ich ihn finden?«

Aber die Fackeln begannen zu verglühen und das schimmernde Volk mit ihnen, und die Spuren von Lachen und raschelnder Seide und die entfernten Harfenklänge schienen sich aufzulösen, flüchtig wie der Duft einer Herbstblüte.

Als alle anderen weg waren, stand die Herrin immer noch vor mir.

»Nimm dies, um dir den Weg zu beleuchten, Tochter des Waldes«, sagte sie. »Du hast mir gesagt, du wärst es müde, stark zu sein. Vielleicht wirst du jetzt nicht mehr so stark sein müssen.« Sie legte eine kleine, runde, nach Kräutern duftende Kerze in meine offene Hand. Dann wandte sie sich dem Briten zu.

»Du hast sie mit deinen gedankenlosen Worten verletzt«, sagte sie, und ihr Blick hatte jede Wärme verloren. »Sorge dafür, dass sie nicht wieder verletzt wird.« Und bevor er noch Luft holen konnte, war auch sie verschwunden.

In vollkommenem Schweigen kehrten wir nach oben zurück. Wir hatten uns die Hände gereicht, um uns im Dunkeln nicht zu verlieren, das nur von dem trüben, flackernden Kerzenlicht erhellt wurde. Ich hielt das winzige Licht in meiner Handfläche; es roch nach Rosmarin, nach Mädesüß, nach Kümmel. Wie das Teilen eines Apfels war auch das voll verborgener Bedeutung. Wieder fragte ich mich, was für ein Spiel das Feenvolk mit mir spielte.

Oben in der äußeren Höhle war es eisig kalt, denn von Osten her blies ein scharfer Wind. Unsere Kleidung war immer noch feucht vom Regen. Es würde eine unbequeme Nacht werden. Nicht, dass ich hätte schlafen können. In meinem Kopf drehten sich die Dinge immer wieder hin und her. Ich legte mich auf meiner Seite der Höhle nieder, schloss die Augen, aber ich konnte nicht aufhören zu zittern. Und ich dachte: sein Bruder! Ich hätte es sehen sollen, ich hätte es erkennen müssen! Kein Wunder, dass er so störrisch weiter sein Ziel verfolgt. Und dann dachte ich: Lord Hugh – Lord Hugh von irgendwo. Woher kannten sie seinen Namen? Er kam mir ganz bestimmt nicht wie ein Lord von irgendwo vor, mit seinem kurz geschnittenen Haar, seinen abgetragenen Kleidern und so, wie seine Freunde mit ihm sprachen, als wäre er ihresgleichen. Andererseits musste ich daran denken, wie mein Vater seinen Männern aufgetragen hatte, dafür zu sorgen, dass Simon am Leben blieb. Er war ein wichtiger Gefangener gewesen; ein Gefangener, der vielleicht als Geisel Wert gehabt hätte. Also war sein Bruder vielleicht tatsächlich Lord Hugh von irgendwo. Ich fand, »Roter« passte besser zu ihm. Bei der Herrin, es war kalt! Ich wünschte, es würde endlich Morgen werden; aber mein Geist wich auch vor den Problemen des nächsten Tages zurück.

»Du zitterst«, sagte der Brite von der anderen Seite der Höhle. »Du solltest lieber herkommen und dich zu mir legen. Der Umhang kann uns beide wärmen.« Aber ich schüttelte den Kopf. Nach dem, was mit mir geschehen war, glaubte ich nicht, jemals wieder neben einem Mann liegen zu können, nicht einmal, um zu schlafen. Und ich vertraute ihm nicht, nicht seinen kalten Augen und nicht seinem Schweigen.

»Du brauchst keine Angst vor mir zu haben«, sagte er. »Und es wäre erheblich wärmer.«

Aber ich schlang die Arme um die Brust, zog meine Knie an den Bauch, machte mich so klein wie möglich. Ich starrte die

Kerze an; sie brannte immer noch winzig und golden zwischen uns. Eine Weile herrschte Schweigen.

»Mach, was du willst«, sagte der Rote. Er lag auf dem Rücken, starrte zur bewölkten Höhlendecke hinauf, und das Kerzenlicht flackerte auf seiner geraden Nase, seinem entschlossenen Kinn, seinem grimmigen, festen Mund. Hin und wieder schlief ich einige Zeit ein, hin und wieder träumte ich den Fetzen eines Alptraums mit Fragmenten schmerzlicher Erinnerungen und Visionen einer unvorstellbaren Zukunft. Und jedes Mal, wenn ich erwachte, sah ich sein Gesicht bleich im Mondlicht und die Augen weit offen. Aber einmal saß er aufrecht und starrte zur Höhlenöffnung. Als ich hinschaute, saß dort auf einem dunklen Zweig, der sich über die Öffnung streckte, eine weiße Eule und putzte sich hingebungsvoll das Gefieder. Hin und wieder betrachtete sie uns mit ihren schimmernden, uralten Augen. Ich hielt den Atem an, beobachtete sie, und als sie endlich die großen Flügel ausbreitete und aufflog, spürte ich, dass etwas zu Ende ging, eine Weiterbewegung, einen Abschied, der von keinem Verbrennen magischer Kräuter, von keiner Einmischung aus der Menschen- oder Geisterwelt aufgehalten werden konnte. Es war so unvermeidlich wie der Tod, und ich drückte mir die Hände auf den Mund, um schweigen zu können.

»Was ist das?« flüsterte der Rote. »Was ist dieses Feuer im Kopf, das mich nicht ruhen lässt?« Ich schaute zu ihm hinüber, aber er hatte mich nicht angesprochen.

Gegen Morgen schliefen wir beide erschöpft ein. Es war gut, dass es seine eigenen Leute waren und nicht die von Seamus, die uns mit den ersten Sonnenstrahlen fanden. Ich schreckte auf und kam zitternd auf die Beine, ebenso wie er; wir waren beide von einem Rascheln im Gebüsch draußen wach geworden. Es war kaum genug Zeit, um nachzudenken, dann hörten wir den Ruf eines Seevogels ganz in der Nähe, und der Rote verblüffte mich, indem er die Hände an den Mund legte und diesen Ruf nachahmte. Einen Augenblick später kam eine blonde Gestalt mit abgerissenen Kleidern vor die Höhle und schob das Dickicht weg, um ziemlich atemlos hineinzustürzen.

»Ein steiler Weg«, sagte Ben, denn es war tatsächlich der Gefährte des Briten, der sich nun vornüberbeugte, die Hände auf die Knie stützte und nach Luft schnappte. Hinter ihm kam der andere Mann, John. Er sah erst mich, dann den Roten fragend an.

»Sie ist also immer noch da«, stellte er fest.

Der Rote runzelte die Stirn. »Ich habe euch doch gesagt, ihr solltet ohne mich gehen«, meinte er. »Was ist mit Rotbart und seinen Männern? Hat man euch nicht verfolgt?«

Ben grinste. »Doch, aber wir waren schnell und leise und haben ein paar Tricks angewandt. Es gab ein kleines Problem in der Bucht, aber nichts, womit wir nicht umgehen konnten.«

»Ich habe euch gesagt, ihr solltet ohne uns abfahren«, wiederholte der Rote. Es klang, als gefiele es ihm nicht, wenn man ihm nicht gehorchte. Ich selbst war nie so froh gewesen, jemanden zu sehen, wie diese beiden. Zumindest hatten wir jetzt eine Möglichkeit, ihn in einem Stück die Steilwand hinunterzubekommen, trotz der Beinwunde.

»Wir haben über Nacht abgelegt«, erklärte John, und das nicht im Geringsten entschuldigend.

»Und die See war rau genug, um unsere Gedärme zu kochen«, fügte Ben hinzu. »Aber jetzt sind wir hier. Du willst dich vielleicht umbringen, um ein Held zu werden, aber erwarte nicht, dass wir dir dabei helfen.«

»Das Schiff wartet unterhalb der Felsen«, sagte John. »Ich würde sagen, wir haben noch genug Zeit; mit einigem Glück sind wir weg, bevor sie sich auch nur rühren. Aber wir müssen uns jetzt beeilen. Gut, dass wir dich sobald gefunden haben.« Der Rote sagte nichts, sondern tastete nach seinem Rucksack und hinkte nach vorn.

»Wunderbar«, sagte Ben mit einem Blick auf den Verband

und dann auf das Gesicht des Roten. »Wie hast du eigentlich erwartet, ohne uns hier wegzukommen? Du hättest es nicht einmal den halben Weg hinunter zum Wasser geschafft; es ist so steil wie ein Kirchendach und bröckelt überall ab.«

»Wir hätten es schon geschafft«, erklärte der Rote. Seine Begleiter sahen mich an und dann einander, aber es fiel kein weiteres Wort.

Als wir die Höhle verließen, sah ich mich nach den Resten der Kerze um, denn ihr Kräuterduft hing immer noch in der Morgenluft. Aber ich war zu langsam. Es war der Rote, der sich ungeschickt bückte, um den kleinen Rest Bienenwachs vom Felsen zu nehmen, einen Augenblick lang in der Hand zu halten und ihn in die Tasche zu stecken.

»Das ist selbstverständlich Unsinn«, sagte er zu sich selbst. Die anderen waren am Höhleneingang, Ben hielt Wache, und John schob Zweige und Äste weg. »Nichts als Träume. Und dennoch, was für Träume! Man könnte in diesem verfluchten Land seinen Verstand verlieren.«

Dann drehte er sich um und hinkte nach draußen, und ich folgte ihm, da mir gar nichts anderes übrig blieb.

KAPITEL 8

Später fragte ich mich, wieso es mir nicht das Herz brach, über das Meer davonzugehen, weg vom Wald und meinen Brüdern. Das Schiff fuhr nach Osten, vielleicht ein wenig nach Süden; ich nahm an, wir waren auf dem Weg nach Britannien. Aber wo dort? Hätte ich richtig denken können, wäre ich ich selbst gewesen, wäre mir dieser Tag unerträglich vorgekommen. Aber das Meer war nicht nur unvorstellbar groß, sondern auch aufgewühlt vom Wind, und es dauerte nicht lange, bis ich in dem kleinen Segelboot lag und vor mich hin würgte und das wenige Essen, das ich in mir hatte, wieder von mir gab. Zwischen den Magenkrämpfen musste ich mir die Kommentare von Ben und John und des säuerlichen Bootsmanns anhören, der das Ruder hielt. Der Rote sagte kein Wort. Ich fragte mich, wie viel er ihnen noch durchgehen ließ, bevor er beschloss ihnen zu sagen, dass ich ihre Witze und Flüche verstand. Davon einmal abgesehen, hielten sie mir abwechselnd den Kopf, wischten mir das Gesicht ab und schützten mich vor dem Wind. Die Reise schien ewig zu dauern, und ich schwor, dass mein Heimweg das eine und letzte Mal sein würde, dass ich mich wieder aufs Wasser begab. Mir war so elend, dass ich kaum an mehr als an meine aufgewühlten Gedärme und an meinen schmerzenden Kopf denken konnte. Und so glitt meine Heimat davon, und ich spürte den Trennungsschmerz kaum.

Endlich hörte das Schaukeln auf, und das Boot lag still. Es dämmerte, und ich hörte die Möwen rufen. Die Männer sprachen leise. *Nordmänner,* sagten sie, und *still jetzt.* Dann wurde ich aus dem Boot gehoben und in den Schutz einer flachen Höhle getragen, kaum mehr als ein Felssims, unter dem der Wind etwas weniger beißend war. Ich lag dort, in meinen Umhang gewickelt, und schauderte. Ich hatte nicht einmal die Kraft, mich im letzten Tageslicht umzusehen, um herauszufinden, wo wir uns befanden.

»Kein Feuer«, sagte der Rote. »John, du übernimmst die erste Wache. Dann weckst du mich. Wir müssen uns vor der Morgendämmerung wieder davonmachen; je weniger Aufmerksamkeit wir hier erregen, desto besser. Diese Inseln bieten sicheren Ankerplatz, aber sobald wir wieder im offenen Wasser sind, sind wir leichte Beute für die Dänen.«

Ich verlor alle Hoffnung. In der Morgendämmerung würde es also weitergehen. Dies war nur ein Übergangslager, und wir mussten weitersegeln, auf und ab, auf und ab ...

»Es geht dem Mädchen nicht gut«, sagte John. »Du solltest sie zumindest dazu bringen, etwas zu trinken, wenn sie die Reise zu Ende führen soll.«

Der Rote antwortete nicht, aber einige Zeit später wurde ein Becher Wasser neben mich gestellt. Ich griff danach und trank, denn ich wusste, was gut für mich war. Aber ich fror, und mein ganzer Körper war verkrampft und schmerzte. Ich setzte mich und sah mich um.

Der helle Sand und die spitzen Felsen ringsumher waren in kühles Mondlicht getaucht. Wir waren ziemlich nah am Wasser, denn der Strand dieser dürftigen Zuflucht war schmal; und ich glaubte, über dem sanften Flüstern der kleinen Wellen, die heranrollten und sich wieder zurückzogen, die tiefen, hohlen Stimmen seltsamer Geschöpfe zu hören, weit draußen im Dunkeln, die einander zuriefen. Dort, wo die Felsen ins Wasser übergingen, stand John und spähte aufs Meer hinaus.

»Hier.« Die anderen beiden, Ben und der Rote, saßen in meiner Nähe, mit dem Rücken gegen die Felswand, und aßen. Der Bootsmann schien zu schlafen. Nun bot Ben mir ein Stück Trockenfleisch an, und ich schauderte.

»Sie isst Äpfel«, meinte der Rote. »Versuch es damit.«

Mein Magen hatte sich wieder ein wenig beruhigt, und mir

wurde plötzlich klar, wie hungrig ich war. Er schnitt den Apfel ordentlich auf und reichte ihn mir Stück für Stück, bis alles weg war.

»Gut«, sagte er zustimmend. »Und jetzt steh auf und geh ein paar Schritte, um die Krämpfe aus den Beinen zu kriegen, denn morgen steht uns eine weitere Seereise bevor. Aber sei leise. Wir dürfen nichts riskieren.«

Ich ging über den Sand und streckte meine schmerzenden Beine, spähte hinaus aufs Wasser und versuchte zu erkennen, was dahinter lag. Aber es war Nacht, und ich war nicht sicher, ob ich Land entdecken konnte oder mir einfach nur wünschte, es wäre dort. Später schlief ich trotz der Kälte ein, und dann dämmerte der Morgen, und es war wieder Zeit weiterzureisen.

Ich hörte, wie der Rote den Bootsmann anwies, direkt auf das Kloster zuzuhalten. Ich hatte die Männer von Pferden reden hören und wie rasch sie nach Hause reiten würden und dass sie Essen und Wein und eine warme Feuerstelle erwarteten. Und dann warf ich einen Blick zurück zu der Insel, wo wir Schutz gesucht hatten, und begriff, was es war. Das Wasser war ruhig, und die Morgendämmerung färbte es perlgrau und rosa. Im Norden befand sich eine große Insel; flach, bewaldet und mit Zeichen menschlicher Besiedlung, aber das war nicht der Ort, an dem wir gelandet waren.

»Wir gehen dort nicht an Land«, sagte der Rote, der mich beobachtet hatte. »Wenn man in einer dieser Buchten landet, ist es sehr wahrscheinlich, einem Ostmann oder Dänen zu begegnen. Deshalb benutzen wir die kleine Insel.«

Ich hatte es zuvor nicht begriffen. Ich war zu müde und krank gewesen, um nachzudenken. Aber dort hinter uns, im schimmernden Wasser, bereits außer Sichtweite verschwindend, lagen drei Inseln. Sie waren nicht viel mehr als Felsen im weiten Meer, Orte, an denen Vögel nisteten und sich Unkräuter mit Mühe an glatte Steine klammerten. Es waren Orte, an denen vielleicht ein Fischer vorbeikam, ohne sonderlich darauf zu achten, außer auf die spitzen Felsen, die die größte Insel umgaben. Aber selbst ohne die Namen erkannte ich, was sie waren. Die Größere Insel, die Kleine Insel und die Nadel. Ich hatte auf dem heiligen Boden der Inseln geschlafen und es nicht einmal gemerkt, ehe ich sie verließ. Ich schaute zurück, bis der hohe Steinfelsen der Nadel aus dem Sichtfeld verschwand; und dann zog sich mein Magen wieder zusammen, und ich beugte mich über die Seite, und alles begann von vorn.

Es brauchte den größten Teil eines weiteren Tages, an dem wir nach Nordosten segelten, bis wiederum Land in Sicht kam. Es gab Klippen und Brecher, und hinter ihnen grüne Hügel mit Eichen- und Buchenhainen. Es gab auch ein lang gezogenes, niedriges Gebäude auf einem dieser Hügel, und einen Turm mit einem Kreuz. Dort sollten wir Zuflucht suchen, bevor wir weiterreisten.

Es war ein Haus von Frauen; heilige Schwestern, wie Vater Brien dem christlichen Glauben ergeben, aber anders als mein Einsiedlerfreund lebten sie gemeinsam. Was sie von unserem plötzlichen Erscheinen auf ihrer Schwelle hielten, war schwer zu sagen. Offenbar kannten sie Lord Hugh, den sie mit einigem Respekt behandelten, beinahe mit Ergebenheit. Schon bald wurde ich nach drinnen gebracht, und die Männer zogen sich in einen anderen Bereich zurück. John hatte mich vom Ufer heraufgetragen; die guten Schwestern warfen einen einzigen Blick auf mich und befahlen ihm, mich ihnen zu überlassen. Als sie mich wegbrachten, sah ich mich nach meiner Tasche um; sie war auf dem Schiff gewesen, das wusste ich, aber in meinem Elend hatte ich sie vergessen. Von nun an durfte ich meine Aufgabe nicht mehr vernachlässigen, das hatte das Feenvolk deutlich gemacht. Wo waren meine drei Hemden aus Mierenfasern? Ich musste auf sie aufpassen, das war alles, was wirklich zählte. Schwäne starben so leicht – der Pfeil eines Jägers, die Zähne eines Wolfs, der Winter. Wie hatte ich das so lange vergessen können? Während die Schwestern mich weiterführten, starrte ich angestrengt über die Schulter zurück. Die Männer verließen gerade das Gebäude. Als er zur Tür hinausging, drehte sich der Rote noch einmal um. Er bemerkte meinen wilden Blick und zeigte auf seinen eigenen Rucksack, aus dem meine kleine Tasche ein Stück hervorragte. Dann war er weg. Im Kloster selbst durften sich nur Frauen aufhalten. Wir würden die Männer später sehen, erklärten mir die Schwestern, bei der Abendmahlzeit. Nun musste ich mitkommen, denn wie das Zucken ihrer Nasen mir sagte, musste ich dringend baden.

Ich war krank und erschöpft. Ich ließ sie mich von oben bis unten waschen und entsetzte Rufe über meine vorstehenden Knochen und meine geschwollenen Hände ausstoßen, und sie bemerkten auch meine anderen Wunden, die noch nicht vollkommen verheilt waren, fragten mich freundlich, aber geschickt aus, wer ich sei und wo ich herkäme. Sie wuschen mein Haar mit Rosmarinöl und spülten es mit Lavendel aus. Sie suchten mir ein Kleid und einen Gürtel, sie gaben mir Brot und Milch zu essen, während eine Novizin mit frischen, rosigen Wangen sich der undankbaren Aufgabe annahm, mir das Haar zu kämmen. Sie achteten darauf, dass ich nicht zu viel aß; ich wusste selbst, welche Wirkung das auf jemanden haben würde, der sich lange nicht richtig ernährt hatte. Danach ruhte ich mit meinem frisch geflochtenen Haar und meinen sauberen Kleidern, die auf der Haut unbequem und rau waren. Langsam hörte die Welt auf, sich um mich herum zu drehen, und mein Magen beruhigte sich. Eine Weile saß eine Schwester schweigend bei mir, aber als sie glaubte, dass ich schlief, ließ sie mich in der winzigen, weiß gekalkten Zelle mit dem schlichten Eschenkreuz allein. Ich konnte nicht schlafen, sondern lag nachdenklich da, und später stand ich auf und ging hinaus in den Garten, der nun friedlich im Zwielicht lag. Es war ein gepflegter Garten mit Küchenkräutern in ordentlichen Hecken, mit Blumen zum Trocknen und Gemüse. Ich fühlte mich besser, als ich hier zwischen den Kohlköpfen auf dem Boden saß, die Arme um die Knie geschlungen. Es war lange her, dass ich in einem Haus geschlafen hatte. Es roch wunderbar nach frisch gebackenem Brot und einer leckeren Suppe. In dem Gebäude auf der anderen Seite des Gartens wurden Lichter entzündet, und Teller klapperten. Ich hatte zuvor Glocken gehört; vielleicht beteten die Schwestern nun. Und dann hörte ich Stimmen vor der Gartenmauer.

»... es wäre am besten, sie hier zu lassen. Sie hat nicht die Kraft, weiterzureisen. Sie wird lange Zeit Ruhe brauchen, richtiges Essen und unseren Rat.«

»Das ist unmöglich. Wir sind schon zu lange weg. Eure Gastfreundschaft heute Nacht ist sehr willkommen, aber wir müssen morgen weiter.«

Die Schwester seufzte laut. »Verzeiht mir, Lord Hugh. Ich hoffe, Ihr werdet dem Rat einer alten Frau folgen und mich nicht falsch verstehen. Sie ist nur ein Kind, und man hat ihr wehgetan, vielleicht mehr, als Ihr wisst. Lasst sie hier bei uns und reist selbst weiter, wenn es sein muss. Es wird auch für Euch besser sein, wenn Ihr sie zurücklasst.«

Er schwieg einen Augenblick lang.

»Das kann ich nicht«, sagte er schließlich. »Das Mädchen reist mit mir weiter.«

»Habt Ihr daran gedacht, wie es für Eure Familie sein wird, wenn Ihr mit ihr nach Harrowfield zurückkehrt? Ihre Art ist hier nicht willkommen; und Ihr habt mächtige Feinde.«

»Glaubt Ihr, ich kann sie nicht beschützen?«

»Herr, ich bezweifle weder Eure Kraft noch Eure Integrität. Ich glaube, dass sie nicht ganz versteht, was Ihr hier auf Euch nehmt. Vielleicht versteht Ihr auch nicht vollständig, wie tief die Gefühle gegen dieses Volk gehen. Ihr könnt keine verwaiste Eule in Eurem Hühnerstall unterbringen und nichts

Schlimmeres als zerzauste Federn erwarten. Wenn Ihr darauf besteht, gefährdet Ihr nicht nur das Mädchen, sondern auch Eure eigene Sicherheit und die Eurer Familie.«

Darauf gab es keine Antwort. Ich hörte ihre Schritte auf einem Kiesweg, der offensichtlich direkt vor dem Küchengarten entlangführte.

»Ich muss Euch fragen«, fügte die Nonne in untertänigem Ton hinzu, »und Ihr solltet es nicht falsch verstehen. Ich kenne Euch lange, und genau das ist der Grund, dass ich von einer solchen Angelegenheit überhaupt spreche. Ich habe zuvor gesagt, das Mädchen sei verletzt worden. Sie ist nicht viel mehr als ein Kind; müde, hungrig und elend. Aber davon abgesehen ist sie eine Frau, und ein Mann hat sie vor kurzer Zeit missbraucht. Ich muss Euch fragen, wie gut Ihr Euren Begleitern traut. Ich will Euch nicht beleidigen, in dem ich nahe lege ...«

Der Rote stieß einen lauten Fluch aus, und ich hörte das Knirschen von Kies unter den Stiefeln, als er eine plötzliche, heftige Bewegung machte.

»In diesem Licht«, fuhr die Schwester ruhig fort, »werdet Ihr vielleicht noch einmal darüber nachdenken, wie gut es ist, sie mit in Euren Haushalt zu nehmen. Das Schweigen und die Meditation, die wir üben, kann ihr helfen, Körper und Geist zu heilen. Und wir werden sie hier nicht ängstigen.«

Er schwieg lange.

»Ich danke Euch für Euren Rat«, sagte er schließlich in förmlich-distanziertem Ton. »Ich werde vielleicht noch einen Tag warten, bis sie ausgeruhter ist. Dann reisen wir nach Harrowfield weiter.« Und damit war das Gespräch offenbar beendet.

Während dieses Tages und der beiden Nächte, die ich im Kloster verbrachte, erreichte ich zweierlei. Als ich früh am ersten Morgen wieder in den Garten ging, sah ich hinter den ordentlichen Gemüsereihen, den Stangen und Netzen für Erbsen und Bohnen und dem frisch gewendeten Misthaufen, eine vertraute Pflanze. Sie war hier in dieser häuslichen Szene eigentlich nichts Ungewöhnliches, denn ihre Blätter ergeben eine angenehme gelbliche Färbung, wenn man sich darauf einlässt, sich mit den unangenehmen Stacheln abzugeben. Zwei Schwestern arbeiteten im Garten, und es gelang mir, ihnen mit Zeichensprache klar zu machen, was ich wollte. Sie debattierten miteinander, dann ging eine davon, vielleicht um die Äbtissin zu fragen, vielleicht auch zum Roten.

Jedenfalls, als sie zurückkehrte, hatte sie einen Sack und ein Messer dabei und gab mir diese ohne weitere Fragen. Man muss mir mein Entzücken angesehen haben, denn die Schwestern lächelten, während ich mich mit aller Kraft an die Arbeit machte. Gegen Ende des Morgens hatte ich einen großen Sack Mieren, genug, um bis zum Mittwinter zu reichen. Ich versuchte, nicht darüber nachzudenken, was geschehen würde, wenn sie mich dort, wo wir hingingen, nicht spinnen und nähen ließen.

Das Zweite, was ich erhielt, war ein Name. Das Kloster mochte ein Ort stiller Kontemplation sein, aber es fehlte den Schwestern nicht an guter Laune, und die Abendmahlzeit bot Gelegenheit für eine entspannte, sogar geistreiche Konversation. Einigen von ihnen, dachte ich, gefiel die unerwartete Anwesenheit von drei Männern an ihrem Tisch, und ich nahm an, ihre Ältesten hielten ein wenig Freude nach den langen Tagen stiller Meditation nicht für tadelnswert. Als wir am zweiten Abend am Tisch saßen, brachte eine der Schwestern das Thema auf.

»Eure junge Dame braucht einen Namen«, sagte sie. »Ihr könnt sie nicht weiter *Mädchen* nennen, als wäre sie ein Hund, der Euren Schritten folgt. Hat sie einen Namen?«

»Wenn das der Fall ist, kann sie uns nicht sagen, wie er lautet«, sagte John. »Aber Ihr habt Recht, Schwester, jedes Lebewesen braucht einen Namen.«

»Sie könnte einen erhalten, bevor ihr nach Hause zurückkehrt«, sagte die Äbtissin, »einen guten, christlichen Namen, Elizabeth vielleicht oder Agnes. Agnes würde gut passen.«

Eine der Novizinnen mischte sich ein. »Sie erinnert mich an einen kleinen Vogel«, sagte sie lächelnd, »so zierlich wie sie ist, und mit ihren leuchtenden Augen. Jenny wäre ein guter Name.« Sie bemerkte den Blick der Äbtissin und errötete.

»Ja, ein kleiner, wilder Raubvogel, etwas mit einem scharfen Schnabel«, murmelte der Rote, der neben mir saß. »Vielleicht auch eine Eule, die nur mit mir spricht, wenn der Rest der Welt schläft.« Dann hob er die Stimme, dass auch die anderen ihn hören konnten. »Jenny wird genügen.«

Also hieß ich nun Jenny – ein seltsamer kleiner Name, ganz anders als der meine, aber besser, als mit einem Fingerschnippen gerufen zu werden. Am zweiten Morgen standen Pferde für uns bereit, und wir ritten direkt nach der Dämmerung los, die Schwestern verabschiedeten uns schweigend, und zumindest eine von ihnen hatte besorgt die Stirn gerunzelt. Aber wieder schien es, dass geschah, was der Rote wollte. Und so ritten wir nach Harrowfield.

Stellt euch also ein grünes Tal vor, in dem Eschen- und Buchenhaine hier und da von den kräftigeren Gestalten von Eichen abgelöst wurden, die immer noch ihr buntes Herbstlaub trugen. Über den Talboden zog sich ein glitzernder Fluss, dessen Ufer von Trauerweiden gesäumt waren. Die Straße folgte dem Fluss vorbei an bearbeiteten Feldern, Bauernhäusern, Schafspferchen und Scheunen. Die Bauern kamen, um uns anzustarren, und sie lächelten freundlich, als sie die drei Männer erkannten, von denen jeder nun einen weißen Mantel über der von der Reise schmutzigen Kleidung trug. Dieses Gewand, das sie tief aus ihren Rucksäcken hervorgezogen hatten, bevor sie das Tal betraten, hatte ein blaues Wappen auf Rücken und Brust. Es war ein Zeichen der Zugehörigkeit; es war jenes Abbild eines Eichenbaums mit edlen, sich ausbreitenden Ästen in einem Kreis, und darunter befanden sich Wellenlinien, die Wasser sein könnten. Das Landvolk rief: »Willkommen daheim, Herr! Eine gute Ernte, Lord Hugh! Und noch besser jetzt, wo Ihr zurück seid!« Er, den sie ansprachen, lächelte nicht; es schien, er lächelte selten. Aber er nahm ihre Grüße mit ernster Höflichkeit entgegen und zügelte sein Pferd ein- oder zweimal, um nach einer ausgestreckten Hand zu greifen oder ein Kind zu berühren, das man ihm entgegenhob. Und als er das Pferd zügelte, hatten die Leute auch einen besseren Blick auf die bleiche, junge Frau, die hinter ihm saß, in einen dunklen Umhang gewickelt, und ihre schwarzen Locken, die vom Wind aus dem ordentlichen Zopf gezupft wurden, und ihre Hände, mit denen sie sich nach einem langen, ermüdenden Ritt an seinen Gürtel klammerte, um das Gleichgewicht nicht zu verlieren. Sie fragten nicht; das stand ihnen nicht zu. Aber sie schwiegen nun, und nachdem die Reiter vorbei waren, fingen sie an zu murmeln, und der eine oder andere machte unauffällig das Zeichen zur Abwehr des Bösen.

Das war unsere Ankunft in Harrowfield. Das Tal öffnete sich, und ein lang gezogenes, niedriges Herrenhaus kam in Sicht. Es gab viele Außengebäude, eine schöne Scheune, Ställe und Hütten, die sich an das Haupthaus drängten. Es gab ordentliche Steinmauern und eine Allee hochgewachsener Bäume. Die Reiter hielten inne, und der Rote sah mich über die Schulter an.

»In Ordnung?« wollte er wissen. Ich nickte. Ich war nicht unbedingt verängstigt; aber ich hatte keine Ahnung, was geschehen würde, wenn wir sein Zuhause erreichten. Ich hatte genug gesehen und gehört, um kein herzliches Willkommen zu erwarten. War ich Gefangene, war ich Geisel? War ich Dienerin? Würde man mich bewachen, bis ich ihm schließlich sagte, was er wissen wollte, und man mich freilassen konnte? Oder würden sie andere Mittel finden, um mich zum Sprechen zu bringen, wie meine Familie es mit seinem Bruder getan hatte? Ich fürchtete, dem nicht standhalten zu können. Die Herrin des Waldes hatte dem Roten befohlen, dafür zu sorgen, dass man mir nicht wieder wehtat. Aber ein Brite war nicht imstande, diese andere Welt und ihre Wunder zu akzeptieren; der Rote tat es als einen Traum ab. Er würde nie verstehen, wieso ich tat, was ich tat; es war sehr viel einfacher anzunehmen, dass es sich um eine Art Wahnsinn handelte, eine seltsame Krankheit des Geistes, die mich dazu trieb, mich unvernünftigerweise selbst zu verletzen. Er liebte seinen Bruder vielleicht innig, aber das würde niemals dem gleichkommen, was ich für meine Brüder tat.

Ohne ein sichtbares Zeichen trieben alle drei Männer ihre Pferde zu einem Galopp an, und ich musste mich noch fester anklammern. Wir eilten zwischen den hochgewachsenen, goldenen Pappeln entlang, und Ben stieß einen begeisterten Schrei aus und grinste wild, als der Wind sein blondes Haar wie eine Fahne hinter ihm herwehen ließ. Auch Johns Augen glitzerten vor Erwartung. Und so kamen wir in einen Hof, der so sauber und ordentlich war wie alles andere dort, und blieben vor breiten Steinstufen und einem offenen massiven Eichentor stehen. Man hatte ihnen bereits von unserer Ankunft berichtet, denn eine Gruppe von Menschen stand auf der Treppe und wartete auf uns. Gut ausgebildete Stallburschen erschienen aus dem Nichts, um die müden Pferde wegzuführen, und eine kleine Menschenmenge versammelte sich. Das Erste, was der Rote tat, nachdem er mich vom Pferd gehoben hatte, war, nach seinem eigenen Rucksack zu greifen und dem Knecht ein Zeichen zu geben, ihn unberührt zu lassen. Dann ergriff er mit der freien Hand mein Handgelenk, damit ich ihm folgen musste.

Die Frau, die an der Treppe wartete, sah mich nicht. Sie hatte nur Augen für den Roten.

»Mutter«, sagte er leise.

»Hugh«, sagte sie und legte dabei dieselbe Beherrschung an

den Tag, die ich in ihren beiden Söhnen kennen gelernt hatte. Ich wusste, dass es ihr schwer fiel, ihn nicht einfach weinend zu umarmen oder sich auf andere Weise vor allen Leuten aus ihrem Haushalt unangemessen zu verhalten. »Willkommen daheim. Willkommen, Ben und John. Es ist lange her.« In ihren Augen stand eine verzweifelte Frage, die bis später unausgesprochen bleiben würde.

»Willkommen daheim, Sir! Willkommen, Herr.« Viele aus dem Haushalt grüßten Lord Hugh; sie drängten sich um uns, griffen nach seiner Hand. Er setzte den Rucksack ab, ließ mich aber nicht los; ich wäre beinahe erdrückt oder von der Menge mitgerissen worden. Ich erhaschte einen Blick auf Ben, der immer noch breit grinste und von einer ganzen Gruppe hübscher Mädchen umzingelt war. Ein Stück weiter entfernt sah ich John mit einer kleinen, blonden Frau, die ein paar Jahre jünger war als er. Sie war hochschwanger; ich nahm an, dass sie kaum mehr als drei Monde von der Geburt entfernt war. Seine Frau. Sie klammerte sich an seinen Arm, und er sah sie an, als gäbe es außer ihr keine Welt für ihn. Ich dachte, auch er legt dieselbe Beherrschung an den Tag. Wie musste er sich danach gesehnt haben, nach Hause zurückzukehren, wie musste es sein Herz zerrissen haben, all diese langen Monde auf der anderen Seite der See! Und dennoch war er dem Roten ohne Frage gefolgt. Diese Männer waren auf eine Weise loyal, die ich kaum begreifen konnte.

Erst als wir uns von diesem freudigen, schmerzlichen Willkommen losrissen und nach drinnen zurückzogen, fiel ich der Dame auf. Ein Diener wurde nach Wein geschickt; wir gingen alle in eine große Halle im Haus. Die Dame setzte sich auf eine Bank nahe der Feuerstelle und winkte ihren Sohn zu sich. Es waren auch andere Mitglieder des Haushalts anwesend, aber in diskreter Entfernung. Unsere Reisebegleiter waren verschwunden. Auf jeden, nahm ich an, wartete sein eigenes Willkommen. Also setzte der Rote sich zu seiner Mutter und streckte mit einiger Vorsicht sein verletztes Bein aus. Der lange Ritt war so ungefähr das Letzte gewesen, was es zu einer guten Heilung brauchte. Und ich stand neben seinem Stuhl und fühlte mich in diesem Kreis neugieriger Blicke ganz allein. Er hielt mich immer noch am Handgelenk, so dass ich mich nicht bewegen konnte. Seine Mutter sah mir direkt in die Augen. Ihr Gesicht war unter ihrem zarten Schleier rund und weich; sie hatte ein Netz feiner Falten um Augen und Mund. Kleine Locken waren dem Kopfputz entkommen und schimmerten in verblichenem Gold. Einstmals hatte ihr Haar dieselbe Farbe gehabt wie das ihrer Söhne; und ihre Augen waren vom selben Blau. Ich las Schrecken in ihrer Miene, Angst und so etwas wie Ekel. Sie sagte kein Wort. Der Rote ließ mein Handgelenk los.

»Es tut mir Leid«, sagte er. »Ich hoffte, ihn heimbringen zu können. Selbst nach so langer Zeit hielt ich es noch für möglich. Wie du siehst, habe ich ihn nicht gefunden. Und ich habe keine Neuigkeiten für dich. Es tut mir Leid, dass ich nicht ... dass ich ...«

»Ich habe gelernt, auf nichts zu hoffen«, sagte seine Mutter, und sie blinzelte die Tränen weg. Sollte sie weinen müssen, dann würde sie das später tun, wenn sie ganz alleine war. »Du bist wieder zu Hause. Dafür müssen wir dankbar sein.«

»Es war, als hätte er sich in Luft aufgelöst«, sagte der Rote. »Es ist tatsächlich ein seltsames Land und voller Geschichten von genau solchen Geschehnissen. Das ist natürlich alles Unsinn. Aber wir waren dicht an jenem Ort, an dem so viele von Richards Leuten umgekommen sind. Dass *er* einmal dort war, ist nicht zu bezweifeln. Aber es gibt kein Zeichen, keine Spur, dass Simon bei ihnen war. Wir haben gesprochen, mit wem wir sprechen konnten. Niemand wusste von Gefangenen, von Flüchtlingen oder Geiseln. Ich komme mit leeren Händen zurück, Mutter. Es tut mir Leid um den Kummer, den meine Abwesenheit dir gemacht hat; es tut mir Leid, dass ich dir keine Antwort geben kann.«

»Ich gestehe, dass ich gewisse Hoffnungen hatte«, erklärte sie. »Nicht, dass er nach Hause zurückkehren würde, nicht nach so langer Zeit. Aber irgendetwas hatte ich erwartet, ein kleines Zeichen, das mir sagt, ob er lebt oder tot ist. Ein Ende dieses schrecklichen Wartens.«

»Es gab nichts dergleichen«, sagte der Rote schließlich. »Überhaupt nichts.«

Ich bemerkte, dass ich den Atem angehalten hatte, und atmete schnell aus, aber noch war ich nicht in Sicherheit.

»Es scheint, als wärest du nicht ganz mit leeren Händen zurückgekehrt«, sagte seine Mutter und sah mich von Kopf bis Fuß an, als inspizierte sie ein Stück Fleisch für den Tisch, das sie nicht so recht zufrieden stellte. Ich erwiderte den Blick ungerührt. Ich schämte mich nicht dafür, Lord Colums Tochter zu sein, trotz allem, was er getan hatte. Mein Volk war alt, viel älter als das ihre, und ich war die Tochter des Waldes.

»Wie kannst du eine von – eine von *ihnen* in unser Haus bringen? Wie kannst du es ertragen, auch nur in ihrer Nähe zu sein? Diese Leute haben deinen Bruder geholt; sie haben Richards Männer auf barbarischste Weise getötet. Sie sind nicht nur seltsam; an ihnen ist nichts Gutes mehr. Wie kannst du sie in mein Haus bringen?« Ihre Stimme bebte vor Gefühlen. Jetzt geht es los, dachte ich. Jetzt sagt er ihr, dass ich die einzige Verbindung zu ihrem jüngeren Sohn darstelle. Jetzt will sie sofort wissen, was ich weiß, alles, was sie davon überzeugen könnte, dass ihr Junge noch lebt. Und dann werden sie versuchen, mich zum Reden zu bringen, auf jede mögliche Weise. Wie kann er das seiner eigenen Mutter verweigern? Dabei verstand ich genau, wie sie empfand.

Der Rote stand auf, stellte sich hinter mich, und ich spürte seine großen Hände auf meinen Schultern.

»Sie heißt Jenny«, sagte er. »Sie ist hier in meinem Haushalt als mein Gast, solange es ihr gefällt. Das mag eine ganze Weile dauern. Und sie wird mit Respekt behandelt werden. Von jedem.« Seine Mutter starrte ihn an, den Mund leicht geöffnet. Meine Miene muss ein Spiegelbild der ihren gewesen sein, denn das hätte ich nicht erwartet. Eine Arbeit in der Küche vielleicht, Töpfe schrubben, das war das Beste, worauf ich gehofft hatte. »Ich wollte dich nicht beleidigen, Mutter. Ich sage dir nur, wie es sein wird.« Er hob die Stimme gerade genug, um dafür zu sorgen, dass alle Anwesenden ihn hörten. »Diese junge Frau ist in meinem Haus willkommen. Sie wird als Mitglied meines Haushalts betrachtet werden. Ihr werdet ihr die Freundlichkeit und Gastfreundschaft anbieten, die jedem meiner Gäste zusteht. Ich sage Euch das nur ein einziges Mal.« Es lag eine Spur von Drohung in diesen letzten Worten, aber es brauchte nicht mehr. Tödliches Schweigen senkte sich über den Raum.

Der Diener erschien mit Wein. Der Rote bat mich, mich hinzusetzen und einen Kelch zu nehmen, aber ich trank nur einen Schluck oder zwei. Mein Magen war immer noch unruhig, und ich war sehr müde. Und es waren zu viele Menschen hier, zu viel Licht, zu viele Geräusche. Ich wollte nur eine Weile allein sein und mich ausruhen. Und dann wollte ich einen Spinnrocken und eine Spindel und einen Webstuhl und Zeit, viel Zeit.

»Sie hat nicht viel zu sagen, wie?« meinte die Mutter des Roten. »Kann sie sich nützlich machen?«

Der Rote verzog den Mund zu einem Lächeln, das seine Augen nicht so recht erreichte.

»Ich denke, du wirst feststellen, dass Jenny sich recht gut selbst beschäftigen kann«, sagte er. »Sie ist sehr geschickt mit Nadel und Faden. Aber sie wird hier nicht arbeiten; ich erwarte, dass ihr Frauen sie als euresgleichen aufnehmt.«

»Ich bin entsetzt, dass du das von mir erwartest, Junge. Vielleicht hatte ich über alle Hoffnung hinaus gehofft, dass du Simon sicher nach Hause bringen würdest. Stattdessen bringst du den Feind, der ihn getötet hat, und bittest mich, aus diesem Feind einen Freund zu machen.« Unter der Maske der Höflichkeit war sie wütend auf ihn.

Der Rote sah erst sie an und dann mich. »Jenny sagt nichts«, meinte er, »weil sie nicht sprechen kann. Aber du wirst feststellen, dass sie sich sehr gut verständlich machen kann. Und sie versteht alles, was du sagst.« Mit dieser Antwort, die eigentlich keine Antwort war, musste sie sich zufrieden geben, aber steile Falten standen auf ihrer Stirn, und ich erkannte das Ausmaß des Ärgers in ihrem Blick.

»Du lässt uns keine Wahl«, sagte sie resigniert.

Ich musste an Simon denken und was er über seine Familie erzählt hatte. In dieser Geschichte von zwei Brüdern war der Jüngere nie so recht gut genug gewesen, nie ganz dasselbe wie der Ältere. Warum hatte er geglaubt, dass sie ihn nicht liebten? Selbst abwesend stand er zwischen dieser Mutter und ihrem Sohn – so lebendig, als wäre er tatsächlich hier.

Das Gespräch wandte sich sicheren Themen zu. Sie sprachen vom Landsitz, von Vieh und Ernte und von ihren Bauern. Der Rote stellte eine Frage nach der anderen; er schien begierig danach, die Zügel des Haushalts wieder aufzunehmen. Ich schweifte in Gedanken ab und erlebte noch einmal jene Tage, als Simon sich unter meiner Obhut befand, erinnerte mich an die langen Geschichten, die ich ihm erzählt hatte, die fiebrigen, dämonenerfüllten Nächte, das langsame Heilen von Geist und Körper. Ich erinnerte mich an sein Messer an meiner Kehle; ich erinnerte mich an seine Tränen wilden Selbsthasses. Diese geistigen Bilder waren stark; ich sah kaum mehr, was um mich herum vorging. Außerdem wurde ich müde vom Wein und von dem langen Tag, also zuckte ich regelrecht zusammen, als ich etwas Kaltes, Feuchtes an meinem Fußknöchel spürte. Ich spähte nach unten. Unter der Bank, auf der ich saß, kam eine sehr kleine, ziemlich alte, graue Hündin hervor, die mit traurigen, verquollenen Augen zu mir aufstarrte und leicht ächzte. Ich bückte mich und streckte ihr die Hand zum Schnuppern hin; sie bebte und streckte dann eine kleine rosa Zunge zu einem Begrüßungslecken heraus. Dann ließ sie sich seufzend auf meinen Füßen nieder, als wollte sie lange dort bleiben. Ich unterdrückte ein Gähnen.

»Du bist müde«, sagte der Rote zu mir. »Die Frauen meiner Mutter werden dir einen Schlafplatz suchen. Es war ein langer Tag.« Ungelenk kam er wieder auf die Beine.

»Dein Bein«, sagte seine Mutter, der zum ersten Mal auffiel, dass er verletzt war. »Was ist mit deinem Bein?«

»Ach, nichts weiter«, meinte der Rote, wie ich schon vorhergesehen hatte. »Ein kleiner Schnitt. Mach dir deshalb keine Sorgen.« Er warf mir einen Blick zu, sah meine Miene, und ich bemerkte das leichte Zucken seines Mundwinkels, das bei einem anderen Mann ein unterdrücktes Lächeln sein mochte. Seine Mutter beobachtete uns, und ihr Stirnrunzeln vertiefte sich.

»Megan«, rief sie. Eine junge Frau mit wirren, braunen Locken trat vor und machte eine Art Knicks.

»Finde eine angemessene Kammer für ... für ... unseren Besuch, Megan«, sagte die Dame des Hauses, und es klang sehr danach, als müsse sie sich zu diesen Worten zwingen. »Bring ihr Waschwasser und etwas Einfaches zu essen. Zeig ihr, wo sie uns am Morgen finden wird.«

»Jawohl, Lady Anne«, erwiderte Megan, knickste abermals und schlug bescheiden den Blick nieder. Aber als wir die Halle verließen, ich in ihrem Gefolge und der graue Hund wie ein kleiner Schatten hinter mir, war ihr Blick voll lebhafter Neugier.

»Vergiss das hier nicht«, sagte der Rote, als ich an ihm vorbeikam, und reichte mir meinen kleinen Rucksack, der oben auf seinem gelegen hatte. Ich nickte dankend. Hinter mir hörte ich, wie seine Mutter wieder auf ihn einredete, und ich war froh, nicht hören zu können, was sie sagte.

Ich nehme an, jemand hatte mir ein Schlafzimmer ausgesucht, das man einer Barbarin für angemessen hielt; klein, abgelegen, karg möbliert, sehr nahe an den Dienstbotenquartieren und in Hörweite der geschäftigen Küche. Wenn sie glaubten, mich auf diese Weise beleidigen zu können, hatten sie sich verrechnet. Denn ich liebte das kleine, rechteckige Zimmer mit seinen Steinmauern und dem harten Strohsack auf einem Holzrahmen sofort, ich liebte die schwere Eichentür, die sich direkt in eine vernachlässigte Ecke eines Gartens voller wuchernder Kräuter öffnete. Sobald es hell sein würde, würde ich nach draußen gehen und sehen, ob dort Mieren wuchsen. Ein alter Rosenbusch kletterte direkt vor der Tür die Wand hoch, und eine winzige Kriechpflanze mit blauen Blüten bedeckte die Steintreppe. Es gab einen moosigen Weg, der fast ganz von Unkraut überzogen war. Durch das einzelne, runde Fenster hoch oben in der Wand würde der Mond auf meinen Schlummer niederschauen. Es gab eine Holztruhe, einen Krug und eine Schüssel. Megan brachte mir warmes Wasser und ein anderes Mädchen mit furchtsamem Blick einen Teller mit Brot, Käse und getrocknetem Obst. Ich legte meine Tasche aufs Bett und wartete, dass Megan ging. Die Hündin schnüffelte in den Zimmerecken herum, und als sie endlich zufrieden war, nahm sie all ihre Kraft zusammen und unternahm eine heroischen Versuch, auf den Strohsack zu springen, wo sie sich dann mit der Nase auf den Vorderpfoten niederließ.

»Wo sind deine Sachen?« fragte Megan unbehaglich. »Dein Nachthemd und die anderen Dinge?« Ich schüttelte mit dem Kopf und zeigte auf meinen kleinen Rucksack.

»Das ist alles?« Sie schien entsetzt. Ich konnte die unausgesprochenen Fragen hören. Wo um alles in der Welt hat er dich aufgelesen? Was ist über ihn gekommen, dass er dich mit hierher gebracht hat, und mit nichts weiter als den Kleidern, die du trägst? Warum?

Aber was sie dann sagte, überraschte mich. »Das war Simons Hund«, sagte sie. »Simon ist der Bruder von Lord Hugh. Er hat sie Alys genannt. Sie ist jetzt alt; er hatte sie, seit er ein Kind war. Seit er weggegangen ist, hat sie niemanden in ihre Nähe gelassen. Hat sich überwiegend selbst versorgt. Sie hätte einem die Finger abgebissen, wenn man ihr zu nahe kam, bis heute.« Vorsichtig streckte sie die Hand nach dem kleinen Hund aus; Alys reagierte mit einem Knurren und fletschte die Zähne. »Siehst du?« meinte Megan vergnügt. »Boshaftes kleines Biest. Aber dich scheint sie zu mögen.«

Mir gelang eine Art Lächeln; sie grinste zurück, und ihre natürliche Neugier wurde stärker als die Vorsicht.

»Ich werde mit Lady Anne sprechen«, sagte sie. »Ich werde dir ein Nachthemd und ein paar andere Dinge bringen. Und morgen früh hole ich dich ab und zeige dir alles.«

In jener Nacht schlief ich; aber Müdigkeit bis auf die Knochen und die Wirkung des Weines genügten nicht, die nächtlichen Schrecken vollkommen auszulöschen, die mich immer noch heimsuchten, und ich erwachte plötzlich aus einem Traum, den ich lieber unerwähnt lasse, einem Traum, den ich häufig hatte, der Art Traum, die ihren Weg in meine täglichen Gedanken webte, so dass ich immer noch schauderte, wenn ein Mann mich auch nur zufällig berührte. Alys lag schwer auf meinen Füßen; sie war nicht aufgewacht. Der abnehmende Mond schien ins Zimmer. Und draußen waren leise Stimmen zu hören.

Ich stand auf und ging leise zum Fenster. Beide Türen waren verriegelt, obwohl ich lieber eine offen gelassen hätte, um die nächtlichen Düfte von Lavendel und Geißblatt zu riechen und die kalte Brise auf meiner Haut zu spüren. Aber ich vertraute niemandem mehr; ich war nicht mehr geschützt von diesem Mantel der Unschuld. Nun stellte ich mich mit den Zehenspitzen auf die Holztruhe und spähte in den Garten. Zwei schattenhafte Gestalten unterhielten sich leise; beide trugen dunkle Kleidung, und ich sah das Glitzern von Waffen im matten Licht. Einer von ihnen ging durch ein Tor in der Mauer; er hatte helles Haar und eine schwungvolle Art, sich zu bewegen, selbst mitten in der Nacht. Der andere war hochgewachsen und ging mit leichtem Hinken. Er ließ sich an der Mauer am anderen Ende des Gartens nieder, entspannt, aber aufmerksam, ein Bein ausgestreckt, im Schatten kaum mehr zu sehen.

Ich wusste nicht, ob ich mich besser oder schlechter fühlte, da ich nun wusste, dass ich bewacht wurde. Was glaubten sie wohl, wohin ich fliehen könnte, hier, mitten in ihrem Land, ohne auch nur ein Paar Stiefel oder eine Wasserflasche? Und nach dem Empfang, den ich bisher in Harrowfield erhalten hatte, war es unwahrscheinlich, dass mir hier jemand helfen würde, zur Küste zu gelangen. Und was sollte ich dann tun? Nach Hause schwimmen? Nein, ich saß hier fest, ob es mir gefiel oder nicht. Wieso also die Wache?

Einen Augenblick lang fragte ich mich, ob diese Männer jemals schliefen. Dann erinnerte ich mich daran, wie der Rote in der Höhle gelegen hatte, sein Gesicht bleich vor Schmerz und Erschöpfung. Er war auch nur ein Mensch, dachte ich; er wollte einfach nicht, dass andere es erfuhren. Und es schien, als legte er großen Wert auf das, was ich ihm sagen könnte; er würde dafür sorgen, dass ich ihm vorher nicht entfloh.

Sie standen früh auf, aber nicht so früh wie ich. Schon vor der Morgendämmerung war ich wach, wusch mir mit Wasser das Gesicht, öffnete die Tür nach draußen und ging in den vernachlässigten Garten hinaus. Die kleine Alys folgte mir, aber nur langsam, denn ihre Gelenke waren alterssteif. Irgendjemand hatte diesen Garten einmal gut angelegt. Aber es gab keine Mieren; später, wenn ich mehr brauchen würde, musste ich mich woanders umsehen. Ich verfluchte mich dafür, wie sehr ich meine Aufgabe vernachlässigt hatte, bevor ich den Wald verließ. Es gab einen alten Wassertrog unter den Büschen, der halb voller Schlamm war. Den konnte ich benutzen, um die Pflanzen einzuweichen, die ich aus dem Kloster mitgebracht hatte. Es gab hier immer noch viele Kräuter; genug, damit ich, wenn ich mich um sie kümmerte, einen guten Vorrat von Salben und Tinkturen anlegen konnte. Ich fragte mich, ob sie mir wohl einen Mörser und Stößel geben würden, ein paar Messer, Bienenwachs und Öl. Dann dachte ich, dafür ist keine Zeit. Was ist mit Finbar, mit Conor und den anderen? Die Zeit vergeht rasch für sie, und es ist bereits Herbst. Dennoch, als Megan zu mir kam, war ich bereits damit beschäftigt, Unkraut zu jäten, die neu ausgesäten Kinder der ins Kraut geschossenen Pflanzen voneinander zu trennen und zu planen, wie ich graben und pflanzen könnte. Ich hatte beinahe vergessen, wo ich war. Die nächtlichen Wachtposten waren mit dem ersten Tageslicht verschwunden.

Die Haltung der Menschen von Harrowfield mir gegenüber könnte wohl am besten als eisige Höflichkeit beschrieben werden. Lady Anne gab ihnen darin das beste Beispiel. Es war nicht zu leugnen, dass ihr Sohn, das Oberhaupt des Haushalts, erwartete, dass man sich nach ihm richtete, und selbst sie stellte das nicht offen in Frage. Aber sie sprach nur mit mir, wenn die Umstände es unumgänglich machten. Wenn sie mich ansah, war die Feindseligkeit in ihren hellblauen Augen kaum zu verbergen. Sie sorgte für mich, aber nur so weit es grundsätzliche Gastfreundlichkeit verlangte. Nun, ich hatte kein Bedürfnis nach hübschen Kleidern, nach Weizenbrot oder einer Daunendecke. So sagte ich mir jedenfalls, und das entsprach auch der Wahrheit.

Es war ihre Gesellschaft, die schwer zu ertragen war. Ich war lange Zeit allein gewesen, von jenen kostbaren Nächten abgesehen, in denen meine Brüder menschliche Gestalt annahmen und in denen wir wieder von Geist zu Geist sprechen, einander berühren und ansehen und Erinnerungen für die lange, einsame Zeit sammeln konnten. Nun war ich umgeben von

Frauen – Frauen, die ununterbrochen miteinander schwatzten, die ständig anwesend waren, die in meine Gedanken einbrachen, meine Arbeit schwieriger, langsamer und schmerzlicher machten. Denn ich musste mich doppelt anstrengen, mich zu erinnern, warum ich dort war und was ich zu tun hatte. Und dann diese Blicke – die Seitenblicke, die so verbittert waren und voller Angst. Ich war der Feind; es war gleich, was Lord Hugh gesagt hatte, denn der lang gestreckte sonnige Raum, in dem wir uns morgens zum Nähen und Spinnen und Weben trafen, war der Platz der Frauen, und ich las in den Gesichtern der Frauen, was sie von mir hielten.

Ich bin die Tochter des Waldes, sagte ich mir, wenn ich die langen, stacheligen Mierenstiele aus meiner Tasche zog und zu spinnen begann, mit einem geliehenen Spinnrocken und einer Spindel. *Ich bin die Tochter von Lord Colum von Sevenwaters. Ich habe einen Bruder, der ein guter Anführer ist, und einen, der sich in älteren Geheimnissen auskennt, als euer Volk sich je vorstellen könnte. Ich habe einen Bruder, der ein furchtloser Krieger ist und einen, den die wilden Tiere als Freund kennen. Ich habe einen Bruder, der ... der einmal ein Lächeln hatte, das die Vögel aus den Bäumen herunterzaubern konnte und der es wieder finden wird.* Und als der Faden wieder einmal riss und ich ihn wieder einmal knotete und die feinen Stacheln meine Haut wie Stücke heißen Drahts durchdrangen, sagte ich mir, *ich habe einen Bruder, der weiß, wie man den Geist heilt, und der von sich soviel gibt, bis nichts mehr übrig ist. Was habt ihr mit euren glatten Händen und eurer feinen Stickerei? Mit jeder Drehung dieses Fadens sende ich einen Ruf zu meinen Brüdern. Mit jedem Stachel, der durch meine Haut dringt, rufe ich sie nach Hause zurück.*

Die Briten hielten mich für verrückt. Nach dem ersten Schrecken waren sie nur noch ungläubig, als sie meine Arbeit sahen und erkannten, dass ich es ernst meinte, wenn ich die Stiele dieser Pflanzen zwischen meinen Fingern drehte. Wenn sie sahen, wie ich mir die Schmerzensschreie verbiss und mein Gesicht zu einem ruhigen Ausdruck zwang, zogen sie sich vor mir zurück, drängten sich zusammen und warfen nur hin und wieder noch einen verstohlenen Blick in die Ecke, in der ich alleine saß. Ich hörte sie reden, obwohl sie leise sprachen. Wenn seine Mutter dort war, stellten sie nicht offen in Frage, was Lord Hugh getan hatte. Aber sie erzählten Geschichten, schreckliche Geschichten darüber, wie die Häuptlinge von Eire diesen guten Mann getötet oder jenen verkrüppelt hatten, wie die Blüte ihres Volkes in der langen Fehde zwischen uns zu Schaden gekommen war. Sie warfen mir über die Schulter Blicke zu und erzählten von guten Männern, die von Frauen meiner Art verzaubert und verraten worden waren, von Frauen mit heller Haut und nachtschwarzem Haar, die sich mit Worten auskannten. All das war für meine Ohren gemeint. Ich hätte ihnen unsere Seite der Geschichte erzählen können – die Geschichte meines Vaters. Denn Colum war ein siebter Sohn, und wie oft geschieht es schon, dass ein solcher das Land seines Vaters erbt? Nur, wenn all seine Brüder im Krieg fallen, einer nach dem anderen, bei der Verteidigung dessen, was für sie kostbar ist. Aber ich schwieg.

Bei all den hochgezogenen Augenbrauen und den zusammengekniffenen Lippen gab es nur eine, die es wagte, anders zu sein. Das war Johns Frau. Sie hatte mich beobachtet, und ihr Blick war der einzige, der kein Urteil fällte. Am dritten Tag, als ich auf einem hohen Hocker in meiner Ecke saß und mit Spindel und Spinnrocken rang und versuchte, die Tränen zurückzuhalten, setzte sie sich zu mir und brachte ihre Arbeit mit. Sie säumte ein winziges Kleidchen; das Mieder und die Ärmel waren bereits mit feingestickten Blättern verziert, und hier und da gab es eine gelbe Biene oder eine rote Blüte. Ich erkannte ihre Liebe für ihr ungeborenes Kind in jedem Stich dieses Kleidungsstücks. Ich streckte meine elende geschwollene Hand aus, um es zu berühren, und lächelte sie an.

»Du heißt Jenny, nicht wahr?« sagte sie leise. »Ich bin Margery, Johns Frau.«

Ich nickte und griff wieder nach meiner Spindel. Die anderen Frauen hatten demonstrativ geschwiegen; nun nahmen sie ihr Gespräch wieder auf.

»Ich habe gehört, dass du eine recht gute Heilerin bist«, fuhr sie fort und bedachte mich mit einem Seitenblick. »Dieser Riss im Bein des Roten – Lord Hugh – kann da draußen nicht einfach zu behandeln gewesen sein. Er hat dir viel zu verdanken.«

Ich sah sie an, und meine Überraschung muss mir im Gesicht gestanden haben. Sie war amüsiert.

»Hin und wieder reden diese Männer, meine Liebe«, sagte sie. »Du wärst überrascht darüber, wie viel ich höre. Und obwohl John sich zurückhält, ist er alles andere als blind. Er ist schon sehr lange der Freund des Roten – Lord Hughs –, lange bevor ich nach Harrowfield kam. Er versteht auch das, was Hugh nicht laut ausspricht. Deine Ankunft hier hat alle in eine Unruhe versetzt, die sich nicht so schnell wieder legen wird.«

Ich dachte darüber nach. Wir hatten die Männer bei den Abendmahlzeiten gesehen, und alle drei, die ich kannte, hatten mir höflich zugenickt. Ben hatte gegrinst und mich an meinem langen Zopf gezogen, beinahe wie Cormack es vielleicht getan hätte. John hatte mich mit meinem neuen Namen begrüßt, sich an meinen Tisch gesetzt und Lady Annes Stirnrunzeln ignoriert. Ich fragte mich, ob sie die Wache wohl fortsetzten, selbst während des Tages. Vom Roten, der am Kopf des Tisches saß, wie es angemessen war, sah ich am wenigsten, aber ich spürte seinen Blick auf mir, während ich den Lärm und die Gerüche so vieler Fremder ertrug und mich nach der Nacht sehnte.

John sprach nicht viel, aber mir fiel auf, dass er die Diener aufhielt, die mir Fleisch auf den Teller legen wollten, und dafür sorgte, dass ich etwas aß, und als ein paar junge Männer vom Bier prahlerisch wurden und begannen, boshafte Bemerkungen über mich zu machen, brachte er sie mit ein paar ausgewählten Worten zum Schweigen. Als Freund des Roten hatte er die Autorität dazu. Er war, wie ich nach einiger Zeit erfuhr, ein entfernter Vetter der Familie und hatte sein ganzes Leben in Harrowfield verbracht. Ich war froh über seinen Schutz und bemerkte in den kommenden Tagen, da es kein Zeichen gab, dass sich die Haltung der anderen mir gegenüber mildern könnte, dass ständig jemand über mich wachte. Wenn ich bei den Frauen saß, war Margery da, stets freundlich, stets bereit, sich zu mir zu setzen, und sie schien keine Schwierigkeiten mit einer einseitigen Konversation zu haben. Ihr Blick war voller Sorge, wenn sie meinen schmerzlichen Fortschritt mit der Spindel beobachtete, und erlaubte sich keine Bemerkung darüber. Ich war sicher, dass der Grund dafür Freundlichkeit war, aber ich fragte mich auch, ob jemand sie vielleicht gebeten hatte, ein Auge auf mich zu haben. Die nächtliche Wache wurde fortgesetzt. Von dem Zeitpunkt an, da ich in mein Zimmer ging, bis Mitternacht passte einer auf mich auf, und der andere von Mitternacht bis zum Morgengrauen. Das hieß, dass jeder von ihnen nur in einer von drei Nächten richtig zum Schlaf kam. Ich beobachtete sie, ohne dass sie es wussten, und stellte fest, dass diese Aufgabe nur Ben, John und dem Roten zufiel. Gab es denn in diesem großen und gehorsamen Haushalt nur zwei Menschen, denen der Rote vollkommen vertrauen konnte?

Mir fiel auch auf, dass sie nie weit von mir entfernt waren, ganz gleich um welche Tageszeit. Ich konnte mich nicht ununterbrochen dazu zwingen, zu spinnen und zu weben, obwohl ich das gewünscht hätte, denn meine Hände, die durch die Vernachlässigung meiner Arbeit zum Teil geheilt waren, wurden jetzt wieder wund und schwollen an, und ich war hin und wieder gezwungen, am Nachmittag für ein paar Stunden aufzuhören, bevor ich nach der Abendmahlzeit meine Arbeit bei Kerzenlicht wieder aufnahm. Ich begann im Garten zu arbeiten, kam aber nicht recht voran, da meine Hände erst wieder schwielig werden mussten, bevor ich Messer oder Hacke benutzen konnte. Aber ich tat zumindest ein wenig; der Boden war dunkel und üppig und die Unkräuter relativ leicht herauszuziehen. Wenn ich nicht mehr konnte, ging ich hinaus, gefolgt von Alys, und erforschte meine Umgebung so gut ich konnte, während ich versuchte, so unauffällig wie möglich zu sein. Es war verblüffend, wie oft einer der Drei dann zufällig in der Nähe war; Ben, der ein junges Pferd auf einem Feld in der Nähe einritt, wenn ich spazieren ging; John, der sich um die Lagerung von Wintergemüse kümmerte, als ich an dieser Scheune vorbeikam. Lord Hugh selbst, der auf einer alten Bank im Obstgarten saß, ein Tintenfass neben sich, und in ein Buch schrieb, das er auf den Knien hielt. Alys knurrte ihn an.

»Sie hat nie viel von mir gehalten«, meinte er, nicht sonderlich überrascht, mich zu sehen. »Du bist früh wach. Ich möchte nicht, dass du allein zu weit weggehst.«

Ich war plötzlich verärgert. Er war so sicher, dass er Recht hatte, so daran gewöhnt, dass alle anderen taten, was er wollte. Ich dachte, es kann nicht gut für ihn sein, immer seinen Willen zu haben. Warum sollte ich nicht alleine weggehen? Fürchtete er, dass ich davonschlüpfen und mein Wissen mitnehmen würde?

Er las ein wenig von dieser unausgesprochenen Frage in meiner Miene und legte vorsichtig Buch und Feder nieder. Ich sah Reihen kleiner, ordentlicher Schrift und hier und da ein Bild oder Diagramm.

»Es ist gefährlich. Es wäre mir lieber, wenn du nahe am Haus bliebst. Ich kann deine Sicherheit nicht garantieren, wenn du weiter weggehst.«

Am liebsten hätte ich ihm gesagt, *du hast mich aus dem Wald weggeholt. Lass mich zumindest unter deinen Bäumen sein, spüren, wie dein Fluss über meine bloßen Füße fließt, auf deinen Feldern liegen und zusehen, wie die Wolken über mich hinwegziehen. Lass mich zumindest irgendwo allein sein. Denn in deinem Haus kann ich die Luft nicht fühlen und das Feuer nicht spüren. Ich kann die Erde nicht riechen und das Wasser nicht hören. Ich werde nicht weglaufen; ich kann es nicht, denn ohne deinen Schutz kann ich meine Aufgabe nicht fortsetzen.*

»Es ist nicht leicht für dich, nicht wahr?« meinte er. »Du könntest dich selbstverständlich entschließen, mit mir zu sprechen. Das wäre hilfreich. Aber ich sehe dir an, dass du das nicht tun wirst.«

Ich kann es nicht.

»Sag mir eins«, bat er und betrachtete mich forschend. »Wenn du wolltest, könntest du jetzt mit mir sprechen? Könntest du von meinem Bruder erzählen, und was aus ihm geworden ist?«

Ich habe nie lügen können. Ich nickte elend und wollte nicht, dass er weiter davon sprach.

»Warum sagst du es mir dann nicht?« fragte er leise. »Dann würde ich dich gehen lassen. Was immer mit Simon geschehen ist, es kann nicht deine Schuld sein. Du bist nur ein Kind. Ich würde dich gehen lassen. Aber erst muss ich es wissen. Wenn er tot ist, kann ich es meiner Mutter sagen, und so kann sein Schatten endlich zur Ruhe gebettet werden, und die Sache hat zumindest ein Ende. Das hier ist nicht meine Fehde, und ich werde sie nicht weiterverfolgen. Ich habe nicht den Wunsch, Blut mit Blut zu vergelten. Wenn er noch lebt, können wir ihn finden. Würdest du es nicht auch wissen wollen, wenn er dein eigener Bruder wäre?«

Ich nickte und wandte mich dann abrupt ab, damit er mein Gesicht nicht sehen konnte. Wir schwiegen beide lange. Ich hatte nicht das Gefühl, nicht weitergehen zu können; aber seine Worte hatten mir tiefes Unbehagen verursacht. Ich verstand nicht, warum er mich fragte, warum er das, was er von mir wusste, für sich behalten und weder seiner Mutter noch seinen engsten Freunden erzählt hatte. Vielleicht, dachte ich, hat das Feenvolk in jener Nacht wirklich einen Bann auf ihn gelegt. Vielleicht hat man ihn herbeigerufen, um mich zu beschützen, während ich meine Aufgabe vollende, und so handelt er gegen seinen Willen. Wenn das nicht wäre, würde er mich zweifellos dazu zwingen, ihm alles zu sagen. Warum sollte er freundlich, warum geduldig sein? Als ich ihn wieder ansah, hatte er das Buch geschlossen und Feder und Tinte beiseite gelegt.

»Ich sollte dieses Bein bewegen«, sagte er und stand auf. »Komm mit, ich will dir etwas zeigen.« Er hinkte immer noch, und daher gelang es mir, trotz seiner langen Beine mit ihm Schritt zu halten. Wir folgten dem Pfad einen Hügel hinauf unter jungen Eichen, die immer noch ihre rötlich verfärbten Blätter hatten. Alys kam hinterher.

»Ich war fünf oder sechs Jahre alt, als mein Vater diese Bäume pflanzte«, sagte er. »Er hatte große Hochachtung vor Bäumen. Wenn man einen fällte, musste man einen pflanzen. Eine Eiche braucht ein ganzes Leben, um zu wachsen. Wie schon sein Vater vor ihm, hat er weit in die Zukunft gesehen.« Der Weg ging weiter nach oben, und die Bäume erstreckten sich in ordentlichen Reihen auf beiden Seiten. Alys wurde müde und blieb zurück, und wir warteten, bis sie uns eingeholt hatte. Sie war zu alt, um weiterzugehen, weigerte sich aber, sich tragen zu lassen. Am Ende überzeugte ich sie mit Gesten und Mienen, dass sie hier auf mich warten sollte, und sie ließ sich mürrisch im Laub am Wegesrand nieder. Ihr Blick folgte uns tadelnd, als wir weiterkletterten. Es hing eine frische Morgenbrise in der Luft; als ich zurückblickte, sah ich die ersten Rauchfahnen frisch entzündeter Feuer über Häusern und Hütten. Die Menschen erwachten.

Wir erreichten die Hügelkuppe, wo ein einzelner großer Stein, überwachsen von Kletterpflanzen, stand. Von hier aus konnte man weit sehen; wieder bemerkte ich, wie ordentlich dieses Land war, wie sauber und gepflegt und – nun, wie *richtig*, das war die einzige Art, wie ich es ausdrücken konnte. Kein Wunder, dass alle überrascht gewesen waren, als der Rote mich mitbrachte. Das war kein Teil dieses ordentlichen Musters gewesen. Der Fluss wand sich träge durchs Tal; von hier oben konnte man das gewaltige Ausmaß der Ländereien erkennen, die breiten Stoppelfelder mit ihren ordentlichen Strohhaufen, das Weideland, wo hier und da Tiere grasten, die Mühlen und Scheunen und die weiß gekalkten Bauernhäuser unter den Bäumen. So viele Bäume; und es gab nicht nur junge Eichen, sondern auch halb ausgewachsene und alte, und im Osten waren sie uralt und dicht, beinahe ein Wald.

»Während Simon lesen und schreiben lernte, war ich mit meinem Großvater hier oben. Wir sammelten Eicheln, und ich sah zu, wie er eine Mauer baute oder bei der Geburt der Frühlingslämmer half. Während Simon Stöcke für seinen Hund warf, pflanzte ich mit meinem Vater Bäume und lernte Stroh zu stapeln und ein Dach zu decken. Während Simon herausfand, wie man einen Mann lautlos und ohne Spuren tötet, war ich damit beschäftigt, den Bauern Holz für ihr Winterfeuer zu bringen und den Namen jedes Einzelnen auf meinem Land zu lernen. Mein Bruder und ich waren Fremde füreinander. Die Zeit verändert solche Dinge. Mein Vater starb früh, und das hat meinem Großvater das Herz gebrochen. Nun sind sie beide gegangen.« Dies berichtete er recht sachlich; man hätte nicht sagen können, ob es ihm etwas ausmachte oder nicht. Es war schwer, mich ohne Worte verständlich zu machen, es sei denn, ich wollte etwas sehr Einfaches sagen. Ich versuchte es trotzdem, mit Hilfe von Gesten und Blicken. Diese Bäume – so alt sie waren, hatten sie sicher das Wissen und die Weisheit über alles, was in diesem Tal je geschehen war. Zweifellos verweilten dort die Geister der Menschen, die mit ihrer Hände Arbeit ihre Liebe dem Land gegeben hatten. Das versuchte ich dem

Roten zu zeigen. *Bäume – alt – jung. Männer – alt – jung. Wachsen. Tal – Herz.*

Zumindest lachte er mich nicht aus, sondern beobachtete mich ernst und nickte, als ich fertig war. »Simon hat das nie verstanden«, sagte er. »Er war immer irgendwo anders beschäftigt, immer drängte er, forderte er heraus, versuchte er etwas Neues. Was wir hatten, schien ihm nie genug zu sein. Und dennoch hatten wir so viel.« Er ließ sich auf den Boden nieder; das Bein bereitete ihm eindeutig noch Schmerzen. Ich zeigte darauf und zog meine Brauen fragend hoch, als ich mich in einiger Entfernung von ihm hinsetzte.

»Die Wunde sieht gut aus«, sagte er. »Mach dir keine Sorgen, ich werde dich rufen lassen, wenn es Zeit ist, die Stiche zu entfernen. Das lasse ich niemanden sonst machen.« Ich benutzte die Finger, es ihm zu zeigen. Zwanzig Tage. Die Stiche mussten zwanzig Tage unberührt bleiben. Der Rote nickte; diese Botschaft war leichter zu verstehen gewesen.

Wir saßen eine Weile schweigend da, sahen zu, wie der Tag erwachte, hörten die gedämpften Geräusche aus Haushalt und Bauernhof. Es war ein guter Ort, nahe genug am Himmel und weit genug von den Menschen entfernt.

»Ich möchte dich warnen«, sagte der Rote und drehte einen Grashalm zwischen den Fingern. »Denn ich bin nicht sicher, ob du verstehst, wie wichtig es ist, zu tun, was ich dir sage: nahe beim Haus zu bleiben und nicht allein herumzuschlendern. Du bist hier einigermaßen sicher, obwohl ich fürchte, dass nicht alle in meinem Haushalt dich freundlich behandeln. Das kann man ändern. Aber es ist nicht dieser Haushalt, der mir Sorgen macht.« Er zeigte nach Norden. »In diese Richtung liegt der Landsitz meines Onkels Richard«, sagte er. »Er ist der Bruder meiner Mutter, ein mächtiger Mann, ein Mann von großem Wohlstand und Einfluss. Es war sein Kampf, den mein Bruder kämpfen wollte; es ist seine Fehde, die so viele Frauen ihre Söhne, Männer und Geliebte kostet. Meine Leute sind verbittert; es wird ihnen schwer fallen, dich willkommen zu heißen. Aber sie erkennen nicht, dass es diesem Mann nur um Macht geht, um seinen Blutdurst, und dass das allein den alten Krieg am Leben hält und den Geist der Menschen vergiftet, so dass sie ihm in Tod und Zerstörung folgen. Mein Bruder war jung; zu jung, um sich einer solchen Sache zu verpflichten. Er hatte keinen Grund zu hassen. Aber Richard blendet diese jungen Männer mit seinen Worten. Vielleicht kennst du solche Dinge. Vielleicht hast du diese Geschichte schon von den Lippen meines Bruders gehört.«

Ich schüttelte den Kopf. *Nicht diese Geschichte.* Für einen Mann, der für gewöhnlich so wenig sagte, hatte er mehr von sich selbst enthüllt, als er wusste.

»Du fragst dich, wieso ich dir das erzähle«, meinte der Rote, als hätte er meine Gedanken gelesen. »Ich sage es dir – weil der Bruder meiner Mutter schon bald erfahren wird, dass du hier bist. Er hat überall Leute, die ihn informieren. Wir müssen damit rechnen, dass er zu Besuch kommt. Es wird schwierig werden, aber es gibt Menschen in meinem Haushalt, die dir helfen werden. Ich möchte dafür sorgen, dass wir auf einen solchen Besuch vorbereitet sind. Deshalb möchte ich immer wissen, wo du dich befindest. Er ist ein kluger Mann. Es würde zu ihm passen, dir wie zufällig zu begegnen, wenn du alleine draußen bist, mit nichts als diesem erbärmlichen Hund, um dich zu schützen. Du musst mir versprechen, dass du das nicht erlauben wirst.«

Das ist einfach, sagte ich lautlos und spielte es für ihn. *Warum schließt du mich nicht einfach in meinem Raum ein und behältst den Schlüssel?*

Er schaute seltsam drein, als versuchte er, nicht zu lachen.

»Das glaube ich nicht«, sagte er und stand auf. »Das Licht in diesem Zimmer ist nicht gut genug zum Spinnen. Außerdem, wie sollte ich Ben und John sonst beschäftigen, wenn sie nachts nichts zu tun haben? Es tut ihnen nicht gut, faul zu sein. Nein, das wäre keine gute Idee. Und, versprichst du mir es nun?«

Ich nickte. Ich war sicher, das hatte er bereits erwartet. Tat nicht jeder immer alles, was er sagte?

Das Gespräch schien vorüber zu sein. Er streckte die Hand aus, um mir aufzuhelfen, und ich griff danach, ohne nachzudenken, und unterdrückte einen leisen Schmerzensschrei, als er sie fest mit seiner eigenen fasste. Das entging ihm nicht. Forschend betrachtete er meine Hände. Seine eigenen Hände waren groß genug, meine vollständig zu umfassen; aber er hatte seinen Griff gelockert und untersuchte nun meine wunde Haut vorsichtig, den Beginn einer nässenden Wunde, die verbliebenen Mierenstacheln. Meine Hände waren kein schöner Anblick. Mir war unbehaglich zumute, so nahe bei ihm zu stehen.

»Das gefällt mir nicht«, erklärte er nachdrücklich. »Vielleicht sollte ich dich tatsächlich einschließen. Aber ich bezweifle, dass dich das aufhalten würde. Es wäre gleichgültig, was ich tue, nicht wahr?«

Ich schüttelte den Kopf. *Stell nicht so viele Fragen. Es gibt Dinge, die ich nicht sagen darf. Komm mir nicht zu nah.*

»Ich muss verrückt gewesen sein«, sagte er zu sich selbst, ließ meine Hände los, und wir gingen zurück den Hügel hinab. »Das denken sie zumindest alle. Verrückt oder bezaubert. Es gibt viele Theorien darüber. Ich beschäftige mich nicht sonderlich mit ihnen. Wir haben Besseres zu tun.« Die Hündin war ausgeruht und grüßte uns mit Bellen und heftigem Schwanzwedeln. Sie stolzierte vor uns her zum Haus zurück. Viele Augen ruhten auf uns, als wir zusammen zurückkehrten, aber niemand sagte mehr als »Ein schöner Morgen, Herr« und »Sieht nach gutem Wetter aus.« Ich dachte, um ihn herum ist ein verzauberter Raum, und solange ich dort bleibe, bin ich in Sicherheit. Wenn ich mich hinauswage, sieht das anders aus. Das tröstete mich nicht, denn ich wollte nicht abhängig von jemandem sein, erst recht nicht von diesem scharfäugigen Briten. Und ich machte mir nicht vor, dass seine Anstrengungen, mich zu beschützen, anderen Zwecken als den seinen diente. Am Ende würde er bekommen, was er wollte, und das wäre alles. Man saugt den Saft aus einem reifen Stück Obst, und dann wirft man die Schale weg, und die Krähen kommen und picken an den Resten, bis das letzte Leben verschwunden ist. Dennoch, das alles zählte kaum. Denn ich würde ihm kein Wort sagen, bis die Hemden fertig waren. Und wenn sie fertig waren, dann ... dann würde sich alles ändern. Wenn meine Brüder kamen. Falls sie kamen.

Während die Zeit verging und der Mond zunahm und abnahm, wurde ich immer sicherer, dass es ein kleines und sehr effektives schützendes Netz um mich herum gab, das der Rote kontrollierte wie alles andere auf seinen Ländereien. Da war Margery, die mir bald zur Freundin wurde. Das war neu für mich. Ich hatte nie eine Freundin gehabt, wenn man Eilis nicht mitrechnete, die ich immer für eher langweilig gehalten hatte. Margery war liebenswert, aber sie war auch stark, auf eine Art, die mir jeden Tag deutlicher wurde. Sie parierte die Bemerkungen der anderen Frauen mit fester Höflichkeit und fuhr fort, freundlich zu mir zu sein. Sie war stark, als sie dem Mädchen einen Verweis erteilte, das nur halb im Scherz erklärt hatte, Margery solle mich lieber nicht ihren Bauch berühren lassen, weil ihr Kind sonst vielleicht verkrüppelt zur Welt käme. Sie war stark, als sie Lady Anne sehr höflich fragte, ob ich weitere Kleidung und eine gute Öllampe für mein Zimmer bekommen könnte. Sie begann, mit mir über andere Dinge zu sprechen. Darüber, wie sehr ihr John gefehlt hatte, als er weg gewesen war, und über das Kind, das rasch in ihrem Leib wuchs. Darüber, wie erfreut sie dieses Kind erwarteten, denn sie hatte schon einmal eines gehabt, das nur ein paar Augenblicke lang gelebt hatte, und es war nun viele Monde her, seit sie diese winzige Tochter unter den großen Eichen zur Ruhe gebettet hatten. Und dass der Rote nicht gewollt hatte, dass John ihn über die See hinweg begleitet, denn er hatte erklärt, ein Mann müsse in einer solchen Zeit bei seiner Frau bleiben. Dass John trotzdem gegangen war, denn er hatte seltsame Träume und ein schlechtes Gefühl bei der ganzen Sache gehabt und sich um den Roten gesorgt. Und dass John sich nun weiterhin sorgte, weil der Rote diese Suche abgebrochen hatte, damit sein Begleiter rechtzeitig wieder zu Hause war.

Es war nicht, als ob niemand versucht hätte, Simon zu finden, nachdem er verschwunden war. Lady Annes Bruder Richard hatte mit der Suche begonnen und zwölf seiner eigenen Männer getötet aufgefunden. Aber der jüngere Sohn von Harrowfield war nicht unter ihnen gewesen. Also hatte der Rote schließlich beschlossen, selbst zu suchen. Auch für seine Mutter. Margery erzählte mir, sie seien erleichtert, dass dem Roten nichts Schlimmeres geschehen sei, als mit einer Wunde am Bein und mit mir zurückzukommen. John sagte, er hoffe, es gäbe keine Überraschungen mehr. Beim Roten erwartete man normalerweise keine Überraschungen. Er war das starke, unveränderliche Zentrum, um das sich diese ganze kleine Welt drehte. Mir wurde langsam die Ungeheuerlichkeit seiner Entscheidung, mich mit nach Hause zu nehmen, deutlich.

Das Netz begann, sich fester um mich zu schließen. Ich hielt mich an mein Versprechen und versuchte nicht, alleine die Grenzen des Hauses zu überschreiten. Morgens war ich im Nähzimmer, und die geflüsterten Bemerkungen und heimtückischen Blicke der Frauen dauerten an, aber auch Margery war dort, und Ruhe und ihr liebenswertes Lächeln machten es erträglicher. An den Nachmittagen erholte ich mich kurz von meiner Arbeit, da meine Hände zu wund waren, dass ich weiterarbeiten konnte. Es mochte vorkommen, dass ich im Garten saß und Ben plötzlich auftauchte, einen Spaten in der Hand. Es war recht einfach, ihm zu zeigen, was getan werden musste. Er hatte starke Arme und ein großes Repertoire alberner Witze. An einem anderen Tag war es John, der auftauchte, wenn ich auf der Steinmauer saß und die Schafe bewunderte, die nach der Herbstschur hell und sauber waren, und er ging mit mir zum Fluss, ohne viel zu sprechen, und saß neben mir, während ich Hände und Füße ins Wasser tauchte und Alys am Ufer Eichhörnchen jagte. Aber ich vergaß meine Aufgabe nicht und war mir schmerzlich bewusst, wie langsam alles vonstatten ging, trotz des guten Essens und der Zuflucht, trotz des neuen Spinnrockens, der Spindeln und des Webrahmens. Ich war mit dem dritten Hemd fertig, das für Cormack gedacht war, und spann den Faden für Conors. Ich hatte keine Hoffnung, vor Mittwinter damit fertig zu werden.

Vom Roten sah ich nicht viel, und ich fragte mich, ob er es vielleicht bedauerte, mit mir gesprochen zu haben. Vielleicht hatte ihn mein Schweigen verleitet, mit mir zu sprechen, als spräche er mit sich selbst. Er mied mich nicht direkt; er war häufig in der Nähe, wenn er irgendwo auf dem Landsitz zu tun hatte, und er beobachtete mich, aber er sprach nicht wieder mit mir allein. Nachts hielten sie weiter Wache vor meinem Fenster.

Lady Annes Bruder ließ sich Zeit. Es war nahe an Samhain; es lag schon Frost in der Luft, und die letzten Blätter fielen von Eichen und Buchen. Lord Richard kam mit einigem Prunk, ritt die Allee kahler Pappeln mit seinen Begleitern auf passenden Pferden entlang, und sein Gefolge war gekleidet, um das Landvolk zu beeindrucken. Wir sahen sie von den Fenstern des lang gezogenen Raums her, Margery und ich, während Lady Anne und die anderen Frauen ihre Arbeit beiseite legten und davoneilten.

»Das da ist seine Tochter«, sagte Margery. Ich sah die hochgewachsene, königliche junge Frau, die neben dem Anführer ritt und deren glattes, braunes Haar in einem juwelenbesetzten

Netz zusammengefasst war. »Sie heißt Elaine. Elaine von Northwoods. Richard hat keine Söhne. Wenn sie den Roten heiratet, werden die beiden Ländereien zusammenfallen. Wer immer diesen Bereich beherrscht, hat Zugriff auf den besten Teil der nordwestlichen Küstenlinie.«

Ich sah zu, wie die Gruppe weiter bis zur Treppe ritt. Lady Elaine hielt sich sehr gerade; in ihrem weiten Reitrock und ihren kleinen, schwarzen Stiefeln sah sie sehr elegant aus. Der Herr des Hauses selbst kam und half ihr vom Pferd. Unvorbereitet auf den Besuch, trug er immer noch seine Arbeitskleidung und roch zweifellos nach Stall. Die Morgensonne berührte sein kurz geschnittenes Haar, so dass es wie frisch entfachtes Feuer aussah.

»Eine strategische Allianz«, erklärte Margery trocken. »Sie sind einander seit ihrer Kinderzeit versprochen. Sie hätten längst heiraten sollen, aber der Rote ist stattdessen weggegangen. Das hat Richard nicht gefallen.«

Ich beobachtete Richard von Northwoods, als er mit einer anmutigen Bewegung vom Pferd sprang und dem wartenden Stallknecht die Zügel zuwarf. Er trug Schwarz und bewegte sich mit derselben Eleganz wie seine Tochter. Ich sah, wie er den Roten grüßte, und dann gingen alle ins Haus.

An diesem Tag kehrte ich nicht in mein Zimmer zurück. Stattdessen nahm Margery mich mit in den Teil des Hauses, in dem sie und John wohnten, und zeigte mir die geschnitzte Wiege, die nun mit weichem Leinen und Wolle ausgelegt war; und die winzigen Kleidungsstücke, die sie genäht hatte. Eine Weile beschäftigten wir uns dort mit allem Möglichen, und ich beobachtete sie beunruhigt. Sie war zu geschäftig, dachte ich, für eine so hochschwangere Frau, und sie hatte Schwellungen im Gesicht und an den Fußgelenken, die ich schon zuvor bei Frauen kurz vor der Geburt gesehen hatte und die kein gutes Zeichen waren. Ich hätte gern mit ihr darüber gesprochen, sie vielleicht gebeten, sie abtasten zu dürfen, wie das Kind lag;

aber ich hatte die Worte der anderen Frauen nicht vergessen. *Lass sie lieber nicht in die Nähe von deinem Kind, sonst kommt es am Ende tot oder verkrüppelt zur Welt.* Und sie hatte bereits ein Kind verloren.

Am Ende machte sie es mir leicht.

»Jenny«, sagte sie, setzte sich neben mich und hielt in ihren Händen einen Tiegel mit Salbe und ein Werkzeug, das mir neu war und von dem ich später erfuhr, das die Frauen es nutzten, um unansehnliche Haare aus ihren Brauen oder von ihrem Kinn zu zupfen. »Ich hoffe, du hältst es nicht für unpassend«, murmelte sie eher schüchtern. »Aber wir – ich dachte, deine Hände müssten nicht so sehr leiden, wenn ich dir ein wenig helfen könnte. Ich wünschte, du würdest mit dieser Arbeit aufhören, aber man hat mir gesagt, du wirst es nicht tun, und es hat keinen Sinn, dich zu bitten. Lass mich zumindest ein paar Stacheln herausziehen und ein wenig von dieser Salbe auf deine Haut reiben. So wirst du die Finger ein wenig besser bewegen können, und sie werden weniger schmerzen.« Sie begann, an meinen Händen zu arbeiten, und ich überließ sie ihr und schloss die Augen. Ich sah Finbar vor so vielen Jahren, die Zunge zwischen den Zähnen, wie er mit zwei spitzen Stöcken die Dornen herauszog, während ich die lauten, unbeherrschten Tränen der Kindheit weinte und Conor seine Geschichte erzählte. *Sie hieß Deirdre, Herrin des Waldes.*

»Tue ich dir zu sehr weh?« wollte Margery wissen; ich zuckte zusammen und blinzelte.

Ich hatte Tränen in den Augen, schüttelte aber den Kopf und rang mir eine Art Lächeln ab.

»Es muss schwer für dich sein«, sagte sie und zog geduldig einen feinen Stachel nach dem anderen heraus. »Nicht zu sprechen, meine ich. Du musst dich so einsam fühlen. So weit weg von daheim. Ich nehme an, du hast Familie, Brüder und Schwestern. Sie müssen dir schrecklich fehlen.«

Ich nickte. *Komm mir nicht zu nahe.*

»Ich habe eine Schwester«, sagte sie. »Aber ich habe John geheiratet und bin hierher gezogen, und sie ist zu Hause geblieben. Es ist weit weg. Ich habe sie zwei Jahre lang nicht gesehen, nicht seit ...« *Nicht, seit du dein Kind verloren hast*, dachte ich. Jetzt war die Zeit gekommen, meine Frage zu stellen. Aber ich konnte ohne meine Hände nicht fragen, und sie hielt sie fest, bis sie fertig war und die heilende Mixtur aus Kampfer, Bienenwachs und aromatischem Öl in meine Haut massiert war.

»Wenn du willst, werde ich das jeden Nachmittag tun«, sagte sie. »Es muss doch nicht schlimmer werden, als es schon ist.« Plötzlich gähnte sie laut. »O ja. Tut mir Leid. Ich bin dieser Tage ein wenig müde.«

Ich gestikulierte, so deutlich ich konnte: *Kind – jetzt sehr groß. Ruhe, Schlaf.* Margery kicherte.

»Das wird kaum möglich sein! Ich habe zu viel zu tun, ich muss so vieles für Lady Anne erledigen und John glücklich machen. Er ist ein guter Mann; es war schwer, als er weg war. Jetzt will ich keinen einzigen Augenblick verschwenden.«

Ich versuchte es noch einmal, bedeutete ihr, dass ich sie gerne berühren und abtasten würde, wie es mit dem Kind ging. Plötzlich wurde sie sehr ernst.

»Wenn du möchtest«, sagte sie, und in ihrer Stimme schwang eine leise Unruhe mit. »Du weißt mehr von solchen Dingen als ich, nehme ich an. Es gibt eine Hebamme hier; sie wird wohl genügen, wenn die Zeit gekommen ist.« Das Baby war immer noch hoch im Leib, und der Kopf war dicht unter Margerys Brüsten. Es war noch Zeit, dass es sich drehen konnte, aber nicht viel Zeit. Es trat und strengte sich an und wurde zu groß. Ich versuchte, Margery mit einem Lächeln zu beruhigen. *Es geht dem Kind gut* – das entsprach der Wahrheit, zumindest im Augenblick. *Aber du – du musst dich ausruhen. Ausruhen. Schlafen.* Es war einfach genug, ihr das mit Gesten und Blicken zu zeigen. Ob sie es tun würde, war eine andere Frage.

Ich hatte meine Arbeitstasche dabei, und nun holte ich die wenigen noch verbliebenen Mieren heraus. Ich zupfte an Margerys Ärmel, zeigte auf das, was ich in der Hand hielt, und versuchte, ihr eine wachsende Pflanze darzustellen, kniehoch oder ein wenig höher. Kräftige Stiele, die sich ausbreiteten. Dann ging ich zum Fenster, zeigte ins Tal und wandte mich mit einer Frage im Blick wieder ihr zu. *Wo? Wo wächst es?*

»O Jenny«, sagte sie tadelnd. »Du kannst doch nicht weitermachen wollen? Es tut dir so sehr weh.« Ich packte ihre Schultern und nickte. *Ja. O ja. Hilf mir.*

»Ich wäre lieber nicht diejenige, die dir das sagt«, meinte sie, und einen Augenblick lang setzte fast mein Herzschlag aus, denn ich befürchtete, sie wollte mir erzählen, dass hier überhaupt keine Mieren wuchsen.

»Ich bin wirklich nicht glücklich über das, was du dir antust, und der Rote auch nicht. Aber diese Pflanze – wir nennen sie Spindelbusch – wächst hier in großen Mengen. Nicht in der Nähe des Hauses; weiter im Norden des Tals auf der anderen Flussseite, hinter einer Klamm, durch die ein Bach in den Fluss hineinfließt. Es gibt eine Brücke. Es ist ein recht langer Weg. Wenn du wirklich mehr von dieser Pflanze brauchst, solltest du lieber John oder Ben schicken, sie für dich zu holen. Wenn du magst, werde ich John bitten.«

Aber ich schüttelte den Kopf, denn ich musste die Pflanzen selbst schneiden. Ich umarmte Margery tröstend und dankte ihr.

Lord Richard musste mich früher oder später sehen. Die Nachricht wurde von Megan gebracht, die von allen Dienerinnen am wenigsten Angst vor mir hatte. Ich sollte in die Halle kommen, richtete sie aus. Ich selbst und Mistress Margery. Lady Anne wünschte unsere Anwesenheit, als Zeichen des Respekts für unsere Besucher. Sofort, hatte sie gesagt. Margery verzog das Gesicht und erklärte Megan, Lady Anne werde eben warten müssen. Sie schien nicht sonderlich in Eile zu sein. Sie löste mein Haar, bürstete es und flocht es wieder, wobei sie leise vor sich hin murmelte: »Ich habe noch nie so unzähmbares Haar gesehen! Sobald ich es in Ordnung bringe, rutschen diese kleinen Locken wieder heraus, als hätten sie einen eigenen Willen. Nun, es wird genügen müssen. Wir können Lady Anne nicht ewig warten lassen. Sie hat eine spitze Zunge, wenn sie will. Kopf hoch, Jenny, du wirst es schon schaffen.«

Ich folgte ihr den Flur entlang und über die breite Steintreppe ins Erdgeschoss. Vielleicht würde es gar nicht so schlimm werden, sagte ich mir. Immerhin würden alle da sein; wir konnten uns einfach im Hintergrund halten, damit die Dame des Hauses zufrieden war. Meine Hände fühlten sich besser an; vielleicht sollte ich in mein Zimmer zurückkehren und noch ein wenig spinnen. Sicher würde niemand das bemerken.

Meine Hoffnung sank in dem Augenblick, als ich die Halle betrat. Denn dies war eine ausgewählte Versammlung. Keine Hoffnung, hier anonym zu bleiben. Lady Anne saß auf einer Seite der Feuerstelle und Elaine auf der anderen. Sie hielt sich wirklich wie eine Königin, und ihr Gesicht war zart und fein wie die liebste Blüte eines Gärtners. Aus großen, blauen Augen betrachtete sie mich ruhig und ohne ein Urteil zu fällen. Neben ihr fühlte ich mich genau wie das unzivilisierte, wilde Kind, für das sie mich zweifellos hielten.

Der Rote stand am Fenster, mit dem Rücken zum Raum. Neben ihm stand Lord Richard, und bei näherem Hinsehen konnte ich eine Spur Familienähnlichkeit erkennen; nicht viel, aber sie war tatsächlich da, in dem hellen, ergrauenden Haar mit den leichten Locken und dem klugen, abschätzenden Blick. Er war kein sonderlich hochgewachsener Mann; der Rote überragte ihn fast um einen Kopf. Aber er hatte Autorität, was man sofort spürte und was mich vorsichtig machte. Es wird schwierig sein, hatte der Rote gesagt, als er davon sprach, dass ich seinem Onkel begegnen würde. Das war schon in Ordnung. Ich war die Tochter von Lord Colum von Sevenwaters. Wieso sollte ich Angst vor einem Briten haben, selbst wenn er Northwoods hieß?

»Das ist also das Mädchen«, stellte Lord Richard fest. Seine Stimme war betont sanft. Sanft, dachte ich, wie die Pfote einer Katze, wenn sie mit der Maus spielt. »Nun, tritt vor. Lass mich dich ansehen, Mädchen.« Margery schob mich ein wenig vorwärts und zog sich ans andere Ende des Raums zurück, wo ihr Mann stand und aussah, als würde er am liebsten mit dem Wandteppich verschmelzen. Auch Ben war dort, sah ich; er zwinkerte mir tröstend zu, und Lady Anne runzelte die Stirn. Es gab auch zwei oder drei Männer in den Farben von Richards Haushalt, rotbraun mit einem schwarzen Querstreifen, und alle starrten mich an. Der Rote hatte sich nicht umgedreht. Ich warf Lady Anne einen Blick zu. Sie bedachte mich mit einer Art erstarrtem Nicken, und ich trat einen, zwei Schritte vor. Sah ihm direkt in die Augen. *Ich bin die Tochter des Waldes. Ich habe keine Angst vor dir.*

»Sie ist jünger, als ich dachte.« Lord Richard betrachtete mich forschend. »Nicht, dass es einen Unterschied macht. Es ist ihnen angeboren, sie nehmen es schon mit der Muttermilch zu sich. Eine Art Zorn, eine blinde Entschlossenheit, aus der Mörder und Fanatiker und Wahnsinnige wachsen. Ich bezweifle, dass sie jemals akzeptieren werden, dass das, was wir ihnen genommen haben, ihnen niemals gehörte. Ein paar Felsen im Meer, eine Höhle oder zwei, ein paar verkrüppelte Bäume. Aber sie töten dafür. Sie sterben dafür. Bis der Letzte dem Schwert zum Opfer fällt. Es ist ihnen angeboren. Seht doch, wie sie sich hält, und diesen Hass in ihren Augen. Eine verlorene Sache. Aber sie könnte uns nützlich sein, Schwester. Ich höre, sie ist keine einfache Dienerin. Sie könnte gutes Geld bringen; genug, um ein schönes Stück Land an der Südgrenze zu kaufen oder einen Wachturm zu bauen. Genug, um Waffen zu kaufen oder einen starken Zuchthengst. Wer ist sie? Welche Familie hat ihren Griff lange genug gelockert, um einen solchen Schatz in unsere Hände fallen zu lassen? Wie heißt du, Mädchen?«

Ich ließ den Blick nicht von ihm weichen.

»Sie kann nicht sprechen«, sagte Lady Anne. »Das Kind hat eine Art von – von Krankheit. Es fehlt ihr ein wenig am Geist, glaube ich, und sie besteht darauf, sich wehzutun. Wir wissen nicht, wer sie ist.« Der Tonfall war entschuldigend; ich denke, sie war sowohl verlegen als auch ängstlich. Aber das war ihr eigener Bruder. Vielleicht hatte ich es falsch gedeutet.

»Sie kann nicht sprechen?« Richard betrachtete mich von allen Seiten. »Oder will sie nicht?« Ich hatte die Hände auf dem Rücken verschränkt und versuchte, gleichmäßig zu atmen. Ich wagte einen Blick zum Roten hinüber. Hatte er nicht erklärt, er wolle mir helfen? Er schien ausgesprochen interessiert an der Aussicht aus dem Fenster.

»Wo hast du sie gefunden, Hugh? Eine Kampfestrophäe?«

»Vater.« Das war Elaine, die uns damit alle überraschte. »Du solltest nicht von diesem Mädchen reden, als ob sie dich nicht verstehen könnte. Als ob sie nicht hier wäre.«

Richard lachte. Es war kein angenehmes Geräusch.

»Deine Freundlichkeit spricht für dich, meine Liebe. Aber du vergisst, dass diese Leute nicht wie du und ich sind. Wenn du gesehen hättest, was ich gesehen habe, wenn du diese Grausamkeiten erblickt hättest ... Du solltest nicht glauben, dass so eine denkt und fühlt wie du, die Tochter einer der wichtigsten Familien von Northumbria. Sie ist weniger als die Erde unter deiner Stiefelsohle, meine Liebe. Außerdem kann ich mir nicht vorstellen, dass ein Mädchen ihres Alters viel von unserer Sprache versteht. Ihre Erziehung wäre nicht sonderlich gut, wenn sie überhaupt eine hat. Es sei denn, man hat sie als Spionin ausgebildet. Das wirft ein paar interessante Fragen auf. Hast du daran gedacht, als du sie in deinen Haushalt holtest?«

Elaine setzte noch einmal dazu an, etwas zu sagen, und überlegte es sich dann anders. Richard begann wieder auf und ab zu gehen.

»Sie kann uns nicht erzählen, wer sie ist«, murmelte er. »Sehr passend. Sehr praktisch. Also kannst du kein Lösegeld für sie verlangen. Ich könnte versuchen zu raten. Vielleicht hat das Mädchen schon einmal von Seamus Rotbart gehört, dessen Barbaren gute Männer auf den Pässen oberhalb des großen Sees umgebracht haben?« Er starrte mir in die Augen, und plötzlich musste ich an Lady Oonagh denken und nahm meine ganze Willenskraft zusammen, nicht das geringste Anzeichen von Wissen zu zeigen. »Vielleicht kennt sie Eamonn von den Marschen, den Schwiegersohn von Rotbart; seine Vorliebe ist Feuer bei Nacht. Heißes Feuer, das nur Knochen übrig lässt.« Er umkreiste mich abermals. »Vielleicht weiß sie von Lord Colum von Sevenwaters, den wir am wenigsten kennen, dem größten Stachel in meinem Fleisch. Er hat meine besten Männer auf dem Gewissen. Vielleicht kennt sie diese Leute. Jeder hat eine Tochter oder eine Schwester; es sei denn, wir glauben an Wechselbälger. Sieh mich an, Mädchen. *Wessen Tochter bist du?*«

Schweigen. Schweigen war die einzige Verteidigung. Einatmen, ausatmen. Versuche, an nichts zu denken. Versuche, deinen Zorn zu beherrschen, versuche, dir den Schmerz nicht ansehen zu lassen. *Eure Gedanken flammen dir und Finbar wie ein Leuchtfeuer aus den Augen.* Halte sie zurück. Ruhig. Reglos wie ein Stein.

»Du bist zu weich, Hugh. Das hier wäre ein Kinderspiel. Aber du hast es nie gemocht, dir die Hände blutig zu machen.«

Er wandte sich Lady Anne zu. »Was ist mit deinem jüngeren Sohn, Schwester? Was würdest du dafür geben, ihn wieder sicher zu Hause zu wissen? Wenn sie dich zu ihm führen könnte, würdest du sie nicht mit allen Mitteln zum Sprechen bringen? Das wäre so einfach. Aber Hugh hier scheint aus Gründen, die er selbst am besten kennt, nicht dazu bereit zu sein. Und das wundert mich.«

Sieh Lady Anne nicht an. Konzentriere dich aufs Atmen. Einatmen. Ausatmen.

»Sie ist nur ein Kind«, sagte der Rote sehr leise. Plötzlich wurde mir klar, dass es hier überhaupt nicht um mich ging. Es ging um ihn. Es war Teil eines Spiels, das nur diese beiden Männer verstanden.

»Sie hat nichts zu sagen. Sie hat mir geholfen, ich habe ihr Zuflucht geboten. Mehr gibt es nicht zu sagen.«

Es herrschte vollkommene Stille im Raum. Richard zog fragend die Brauen hoch.

»Sie ist kein Kind mehr, denke ich«, sagte er ölig. Er hatte seiner Tochter und Lady Anne den Rücken zugewandt. Er hob die Hand, berührte mit einem Finger meine Wange und ließ ihn dann langsam über mein Gesicht gleiten, über meinen Hals und über meine Brust, oberhalb des Ausschnitts meines einfachen Kleides. Ich spürte, wie ich bleich wurde, alles in mir krampfte sich vor erinnertem Schrecken zusammen, und ich schnappte nach Luft. Ich sah nicht, wie der Rote sich bewegte – es ging alles zu schnell. Aber er war da und schloss die große Hand um Richards Arm, ziemlich fest, und schob ihn weg.

»Das genügt«, sagte er leise. Es war nicht notwendig, die Stimme zu heben; der Tonfall genügte. »Das hier ist mein Haushalt, Onkel. Die Dame ist mein Gast. Vielleicht habe ich das nicht deutlich genug gemacht.«

»Oh, das hast du schon, Hugh, mein Junge, ausgesprochen deutlich.« Er rieb sich das Handgelenk mit scherzhaft bedauernder Miene. Er war wirklich gut. »Ich hoffe, das ist auch deiner Mutter klar – sie ist vielleicht weniger erfreut darüber, dieser ... Dame Zuflucht zu geben.« Die kleine Pause war hervorragend berechnet. Aber er kannte seine Zuhörer nicht so gut, wie er glaubte. Elaine runzelte leicht die Stirn, als müsste sie angestrengt nachdenken. Lady Anne war bedrückt. Dennoch winkte sie mir zu, als ich wie erstarrt mitten im Raum stand, und ich nahm alle verbliebene Würde zusammen und ließ mich auf dem bestickten Hocker an ihrer Seite nieder. Mit dieser einen Geste hatte sie mehr gesagt, als viele Worte konnten. Sie war vielleicht mit der Entscheidung des Roten nicht einverstanden; aber er war ihr Sohn, und das hier war sein Haushalt, und sie würde dafür sorgen, dass seine Gäste korrekt behandelt wurden, was immer es sie kosten mochte.

Danach ließ ich die Abendmahlzeit über mich ergehen. Diesmal war ich besser geschützt, denn die Familie saß zusammen, Lady Anne wie üblich zur Rechten ihres Sohnes, Elaine zu seiner Linken, Lord Richard saß neben seiner Schwester, und wenn ich seinen Blick auf mir spürte, strengte ich mich an, ihn nicht zu erwidern. Weiter unten am Tisch saß ich zwischen John und Ben, Margery gegenüber. Das bedeutete auch, dass ich nicht hören musste, was weiter oben gesagt wurde. Die drei hielten ein lebhaftes Gespräch über diverse Themen vom Wintermarkt in Elvington über das beste Holz für Möbel bis zu den Vorzügen der neuen Zuchtsau des Roten im Gang. Es gelang ihnen, mich dabei einzuschließen, und eine ganze Reihe phantasievoller Ausdrücke und Gesten wurde benutzt, was in unserer kleinen Gruppe eine gewisse Heiterkeit erzeugte. Ein- oder zweimal blickte ich den Tisch entlang und bemerkte, dass der Rote uns ansah, weder zustimmend noch ablehnend, einfach nur fragend. Er verbrachte viel Zeit damit, sich mit Elaine zu unterhalten. Sie passten zueinander, dachte ich. Freunde seit der Kindheit, kannten sie ihren Platz in der Welt und würden gut zusammenarbeiten, um zu behalten, was sie hatten. Sie hatte mich beeindruckt mit diesem Versuch, sich gegen ihren Vater zu wehren. Aber ich erinnerte mich an Liams und Eilis' Mienen am Abend ihrer Verlobung; wie sie einander in die Augen gesehen hatten, als gäbe es für sie niemand anderen auf der Welt. So etwas hatte ich beim Roten nicht gesehen, und auch nicht bei Elaine. Vielleicht war das bei den Briten so, dachte ich. Man zeigte seine Empfindungen nicht. Aber es gab Ausnahmen, dachte ich dann, als ich Margery beobachtete, wie sie mit ihrem Mann scherzte, oder John, wenn er ihr einen Teller mit Brot reichte und sie nach einem Stück griff und dabei seine Hand berührte. Es gab auch Briten, deren Liebe in jeder Geste sichtbar wurde und die dadurch von allen, die sie kannten, geteilt wurde.

Ich schlief schlecht; die Dämonen der Nacht waren stark, schlugen selbst im Schlaf nach mir, und es war eine Erleichterung, zu erwachen und durch mein rundes Fenster die ersten Spuren der Morgendämmerung am Himmel zu sehen. Ich wusch mich und zog einen Umhang über mein Nachthemd, denn die Mauern beengten mich und ich brauchte unbedingt frische Luft. Ich entriegelte die Tür nach außen und ging leise in den Garten, barfuß auf den kalten Steinen des Weges. Alys folgte mir ein wenig zögernd und steif. Es würde ein schöner, klarer Tag werden; ich konnte immer noch die Sterne am langsam heller werdenden Himmel sehen, dessen Purpur zu Rosa wurde, was wiederum dem ersten Hauch von Dämmerungsgold wich.

Alys knurrte leise, als wir zum Ende des Gartens kamen. Auf der Bank an der Mauer lag der Rote und schlief. Die Bank war kaum groß genug für ihn; er hatte die Arme unter dem Kopf verschränkt, ein Bein war auf der Bank ausgestreckt, das andere zur Seite. Ihm würden alle Knochen wehtun, wenn er erwachte. Er hatte sein Schwert und das kleine Messer im Stiefel, aber im Augenblick hätte jeder, der hier vorbeikam, ihn töten können. Ich stand still da, während die Dämmerung sein Gesicht mit rosigem Licht berührte, über die gerade Nase und die ausgeprägten Züge und den breiten, entspannten Mund fiel. *Das könnte einigen gefallen*, dachte ich.

Es dauerte nicht lange, bis er erwachte. Es geschah in einer einzigen, glatten Bewegung, schmerzende Knochen oder nicht – er sprang sofort auf und hatte die Hand am Schwertgriff. Alys kläffte erschrocken, dann erkannte der Rote uns, setzte sich wieder hin und kratzte sich ruhig den Kopf.

»Auf dem Posten eingeschlafen. Das ist wirklich nicht gut«, meinte er blinzelnd. »Ich muss müder gewesen sein, als ich dachte. Gestern war nicht gerade der beste Tag.«

Ich nickte. Das war untertrieben. Nun sah er mich richtig an, eindringlich.

»Du siehst schrecklich aus«, sagte er.

Danke. Meine Miene musste ihm gesagt haben, wie ich empfand.

»Und du hast bestimmt eiskalte Füße. Setz dich her.« Ich setzte mich, zog die Füße unter mich auf die Bank und den Umhang um mich. Es war tatsächlich kalt auf dem Steinweg, aber es war eine gute Kälte gewesen, jene Winterkälte, die einen Garten schlafen lässt, damit er vom Wachstum im Frühling träumen kann.

»Du hast nicht geschlafen«, sagte der Rote und streckte die Hand nach meinem Gesicht aus. Ich wich zurück, und er senkte die Hand wieder, ohne mich berührt zu haben. »Du hast tiefe Schatten unter den Augen, und du bist kreidebleich. Es tut mir Leid, was gestern geschehen ist. Sie reisen heute früh wieder ab. Ich wollte nicht, dass er dir Angst macht.«

Was ich sagen wollte, konnte ich mit Gesten nicht ausdrücken. *Du warst keine große Hilfe. Warum hast du ihn nicht früher aufgehalten*? Mir fiel nicht ein, wie ich ihm das mitteilen konnte. Stattdessen zuckte ich die Achseln.

»Ich meine es ernst, Jenny. Ich werde dafür sorgen, dass er das nicht noch einmal tut. Es war weder dir noch meiner Mutter gegenüber gerecht.« Ich sah ihm ins Gesicht. Es schien, als sei er unsicher, wie viel er sagen sollte.

»Nein, lass es mich anders ausdrücken. Mein Onkel gehört

zur Familie. Das muss ich akzeptieren. Und ich wollte ihn reden lassen, falls – nein, ich will dich damit nicht belasten.«

Was? Mich womit belasten? Diesem Mann mit seiner wendigen Zunge und seinen besitzergreifenden Händen, mit seinem raschen Lächeln und den giftigen Worten traute ich alles zu. Es musste schlimm sein, ihn zum Onkel zu haben. Hätte ich die Wahl, hätte ich ihn zumindest nicht als Schwiegervater genommen. Aber es schien, dass jemand diese Wahl für den Roten bereits getroffen hatte.

»Ich weiß, warum Simon weggegangen ist«, meinte der Rote leise. Wieder spürte ich, dass er eigentlich mit sich selbst und nicht mit mir sprach. Er versuchte seine Gedanken zu ordnen. Er sagte Dinge, die man sonst nicht laut aussprach. »Ich bin nicht sicher, dass ich verstehe, warum er nicht zurückkehrte. Richard kennt sich mit Kriegen aus – was immer du von seinem Ziel hältst, er ist ein Berufskrieger mit jahrelanger Erfahrung. Diese Kampagne war anders. Man schlägt nicht einfach ein Lager auf feindlichem Territorium auf, nicht wenn man weiß, wozu der Feind in der Lage ist. Man bringt nicht all seine Männer in eine verwundbare Stellung, um sie in einem einzigen Hinterhalt zu verlieren. Wenn man sich schlafen legt, stellt man Wachen auf. Und es ist normalerweise nicht der neueste und unausgebildetste Rekrut, der als Späher ausgeschickt wird. Warum ist er nicht mit den anderen gestorben?« Er fuhr sich über das kurz geschnittene Haar und runzelte die Stirn. »Simon war als Geisel wertvoll, das verstehe ich. Aber wir haben nie eine Lösegeldforderung erhalten, nie hat sich jemand mit uns in Verbindung gesetzt. Und es gab kein Wort von ihm, wo immer ich mich hinwendete. Nichts außer ...«

Außer dieser Schnitzerei, dachte ich. *Und das hat dir sehr wenig genützt.*

»Und als Richard sich selbst auf die Suche machte«, fuhr der Rote fort, und ich dachte, er hätte beinahe vergessen, dass ich dort war, »klang das, was er uns erzählte, irgendwie unwahr.

John sagt dasselbe. Was er uns erzählt hat, wie diese Männer umkamen, dass sie in der Nacht überfallen wurden – so etwas passiert erfahrenen Soldaten nicht. Nicht einfach so. Richard sagte – er deutete an –, es sei Simons Fehler gewesen ... dass mein Bruder sie irgendwie verraten hätte. Aber ich kenne meinen Bruder. Er mag manchmal störrisch sein und zu jung für seine Jahre, aber er ist kein Verräter.«

Ich nickte. Ich wusste, dass Simon kein Verräter war. Ich hatte an ihn geglaubt, selbst als er den Glauben an sich selbst verloren hatte.

»Irgendwo in dieser Sache gibt es eine Wahrheit, die man herausfinden muss«, sagte der Rote. »Unter den vielen Versionen dieser Geschichte muss eine richtig sein. Ich hatte gehofft, diese Wahrheit finden zu können, obwohl ich nach so langer Zeit kaum glaubte, dass Simon noch lebte. Aber es gab keine Antworten. Ich kam ohne Antworten zurück, nur mit einem Kopf voller Fragen. Als ich meinen Onkel gestern reden ließ, habe ich auf einen weiteren Hinweis gehofft. Und daher ließ ich ihn zu weit gehen, und das bedauere ich nun. Ich habe dich als Spielfigur in diesem Spiel benutzt, und man hat dir wehgetan.«

Es wurde heller. Der Himmel war hell und klar, und die Vögel erhoben in den Bäumen rings um uns her ihre Stimmen. Alys drehte sich auf den Rücken, streckte und kratzte sich. Es gab etwas, das ich ihm sagen musste.

Du könntest zurückkehren. Das konnte ich ihm mit Gesten mitteilen. *Du könntest dorthin zurückkehren. Noch einmal nachsehen. Ihn vielleicht finden. Du könntest mich mitnehmen.* Und dann, dachte ich, werde ich, wenn meine Brüder zurückkehren, bereit sein.

Der Rote betrachtete mich ernsthaft. Offensichtlich hatte er mich recht gut verstanden.

»Ich kann noch eine Weile nicht weg. Es gibt hier viel zu tun; ich war zu lange weg und musste es den anderen überlassen, sich um die Ernte und um das Vieh zu kümmern. Der Fluss könnte noch vor Mittwinter über die Ufer treten und …« Er hielt inne, als er meine Miene sah. »Ich will noch nicht zurück, noch nicht«, sagte er. »Meine Abwesenheit von Harrowfield macht alles, was mir wichtig ist, verwundbar. Es ist eine Zeit der Veränderungen, mit einem neuen König im Süden, von dem wir noch nicht viel wissen. Ich bezweifle, dass Ethelwulf die Kraft seines Vaters hat, und das macht uns offen für Angriffe der Dänen. Meine Pflicht liegt im Augenblick hier. Mein Bruder hat es sich selbst ausgesucht, zu gehen. Er hat diesen Weg selbst gewählt. Ich werde nicht alles, was ich habe, aufs Spiel setzen, um ihn zurückzubringen. Aber ich habe ihn nicht vergessen. Und ich fürchte auch kein Blutvergießen, was immer mein Onkel sagt. Wenn man Simon finden kann, werde ich ihn finden. Wenn ich darauf warten muss, dann werde ich warten.«

Bevor er ging, wies er mich an, zurück nach drinnen zu gehen, die Tür zu verriegeln und dort zu bleiben, bis es vollkommen hell war.

»Tu, was ich dir sage, Jenny«, sagte er. »Es ist gefährlich hier. Du hast diese Gefahr gesehen. Vielleicht irre ich mich; vielleicht schätze ich meinen Onkel falsch ein. Ich hoffe, dass ich mich irre. Er reist heute früh ab, aber ich habe keine Zweifel, dass er wiederkehren und es wieder versuchen wird. Er hat dich nun gesehen. Ich weiß jetzt, wie er denkt; deine Kraft wird eine Herausforderung für ihn sein. Erinnere dich an dein Versprechen.«

Das tat ich und saß still in meinem Zimmer, nur mit Alys zur Gesellschaft und erinnerte mich an eine Menge anderer Dinge. Insbesondere erinnerte ich mich an die Herrin des Waldes, die ihm sagte: *Sorge dafür, dass man ihr nicht wieder wehtut.* Und die mir gesagt hatte: *Vielleicht brauchst du jetzt nicht mehr so stark zu sein.* Was für ein Spiel spielte das Feenvolk, dass es sogar Briten als Spielfiguren benutzte? Dass sie

Lord Hugh befohlen hatten, mich zu schützen, obwohl das jeder logischen Wahl, die er getroffen hätte, widerstrebte? Nun, es gab hier niemanden, den ich hätte fragen können. Niemanden außer mir und der kleinen Alys. Ich holte die Nadel und den stacheligen Faden heraus und begann im Morgenlicht fleißig, das gewebte Quadrat zu umsäumen, das ich hergestellt hatte, Stich für schmerzvollen Stich. Der erste Teil von Conors Hemd.

Danach wurde es eine Weile ruhiger. Das Wetter wurde winterlicher, mit dem erwarteten Frost als Vorspiel zu Tagen von Stürmen und einem eisigen Schneeregen, der den Boden in Schlamm verwandelte. Bauernwagen saßen darin fest, und die Männer kamen schlammbedeckt von den Versuchen zurück, sie weiterzubewegen. Der Fluss trat über die Ufer, und das Vieh wurde zu höhergelegenen Weiden geschafft. In der Küche stand ständig ein Kessel Suppe auf dem Herd, bereit für den nächsten Trupp erschöpfter Männer. Ich bemerkte, ohne dass es mich überrascht hätte, dass Lord Hugh und seine Freunde Seite an Seite mit Bauern und Kätnern arbeiteten, umgestürzte Bäume wegschafften, die Ufer verstärkten und Pferde beruhigten, die vor Angst fast den Verstand verloren, weil der Blitz in den Stall einschlug. Meine Meinung von Lady Anne verbesserte sich geringfügig, als ich sah, wie sie Körbe mit Lebensmitteln packte und sich hin und wieder sogar selbst aufmachte, um sie abzugeben, begleitet von einer Dienerin. Meine Meinung von ihr wurde noch besser, als sie begann, mich beim Namen zu nennen, statt als »Mädchen« anzusprechen, und eine Dienerin tadelte, die andeutete, die Genauigkeit eines Blitzschlages könnte etwas mit meiner Anwesenheit im Haus zu tun haben. Es standen ganze Reihen schlammiger Stiefel vor dem Feuer, nasse Umhänge hingen in der Küche. Mein Zimmer war kalt, und ich bat um eine weitere Decke.

Das schlechte Wetter bedeutete jedoch zumindest, dass wir

eine Weile keine Besuche erhielten. Die Straße von Harrowfield nach Northwoods war unpassierbar, überflutet vom Fluss. Es war jene Zeit des Jahres, in der ich mich daheim mit meinen Brüdern zusammengesetzt hätte, um die Schatten fern zu halten und um den Segen der Geister für die dunkle Jahreszeit zu bitten. Es gab einen christlichen Festtag, der im Haushalt gefeiert wurde, aber ohne große Zeremonien. Es gab keine Priester hier; man sprach nur leise Gebete für die Toten und entzündete Kerzen. Niemand sprach Simons Namen aus. Aber er war unter uns; man brauchte den Namen nicht auszusprechen, um es zu spüren.

In jener Nacht entzündete ich in meinem Raum eine eigene Kerze. Ich hatte mich nicht ausgezogen; es war zu kalt dazu. Der Hund hatte sich die Decken zu einer Art Nest zurechtgezupft und lag schnarchend im Bett. Das Licht tanzte über die Steinmauern, vom Durchzug zu phantastischen Schatten geformt. Lautlos sprach ich ihre Namen. Liam, Diarmid, Cormack, Conor, Finbar, Padraic. Ich sah ihre Gesichter vor meinem geistigen Auge, sechs Versionen desselben Gesichts, aber so unterschiedlich. Es war nicht mehr lange bis Mittwinter. Wie sollte ich sie finden? In meiner Truhe lagen immer noch nur drei Hemden, dazu ein Teil des Vierten. Bald würde ich keine Mieren mehr haben. Wie sollte ich sie sammeln, wenn der Wind draußen die Büsche fast flach auf den Boden peitschte und das Wasser in den Furchen der brachliegenden Felder gefror? Endlich schlief ich ein, immer noch mit dem Gesicht zur Kerzenflamme, zusammengerollt neben der kleinen Alys, und die Namen meiner Brüder hallten wider in meinem Kopf, als ob ich sie schon durch das Aussprechen ein wenig länger am Leben halten konnte.

KAPITEL 9

Das Wetter wurde schlechter und die Tage kürzer. Am Morgen war der Boden mit Reif bedeckt, und die Giebel der Scheune glitzerten vor Eiszapfen. Es war im warmen Wetter des Herbstes schwierig genug gewesen, mit meinen geschwollenen Händen Spinnrocken und Spindel zu benutzen, das Schiffchen durch den Webstuhl zu führen oder einen Faden einzufädeln. Nun spürte ich ein dumpfes Pochen in meinen Gelenken, das nicht mehr verschwinden wollte, selbst wenn ich mich ausruhte. An den schlimmsten Tagen, wenn draußen der Schnee fiel und selbst an Mittag Laternen zur Arbeit notwendig waren, musste ich mich ungeheuer anstrengen, um überhaupt weiterzuarbeiten. Margery wusste inzwischen, dass ich von niemandem Hilfe annahm. Sie konnte nur bei mir sitzen und mir leise etwas erzählen, und ich fand ihre Gegenwart tröstlich. Aber ich war langsam, zu langsam. Es war ein Feuer angezündet worden, und die Frauen rückten näher zur Feuerstelle. Nicht ich jedoch, weil ich die misstrauischen Blicke und die spitzen Zungen fürchtete, die nur in Lady Annes Gegenwart nachließen. Ich mochte die kleinen Gesten nicht, die sie machten, wenn sie glaubten, dass ich nicht hinsah. Ich arbeitete so stetig, wie ich konnte, und ich sah durch das Fenster, wie Mittwinter näher kam. Weil ich nicht länger wagte, darüber nachzudenken, wie lange meine Arbeit insgesamt dauern würde, setzte ich mir ein kleineres Ziel. Ich würde Conors Hemd bis Meán Geimridh, zur Wintersonnenwende, beenden.

Im Haus eingeschlossen, fanden die Männer eine neue Möglichkeit, sich zu beschäftigen. Sie räumten die große Halle leer und benutzten sie für alle möglichen Formen des Zweikampfs, bewaffnet und unbewaffnet. Nach einem oder zwei

Fehlschüssen befahl Lady Anne, dass die Wandbehänge abgehängt werden sollten.

Ich begann zu erkennen, wo der Rote diese Fähigkeiten entwickelt hatte, die ich bei unserer Flucht zum Meer beobachtet hatte. Die Männer übten mit Schwertern, mit Dolchen und mit Stöcken. Sie rangen und benutzten Hände und Füße als Waffen. Meine Brüder hätten hier den einen oder anderen Trick lernen können.

Gelangweilt von der Näharbeit des Morgens standen die Mädchen häufig in der Tür zusammengedrängt und keuchten erschrocken, wenn Ben einen lang gezogenen Sprung unter Johns Schwertstreich hindurchführte, gefolgt von einem Tritt, der den Dolch seines Angreifers durch die Luft fliegen ließ, gefährlich nah an den bewundernden Gesichtern der Zuschauerinnen vorbei. Oder sie stießen leise Schreie aus, als der Rote seine Methode demonstrierte, der Umklammerung eines sehr entschlossenen Feindes zu entkommen – ein wirkungsvolles Manöver, wenn auch unmoralisch. Und es waren nicht nur jene drei, die ihre Zeit auf solche Weise nutzten. Der Rote hatte eine kleine, aber tödliche Kampftruppe, von denen jeder, wie ich dachte, Cormack noch etwas hätte beibringen können. Und das wollte viel heißen. Es faszinierte mich, dass diese Kuhhirten und Waldarbeiter und Müller imstande waren, sich innerhalb von Augenblicken in fähige Krieger zu verwandeln. Lord Richard hatte den Roten wegen seines Zögerns, sich dem Feind zu stellen, verspottet. Aber ich dachte, wenn die Zeit kommt, wird er bereit sein. Wie schon zuvor. Wäre ich sein Feind, wäre ich vorsichtig mit abschätzigen Bemerkungen. Ich brauchte einige Zeit, um mich zu erinnern, dass ich und mein Volk tatsächlich der Feind waren; ich war beinahe in die Falle gegangen, zu glauben, dass ich hierher gehörte.

Dass dies weit von der Wahrheit entfernt war, sollte ich bald genug von neuem erfahren. Lady Anne war seit dem Besuch ihres Bruders ein wenig aufgetaut, aber nur ein wenig. Ich denke, sie teilte meine Sorgen, wenn sie sah, dass ihr Sohn sein frisch verheiltes Bein so intensiv einsetzte. Immerhin waren die Fäden sauber herausgekommen, und die Wunde sah gesund aus. Er würde nie die Narbe verlieren, die die Klinge seines Angreifers geschlagen hatte, aber er zeigte jeden Tag, dass das Bein selbst so gut wie neu war. Ich war ein wenig erleichtert. Aber dieser Erfolg verschaffte mir nicht die Hochachtung des Haushalts. Stattdessen gab es Gemurmel darüber, wie ich es getan hatte, und eine halbausgesprochene Andeutung, dass jemand, der so jung und dumm war wie ich, ein solches Ergebnis nicht ohne Zauberei hätte erreichen können, oder ohne etwas, das so nah an Zauberei war, dass man den Unterschied nicht bemerken würde.

Als der Mittwinterabend näher kam, wusste ich, dass ich sorgfältig planen musste. Denn ich musste zwischen Abend- und Morgendämmerung für die Rückkehr meiner Brüder bereit sein. Ganz gleich, ob ich die See überquert und sie zurückgelassen hatte. Ganz gleich, unter wessen Dach ich nun lebte. Ich musste das Wissen, dass sie keine Landkarte, kein Zeichen und kein Licht hatten, das sie zu mir führte, beiseite schieben. Ich hatte diesen Weg gewählt, und sie würden folgen müssen. Es waren seltsame Dinge geschehen; es mochte noch seltsamer werden. Also hatte ich immer ihre Namen im Kopf, wie eine Art von Litanei, und ich plante meine Flucht. Ich würde unentdeckt nicht weit kommen und hatte nur wenig Zeit. Ich konnte nicht in der Abenddämmerung am Fluss sein. Es musste zwischen dem Abendessen und dem Zeitpunkt geschehen, wenn man die Wache vor meiner Tür aufstellte. Ich würde mich leise durch den Garten hinaus und zum Flussufer schleichen. Ich hoffte, meine Brüder würden warten. Dann, am Morgen, würde ich mich von ihnen verabschieden, sie sicher auf ihre Heimreise schicken und mich davon überzeugen, dass mein Wachtposten weg war, bevor ich wieder in mein Zimmer schlüpfte. Es sollte funktionieren. Es musste funktionieren. Ich versuchte nicht daran zu denken, dass sie vielleicht überhaupt nicht kommen würden, dass es eine lange, leere Nacht des Wartens sein könnte.

Der Mittwinterabend dämmerte klar und kalt. Mit einem guten Feuer in dem lang gezogenen Raum und schrägem Sonnenlicht, das durch die Fenster fiel, gelang es uns, unsere kalten Finger zum Arbeiten zu überreden. In der Haupthalle hatte man ein großes Eichenscheit in die Feuerstelle gelegt, das in dieser Nacht mit einem kleinen Ritual entzündet werden sollte, und es gab Efeu, Stechpalmen und Goldholz über jeder Tür. So viel war mir auch von daheim vertraut. Aber ich glaubte nicht, dass ich Feuer auf den Hügeln sehen oder diese Leute damit beschäftigt finden würde, um Mitternacht den Geistern auf Feldern und in Bäumen zuzutrinken. Sie würden sicher in ihren warmen Betten bleiben und die Tore verschließen. Das war mein Vorteil. Ich sollte in der Lage sein, in der Nacht ungesehen davonzuschlüpfen.

Die Näharbeit wurde an diesem Tag abgekürzt; schon vor dem Mittag zogen sich die Frauen in die Küche zurück, wo alle mit Hand anlegten, um das Festmahl des Abends zu kochen. Es würde Braten geben, Apfelwein und Pflaumenkuchen. Die Männer spielten ihre Kampfspiele oder arbeiteten auf dem Hof. Die besten Tiere waren im Winter im Stall, und das Vieh musste jeden Tag gefüttert werden. Es war ein geschäftiger Tag, so geschäftig, dass niemand die Zeit hatte, von mir Notiz zu nehmen. Also blieb ich, wo ich war, genoss die Einsamkeit und nähte den zweiten Ärmel ins Hemd. Es war so gut wie fertig. Während ich arbeitete, schweiften meine Gedanken von dem leeren Raum und dem niederbrennenden Feuer ab. Ich stellte mir meinen Bruder Conor vor: weise, mit sanften Augen, schmalem, feinknochigem Gesicht, langem Haar, so schimmernd wie eine reife Kastanie; ein starker junger Mann mit einem uralten Geist. Ich sah ihn in unserer Küche, wie er

Vorräte zählte; ich sah ihn bei Kerzenlicht umgeben von seltsamen Schatten. Ich beobachtete ihn, wie er über den See schwamm, die großen weißen Flügel an der Seite gefaltet. *Conor. Ich bin hier. Wo bist du?* Ich saß lange Zeit dort, meine Finger beschäftigt mit Nadel und Faden, meine Gedanken weit weg. Ich sandte sie mit aller Kraft aus, die ich aufbringen konnte. Aber ich erhielt keine Antwort, oder doch keine, die ich hören konnte. Vielleicht sind sie schon auf dem Weg hierher, sagte ich mir. Sie sind vielleicht über dem großen Wasser oder suchen irgendwo Schutz vor der Kälte. Ich werde warten; es wird eine Zeit kommen, wenn ich rufe und er antwortet.

Gedämpft vernahm ich von draußen, wie die Aktivitäten zunahmen, ich hörte erhobene Stimmen und eilige Schritte. Das Licht war zu schlecht zur Arbeit, und ich war taub und erschöpft von meinen Anstrengungen, mit meinem Bruder zu sprechen. Ich ging zur Tür und entdeckte Megan, die mit Tüchern auf dem Arm vorbeirannte. Ich packte sie am Ärmel und sah sie fragend an.

»Es ist Mistress Margery«, sagte sie atemlos. »Hat den ganzen Nachmittag schon starke Wehen, aber die Hebamme sagt, es stimmt etwas nicht. Das Kind liegt falsch herum, sagt sie, und wir wissen, was das bedeutet. Arme Mistress Margery. Ihr erstes Kind ist gestorben. Sieht aus, als würde das wieder passieren.«

Ihre Worte schreckten mich zurück in diese Welt. Margerys Kind, das ihr so wichtig war. Sie und John hatten bereits eines verloren, das durfte nicht noch einmal geschehen. Ich konnte helfen. Ich hatte das schon öfter getan, ich wusste, was zu tun war. Ich konnte es ihnen nicht sagen, aber zeigen. Ich folgte der aufgeregten Megan zu Margerys Räumen, wo sich die Frauen um die Tür drängten und Licht brannte. Megan verschwand darin mit ihren sauberen Tüchern. Aber eine von Lady Annes Damen verstellte mir den Weg.

»Du nicht«, sagte sie mit fester Stimme. Ich zögerte einen

Augenblick, dann versuchte ich, an ihr vorbeizukommen. Das war lächerlich. Wenn Margery mich brauchte, musste ich bei ihr sein. Und ich wusste, was zu tun war. Die Frau streckte den Arm aus, um mich aufzuhalten.

»Du kannst da nicht rein«, sagte sie. »Man wird dir nicht gestatten, eine Frau im Kindbett zu verfluchen oder deine schmutzigen Hände auf ihr ungeborenes Kind zu legen. Verschwinde. Deine Art ist hier nicht willkommen.« Ich hätte sie geschlagen, hätte ich nicht gewusst, dass das alles noch schlimmer machen würde. Ich holte tief Luft.

»Was ist los?« erscholl eine Stimme aus dem Zimmer. Es war Lady Anne, die nun zur Tür kam, als sie hörte, dass draußen laut gesprochen wurde. »Jenny. Was machst du hier?« Sie sah müde und traurig aus und war alles andere als erfreut, mich zu sehen. Ich benutzte meine Hände, um mit ihr zu sprechen. *Ich kann helfen. Ich kenne mich aus. Lasst mich helfen. Lasst mich hinein.*

Lady Anne sah mich müde an. »Ich glaube nicht, Jenny«, sagte sie und wandte sich bereits ab. »Wir haben unsere eigene Hebamme hier. Sie ist gut genug; wenn sie das Kind nicht retten kann, dann kann es wohl niemand.« Und dann war sie wieder weg.

»Du hast die Lady gehört«, sagte eine andere Frau. »Verschwinde. Wir brauchen solche wie dich hier nicht. Wir brauchen einen Heiler, keine Mörderin oder Hexe.«

Ich ging. Es hatte keinen Sinn. Aber ich hätte weinen können, wenn ich an Margery dachte, die meine Freundin geworden war und nun das verlieren würde, worauf sie so liebevoll gewartet hatte. Ich kehrte zurück in mein Zimmer, überzeugte mich, dass meine Vorbereitungen für die Nacht vollständig waren, und ging dann im Garten auf und ab, während Alys hinter den Lavendelbüschen herumschnupperte. Mein Herz war schwer von schlechten Vorahnungen. Der Tod war an diesem Tag sehr nahe; ich spürte das in meinen Knochen. Keine warme Feuerstelle und kein Stechpalmenzweig konnte ihn fern halten, wenn er dieses Haus betreten wollte. Ich wünschte, ich hätte jetzt schon Umhang und Stiefel anziehen und zum Fluss gehen können und in jenem Augenblick dort sein, wo die Sonne unter den Horizont sank und das Land grau und purpurn und schwarz wurde. Aber ich kannte den Roten. Ich musste am Abendbrottisch erscheinen, oder man würde nach mir suchen. Es gab keine Möglichkeit, vor Einbruch der Dunkelheit zu entkommen.

Es hätte ein festliches Mahl sein sollen, aber es herrschte wenig Freude unter denen, die sich an diesem Abend in der Halle versammelten. Draußen war es schon dunkel. Ich schaute zum Fenster hinaus und rief im Geist abermals: *Conor! Finbar! Wo seid ihr? Wartet auf mich.* Ich stellte mir meine Brüder in der Kälte vor, wenn sie nicht wussten, ob ich in der Nähe war oder nicht. Allein und tief im Feindesland. Ich bemerkte, wie man dem verzweifelten John einen Kelch Wein reichte und dieser ihn in einem Zug leerte, kaum bewusst, was er tat oder wo er war. Ich sah den Roten, der wütend auf seine Mutter einsprach. Ich konnte mir vorstellen, wieso er zornig war. Er wusste, dass ich Heilerin war. Er war Johns und Margerys Freund. Ihm war klar, dass ich ihnen vielleicht helfen konnte. Aber Lady Anne wollte mich und meine Hexenhände nicht an Margerys Wochenbett lassen. Sie war nicht glücklich über den Zorn des Roten, aber sie sah entschlossen aus. Ben setzte sich zu mir, sprach aber nicht viel.

So früh wie möglich verließ ich den Abendbrottisch und ging direkt in mein Zimmer. Lady Anne und ihr Sohn stritten immer noch, ich glaube nicht, dass einer von beiden mich bemerkte. Es war immer noch viel Zeit. Ich zog die Stiefel an und griff nach dem Umhang. Alys, die warm unter ihren Decken lag, rührte sich kaum. Die Kerze brannte stetig. *Ich bin auf dem Weg. Wartet nur ein wenig länger.* Ich hob die Hand, um den Riegel zu lösen.

Im selben Augenblick klopfte es an der inneren Tür, und Megans Stimme erscholl: »Jenny! Jenny, bist du da drin?« Es war, als hätte sich eine kalte Hand um mein Herz gelegt. Nein, nicht jetzt. Ruf mich nicht jetzt. Aber es ging um Margery, das wusste ich, und ich hatte keine Wahl, als die Tür zu öffnen und Megan zu folgen. Sie hatten lange genug gebraucht, um zu erkennen, dass sie dieses Kind nicht ohne mich zur Welt bringen konnten. Lady Oonagh selbst hätte den Augenblick nicht besser wählen können.

Lady Anne hatte mit den Frauen gesprochen – oder jemand anders. Ihre Blicke folgten mir immer noch nervös, und mehr als eine machte das Zeichen des Kreuzes. Aber keine sagte ein Wort. Margery war erschöpft. Sie hatte dunkle Ringe unter den Augen, und ihre Haut war kalt und feucht.

»Jenny! Du bist hier!« sagte sie mit schwacher Stimme. »Warum bist du nicht vorher gekommen? Ich wollte dich hier haben. Warum wolltest du nicht kommen?«

Ich warf einen Blick auf Lady Anne, und sie wandte den Blick ab. Ich denke, ihr wurde gegen ihren Willen deutlich, dass sie etwas Unverzeihliches getan hatte. Die Mittwinternacht ist lang, aber dies schien die längste Nacht meines Lebens zu sein, als wir kämpften, um dem Kind einen Weg in diese Welt zu öffnen. Margery versuchte es und versuchte es immer wieder, aber sie wurde immer schwächer. Und dennoch verging die Nacht auch viel zu rasch, und draußen über den Wipfeln der winterlichen Bäume wurde das Licht der Sterne stetiger und begann dann wieder zu verblassen. Während meine Hände nass von Blut wurden, mein Körper schweißüberzogen war und ich den Frauen wortlos Anweisungen gab und Margery tröstete, rief ein Teil meines Geistes nach meinen Brüdern. *Wartet. Ich werde vor der Morgendämmerung da sein.*

Es war viel zu spät, das Kind noch zu drehen, denn nun lag es zu tief, um bewegt zu werden. Also musste es mit den Füßen zuerst zur Welt kommen, wenn überhaupt. Margery war nur noch wenig Kraft geblieben. Ich konnte den Frauen nicht vermitteln, was ich brauchte, also verließ ich schließlich das Zimmer, nahm Megan mit mir und ging in ihren Arbeitsraum, um selbst zu holen, was ich brauchte. Ich musste alles richtig machen. Ich brauchte erst etwas, das Margery entspannte, das ihr ein wenig Erholung verschaffte, damit sie wieder Kraft sammeln konnte. Und etwas, das sie stärkte, nur lange genug für ein-, zwei-, dreimal starkes Pressen. Und dann konnten wir nur beten, dass die Schnur nicht um den Hals des Kindes lag. Ich hatte keine Zweifel daran, wem man die Schuld geben würde, wenn dieses Kind keinen ersten Atemzug tat. Außerdem würde ich Margery oder John nicht mehr gegenübertreten können, wenn ich das Kind nicht sicher in die Arme seiner Mutter legte.

Megan hielt die Lampe, während ich arbeitete. Es gab gute Arzneivorräte in diesem Haus, aber wer immer diese Kräuter so ordentlich verpackt hatte, kann nicht gewusst haben, worin ihre Wirkung bei Geburten bestand. Es war immer noch Zeit bis zur Morgendämmerung, aber nicht viel ... *wartet auf mich* ... ich löffelte die Mischung, die ich bereitet hatte, in einen kleinen Becher und eilte zum Küchenfeuer. Diese Kräuter mussten in heißem Wasser gekocht werden. Margery hatte nicht mehr viel Zeit. Auch das Kind würde inzwischen schwach sein, erschöpft von der Anstrengung. Als ich zur Treppe ging, sah ich drei Männer im Halbdunkel am Feuer der Halle. John hatte den Kopf in die Hände gestützt, Ben redete leise auf ihn ein, eine Hand auf der Schulter des Freundes. Der Rote stand an der Feuerstelle, und er war der einzige, der mich bemerkte. Sein Blick stellte eine Frage. Der meine konnte nicht lügen. *Ich werde sie beide retten, wenn ich kann.* Ich denke, er verstand mich, aber um Johns Willen sagte er nichts. Er nickte, dann ging ich wieder nach oben.

Das Feuer in Margerys Zimmer brannte warm. Auf meine

Bitte hin band Megan das Bündel getrockneten Lavendels auf, das sie mitgebracht hatte, und warf die silbrigen Stiele und verblassten Blüten in die Kohlen. Süßer, heilender Duft breitete sich aus. Der Kräutertrank war abgekühlt; ich stützte Margery, damit sie sich hinsetzen und trinken konnte. Es waren Thymian und Bergminze und Bachbunge, was man nur im schlimmsten Notfall benutzte. Ich hatte keine Zeit gehabt, die Mixtur zu süßen, um sie angenehmer zu machen. Aber Margery trank alles und sah mir mit solchem Vertrauen in die Augen, dass es mich erschreckte. Dann ruhte sie sich für kurze Zeit aus.

Als der Himmel draußen langsam grau wurde, kam das Kind schließlich zur Welt. Der Kräutertrank hatte Margery gerade genug Kraft für jenes letzte Pressen gegeben. Meine Hände, rau wie sie waren, wussten, was zu tun war, und ich holte ihren Sohn in die Welt. Er war schlaff und schwieg.

»Was ist los?« sagte Margery leise. »Warum ist er so still?« Und die Frauen begannen zu murmeln. Lady Anne wischte Margery die Stirn ab; sie hatte Tränen in den Augen. Als das Licht im Zimmer heller wurde, legte ich meinen Mund auf das kleine Gesicht des Babys und blies ihm in die Lungen. Und wieder. Und noch einmal.

Die Hebamme riss an meinem Arm und versuchte mich aufzuhalten, aber Lady Anne sagte: »Nein, lass sie.« Noch ein Atemzug. Nur noch einer. Und endlich keuchte das Kind und hustete leise, und dann stieß es einen zornigen Schrei aus. Alle Frauen wollten das Kind wickeln und es an die Brust seiner Mutter legen, deren Freudentränen flossen. Es gab viele Helferinnen für die Nachgeburt und für das Feuer und einige, die zu den Männern rannten, um ihnen die gute Nachricht zu bringen. Niemand bemerkte mich, als ich auf leisen Sohlen in meinem blutbefleckten Gewand die Treppe hinunter floh, den Riegel an der Vordertür löste und die Allee zwischen den hohen Pappeln entlangrannte, vorbei an den ordentlichen Mauern und den Schafspferchen, hinab zur schimmernden Biegung des Flusses, wo das erste Dämmerungslicht das Wasser zu flüssigem Silber werden ließ. Aber noch bevor ich das Ufer erreichte, durchdrang die Sonne die Wipfel der kahlen Bäume, und das Tal war erfüllt von Licht. Viele Geschöpfe hatten ihre Spuren auf dem weichen Flussufer hinterlassen, Enten und Gänse, Füchse und Otter. Aber es war früh; die Enten schliefen noch. Und es gab keine Schwäne auf dem Wasser. Es gab keine menschlichen Fußabdrücke außer meinen eigenen. Wenn sie je da gewesen waren, waren sie nun bereits wieder verschwunden.

Mein Herz war kalt vor Kummer und Zorn. *Warum habt ihr nicht auf mich gewartet? Warum habt ihr mir kein Zeichen hinterlassen? Ich weiß nicht einmal, ob ihr überhaupt hier gewesen seid*! Ich spürte, wie mir Tränen über die Wangen liefen, all jene Tränen, die ich zuvor nicht geweint hatte, eine Flut des Weinens, die meinen ganzen Körper erschütterte, und ich stand da, den Kopf gegen den Stamm einer Weide gelehnt, und schlug mit den Fäusten gegen die Rinde, bis meine Hände bluteten. Ich hätte meine Qual am liebsten herausgeschrien, bis sie im ganzen Tal widerhallte. Ich stand lange dort. Endlich sank ich bei der großen Weide zu Boden und schlug die Hände vors Gesicht. Meine Schultern bebten, meine Nase lief, und die Tränen wollten nicht aufhören. Wenn ich dort lange genug saß, würde ich vielleicht ein Teil dieses Baums werden, ein Trauerweidenmädchen, das am Wasser weinte. Vielleicht würde ich in die weiche Erde des Flussufers sinken, und statt meiner würden Binsen wachsen, schlank und silbergrau, und wenn jemand eine Flöte aus diesem Ried machte, würde sie *zu spät, zu spä*t singen.

»Das sind nicht nur die Tränen einer einzigen Nacht.«

Ich hatte gewusst, dass er kommen würde. Stiefel knirschten auf dem bereiften Gras, als er näher trat. Dann spürte ich die Wärme seines Umhangs, als er ihn um meine Schulter legte ... sehr vorsichtig, so dass er mich dabei kaum berührte. Es fühlte sich gut an, sehr gut. Ich hatte nicht bemerkt, wie kalt mir war hier draußen im Morgenfrost, nur mit meinem Kleid und den Hausschuhen. Es war, als würde der Umhang seine Körperwärme auf mich übertragen.

»Ich würde gern den Grund für diese Tränen wissen«, sagte der Rote leise und setzte sich neben mich – aber nicht zu nahe. »Eines Tages werde ich es erfahren. Jetzt bringe ich dir nur Johns Dank und meinen eigenen. Wir sind dir viel schuldig. Kommst du nach Hause?«

Ich schniefte und öffnete die Augen, aber er sah nicht mich an. Er drehte einen Grashalm zwischen den Fingern und schaute hinaus aufs Wasser. Ein Entenpaar schwamm dort im ersten klaren Tageslicht. Die Federn des Enterichs waren von schimmerndem Grün über dem weißen Kragen. Das Weibchen, bescheiden in seinem Braun, folgte.

Das Schweigen dauerte an, aber es war kein unbehagliches Schweigen. Nach einer Weile nahm der Rote das kleine Messer aus seinem Stiefel und ein noch kleineres Stück Holz aus der Tasche und begann zu schnitzen. Ich konnte nicht sehen, woran er arbeitete. Ich fragte mich, wer ihnen das beigebracht hatte – Lord Hugh und seinem Bruder. Der Tag wurde heller, und die schimmernde Wasserfläche war bald von Enten und Gänsen und Moorhühnern bevölkert. Ich wurde langsam ruhiger. Ein halbes Jahr. Noch zwei weitere Jahreszeiten, bevor ich sie wieder sehen konnte. Gestern war mein fünfzehnter Geburtstag gewesen, und bis zu diesem Zeitpunkt hatte ich nicht einmal daran gedacht. Irgendwie war es nicht mehr wichtig. Zu Hause wäre ich inzwischen wohl schon verheiratet gewesen. Ich fragte mich, wen mein Vater mir gewählt hätte. Zweifellos eine strategische Allianz. Aber dieser Weg war nun so weit entfernt, dass es sich anhörte wie etwas aus der Geschichte eines anderen Mädchens. Für mich gab es nur eine einzige Wahl. Ich konnte weiter spinnen, weben und nähen. Ich konnte weiter warten. Vielleicht, wenn ich sehr hart arbeitete, wenn ich schneller würde, wäre meine Arbeit bis zum Mittsommertag beinahe fertig. Dann würde ich wieder zum Fluss kommen, am Abend von Meán Samhraidh. Aber würden sie hier sein? Es war so ein weiter Weg. Wie sollten sie wissen, bevor die Sonne unter den Horizont sank und sie wieder Menschen wurden, dass sie diese Reise unternehmen sollten? In ihrem verzauberten Zustand hatten sie doch kein menschliches Bewusstsein.

Bis auf Conor. Wie groß war Conors Kraft? War es möglich, dass nicht einmal ein Druide den Willen wilder Tiere so beeinflussen konnte? Es mochte alles vergeblich sein. Wieso sollte ich dann hier bleiben und arbeiten und die bitteren Blicke von allen ertragen und hören, bei welchen Namen sie mich nannten? Wieso sollte ich mir meine Hände mit den Mieren zerfetzen, bis selbst ich anfing zu glauben, dass ich verrückt war; wieso sollte ich meine Tage im Haus verbringen und mich nach dem Wald sehnen? Denn tief in meinem Herzen erkannte ich, dass diese kopflose Flucht zum Schluss umsonst gewesen war. Sie waren nicht hier gewesen. Sie wären nicht wieder gegangen, ohne eine Botschaft für mich zu hinterlassen, Ogham-Zeichen in einem Weidenstamm, ein Muster von Steinen am Flussufer oder eine weiße Feder. Wären sie hier gewesen, dann hätte ich die inneren Stimmen von Conor und Finbar gehört. *Sorcha, Sorcha, ich bin hier.* Es war lange Zeit her. Aber ich war ihre Schwester, und wir sieben waren ein Fleisch und ein Geist, so sicher wie die sieben Bäche unserer Kindheit zu jenem großen Puls wurden, der das Herz des Sees speiste. Sie waren nicht gekommen. Und es war lange, noch so lange bis zum Mittsommertag.

»Möchtest du so gerne zurückkehren?« fragte der Rote leise, immer noch auf seine Arbeit konzentriert. »Ist es für dich hier so unerträglich?«

Ich war überrascht. Er hatte lange geschwiegen. Ein anderer

Mann hätte mir gesagt, was ich empfinden sollte, dass ich froh sein sollte, dass Margery und ihr Kind überlebt hatten. Er hätte mir gesagt, ich sollte aufhören zu weinen. Ein anderer Mann hätte gesagt, ich sollte nicht mehr auf dem kalten Boden sitzen, sondern sofort ins Haus zurückkehren. Ich hatte keine Antwort auf die Fragen des Roten. Selbstverständlich wollte ich nach Hause zurückkehren. Mein Herz sehnte sich nach meinem Wald, mein Geist wollte nahe bei meinen Brüdern sein, ob sie mich nun sehen konnten oder nicht. Aber ich war nicht dumm. Die Vernunft sagte mir, dass hier zu bleiben die beste Gelegenheit war, meine Aufgabe zu vollenden. Ich hatte ein Dach über dem Kopf, gutes Essen und mehr Schutz, als ich brauchte oder wollte. Ich hatte mein Handwerkszeug, ich hatte sogar ein paar Menschen, die ich als Freunde bezeichnen konnte. Und ich hatte Schlimmeres ertragen als die spitzen Zungen und Seitenblicke von Lady Annes Frauen. Also sagte nur das Gefühl: geh. Die Vernunft sagte: bleib, zumindest im Augenblick. Wenn deine Brüder beim nächsten Mal auch nicht kommen, dann geh und suche sie. Mitten im Winter würdest du nicht weit kommen. Außerdem würde er dir folgen und dich zurückbringen. Immer.

Steifknochig erhob ich mich und hinkte zum Flussufer. Dort kniete ich nieder und schöpfte klares Wasser, erst zum Trinken und dann, um mir das Gesicht zu waschen. Als das Wasser wieder ruhiger wurde, sah ich mein Spiegelbild mit roten Augen, Tränenspuren und bleich vor Erschöpfung. Das Wasser war eiskalt.

»Ich werde dir etwas versprechen«, sagte der Rote. Als ich mich umdrehte, sah ich, dass er seine Schnitzarbeit weggelegt hatte und mich beobachtete. Ich fragte mich, wieso ich seine Augen für blau gehalten hatte. Heute schienen sie wie das Flusswasser zu sein, eine helle, sich verändernde Farbe, irgendwo zwischen grau und grün. »Ich verspreche, ich werde dich zurückbringen, ganz gleich, was geschieht. Ich verspreche, ich werde dich sicher nach Hause zurückbringen, wenn die Zeit gekommen ist. Sobald ich die Wahrheit über meinen Bruder erfahre, bringe ich dich dorthin. Ich breche meine Versprechen nie, Jenny. Ich weiß, es fällt dir schwer, mir zu trauen. Wenn ich den Mann jemals finde, der dir das angetan hat, der dich so verängstigt hat, dann werde ich ihn mit bloßen Händen töten. Aber du kannst mir vertrauen.«

Ich starrte ihn an. Wie konnte er das in ganz alltäglichem Ton sagen, als erzählte er mir, wie man einen Heuschober baut oder wie man am besten Rüben ausgräbt? Aber es war etwas in seinen Augen, etwas so tief Verborgenes, dass es einem leicht entging – eine Intensität, die mir sagte, dass er jedes Wort ernst meinte. Ein Schauder überlief mich. Etwas hatte sich verändert; aber ich wusste nicht, was. Es war, als wäre die Welt leicht zur Seite gekippt, und nichts war mehr, wie es vorher war. Oder als hätte der Weg eine geringe Wendung genommen, nur eine leichte Abweichung, die aber bedeutete, dass man ganz woanders herauskam. Und es war auch schon zu spät, um zurückzukehren.

Ich antwortete, ohne nachzudenken. Ich machte eine Geste, die bedeutete: *Ich weiß. Ich glaube dir.* Und als er die Hand ausstreckte, um mir wieder das Ufer hinauf zu helfen, griff ich danach, wie ich es schon einmal in diesem Regen getan hatte, als diese Hand alles war, was mir auf meiner Flucht vor dem Tod an Wirklichkeit geblieben war. Ich traute ihm. Er war ein Brite, und ich traute ihm. Vielleicht würde er wirklich dafür sorgen, dass ich meine Hemden in Sicherheit vollenden konnte, und dann – aber an dieser Stelle stießen meine Gedanken an eine Grenze. Der Rote mochte jetzt freundlich sein, aber er wartete immer noch. Er wartete, dass ich ihm Simons Geschichte erzählte. Er wartete darauf, dass ich ihm erzählte, wie man seinen Bruder gefoltert und halb um den Verstand gebracht hatte. Wie mein eigenes Volk das getan hatte. Wie ich Simon im Wald allein gelassen hatte, allein mit seinen Dämonen, dass ich zugelassen hatte, dass er hinaus ging ins Dunkel und an Kälte und Hunger und Schrecken starb, dort unter den großen Eichen. Wie freundlich würde Lord Hugh noch sein, wenn er diese Geschichte gehört hatte? Wie leicht würde es ihm fallen, sein Versprechen zu halten, wenn er wusste, was wir seinem jüngeren Bruder angetan hatten? Ich hatte die Kraft in diesem Mund gesehen, die Stärke in diesem festen Kinn. Ich hatte gesehen, wie kalt diese Augen dreinschauen konnten. Und nur einmal, ein einziges Mal, hatte ich Leidenschaft in seiner Stimme vernommen, als das Feenvolk ihn wegen Simon neckte. Meine Sicherheit und die meiner Familie würde ihm wenig bedeuten, wenn er die Wahrheit erfuhr.

Also gingen wir wieder nach Hause, langsam, weil ich feststellte, dass ich plötzlich schrecklich müde war, so müde, dass ich kaum geradeaus gehen konnte.

»Ich könnte dich tragen«, bot der Rote an. »Letztes Mal ging das ganz gut.« Aber ich schüttelte den Kopf. »Nun gut«, sagte er, als ich grimmig weiterstapfte. »Ich nehme an, du bist jetzt ohnehin zu schwer. Erstaunlich, was ein bisschen gutes Essen erreichen kann.« Als ich ihn überrascht ansah, zog der Hauch eines Lächelns über sein Gesicht, nur einen Augenblick lang.

Ich schaffte es beinahe den ganzen Weg bis zum Haus. Es waren trotz der Kälte Leute unterwegs; ein Gärtner mit einem Wollhut und Handschuhen, der eine Hecke schnitt; ein Junge mit einem langen Eschenstock, der eine Gänseherde hütete. Wir vermieden das Haupttor, und es gelang uns, der allgemeinen Aufmerksamkeit zu entkommen. Direkt bei dem äußeren Eingang zu meinem Garten gaben meine Beine allerdings aus reiner Erschöpfung nach, und zu meinem enormen Ärger musste er mich diese letzten paar Schritte tragen. Als er die Tür zu meiner Kammer öffnete und mich hineinbrachte, sprang Alys auf und knurrte und bellte wütend. Der Rote setzte mich rasch auf dem Bett ab und zog sich zur Tür zurück. Die kleine Hündin stand zwischen uns und knurrte mit aller Bedrohlichkeit, die sie aufbringen konnte.

»Schon gut, schon gut«, meinte der Rote und zog die Brauen hoch. »Ich weiß, wann ich nicht erwünscht bin. Ich schicke dir Hilfe, Jenny. Versuch, dich ein wenig auszuruhen. Es war eine lange Nacht.« Ich blickte zu ihm auf und dachte, dass er ebenfalls müde aussah. Es war leicht zu glauben, er sei unermüdlich, da er kaum zu ruhen schien und man es ihm selten ansah. Aber an diesem Morgen war er bleich, und unter diesen Augen lag ein Schatten, der mir draußen in der Sonne nicht aufgefallen war. Ich zeigte auf ihn, legte die Hände zusammen, bettete den Kopf darauf und schloss kurz die Augen. *Auch du musst schlafen.*

»Ich habe viel zu tun«, sagte er und schien verblüfft über meinen Vorschlag. »Und das eine oder andere mit meiner Mutter zu regeln. Aber«, und an dieser Stelle musste er gewaltig gähnen, »vielleicht hast du Recht. Schlaf gut, Jenny.« Er ging hinaus, und Alys kläffte noch ein- oder zweimal hinter ihm her.

Kurz danach kam Megan mit warmem Wasser und einem sauberen Nachthemd, und während ich mich wusch und umzog, holte sie Glühwein und gutes Weizenbrot mit Rosinen darin. Sie sah mir zu, bis ich gegessen und getrunken hatte, und brachte Alys hinaus in den Garten und wieder zurück. Sie erzählte mir, Mistress Margery und dem kleinen Johnny ginge es gut, und ich hätte beiden das Leben gerettet. Dann deckte sie mich zu und ließ mich allein, und ich schlief bis zum Abend. Falls ich irgendwelche Träume hatte, hatte ich sie vor dem Aufwachen schon vergessen.

Bis zum Fest von Imbolc, das Christen Lichtmess nannten, hatte ich das vierte Hemd fertig. Ich bewahrte sie in der Holztruhe in meinem Zimmer auf, mit getrockneten Kräutern dazwischen. *Liam, Diarmid, Cormack, Conor.* Nun hatte ich keine Mieren mehr übrig. Der scharfäugigen Lady Anne war aufgefallen, dass ich keine eigene Arbeit mehr hatte, und sie brachte mir ein langweiliges Stück Näharbeit, um mich zu beschäftigen. Ich arbeitete langsam, denn meine Hände hatten nicht die Beherrschung für solche Tätigkeiten, falls sie sie je gehabt hatten. Wunden zu nähen oder ein Kind in die Welt zu holen, war eine Sache. Eine Nadel, die so winzig war, dass man sie kaum sehen konnte, zu benutzen, um die winzigsten Stiche zu machen, war etwas ganz anderes. Lady Anne sah mit hochgezogenen Brauen zu, als ich immer ungeduldiger wurde. Als wir am Ende des Tages fertig waren, nahm sie mich beiseite. Ich hatte das Gefühl, dass sie mir gegenüber seit der Geburt von Margerys Kind noch mehr abgekühlt war. Das war seltsam. Etwas beunruhigte sie, das sah ich an der Art, wie sie mich unter geschlossenen Lidern her beobachtete. Und dennoch, ich hatte nichts getan, um sie zu beleidigen. Ich dachte beinahe, dass sie auf irgendeine Weise Angst vor mir hatte. Ich wusste nicht, warum.

»Das Säumen fällt dir schwer«, stellte sie fest. »Aber das ist eine Arbeit, die ich selbst einer Achtjährigen überlassen würde. Deine Erziehung in häuslichen Angelegenheiten hat offenbar Grenzen. Es scheint, du bist nicht einmal zu so einfachen Dingen imstande. Und dennoch, wenn du so lange unter unserem Dach bleiben willst, musst du dich nützlich machen, Jenny. Vielleicht sollte ich etwas Einfacheres für dich finden.«

Es war eine Gelegenheit. Es war immer noch eine Sternmierenpflanze in meinem Korb, die ich für einen solchen Zweck aufgehoben hatten. Ich schluckte meinen Ärger herunter und zeigte ihr, was ich wollte. *Nein, nicht eure Arbeit. Das da. Ich muss diese Arbeit tun. Aber ich brauche mehr von diesen Pflanzen. Ich – gehe – ernte diese Pflanze. Schneiden – sammeln.*

Lady Anne kniff die Lippen zusammen. »Ich kann dir nicht helfen. In meinem Haushalt ist kein Platz für solche – solche

Abweichungen. Ich habe deinen selbstauferlegten Wahnsinn toleriert, weil man mir keine Wahl ließ. Aber ich werde dir nicht auch noch dabei helfen. Genug ist genug. Wenn du hier akzeptiert werden willst, musst du dich anstrengen, mehr wie wir zu sein, Jenny. Wenn du dazu fähig bist.«

Es schien gleich zu sein, dass ich Margerys Leben und das des Babys gerettet hatte. Ich wandte mich ab, um zu gehen. Ich hatte noch genug Stolz, um nicht zu betteln. Außerdem wusste ich, dass es sinnlos sein würde.

»Und dass du mir nicht mit deinen Problemen zu Lord Hugh rennst«, sagte sie zu meinem Rücken und mit einer Schärfe in ihrer Stimme, die ein paar andere Botschaften nahe legte, die sie nicht in Worte fasste. »Er hat schon mehr als genug zu tun. Dich hier zu behalten, ist eine Last für ihn.«

Dennoch, es gab niemanden, an den ich mich sonst wenden konnte. Der Rote war beschäftigt, das sah ich. Es musste gepflügt werden, als Vorbereitung für die Aussaat, und außerdem gab es Streitereien zu schlichten, die Art von Disputen, die entstehen, wenn Leute im Winter zu dicht aufeinander sitzen und anfangen, über die kleinen Ungerechtigkeiten ihres Lebens nachzudenken. Zehn Tage nach jedem Vollmond gab es eine Art Anhörung. Die Streitenden kamen in die große Halle von Harrowfield und trugen Lord Hugh ihre Probleme vor.

Viele kamen zu diesen Sitzungen, denn sie versprachen ebenso Unterhaltung wie Gerechtigkeit. Einmal waren die Schweine eines Kätners auf ein Grasfeld gezogen, das sein Nachbar für Anpflanzungen von Kürbis vorgesehen hatte. Sie hatten es vollkommen aufgewühlt, und wenn Ned Thatcher nicht auf seine Schweine aufpassen konnte, sollte man sie ihm abnehmen und zu Würsten machen, und er, der einäugige Bill, wäre der Erste, der sich daran machen würde, sobald er noch einmal eines dieser Schweine erwischte. Nun verlieh Ned seinem Wunsch Ausdruck, Bill möge wieder nach Elvington zurückkehren, wo er herkam, und seine liebreizende Frau und seine sechs Kinder mit sich nehmen. Wenn er nicht wusste, dass Schweine eben Schweine waren und ihren eigenen Kopf hatten, dann hatte er wirklich keine Ahnung. Außerdem hatten die Schweine nur ein bisschen wilden Hafer gefressen und ein altes Stück getrockneten Haferbrei, den Bills Frau, diese Schlampe, einfach über die Mauer gekippt hatte.

Der Rote war die Diplomatie selbst. Er beruhigte beide Parteien mit ein paar ausgewählten Worten über ihre zweifellosen Begabungen und ihre Expertenschaft in ihrem eigenen Bereich. Er wies darauf hin, dass es Vorteile hatte, dass ein Stück Land bereits im Voraus gedüngt war, so dass Tom später nur noch säen musste. Er erklärte dann, dass Ned im Gegenzug für die Nutzung des Landes durch seine Schweine bis zur Pflanzzeit ein paar besonders große Kürbisse und einen Korb oder zwei mit Rüben erwarten konnte. Seine Frau konnte daraus eine wunderbare Suppe kochen, mit einem Schinkenknochen. Selbstverständlich mussten die Schweine im ersten warmen Frühjahrstag von diesem Stück Land geschafft werden. Er würde Hilfe schicken, um eine festere Mauer zu bauen. Alle gingen zufrieden nach Hause.

Es gab auch ernsthaftere Streitereien. Ein Kampf um eine Frau, in dem ein Mann eine schwere Kopfwunde davongetragen und der andere sich den Arm gebrochen hatte. Eine wilde Schlägerei nach einem Fass Bier, die dazu führte, dass zwei Familien einander beleidigten, sobald sie sich begegneten. Ich bemerkte das Gerechtigkeitsgefühl des Roten und auch seine Autorität. Er konnte hart sein, wenn es notwendig war. Aber nicht ein einziges Mal stellte jemand seine Entscheidungen in Frage. Ich dachte, diese Leute haben Glück. Das war es, was mein Bruder Finbar wollte, das war es, was wir in Sevenwaters brauchten. Aber mein Vater war in dieselbe bittere Fehde verwickelt wie Lord Richard. Von dieser Sache waren sie beide so besessen, dass für anderes kein Platz mehr blieb. So blieben unsere Kätner oft hungrig, ihre Mauern waren eingestürzt, und sie hatten Lord Colum gefürchtet, nicht geachtet.

Ich beschloss, meine Angelegenheit selbst in die Hand zu nehmen. Lady Anne sagte, ich sei eine Last für den Roten, aber ich hatte nicht darum gebeten, hierher gebracht zu werden. Niemand verlangte von ihm, jede Nacht vor meiner Tür Wache zu stehen. Niemand bat ihn, neben mir zu sitzen, wenn ich weinte, und mich sicher nach Hause zu bringen. Es sei denn – nun, es gab da noch eine Sache. *Sorg dafür, dass man ihr nicht wieder wehtut. Du hast gut gewählt.* Und dennoch, der Rote war so stark. Konnte er tatsächlich unter einem Bann stehen, einer Art von Befehl, den ihm das Feenvolk in jener Nacht auferlegt hatte? Konnte er eine solche Last tragen, ohne es selbst zu wissen? Je mehr ich darüber nachdachte, desto mehr war ich davon überzeugt. Es erklärte viel. Es erklärte auch das Allerschwierigste: wieso der Rote offenbar so lange warten wollte, bis ich ihm von seinem Bruder erzählte. Er schien keine Eile zu haben. Männer waren normalerweise nicht sehr gut, wenn es ums Warten ging. Ein anderer Mann hätte längst die Antwort aus seiner Gefangenen herausgeprügelt. Zweifellos hätte Lord Richard das getan. Ich hatte gesehen, wie mein Vater es versuchte. Es gab einen anderen Grund für den Roten, mich solange hier zu behalten. Ich war alles andere als willkommen. Und es war nur noch ein Schritt, bis die Angst und das Misstrauen des ganzen Haushalts mir gegenüber auf ihn abfärbten. Bis die Harmonie und das Vertrauen zerstört waren, das die Grundlage dieser kleinen Gemeinschaft war. Wahrscheinlich war es nur die Liebe und der Respekt, den sie ihm entgegenbrachten, die sie veranlassten, so lange den Mund zu halten. Lady Anne war der Ansicht, ich sollte längst nicht mehr hier sein. Es war nur eine Frage der Zeit, bis andere das laut aussprachen.

Also beschloss ich, den Roten nicht um Hilfe zu bitten. Eines Morgens nahm ich einen Sack und ein scharfes Messer, und ich wartete, bis ein gewaltig gähnender Ben seinen Wachposten in meinem Garten verlassen hatte und zum Frühstück in die Küche gegangen war. Dann schlüpfte ich davon. Am Abend zuvor hatte ich Margery gesagt, es ginge mir nicht gut und ich würde wahrscheinlich lange schlafen. Ich wählte diesen Tag, weil ich wusste, dass die Männer mit Vorbereitungen auf die Aussaat in den westlichen Hügeln, ein Stück entfernt, beschäftigt waren. Sie würden den ganzen Tag weg sein, und niemand würde nach mir suchen. Mit einigem Glück wäre ich zurück, bevor jemand meine Abwesenheit bemerkte.

Ich folgte dem Fluss auf verborgenen Pfaden unter den Weiden. Ich trug mein grobgewebtes Kleid und meinen grauen Umhang und nutzte meine Fähigkeiten, ungesehen zu bleiben. Alys, die dazu neigte, Eichhörnchen anzubellen und im Unterholz herumzurascheln, war ein Problem, aber ich hatte nicht das Herz, sie zurückzulassen – sie war so begeistert, bei dieser Expedition mitzumachen, wie sie es zweifellos lange Jahre zuvor mit ihrem jungen Herrn getan hatte. Also folgte sie mir, und ich ging langsam, um mich ihren kurzen Beinen anzupassen.

Je weiter wir vom Haus wegkamen, desto mehr besserte sich meine Laune. Es war ein schöner, klarer Tag mit einem Hauch von Wärme in der Luft, nicht ganz Frühling, aber das erste Versprechen davon. Zerrissene Wolken streckten sich über den Himmel. Ich beobachtete einen Reiher beim Fischfang. Schließlich verließen wir das Flussufer und kletterten durch eine Klamm, in der ein kleiner Bach dem größeren Fluss entgegenströmte. Und endlich, an einem der Bachufer, unter einem Felsüberhang, fand ich, was ich suchte. Mieren wuchsen auf beiden Seiten des Wassers und erstickten die kleineren Farnkräuter und Kressen. Ich ruhte mich kurz aus, und Alys ließ sich hechelnd in den Schatten nieder. Dann machte ich mich an die Arbeit.

Meine Technik war lange geübt. Ich öffnete den Sack am

Boden auf einer Seite, schnitt scharf kurz über der Wurzel in den Pflanzenstiel, einmal, zweimal, dreimal, und die Pflanze fiel auf mich zu. Wenn ich aufpasste, verletzte ich meine Hände nicht zu sehr, und die Pflanzen konnten in ein festes Bündel gerollt und auf dem Rücken getragen werden. Ich arbeitete schnell. Die Sonne stand schon hoch am Himmel, und es war ein langer Weg zurück zum Haus. Ich nahm so viel, wie ich tragen konnte, genug für ein ganzes Hemd, vielleicht sogar mehr. Als ich der Ansicht war, genug geerntet zu haben, band ich das Bündel zusammen und hob es auf die Schulter. Bevor ich nach Hause kam, würden sich die Stacheln durch den Sack gearbeitet und meine Kleidung und meine Haut durchstochen haben. Daran war ich gewöhnt. Trug ich nicht das Leben eines meiner Brüder auf dem Rücken? Das war jeden Schmerz wert.

Wir machten uns auf den Heimweg. Ich war glücklich und dachte an die vier Hemden, die bereits in der Holztruhe lagen, und das fünfte, mit dem ich morgen beginnen würde. Ich war glücklich, denn ich war unter offenem Himmel, und Alys lief umher wie ein Welpe. Sie verschwand unter ein paar Birken, und ich bückte mich, um mich unter einem Felsüberhang durchzuzwängen.

Ein schwirrendes Geräusch erklang über meinem Kopf, ein Ploppen und dann ein schrecklicher Schrei, ein kläffender, durchdringender Laut schieren Entsetzens. Ich rannte mit klopfendem Herzen unter den kahlen Felsen hindurch. Nicht wieder, bitte, nicht noch einmal. Die Hündin war gegen die silbrig graue Rinde einer Birke gepresst, und sie heulte und riss den Kopf von einer Seite zur anderen. Sie versuchte, etwas mit den Zähnen zu erreichen, einen blauen Blitz. Ich war sofort bei ihr, ließ Messer und Bündel fallen und kniete neben ihr, als sie voller Angst und Schmerz schrie. Blaue Federn. Ein Pfeil, der ihre Schulter durchdrungen und sie an den Baum genagelt hatte. Die Spitze steckte tief in der Rinde.

Es war keine Zeit, nachzudenken. Bei einem Menschen hätte man sagen können, halt still, ich werde dir helfen. Man hätte erklären können, was zu tun war. Selbst ohne Worte wäre das möglich gewesen. Bei einem Hund musste man einfach weitermachen. Ich band mein Bündel ab, schlang die Schnur um ihren Hals und band sie so fest, dass sie sich nicht erwürgte. Als ich an ihrem Maul vorbeikam, schnappte sie wild und biss mich in die Finger. Aber sobald das Seil fest war, konnte ich es mit einem Fuß halten und ihren Kopf mehr oder weniger zur Seite drücken. Dann das Messer. Ich streckte mich danach. Wenn sie nur aufhören würde, so zu heulen. Wenn sie nur aufhören würde! Ich tastete nach dem Messer. Jetzt hatte ich es. Und jetzt musste ich den Pfeil sauber und direkt am Stamm abschneiden und dann den Schaft aus ihrem Fleisch ziehen. Ich beobachtete sie sorgfältig, als ich mich an die Arbeit machte. Sie war schon sehr alt. Vielleicht war der schreckliche Lärm ein gutes Zeichen. Zumindest hatte sie die Kraft, sich zu wehren. Ich begann am Pfeilschaft zu sägen, blinzelte die Tränen weg, denn mit jeder Bewegung schickte ich eine Welle von Qual durch ihren kleinen Körper.

»Brauchst du Hilfe?«

Ich erstarrte. Diese glatte, weltgewandte Stimme konnte man nicht verwechseln: Lord Richard, der Onkel des Roten. Ich drehte mich nicht um, aber ich spürte, wie eiskalte Furcht mir über den Rücken lief.

»O ja. Das sieht schwierig aus. Es tut mir Leid. Es sieht aus, als hätte einer meiner Jäger schlecht gezielt.«

Er trug makellose Reitkleidung mit Handschuhen und Stiefeln aus dem feinsten Leder, Hemd und Hose in tiefem Mitternachtsblau. Seine Miene unter den Locken aus verblasstem Gold war eine Studie reuevoller Zerknirschung mit einer Spur Amüsement.

»Lass mich das machen, meine Liebe. Ein dummer alter Hund, nicht wahr? Ich habe dem Jungen immer gesagt, er wäre mit einem Jagdhund besser dran. Komm, meine Hände sind dazu besser geeignet.«

Ich schüttelte den Kopf; ich wollte nicht, dass er in meine und Alys' Nähe kam. Aber er kam näher, sehr nah, und plötzlich hatte er ein extrem scharfes Messer in der Hand. Ich wich vor ihm zurück. Er zog mit einem dünnen Lächeln die Brauen hoch.

»Man könnte direkt glauben, du hättest Angst«, stellte er fest, als er den Pfeilschaft mit einem einzigen Schnitt durchtrennte. Alys taumelte ein paar Schritte, und ich packte die notdürftige Leine fester.

»Was hattest du als Nächstes vor?« fragte er und trat ein paar Schritte zurück. Ich kniete nieder und griff nach dem Pfeil, dicht bei den blauen Federn. Ich stellte meinen Fuß wieder auf die Schnur, so dass Alys sich kaum bewegen konnte. Ich zog so fest ich konnte. Der Schaft glitt mit einem schrecklichen, saugenden Geräusch heraus, und der Hund kläffte entsetzt.

»Bravo«, sagte Lord Richard, der sich in der Nähe auf einen Baumstumpf niedergelassen hatte. »Und was jetzt?«

Ich warf ihm einen Blick heftiger Abneigung zu. Die Wunde blutete; nicht sonderlich, aber wir hatten noch einen langen Heimweg. Ich benutzte ein Messer, um den Saum meines Hemdes einzuschneiden, riss einen Streifen ab und verband dann die Wunde, so gut ich konnte. Alys versuchte nicht mehr, mich zu beißen. Sie saß schaudernd da und beobachtete mich mit vertrauensvollem Blick. Lord Richard sagte, sein Jäger hätte schlecht gezielt. Ich fragte mich, auf was er wohl gezielt hatte.

Er saß da und beobachtete mich, seine hellblauen Augen folgten jeder meiner Bewegungen. Ich lud mir mein Bündel auf den Rücken und bückte mich, um die zitternde Alys hochzuheben.

»Hmm«, sagte er. »Sehr unabhängig, nicht wahr? Ich würde

dir Hilfe anbieten, aber ich würde vermutlich gebissen werden. Zumindest von einer von euch.«

Ich konnte keine Gesten machen. Ich versuchte, ihm mit einer Kopfbewegung und einem Stirnrunzeln wissen zu lassen, dass es mir am liebsten wäre, wenn er mich jetzt nach Hause gehen ließe.

»O nein, das denke ich nicht«, sagte er leise. Sein Blick gefiel mir überhaupt nicht. »Ich glaube nicht, dass mein Neffe das billigen würde – sein kleiner Schützling alleine im Wald? Wo sie so viel zu tragen hat? O nein, das gehört sich nicht. Ich werde dich zumindest nach Hause begleiten. Allein Hughs Miene zu sehen, wird es wert sein.« Er streckte zwei Finger in den Mund und stieß einen schrillen Pfiff aus. Innerhalb kurzer Zeit kamen schweigende Männer mit Bogen aus vier verschiedenen Richtungen. Ihre Kleidung war grau, grün und braun, die Farben des Waldlandes.

»Ich gehe zu Fuß weiter mit dieser jungen ... Dame«, sagte Lord Richard, und wieder war die Pause zwischen den beiden letzten Worten hervorragend berechnet. »Ihr kommt ebenfalls nach Harrowfield. Nehmt die Pferde und reitet über die Straße. Informiert Lord Hugh, falls ihr ihm begegnet, dass es einen kleinen Unfall gab. Nichts, weshalb er sich Sorgen machen müsste. Ich werde später mit dem Mann sprechen, der diesen Pfeil abgeschossen hat.«

Sie verschwanden, und ich hatte keine andere Wahl, als mich in seiner Gesellschaft auf den Heimweg zu machen. Er bot mir nicht an, mein Bündel zu tragen, obwohl er es interessiert betrachtete.

Es ist seltsam, wie einige Dinge einem klar im Gedächtnis bleiben und andere verblassen. Ich kann mich immer noch an alles erinnern, was Richard an diesem langen Tag auf dem Heimweg sagte. Ich höre immer noch jedes sorgfältig gewählte Wort, jede Nuance seiner sanften Stimme, jede subtile Veränderung des Tonfalls. Ich spürte das Gewicht des kleinen Hundes in meinen Armen und das Blut an meinen Händen und das stachelige Bündel auf meinem Rücken. Ich schaudere, wenn ich mich an die Berührung von Lord Richards Händen an meinen Armen oder an meinen Schultern erinnere, wenn er so tat, als helfe er mir über den unebenen Boden. Ich hasste ihn. Ich verachtete ihn. Aber er war der Onkel des Roten und Lady Annes Bruder. Ich hätte ihm am liebsten in sein heimtückisch lächelndes Gesicht gespuckt. Aber ich biss die Zähne zusammen, starrte geradeaus und ging weiter.

»Ich bin überrascht, dass mein Neffe dich hat alleine gehen lassen«, stellte er fest, als wir zu der Klammündung kamen. »Ich dachte, er wisse seine Investition ein wenig besser zu schützen. Und was für eine Investition du einmal sein wirst, meine Liebe! Erstaunlich, was gutes Essen für die Figur eines Mädchens tun kann.« Ich warf ihm einen scharfen Blick zu und bemerkte, dass er mich von oben bis unten ansah, als versuchte er sich vorzustellen, was unter dem bescheidenen, grobgewebten Kleid war. Mir wurde kalt. »Sehr hübsch, junge Frau.« Ich versuchte nicht zuzuhören, aber es gab keine Möglichkeit ihn auszuschließen.

»Hugh ist wirklich dumm, dich so alleine davongehen zu lassen. Sehr dumm. Ist ihm denn nicht klar, dass jemand das ausnutzen könnte? Unser Hugh ist so vertrauensselig.« Er legte den Arm um meine Schultern und ich zuckte zurück.

»Ah!« murmelte er. »Temperamentvoll! Das ist noch besser. Der Junge hat wirklich Glück. Zweiundzwanzig und immer noch voll lächerlicher Ideale! Ich mache mir wirklich Sorgen um ihn. Wann wird er erwachsen werden? Selbst der junge Simon wusste mehr von der Wirklichkeit. Und dennoch – unser Hugh ist nicht ganz so edel, oder? Ich habe dieses Glitzern in seinen Augen gesehen, als er dich mir vorführte. Er dachte vermutlich, dass seine wildesten Träume wahr geworden sind, als er dich fand. Welcher Mann träumt nicht von einer ungezähmten Irin, biegsam wie ein Aal und unter dieser milchweißen Haut heiß wie Höllenfeuer, mit boshaften grünen Augen und Haar, das ihr wie schwarze Seide über die Schultern fällt? Das war etwas Neues für ihn, wie? Ich habe gehört, er kam mit ein paar Bissspuren zurück. Wie gefällt dir mein Neffe, junge Jenny? Erfüllt er deine Erwartungen?«

Ich konnte mein Erröten nicht aufhalten, die Scham und den Zorn, den seine Worte bewirkten. Warum war ich alleine hierher gekommen? Warum musste ich ihm zuhören? Ich hoffte nur, dass nichts von dem, was er sagte, wahr war. Bitte, es dürfte einfach nicht wahr sein.

»Ah, ich sehe«, sagte er träge. »Wir tun immer noch unschuldig, wie? Oder doch beinahe. Er spart dich auf. Aber wofür? Das kann ich mir nicht denken. Unser Junge mag an der Oberfläche makellos wie Schnee sein, aber darunter ist er ein heißblütiger Mann. Er hat dich vielleicht noch nicht angefasst, aber das wird er zweifellos. Frag ein paar von den Dorfmädchen, die werden dir etwas erzählen können. Er wird dich schon noch nehmen. Besonders wenn du jetzt mehr Fleisch auf den Knochen hast. Köstliches Fleisch, wenn ich mir die Freiheit nehmen darf, das zu sagen. O ja, und ich nehme sie mir.« Er lachte, und die Bäume schienen bei dem Geräusch zu schaudern. Alys drückte ihren Kopf an meine Brust. Meine Arme schmerzten von dem Gewicht.

»Ein langer Weg, nicht wahr?« stellte Lord Richard fest. »Solch ein langer Weg für kleine Füße. Warum setzen wir uns nicht eine Weile hin? Lernen einander ein wenig kennen? Du möchtest mich doch gern ein wenig besser kennen lernen, oder?«

Seine Stimme war wie Honig, wie Sirup mit einer großzügigen Portion Nachtschatten darin. Ich hätte ihn am liebsten getreten, wo es am wehsten tat. Wäre Alys nicht gewesen, dann hätte ich es getan, und ihm ins Gesicht gespuckt. Aber so richtete ich mich nur gerade auf, hielt den Kopf hoch und versuchte, den Hund besser zu halten. *Ich bin die Tochter des Waldes.* Für ein so kleines Geschöpf war Alys sehr schwer.

Richard ging einen Schritt hinter mir, und nun veränderte er seinen Tonfall leicht. Wir kamen zu dem Pfad unter den Weiden. Die Sonne hatte ihren Höchststand überschritten, und das Licht auf den nackten Zweigen war golden.

»Ich nehme doch an, dass dies der einzige Grund ist, wieso er dich hergebracht hat«, meinte er wie zu sich selbst. »Ich kann mir keinen anderen vorstellen. Du etwa?« Er rieb seine manikürten Hände. »Du findest es vielleicht seltsam, dass ich nicht mehr schockiert bin. Denn er soll schließlich meine eigene Tochter heiraten. Aber ein Mann muss sich die Hörner abstoßen, selbst ein verschlossener Idealist wie Hugh muss ein wenig Spaß haben. Das gibt ihm einen gewissen Vorteil, wenn er dann endlich heiratet. Wie sonst könnte er seine neue Frau in den zarten, köstlichen Künsten des Ehebettes üben? Nein, ich denke, unser Hugh wird bis zum Sommer viele Erfahrungen gesammelt haben. Dafür kann ich dir, meine Liebe, danken, ebenso wie anderen. Elaine ist wirklich reif dafür. Wie gut, dass du nicht reden kannst, mein Püppchen. Das macht diese ganze Geschichte so viel ... reizvoller. Findest du nicht auch?«

Wie konnte er so von seiner eigenen Tochter sprechen? Hatte der Mann denn kein Schamgefühl? Meine Ohren brannten, und ich wünschte, ich könnte den Hund absetzen und loslaufen. Ich biss die Zähne zusammen. *Wenn meine Brüder hier wären, würdest du dafür zahlen müssen. Sie würden dir zeigen, was es bedeutet, ein echter Mann zu sein.* Oh, wie ich mich danach sehnte, dass sie hier wären.

»Jetzt frage ich mich«, fuhr er fort, »welchen anderen Grund er noch haben könnte, dich so lange in seinem Haushalt zu behalten. Denn es tut ihm nicht gut. Die Leute reden. Auch mächtige Leute. Seine Mutter hasst es. Ich hasse es. Wenn du hier lange genug bleibst, wirst du ihm ernsthaft schaden. Weißt du, was sie sagen? Willst du es hören?«

Ich wünschte, ich könnte es nicht hören. Ich wünschte mir, ebenso taub wie stumm zu sein.

»Sie sagen, du hast ihn verzaubert«, meinte er kichernd. »Dass du eine Hexe bist und dass du dein Netz über ihn geworfen und ihn gegen seinen Willen in Bann geschlagen hast. Selbst seine besten Freunde sagen das. Dass er irgendwie an dich gebunden ist und dir nichts verweigern kann. Und du bist eine Frau aus Erin – eine Verwandte jener, die seinen eigenen Bruder getötet haben. Was hältst du davon, Jenny? Aber selbstverständlich heißt du nicht wirklich Jenny. Ich frage mich, wer dir einen solch unpassenden Namen gegeben hat. Nein, du bist eigentlich eine Maeve oder Colleen oder vielleicht Deirdre. Ein wilder, irischer Name. Jenny ist kein Name für eine kleine Zauberin aus dem Westen. Du kannst deine Netze jederzeit über mich werfen, junge Maeve. Es gibt ein paar Sachen, die ich dir beibringen könnte. Ich könnte dir helfen. Jemand, an den du dich wenden kannst, wenn es jemals ... unangenehm wird.« Dann nahm er mich bei den Armen und brachte sein Gesicht dicht an meines, so dass ich gezwungen war, ihn anzusehen. Er hatte dieselben Augen wie seine Schwester. Seine Zungenspitze schoss hervor und fuhr über die Lippen, und ich las die Begierde in seinem Gesicht.

Ich krampfte unwillkürlich die Hände zusammen, und Alys kläffte. Dann trat ich fest mit dem Absatz meines Winterstiefels auf Lord Richards Fuß, und er ließ mich fluchend los. Ich konnte nicht laufen, aber nun waren wir dicht an einer kleinen Brücke, die diesen Weg mit dem wichtigsten Wagenweg verband. Ich ging so schnell ich konnte, und sah nicht mehr über die Schulter. Und dann hörte ich Pferde und Stimmen auf dem Weg, und als ich unter den Weiden hervorkam, sah ich eine Gruppe von Reitern, die auf uns zugaloppierten. Sie zügelten ihre Pferde, und dann passierten mehrere Dinge gleichzeitig und sehr schnell, ohne dass ein Wort gesprochen wurde. Die Männer stiegen ab. Der Rote gestikulierte den anderen grimmig zu. Ein Mann nahm mir Alys ab und fluchte leise, als sie nach seinen Fingern schnappte. Jemand nahm mir das Bündel ab und warf es Ben zu, der es auffing und das Gesicht verzog. Dann wurde ich wie ein Kartoffelsack aufgehoben und auf das Pferd des Roten gesetzt, und er sprang hinter mir in den Sattel. Ich bezweifle, dass es länger dauerte, als man braucht, um bis zehn zu zählen.

»Onkel«, die Stimme des Roten war neutral. Er hatte die Hände allerdings so fest um die Zügel geschlungen, dass seine Knöchel weiß aussahen. »Du hast uns von diesem Besuch nicht unterrichtet. Ich fürchte, wir sind nicht in der Lage, dir ein angemessenes ... Willkommen zu bereiten.« Es schien, dass auch er ein Meister der bedeutungsvollen Pause war. »Sei versichert, dass so etwas nicht wieder vorkommen wird.«

»Hmm.« Richard hinkte sichtlich. »Du bist durcheinander, Junge. Das ist verständlich. Du dachtest, du hättest deine kleine Freundin verloren, nicht wahr? Der Hund hatte ein kleines Problem. Nichts Ernstes. Aber du musst auf das Mädchen aufpassen. Wenn du sie zu weit herumspazieren lässt, könnten die Informationen an falsche Ohren geraten. Man kann nicht vorsichtig genug sein.«

»Meine Männer werden dir ein Reittier geben«, sagte der Rote, als hätte er kein Wort gehört. »Ich werde vorausreiten und meine Mutter bitten, alles für deine Ankunft vorzubereiten. Zweifellos wird sie froh sein, dich zu sehen.« Mit diesen Worten spornte er sein Pferd an, und wir waren im Galopp auf und davon.

Der Ritt nach Hause dauerte nicht lange. Er war schnell und unbequem. Der Rote wartete auf niemanden, ließ das Pferd galoppieren, als wir uns der Pappelallee näherten. Ich wäre heruntergefallen, wenn er seinen Arm nicht fest um meine Taille gehabt und mich an sich gedrückt hätte, während er das Pferd mit den Knien und der anderen Hand lenkte. Er ritt direkt zur Haupttreppe, sprang sofort aus dem Sattel und hob mich mit sich. Wie üblich in diesem geordneten Haushalt erschien ein Stallknecht, um das Pferd wegzuführen. Ich wurde nach drinnen und sofort zu Margerys und Johns Räumen gebracht. Der Rote klopfte, riss die Tür auf und schob mich in die Arme einer verblüfften Margery.

»Bleib hier«, sagte er. »Und rühr dich nicht vom Fleck, bis ich zurückkomme. Das ist ein Befehl.« Dann hörte ich, wie er wieder nach unten ging und nach Lady Anne rief.

»Was ist denn? Was ist passiert? John? Ist alles in Ordnung mit John?« Auf Margerys sonst so glatter Stirn erschien eine Sorgenfalte.

Ich nickte. John, nahm ich an, war immer noch mit Pflügen beschäftigt. Margery führte mich hinüber zum Feuer, drückte mich auf eine Bank und gab mir einen Becher Met in die Hand. Ich bemerkte, dass ich zitterte, und ich war so durcheinander, dass ich meine Gefühle nicht hätte erklären können, selbst wenn ich hätte sprechen dürfen.

Johnny lag in der Wiege, aber er war wach. Ich sah, wie er mit den winzigen Händen in die Luft griff, und hörte, wie er kleine Geräusche ausprobierte. Margery hob ihn hoch, die Hand sanft um seinen kahlen Kopf. Sie legte ihn an ihre Schulter und setzte sich mir gegenüber.

»Trink«, sagte sie. »Ich weiß nicht, was los ist, aber du bist kreidebleich, und der Rote sah nicht viel besser aus. Ich nehme an, ich werde es bald erfahren.«

In diesem Augenblick ging die Tür auf, wurde wieder geschlossen, und der Rote kam auf mich zu und zog mich von der Bank, seine großen Hände fest an meinen Schultern. Ich hatte nie gehört, dass er die Stimme erhob, seit wir nach Harrowfield gekommen waren. Jetzt schrie er mich an.

»Wie kannst du es wagen!« Er schüttelte mich. »Wie kannst du es wagen, mir nicht zu gehorchen! Du hast mir dein Wort gegeben! Musste so etwas passieren, damit du begreifst, wie dumm du bist? Was hast du dir nur gedacht?«

Johnny begann zu weinen, und Margery sagte recht streng zum Roten: »Du tust ihr weh.«

Der Rote fluchte, ließ mich los und wandte mir den Rücken zu. Ich berührte die Stellen, wo er mich fest gehalten hatte. Ich würde wieder blaue Flecken bekommen. Ich hatte ihn noch nie so zornig gesehen. Nicht einmal, als er in der Nacht, als Johnny zur Welt kam, mit seiner Mutter gestritten hatte.

»Es tut mir Leid«, sagte er leise. »Es tut mir Leid. Aber was ist über dich gekommen, so allein wegzugehen? Ich dachte, ich hätte es dir erklärt. Ich dachte, du wüsstest um die Gefahren. Mein Gott, wenn – hat er dich angefasst? Hat er dir wehgetan?« Jetzt starrte er mir fragend in die Augen. Heute waren seine Augen vom Blau der Schatten auf tiefem Eis. Ich schüttelte den Kopf. Ich würde nicht weinen. Ich würde nicht daran denken, was Lord Richard gesagt hatte. *Welchen anderen Grund könnte er haben, dich hier zu behalten?* Ich würde nicht mehr daran denken. *Es heißt, du hättest ihn verzaubert. Er kann dir nichts verweigern.* Ich würde es vergessen. Es war Unsinn. Ich würde nicht weinen. Ich blinzelte und schniefte, und eine einzelne verräterische Träne lief mir über die Wange. Praktisch wie immer suchte der Rote in seiner Tasche und holte ein Leinenrechteck heraus. Als seine Hand dicht zu meinem Gesicht kam, zuckte ich unwillkürlich zurück und schlang die Arme verteidigend um mich. Der Rote sah aus, als hätte ich ihn geschlagen. Er wandte sich ab und legte die Hand einen Augenblick lang über die Augen, als wolle er nicht, dass ich seinen Blick erkenne. Es ist wahr, dachte ich. Ich bin eine Last. Ich hätte nie hierher kommen dürfen. Ich habe nur Zwietracht in einen friedlichen Haushalt gebracht. Er hätte mich nicht herbringen dürfen. Und er weiß es.

»Was hat er dir gesagt?«

Der Rote hatte mir den Rücken zugewandt, und er sprach so

leise, dass ich ihn kaum hören konnte. Die Intensität seines Tones erschreckte mich, und ich konnte nur zu Boden schauen oder an die Wand, überall hin, nur ihn nicht ansehen. Das war eine Frage, die ich nie beantworten können würde.

»Will mir vielleicht jemand sagen, was hier los ist?« fragte Margery und schaute von mir zum Roten und wieder zurück. Johnny war jetzt still und hatte nur noch einen kleinen Schluckauf. »Was hat sie so Schreckliches getan, Roter? Was könnte Jenny denn tun, dass du sie so behandelst und sie anschreist und zum Weinen bringst? Ich dachte, wir wären hier erwachsene Männer und Frauen und keine wütenden Kinder. Ich hoffe, du wirst dich in meinem Haus nie wieder so benehmen.« Der Rote starrte sie an. Ich hatte den Eindruck, dass er Falten um den Mund hatte, die zuvor nicht da gewesen waren.

»Es tut mir Leid, Margery«, sagte er bedrückt. »Das war ungerecht von mir. Wenn jemand einen Fehler gemacht hat, dann ich. Aber das hier ist der einzige Ort, an dem sie sicher ist, solange mein Onkel sich hier befindet. Ich habe nicht lange Zeit; ich muss unten sein, wenn er eintrifft. Und nun, Jenny«, sagte er, wandte sich mir zu, und ich konnte sehen, dass er immer noch zornig war, sehr zornig, aber seine Stimme beherrschte. »Ich muss wissen, warum du so weit gegangen bist. Ich muss wissen, warum du dein Versprechen gebrochen hast.«

Meine Schultern schmerzten. Mir taten die Füße vom Laufen weh, und meine Arme waren taub, weil ich Alys so lange getragen hatte. Meine Hand blutete, wo der Hund mich gebissen hatte. Sein Onkel war ein Ungeheuer, und im Augenblick hielt ich vom Neffen auch nicht viel. Ich hielt meine Hände ruhig an den Seiten. Der Rote ballte eine Faust und schlug sich fest in die andere Hand.

»Verdammt, Jenny, sag es mir!«

»Ich glaube, ich weiß es«, warf Margery ein und warf mir einen nervösen Blick zu.

»Jenny hat nach weiteren Vorräten der Pflanze gefragt, die sie benutzt – dieser Pflanze, die wir Spindelbusch nennen, aus denen sie ihre Webarbeiten herstellt. Sie hat die Vorräte, die sie mitgebracht hat, erschöpft. Ich fürchte, ich habe mich geweigert, ihr zu helfen, weil ich hoffte, sie würde diese schreckliche Weberei und Spinnerei beenden. Ich nehme an, sie hat versucht, die Pflanzen selbst zu finden.«

Der Rote kniff die Augen zusammen. »Man hat dir gesagt, du sollst auf sie aufpassen«, sagte er, und die Kälte in seiner Stimme ließ Margery blass werden. »Sie muss seit dem frühen Morgen weg gewesen sein. Warum hast du ihr niemanden hinterher geschickt? Warum habe ich die Botschaft erst erhalten, als man Richards Männer auf der Straße erspähte?«

»Es tut mir Leid«, sagte Margery. Sie sagte ihm nicht, dass ich sie angelogen hatte. Es war vielleicht das erste Mal in meinem Leben, dass ich überhaupt gelogen hatte.

»Großer Gott, kann ich denn niemandem trauen?«

Ich wünschte, er würde endlich gehen und mich meinem Elend überlassen.

»Jenny, warum hast du mich nicht gefragt?« wollte er schließlich wissen. »Ich weiß, wo deine Pflanze wächst. Ich kenne jede Ecke dieses Tals. Ich kann sie dir jederzeit bringen, bis zu deiner Tür, wenn du das willst. Es ist nicht notwendig, dass du die Sicherheit dieser Mauern verlässt. Und du wirst es in der Zukunft auch nicht mehr tun. Hast du das verstanden? Du wirst es nicht tun.«

Ich musste das so gut wie möglich beantworten. *Du – schneidest die Pflanze – nein. Nicht gut. Ich. Ich schneide, spinne, webe, nähe. Nur ich.*

»Dann werde ich dich hinbringen«, sagte er, nun wieder ein wenig ruhiger, obwohl er die Hände noch auf dem Rücken verbarg. »Ich bringe dich hin und passe auf, während du erntest, und bringe dich wieder nach Hause. Jetzt muss ich gehen. Margery, ich will, dass du sie hier behältst. Ihr werdet beide vom Abendessen entschuldigt sein. Meine Mutter schuldet mir einen Gefallen.« In der Tür drehte er sich noch einmal um. »Einer meiner Männer, ein Stallbursche, der sich mit solchen Dingen auskennt, kümmert sich um den Hund«, sagte er. »Sie ist in guten Händen.«

»Nun gut«, sagte Margery. Sie legte das nun schlafende Kind wieder in die Wiege zurück und setzte einen Kessel aufs Feuer. »Du hast ihn ganz schön geärgert.« Und dann sagte sie nichts mehr über diese Angelegenheit, aber während der Nachmittag verging, wir Pfefferminztee kochten und ich ihr beim Wolle wickeln und Haferkuchen backen half, merkte ich oft, dass ihr Blick auf mir ruhte, und ich fragte mich, was sie wohl dachte.

Diesmal blieb Richard länger, als es jedem von uns lieb war – jedem, mit Ausnahme vielleicht von Lady Anne. Seine Anwesenheit hatte einen unmerklichen, aber nicht zu leugnenden Einfluss auf den Haushalt. Während die Leute den Roten und seine Mutter mit einer Achtung behandelten, die ihren Wunsch zeigte, sie zu erfreuen und Dienste zu leisten, die immer ein wenig über das hinausgingen, was die Pflicht verlangte, entsprang ihre Achtung vor Lord Richard der Angst. Nicht, dass er jemals offenen Zorn zeigte oder seine Unzufriedenheit in deutliche Worte kleidete. Es war eher etwas an seiner Miene, eine hochgezogenen Braue oder ein heimtückisches, dünnes Lächeln. Es lag in der Art, wie er einen Kelch von einer Dienerin entgegennahm und dabei ihre Hand mit der seinen berührte. Es lag in seinem Tonfall, wenn er einem Stallknecht einen Befehl gab oder einen seiner eigenen Männer mit einer arroganten Geste entließ. Ich denke, er verachtete uns alle; er glaubte irgendwie über uns zu stehen. Keiner war immun gegen seine abschätzigen Bemerkungen, seine wegwerfenden Beleidigungen, nicht einmal der innere Kreis dieses Haushalts. Aber wie ich schon sagte, er tat es auf subtile Art. Er wusste, wie man jemandem auf eine Weise wehtat, die vermutlich niemand außer dem Opfer vollkommen verstand.

Aber sie waren stark. Wenn Richard Ben über sein Widerstreben, mit ihm in den Krieg zu ziehen, befragte, lachte Ben einfach nur darüber. Wenn er glaubte, dass man seine Männlichkeit beleidigt hatte, ließ er es sich nicht anmerken. Richards Waffen gegen John waren hinterhältiger. Mehr als einmal hörte ich, wie er versuchte, ihn zu einer Reaktion zu provozieren, ihn in eine Debatte über die Verwaltung der Ländereien und über die Verantwortung des Verwalters für die Verteidigung der Region zu verstricken. Hugh, erklärte Lord Richard, kümmerte sich zu sehr um die Zukunft des Landbaus, um sein Vieh und die Erhaltung seiner Mauern und Zäune. Was war mit der gesamten westlichen Küste? Was mit seinen Pflichten gegenüber den Nachbarn und – noch mehr als das – gegenüber seiner Mutter? Wann würde er etwas gegen das Volk unternehmen, das den jungen Simon getötet hatte? John war von Natur aus ein schweigsamer Mann. Er tat, was getan werden musste, und sprach nur, wenn es notwendig war. Er ging mit Richard um, wie ich es erwartet hätte: Er erklärte, er sei Hughs Mann und hätte nie einen Grund gehabt, Hughs Urteil zu misstrauen. Außerdem stellten die Dänen die wahre Gefahr dar und nicht die Iren. Als Richard einen Schritt weiter ging und wissen wollte, ob John keine Angst um die Sicherheit seiner Frau habe – ein solch reizendes Mädchen, wie eine feine Rose – und um seinen neugeborenen Sohn, stand John einfach auf und ging.

Lady Anne jedoch war Richards Schwester. Während dieser langen Tage, die sein Onkel in Harrowfield verbrachte, machte der Rote mehr als einen Versuch, zu verhindern, dass die beiden zu viel miteinander allein waren. Aber er konnte das nicht ständig tun. Er konnte nicht die ganze Zeit im Haus sein, denn es wurde wärmer, und die Arbeit auf dem Land war in vollem Gang, Pflügen, Pflanzen, die ersten Lämmer. So gingen eines

Nachmittags Lady Anne und ihr Bruder in ein ernstes Gespräch vertieft im Garten auf und ab, und ich beobachtete sie vom Fenster des lang gezogenen Raumes aus und fragte mich, was sie ihm wohl erzählte. An diesem Abend, beim Abendessen, merkte ich, wie Richards durchdringender Blick von mir zum Roten und wieder zurück wanderte, und ich fragte mich, wie lange es dauern würde, bis er mich das nächste Mal allein erwischte.

Endlich, eines Abends, verkündete Richard, dass er und seine Männer am nächsten Tag abreisen würden. Man konnte beinahe erleichtertes Aufatmen hören. Der ganze Haushalt war ununterbrochen gereizt, und ich glaube, niemand war traurig, ihn gehen zu sehen. Selbst Lady Anne widersprach nicht. Sie bat allerdings, dass wir uns später am Abend zu einem Becher heißen Punsch versammeln sollten, um ihm Lebewohl zu sagen, und diese Bitte schloss auch Margery und mich ein. Eine ganze Anzahl phantasievoller Entschuldigungen waren zuvor für mich gefunden worden, aber diesmal gab es keinen Ausweg, und daher saß Lady Anne einige Zeit später mit ihrem Bruder und ihrem älteren Sohn in der Halle, und ich duckte mich in die Schatten und versuchte, unauffällig zu bleiben. Der Rote saß am Fenster, beschäftigt mit seiner Schnitzarbeit. John stand hinter Margerys Stuhl. Eine junge Dienerin war nach oben geschickt worden, um sich um Johnny zu kümmern, aber der Junge schlief gut, und sie würde wenig zu tun haben. Eine Landkarte war auf dem lang gezogenen Tisch ausgebreitet, und daneben standen zwei von Richards Männern mit Ben und unterhielten sich über die Genauigkeit der Grenzlinie.

»Was haltet Ihr davon, junger Benedict?« Richard warf diese Bemerkung lässig über seine Schulter. Er hatte unbeteiligt gewirkt, ihnen aber offenbar sorgfältig gelauscht. »Glaubt Ihr, wir können diesen Wachturm am Nordende der Bucht vor Mittsommer einnehmen? Wenn man diesen Turm hält, hat man einen Landeplatz, der recht sicher sein sollte. Das war immer eines unserer Probleme; das und ihre kunstvolle Art zu segeln. Ich habe nie ganz begriffen, wie sie das machen. Sie kommen aus dem Nichts, mit ihren schlauen, kleinen Booten. Man weiß nie, wann man für sie bereit sein muss.«

»Es heißt, sie verwenden Hexerei.« Das war einer von Richards Männern. »Dass jeder Klan einen Zauberer hat, einen Magier, der Stürme und Nebel heraufbeschwören kann, indem er sich an den Teufel wendet. Es heißt, ganze Armeen sind auf diese Weise verschwunden. Nicht, dass ich es glauben würde. Aber es gibt Geschichten.«

»Geschichten, die nur verbreitet wurden, um den Feind zu verschrecken«, meinte Richard zynisch. »Eine erprobte Taktik. Ganz ähnlich, wie sich anzumalen oder beim Angreifen Trommeln zu schlagen. Es überrascht den Feind, macht ihn nervös, erschreckt ihn. Es gibt keine Zauberei. Sie hatten Glück, das war alles, und sie kennen sich mit dem Wetter dort aus. Diese Leute sind keine größeren Zauberer als du oder ich.«

»In der Tat«, erwiderte der andere Mann. »Denn sie haben christliche Priester, die zweifellos so etwas nicht zulassen würden. Und außerdem, wer hat schon je von Hagel so groß wie Hühnereier gehört, oder von einem Sturm, der plötzlich aus dem Nichts auftaucht, oder Regen aus klarem Himmel?«

In diesem Augenblick warf ich dem Roten einen Blick zu, und der Rote schaute mich an. Ich erinnerte mich an die Berührung seiner Hand in diesem plötzlichen Regen, diesen festen, warmen Griff, der das einzig Wirkliche in diesem wilden, druidischen Regen gewesen war. Dieser Sturm hatte uns beiden das Leben gerettet. Ich las in seinen Augen, dass er an dasselbe dachte.

»Diese Geschichten sind alt«, meinte Richard nachdenklich und streckte seine eleganten Beine zum Feuer hin. »Es ist ein seltsamer Ort mit einem seltsamen Volk. Je mehr ich über sie erfahre, desto schwerer fällt es mir, sie zu verstehen. Eines Tages wird das ganze Land zweifellos uns gehören, und die Überreste dieses wilden Volkes werden einfach verschwinden, durch Tod oder Verfall oder Inzucht. Ihre Widerstandskraft hat Grenzen, dank ihres Aberglaubens und ihrer irrationalen Ängste. Sie kämpfen mit solcher Wildheit, es scheint, als achteten sie ihr eigenes Leben kaum. Sie haben ihre kostbaren Inseln schon verloren. Dieser Platz gehört uns. Ich hoffe, mit meinem sommerlichen Feldzug den nächsten Schritt vollziehen zu können.«

»Wie bald plant Ihr zurückzukehren?« fragte John höflich.

»Bald genug«, erwiderte Richard. »Ich habe vor, das nächste gute Wetter zu nutzen. Während du also draußen auf deinen Feldern bist, Hugh, und Bauer spielst, kannst du an mich und die meinen denken, wie wir diesen Ort für dich sichern. Da wir unsere Strände von dieser Geißel befreien, kannst du dein Vieh in Frieden hüten.«

»Das werde ich tun«, sagte der Rote. »Sei versichert, Onkel, dass ich häufig an dich denke.«

»Hmm.« Richard schien das in dem Geist aufzunehmen, in dem es ausgesprochen worden war. »Ich würde mich freuen, wenn ich den jungen Ben hier diesmal überreden könnte, mitzukommen. Aber er lässt sich einfach nicht beschwatzen.«

»Ihr habt doch sicher nicht vor, dort eine Truppe zurückzulassen, nachdem Ihr ein Stück Land erobert habt?« warf John ein, der offenbar gegen seinen Willen interessiert war. »Diese Kriegsherren dort kennen das Land viel besser als wir, und ihre Streitkräfte sind beträchtlich. Wie könnt Ihr eine solche Festung bemannen? Wie wollt Ihr sie versorgen? Die Stellung wäre extrem gefährdet. Was ist mit den Nordmännern? Ihr wäret für alle ein bequemes Ziel. Und weshalb solltet Ihr Euch dort niederlassen?«

Richard lachte. »Ich nehme an, in dem großen, langfristigen Muster ist das nur ein kleiner Zug. Mein Hauptvorteil liegt in den Inseln selbst; ihr seid euch wahrscheinlich nicht bewusst, eine wie große Streitmacht dort einige Zeit lang verborgen werden kann. Tatsächlich bin ich in der besten Position, einen Außenposten am anderen Ufer zu unterstützen. Das wird ihre Eitelkeit treffen, diese kleinen Lords mit den unaussprechlichen Namen. Das wird sie herauslocken. Und dann werden wir sehen.«

Kurzes Schweigen entstand.

»Du hast doch nicht etwa die Hoffnung, über die Küste hinwegzukommen?« meinte der Rote barsch. »Wenn du das vorhast, unterschätzt du deinen Feind.«

»*Unseren* Feind, Junge, *unseren* Feind«, sagte Richard, erhob sich und stellte sich seinem Neffen gegenüber, der sich immer noch auf seine Schnitzarbeit konzentrierte. »Nun, man hat mich vieles genannt, aber noch nie dumm. Ich will mich einfach nicht zufrieden geben. Es sind die Inseln, die zählen. Wer diese Inseln hält, kann seine Küste sichern. Solange ich sie habe, habe ich den Geist des Feindes in meiner Hand. Sie glauben dort, diese Inseln seien eine Quelle der Magie und der Macht. So lange ich sie besitze, ist der Feind geschwächt. Aber es genügt nicht, hier zu sitzen und auf den nächsten Angriff zu warten. Wir müssen uns als Erste bewegen, wir müssen ihnen unsere Willenskraft zeigen und aus welchem Stoff wir gemacht sind. Und vergiss nicht, ich bin nicht allein. Ich habe die Unterstützung dreier unserer engsten Nachbarn und hundert ihrer besten Kämpfer, um das zu beweisen. Dein eigener Haushalt, Hugh, ist der Einzige in dieser Region, der an dieser Expedition nicht teilnehmen wird.« Er warf Lady Anne einen Blick zu. »Das beschämt mich, Junge. Mein eigenes Fleisch und Blut. Aber es ist immer noch Zeit, eine kleine Truppe aufzustellen. Ich würde deine Unterstützung willkommen heißen.«

Immer noch beschäftigte sich der Rote mit dem kleinen Stück Holz. Er blickte nicht einmal auf.

»Du weißt, wie ich über diese Dinge denke, Onkel«, sagte er.

»Ich habe nicht vor, zuzulassen, dass gute Männer ihr Leben für nichts wegwerfen. Das ist deine Fehde, nicht die meine. Ihre Ursprünge sind so gut wie vergessen, so viele Jahre tobt sie schon, so viele Leben hat sie gekostet. Verzeih mir, wenn ich mein eigenes oder das meiner Leute nicht hinzufüge.«

»Die Inseln zu halten, ist eine Sache«, meinte Ben, der immer noch die Landkarte ansah. »Aber Ihr könnt nicht hoffen, darüber hinwegzukommen, und hier – seht Ihr dieses große Waldstück, das seine Arme beinahe bis zum Meer erstreckt? Wir waren dort. Das ist ein seltsamer Ort: ein tiefer, undurchdringlicher Wald, der heftig verteidigt wird. Das Gelände ist steil und verräterisch. Es gibt einen riesigen See zwischen diesen Bäumen, und eine Festung. Niemand kann sich ihr mehr als eine Tagesreise nähern. Es wimmelt dort nur so von Bewaffneten, und wenn sie einen nicht umbringen, dann erledigen das der Hunger, die Kälte und überhaupt dieser ganze unheimliche Ort. Wenn Ihr wirklich etwas erreichen wollt, müsst Ihr weiter nach Norden.«

Richard kniff die Augen ein wenig zusammen. »Ihr sprecht wie ein echter Kämpfer«, sagte er. »Seid Ihr sicher, dass Ihr nicht mit mir kommen wollt, Junge? Kannst du den Jungen eine Weile entbehren, Neffe?«

Der Rote blies ein wenig Sägemehl weg und steckte seine Schnitzarbeit wieder in die Tasche. Er wischte sich das kleine Messer am Hemd ab und steckte es in den Stiefel.

»Ich treffe nicht die Entscheidungen für Ben«, sagte er leise.

»Nun, Junge?«

Ben lachte. »Nein, nicht ich. Ich habe hier viel zu tun. Außerdem ist der Kampf gegen dieses Volk, als kämpfte man gegen einen Stamm von – von Geistern oder Gespenstern. Nicht, dass wir nicht ein- oder zweimal Eindruck gemacht hätten. Aber sie haben diese Angewohnheit, aus dem Nichts aufzutauchen, und wenn sie mit einem reden, sprechen sie nur in Rätseln.«

»Und was ist mit dem Wetter?« warf John ein. »In einem Augenblick scheint die Sonne, im nächsten schüttet es. Man könnte ihre Geschichten von Magie und Zauberei beinahe glauben, wenn man sich lange genug dort aufhält. Ich habe es nicht eilig, dorthin zurückzukehren. Mir ist eine Schafherde lieber.«

Ich glaube, sie neckten ihn. Aber Richard dachte schon wieder an etwas anderes und sprach wie mit sich selbst.

»Magie und Zauberei. Da fällt mir etwas ein.« Er ging zur Feuerstelle, um sich den Rücken zu wärmen. Sein Schatten fiel lang gezogen in den Raum, sein Körper wurde von den flackernden Flammen umrissen. »Ihr habt den See und die Festung im Wald erwähnt. Ich habe aus dieser Gegend eine ausgesprochen seltsame Geschichte gehört, eine Geschichte, die den ganzen Verlauf meines Kriegszugs verändern könnte. Der Herr dieser Region heißt Colum von Sevenwaters. Es gibt viele Geschichten über seinen See und seinen Wald und seine Festung; noch mehr Geschichten über die Wildheit seiner Krieger, zu denen auch seine eigenen Söhne gehören. Diese Geschichten sind wahr genug. Wie ihr wohl wisst, ist es diese Region, in der Simon verschwand und meine eigenen Männer niedergemetzelt wurden. Ich habe mich häufig gefragt, ob – aber das ist jetzt gleich. Colums Männer sind kein barbarischer Haufen. Sie sind stark, diszipliniert und gut bewaffnet, und sie kämpfen, als kümmerte sie das Morgen nicht. Wie Ihr sagtet, junger Ben, man müsste dumm sein, einen Angriff auf das Heim eines solchen Mannes zu führen. Aber wie ich höre, haben sich die Dinge für Colum in den letzten Jahren verändert. Wie das geschah, ist schwer zu sagen; es gibt viele Versionen darüber. An einem Tag war er noch ein Mann mit sechs erwachsenen Söhnen. Am nächsten Tag hatte er keinen mehr.«

Jeder, der Richard auch nur annähernd kannte, wusste, dass er niemals eine Geschichte einfach nur zur Unterhaltung erzählte. Es musste ein Haken daran sein, eine verborgene Botschaft.

»Was ist aus ihnen geworden?« fragte Lady Anne.

»Nun, es gibt ein paar Theorien«, erwiderte Richard. »Es heißt, sie waren am Seeufer, und ein großer Wassergeist hat einen Sturm entfacht, der sie ins Wasser zog und ertränkte. Eine andere Geschichte lautet, sie seien von einem Feind, einem wie mir, vergiftet worden, der ihre Leichen dann irgendwo im Wald versteckt hat. Eine dritte Geschichte lautet, dass die Jungen eines Morgens zur Pilzsuche gingen und weggeholt wurden. Sie glauben dort noch ans Kleine Volk, an Elfen und Feen, wisst ihr. Seltsam, dass es möglich ist, dass sie christliche Priester in ihren Häusern haben, am Sonntag zur Messe gehen, und den Kopf trotzdem noch voller Aberglauben haben. Ja, es ist eine seltsame Sache. Wenn es stimmt, wird Colum geschwächt sein und nicht mehr den Willen haben, sich uns zu widersetzen. Der richtige Augenblick, um zuzuschlagen.« Er illustrierte das letzte Wort mit einer raschen Bewegung seines Armes. »Oh, und ich habe ganz vergessen«, sagte er, und nun sah er mich an, »es gab auch eine Tochter. Sie ist mit ihren Brüdern verschwunden. Alle auf einmal. Ich hörte, ihre Mutter sucht sie. Oder war es die Stiefmutter? Sie hat überall hin Späher ausgeschickt. Aber sie sind einfach verschwunden. Wie Simon. Vielleicht haben sie die Feen ja alle mitgenommen. Es war etwa zur selben Zeit.«

Diesmal erstreckte sich das Schweigen länger. Ich schauderte. Ich dachte, sie müssten mich alle ansehen und sich fragen, wer ich war und wohin ich gehörte. War es einfach ein blinder Schlag gewesen, hatte er nur geraten? Wie war es möglich, dass Richard über die Wahrheit gestolpert war?

»Das wäre wirklich herzzerreißend, sieben Kinder auf einmal zu verlieren«, sagte Margery leise. »Es könnte einen Mann um den Verstand bringen.«

»Ich würde es meinem schlimmsten Feind nicht wünschen«,

meinte Lady Anne. »Aber es tut mir weh, dass du so über Simons Schicksal spottest, Richard. Ich hoffe, du wirst versuchen, noch mehr über seinen Verbleib zu erfahren, wenn du dorthin zurückkehrst. Ich kann nicht glauben, dass es keine Spuren von ihm gab. Auch wenn es das ist, was Hugh mir sagt.«

Richards Miene nahm einen Ausdruck brüderlicher Besorgnis an. »Selbstverständlich werde ich Nachforschungen anstellen«, sagte er. »Ich habe ein hervorragendes Netzwerk von Informanten, die mir auch dienen, wenn ich weit von dieser Region entfernt bin. Du wärest überrascht, was ich alles höre. Aber ich denke, du musst begreifen, Schwester, dass die Häuptlinge von Eire so brutal sind wie ihre Kämpfer. Sie geben nichts auf Gefangene, nachdem diese erst einmal ihren ... ihren Zweck erfüllt haben. Und Simon war noch sehr jung. Ich denke, nach so langer Zeit solltest du nicht viel mehr erwarten. Wenn es denn, wie du sagst, ein Zeichen, einen Hinweis gegeben hätte ...«

Wieder sah er mich an, ein dünnes Lächeln auf den Lippen.

»Ich habe dich vielleicht nicht richtig verstanden, Onkel«, sagte der Rote leise. »Willst du damit andeuten, wenn man meinen Bruder gefangen genommen und gefoltert hätte, wäre er nicht imstande gewesen, dem zu widerstehen? Es tut mir Leid, dass ich so offen davon spreche, Mutter«, fügte er hinzu, »vielleicht sollten wir uns unter vier Augen unterhalten«, meinte er dann, wieder zu seinem Onkel gewandt.

»Das ist nicht nötig, mein Junge«, meinte Richard freundlich. »Wir sind hier alle Freunde. Von der kleinen Jenny vielleicht einmal abgesehen, die eine solch einzigartige Stellung in deinem Haushalt hat, dass ich einfach nicht herausfinden kann, welche. Und sie kann nicht sprechen, daher brauchen wir uns keine Sorgen darüber zu machen, was sie hört, oder?«

»Simon mag ein fehlgeleiteter junger Mann gewesen sein«, warf John ein, »aber niemand hätte je behaupten können, dass es ihm an Rückgrat fehlt. Seine Willenskraft war für einen so jungen Mann beeindruckend.« Das entsprach der Wahrheit, dachte ich und erinnerte mich an die Verzweiflung in diesen blauen Augen, an den Hass, den er gegen sich selbst gewandt hatte. Er konnte es nicht ertragen, sich für einen Verräter zu halten. Ich war überzeugt, dass er auch keiner war.

»Er war erst sechzehn«, sagte Lady Anne. »Wir wissen, aus welchem Stoff er gemacht war; ich muss dich nur ansehen, Hugh, um ihn wieder vor mir zu haben. Aber er war bei allem Mut und aller Entschlossenheit mein Junge. Vielleicht war es mehr, als er ertragen konnte.« Ihre Stimme war heiser von ungeweinten Tränen.

»Das ist reine Spekulation«, sagte Ben mit leichtem Stirnrunzeln. »Außerdem würde es sich kein irischer Lord erlauben, einen solchen Gefangenen entkommen zu lassen. Was ist mit dem Lösegeld? Und sie würden sich schon denken können, wer er war, ob er es ihnen gesagt hat oder nicht. Es ist einfach unsinnig.«

Richard schritt anmutig durchs Zimmer. Er ließ sich Zeit, bevor er wieder sprach, als wolle er seine Worte sorgfältig abwägen. »Es ist nicht abzustreiten«, meinte er schließlich, »dass alle meine Männer getötet wurden. Jeder Einzelne von ihnen. Außer Simon. Wieso sollte der Feind so etwas tun? Zweifellos hat man das Leben des Jungen nicht bewahrt, weil man wusste, wer er war, denn es wurde niemals Lösegeld gefordert. Hat er einfach seine Kameraden aus Furcht verlassen und ist verschwunden? Kaum. Außerdem dürfte es ihm schwer gefallen sein, sich einfach unter dieses Volk aus schwarzhaarigen, bleichgesichtigen Fanatikern zu mischen. Und wie ihr schon sagt, was immer seine Fehler sein mögen, der Junge hatte überdurchschnittlichen Mut. Und daher ist es alles andere als Spekulation, darüber nachzudenken, dass sie es aus ihm herausgezwungen haben – jene Information, die seine Kameraden verriet und den Feind in der Nacht zu ihnen führte. Aber wir dürfen ihm keine Schuld geben. Wie du sagst, Schwester, er war kaum sechzehn Jahre alt. Er wollte ein Mann sein. Aber als es ernst wurde, erwies er sich als zu schwach.«

Plötzlich war ich unglaublich wütend, und bevor ich mich beherrschen konnte, machte ich eine Geste, die deutlich sagte, *Nein. Du lügst.* Und ebenso plötzlich wandte sich mir jedes Augenpaar im Raum zu.

»Ich würde dich wirklich gerne sprechen hören, kleines wildes Mädchen«, sagte Richard. Obwohl sein Tonfall sanft war, war sein Blick so hart und kalt wie Eisen. »Woher kommst du? Was könntest du uns sagen? Und wieso siehst du plötzlich so wütend aus wie eine Wölfin, die ihre Jungen verteidigt? Du weißt etwas von dieser Geschichte, da bin ich sicher. Es ist so praktisch für dich, nicht sprechen zu können. Ich frage mich, was dein Volk dafür zahlen würde, dich sicher wieder zu Hause zu haben.«

Alle schwiegen. Ich sah ihm direkt in die Augen. *Ich habe keine Angst vor dir. Ich habe keine Angst.*

»Sie ist ein gutes Mädchen«, sagte Margery unerwartet. »Sie will nichts Böses, Herr, da bin ich sicher.«

»Nicht nur das«, meinte Ben mit schiefem Grinsen. »Sie wäre überhaupt nicht hergekommen, wenn wir ihr eine Wahl gelassen hätten. Unsere Jenny hat überhaupt nichts für Seereisen übrig. Sie ist gegen ihren Willen hier.«

»Außerdem«, meinte John, »wenn Ihr andeuten wollt, dass eine adlige Familie vielleicht Lösegeld für sie zahlen würde, irrt Ihr Euch sicher. Ich bin überzeugt, dass sie einige Zeit für sich selbst sorgen musste. Sie hat keine andere Familie als diese hier.«

»Ein Kind?« Richard wirkte wie ein Raubtier kurz vor dem Sprung. »Das Mädchen ist im heiratsfähigen Alter und auf ihre wilde, ungepflegte Art hübsch genug. Welche Zukunft hat sie hier, wenn das, was Ihr sagt, stimmt?«

»Mein Bruder und ich hatten eine Idee, Hugh.« Das war Lady

Anne, und ich spürte, dass zumindest dieser Teil des Gesprächs gut eingeübt war. »Er ... ich dachte, da wir für sie hier keine passende Gesellschaft haben, dass Jenny einige Zeit nach Northwoods gehen könnte. Richard wird morgen dorthin zurückkehren und sieht kein Problem darin, dass sie sich ihm anschließt. Elaine hat mehrere junge Damen um sich versammelt, und er sagt, sie würde eine andere zweifellos willkommen heißen. Das würde mich freuen, Hugh.«

»Kommt nicht in Frage.« Der Rote antwortete sofort.

»Nicht so schnell«, sagte Richard und kniff die Augen ein wenig zusammen. »Du solltest auch an Elaine denken, Junge. Deine Verlobte. Vergiss nicht, ich werde bald weit von zu Hause weg sein, und meine Tochter erbittet das als Gefallen von dir. Es ist einsam für sie dort oben, wenn ihr Vater weg ist. Sie würde eine neue Freundin willkommen heißen.«

Ich hatte wenig Zweifel an dem wahren Zweck dieser Bitte. Es ging nicht um Gesellschaft für seine Tochter. Es ging ihm um die Informationen, die ich ihm geben konnte. Und ich spürte, dass sein Interesse an Simons Schicksal nicht nur das eines besorgten Onkels war. Nein, an dieser Geschichte war mehr, da war ich sicher. Der Rote hatte Recht gehabt, den Motiven seines Onkels zu misstrauen. Richard musste wissen, was ich wusste und ob ich es anderen erzählen könnte. Und er wäre sicher sehr geschickt dabei, mich zum Sprechen zu bringen.

»Das könnte eine gute Idee sein, Hugh«, sagte seine Mutter bedächtig. »Es kann dir nicht entgangen sein, dass Jennys Anwesenheit eine gewisse ... Unruhe in den Haushalt gebracht hat. Da Elaine so freundlich war, sie einzuladen, könnte es sicher nichts schaden, Jenny nach Northwoods zu schicken. Es würde den Druck hier ungemein verringern. Vielleicht hast du deine Ohren dem gegenüber verschlossen, was die Leute über sie sagen und über ... über deine Motive, sie hier zu behalten. Es ist eine delikate Angelegenheit.«

Der Rote kniff die Lippen zusammen. Ich dachte, wie wenig sie ihn doch kennen. Ich verstand ihn besser. Man konnte ihn nicht so drängen.

»Das hier ist mein Haushalt und meine Entscheidung«, sagte er. »Wenn Elaine Gesellschaft sucht, kann sie uns hier in Harrowfield besuchen. Sie ist hier jederzeit willkommen. Aber was den anderen Vorschlag angeht – ich werde nicht einmal darüber nachdenken. Und ich betrachte dieses Gespräch als beendet.« Er ging zu Lady Anne und küsste sie auf die Wange. »Gute Nacht, Mutter.« Er warf Richard, der wieder am Kaminsims lehnte und die Lider leicht gesenkt hatte, einen Blick zu. »Du wirst morgen zweifellos früh aufbrechen«, sagte der Rote. »Wir werden dir bis zur Brücke eine Eskorte stellen.«

Richard zog die Brauen hoch. »Du begleitest mich ein Stück? Ich danke dir. Ich werde Elaine gerne ausrichten, dass du sie eingeladen hast. Sie soll selbst sehen, wie die Dinge hier liegen. Selbstverständlich muss sie sich in meiner Abwesenheit auch um Northwoods kümmern. Aber ich kann sie ein paar Tage entbehren. Denn selbstverständlich wird die Hochzeit hier stattfinden. Anne und ich dachten, der erste Mai sei angemessen. Es besteht keine Notwendigkeit, bis zum Mittsommer zu warten. Diesmal wird mein Feldzug schnell und tödlich sein. Ich werde zurück sein, bevor ihr die Zeit habt, meine Abwesenheit überhaupt zu bemerken.«

KAPITEL 10

Die Tage, die danach folgten, sollte ich später als die letzten guten Tage in Harrowfield betrachten. Richard war weg, und im Tal begann der Frühling, als feierte er seinen Abschied. Mein kleiner Garten blühte, mit seinen tapferen Krokussen und den kleinen blassen Hyazinthen und duftenden Kräutern. Die Sonne wärmte die Steinmauern, und der alte Terrier streckte die steifen Glieder und machte Entdeckungsreisen unter dem blühenden Flieder. Ich gewöhnte es mir an, noch früher aufzustehen und eine Weile spazieren zu gehen, während die Luft noch frisch und der Tag neu waren. Auf diese Weise konnte ich mir beinahe vorstellen, wieder daheim in Sevenwaters zu sein, als noch alles in Ordnung war. Beinahe. Häufig, wenn ich in dem Obstgarten mit seinen flechtenbewachsenen Mauern kam, war der Rote bereits dort, gegen die Kälte einen Umhang über den Schultern, das Tintenfass auf der Bank neben sich, und schrieb in sein Buch. Manchmal saß ich eine Weile dort, und er nickte mir ernst zu und schrieb dann weiter.

Ich hatte angenommen, es handelte sich bei dem Buch um Aufzeichnungen über den Hof, über Einkäufe und Profite, die dort methodisch, Jahr um Jahr aufgeführt wurden. Nun konnte ich sehen, dass es mehr war, denn ich entdeckte kunstvolle Diagramme, die offenbar die Schichten unter der Erde darstellten und die verschiedenen Arten von Wurzeln und wie der Regen fiel und sie nährte; und hier und da gab es eine kleine Abbildung eines Baums oder eines Blatts oder einer Blüte, ausgeführt mit beherrschten und zarten Strichen. Dies war der Mann, den sein Onkel dafür verspottete, Bauer zu spielen; dessen Hände so groß waren, dass meine darin verschwanden. Es gefiel mir, still dort zu sitzen, mit dem Rücken gegen die glatten Steine der Mauer, und ihm bei der Arbeit zuzusehen. An manchen Tagen hatte ich auch das Bedürfnis, weiterzugehen, und er legte Feder und Tinte weg und begleitete mich durch den wachsenden Eichenwald zur Hügelkuppe, von der aus er mir zum ersten Mal sein Land gezeigt hatte. Vom Fluss bis zum Horizont, von der Straße bis zum Himmel, war das Tal in sein erstes mutiges Grün gekleidet. Es waren gute Zeiten, stille, friedliche Zeiten. Wir brauchten nicht zu sprechen. Langsam glitt das Gift von Richards Zunge aus meinem Geist, und ich begann wieder Vertrauen zu fassen.

Elaine kam zu Besuch, und ihr Verhalten war so makellos wie ihre eleganten, schlichten Gewänder und ihr schimmerndes, geflochtenes Haar. Sie war höflich zu Lady Anne, stellte aber dennoch klar, dass sie ihre eigenen Ansichten und Absichten hatte, sobald sie Herrin von Harrowfield sein würde. Sie war liebenswert zu Margery und brachte Spielzeug für den Jungen, ein kleines Tier, aus Knochen geschnitzt, auf dem er kauen konnte, denn Johnny bekam seinen ersten Zahn. Ich sah, dass sie ausgesprochen neugierig war, was meine Rolle im Haushalt anging, aber anders als ihr Vater behandelte sie das mit einer natürlichen Zurückhaltung und dem, was ich für ein intensives Gespür für Recht und Unrecht hielt. Morgens saß sie beim Nähen bei Margery und mir und sah mir beim Arbeiten zu. Danach betrachtete sie meine Hände, nachdem sie zunächst gefragt hatte, ob ich etwas dagegen hätte.

»Ihr wisst sicher, dass ein paar Leute Euch verrückt nennen«, sagte sie und sah mir direkt in die Augen. »Ich glaube das nicht. Ich glaube, Ihr habt ein Ziel, ein sehr wichtiges Ziel.« Sie warf einen Blick auf den Hemdsärmel, den ich webte, und den Korb mit den dornigen Fasern. »Wie lange?« fragte sie. »Wie viele?« Sie war der erste Mensch, der mich so direkt fragte. Ich legte die Finger auf meine Lippen und bewegte dann beide Hände nach unten und außen. *Ich darf es nicht sagen. Ich darf nicht.*

»Ja, das hat der Rote mir gesagt«, meinte Elaine ernst. Ich dachte, dass sie ihn so ansprach, machte sie zu einer des inneren Kreises, einer der wenigen, denen er vertraute. Warum überraschte mich das? Immerhin sollten sie bald heiraten.

»Aber diese Arbeit wird nicht ewig dauern, nicht wahr? Sie hat ein Ende, ein Ziel? Vielleicht könnt Ihr mir zumindest so viel sagen.« Auf ihre stille Weise war sie so beharrlich wie ihr Vater. Den Kopf zu schütteln wäre missverständlich gewesen. Außerdem hatte die Herrin des Waldes deutlich genug gemacht, dass kein Wort meiner Geschichte, nicht ein einziger Teil davon, erzählt werden durfte, wenn ich meine Brüder von dem Bann befreien wollte. Nicht in Sprache, Lauten oder Bildern. Nicht in Stickerei, Liedern und Gesten. Ganz gleich, wie freundlich man mich fragte. Und so wandte ich mich ab und antwortete nicht auf Elaines Fragen.

Sie blieb nur ein paar Tage. Sie verbrachte viel Zeit mit dem Roten, ging mit ihm im Garten auf und ab und unterhielt sich ernst mit ihm. Es schien, dass Elaine es hasste, nichts zu tun zu haben; während des Morgens gelang es ihr, mit Lady Anne die gesamte Hochzeit zu planen, während sie fein säuberlich einen Schleier säumte, ohne dass sie das irgendwelche Anstrengung zu kosten schien. Ich hörte, wie sie ohne sichtliche Begeisterung zustimmte, dass die Hochzeit am ersten Mai stattfinden sollte; sie traf ihre Entscheidungen rasch und ohne sonderliches Interesse, ebenso was die Gäste anging als auch ihre Kleidung und ob es sechs oder sieben Gänge beim Festessen geben sollte. Sie ging mit all dem um wie mit dem Verkauf einer Schafherde, oder als verhandelte sie über Reparaturen an einer Scheune – als wäre es etwas, was notwendig war und so gut wie möglich erledigt werden musste. Die Zeremonie selbst schien ihr unwichtig. Das kam mir ein wenig traurig vor. Ich dachte, sie heiratet einen guten Mann. Sie konnte kaum auf einen besseren hoffen. Vielleicht empfand sie ja doch etwas, aber sie war wie die meisten dieser Briten und verschloss die

Leidenschaft tief drinnen. Wer wusste schon, was unter der Oberfläche vorging?

Bei den wenigen Gelegenheiten, bei denen ich den Roten und Elaine zusammen sah, wenn sie zusammen am Fluss entlang oder durch den Garten spazierten, bemerkte ich allerdings wenig Entspannung dieser beherrschten Haltung. Er war höflich, sie ernst. Sie hielten sich nicht an den Händen, hakten sich nicht beieinander ein oder berührten einander, wie ich es bei Liam und Eilis gesehen hatte. Oder – ein schrecklicher Gedanke – bei meinem Vater und Lady Oonagh. Ich bemerkte, dass ich sie zu häufig beobachtete, und wandte mich wieder meiner Arbeit zu. Ich mochte eine Außenseiterin in diesem Haushalt sein, aber ich wollte, dass der Rote glücklich war. Immerhin, so dachte ich, hing das Wohlergehen dieser ganzen kleinen Gemeinschaft von ihm ab. Und ich spürte, dass zwischen den beiden etwas nicht in Ordnung war. Es kam ein Tag, an dem Elaine den ganzen Morgen mit dem Roten im Garten verbrachte und die beiden auf einer Bank unter dem Flieder saßen oder um die Hecken herumgingen. Sie redete und redete, machte hier und da eine Geste, um etwas zu betonen. Er sprach wenig. Und am Nachmittag packte sie und reiste ab. Ein Teil ihres Haushalts blieb im Auftrag von Richard von Northwoods zurück, um weiter die Hochzeit vorzubereiten.

Hatten sie sich gestritten? Offensichtlich nicht. Der Rote sagte nichts, aber das war nicht ungewöhnlich. Er war meist wortkarg. Die Vorbereitungen für die Hochzeit wurden fortgesetzt. Es gab viel Arbeit auf dem Hof, und die Übungen mit Schwert und Bogen wurden für produktivere Dinge beiseite geschoben. Die Männer waren den größten Teil der Zeit aus dem Haus und überließen uns unserer Handarbeit und dem Klatsch. Nicht, dass es viel davon gab; Lady Anne war sehr streng, was so etwas anging. Dennoch hörte ich ein paar Dinge, die ich lieber nicht gehört hätte. Zum Beispiel, dass Elaine Lord Hugh gebeten hätte, mich wegzuschicken, und er sich geweigert hatte, weil ich ihn verzaubert hatte. Es hieß, Elaine hätte erklärt, sie werde ihn nicht heiraten, bis die Barbarin von der anderen Seite des Meeres dorthin zurückgeschickt war, wo sie herkam. Das regte mich auf, obwohl ich es nicht glauben konnte, denn ich hatte in Elaines Verhalten mir gegenüber keine Böswilligkeit bemerkt. Außerdem beherrschte sie sich immer so gut, dass ich mir kaum vorstellen konnte, dass sie wütend auf den Roten oder irgendjemanden sonst war. Und was den Zauberbann anging – das war nichts Neues. Wenn irgendjemand einen Bann auf Lord Hugh gelegt hat, dann war nicht ich das. Und er hatte seine eigenen Gründe, mich hier zu behalten, wie ich meine dafür hatte, zu bleiben. Das fünfte Hemd war in Arbeit, und endlich glaubte ich selbst, dass dieser Teil meiner Geschichte bald ein Ende finden würde.

Es wurde noch etwas anderes erzählt, und das gefiel mir noch weniger. Es ging darum, dass meine Zauberkunst, von der sie sprachen, etwas mit meiner Arbeit zu tun hatte, mit dem quälenden Spinnen und Weben von Spindelbusch, wie sie die Pflanze nannten. Angeblich breitete ich durch diese seltsame Aktivität meinen Einfluss über den Haushalt und besonders über Hugh aus. Sie sahen, dass ich Hemden herstellte. Ich dachte, sie wären ein Volk ohne Geschichten, aber sobald sie erst einmal auf diese Idee gekommen waren, schien es, dass jede Dienerin, jeder Kätner, eine alte Geschichte über zauberkräftige Kleidungsstücke wusste, die ihren Träger vergifteten oder verbrannten oder um den Verstand brachten. Die Idee breitete sich erschreckend schnell aus, und nach einer Weile machten sich die Leute nicht mehr die Mühe, ihre Stimmen zu senken, es schien ihnen gleich, ob ich hörte, was sie über mich sagten. Meine Freunde im Haushalt versuchten, mich davor zu schützen, aber es wurde unmöglich.

Dann begannen kleine Dinge zu geschehen. Ich rutschte aus, fiel hin, und mein Kleid wurde schmutzig. Lady Anne gab es einer Dienerin, die es säubern sollte, aber es passierte ein

Unglück, und das Kleidungsstück wurde seltsam fleckig zu mir zurückgebracht. Ich konnte es nicht mehr tragen. Aber es war das einzige, was ich hatte. Also trug ich es, bis Lady Anne mir stirnrunzelnd ein anderes, noch schlechteres und formloseres gab. Ich trug das und hielt den Kopf hoch. Dann verschwand Alys. Das machte mich schrecklich unruhig, denn es erinnerte mich an Lady Oonagh und die seltsamen, grausamen Dinge, die sie in Sevenwaters getan hatte, und ich verbrachte den größten Teil des Tages damit, überall zu suchen, aber meine Panik nicht zu zeigen. Ich musste an die treue Linn denken, die gestorben war, weil sie mich schützen wollte, und wenn ich an sie dachte, wurde ich überwältigt von Erinnerungen an diesen schrecklichen Tag. Ich versuchte so ruhig wie möglich zu bleiben und suchte methodisch überall im Haus, im Stall, in der Scheune, unter Hecken und im Obstgarten. An diesem Tag fühlte ich mich vollkommen allein, denn Lady Anne hatte Margery drinnen beschäftigt, und die Männer waren auf den Feldern. Ich hätte Megan bitten können, mir bei der Suche zu helfen, denn sie war immer noch recht freundlich zu mir, aber sie kümmerte sich um Johnny und hatte keine Zeit.

Gegen Ende des Nachmittags ergab ich mich der Aussicht, Alys nicht mehr zu finden; dass etwas Schlimmes mit ihr geschehen war. Ich beschloss, in meinem Garten zu warten und Ben oder John um einen Rat zu bitten, wenn sie nach Hause kamen. Aber das erwies sich als unnötig, denn als ich um die Ecke der Küchentür kam, war sie da, saß auf den Steinstufen vor meinem Zimmer, mit erwartungsvollem Blick und offensichtlich vollkommen in Ordnung. Ich seufzte erleichtert und gereizt. Wo hatte sie sich die ganze Zeit versteckt? Wie konnte sie es wagen, mir solche Sorgen zu machen, das dumme kleine Tier? Ich war nicht sicher, ob ich lachen oder weinen sollte.

Erst als ich näher kam, wurde mir klar, dass nicht alles in Ordnung oder so einfach war, wie ich gedacht hatte. Denn Alys fletschte die Zähne und knurrte mich an. Sie war im ganzen Haus berüchtigt für ihre schlechte Laune – eines der Privilegien ihres hohen Alters. Aber nie hatte sie sich mir gegenüber so verhalten. Ich blieb ein paar Schritte entfernt stehen, um sie nicht weiter zu beunruhigen, und betrachtete sie sorgfältig. Sie sah vollkommen in Ordnung aus. Was immer sie zu stören schien, schien sorgfältige Behandlung zu brauchen. Ich hockte mich nieder und rutschte langsam näher. Sie knurrte abermals und fletschte die Zähne. Sie zitterte, ihr ganzer kleiner Körper bebte. Sie hatte schreckliche Angst. Ganz gleich, was ich versuchte, sie ließ mich nicht näher kommen.

Endlich ging ich in die Küche und holte ein Stück Pastete. Terrier sind immer gierig, und es fällt ihnen schwer, einem guten Bissen zu widerstehen. Langsam, sehr langsam rückte ich ihr näher, bis ich nur noch ein paar Schritte entfernt war. Dann setzte ich mich auf den Boden, mit dem Pastetenstück neben mir, und starrte in die Ferne. Das Knurren ließ langsam nach. Nach einer Weile kam sie angeschlichen, und ich hörte verstohlenes Kauen. Jetzt war es sicher, sie wieder anzuschauen.

Man hatte sie nicht verletzt. Man hatte sie wohl nur irgendwo eingesperrt und erschreckt. Um zu entdecken, wer es getan hatte, sollte ich mich vielleicht nach Händen mit Bissspuren umsehen. Denn was immer geschehen war, hatte das Tier schrecklich verstört. Ich konnte jetzt erkennen, dass man in das lange, drahtige Haar auf ihrem Rücken ein grobes, aber unmissverständliches Zeichen rasiert hatte. Es war ein Symbol, das ich auch oberhalb von Türen gesehen hatte und das Hexen abwehren sollte. Eine Botschaft für mich: Verschwinde, Hexe. Im Augenblick hatten sie noch davon abgesehen, dem Tier wehzutun, vielleicht, weil sie daran dachten, wem Alys einmal gehört hatte.

Vielleicht waren es nur Kinder gewesen. Ein Streich. Vielleicht war es unbedeutend. Also sagte ich beim Abendessen nichts davon, versuchte so zu tun, als wäre alles in Ordnung, weil ich die Gerüchte nicht weiter anstacheln wollte. Aber wie Conor mir mehr als einmal gesagt hatte, war ich nicht sehr gut darin, zu verbergen, was ich empfand. Nicht wie andere. Margery fragte, ob ich in Ordnung sei, und ich nickte. Ben meinte, ich sähe müde aus, und ich lächelte. John versuchte, mich zum Essen zu überreden; sie versuchten immer, mich zum Essen zu überreden, aber mein Körper war so daran gewöhnt, dass ihm Dinge versagt wurden, und akzeptierte nur kleine Mengen der schlichtesten Nahrung. Ein wenig Brot, ein wenig Obst, eine Schale Gerstenbrühe. Hin und wieder Käse. Es ging mir recht gut dabei. Außerdem half es bei der Konzentration. Ich erinnere mich, dass Vater Brien das einmal gesagt hatte.

Ich schaute am Tisch auf und ab, sah mir die Mitglieder des Haushalts an, während sie aßen und tranken und miteinander schwatzten, und fragte mich, wie viele von ihnen mich wirklich für eine Bedrohung hielten. Denn die meisten von ihnen waren ehrliche, schwer arbeitende Leute, die ihr einfaches, ordentliches Leben zu schätzen wussten. Meine Anwesenheit war wie eine kleine, aber ununterbrochene Störung in einem kleinen Teich; die Wellen breiteten sich aus und störten das Gleichgewicht. Irgendwen hatte das genug verärgert, um gegen mich vorzugehen. Bisher waren es nur kleine Dinge gewesen; aber ich war zutiefst beunruhigt, denn kleine Dinge konnten zu größeren führen, das hatte ich nur zu genau gesehen, als Lady Oonagh nach Sevenwaters kam. Und ich war dem Ende meiner Aufgabe so nah, näher als je. *Liam, Diarmid, Conor, Cormack. Finbar*, dessen Hemd rasch wuchs, denn ich arbeitete lang und schwer und kümmerte mich nicht um den Schmerz. Bald würde nur noch ein Hemd zu machen sein, dann würde der Bann gebrochen werden und ich könnte nach Hause zurückkehren. Kurz dachte ich daran, zu Lady Anne zu gehen und ihr zu erzählen, was dem Hund geschehen war, denn ich wusste, sie würde hart gegen ein solches Benehmen in ihrem Haushalt vorgehen, ganz gleich, was sie von mir hielt. Aber das würde sie gleichzeitig in ihrer Ansicht bestärken, dass ich nach Northwoods geschickt werden sollte, und diese Aussicht erschreckte mich. Der Onkel des Roten hatte etwas Böses an sich, etwas Bedrohliches in seinem Blick und seinen schlauen Worten, das bewirkte, dass mir in seiner Anwesenheit ganz kalt wurde. Bevor ich nach Northwoods ging, würde ich lieber wieder für mich selbst sorgen. Ich beschloss, niemandem zu erzählen, was mit Alys geschehen war. Was konnte ich denn auch schon dagegen tun?

Ich hatte nicht mit dem Roten gerechnet. An diesem Abend, als ich in meinem Zimmer beim Lampenlicht nähte, klopfte es an der Außentür. Ich konnte nicht »wer ist da?« rufen, und nach allem, was geschehen war, würde ich nicht einfach öffnen.

»Mach die Tür auf, Jenny.« Ich ging zur Tür, meine Arbeit noch in der Hand, und löste den Riegel. Was machte er dort überhaupt? Eigentlich sollte Ben heute Nacht Wache stehen.

»Komm heraus«, sagte der Rote. »Ich will dein Gesicht sehen.«

Denn ich stand mit dem Rücken zur Lampe. Ich schloss die Tür auf und ging hinaus in den Garten, wo der Mond ein weiches, kühles Licht über die bläulich grauen Lavendel- und Wacholderbüsche warf.

»Und jetzt sieh mich an. Sieh mich richtig an.«

Ich begegnete seinem Blick und dachte erst, dass er müde aussah; er hatte lange Tage auf den Feldern hinter sich, aber die Falten um Nase und Mund sprachen von mehr als von Müdigkeit nach harter Arbeit.

»Also gut«, sagte er. »Und jetzt sag mir, was los ist.«

Ich kannte ihn inzwischen gut genug, um zu wissen, dass ich keine andere Wahl hatte. Wie er sagte, er spielte keine Spielchen. Also zeigte ich ihm: *Hund – weg. Ich, suche – Sorgen.* Ich nutzte meine Hand, um den Lauf der Sonne über den

Himmel zu zeigen: *den ganzen Tag.* Dann musste ich ihn am Ärmel nehmen und nach drinnen führen, wo Alys wieder auf dem Strohsack lag und beinahe schlief, in die Decke eingerollt. Sie knurrte, als wir näher kamen, und fing wieder an zu zittern.

Der Rote sah sich das Zeichen auf ihrem Rücken an und sagte nichts; aber die Linien auf seinem Gesicht waren im Lampenlicht sehr deutlich, und er hatte den Mund fest zusammengekniffen. Wir gingen wieder nach draußen, und er bedeutete mir mit einer Geste, mich auf die Türschwelle zu setzen, während er sich an die Wand neben mir lehnte. Eine Weile schwiegen wir.

»Du wolltest mir nichts davon sagen«, bemerkte er schließlich. »Warum nicht?«

Ich zuckte die Achseln. *Wieso sollte ich es dir sagen? Was könntest du schon tun?*

Der Rote betrachtete mich mit gerunzelter Stirn. Eine Weile lang sagte er kein Wort; im Mondlicht hatten seine Augen die klare, helle Farbe wie bei unserer ersten Begegnung, und in ihrem Blick lagen Erinnerungen.

»Ich möchte dich etwas fragen«, sagte er schließlich. Nun betrachtete er seine Hände, als wolle er meinem Blick ausweichen. »Jene Nacht – damals in den Höhlen, bevor wir übers Meer kamen. Es war eine seltsame Zeit. Ich habe mich gefragt – ich dachte, vielleicht hatte ich in jener Nacht Fieber, weil ich mein Bein verletzt hatte. Und dennoch, die Erinnerungen sind ...« Er hielt inne, kratzte mit dem Stiefel über den Boden, und es gelang ihm irgendwie nicht, zu sagen, was er wollte. Ich hätte die Worte für ihn finden können, hätte ich nicht schweigen müssen. Nach einer Weile warf er mir einen raschen Blick zu und wandte sich dann wieder ab. Dann begann er von vorn.

»Manchmal wache ich nachts auf«, sagte er, »aus einem so lebendigen Traum, dass es mir vorkommt, als sei *diese* dunkle

Welt Wirklichkeit und unsere hier eine Phantasie. In der letzten Zeit ist das oft geschehen. Es verstört mich, meinen eigenen Geist so wenig zu beherrschen. Ist es dir jemals so gegangen?« Ich schüttelte den Kopf. Das Feenvolk spielt mit unseren Gedanken, daran besteht kein Zweifel. Was war mit diesem Mann aus unserem Dorf, Fergal, der vollkommen seinen Verstand verloren hatte, nachdem sie ihn verschleppt und geneckt und wieder weggeschickt hatten? Aber sie hatten nie meinen Geist übernommen, obwohl ich nahe daran gewesen war, vor Angst den Verstand zu verlieren. Ich gab dem Roten ein Zeichen. *Sprich. Erzähl mir den Rest.*

»In jener Nacht ...«, sagte er zögernd. »Das war der lebhafteste Traum, den ich je hatte. Und danach dachte ich einen Augenblick lang – aber nein, das kann nicht sein. Ich nehme an, diese Bilder waren das Ergebnis des Fiebers, einer Krankheit, die ich dem Schock und der Erschöpfung verdankte. Normalerweise bin ich nicht so schwach. Aber damals dachte ich – sag mir, ist es möglich, dass du denselben Traum hattest? Ist es möglich, dass du weißt, was ... was man mir gesagt hat? Da war eine Kerze, die ich immer noch habe. Aber woher soll diese Kerze gekommen sein? Und warum höre ich ihre Stimmen immer noch im Schlaf? Verliere ich den Verstand? Aber ich komme mir vernünftiger vor als je zuvor in meinem Leben.« Er seufzte. »Es tut mir Leid, Jenny. Aber mit wem sonst könnte ich über solche Dinge sprechen? Wer sonst würde zuhören und mich nicht verrückt nennen?«

Das brachte mich zum Lächeln. Wer sollte verrückte Gedanken schon verstehen, wenn nicht eine verrückte Person? Ich fragte mich, ob ich imstande wäre, ihm das zu erklären. Ich bewegte die Hände, und er sprach leise, in dem Versuch meine Gesten zu interpretieren. Zwei Hände, beide leicht gebogen, voneinander getrennt, die eine gegen die andere abwägend, wie die Hälften einer Muschel.

»Zwei Dinge. Zwei Welten?«

Ich nickte. Brachte die Hände zusammen. Eine mehr oben, die andere mehr unten.

»Zwei Welten, eine oben, eine unten? Eine spiegelt die andere. Zwei Welten, die einander berühren und miteinander verbunden sind? Wohin gehörst du dann? Bist du auch ein Geschöpf jener anderen Welt, dieses Reichs von Träumen und Phantasien? Wirst du eines Tages verschwinden, wie sie es in jener Nacht getan haben, und mich im Dunkeln allein lassen?«

Ich schüttelte den Kopf. Ich zeigte auf mich, dann auf die Hand, die ich immer noch höher hielt. *Ich bin von dieser Welt*, wieder eine Geste. *Wie du*. Der nächste Teil war schwieriger. Ich versuchte zu zeigen, dass es eine Verbindung gab, ein Band zwischen einer Welt und der anderen. Aber vorsichtig; es gab ein paar Dinge, die ich nicht aussprechen durfte, nicht einmal mit Zeichen. Der Rote nickte.

»Ich habe ihre Stimmen gehört«, sagte er. »Ich habe sie verstanden, obwohl ich nicht sagen könnte, in welcher Sprache sie gesprochen haben. Wer waren sie, Jenny? Und wie haben sie dich verstanden, wie konnten sie dich hören, wenn du nicht sprechen kannst?«

Ich zeigte wieder die untere Welt. Zwei. Zwei Geschöpfe, sehr groß. Ich zog einen Kreis um meinen Kopf, versuchte eine Krone anzuzeigen.

»Eine Königin und ein König, äh, dieses anderen Reiches?« Ich nickte. Das war nahe genug dran. Dann versuchte ich, die nächste Frage zu beantworten. *Mund, Worte – nein. Geist, Gedanken – Ohr, hören. Hören ohne Worte.*

»Warum kann ich dich dann nicht hören?«

Ich sah ihn ernst an, dann zeigte ich auf ihn und machte eine weit ausholende Geste, zeigte den Ort, an den er gehörte. Der Ort, der ihm gehörte. *Du bist ein Brite*. Ich zuckte die Achseln. *Was hattest du erwartet?*

Ich glaube, das hat ihn beleidigt. Er kniff den Mund ein wenig fester zusammen, wenn das noch möglich war, und der Blick wurde ein wenig kühler. Welche Antwort er auch von mir gewünscht hatte, es war nicht jene. Es dauerte eine Weile, bevor er wieder sprach. »Wenn ich das glauben soll«, sagte er, »dann verändert sich alles. Alles.« Er setzte sich auf die unterste Stufe, mit dem Rücken zu mir, und starrte seine gefalteten Hände an. Ich musste mich bewegen, damit er sehen konnte, was ich zu sagen versuchte.

Nein. Das ist nicht nötig. Du hier; alles um dich herum. Deine Bäume; deine Leute. Alles ist richtig. Ich – gehe weg. Weit weg, über das Meer. Ich gehe nach Hause. Du – vergisst.

Er sah mich einfach nur an.

»Nichts ist so einfach«, sagte er. »Das weißt du so gut wie ich. Wie könnte ich das vergessen? Ich sagte dir doch, ich höre ihre Stimmen im Traum, diese Welt ist nahe, ist Teil von mir, ob ich das will oder nicht. Ob ich es glaube oder nicht. Und du bist hier.«

Ich – gehe weg. Ich zeigte auf ihn, kreuzte die Hände über dem Herzen. Dein Versprechen. *Ich – gehe nach Hause.*

»Das habe ich nicht vergessen«, sagte der Rote leise. »Ich vergesse nichts, und ich werde dieses Versprechen halten wie jedes andere, das ich gegeben habe. Erzähl mir von meinem Bruder, und ich werde dafür sorgen, dass du sicher nach Hause kommst. Was immer es mich kostet. Aber – die Dinge werden nicht wieder so sein wie vorher. Das ist unmöglich. Das ist etwas, was mir jeden Tag klarer wird.«

Seine Worte verstörten mich. Ich wusste bereits, dass meine Anwesenheit in Harrowfield einen Haushalt in Unruhe versetzt hatte, der bis dahin ordentlich und ruhig gewesen war. Das tat mir Leid, und ich wünschte, ich könnte es ändern. Mehr als das beunruhigte es mich, wenn ich die Menschen von Zauberei reden hörte, von jenem Bann, den ich angeblich über ihren Herrn geworfen hatte. Denn ich nahm an, sie fühlten sich ganz ähnlich wie ich, als ich zusah, wie Lady Oonagh nach Sevenwaters kam und ihr Netz über meinen Vater warf. Nur dass diesmal ich die Hexe war. Aber mich trieb die Notwendigkeit, meine Arbeit zu vollenden und meine Brüder zu retten. Nichts zählte so sehr wie das. Und zu diesem Zweck musste ich hier bleiben, unter dem Schutz des Roten. Ich hatte gedacht, wenn es vorüber wäre, würde ich gehen, und der Teich würde sich wieder beruhigen, als hätte nie jemand die Stille gestört. Ich hatte nie daran gedacht, wie dem Roten zumute sein musste. Vielleicht, weil es zu schwierig war, mir vorzustellen, ihm von seinem Bruder zu erzählen, wie ich es eines Tages wohl würde tun müssen.

Ich kniete mich vor ihn hin, so dass er mich ansehen musste. Zeigte ihm einen Spiegel seines eigenen Gesichts. *Du – müde. Du – traurig, besorgt.* Das bewirkte ein freudloses Grinsen. Es gefiel ihm nicht, dass ich das Gespräch seinen eigenen Gefühlen zuwandte.

»Ja, mir fehlt es ein wenig an Schlaf. Das passiert, wenn man nachts aufwacht und einem Dämonen ins Ohr flüstern. Aber wie könntest du wissen, wie sich das anfühlt?« Er hatte mir diese Bemerkung zugeschleudert, aber er hielt inne, als er sah, wie mein Gesicht sich veränderte. Einen Augenblick lang kamen meine eigenen Dämonen zurück zu mir, und ich wurde wohl plötzlich sehr bleich.

»Es tut mir Leid«, sagte er mit völlig veränderter Stimme, so verändert, dass es die Stimme eines anderen Mannes hätte sein können. »Es tut mir Leid. Was habe ich da gesagt?« Er streckte die Hand aus, sehr sanft, in Richtung auf meine Wange; aber ich wich ein wenig zurück. Ich schüttelte den Kopf, machte eine wegwerfende Bewegung. *Nichts. Es ist nichts.*

»Du hast immer noch Angst vor mir«, sagte er sehr leise. »Weißt du denn nicht, dass ich dir nie wehtun würde?«

Aber das hast du, dachte ich. Mit deinen Händen und mit deinen eigenen Worten. Ich verschränkte die Arme über der Brust, und meine Hände berührten die Stellen, wo er mir schon vorher blaue Flecken verursacht hatte. Als er zornig war – zorniger, als ich ihn je gesehen hatte.

Und dann sagte er: »Ich wünschte, du würdest mit mir sprechen.« Seine Stimme war noch leiser geworden, wie es manchmal geschah, wenn er sich angestrengt beherrschte. Irgendwie hatte ich ihn aufgeregt. Ganz bestimmt wünschst du dir das, dachte ich. Sobald ich rede, kannst du mich loswerden und dein Leben weiterführen. Eine Sache weniger, um die du dich sorgen musst. Du wirst wieder dazu zurückkehren, wie es früher war, ganz gleich, was du jetzt denkst. Denn du wirst vergessen, wie es Menschen eben tun.

»Ich will deine Stimme hören«, sagte er. »Ich will – aber was zählt das schon?« Es war, als versuchte er, seine Worte zu beherrschen und sie wieder dorthin zurückzuleiten, wo er glaubte, dass sie hingehörten. Zurück auf sicheren Boden. Beherrschung. Nicht aussprechen, was man fühlte, nur das, was gesagt werden musste. Ich stellte mir vor, dass es ihm später Leid tun würde, heute Nacht so frei und offen gesprochen zu haben. »Ich mache mir Sorgen um deine Sicherheit«, sagte er. Nun war es wieder Lord Hugh von Harrowfield, der sprach. »Ich denke, ich kann ein wenig mehr tun. Als Erstes werde ich mit meiner Mutter sprechen. Sie missbilligt solche Dinge, wie sie mit dem Hund geschehen sind, und kann dafür sorgen, den Schuldigen zu finden, und dass es keine Wiederholung gibt. Und längerfristig – gibt es vielleicht eine Lösung. Eine Möglichkeit ist ganz offensichtlich, aber die würde dir nicht gefallen.«

Was? Welche Möglichkeit? Nun hatte er mich wirklich beunruhigt. Er würde mich doch nicht nach Northwoods schicken? Oder doch?

»Es wird vielleicht nicht notwendig sein«, sagte der Rote und stand auf. »Wir müssen einfach wachsam bleiben. Wenn mehr getan werden muss, werden wir das eben tun. Aber mein Onkel ist weg, und ich wüsste sonst niemanden, der eine ernsthafte Bedrohung darstellte.« Er sah mich fragend an. Ich zuckte die Achseln. Es war zu erschreckend, daran zu denken, dass Lady Oonagh mich finden würde, selbst hier in Harrowfield. Ich weigerte mich, das zu glauben. »Im Augenblick solltest du in meinem Haus in Sicherheit sein. Wenn ich das nicht versprechen kann, bin ich wirklich ein unfähiger Beschützer.«

Ich bewegte rasch die Hände. *Nicht. Versprich nichts, dessen du nicht sicher sein kannst. Versprich nichts, was du nicht halten kannst.* Ich weiß nicht, ob er das verstand.

»Es wird kalt«, sagte er. »Du solltest lieber hineingehen. Verriegele die Tür und schlaf ein wenig. Ich werde heute Nacht Wache halten.«

Es sah so aus, als wäre ich entlassen. Ich stand auf, ging hinein und streckte die Hand aus, um die Tür zu schließen.

»Jenny«, sagte er. Er stand unten an der Treppe, und er war so viel größer als ich, dass er mir direkt in die Augen sah. Ich zog fragend die Brauen hoch.

»Sag es mir beim nächsten Mal. Sag es mir gleich. Behalte es nicht für dich. Ganz gleich wie klein, ganz gleich wie unbedeutend das ist, was geschieht, du musst es mir sagen.« Er mochte die Bedrohung meiner Sicherheit für geringfügig halten, aber tief drinnen war er besorgt. Zutiefst besorgt.

Ich nickte und schloss die Tür. Aber beim nächsten Mal war es nicht notwendig, es ihm zu sagen. Denn beim nächsten Mal war es kein Kinderstreich, den mein unbekannter Feind mir spielte. Es war etwas viel Schlimmeres, und es führte zu einer tragischen Wendung der Ereignisse, die tiefes Entsetzen weckte, die das Böse in dieses stille Tal brachte und den Haushalt von Harrowfield verwundete. Und ich war die Ursache dafür.

Es geschah in zwei Teilen. Der erste war schwer zu ertragen, für mich zumindest; aber es war geringfügig im Vergleich zu dem zweiten. Der erste waren grausame Spielereien. Der zweite Teil war Mord.

Der Frühling kam näher, und plötzlich standen der erste Mai und die Heirat vor der Tür. Rings um mich her, in dem lang gezogenen Raum, waren alle beschäftigt, die Frauen nähten feine Stoffe und erzählten von Tänzen und Festessen und bestimmten anderen Aspekten der bevorstehenden Hochzeit, über die ich lieber nicht gesprochen hätte. Ich versuchte sie nicht zu hören. Ich webte und nähte und fertigte Finbars Hemd. Während ich arbeitete, stellte ich mir meinen Bruder vor, wie er auf dem Dach von Sevenwaters saß, der Westwind in seinen dunklen Locken spielte und seine klaren Augen voller Träume waren. Ich stellte mir vor, wie wir beide an einem schönen Frühlingstag durch den Wald liefen und Finbar darauf wartete, dass ich ihn einholte. Dann, wie ich in der Astgabelung einer alten Eiche neben ihm saß und wir beide schweigend dem Atem des Waldes lauschten. Ich dachte an Finbar, wie ich ihn zum letzten Mal gesehen hatte, nachdem er mir so viel von seiner Kraft gegeben hatte, dass für ihn selbst nichts mehr übrig blieb. Ich nähte meine Liebe für meinen Bruder mit jedem schmerzlichen Stich in dieses Hemd. Ich arbeitete schwer, und das Hemd wuchs rasch.

Ich versuchte nicht, die Frauen flüstern zu hören, wie sie es immer taten, wenn Lady Anne abwesend war. Aber ich konnte sie nicht vollkommen ausschließen. So hörte ich eine Menge Ansichten über Lord Hugh, darunter auch, dass alle Dorfmädchen ihn anschmachteten – da er so ein großer, starker Mann war, und zwar alles an ihm, wenn man verstand, was die Sprecherin meinte. Außerdem wusste man ja, was über Rothaarige gesagt wurde. Eine Schande, wirklich, dass er nichts unternahm – dass er sich so zurückhielt. Es gab Gerede, zumindest hatte die Freundin einer Freundin eine Base, die einmal – und sie sagte, jedes Mädchen, das eine Nacht mit ihm verbrachte, würde bald wissen, was für ein Glück sie gehabt hatte.

»Er ist bestückt wie ein Ochse und sanft wie ein Lamm«, meinte eine der älteren Frauen kichernd. »Der Traum eines jeden Mädchens. Sein Bruder war ganz ähnlich, schon mit sechzehn. Armer Junge.«

Es gab ein paar scharfe Blicke in meine Richtung.

»Sie?« meinte eine von ihnen abfällig. »Wohl kaum. Warum sollte er sie auch nur ansehen, wenn er Elaine haben kann? Wenn er jedes Mädchen haben könnte, das er wollte?«

»Wer wollte schon eine von *denen*?« sagte eine andere. »Außerdem ist sie so ein mageres, ausgewaschenes kleines Ding, beinahe wie ein Kind. Nichts, woran ein Mann sich fest halten könnte. Brüste wie grüne Äpfel, Hüften wie ein Vögelchen. Wieso sollte ein echter Mann wie er eine wie die wollen? Und mit ihren groben, hässlichen Händen.«

»Sch!« Lady Anne kehrte zurück, und das Gerede wandte sich plötzlich den Vorzügen von Honigkonfitüren und kristallisierten Veilchen zu. Ich spürte, wie ich die Lippen fest zusammenkniff, und eine kleine Weile konnte ich nur verschwommen sehen, aber ich ließ nicht zu, dass die Tränen fielen. Ich hasste es, sie so reden zu hören, denn der Gedanke daran, dass der Rote und eine Frau beieinander lagen und ... *das* taten, bewirkte, dass mir übel wurde. Wie konnten diese Frauen von der Verbindung von Mann und Frau reden als ... als wäre es etwas Vergnügliches, etwas, wonach man sich sehnte oder worüber man lachte? Ich kannte es als brutal, schmerzlich, eine Erfahrung, die einen beschmutzte und beschämte und erschreckte. Dennoch, in meinem Herzen musste ich erkennen, dass es mehr als das sein musste, denn ich hatte gesehen, wie John und Margery einander anschauten und sich an den Händen hielten, und ich hatte dieselbe wortlose, atemlose Botschaft zwischen meinem Bruder Liam und seiner Verlobten hin- und hergehen sehen. Aber das war nichts für mich. Ich würde nie einem Mann in die Augen sehen, wie Eilis Liam in die Augen gesehen hatte, mit einem Glühen, das die Wangen erröten ließ. Ich würde nie sanft mit der Hand über den Hals eines Mannes streicheln, wie Margery es bei ihrem Mann tat, wenn sie glaubte, dass niemand hinsah. Ich war beschädigt, ich war beschmutzt. Wenn es tatsächlich eine Zukunft für mich und meine Brüder geben sollte, könnte das ein Problem werden. Mein Vater würde mich zweifellos verheiraten wollen, um die strategische Position von Sevenwaters zu verbessern. Aber es würde ihm schwer fallen, jemanden zu finden. Außerdem würde ich niemals zustimmen. Stattdessen würde es so sein, wie ich es einmal Diarmid gesagt hatte: Ich würde eine alte Frau werden und über meinen Kräutern murmeln und Heiltränke brauen. War das nicht, was ich immer gewollt hatte? Irgendwie schien es jetzt nicht mehr genug zu sein.

Ich arbeitete stetig weiter, und die Stacheln der Pflanze machten meine Finger rot und schwielig. Die Frauen hatten Recht. Es waren solch hässliche Hände. Während ich weiterarbeitete, erzählte ich mir eine Geschichte über solche Hände. In meiner Geschichte musste das Mädchen in der Küche eines großen Hauses arbeiten, sieben Jahre lang, um ihren Geliebten zurückzubringen. Sieben Jahre den Boden, Töpfe und Pfannen schrubben, und ihre Finger waren geschwollen und ihre Handflächen schwielig und rau. Am Ende dieser Geschichte wurde das treue Mädchen schließlich mit ihrem Geliebten wiedervereint. Und als er ihre Hände an seine Lippen zog und seine Tränen auf sie fielen, siehe, da waren ihre Finger wieder schlank und klein, und als sie sein Gesicht berührte, tat sie das mit den weißen Handflächen einer Königin. Aber ihr Geliebter sah sie erstaunt an, als sie ihm von all ihrer Arbeit erzählte, die ihre Hände so hässlich gemacht hatte. Denn als er sie endlich wieder gefunden hatte, sie an sich zog und seine Lippen auf ihre schwieligen Handflächen drückte, waren es für ihn die schönsten Hände der Welt gewesen.

Eines Nachmittags nahm mich Margery mit in ihre Räume und gab mir ein Geschenk. Von ihr und von John, sagte sie, denn sie wollten mir noch einmal zeigen, wie dankbar sie waren, dass ich ihr und ihrem Kind das Leben gerettet hatte. Sie hatte mir ein neues Kleid genäht; besser passend für eine Hochzeit als mein formloses, grob gesponnenes Gewand. Es war ein wunderschönes Stück Arbeit, schlicht, aber von wunderbarer Passform, in weicher, heller Wolle, von einer Farbe irgendwo zwischen Blau und Lavendel, wie die erste Abenddämmerung an einem Sommerabend. Um den Halsausschnitt und den Saum gab es feine Stickerei mit Ranken und Blättern und kleinen geflügelten Geschöpfen in einem tieferen Blau. Es war ein Geschenk der Liebe, und ich umarmte meine Freundin dafür. Ich sagte ihr nicht, dass ich kein solches Kleid tragen wollte, das meine Figur zur Geltung brachte und die Augen der Männer auf mich zog, ich fühlte mich sicherer in dem alten Kleid, das ebenso gut hätte ein Sack sein können. Aber es war immer noch ein kostbares Geschenk, das ich mit einem Lächeln tragen musste. Also probierte ich es an, und sie änderte hier und nähte dort, bis sie endlich zufrieden war. Johnny beobachtete uns von seiner Decke aus mit großen Augen. Er arbeitete angestrengt daran, sich vom Bauch auf den Rücken zu drehen. Es gelang ihm noch nicht so recht, aber nach seinem angestrengten Grunzen zu schließen, würde es nicht lange dauern.

Margery flocht mir das Haar auf dem Rücken und wob dabei lavendelfarbene Bänder hinein. Das war eine gute Übung für die Hochzeitsfeier, erklärte sie.

»Da«, sagte sie. »Schau in den Spiegel, Jenny. Du musst wirklich aufhören, dich zu verstecken.«

Ich hatte keinen sonderlichen Wunsch, mich zu sehen, da ich seit Lady Oonagh nichts mehr von Spiegeln hielt. Aber ich schaute hin und rechnete damit, das magere, bleiche Mädchen zu sehen, von dem die Frauen sprachen. Stattdessen fand ich mich einer schlanken Fremden gegenüber – oder vielleicht doch nicht, denn die Person, die ernst aus dem Spiegel zurückblickte, hatte etwas von dem klaren Blick meines Bruders Finbar und die gebogenen Brauen, die ich auf Diarmids Gesicht gesehen hatte und – nun ja, ich war tatsächlich Lord Colums Tochter. Aber ich hatte mich verändert. Sie hatten Recht, ich war gewachsen, und ich war jetzt eine Frau. Die weiche Wolle schmiegte sich eng an den Körper und fiel dann in anmutigen Falten bis auf meine Füße. Klein und schlank würde ich immer sein, aber dieses Gewand zeigte die Rundung meiner Brüste und die weiße Haut über dem Ausschnitt. Ich war kein wildes kleines Geschöpf mehr, das mit seinen Brüdern durch den Wald tobte. Mein Gesicht war immer noch zu schmal, aber die großen grünen Augen und die kleine gerade Nase und die gebogenen Lippen waren nicht die eines Kindes. Ich hatte die helle Haut meines Volkes, und schon begannen Strähnen dunklen Haares wieder dem ordentlichen Zopf zu entkommen, um sich um Stirn und Schläfe zu locken.

»Es steht dir«, sagte Margery, erfreut von ihrer Arbeit. Ich lächelte erneut und gab ihr einen Kuss auf die Wange und tat überzeugend so, als freute ich mich tatsächlich. Und es war auch so; ich liebte ihr Geschenk wegen seiner Schönheit und der Liebe, die dahinter steckte. Ich wollte es nur nicht tragen. Noch nicht. Zumindest nicht für die Hochzeit des Roten.

Die ganze Sache wurde dadurch schlimmer, dass alle drei Männer nach Hause kamen, noch bevor ich Zeit hatte, mich wieder umzuziehen. John kam vor den anderen herein und sah uns beide an; er begrüßte dann seine Frau mit einem Kuss und nahm seinen Sohn hoch.

»Das sieht hübsch aus, Jenny«, sagte er auf seine nüchterne Art. »Wirklich sehr nett.«

Und Ben, der als Nächster hereinkam, pfiff auf jene Weise, wie Männer pfeifen, wenn ihnen ein Mädchen gefällt. Ich war an Ben gewöhnt; ich wusste, er meinte es nicht böse, und daher konnte ich ihn anlächeln, bevor ich den Blick abwandte. Und mein Blick fiel direkt auf den Roten, der in der Tür stand und mich anstarrte. Er hatte gerade etwas gesagt und hielt mitten im Satz inne. Langsam schwiegen auch die anderen, und es herrschte plötzlich eine angespannte Atmosphäre im Raum. Plötzlich bemerkte ich, dass ich den Blick des Roten nicht mehr ertragen wollte, aus Angst, was ich in seinen Augen lesen könnte, und ich griff nach meinem alten Kleid und rannte an ihm vorbei in mein eigenes Zimmer und verriegelte die Tür. Dann zog ich das blaue Kleid aus und das alte wieder an, und ich riss mir die Bänder aus dem Haar, während der kleine Hund mir zuschaute, die runden Äuglein voller schlichter Zuneigung. Ich faltete Margerys Geschenk und legte es in die hölzerne Truhe, zusammen mit den Seidenbändern, und schloss den Deckel. Bald schon würde ich das fünfte Hemd ebenfalls dort hineinlegen, und dann fehlte nur noch eines. In dieser Truhe lag das Leben meiner Familie. *Liam, Diarmid, Cormack, Conor, Finbar, Padraic, Sorcha. Denn du bist die Frau im Spiegel*, sagte ich mir. *Du bist kein Kind mehr, was immer du dir wünschen magst. Du bist eine Frau mit dem Körper einer Frau, und du denkst und fühlst nicht so wie damals in Sevenwaters, als du wild im Wald herumranntest und die Baumwipfel dir Zuflucht boten. Die Männer werden dich ansehen. Gewöhne dich daran, Sorcha. Du kannst dich nicht ewig verstecken. Sie werden dich mit begierigem Blick anschauen. Du bist gegen deinen Willen genommen worden, und es hat dich verletzt. Aber das Leben geht weiter.* Es klang alles ganz logisch. Aber dennoch war ich der Ansicht, dass ich nie wieder imstande sein würde, die Berührung eines Mannes ohne Angst zu spüren. Meinen Körper zur Schau zu stellen, beschämte mich. Ich konnte meinen Freunden nicht mehr in die Augen sehen, aus Angst, was ich dort erkennen würde.

Später ging ich in den Obstgarten hinaus, nachdem ich mich zunächst überzeugt hatte, dass niemand dort war. Ich setzte mich ins Gras, unter einen alten Apfelbaum, an dessen knorrigen Ästen sich bereits jetzt die ersten grünen Früchte ausbildeten. Der Rote und ich hatten einmal einen Apfel geteilt. Das schien lange, lange Zeit zurückzuliegen, und es war in einer anderen Welt geschehen. In einer anderen Geschichte. Im Geist sprach ich mit dem Feenvolk. Ich sprach mit der Herrin des Waldes. Falls irgendeine von ihrer Art hier an diesem fremden Ort weilte, falls einer von ihnen mich hören konnte, dann wäre es an einem solchen Ort unter Bäumen. Ich wünschte, ich wäre mitten im Eichenwald, aber man hatte mir verboten, allein dort hinzugehen. Ich konzentrierte mich auf meine Botschaft, konzentrierte mich mit aller Kraft. *Lasst ihn gehen*, sagte ich. *Nehmt diesen Bann von ihm. Das ist nicht gerecht. Er kennt die Regeln dieses Spiels nicht.* Alles war still. Kein Feenlachen, keine Stimmen in den raschelnden Bäumen. *Er ist ein guter Mann. Ich glaube, der beste seiner Art. Er wird bald heiraten, und er hat Pflichten gegenüber seinen Leuten. Was ihr tut, ist falsch, und ich werde es nicht zulassen. Lasst ihn gehen, gebt ihm seinen Schlaf und seinen Willen zurück.* Ich wartete eine Weile, aber es gab kein Geräusch außer dem leichten Rauschen der Blätter und Alys' Atmen. *Es tut ihm weh, dieses Feuer im Kopf. Ihr tut ihm weh. Ihr habt ihm Unrecht getan, indem ihr ihn zu meinem Beschützer machtet. Er vernachlässigt die Seinen; sie brauchen ihn mehr als ich. Befreit ihn von eurem Bann.*

Nachdem ich fertig war, saß ich dort still, während das Tageslicht verging und ich entgegen jeder Hoffnung auf eine Antwort, auf eine Bestätigung wartete, dass diese andere Welt immer noch existierte, hier im Land der Skeptiker und Ungläubigen, der praktischen, erdverbundenen Menschen und – wie hatte Richard seinen Neffen genannt – zugeknöpften Idealisten? Das war ungerecht gewesen. Der Rote war schwer zu durchschauen; aber ich hatte gehört, wie er aus tiefstem Herzen sprach und von seiner Unsicherheit und Verwirrung redete. Ich wusste, dass er zornig und wild und ausgesprochen mutig sein konnte. Und man konnte ihm wehtun, genau wie mir. Sein Onkel wusste wenig von ihm, und eines Tages würde das Richard teuer zu stehen kommen.

Es gab keine Antworten hier im Obstgarten. Falls das Feenvolk mich gehört hatte, ließ es mich das nicht wissen. Nicht, dass das viel zu bedeuten hatte, denn sie waren immer unzuverlässig gegenüber meiner Art. Nun, ich hatte gesagt, was ich sagen musste, und es würde genügen müssen. Zumindest für jetzt.

Ob es eine ungeschickte Dienerin gewesen war, vom Wind aus dem Kamin geblasene Funken oder etwas Schlimmeres, konnte niemand je herausfinden. Ich wollte erst gar nicht daran denken, dass Lady Oonagh vielleicht dahinter steckte, denn das war eine zu erschreckende Idee. Als wir an jenem Abend beim Abendessen saßen, stocherte ich in Resten von Karotten und Rüben herum, Margery beobachtete mich eindringlich, und John und Ben unterhielten sich über die Schafschur. Ich kann mich nicht erinnern, was als Erstes geschah, ob ich den Rauch roch oder Megans Stimme hörte, als sie aus dem Flur hereingerannt kann.

»Feuer! Es brennt, oben im langen Zimmer!«

Dieser Haushalt war so diszipliniert wie sein Herr. Die Männer verließen ihre Plätze rasch und ohne Umstände. Eimer tauchten auf, und eine Kette wurde gebildet, während Lady Anne den Rest von uns nach draußen führte. John war beim ersten Wort kreidebleich geworden und die Treppe hinaufgerannt; er kam zurück mit seinem Sohn auf den Armen, sehr zu Margerys Erleichterung, denn ihre Zimmer waren nahe genug, um in Gefahr zu sein. Johnny war nicht glücklich darüber, so abrupt geweckt worden zu sein; sein Vater beruhigte ihn mit leisen Worten und reichte das Kind dann seiner Mutter und rannte zurück ins Haus. Wir warteten im Hof und sahen zu, wie der dunkle Rauch aus den oberen Fenstern quoll. Gestalten gingen vor dem flackernden Licht hin und her, und dann wurde der Rauch weiß, und schließlich war nichts geblieben als ein beißender Gestank in der Nachtluft. Das Feuer war rasch gelöscht worden. Es war kein großer Schaden geschehen.

»Du solltest lieber mit nach oben kommen«, sagte der Rote, und er hatte einen grimmigen Zug um den Mund. »Du musst es selbst sehen. Ich fürchte, ich habe keine guten Nachrichten.«

»Herr?« Einer der Diener stand wartend neben ihm. »Sollen wir alles jetzt sofort wegräumen?«

»Noch nicht«, sagte der Rote. »Iss erst fertig und trink dein Bier. Ich helfe euch dann.«

Ich folgte ihm hinauf in das lange Zimmer. Einen Augenblick lang waren wir dort allein. Das Feuer war gelöscht. Drunten räumten die Männer Eimer weg und kehrten wieder an den Abendbrottisch zurück.

Es war ein sehr seltsames Feuer gewesen. Ein Ende des Raums war vollkommen unberührt. Dort stand Lady Annes Eichenstuhl mit der geraden, geschnitzten Lehne, dort ihr Stickrahmen mit der kunstvollen Arbeit. Dort waren die Wollkörbe und die Spinnwerkzeuge und die kleinen Handwebrahmen. Aber noch hing der beißende Geruch in der Luft, und am Ende des Zimmers, wo Margery und ich arbeiteten, war alles schwarz. Das Feuer hatte die Bodendielen angekohlt und die Bänke an den Wänden und die Dachbalken. Spinnen hingen leblos in Fetzen ihrer Netze. Meine Spindel und der Spinnrocken waren verkohlte Stöcke, mein Hocker ein Haufen Holzkohle. Der Korb, der den Rest meiner Mieren enthalten hatte, war nur noch Asche. Und dort, am Boden, kaum mehr zu erkennen, waren die Überreste von Finbars fast fertig gestelltem Hemd, das ich über den Korb gehängt hatte, um am nächsten Morgen gleich wieder mit der Arbeit zu beginnen. Wie im Traum hockte ich mich nieder und streckte die Hand aus, um es zu berühren. Es zerfiel unter meinen Fingern. Ich stellte mir Finbar vor, wie ich ihn zum letzten Mal gesehen hatte, zusammengesackt zwischen zweien seiner Brüder, als hätte man das Leben aus ihm herausgesogen. Ich sah seine Augen, einstmals ein tiefes, klares Grau wie der Winterhimmel, sah seinen wilden, verwirrten, entsetzten Blick, als er versuchte, die Kluft zwischen Mensch und Tier zu überbrücken. Ich hielt die Asche seines Hemdes in meiner Hand; ich spürte, wie sie mir durch die Finger rann.

»Jenny, meine Liebe.« Ich blickte erschrocken auf. Lady Anne konnte sich so lautlos bewegen wie ihr Sohn, wenn sie es wollte. Nun stand sie neben ihm und runzelte die Stirn. »Das tut mir sehr Leid. Aber es muss ein Unfall gewesen sein. Wind aus dem Kamin, der Funken hinübergeblasen hat. Ich werde selbstverständlich dein Handwerkszeug ersetzen. Wir haben genügend Spindeln und Spinnrocken.« Der Rote schwieg und schaute zur Feuerstelle, die sich ein ganzes Stück entfernt in der Mitte der Innenwand befand; er sah sich den Weg an, den das Feuer genommen hatte. Er sah mich an. Ich verbiss mir die Tränen.

»Hugh«, sagte Lady Anne. Sie klang so, wie sie vielleicht gesprochen hatte, als er und sein Bruder noch kleine Jungen waren und sie sie tadelte, weil sie zu lange aufgeblieben waren oder Kuchen aus der Küche gestohlen hatten. »Danach musst du wirklich daran denken, sie wegzuschicken. Das ist unerträglich. Du musst an die Sicherheit unseres Haushalts denken. Wieso kannst du das Mädchen nicht nach Northwoods schicken? Selbst dir muss doch nun klar sein, dass sie nicht hier bleiben kann.«

Der Blick des Roten war eisig. »Mir ist überhaupt nichts klar«, sagte er ruhig. »Oder erkennst du nicht Richards Hand in dem, was hier geschehen ist?«

»Was sagst du da?« Seine Mutter war entsetzt. »Mein eigener Bruder? Wieso sollte er das Haus seiner nächsten Verwandten niederbrennen wollen, wieso sollte er so tief sinken, kindische Streiche zu spielen? Ich weiß, dass er die Anwesenheit des Mädchens hier missbilligt, aber so etwas anzudeuten – das ist unverschämt. Außerdem ist er nicht hier und das schon seit langer Zeit. Es sei denn, du glaubst, dass auch er sich der Zauberei bedient, um seine Ziele zu erreichen? Wirklich, Hugh, manchmal verblüffst du mich.«

»Wenn nicht dein Bruder, wer sonst?« fragte er. »Welche anderen Feinde hat sie? Denn dieser Schlag galt nicht uns, Mutter. Das ging gegen Jenny, gegen ihr Herz und ihre Willenskraft. Der Preis dieses Feuers sind weitere drei oder vier Monate Schweigen. Eine weitere Jahreszeit des Wartens.«

Ich fürchte, bei diesen Worten brach ich in Tränen aus, lautlose Tränen, aber ich weinte heftig genug, dass meine Schultern bebten und mir die Nase lief. Vielleicht hatten sie mich vergessen, wo ich am Boden hockte, neben den verkohlten Überresten meiner Arbeit. Aber ich war nicht imstande, ihre Stimmen zu überhören. Ich schlug die Hände vors Gesicht.

»Ich muss zugeben, das Mädchen tut mir irgendwie Leid«, sagte Lady Anne und tastete nach einem Taschentuch. »Hier, nimm das da!« sagte sie. Der Rote schwieg und beobachtete mich. »Geh schon, Hugh«, sagte seine Mutter. »Es ist nicht notwendig, dass du hier bleibst. Ich werde mich darum kümmern.« Aber er ignorierte sie, und ich hörte eher als ich sah, wie er näher kam und neben mir niederkniete.

»Morgen«, sagte er. »Ich kann dich nicht selbst hinbringen, aber John wird mit dir zu der Stelle reiten, wo diese Pflanze wächst. Du kannst mit zurückbringen, was du brauchst. Ich weiß, es tut weh. Aber du bist zuvor schon stark gewesen, und du wirst es auch jetzt sein. Was verbrannt ist, kann ersetzt werden; was zerstört ist, kann wieder hergestellt werden, und dann wirst du auch deine Stimme wieder haben. Und mit der Zeit ... mit der Zeit wirst du wieder nach Hause zurückkommen.«

Ich sah ihn nicht direkt an, aber ich senkte die Hände von

meinen feuchten Wangen und benutzte meine Finger, um mit ihm zu sprechen. Meine Gedanken waren verwirrt, meine Gesten weniger als klar. Lange. Lange Zeit. *Ich – müde. Du – auch müde.* Das entlockte ihm ein schiefes Grinsen.

»Ich kann recht gut warten. Du wirst überrascht sein, wie gut«, sagte er.

Noch eine Frage, die ich stellen musste. Es war nicht leicht, mit Gesten zu fragen. *Woher weißt du – spinnen, weben – Stimme?* Er verstand es sofort. Der Schatten eines Lächelns, sofort wieder verschwunden. »Ich lerne zu lauschen«, sagte er, »wenn auch nur langsam.«

Über seine Schulter hinweg sah ich Lady Annes in Missbilligung erstarrtes Gesicht, während sie uns beobachtete. Nun, es war mir gleich, was sie dachte. Es würde all meine Kraft und all meinen Willen brauchen, um wieder zu beginnen. Ich würde keine Energie haben für Sorgen oder Spekulationen. Morgen würde ich losziehen und genug Mieren für zwei ganze Hemden sammeln. Und ich würde Tag und Nacht, Nacht und Tag arbeiten, bis ich fertig war. Kein Feind würde mich mehr aufhalten. Ich war die Tochter des Waldes, und wenn auch mein Schritt auf dem Weg von Zeit zu Zeit ins Stocken geriet, führte dieser Weg zumindest geradeaus ins Dunkel. Und vielleicht war ich ja nicht ganz allein.

Als sie das Zimmer verließen, sprach Lady Anne leise auf ihren Sohn ein. Ihre Worte waren nicht für meine Ohren bestimmt, aber ich hörte sie, denn in meiner Verzweiflung fiel es mir nicht ein, mich höflich von meinem Platz direkt hinter der Tür zu entfernen.

»Sag mir eins. Nur eins. Was soll dieses Mädchen in unserem Haushalt, nachdem du verheiratet bist? Glaubst du, dass deine Frau sie hier auch nur einen Augenblick länger tolerieren wird? Bei all dem, was die Leute über ... über dich und sie sagen?«

»Darin sehe ich kein Problem«, sagte der Rote, und sein Tonfall war zerstreut, als achte er kaum auf ihre Worte. »Wieso sollte sich etwas verändern?«

Einen Augenblick lang verlor Lady Anne die Beherrschung. »Also wirklich, Hugh! Manchmal bringst du mich zur Verzweiflung! Kannst du so blind sein? Ich wünschte, du könntest einen Schritt beiseite treten und dich einen Augenblick lang so betrachten. Denn du sprichst mit ihr wie mit keiner anderen. *Du sprichst mit ihr, als wäre sie – als wäre sie ein Teil von dir.* Es ist Zeit für dich, aus diesem Traum aufzuwachen. Ich fürchte um deine Sicherheit, um uns alle. Das Mädchen muss gehen.«

Ich stand in dem langen Zimmer und wünschte mir, sie würde sich daran erinnern, dass ich dort war, und aufhören. Ich hörte die Stimme des Roten, sehr leise, sehr beherrscht.

»Wann hätte ich jemals eine schlechte Entscheidung getroffen, Mutter? Wann habe ich meine Urteilskraft je trüben lassen?«

Sie antwortete eine Weile lang nicht, und ich dachte schon, sie wären vielleicht weg. Aber als ich mich nach draußen wagte, standen sie immer noch da, Lady Anne sah ihren Sohn an, auf ihrer Miene kämpfte Liebe mit Zorn, und der Rote starrte mit ausdruckslosem Gesicht geradeaus.

»Das ist etwas anderes«, war alles, was Lady Anne schließlich herausbrachte. Dann schickte sie mich nach unten, gab mir etwas zu essen und zu trinken und war die Freundlichkeit selbst, denn sie verstand, was es bedeutete, eine Pflicht zu haben, obwohl ihre Blicke von anderen Dingen sprachen. Sie hatte Angst, aber ich wusste nicht, wovor.

Der nächste Tag begann gut. Obwohl mich der Verlust niederdrückte, war ich entschlossen, weiter meinen Weg zu gehen, und verbot mir, über das nachzudenken, was hätte sein können. John erschien recht früh mit seinem eigenen grauen Pferd und einer kleineren Stute für mich. Es waren noch zwei andere Männer dabei. Vielleicht hatte der Rote auf die Bedrohung ein klein wenig überreagiert. Ich war froh über die Gelegenheit zu reiten, statt zuvor wie ein Kartoffelsack mitgeschleppt zu werden. Die Stute war sanftmütig, aber flink, und wir erreichten den kleinen Bach, an dem die Mieren wuchsen, bevor der Morgen zu weit fortgeschritten war.

Ich brauchte John die Regeln nicht zu erklären. Er stellte einen Mann als Wache am Hügel auf, den anderen schickte er an den Rand der Lichtung. Er selbst setzte sich auf die Felsen in der Nähe und ließ mich arbeiten. Margery hatte ihm wohl davon erzählt, denn er schien zu verstehen, dass ich alles ganz allein tun musste, obwohl ich sehen konnte, wie sehr es ihn quälte, zuzuschauen. Es war warm, und es gab viele Bienen und Schwalben und kleine Insekten. Ich erinnere mich genau daran, wie dieser Tag roch, denn die Luft hatte die Süße der ersten Weißdornblüten und den berauschenden Duft wilder Rosen in erster Blüte. Nahe dem Wasser kämpften sich ein paar wilde Veilchen von den Mieren frei und reckten ihre winzigen, tapferen Gesichter ins Licht. Ich schnitt die Pflanzen, die ihren Wuchs hemmten, so dass sie eine Jahreszeit der Sonne genießen konnten.

Ich wurde müde, und John brachte mich dazu, eine Pause einzulegen und etwas aus einer Flasche zu trinken, die er in der Satteltasche hatte, und Brot und Käse zu essen. Er rief die Männer zu sich, teilte die Ration aus, schickte sie wieder weg. Keiner hatte etwas zu berichten. Er sah mir zu, wie ich meine kleine Mahlzeit beendete, ein müdes Lächeln auf den Lippen.

»Gut«, sagte er. »Du strengst dich zu sehr an, Jenny; der Körper kann nicht ewig weiterarbeiten, wenn du ihn vernachlässigst. Ich wünschte, ich könnte dir mit dieser Arbeit helfen. Wie viel mehr ist noch zu tun?«

Ich hatte ein Bündel fertig und säuberlich verschnürt. Ich zeigte ihm, dass ich noch eines brauchte, dann könnten wir nach Hause gehen. John nickte.

»Versuch, das Messer so zu halten«, sagte er und zeigte es

mir. »Gut. Der Schnitt wird sauberer, und es wird deine Hände weniger anstrengen. Bei Gott, wer immer dir diese Aufgabe übertragen hat, hat viel zu verantworten.«

Eine heftigere Bemerkung hatte ich ihn kaum je machen hören. Sein freundliches, hageres Gesicht zeugte von Sorge. Ich tätschelte ihm tröstend den Arm. *Schon gut. Ich komme zurecht.*

Ich hielt das Messer, wie er es mir gezeigt hatte. Es half ein wenig. Frische Blasen entstanden an jenen Teilen meiner Hände, die noch nicht zu vernarbt waren. Ich spürte, wie mir der Schweiß über den Rücken, zwischen den Brüsten hindurch und über die Stirn lief. Aber es war leicht, den Schmerz zu vergessen. Man musste sich einfach nur auf das Ziel konzentrieren: meine Brüder in Sicherheit zurück in der Welt der Menschen. Der aufgelöste Wandbehang geflickt, die sieben Bäche flossen zusammen, die Wege führten alle zu einem hin. Ich zog weiter bachabwärts, wo ich die Pflanzen leichter erreichen konnte.

Ich spürte es einen Augenblick, bevor es geschah, denn es war eine plötzliche Kälte in der Luft, ein Augenblick des Falschseins, der mir die Haare sträubte. Aber es geschah so schnell, es gab keine Zeit, Luft zu holen, zu warnen; keine Zeit auch nur zu denken, was da im Gange war. Dann das tosende, brechende Geräusch einer großen Masse von Erde und Felsen, die sich schnell bewegten; etwas riss mich von den Beinen und zu Boden.

Ich stieß mir den Kopf, und einen Augenblick lang wurde meine ganze Welt schwarz. Dann bemerkte ich, dass das Geräusch so rasch verging, wie es begonnen hatte; das Herz klopfte mir in der Brust, ich spürte einen Schmerz im linken Fußknöchel. Ich öffnete die Augen, blinzelte und hustete, denn mein Gesicht, mein ganzer Körper war mit Erde und Staub bedeckt, und die Luft rings um mich her war voll kleiner Partikel, die in der Sonne goldfarben aussahen. Am Himmel zwitscherten immer noch die Vögel, und kleine Wolken huschten am leuchtend blauen Himmel.

Aber in der Nähe war alles still.

Ich strengte mich an, mich aufzusetzen, aber etwas hielt meinen Knöchel nieder. Vor mir konnte ich den Sack mit den Pflanzen darauf immer noch ausgebreitet sehen, und das Messer glitzerte, wo ich es fallen gelassen hatte. Das andere Bündel, ordentlich zusammengerollt und verschnürt. Dahinter das Bachbett, die Farne, die kleinen Bäume. Ich drehte mich um. Und hinter mir war alles verschwunden. Alles. Ich war kaum imstande, das zu begreifen. Wo die Klamm den Hügel zerschnitten hatte, war nun ein riesiger Berg von Felsen und Erde und nackten Wurzeln. Darüber klaffte ein gewaltiger Riss im Hügelabhang, als hätte man ein Stück Felsen herausgeschnitten und achtlos nach unten geschleudert. Zwei Schritte näher, und es hätte mich zerdrückt. Es war so schnell gegangen, so schnell.

In diesem Augenblick kam ich näher daran, mein Schweigen zu brechen, als jemals zuvor. Denn nichts rührte sich, es gab kein Geräusch außer dem Rieseln kleiner Steine. Ich biss mir in die Unterlippe, um nicht *John! John! Wo bist du?* zu schreien. Irgendwie gelang es mir, meinen Fuß unter dem Stein hervorzuziehen, der ihn niederdrückte, wobei ich mir bewusst war, dass das noch mehr Schaden anrichtete, aber es interessierte mich nicht. Irgendwie kam ich auf die Beine und über den Steinschlag hinweg und suchte an der Stelle, wo er gewesen war, rieb mir den Staub aus den Augen und zwang mich, mich trotz des Schmerzes zu bewegen. Endlich erklangen hinter mir Geräusche. Der Mann, der am Waldrand postiert gewesen war, kam den Hügel hinaufgerannt, sein Gesicht war kreidebleich. Von dem anderen, der den oberen Rand bewacht hatte, gab es kein Zeichen.

Es war eine verzweifelte Suche. Wir gruben mit bloßen Händen und wussten nicht einmal, ob wir wirklich am richtigen Platz waren. Es gab keine Möglichkeit, die größeren Felsen zu bewegen, obwohl wir es versuchten; bis endlich herangeschafft wäre, was wir brauchten – Seile und Zugpferde und acht oder neun starke Männer – wäre es viel zu spät gewesen.

Endlich fanden wir John. Eine Hand, einen Arm. Wir gruben uns dahin durch, wo er lag, fast zerdrückt von einem riesigen Felsen, der ihn von der Brust bis zu den Füßen bedeckte. Er atmete immer noch und war immer noch bei Bewusstsein, denn ein schmales Dreieck aufeinander balancierender Steine hatte ihm ein wenig Luft gelassen. Wir konnten nichts mehr wegbewegen; es gab keine Möglichkeit, ihn zu befreien.

Ich schickte den Mann weg, Hilfe zu holen. Es gab kein Zeichen von dem anderen, und niemand hätte sagen können, wo er unter diesen Steinen lag. Die Pferde waren weiter unten angepflockt, an den Bäumen. Es würde nicht lange dauern, nach Harrowfield zu reiten, Männer, Seile und Tiere zu holen. Nicht so lange. Aber zu lange für John.

Ich saß reglos auf den Steinen, denn eine falsche Bewegung hätte noch mehr einstürzen lassen oder bewirken können, dass das Gewicht sich schwerer auf seinen Körper niederließ. Johns Gesicht unter dem Erdstaub war grau, und ein kleines, stetiges Blutrinnsal lief über seine Wange und bildete auf dem Felsen unter seinem Kopf eine Lache. Ich lauschte seinem Atem, spürte das Gewicht der Felsen auf meiner eigenen Brust. Ich weinte nicht, denn dies war zu schrecklich für Tränen.

»Jenny ...«, versuchte er zu sprechen. Ich gestikulierte. *Nein, nicht reden. Atmen. Nur atmen.*

»Nein«, brachte er hervor, und in seinen Augen hing bereits der Schatten des Lebewohls. »Sag ... sag ...«

Jedes Wort brauchte einen Atemzug. Jeder Atemzug sprach vom Schmerz dieses erdrückenden Gewichts, des Felsens, der langsam das Leben aus ihm herausdrückte. »Der Rote«, sagte er. »Richtig ... richtige Wahl ... richtig ... du ... sag ja.« Einen Augenblick lang schloss er die Augen, und als er sie wieder aufzwang, mit einem schaudernden, rasselnden Atemzug, sah ich, wie der Tod die stetige Ehrlichkeit seines Blicks umwölkte. Er blutete nun auch aus der Nase, leuchtend rote Tropfen, die zu einem kleinen Fluss wurden. Er versuchte sich zu räuspern, aber es ging nicht; stattdessen gab er ein schreckliches Geräusch von sich, ein grausiges, herzzerreißendes Geräusch. Ich hielt seine Hand, strich ihm über die Stirn, sehnte mich danach, sprechen zu dürfen. Es ist schrecklich, Heilerin zu sein und zu wissen, dass es nichts gibt, was man tun kann.

»Sag«, keuchte er. »Sag ihr ...«, und dann krampfte er sich zusammen und hustete sein Lebensblut über die Steine und starb, ohne zu Ende bringen zu können, was er zu sagen hatte. Aber ich wusste es ohnehin.

Es dauerte nicht lange, bis die Hilfe kam, und dennoch war es eine Ewigkeit, in der ich spürte, wie Johns Hand immer kälter wurde, wie sein Blut über die Steine lief und in kleinen Pfützen gerann. Rings um mich her war kein Geräusch außer dem Singen der Vögel und dem Rascheln einer Frühlingsbrise in den Birken zu hören. Meine Stimme schwieg, aber mein Geist schrie laut heraus: *Warum? Warum er? Er war ein guter Mensch, die Leute liebten ihn. Er war vollkommen unschuldig. Warum er?*

Ich war so lange allein gewesen, abgeschnitten von jedem Wissen der Geisterwelt, dass ich nicht mehr wusste, ob die leise Stimme, die mir in meinem Kopf antwortete, meine eigene oder die eines anderen Wesens war.

So geht es nicht, Sorcha. Du wusstest, dass es schwer sein würde. Jetzt findest du heraus, wie schwer.

Aber warum John? Er war glücklich – warum ihm einen Sohn geben und dann dem Sohn den Vater nehmen?

Ein Lachen. Nicht grausam, nur verständnislos. *Wäre es dir lieber, wenn ein anderer geholt worden wäre? Das Kind vielleicht, oder er mit dem feurigen Haar und den kalten Augen? Möchtest du die Geschichte umschreiben?*

Ich verstopfte mir die Ohren und schloss die Augen, aber die Stimme in meinem Kopf sprach weiter. Das Feuer im Kopf. Es tat tatsächlich weh.

Wie stark bist du, Sorcha? Wie viele Abschiede kannst du ertragen, bevor du laut weinen musst? Dann wieder das Lachen. Ich weiß nicht, ob ich zu guten oder schlechten Geschöpfen sprach oder einfach zur verwirrten Stimme meines eigenen Geistes. *Ich werde nicht zuhören. Ich will das nicht hören.* Lautlos rezitierte ich die Namen meiner Brüder, wieder und wieder, um die Dämonen fern zu halten. *Liam, Diarmid, Cormack, Conor, Finbar, Padraic. Ich brauche euch hier. Ich brauche euch. Ich werde euch zurückholen. Das werde ich tun.*

Dann kam Hilfe. Mit bleichem Gesicht und tödlichem Schweigen überwachten der Rote und Ben die verzweifelt langsame Entfernung von Felsen und Erde, das Ausgraben der Leiche ihres Freundes. Pferde schleppten Steinblöcke weg, Männer machten sich grimmig mit Schaufeln, Spaten und bloßen Händen an die Arbeit. Aber sie fanden keine Spur von der Leiche des anderen. Entweder lag er zu tief begraben, unter den Letzten, nicht mehr zu verrückenden Felsen oder ... aber die Alternative war undenkbar. Das Gesicht des Roten war wie in Stein gemeißelt. Er befahl mir zu gehen, aber ich regte mich nicht, bevor man John ausgegraben und in einen Umhang gewickelt und über sein Pferd gelegt hatte. Und so kehrten wir alle zusammen nach Hause zurück, ich vor Ben auf dem Pferd sitzend, mit einem provisorischen Verband um mein Fußgelenk. Der Abend dämmerte, und die Männer, die am Anfang und Ende der kleinen Prozession gingen, trugen Fackeln. Niemand sprach ein Wort. Ich wollte, dass jemand sagte, es ist alles in Ordnung. Ich wollte, dass mir jemand sagte, es ist nicht deine Schuld. Aber es war meine Schuld. Ich war hierher gekommen und hatte mich mit diesen Menschen angefreundet, und nun war ein unschuldiger Mann gestorben, weil er versucht hatte, mich zu beschützen. An einem so schönen Frühlingstag hätte er draußen sein sollen, um ein Dach zu decken oder Vieh zu weiden oder im Gras mit seinem Sohn zu spielen. Nicht ein verrücktes Mädchen bewachen, während sie Bündel stacheliger Pflanzen schneidet. Er hätte in Sicherheit sein können. Nun war er tot, und ich konnte sehen, dass Lord Hugh, der aufrecht im Sattel saß und das Pferd führte, auf dem die Leiche seines Herrn lag, die beiden Bündel mit Mieren an den Sattel geschnallt hatte. Der Preis dieser kleinen Ernte war das Leben seines Freundes. So schwer lag die Last auf ihm, das Gewicht des Befehls des Feenvolks, dass er selbst danach noch verpflichtet war, mir zu helfen. Er gestattete sich nicht, sich den Schmerz ansehen zu lassen, er hatte von seiner Miene jegliches Gefühl getilgt. Im Fackellicht war sein Gesicht wie eine äscherne Maske mit blinden Löchern statt Augen. Ben weinte ganz offen, sein Schmerz deutlich für alle, und auch viele der anderen Männer hatten rote Augen. Nicht Lord Hugh. Er verschloss seinen Schmerz tief drinnen, so tief wie einen geheimen Schatz am Boden eines Brunnens.

Vielleicht hatte ich vergessen, dass auch Margery Britin war. Ich erinnerte mich bald daran, sobald wir in den Hof ritten und ich ihr Gesicht sah, immer noch liebenswert, immer noch ruhig, aber plötzlich gealtert, so dass man die dünnen Linien um Augen und Mund sehen konnte, die sie als alte Frau haben würde. Sie brachten die Leiche ihres Mannes nach drinnen und nach oben, um sie zu waschen und aufzubahren, und Margery sagte kein einziges Wort. Niemand schaute mich an; oder genauer gesagt: alle gaben sich Mühe, mich nicht anzusehen. Ben hob mich vom Pferd, und ich stellte fest, dass ich mit dem Knöchel, der geschwollen war, nicht mehr gehen konnte. Also trug er mich nach innen, aber niemand schien sonderlich daran interessiert, mir zu helfen, also hüpfte ich auf einem Fuß, und der andere schickte Schmerzkrämpfe mein Bein entlang und durch meinen Rücken in meinen schier berstenden Kopf. Ich verriegelte beide Türen meines Zimmers und setzte mich auf den Strohsack, umklammerte Alys und starrte ins Dunkel. Was war dieser Schmerz schon, verglichen mit dem von Margery?

Irgendwann entzündete ich eine Lampe. Ich warf einen Blick auf meinen Knöchel, zwang mich, den Fuß zu bewegen, wickelte ihn in ein Stück Leinen, um ihn ein wenig zu stützen. Er war nicht gebrochen. Ich holte Wasser, wusch mich und bürstete Erde und Staub aus dem Haar. In der Ferne hörte ich, dass der Haushalt immer noch wach war und alle ihren Angelegenheiten nachgingen. Nur würde er mich doch sicher wegschicken. Wie konnte er mich nicht wegschicken?

Nach langer, langer Zeit klopfte es an der Tür, und es war Lady Anne.

»Margery will dich sehen«, sagte sie barsch. Ich folgte ihr, vorbei an den Blicken von offenbar jedem Mitglied des Haushalts, die in kleinen Gruppen zusammensaßen oder -standen, unfähig sich niederzulegen, vereint in ihrem Schmerz und ihrem Schrecken. Ich hinkte und niemand bot an, mir zu helfen, obwohl Lady Anne an der Treppe wartete.

Er war in seinen eigenen Räumen aufgebahrt, obwohl man ihn bald nach unten bringen würde, um dort die Totenwache zu halten. Es war still, so still. Wussten diese Menschen denn nicht, wie man um einen guten Mann trauert? Wusste sie nicht, wie man weint und vor Wut schreit und die Mächte der Dunkelheit verflucht? Wussten sie denn nicht, wie man einander hielt und die Tränen trocknete und Geschichten darüber erzählte, was der Verstorbene getan hatte und was er gewesen war, um ihn sicher auf den Weg zu schicken? Wo waren die großen Feuer, wo waren die Trinksprüche und der Geruch brennenden Wacholders?

John trug ein Gewand aus weichem Grau, und seine Leiche war gesäubert, aber es gab keine Möglichkeit, die schrecklichen Prellungen und die gebrochenen Knochen von Brust und Hüfte zu verbergen. Er hatte ungeheuer gekämpft, so lange am Leben zu bleiben.

»Jenny«, sagte Margery. Sie hatte nicht geweint. Sie sah distanziert aus, ein Schatten ihrer selbst. Ihr Blick war leer. Ich hätte gern die Arme um sie gelegt, sie in den Arm genommen und mit ihr geweint, denn sie war meine Freundin. Aber sie schuf wortlos Abstand zwischen uns. Ben war dort, an die Wand gelehnt, und zumindest er hatte einen Krug Bier in der Hand. Der Rote stand im Schatten am anderen Ende des Zimmers. Ich nahm an, er hatte allen Grund, dort zu sein. Ich nahm an, er war dort, weil ich gesehen hatte, wie John starb, und Margery wollte wissen, wie es gewesen war. Ohne sprechen zu können, war das eine schreckliche Aufgabe.

John – sprechen – du. Meine Hände zitterten; ich konnte ihren leeren, ausdruckslosen Blick kaum ertragen.

John – sagt mir – du, das Kind.

»Was ist der Sinn dieser Sache?« zischte Lady Anne. »Diese Zeichen sind bedeutungslos und zeugen von Mangel an Respekt in einem Haus der Trauer. Du regst Margery nur auf, Mädchen. Was bildest du dir ein?« Ich schaute über Johns Leiche zu seiner Frau hin und dachte, dass in ihrem Blick vielleicht kurz etwas aufgeflackert war. Ich versuchte sie zu erreichen. *Bitte. Bitte, hör zu.*

»Versuch es noch einmal, Jenny.« Der Rote stand neben mir und sah mir auf die Hände. »Vielleicht kann ich helfen.«

Also ging ich alles noch einmal durch, und während ich die Hände bewegte, sprach er laut meine Gedanken.

»John wollte ... John hatte eine Botschaft für dich.« Augen schließen, Hände auf eine Seite, die Wange auf die Hände. »Er ist friedlich gestorben. Voller Mut.« Ich zog meine Hand von dem Mann, der reglos vor mir lag, zu meinem Herzen und dann zu seiner Frau, die mich anstarrte.

»Er sagte: Sag Margery, dass ich sie liebe«, erklärte der Rote. »Sag ihr, dass sie tief in meinem Herzen ist.« Es fiel mir schwer, weiterzumachen, aber ich sagte mir, verglichen mit dem, was sie fühlte, war das nichts. Nichts. So bewegten sich meine Hände weiter und sprachen die Dinge aus, von denen ich wusste, dass John sie hatte sagen wollen, gesagt hätte, hätte er die Zeit gehabt.

»Er sagte, sag ihr, ich weiß, sie wird dafür sorgen, dass mein Sohn ein guter Mann wird, stark und klug.« Ein letztes Mal schaute ich zu John hin; sein Gesicht unter den Prellungen war ruhig, seine sauberen, weißen Füße nicht ganz von dem Gewand bedeckt. Ich berührte meine Lippen mit den Fingerspitzen, dann bewegte ich meine Hand zu ihr hin.

»Er sagte, sag ihnen von mir Lebewohl. Und ... und erzähle meinem Sohn meine Geschichte.« Beinahe wäre die Stimme des Roten gebrochen. Ich schaute ihn nicht an. Margery sah mich an.

»Danke«, sagte sie mit sehr leiser, höflicher Stimme. »Ich bin froh, dass jemand bei ihm war als ... und nun, wenn es euch nicht stört, möchte ich lieber allein sein.«

»Hältst du das für klug?« Das war Lady Anne, an deren missbilligendem Stirnrunzeln sich nichts geändert hatte.

»Bitte.« Margerys Stimme bebte ein wenig, und als ich mich abwandte, um zu gehen, sah ich, dass sie weinte.

Draußen auf dem Treppenabsatz warf der Rote einen Blick auf mein Hinken und hob mich hoch, ohne auch nur zu fragen.

»Du bist die störrischste, dickköpfigste ...«, murmelte er. »Wie um alles in der Welt bist du hier raufgekommen?«

»Sie ist gegangen«, meinte seine Mutter, einen Schritt hinter uns und mit einem Gesicht wie Gewitter. »Wie sie es auch jetzt könnte.«

Der Rote blieb mitten auf der Treppe stehen, mit mir in den Armen. Der gesamte im unteren Stockwerk versammelte Haushalt konnte uns sehen. Ich konnte Lady Annes Gedanken an ihrem Gesicht ablesen, so deutlich, als hätte sie sie laut ausgesprochen. Heute ist wegen ihr ein Mann gestorben. Einer von uns. Jemandes Mann, jemandes Vater. Sie hat euren Freund getötet. Und dennoch trägst du sie umher, als wäre sie eine kostbare Blüte, eine Prinzessin, zu zerbrechlich, als dass ihre Füße den Boden berühren dürften. Was werden sie von dir denken? Was machst du in diesem Haus? Der Rote erwiderte ihren Blick.

»Das hier ist ein Mädchen, das sich jeden Tag durch die Hölle bewegt. Sie ist barfuß über Felsen gelaufen, bis ihre Füße bluten, und sie hat ihre eigenen Bedürfnisse immer hinten angestellt. Immer. Aber sie ist in meinem Haushalt nicht sicher. Wenn Jenny nicht gehen kann, dann ist hier wirklich etwas nicht in Ordnung, Mutter, und ich werde damit umgehen, wie ich will.« Sehr ruhig und beherrscht. Vielleicht hörte nur ich die geringfügige Unsicherheit in seiner Stimme. Seine Mutter war wütend. Aber die Leute konnten ihr Gesicht sehen, also folgte sie uns die Treppe hinab und sagte kein Wort mehr. Ich wäre lieber allein in mein Zimmer zurückgehüpft und -gehinkt. Aber niemand fragte mich. Ich musste mich nicht umsehen, um zu wissen, was alle hier dachten. John ist tot. Mit ihm stirbt ein Teil von Harrowfield. Was wird sie als Nächstes zerstören? Und dennoch gibt er ihr weiterhin Zuflucht. Hexe; Mörderin. Es wurde nicht laut ausgesprochen; nicht in seiner Hörweite. Noch nicht.

In meinem Zimmer setzte er mich auf dem Bett ab und verriegelte die Tür. Die Tür nach außen war offen, und auf der obersten Stufe lagen die beiden Mierenbündel und mein Messer.

»Dein Fuß«, fragte er, »ist er …?«

Ich bedeutete ihm: *Nichts. Es ist nichts.*

»Ich glaube dir nicht«, sagte der Rote. »Und ich würde dir helfen, wenn ich könnte. Aber ich kann nicht hier bleiben; es gibt Dinge, um die ich mich kümmern muss, ich …«

Er ging durch die äußere Tür hinaus, trat über die Bündel die Treppe hinunter und ins Dunkel hinaus. Weiter draußen brannte eine Laterne. Ich dachte, er wäre gegangen, und hüpfte zur Tür, um sie hinter ihm zu verriegeln. Aber als ich dort ankam, stand er schweigend unten an der Treppe, eine Hand flach an der Wand, die Stirn an die kalten Steine daneben gedrückt, und seine andere Faust an den Mund gepresst, so fest, dass die Knöchel weiß aussahen. Seine Schultern bebten.

Ich denke, in diesem Augenblick vergaß ich, dass ich mich vor Berührungen fürchtete. Vielleicht dachte ich überhaupt nicht nach. Ich hob die Hand und legte sie ihm sanft in den Nacken, wo die Haut bleich und verwundbar zwischen Hemd und kurz geschnittenem Haar zu sehen war; seine Reaktion war plötzlich und heftig. Er erstarrte vollkommen, wie vom Schock; dann atmete er tief aus, und mit dem Atemzug kamen Worte, so unbeherrscht, wie ich es nie zuvor von ihm gehört hatte.

»Ich will dein Mitleid nicht.«

Ich riss die Hand zurück wie verbrannt und ging die Treppe hinauf, so schnell, wie mein verletzter Knöchel es zuließ. Einen Augenblick lang, bevor er im Dunkeln verschwand, wandte er mir das Gesicht zu, und ich sah, was sich dort abzeichnete, wenn die Maske der Selbstbeherrschung fiel: Qual, Wut, Trauer und ein bitterer Selbsthass, der Spiegel des Gesichts seines Bruders. Und darunter noch etwas anderes, etwas viel Flüchtigeres, das tief in seinen Augen lebte, bewacht von Mauern, die nur von den Waghalsigsten oder Dümmsten gebrochen werden konnten.

In jener Nacht tat ich kein Auge zu. Mein Herz war schwer. Während ich wach lag und zusah, wie die Schatten sich um mich her bewegten und Alys' Schnarchen lauschte, dachte ich, wenn ich hier bleibe, werde ich ihn zerstören. Vielleicht werde ich sie alle zerstören. Aber wenn ich gehe, kann ich meine Aufgabe nicht vollenden. Denn die Mächte des Bösen ziehen ihr Netz fest. Wenn ich nicht hier bleibe, verliere ich meine Brüder. Und dann war alles umsonst. Er hasste mich, dachte ich. Sie hassen mich alle. Und aus gutem Grund, denn in diesem Haushalt zerstöre ich alles. Und dann erklang wieder die leise Stimme in meinem Kopf: *Was soll das? Selbstmitleid? Das kannst du dir nicht leisten, Sorcha. Und du kannst nicht beides haben. Setz den Fuß zurück auf den Weg. Geh vorwärts. Und beeile dich, denn der Feind ist dir dicht auf den Fersen.* Die leise Stimme durfte nicht ignoriert werden. Aber es gab noch etwas, worum ich mich kümmern musste.

Bevor der Morgen also graute, ging ich in den Garten und suchte die Dinge, die ich brauchte. Ben lag in tiefem Schlaf auf der Bank, mit einem leeren Bierkrug neben sich. Ich zog einen Kreis im weichen Boden und platzierte vier Kerzen in die vier Himmelsrichtungen. In der Mitte entzündete ich ein kleines Feuer mit Weißdorn- und Holunderholz. Jemand musste Johns Geist helfen, sich zu befreien und seinen neuen Weg zu suchen. Ich konnte mich nicht darauf verlassen, dass diese Leute das Richtige taten, obwohl sie ihn liebten. Die Flammen brannten hell und klar. Ich konzentrierte mich auf Johns wettergegerbtes, ernstes, ruhiges Gesicht und auf alles, was er gewesen war, und warf eine Hand voll Tannennadeln und Thymianblätter ins Feuer, so dass sich bald ein süßer, läuternder Duft im Garten erhob. Ich stellte mir John als großen, verzweigten Baum vor, der vielen unter seinem weiten Wipfel Zuflucht bot. Ich dachte an die Wurzeln dieses Baums, die sich fest an den Boden des Tals klammerten und die ein lebendiger Teil seines Herzens waren. John war ein Mann aus diesem Tal. Wohin immer er reiste, was immer sein geistiger Weg war, ein Teil von ihm würde hier bleiben. Als es Morgen wurde, löschte ich die Kerzen und das Feuer und wischte den Kreis aus. Es war ein neuer Tag, und ich hatte zu tun.

Von diesem Tag an bis zum ersten Mai, als sich alles wiederum änderte, sonderte ich mich vom Haushalt ab, als befände ich mich hinter einem unsichtbaren Schild. Ich konzentrierte meine ganze Willenskraft auf meine Arbeit. Denn ich spürte meinen Feind ringsumher, ich spürte, wie er immer näher kam, als der Frühling in den Sommer überging, die Beeren an den Büschen sprossen, junge Vögel ihre Flügel erprobten und der Haushalt von Harrowfield seinen Kummer vergaß und zur Vorbereitung auf die Hochzeit ein tapferes Gesicht aufsetzte.

Statt früh am Morgen nach draußen zu gehen, saß ich in meinem Garten und spann, denn Lady Anne hatte mir wie versprochen Spindel und Spinnrocken überlassen. Wenn ich nach draußen ging, dann nicht in den Obstgarten oder in den jungen Eichenwald. Nachts blieb die Wache vor meiner Tür. Ich hielt keine Ausschau, wer es war, und meine Tür blieb verschlossen. Ich gewöhnte mir an, in meinem Zimmer zu arbeiten, selbst wenn die anderen Frauen sich oben versammelten; ich wollte ihr Gerede nicht hören oder Lady Annes stirnrunzelndes Misstrauen ertragen, oder noch schlimmer, neben Margery sitzen, wenn sie mechanisch und mit leerem Blick ihrer Arbeit nachging. Sie bat nicht darum, mich noch einmal zu sehen, und ich ging nirgendwo hin, wo man mich nicht haben wollte. Also saß ich allein da und erzählte mir selbst Geschichten, und wenn ich dafür keine Energie mehr hatte, wiederholte ich im Kopf die Namen meiner Brüder. Meine Hände wurden schlimmer; ohne Margerys tägliche Behandlung waren sie wund und aufgerieben. Ich arbeitete weiter. Der Schmerz war nicht wichtig.

Ich konnte mich nicht vollkommen isolieren. Lady Anne verlangte meine Anwesenheit beim Abendessen. Ich saß schweigend da und aß, was man mir vorsetzte. Es gab keinen

John mehr, der mich überredete, mehr zu essen; obwohl Ben hin und wieder ein Stück Käse oder Obst auf meinen Teller legte und eine Bemerkung darüber machte, dass so wenig von mir übrig war, dass ich bald ganz weg sein würde. Ich warf ihm einen scharfen Blick zu, und er zwinkerte. Vielleicht hassten mich nicht alle. Das freche Grinsen und die Flut dummer Witze waren allerdings verschwunden, seit wir John verloren hatten, aber Ben war zu keiner Bosheit imstande, und ich glaubte, dass er sich immer noch irgendwie für mich verantwortlich fühlte, vielleicht, weil er Zeuge meiner Rettung vor dem Ertrinken geworden war. Vielleicht auch, weil er versagt hatte, Hugh von Harrowfield von der einzigen falschen Entscheidung seines Lebens abzuhalten.

Ein- oder zweimal begegnete ich dem Roten in einem Flur, denn wir konnten uns nicht vollkommen meiden. Ich senkte den Blick und huschte vorbei wie ein Schatten. Wenn er mit mir sprechen musste, war sein Verhalten höflich, aber distanziert; und von dem, was in jener Nacht zwischen uns vorgegangen war, wurde kein Wort gesprochen und kein Blick wies darauf hin. Es hätte nie geschehen sein können, wäre der Bruch zwischen uns nicht gewesen, den keiner zu überbrücken versuchte. Es war besser so. Ich hatte zu tun und keine Zeit für Ablenkungen. Er musste sich um sein Haus kümmern, und zwar schnell, denn der erste Mai kam erschreckend rasch näher.

Ich hörte von anderen von seinen Ermittlungen über die Steinlawine und Johns Tod. Dass der zweite Mann, der oben Wache gestanden hatte, einer der Männer aus Northwoods gewesen war, der Elaine auf ihrem Besuch begleitet und in Harrowfield geblieben war. Dass er an jenem Tag, als es geschah, die Stelle eines anderen eingenommen hatte, ohne dass John davon informiert wurde. Dass man ihn seitdem nicht mehr gesehen hatte. Über all dem hing eine Frage, denn es war immer noch möglich, dass seine Leiche unter dem großen Stein geblieben war. Keine Anklagen wurden erhoben. Aber die Dinge veränderten sich beinahe unmerklich. Es waren mehr Männer in der Nähe, und die meisten waren bewaffnet. Essen wurde überprüft und vorgeschmeckt. Der Rote und Ben unterhielten sich an den Abenden lange und betrachteten Landkarten. Andere Männer kamen von Zeit zu Zeit, einige von ihnen Fremde, und wurden verköstigt und intensiv befragt und wieder weggeschickt. All das beobachtete ich, verstand es nicht, fragte auch nicht. Ich spann und spann und zählte die Tage.

KAPITEL 11

Es war der Abend vor dem ersten Mai, und das Wetter war perfekt. Zu Hause wären die Leute die ganze Nacht aufgeblieben und hätten Blüten gesammelt, um sie über ihre Türen und Fenster zu hängen und so den ersten Sonnenaufgang zu ehren. Milch würde in bestimmten ausgehöhlten Steinen zurückgelassen, Feuer auf Hügelkuppen angezündet. Ich erinnere mich, wie mein Bruder Conor dann mit einer brennenden Fackel nach Hause kam, die er tief aus dem Wald mitgebracht hatte, und unser Herdfeuer neu entzündete. Hier schienen die Leute wenig Zeit für solche Rituale zu haben, weil sie vielleicht ihre Bedeutung nicht verstanden. Und dennoch sah ich zu meiner Überraschung Bänder in den Büschen am Weg und hörte die Mädchen in der Küche etwas von einem Spiralentanz erzählen und darüber, welche von den jungen Männern sie nach dem Tanz gerne mit in den Wald nehmen würden. Vielleicht war der alte Weg hier doch noch nicht vollkommen vergessen.

Das Haus war voller Blumen, und die Leute lächelten, denn eine Hochzeit bedeutete Erneuerung und Stabilität und eine weitere Generation, die die klugen und schützenden Wege der guten Menschen dieses Tals lernen würde. Zu Hause wäre man nie auf die Idee gekommen, an Beltaine zu heiraten – nicht, wenn die Ehe dauern sollte. Ich saß in meinem Garten, nähte beim Laternenlicht und stellte mir vor, wie der Rote einem kleinen Sohn zeigte, wie man eine Eiche pflanzte; einer winzigen Tochter, wie man Schafswolle schert. Elaine war irgendwie nicht in diesem Bild – vielleicht, dachte ich grimmig, würde sie selbst als verheiratete Frau mehr mit ihrem Vater zu tun haben, der so sehr an den Angelegenheiten von Harrowfield interessiert war.

Er war an diesem Morgen erschienen, ein paar Tage nach seiner Tochter. Ich sah ihn kaum, aber ich hörte, dass sein Kriegszug nicht nach Plan verlaufen war und er schlechte Laune hatte. Das Abendessen war festlich. Alle aßen und tranken und lachten und machten die Art von Witzen, die man erwartete. Richard beobachtete mich mit halbzugekniffenen Augen. Der Rote und Elaine unterhielten sich leise. Ben schien ungewöhnlich zurückhaltend. Er trank wenig und starrte stirnrunzelnd in seinen Kelch. Margery kam nicht herunter.

Gang auf Gang folgte auf silbernen Platten, Braten und frischer Fisch, die ich beide nicht anrührte; Gemüse, schön zurechtgeschnitten, Suppen und Soßen und Gebäck. Ich sehnte mich nach der Ruhe und Stille meines Zimmers. Aber ich wollte niemanden verärgern, indem ich zu früh ging. Und dann brachten sie das Hauptgericht, gefüllt und garniert und glasiert zu einem warmen, schimmernden Goldton. Ein großer, gebratener Vogel in einem Bett aus Möhren und Rüben und Zwiebeln, dessen Duft allen in die Nase stieg und Jubel hervorrief. Es dauerte, bis mir klar wurde, worum es sich handelte, und dann zog sich plötzlich mein Magen zusammen, ich hatte kalten Schweiß auf der Stirn, und der ganze Raum drehte sich vor meinen Augen. Auf meinem eiligen Weg zur Tür riss ich den Stuhl um und stieß gegen eine Dienerin, die einen Krug Soße trug. Zumindest beschämte ich mich nicht, in dem ich meinen Mageninhalt auf den Boden der großen Halle spuckte. Ich schaffte es gerade noch bis nach draußen und stand dort zitternd und würgend, bis mein Körper jeden Rest von Essen von sich gegeben hatte. Ich hatte den schrecklichen Anblick immer noch vor Augen, den widerlichen Geruch in der Nase, er hing an meiner Kleidung und überall in der Luft. Durch die offene Tür hörte ich die Leute reden.

»Was ist denn los?«

»Hat jemand ihr etwas ins Essen getan? Wer soll das gewesen sein? Ich hätte selbst hin und wieder Lust dazu.«

»Du würdest nicht mehr damit durchkommen. Jetzt nicht. Alles wird genau überprüft. Da muss man sich schon fragen.«

»Ich sag dir, was ich denke.«

Die Stimmen wurden gesenkt. » ... dick geworden ... habe ich gehört ... ganz gut so ... macht keinen Ärger ... verheirateter Mann ...«

» ... nicht der Erste ...«

»Nein, das wäre nicht seines, wenn das wirklich der Fall ist. Eher ein Hausierer. Wer sonst sollte die schon anschauen?«

Ich hatte schon öfter von solchen Dingen gehört. Ein gebratener Schwan; der Schwan war gefüllt mit einem Truthahn, darin befand sich ein Huhn und so weiter, bis zur kleinsten Wachtel. Ein Meisterstück kulinarischer Kunst. Nie wieder würde ich etwas essen, was aus dieser Küche kam, nie wieder würde ich dieses Kleid anziehen, das danach roch, nie wieder würde ich ...

»Besser?« Das war Ben, ein Glas Wasser in der Hand, ein sauberes Tuch in der anderen. »Du hast einen ziemlich empfindlichen Magen, wie? Ein gut gewählter Augenblick. Die Hochzeitswitze wurden jeden Augenblick schlechter. Komm schon, trink, du musst wenigstens etwas im Magen haben. Schon besser. Ich nehme nicht an, dass du darauf versessen bist, dich wieder den Festlichkeiten anzuschließen. Wie wäre es, wenn ich dich ins Bett begleite? Oh, vielleicht sollte ich das anders ausdrücken – ich wäre entzückt, die gnädige Frau zu ihrer Tür bringen zu dürfen. Lächle, Jenny, es ist nicht so schlimm.«

Er war ein lieber Junge und meinte es gut. Und wie konnte er wissen, was in mir vorging? Ich ließ mich von ihm zu meinem Zimmer begleiten, quer durch den Garten, und wir saßen eine Weile auf der Bank und sahen die Sterne an. Ich fragte mich, warum er nicht zum Fest zurückkehrte. Nicht, dass ich etwas gegen seine Gesellschaft hatte. Alles war besser, als daran zu denken, dass ... dass ...

»Man hat mich gebeten, dir eine Botschaft zu bringen.« Ben war plötzlich ernst geworden. »Er sagte ... er sagt, er hofft, du wirst tun, was man dir sagt, und nicht zu viele Fragen stellen.«

Was? Welche Botschaft?

»Er sagt, du sollst morgen früh aufstehen, wirklich früh, vor der Dämmerung. Zieh einen Umhang an und gute Stiefel und mach dich bereit für einen Ausritt. Lass den Hund zu Hause.«

Was? Aber morgen ist ...?

»Schau nicht so beunruhigt drein«, meinte Ben, aber er selbst runzelte die Stirn. »Er sagte, sag ihr, es wird alles in Ordnung sein. Und es ist sicher, deine – deine Arbeit zurückzulassen.«

Also würde er mich nicht nach Hause schicken. Er schickte mich nicht weg. Er würde mich doch nicht an seinem Hochzeitstag ohne meine Sachen wegschicken?

»Es kommt schon alles in Ordnung«, meinte Ben, als versuchte er, sich selbst davon zu überzeugen. »Jetzt sollte ich lieber gehen. Sonst fällt meine Abwesenheit noch auf. Und ich höre, unser Freund aus Northwoods hat ein paar Neuigkeiten für uns. Was das sein soll, weiß ich nicht. Aber ich sollte lieber da sein, wenn er es erzählt. Gute Nacht, Jenny. Und mach dir keine Gedanken.«

Eine der Eigenschaften, die die Leute von Harrowfield an Lord Hugh liebten und achteten, war seine Verlässlichkeit. Keine Überraschungen. Wenn er sagte, er würde etwas tun, dann tat er das. Wenn er ein Versprechen abgab, hielt er es. Lord Hugh war fest wie eine Eiche. Deshalb hatte mein Eintreffen sie so entsetzt; denn es war ein Bruch in dem langen, sich nicht verändernden Muster. Aber gut, eine einzelne Abweichung war in Ordnung, sagten die Leute, man konnte einen Fehler verzeihen. Sobald er verheiratet war, würde sich alles beruhigen. Ein gutes Mädchen, Elaine von Northwoods. Aber dann geschah es wieder. Es war verblüffend, wenn man bedachte, was für eine Art Mensch er war. Man hätte sich kaum etwas vorstellen können, das dramatischer wirkte, das mehr Leute beleidigte, das seine Familie mehr bekümmerte. Und dennoch, das war genau, was er geplant hatte. Und am Ende stellte sich heraus, dass er selbst dafür seine Gründe hatte.

Es fiel mir nicht schwer, früh aufzuwachen, da ich nur schlecht geschlafen hatte. Alys war froh, das Bett für sich zu haben, und protestierte nicht, als ich sie zurückließ. Ich trug nicht mein altes Kleid, weil ich mir einbildete, dass es immer noch nach Braten roch; also musste ich das blaue anziehen. Es war noch früh genug, um kühl zu sein, und ich wickelte mich in einen Umhang und ging nach draußen, mit einem sehr seltsamen Gefühl im Magen. Unruhe? Schlechtes Vorgefühl? Vielleicht war es nur ein Nachspiel des vorangegangenen Abends. Es war sehr still. Das ganze Haus schlief noch.

Am Tor warteten drei Pferde und zwei Männer in Umhängen mit Waffen an den Seiten. Der Rote legte eine Hand an die Lippen, um mir zu zeigen, dass ich still sein sollte; dazu bestand kaum eine Notwendigkeit. Ben half mir in den Sattel, und wir ritten schweigend davon, über die Wiesen, wo die Pferdehufe weniger Lärm machten. Bevor die Sonne aufging, hatten wir schon das Tal hinter uns gelassen und befanden uns in einem dichten Wald auf Wegen, die nur dem erfahrenen Waldläufer sichtbar waren. Harrowfield lag weit hinter uns, und der Tag begann hell und klar. Ich barst schier vor Fragen, die ich nicht stellen konnte. Bei einer kurzen Rast, um eine Wasserflasche herumzureichen, ergriff ich die Gelegenheit.

Wohin gehen wir? Was soll das? Heute – du – Hochzeit! Heute – du – zu Hause! Wohin?

Es lag ein Hauch von Lächeln auf dem Gesicht des Roten, obwohl er aussah, als hätte auch er nicht geschlafen.

»So viele Fragen! Es ist schon alles in Ordnung, Jenny, wir haben einen langen Ritt vor uns, zumindest noch ein paar Stunden. Ich möchte dir etwas zeigen. Wir werden dafür sorgen, dass du sicher zurückkehrst. Und ich habe dafür gesorgt, dass deine Arbeit gut bewacht ist. Und dieser gefährliche Hund wird zweifellos auch dabei helfen. Kannst du noch weiter reiten? Nicht zu müde?«

Ich schüttelte den Kopf, aber ich war noch nicht fertig. Er hatte mir noch nicht geantwortet, nicht wirklich.

Heute – du – Hochzeit? Die Botschaft war doch sicher deutlich in meiner Miene, selbst wenn die Gesten nicht genügten. *Wie kannst du das tun? Wie kannst du ihnen das antun?*

Der Rote zuckte die Achseln und wich meinem Blick aus. »Es ist gleich«, sagte er. »Es ist für alles gesorgt.« Das war alles. Wir ritten weiter und ich stellte fest, dass ich trotz meiner Verwirrung und Unruhe, trotz meines Entsetzens darüber, was er tat, die Freiheit dieses Rittes genoss, den süßen Duft des Waldes, das Donnern der Hufe auf dem weichen Teppich aus Farn und Moos, die schweigende Gesellschaft der beiden Männer. Es war beinahe – es war beinahe wie damals, als wir zusammen unterwegs gewesen waren, der Rote und ich, als wir unter einem Apfelbaum rasteten und uns die Früchte teilten. Als wir in einer Höhle Schutz suchten und mehr gesehen hatten, als wir wollten. Trotz der Angst und der Unsicherheit bestand damals eine Verbindung zwischen uns, obwohl ich ihn noch kaum kannte. Der Rote sah mich an und wandte den Blick wieder ab, und ich glaubte, dass er an dasselbe dachte.

Als ich nach Harrowfield gekommen war, hatte der Ritt vom Meer aus den größten Teil des Tages gedauert. Nun wurde mir klar, dass diese Küstenlinie tief eingekerbt sein musste, denn der Weg, den wir nahmen, war viel kürzer, wenn auch schwieriger. Die Pferde schienen ihn zu kennen. Es dauerte nicht sonderlich lange, bis wir unter den Bäumen hervorkamen, um das weite, schimmernde Meer unter uns zu sehen und die Brecher tosen und die Möwen schreien zu hören. Ein Pfad führte zwischen Felsen zum Wasser hinab. Er war steil, zu steil, um zu reiten. Bewaldete Klippen ragten auf beiden Seiten vor; die Stelle war geschützt, beinahe geheim. Beide Männer stiegen vom Pferd, und einen Augenblick später tat ich dasselbe, ein wenig ungelenk, denn ich war nicht daran gewöhnt, so lange zu reiten. Keiner sagte ein Wort, aber ich sah, wie der Rote Bens Arm fasste, als wolle er ihm danken, und Ben nickte und nahm die Zügel aller drei Pferde und führte sie zurück unter die Bäume.

»Hier entlang«, sagte der Rote und ging den schmalen, kaum erkennbaren Pfad entlang. Ich hatte keine andere Wahl, als ihm zu folgen. Mein Fußgelenk tat immer noch ein wenig weh, aber es ging. Es gab Stellen, wo der Weg steil und abschüssig war, und er musste meine Hand nehmen, aber er ließ mich wieder los, sobald er konnte. Ich konzentrierte mich darauf, nicht auszurutschen, und sah mich nicht um. Endlich standen wir auf einem schmalen, flachen Felsen, etwa zwanzig Fuß oberhalb des Strandes.

»Schau dort hinaus«, sagte der Rote. Die Stelle, an der wir standen, war der Mittelpunkt einer geschützten Bucht, in der es weißen und feinen Sand gab und eine Unzahl von Pflanzen, die sich über die Klippe hinter uns zogen. An beiden Enden hielten die Klippen Wind und Wasser ab und schützten die Bucht vor dem Rest der Welt. Vor uns teilte ein Haufen verwitterter Steine den Strand in zwei Teile. Ich folgte dem Blick des Roten nach links und öffnete in erstauntem Entzücken den Mund.

Ich hatte von diesen Geschöpfen gehört, aber nur Geschichten. Sie räkelten sich in der Sommersonne; riesige, schlanke, elegante Tiere sahen uns mit großen Augen an, als wollten sie sagen: *Das hier ist unser Platz.* In diesen Augen lag das ganze Geheimnis des Ozeans. Es waren vielleicht zehn oder zwölf von ihnen, und während ich noch hinsah, kam ein weiteres aus dem Wasser und bewegte sich mit schwerfälliger Anmut auf den Strand. Es schüttelte seinen lang gezogenen, schweren Körper von einer Seite zur anderen, und ein Schauder silberner Tröpfchen bildete einen blendenden Kreis ringsherum.

Dann ließ es sich seufzend neben seinen Genossen nieder. Ich setzte mich vorsichtig auf den Felsen, bewegte mich langsam, um sie nicht zu erschrecken. Denn dies war einer jener Orte, wo die Harmonie des Natürlichen fast unberührt ist; wo Welten einander begegnen und miteinander sprechen, und Menschen sich nur mit äußerster Vorsicht regen sollten. Eines der Geschöpfe hob den Kopf und sah mir zu; dann legte es Kopf und Hals über den Rücken eines anderen und schloss die Augen langsam wieder. Ich spürte ein Lächeln reinen Entzückens auf meinen Lippen. Lange Zeit verging, während ich diesen Geschöpfen zusah, während ich unter diesem Maihimmel saß und die Seevögel über mich hinwegsegelten. Ich spürte die Macht dieses Ortes, spürte, wie sie in mich eindrang, mich beruhigte und mich mit Freude erfüllte. Es war ein Gefühl, das sich in Worten nur schwer beschreiben lässt und wie ich es mitunter an den tiefsten, geheimsten Stellen des Waldes erlebt hatte, oder auf dem Dach von Sevenwaters, wenn ich ohne ein Wort mit Finbar sprach. *Es ist alles gut. Alles wird gut werden. Das Rad dreht sich und dreht sich weiter.* Hier war ein Ort, an dem die Seele heilte.

Nach einer Weile erinnerte ich mich, dass ich nicht alleine war, und drehte mich um, um den Roten anzusehen. Er saß auf den Felsen hinter mir, hatte sein Buch in der Hand, seine Feder und das Tintenfass, aber er arbeitete nicht. Er sah mich an.

»Wir werden eine Weile hier bleiben«, sagte er ruhig. Dann schlug er das Buch auf und entkorkte das Tintenfass. »Ben kommt später zurück; er hat noch etwas zu tun. Du bist hier in Sicherheit.« Bei diesen Worten kamen die Fragen alle wieder zurück. Wie konnte er so unerträglich ruhig sein? Würde er mir denn keine Erklärung geben? Wie benutzt man seine Hände, um *warum?* zu fragen. *Warum hast du mich hergebracht?*

»Später«, sagte er. »Wir haben den ganzen Tag. Später werden wir reden – kannst du im Augenblick verstehen, dass ich diese Hände einmal ausruhen sehen wollte, nur für einen Tag?

Dass ich meine Gefangene freilassen wollte, nur ein wenig? Genieße deinen Tag, Jenny. Morgen fängt alles wieder von vorne an.«

Warum heute? Was ist mit Elaine und deiner Mutter und – Aber das konnte ich nicht in Gesten sagen. Außerdem wusste er genau, was ich fragen wollte, aber er tauchte die Feder in die Tinte, drehte die Seiten des Buchs um und begann zu schreiben, mit dem offenen Himmel über ihm und dem weiten Meer vor ihm, und es schien, er hatte nur noch Augen für seine ordentliche Aufzeichnung dessen, wie die Dinge gewesen waren, waren und immer sein würden.

Also zog ich die Stiefel aus und kletterte zur anderen Seite des Strandes, der bis auf die leichten Fußspuren von Vögeln unberührt war. Hier gab es keine großen Seegeschöpfe, die in der Sonne lagen, sondern zarte kunstvolle Muscheln, Fragmente gebleichten Holzes und komplizierte Algennetze, die die Flut zurückgelassen hatte. Der Sand fühlte sich unter meinen nackten Füßen gut an, so gut, dass ich meine Röcke raffte und zu laufen begann, verletzter Knöchel oder nicht, mit der Brise im Haar und schließlich der kalten Berührung des Meers an meinen Füßen. Mein Herz klopfte von all dieser Freiheit. Ich lief durch die kleinen Wellen, und der Saum des blauen Kleides wurde nass und sandig; ich lief über den Strand, und die Möwen folgten mir hoch droben und riefen sich etwas zu. Ich rannte, bis ich schwindelig und atemlos war, bis ich das andere Ende des Strandes erreicht hatte, wo sich die felsigen Klippen aus dem Sand erhoben. Dort lehnte ich mich mit dem Rücken gegen die Steine und lauschte dem Klopfen meines Herzens und atmete die wilde Seeluft ein. Mir war nicht klar geworden, ich hatte nicht begriffen, wie schmerzlich die Last war, die auf mir lag, bis ich heute für einen einzigen Tag frei davon war.

Ich konnte den Roten sehen, eine weit entfernte Gestalt auf den Felsen. Sein Haar war die einzige lebhafte Farbe in einer

Landschaft aus Grau, Grün und Weiß; Flammen auf dem Wasser. Er hatte das Buch beiseite gelegt, saß ziemlich reglos da und sah mir zu. Vielleicht befürchtete er, dass ich versuchen würde wegzulaufen. Aber nein; er wusste, dass ich zurückkehren musste, denn er verstand zumindest, dass ich daran gebunden war, meine Arbeit zu vollenden, obwohl er den Grund dafür wohl kaum glauben würde. Solche Dinge konnten Briten nicht begreifen. Stimmen im Kopf, seltsame Träume, das konnte er widerstrebend akzeptieren. Aber hier war eine ganze Welt darüber hinaus, und er hatte kaum ihren Rand berührt.

Ich kehrte langsamer zurück. Den halben Weg den Strand entlang hatte die See einen ganzen Schatz von Muscheln an den Strand geworfen, eine schöner als die andere. Ich setzte mich auf den Sand und hielt erst eine, dann die andere in der Hand und staunte über diese winzigen, kunstvollen Behältnisse, die alle einmal das Zuhause eines kleinen Seegeschöpfs gewesen waren. All die Jahre, in denen ich im Wald aufgewachsen war, hätte ich mir nie die Wunder, die Seltsamkeit des Ozeans und seines geheimen Lebens vorstellen können. Die Muschel in meiner Hand war von einem Sturm geöffnet worden; darinnen befanden sich Kammer um Kammer, alle mit einem schimmernden Überzug, angemessen für den Schmuck einer Königin. Es war wahrhaft wunderbar. Ich saß lange Zeit da, schaute mir alles an und träumte, meine Gedanken entfernten sich von diesem Ort, und mein Geist wandte sich nach innen. Und dann ... und dann ... wie kann ich den Augenblick beschreiben? Eine Stimme in meinem Kopf, nicht jene, die mich quälte, nicht jene, die vernünftig sprach und mich weckte – eine Stimme, die ich so lange nicht gehört hatte, so lange nicht.

Sorcha. Sorcha, ich bin hier. Ich bin hier, kleine Eule.

Conor? Ich wagte es kaum, seinen Namen zu denken, wagte kaum, nach ihm zu rufen, damit der Augenblick nicht verloren ging. Ich starrte zum Himmel und über das Wasser. Dort war ein einsamer Vogel, die großen Flügel ausgebreitet, kreiste, glitt.

Conor? Bist du das wirklich?

Hör mir gut zu. Ich kann nur wenig sprechen, dann muss ich gehen.

Die anderen – wo sind sie? Warum ...

Still, kleine Eule. Hör einfach zu.

Ich beruhigte meine Gedanken, machte meinen Geist leer und offen.

Das ist gut. Sag mir, werde ich dich am Mittsommertag hier finden?

Nein. Ich stellte mir das Tal von Harrowfield vor, so genau ich konnte, versuchte, meinem Bruder zu zeigen, wo es sich befand, hinter den Hügeln unten im Südosten. Wie würde ein Schwan nach Harrowfield fliegen? Ein Schwan richtet sich nicht nach Wegen und Brücken und Pfaden unter Bäumen.

Ich sehe diesen Ort. Wer ist er, wer bewacht dich? Warum bist du hergekommen? Es ist weit, zu weit für uns.

Ich spürte Tränen, und mein Hals schmerzte. Ich antwortete nicht.

Sind die Hemden fertig? Wirst du am Mittsommertag bereit sein?

Tränen begannen zu fallen. *Nein. Ich muss noch eines machen und einen Teil des anderen.*

Weine nicht, kleine Schwester. Ich werde da sein. An Meán Samhraidh. Warte auf mich, ich werde dorthin kommen.

Ich spürte, wie er seine Gedanken zurückzog. Er war, was das anging, immer der geschickteste von uns gewesen. Ich sah den Vogel noch einmal kreisen und mit einem mächtigen Flügelschlag nach Westen fliegen. Ich war wieder allein. Aber nicht ganz allein, denn sie lebten immer noch. Ich würde sie wieder sehen, bald, so bald, denn es war schon Mai. Ich hatte bis dahin nicht gewusst, wie nahe ich daran gewesen war, meine Arbeit für fruchtlos zu halten.

Danke, sagte ich lautlos. Danke, o danke. Aber zu wem ich sprach, konnte ich nicht sagen. Es war eine Macht um mich her, so stark, dass ich sie fast berühren konnte, eine Kraft in den Wellen und den Felsen und den seltsamen Seegeschöpfen mit ihren sanften Augen. Ich hatte die Stimme meines Bruders gehört, weil diese Kraft hier war, weil ich mich hier befand. Aber ich hatte nicht vergessen, wer mich hergebracht hatte.

Später, bei Ebbe, zeichnete ich eine Seejungfrau in den nassen Sand, mit langem Haar aus Algen und großen Muschelaugen und einem anmutigen Fischschwanz. Ihre Brüste waren rund, ihre Taille schmal, und sie hatte kleine, zarte Hände. Sie war wie die Geschöpfe, von denen ich in alten Geschichten gehört hatte, die mit so bezaubernden Stimmen nach den vorüberfahrenden Seeleuten riefen, dass sie einen Mann um den Verstand bringen konnten. Ich wurde nass und sandig, und ich war so versunken in meine Arbeit, dass ich nicht sah, dass mein Begleiter zum Strand heruntergekommen war, bis mir der Wind das Haar über die Augen blies und ich den Kopf hob, um es über die Schulter zurückzuwerfen. Der Rote saß nicht weit von mir entfernt, sah mir zu, und er überraschte mich mit einem Lächeln auf den Lippen, dem ersten echten Lächeln, das ich je an ihm gesehen hatte, einem Lächeln, das den festen Mund weicher machte, die eiskalten Augen wärmte; einem Lächeln, das das Blut in meine Wangen trieb und bewirkte, dass mein Herz sich zusammenzog.

Etwas tief in mir rief: *Gefahr! Du kannst dir nicht leisten, dieser Abzweigung deines Weges zu folgen.* Ich wandte mich von ihm ab, denn als ich dieses Lächeln sah, spürte ich Simons Hand, die meine entsetzt umklammerte, als wäre sie ein Talisman. Als ich in die Augen des Roten sah, die tiefe Einsamkeit dort entdeckte, hörte ich Simons Stimme wie die eines Kindes: *Lass mich nicht allein.* Diese beiden Männer baten mit wenig Worten um mehr, als ich geben konnte. Ich wandte ihm den Rücken zu, setzte mich hin und beobachtete die Vögel über dem Meer. Möwen und Gänse und andere, die ich nicht benennen konnte, große, weitflüglige Reisende. Es gab jetzt keine Schwäne dort, aber irgendwo hinter dem weiten Wasser warteten sie. Das war alles, was zählte.

»Simon und ich sind oft hierher gekommen«, sagte der Rote hinter mir. »Vor langer Zeit. Niemand sonst kennt diese Bucht. Die Seehunde kommen her, um sich auszuruhen – nicht lange, sie verbringen den größten Teil ihres Lebens im Wasser und lassen sich nur sehen, wenn sie es wollen. Wir wussten nie, ob sie hier sein würden oder nicht. Ich wollte es dir zeigen.«

Ich nickte, aber ich sah ihn nicht an.

»Es gibt eine alte Geschichte über diesen Ort«, sagte er. »Es ist eine Geschichte von einer Seejungfrau wie der, die du da gezeichnet hast. Dein Volk kann solche Geschichten gut erzählen. Ich habe kein Talent mit Worten. Aber ich denke, diese Geschichte würde dir gefallen.«

Nun hatte er mich wirklich überrascht. Ich drehte mich halb herum. Er saß im Schneidersitz auf dem Sand, immer noch mit seinen Reitstiefeln. Zumindest hatte er den Umhang, sein Buch und die Feder oben auf dem Felsen gelassen. Ich sah ihn stirnrunzelnd an und zeigte ihm meine bloßen Füße, dann zeigte ich auf seine. Drückte meine Zehen in den Sand. *Du kannst dich zumindest so weit gehen lassen.* Er kniff die Augen ein wenig zusammen, aber dann zog er die Stiefel aus, stand auf und ging hinunter zum Wasser, zur Meerjungfrau. Er betrachtete sie mit einem Lächeln, und die kleinen Wellen krausten sich um seine Füße.

»Die Leute in dieser Gegend leben vom Fischen«, sagte er. »Schon als Kind lernt man, wie man ein Netz auswirft oder einen Fisch zerlegt. Aber es gab einen Jungen, der diesem Ruf nicht folgte. Alles, was er tat, tagein, tagaus, war auf den Felsen zu sitzen und Flöte zu spielen. Tänze, seltsame Melodien, die er sich selbst erfunden hatte. Sein Vater verzweifelte an ihm. Seine Mutter erklärte, er sei die Schande der Familie.

Aber Toby – so hieß er – schaute nur hinaus aufs Meer und spielte Flöte, und nach einiger Zeit kamen die Menschen und lauschten seinen Melodien mit Ehrfurcht, denn in seiner Musik fanden sie die Freude und die Sehnsucht ihrer eigenen Herzen wieder.«

Ich war verblüfft. Ich hätte nicht geglaubt, dass der zugeknöpfte Hugh von Harrowfield solche Worte in sich hatte.

»Der Junge wurde zum Mann. Manchmal baten sie ihn, bei einer Hochzeit zu spielen, und er kam widerstrebend und ging, sobald er konnte, wieder nach Hause. Und dann kommt der seltsame Teil der Geschichte. Seltsam, aber wahr, heißt es, denn ein Mann, der die Netze flickte, sah es mit eigenen Augen. Toby saß in der Abenddämmerung eines Sommertages allein auf den dunklen Felsen, und die Töne seiner Flöte schwebten rings um ihn her in der Luft. Und neben ihm war plötzlich eine junge Frau mit Haut so bleich wie Mondlicht und langem dunklem Haar wie Algen, das ihre Nacktheit verbarg, und großen, feuchten Augen mit einer Spur des weiten Meeres in ihnen. Sie war aus dem Wasser gekommen, und einen Augenblick lang glaubte der Mann das Blitzen eines silbrigen Schwanzes zu sehen, das Schimmern von Schuppen in den Strahlen der untergehenden Sonne; aber als er wieder hinschaute, saß sie züchtig auf den Felsen und lauschte entzückt der Musik, und sie schien eine Frau wie jede andere, wenn man einmal davon absah, dass sie hübscher und wilder war als jedes Mädchen aus dieser Gegend.«

Der Rote bückte sich, eine Alge vorsichtig in seinen großen Händen haltend. Er legte sie auf den Hals der Seejungfrau.

»Toby nahm sie mit nach Hause, und seine Mutter suchte ihr missmutig ein Gewand, um sich zu bedecken, und sein Vater war hin- und hergerissen zwischen Bewunderung und schlimmen Vorahnungen, als Toby erklärte, er werde sie am nächsten Tag heiraten. Aber seine Großmutter sagte, sie wird nicht lange bleiben. So ist das immer mit dem Seevolk. Du glaubst, sie gehören dir, und dann hören sie den Ruf der Wellen und sind weg.

Die beiden zogen weg vom Meer, bis nach Elvington, wo Toby davon lebte, auf Märkten und Versammlungen zu spielen. Die Frau aus dem Meer hielt sein Haus sauber und schlief in seinem Bett, und nach einiger Zeit brachte sie zwei kleine Töchter mit dunklem Haar und mit Augen zur Welt, die weit in die Ferne schauten. Und die Leute gingen nur ungern in der Abenddämmerung an ihrem Haus vorbei, denn manchmal hörte man den Klang der Flöte, aber manchmal auch die Stimme der Frau, die ein klagendes Lied sang, das einem die Haare sträubte, solche Sehnsucht lag darin.

Drei Jahre vergingen, und ihr Leben muss nicht angenehm gewesen sein, denn Tobys Frau wurde bleich und dünn, und ihr üppiges Haar trocken und brüchig. Man hörte nicht mehr die süßen Klänge der Flöte im Zwielicht. Die Leute sagten, die Frau sei nah am Tod und der Mann außer sich, denn sie war die Frau seiner Seele, und er konnte den Gedanken, sie aufzugeben, nicht ertragen.

Dann, eines Morgens, stahlen sie sich aus Elvington davon, so lautlos, wie sie gekommen waren: Toby, seine blasse junge Frau und die beiden kleinen Töchter in einem Karren. Sie reisten zum Strand, und mit jedem Schritt, den der Esel auf die tosende Brandung und das weite Meer zutat, leuchteten die Augen der Frau heller, und desto bleicher und älter sah Toby aus.

Es war wieder Abenddämmerung, als sie schließlich auf den Felsen standen. Die kleinen Mädchen planschten in den seichten Stellen und kümmerten sich nicht um die Kälte des Wassers. Niemand weiß, was Toby zu seiner Frau sagte oder sie zu ihm. Aber es heißt, die beiden standen Hand in Hand nebeneinander, bis zu dem Augenblick, wo die letzte Spur der Sonne im Wasser verschwand, und dann holte Toby seine Flöte heraus und begann eine Klage zu spielen. Und als das Lied vorüber war, war die Frau aus dem Meer weg, zurückgelitten in die Umarmung der Wellen. Aber draußen im dunkler werdenden Wasser konnte man blitzende Fischschwänze sehen und den Klang seltsamer Stimmen hören – den Widerhall des Abschiedsliedes.«

Und? Ich bewegte die Hände. Ich wollte mehr. Eine Geschichte musste ein richtiges Ende haben.

»Sie war ein Geschöpf der Tiefe, und dorthin musste sie zurückkehren oder sterben. Toby verstand das, aber es half ihm wenig. Denn er hatte nur seine Erinnerung an sie, an jeden einzelnen Augenblick, in dem sie ihn gehört hatte. Das war alles, was er hatte, um seine Einsamkeit fern zu halten. Seine Töchter wuchsen auf und heirateten, und ihre Nachkommen leben immer noch in dieser Gegend, aber das ist eine andere Geschichte.«

Der Rote setzte sich mit dem Rücken zu mir, recht nah, aber nicht zu nah. Wir schwiegen beide, während sich die Geschichte in unseren Köpfen niederließ. Ich dachte, Toby hatte einen Schatz gefunden, die Frau seiner Träume, obwohl er sie dann wieder verlor. Alles, was du aufgefischt hast, war ein mageres Mädchen mit einem Fluch, der alle zerstört, die ihr nahe kommen. Du hast einen schlechten Handel abgeschlossen, Hugh von Harrowfield. Du solltest mich lieber vergessen und gehen lassen. Aber wo hat ein Brite eine solche Geschichte gehört? Es war tatsächlich ein seltsamer Tag.

Der Rote hatte die kleine Tasche hinunter zum Strand gebracht. Er bot mir einen Schluck Wasser an, nahm einen Laib Haferbrot heraus, den er teilte, und ein Stück Käse, das er mit seinem kleinen Messer schnitt. Ich stellte fest, dass ich tatsächlich Hunger hatte. Er sah mir beim Essen zu, aß selbst aber wenig. In dem Raum zwischen uns hingen die unausgesprochenen Gedanken schwer. Als ich fertig war, packte er Flasche und Tuch weg, schlang die Arme um die Knie und schaute nach Westen.

»Heute«, sagte er, »habe ich die letzte Seite meines Tagebuchs geschrieben. Es ist Zeit, ein anderes zu beginnen. Diese Berichte gehen weit zurück. Jede Eiche, die sie gepflanzt haben, jede Hütte, die sie gebaut haben, die Zuchtlinie von Schafen und Rindern. Ihre Kämpfe, die Feuersbrünste, das Hochwasser. Die Geschichte des Tals. Das war alles, was ich je wollte, die Arbeit fortführen, die sie begonnen haben; mein Vieh züchten, meine Ernten einbringen und meine Leute schützen. Das war es, wofür ich glaubte, geboren zu sein.«

Er hielt einen Augenblick inne. Ich warf ihm einen Seitenblick zu. Er sah sehr ernst aus. *Aber?* bedeuteten meine Hände.

»Aber ... seit Simon wegging, seit ... seit ich dich gefunden und nach Harrowfield gebracht habe, ist es, als bewegte ich mich durch Schatten und spielte Würfel mit Geistern. Als hätte ich meinen Weg verloren. Oder ... oder als sei der Weg, den ich immer für den meinen gehalten habe, dabei, sich vor meinen Füßen zu verändern. Zuvor schien es immer genug, diesem Weg zu folgen, wie mein Vater es getan hat und sein Vater vor ihm. Aber nun bin ich aus dem Muster herausgetreten, und ich kann nicht wieder zurückkehren. Ich habe keine Angst, nicht um meiner selbst willen; aber ich bin unruhig, denn das Wirkliche und Unwirkliche kommen näher zusammen, verbinden sich so miteinander, dass ich nicht mehr sagen kann, was was ist. Ich höre zwei Versionen derselben Geschichte und kann die Wahrheit nicht vom Falschen unterscheiden. Hier sitze ich und erzähle selbst Geschichten und glaube sie zur Hälfte. Denn ich denke manchmal, dass auch du eines Tages zurückkehren wirst, dass du den Ruf des Meeres hörst und unter das Wasser davongleiten wirst, wie es Tobys Seejungfrau tat. Oder vielleicht werde ich eines Nachts, wenn ich vor deinem Fenster Wache stehe, sehen, wie eine Eule aufflattert und im Wald verschwindet, und wenn ich nach dir schaue, wird nur noch eine kleine Feder auf deinem Kissen liegen.«

Ich war nicht in der Lage, durch meine Hände zu sprechen.

Seit jener Nacht, in der ich versucht hatte, ihn zu trösten, und ihn so wütend gemacht hatte, hatte ich jede Hoffnung darauf aufgegeben, dass er jemals wieder so mit mir sprechen würde.

Wieso hatte er sich entschlossen, nun so viel von sich zu verraten? Ich brauchte Worte. Ich hätte ihm sagen können, dass es der Bann war. Der Bann, den sie auf ihn gelegt hatten, mich zu beschützen. Damit ich meine Aufgabe erledigen konnte. Nun war ich beinahe fertig damit, und meine Brüder würden mich finden. Dann könnte er in sein Tal zurückkehren, in sein geordnetes Lebensmuster, und ich ... ich würde nach Hause gehen.

»Du sagst nicht viel«, meinte der Rote. Ich versuchte nicht einmal zu antworten. Ich dachte, was immer ich zu sagen versuche, wird falsch sein, und die Maske wird sich wieder über dein Gesicht senken. Wenn ich hier sitzen bleibe und mich nicht rühre, kann ich diesen Augenblick vielleicht bewahren, mit dem Himmel und dem Meer und der Wärme, mit der Stimme meines Bruders im Kopf und dem Roten, der neben mir sitzt und spricht, als ob ... als ob ...

»Stell jetzt deine Fragen, wenn du willst«, meinte er schließlich. »Ich schulde dir eine Erklärung. Mehrere Erklärungen. Und ich habe dir etwas zu sagen, und ich will dich um etwas bitten. Es ist keine Eile. Wir haben den ganzen Tag.«

Das beunruhigte mich. Also war meine erste Frage: *Sonne geht unter – reiten – nach Hause?*

»Das braucht uns nicht zu kümmern«, meinte er und runzelte die Stirn ein wenig. »Ich sagte, ich würde dafür sorgen, dass du sicher zurückkommst. Zumindest damit kannst du uns vertrauen.«

Ich verzog gereizt das Gesicht. Er war sehr geschickt, wenn es darum ging, Antworten zu geben, die keine waren. Ich zeigte ihm: *Du – Hochzeit – heute?*

»Inzwischen«, sagte er mit einem Blick zur Sonne, die hoch

am Himmel stand, »werden Elaine und ihr Vater schon auf dem Heimweg sein. Es wird keine Feier in Harrowfield geben.«

Ich übermittelte ihm, dass ich seine Antwort für ungenügend hielt.

»Sie werden keine Zeit verschwenden, Fragen zu stellen«, meinte er. »Elaine hat Richard und meiner Mutter heute früh alles erzählt. Ja, Jenny, Elaine wusste es. Ich bin nicht so herzlos, wie du glaubst.«

Elaine – traurig, zornig?

Er lächelte grimmig. »Nein. Enttäuscht vielleicht, und ein wenig unbehaglich. Aber es war nie ich, den sie wollte. Elaine wird keine Schwierigkeiten haben ... ihr Vater, das ist eine andere Sache.«

Er hatte immer noch nicht die wahre Frage beantwortet, die einzige, die wichtig war: *Warum?* Dazu gab es keine klare Geste, aber ich brauchte auch keine; die Frage stand mir in den Augen.

»Ich ... ich werde es schon noch erklären. Es gibt Gründe. Es ist kompliziert. Ich ...«

Das genügt nicht.

»Warum heute? Warum sollte ich es ihnen nicht sagen und es einfach hinter mich bringen? Wirst du mir glauben, wenn ich erkläre, warum ich dich hierherbringen und dir diesen Ort zeigen und sehen wollte, wie du durch den Sand läufst? Denn das konnte ich nur tun, wenn ich diesen Tag vor allen geheim hielt, außer von jenen, denen ich mein Leben anvertrauen würde.«

Ich schüttelte den Kopf.

»Dennoch, das ist ein guter Teil meines Grundes, Jenny. Seit – seit dem Tag, an dem John starb, habe ich ... nein, mir fehlen die Worte dafür.«

Ich zeigte ihm: *Lass dir Zeit. Ich höre zu.*

»Du hast gelitten seit diesem Tag. Ich bin nicht blind. Ich ... du musst verstehen, an dem Tag, als es geschah, als wir dorthin kamen, dachte ich zuerst … ich dachte, ihr wäret beide … und dann stellte ich fest, dass ich … es tut mir leid, das hier ist … ich kann mit Worten nicht umgehen, ich kann nur hoffen, dass du mich verstehst. Ich war ungerecht zu dir. Ich habe dich nicht so beschützt, wie ich es tun sollte. Was geschehen ist, war nicht deine Schuld. Wir haben uns allen selbst die Schuld gegeben. Wenn ich nur dies oder jenes getan oder nicht getan hätte … aber es war nur die Schuld dessen, der es befohlen hat. Er war schlau, es gab keine Beweise. Aber ich denke, jetzt hat er sich die Falle selbst gestellt. Nur …« Wieder schwieg er.

Ich wartete.

Nach einer Weile sagte er: »Es wird warm. Du solltest nicht so lange in der Sonne sitzen bleiben.«

Ich folgte ihm den Strand entlang, und wir setzten uns wieder unter die Klippe, wo die Schatten auf den Sand fielen. Draußen auf dem Wasser hatte die See den Schwanz der Meerjungfrau erreicht und lockte sie zurück.

»Ich muss dich etwas fragen«, sagte der Rote und drehte dabei eine kleine Muschel in seiner Hand hin und her. »Du brauchst mir nicht zu antworten, wenn es dir verboten ist. Aber wenn du kannst, antworte bitte.«

Ich nickte. Es klang ernst. Aber ich dachte, an einem solchen Tag gibt es sicherlich kaum noch etwas, was mich überraschen könnte.

»Die Schnitzerei, die er dir gegeben hat«, sagte der Rote, und einen Augenblick lang wusste ich nicht einmal, wovon er sprach. »Die Schnitzerei mit dem Wappen von Harrowfield … ich möchte wissen, hat mein Bruder sie dir gegeben? Hat er sie dir in die Hand gedrückt, wusstest du, was er vorhatte?«

Ich schüttelte den Kopf. Nein, er hat es mir hinterlassen, obwohl ich ihn verließ, als er mich am meisten brauchte, und als ich zurückkam, war er lange weg. Das konnte ich ihm nicht sagen.

»Kannst du mir sagen«, fragte er und sah mir direkt in die Augen, »dass mein Bruder noch lebte, als wir uns begegnet sind?«

Die Frage war sorgfältig formuliert. Ich schüttelte den Kopf. Ich nahm an, dass Simons Knochen in meinem Wald verstreut waren. Aber ich hatte auch das nicht gesehen.

»Weißt du sicher, dass Simon tot ist?« Seine Augen waren unter der Sommersonne sehr hell. So hell wie Gezeitenpfützen im ersten Morgenlicht. So tief wie Erinnerungen, über die nicht gesprochen werden darf.

Wieder schüttelte ich den Kopf.

Er wandte den Blick ab. »Du fragst dich vielleicht, wieso ich diesen Augenblick gewählt habe, dich zu fragen. Ich muss dir sagen, dass ... dass deine Gefangenschaft vielleicht bald ein Ende haben wird. Dass die Antwort, die ich suche, vielleicht anderswo liegt. Dir ist vielleicht die Rückkehr meiner Boten aufgefallen. Auch ich habe Informanten wie mein Onkel; ich spreche nur nicht von meinen.«

Inzwischen lauschte ich ihm aufmerksam, obwohl ich nicht wusste, was noch auf mich zukam. Ich spürte, dass er jetzt ruhiger war, einen Plan hatte; er war auf sicherem Gelände.

»Ich dachte, es gäbe keine Spur mehr von Simon. Mein Onkel sprach davon, ihn gesucht zu haben, und ich hielt das für leere Worte, nur ausgesprochen, um meine Mutter glücklich zu machen. Dennoch bat ich meine Boten, sich umzuhören. Und nun habe ich schließlich etwas erfahren.«

Was? Was hast du gehört? Wie konnte er nach so langer Zeit von Simon gehört haben?

»Mein Bote hat eine Geschichte gehört«, sagte der Rote, »von einem jungen Mann mit goldenem Haar und hellblauen Augen, einem Mann, der in deinem Land vollkommen fremd war; er lebt in einer Gemeinschaft heiliger Brüder auf einer kleinen Insel vor der westlichen Küste von Eire. Von hier aus ist es eine sehr lange Reise. Und dieser junge Mann schien unverletzt, er schien bei Verstand und in guter Verfassung. Nur – nur war es so, als könnte er sich an nichts mehr erinnern, nur an die Gegenwart. Unschuldig wie ein neugeborenes Kind; aber sie sagten, er sei achtzehn oder neunzehn Jahre alt.«

Wer immer das war – es konnte nicht Simon sein. Unverletzt? Bei Verstand? Das konnte nicht der Junge sein, den ich gepflegt hatte, dessen Geist so viele Narben hatte wie sein Körper. Aber das konnte ich nicht aussprechen.

»Ich glaube, es muss sich um meinen Bruder handeln«, sagte der Rote und beobachtete mich dabei. »Und daher muss ich mich aufmachen und ihn suchen. Und zwar schnell, damit ich diesen Ort vor einem anderen erreiche.«

Nun erschreckte er mich. *Warum?*

»Weil«, sagte er, »das nicht die einzigen Neuigkeiten sind. Nachdem du dich letzten Abend zurückgezogen hattest, hat mein Onkel uns zusammengerufen und uns erzählt, er habe Beweise, dass Simon tot sei, dass man ihn kurz nachdem seine Truppe in den Hinterhalt geraten war, getötet hatte. Gefangen genommen, gefoltert und getötet. Dass er unter den Bäumen begraben liegt, wo der Wald rasch sein Grab überwuchern wird. Er behauptete, es aus erster Hand gehört zu haben, von einem direkten Zeugen, der sich später gegen seinen Herrn wandte.«

Beide Geschichten sind falsch, dachte ich. Aber so wenig ich die eine leugnen konnte, konnte ich gegen die andere sprechen. Nicht, ohne ihm die Wahrheit zu sagen. Und das würde ich nicht tun. Nicht, ehe ich sprechen konnte, und selbst dann würde es noch schwer genug sein.

»Richard lügt«, sagte der Rote schlicht. »Aus irgendeinem Grund will er nicht, dass mein Bruder gefunden wird. Also muss ich mich allein und im Geheimen auf den Weg machen. Selbst meine Mutter weiß nichts davon, denn es wäre grausam, ihr Hoffnungen zu machen, bevor ich sicher bin. Außerdem ist sie immer noch Richards Schwester. Nur Ben und du wissen davon. Es gibt viel feindliches Land zu durchqueren. Jenny, ich muss dir sagen, dass ich heute Abend abreise. Ich werde nicht nach Harrowfield zurückkehren. Nicht, ehe ich ihn gefunden habe.«

Sofort erfasste mich die schrecklichste Angst. Es war alles falsch, das konnte nicht sein Bruder sein, jemand hatte ihm eine Falle gestellt, und ... ich dachte an meine Rückkehr nach Harrowfield, und wie es sein würde, wenn er nicht dort war. Ich dachte daran, dass er vielleicht überhaupt nicht zurückkehren würde. Ich streckte unwillkürlich die Hand aus, griff nach einer Falte seines Hemdes direkt über dem Herzen und biss mir auf die Lippen, um Tränen der Angst zurückzuhalten. Was war los mit mir? War ich nicht die Stärkste von Sieben, jene, die auf ihrem Weg so gut wie niemals zögerte?

»Und das«, erklärte der Rote in kaum mehr als einem Flüstern, »bringt mich zu dem letzten Teil dessen, was ich dir sagen muss. Glaub mir, ich habe lange darüber nachgedacht, es hat mich viele Nächte den Schlaf gekostet. Ich würde dich nicht freiwillig hier allein lassen, denn du bist tatsächlich in Gefahr. Aber wenn mein Bruder lebt, muss ich ihn suchen. Ich ... ich habe dich so gut beschützt, wie ich konnte. Häufig nicht gut genug. Ich habe mir gewünscht, mehr tun zu können, aber du machst es mir nicht immer leicht. Diesmal lasse ich Ben zurück, gegen seinen Willen. Ich gehe allein; ich kann mich ungesehen durchschlagen, zumindest den größten Teil des Weges. Ben wird dich bewachen, und es gibt andere, die zu dir stehen werden. Es wird nicht lange dauern. Schau nicht so entsetzt drein, Jenny.«

Ich spürte, wie mir eine Träne über die Wange lief. Es wird zu lange sein. Ich hatte die schrecklichsten Vorahnungen, die je auf meinem Herzen lagen. *Geh nicht. Noch nicht.* Aber ich sprach es nicht aus.

»Ich habe dir einmal gesagt, dass es eine Lösung für das Problem deiner Sicherheit gibt«, fuhr er fort, recht unbehaglich, als suchte er sich den Weg über Glasscherben. Ein falscher Schritt, und der Schaden war unvermeidlich. »Ich habe gesehen, wie sie dich behandeln, selbst meine Mutter, wie sie dich ansehen und hinter deinem Rücken tuscheln. Wie sie dir misstrauen. Sie können dich nicht als Freundin akzeptieren, denn sie verstehen nicht, warum – das heißt, deine Stellung in meinem Haus ist ihnen nicht klar. Das macht dich verwundbar für ihre Streiche, ihre Unfreundlichkeit, ihre Vorurteile. Für Schlimmeres. Ich kann das ändern, und ich werde es tun, wenn du mir zustimmst. Aber wie ich schon sagte, du wirst diese Lösung nicht mögen.«

Was ist es?

»Versprich mir«, sagte er, »dass du zuhören wirst. Dass du hören wirst, bis ich zu Ende gesprochen habe, dass du nicht wegrennen oder deinen Geist verschließen wirst, bis du alles gehört hast, was ich sage.«

Ich starrte ihn an. Ich lockerte meinen Griff um sein Hemd und ließ die Hand in meinen Schoß sinken. Ich nickte stumm.

»Als mein Gast«, sagte er, »ist deine Stellung ... sie ist den Launen anderer ausgesetzt; deine Sicherheit kann nicht garantiert werden, solange ich nicht da bin und über dich wache. Als meine Frau wärest du sicher.«

Mein Herz setzte einen Schlag aus. Ich sprang auf, und von meinem Rock rieselte der Sand. Die Antwort musste mir deutlich in den Augen gestanden haben, während ich seine Worte mit heftigen Gesten abwies.

Nein. Das kannst du nicht tun. Nein.

»Du hast versprochen, dass du mir zuhören würdest«, sagte er leise, und das hatte ich. Also setzte ich mich sehr langsam wieder hin und bemerkte, dass ich die Arme wie zum Schutz um mich geschlungen hatte. Der sonnige Frühlingstag war plötzlich eisig und dunkel geworden.

»Du hast Angst. Das hatte ich erwartet. Jenny, ich weiß ... ich verstehe, dass ... dass jemand dir wehgetan hat und grausam zu dir war ... ich weiß, dass du immer noch vor mir zurückweichst, obwohl ich hoffe, dass wir trotz allem Freunde sind. Diese Ehe wäre ... sie würde nur dem Namen nach bestehen, eine Vernunftehe, könntest du es nennen. Ich biete dir den Schutz meines Namens, so dass du deine Arbeit in Sicherheit vollenden kannst. Nicht mehr und nicht weniger.«

Das kannst du nicht tun. Es ist falsch! Wie kannst du auch nur denken – Oh, wenn ich nur die Worte gehabt hätte! Die Fäden seiner Geschichte verwirrten sich, verknoteten sich, wurden zum Chaos. Es war eine Sache, das Muster zu brechen, aber eine andere, es bewusst zu zerreißen.

»Denke zumindest an eins«, fuhr der Rote fort, mit sehr leiser Stimme, als kostete es ihn äußerste Beherrschung. Ich hätte ihn am liebsten geschlagen, ins Gesicht geschlagen, ihn gezwungen, die Wirklichkeit zu sehen. Wusste er denn nicht, dass das keine Antwort war? Wusste er nicht, wie unmöglich das war? Ich stellte mir vor, wie ich als Herrin des Hauses in Harrowfield lebte. Ich hätte lachen können, dann hätte es nicht so wehgetan. »Denke zumindest darüber nach. Wir haben immer noch ein wenig Zeit, bevor Ben zurückkehrt.«

Erst in diesem Augenblick wurde mir mit wachsendem Entsetzen klar, dass er vorhatte, es sofort zu tun; dass heute tatsächlich sein Hochzeitstag sein sollte. Denn er würde übers Meer fahren, er würde nicht zurückkehren, und er hatte vor, mich so beschützt wie möglich zurückzulassen. Aber -

»Sieh mich an, Jenny«, sagte er, und ich sah ihn an. Sah seine ausgeprägten Züge, seine weiche Haut, das flammende Haar, das so kurz geschnitten war wie das Fell eines Fuchses. Den ernsten Blick.

»Ich habe niemals eine Frau gegen ihren Willen genommen«, sagte er. »Niemals. Und ich werde jetzt nicht damit anfangen. Besonders nicht ...« Er vollendete diesen Satz nicht. »Glaubst du mir das?«

Ich nickte. *Es geht nicht nur darum. Obwohl es ein Teil davon ist.*

»Wird es dir helfen, wenn ich dir sage, dass andere von diesem Plan wissen, dass deine Rückkehr nach Harrowfield vorbereitet wurde? Du wirst meiner Mutter die Neuigkeit nicht mitteilen müssen. Das hat Elaine getan, bevor sie nach Hause zurückkehrte.«

Ich dachte, er könne mich nicht noch mehr schockieren, aber ich hatte mich geirrt. *Elaine wusste es? Wer noch? Wusste es der ganze Haushalt, bevor du mich auch nur gefragt hast?* Er setzte ein grimmiges kleines Lächeln auf, das seine Augen nicht erreichte.

»Ich habe nur mit denen gesprochen, denen ich vertrauen konnte. Und Elaine, ja; sie verdiente eine Erklärung, und ich habe sie ihr gegeben. Sie ist nicht nur meine Base, Jenny, sondern eine alte Freundin; ich kenne sie, seit wir Kinder waren. Sie hat heute eine Last für uns getragen, indem sie es ihnen sagte; es ist ein stetiges Wunder für mich, dass mein Onkel eine solche Tochter haben konnte. Auch Ben weiß es; sein Anteil an dieser Sache ist wichtig. Er wird dich nach Hause bringen, und er wird dein Beschützer sein, solange ich weg bin. Und ... ich habe John schon vor langer Zeit erzählt, was ich vorhabe.«

Schweigen. Gewichtiges Schweigen. Endlich stand ich auf und ging wieder zum Meer hinab, und der Sand fühlte sich unter meinen nackten Füßen immer noch gut an, und die Nachmittagssonne immer noch wohl wollend. Aber alles war verändert. Damals hatte ich Johns letzte Worte nicht verstanden, hatte sie als die wirren Gedanken eines Mannes aufgefasst, der unter schrecklichen Schmerzen starb. Was hatte er gesagt? *Der Rote, die richtige Wahl. Sag ja.* Etwas in dieser Richtung, wenn man es richtig zusammensetzte. Und ich hatte genickt, weil ich einfach hoffte, ihn damit zu trösten, es ihm zu erleichtern. Ich konnte kein Versprechen brechen, das ich einem

Sterbenden gegeben hatte. Besonders, da sein Tod meine Schuld war.

Ich ging wieder über den Strand, während die Schatten länger wurden und das Meer sich dunkel färbte. Unten am Wasser war die Meerjungfrau beinahe verschwunden. Es waren nur noch ein Rest des dunklen, wirren Haares und eine zarte, ausgestreckte Hand übrig. Ich saß dort und sah zu, wie das Meer sie zurückholte, tief an seine geheimen Orte. Ich versuchte nachzudenken, suchte nach Antworten. Aber diesmal kam mir keine weise innere Stimme zu Hilfe. Es gab nur kalte Tatsachen. Meine Brüder kehrten zurück. Es war noch ein Hemd fertig zu stellen, und ein weiteres nicht einmal angefangen. Jemand hatte meine Arbeit verbrannt, jemand hatte meinen Freund getötet. Der Rote ging weg. Und ich hatte John ein Versprechen gegeben. Es gab nur einen möglichen Schluss. Ich musste mich darauf verlassen, dass Hugh von Harrowfield eine weitere seiner vernünftigen, kalkulierten Entscheidungen gefällt hatte. Dass er, wie sie sagten, kein Mann war, der eine falsche Entscheidung traf. Ich musste ja sagen, obwohl mein Herz kalt wurde, wenn ich daran dachte.

Dennoch, als wir zusammen ein wenig später auf den Felsen standen und ein letztes Mal die Seegeschöpfe beobachteten, wie sie langsam zum Strand hinunterrutschten, direkt ins Wasser glitten, wo sie sich sofort in anmutige Schwimmer verwandelten, blieb noch eine weitere Frage. Eine, die er sehr gut kannte.

Du – versprochen – ich – nach Hause? Ich über das Wasser nach Hause?

»Ich werde mein Versprechen nicht brechen, Jenny«, sagte er. »Wenn die Zeit gekommen ist, wenn du bereit bist zu gehen, werde ich dich sicher nach Hause bringen. Wenn die Zeit gekommen ist, kannst du mich fragen, und ...« Er beendete diesen Satz nicht. Aber es genügte.

Es wurde dunkel. Mir wurde klar, dass wir an diesem Abend

nicht nach Harrowfield zurückkehren würden. Er drängte mich nicht nach einer Antwort; er stand einfach nur da, sah den Seehunden zu und wartete. Er hatte schon viel gewartet. Das Buch lag offen auf den Felsen hinter ihm, und die aufkommende Brise wendete seine Blätter langsam bis zum Letzten, auf das er an diesem Morgen seine letzten Worte geschrieben hatte; an diesem Morgen, der nun schon so lange vorbei zu sein schien. Aber es waren keine Worte auf dieser Seite, nur Bilder, kleine zarte Bilder, mit vorsichtigen Federstrichen ausgeführt. Ich hatte ihn zuvor schon arbeiten gesehen und darüber gestaunt, wie er imstande war, zu schreiben und nicht auf die Wunder zu achten, die ihn umgaben. Aber es schien, als hätte er nicht hinsehen müssen, um die Schönheit dieses Ortes zu kennen. Denn diese Seite zeigte den offenen Himmel und die glatten, schimmernden Oberflächen der feuchten Steine und das Spitzenmuster der Wellen. Es zeigte die großen Seehunde mit ihren wissenden Augen und die Möwen vor den kleinen, dahinhuschenden Wolken. Und am Fuß der Seite, sehr klein, befand sich die letzte Zeichnung im Buch. Eine junge Frau, die rannte, ihr Haar, das wie eine dunkle, wilde Wolke hinter ihr her wehte, ihr Gewand vom Wind an ihren Körper gedrückt, ihr Gesicht schimmernd vor Freude. Der Rote streckte die Hand aus, klappte das Buch zu und steckte es in seine Tasche. Ich dachte, nach all dieser Zeit kenne ich ihn immer noch nicht. Ich kenne ihn überhaupt nicht.

Von oben war ein Geräusch zu hören, von hinter der Klippe. Der Ruf eines Vogels, wie ich ihn schon zuvor einmal gehört hatte. Der Rote legte die Hände an den Mund und antwortete dem Vogelruf.

»Zeit zu gehen«, sagte er; aber er regte sich nicht. Ich holte tief Luft. Niemals hatte ich mir so sehr gewünscht, nicht antworten zu müssen. Meine Hände machten sich an die Arbeit. Ich zeigte auf mich; zeigte auf die linke Hand, den Ringfinger. Nickte kurz. Fügte ein Achselzucken und ein Stirnrunzeln hinzu. Ich beobachtete ihn, um mich zu überzeugen, dass er verstanden hatte. Es gab ein kurzes Aufflackern, tief in den hellen Augen, das sofort unterdrückt wurde. Er nickte ernst.

»Gut. Ich hatte gehofft, dass du zustimmen würdest. Dann komm. Wir haben nicht mehr viel Zeit.«

Es war alles geplant bis in die letzte Einzelheit. Er hatte schon angenommen, dachte ich mit einiger Bitterkeit, dass ich ja sagen würde. Hatte gewusst, dass ich keine Wahl hatte. Ben wartete; wir ritten einen kurzen Weg und hielten auf einer Lichtung bei einem kleinen Steingebäude an, wo ein anderer Mann wartete. Er hatte eine Tonsur, ein grobgesponnenes Gewand. Ein heiliger Mann; ein einsamer Eremit wie mein alter Freund Vater Brien. Es war schnell vorüber, so schnell, dass es keine Zeit zum Nachdenken gab. Er sprach die Worte der Zeremonie, wir gaben die entsprechenden Antworten. Es gab einen unbehaglichen Augenblick, dann wurde klar, dass ich meine Gelübde wortlos ablegen musste. Der Priester warf dem Roten einen Blick zu, dann mir, und er zögerte. Aber dann fragte er mich freundlich, ob ich die Worte verstand, ob ich wüsste, was ich tat. Ich nickte, nickte abermals, und dann hatte ich Hugh von Harrowfield zum Mann genommen, in heiliger Ehe. Ben war Zeuge, und er sagte wenig und nahm die Hand nicht vom Schwertgriff. Nur in dieser verzauberten Höhle waren wir offenbar sicher gewesen. Nur einen einzigen Tag.

Es wurde dunkel. Ben führte den Eremiten beiseite und sprach leise mit ihm. Was nun? dachte ich. Warteten wir hier im Wald, bis es Tag wurde?

»Ich habe etwas für dich«, sagte der Rote, der immer noch neben mir stand. Er holte etwas aus der Tasche. »Ich möchte, dass du das trägst. Eine Braut sollte nicht ohne Zeichen ihrer Hochzeit nach Hause kommen, selbst wenn sie ohne Mann zurückkehrt.«

Etwas Kleines, Helles hing an einer starken, feinen Schnur. Es war ein Ring; aber als ich ihn in das ersterbende Licht hielt, sah ich, dass es sich um einen Ring handelte, wie ich ihn nie zuvor erblickt hatte. Dieser kleine Gegenstand war aus dem Herzen einer großen Eiche geschnitzt. Er war dünn und zart, die Arbeit eines meisterlichen Handwerkers. Innen war er so glatt wie Seide, auf der Außenseite befand sich ein kunstvolles Muster, das im Lauf vieler langer Abende mit einem feinen Messer geschnitzt worden war; ein Kreis von Eichenblättern mit winzigen Eicheln hier und da und einer einzige winzige Eule, die mit ernsten Augen aus dem Laub herausspähte. Dieser Ring war nicht für Elaine hergestellt worden. Ich zog die Schnur über den Hals und steckte den Ring unter mein Kleid, über mein Herz, wo er neben einem anderen, älteren Talisman hing, der einmal meiner Mutter und dann Finbar gehört hatte. Ich schaute den Roten an. Sein Gesicht verriet nichts. Ich dachte, das verstehe ich nicht – er hat daran gearbeitet, noch bevor John starb, den ganzen Winter, noch vor dem Brand, vor langer Zeit schon. Aber das bedeutete ...

»Das Schiff wartet.« Bens Stimme drang aus dem Dunkel zu uns herüber. »Der Bootsmann sagt, er kann dich vor Morgengrauen an Land bringen, dann hast du viel Zeit, dich in Sicherheit zu bringen. Bist du bereit?«

»Nein«, sagte der Rote. »Aber ich muss trotzdem gehen. Lebe wohl, Jenny. Pass auf dich auf, bis ich wiederkomme.«

Ich war wie erstarrt, konnte mich nicht regen. *Geh nicht. Noch nicht. Es ist zu früh.* Aber meine Hände regten sich nicht.

»Ich bringe dir einen Apfel«, sagte er, drehte sich um und verschwand im Schatten. »Den ersten Apfel des Herbstes.« Und er war weg. Ich hatte nicht Lebewohl gesagt, und er war gegangen.

Eine Geschichte kann auf vielerlei Art beginnen. So wird sie zu vielen Geschichten, und gleichzeitig ist jede von ihnen nur eine Möglichkeit, dasselbe zu erzählen. Es waren einmal zwei

Brüder. Dies ist die Geschichte des älteren Bruders, eines Mannes, der alles hatte. Er war gut, stark, weise und wohlhabend. Er war ein Mann, der immer die richtige Wahl traf. Er war ein Mann, der zufrieden war mit dem, was er hatte; mehr als zufrieden, denn er war gebunden durch Liebe und Pflicht, sich um sein Erbe zu kümmern. Bis ihm eines Tages klar wurde, dass das nicht genügte. Es waren einmal zwei Brüder. Dies ist die Geschichte des jüngeren Bruders, der klug und fähig und wild war, ein Mann mit lockigem Haar von der Farbe der Sommersonne auf einem Weizenfeld. Es gab Menschen, die ihn liebten, aber das erkannte er nicht. Es gab einen Platz für ihn, aber er fühlte sich dort niemals willkommen. Immer sah er sich nur als den Zweitbesten. Sein Bruder würde die Ländereien erben; er ein kleines Stück Land, das niemand wollte. Sein Bruder würde gut heiraten, um das Land zu schützen und seine Macht zu festigen; wer wollte schon einen jüngeren Sohn ohne Zukunft? Sein Bruder machte immer alles richtig. Er machte hin und wieder gewaltige Fehler. Dies ist auch die Geschichte einer jungen Frau. Wer sie war, wusste niemand genau, außer, dass sie seltsame grüne Augen hatte und Haar wie Mitternacht und dass sie von der anderen Seite des Meeres kam. In einem Augenblick der Dummheit, die so überhaupt nicht zu ihm passen wollte, nahm der ältere Bruder sie zur Frau. Dann verschwand er, ebenso wie der jüngere verschwunden war, und alles, was sie zurückließen, war diese Hexe, die spann und webte und nähte, ihren seltsamen Spindelbuschstoff, und nie ein Wort sprach. Sie sagten, sie hätte keinen Laut von sich gegeben, nicht einmal, als der Erdrutsch neben ihr niederging und ein Mann starb. Sie sagten, diese Frau hätte keine menschlichen Empfindungen, sie sei eine Zauberin, und als sie Lord Hugh seiner Verlobten direkt vor der Nase wegschnappte, hätte sie das Herz aus dem Tal gerissen. So hieß es.

Es war eine schwierige Heimkehr gewesen. Der Rote hatte

darauf vertraut, dass Elaine den Haushalt auf alles vorbereitete, aber das entsprach nicht ganz der Wahrheit. Sie hatte ihr Bestes getan; alle wussten, dass die Heirat abgesagt war und dass Hugh stattdessen das Undenkbare getan und mich geheiratet hatte. Elaine war weg, ebenso Richard, und ich war ihr dafür viel schuldig. Was sie ihnen nicht gesagt hatte und nicht hatte sagen können, weil das außer Ben und mir niemand wusste, war, dass ihr geliebter Hugh nicht mit seiner neuen Braut nach Hause zurückkehren würde. Es war eine unbehagliche Heimkehr, als Ben so gut er konnte erklärte, was geschehen war, und ich müde in der Halle stand, umgeben von entsetzten Gesichtern und neugierigen Augen. Lady Anne war eine starke Frau. Sie erholte sich als erste, zumindest äußerlich. Diener wurden nach Bier und Met geschickt, denn für Lady Anne war die Pflicht das wichtigste. Also gab sie mir einen eisigen Kuss auf die Stirn und sagte mit beinahe erstickter Stimme: »Willkommen, Tochter.« Erst in diesem Augenblick erinnerte ich mich daran, dass es erst einen Tag her war, dass Richard ihr von Simons Tod erzählt hatte. Dann wies sie mich an, mich zu setzen, reichte mir einen kleinen Becher Met, und nach einer Weile rief sie Megan, um mir mein neues Zimmer zu zeigen. Daran hatte ich noch überhaupt nicht gedacht. Aber es war alles vorbereitet, in einer geräumigen Kammer im Obergeschoss, die, wie ich annahm, niemals dem Roten gehört hatte, denn sie war viel zu bequem. Es gab ein breites Bett mit guten Wolldecken, und ein kleines, lebhaftes Feuer brannte in einer gekachelten Feuerstelle. Es gab Wandbehänge und Kerzen. Blumengirlanden dekorierten Bett und Feuerstelle und den Türrahmen; die waren nicht für mich dort aufgehängt worden, das war sicher, aber in der Ecke stand meine kleine Holztruhe, darauf lagen Spinnrocken und Spindel, und daneben fand ich meinen Korb und die Mierenbündel. Alys folgte Megan auf dem Fuß und brauchte nicht lange, bis sie sich vor dem Feuer niedergelassen hatte.

Ich schlief nicht viel in dieser Nacht und auch nicht in den folgenden, während der Sommer fortschritt und die Tage vor der Rückkehr meiner Brüder weniger und weniger wurden. Ich arbeitete den ganzen Tag und ging nur nach unten, wenn es sich nicht vermeiden ließ, um meinen Platz am Tisch zur Rechten von Lady Anne einzunehmen. Ich wusste, es gab Dinge, die sie sagen wollte, Fragen, nach deren Beantwortung sie dürstete. Aber das wäre nicht ihre Art gewesen. Außerdem wusste sie, dass sie von mir keine Antwort bekommen würde. Ich fragte mich manchmal, ob sie eine Ahnung davon hatte, wohin ihr Sohn gegangen war, denn Bens Erklärungen waren dürftig gewesen. Ein alter Freund, eine Grenzstreitigkeit. Wo, fragten sie. Ben war nicht sicher, wo. Aber es würde nicht lange dauern; er würde bald nach Hause zurückkehren. Aber wenn es um so etwas ging, fragten die Leute, je später es wurde: Wieso war er dann noch nicht wieder da? Und wenn es so war, wieso hatte er niemandem von seinen Plänen erzählt? Nicht einmal seiner eigenen Mutter? Die Gerüchte kochten, und alle hatten mit mir zu tun. Also zog ich mich zurück, und wenn ich nach dem Abendessen wieder in mein Zimmer kam, arbeitete ich dort weiter. Die Zeit wurde immer knapper.

Ich konnte weiterhin nicht schlafen. Nachts ging ich im Zimmer auf und ab, den Kopf voller Bilder, wie der Rote von den Männern meines Volkes gefangen und mit heißen Eisen gefoltert wurde. Von den Schwänen, die über stürmisches Wasser flogen und für die jeder Flügelschlag schwieriger wurde. Vom Roten, der irgendwo verwundet wurde, auf feindlichem Gebiet, ohne jede Hilfe. Allein im Wald. Kein Mädchen mit Nadel und Faden wäre dort. Ich hatte nicht einmal mehr die Zeit gehabt, ein Ebereschenkreuz in seine Kleidung zu sticken, bevor er mich verließ. Ich dachte an Finbar, wie ich ihn zum letzten Mal gesehen hatte, zu schwach, um aufrecht zu gehen. Zu schwach zum Fliegen. Ich stellte mir das Gesicht des Roten vor, wenn er endlich den jungen Mann ohne Vergangenheit fand. Den Mann, den er für seinen Bruder hielt. Es konnte nicht Simon sein. Wenn ich imstande gewesen wäre, ihm das zu sagen, dann wäre er vielleicht nicht weggegangen. Dann sprach wieder meine leise Stimme, die vernünftige: *Eile dich, Sorcha. Eile dich. Es ist keine Zeit für solche Gedanken. Spinne. Webe. Nähe deine Hemden. Du hast weniger Zeit, als du glaubst.* Dennoch, ich konnte meine Gedanken weniger beherrschen, als mir lieb war. Der kleine Ring um meinen Hals, unter meinem Kleid, wo niemand ihn sehen konnte. Wenn ich allein war, holte ich ihn manchmal heraus, fragte mich, wie es dem Roten gelungen war, bei meinen geschwollenen, verbogenen Fingern die Größe einzuschätzen. Ich fragte mich, ob meine Hände jemals wieder sein würden, wie sie einmal gewesen waren, klein, weiß und fein. Sollte dies jemals geschehen, würde ich längst von hier weggegangen sein. Ich würde sowohl Mann als auch Ring hinter mir zurückgelassen haben. Es war gleich, ob die Größe die richtige war oder nicht. Dennoch, wenn ich daran dachte, bemerkte ich, wie ich die Hand um den Ring schloss, als wollte ich ihn nicht loslassen. Er gehört mir, sagte etwas tief in mir. Dieses Gefühl beunruhigte mich.

In der Abwesenheit ihres Sohnes übernahm Lady Anne die Zügel des Haushalts, wie sie es offensichtlich schon häufiger getan hatte. Aber diesmal war die Aufgabe nicht so leicht. Die Tage folgten ihrem vertrauten Muster, aber ohne den Roten war es nicht dasselbe. Es dauerte länger, um Streitigkeiten zu schlichten. Ein Mann zündete die Scheune eines anderen an, und ein Esel konnte erst in letzter Minute gerettet werden. Ein Fremder, der die Straße entlangkam, machte in einer der Siedlungen Rast. Am nächsten Morgen fand man ihn tot im Hof, ein Dolch steckte zwischen seinen Rippen. Einige der Männer hatten etwas dagegen, Befehle von Ben entgegenzunehmen. Wofür hielt er sich? Er war vielleicht ein Pflegesohn von Lord Hughs Vater gewesen, aber das gab ihm nicht das Recht, sich aufzuspielen, wenn Hugh nicht da war. Der junge Bursche wurde ein wenig zu aufgeblasen. Außerdem war Meister Benedict nicht hier gewesen, an dem Tag, als Lord Hugh – nun, man wusste schon. Lady Anne sagte ihnen, sie sollten mit ihrer Arbeit weitermachen und aufhören, Bens und ihre Zeit zu verschwenden. Sie gehorchten mürrisch. Aber wir konnten es alle spüren. Die guten Zeiten waren vorbei. Als der Frühling zum Sommer wurde und Wärme das Land überzog, wuchsen Misstrauen und Unruhe unter den Menschen. Sie wurden ängstlich und zornig, nicht nur mir und denen, die mich beschützten, gegenüber, sondern auch gegeneinander.

Die Dinge erreichten ein paar Tage vor Mittsommer einen Höhepunkt. Die Frau eines Kätners war angegriffen worden; man gab einem anderen die Schuld, dieser behauptete aber, unschuldig zu sein. Gruppen bildeten sich. Es schien nur eine Frage der Zeit, bis einer zu weit ging und dem anderen eine schwere Wunde beibrachte. Lady Anne rief beide Gruppen zu sich und tat ihr Bestes, zu schlichten. Ben schaffte es, sie mit der Hilfe von ein paar Getreuen davon abzuhalten, einander an die Kehle zu gehen. Aber es kam zu keiner Lösung, und die Stimmung wurde übler. Noch immer hatte man nichts vom Roten gehört. Also schickte Lady Anne nach ihrem Bruder.

Wenn die Atmosphäre im Haus zuvor schon angespannt gewesen war, befand sich alles, sobald Richard seine gut manikürten Hände um uns schloss, auf Messers Schneide. Seine Methode, das direkte Problem zu lösen, war sehr wirkungsvoll. Der Angeklagte wurde von mehreren kräftigen Männern im Rostbraun und Schwarz von Northwoods weggebracht. Später an diesem Tag erklärte Richard Lady Anne, der Mann habe gestanden. Noch später wurde er an einen Baum gehängt, und das war alles. Es hieß, als man ihn abschnitt, habe man Verletzungen gefunden, die nichts mit dem Seil um den Hals zu tun hatten. Es fiel niemandem schwer, das zu glauben. Niemand hatte gewagt, diesen Mann zu retten, ob er nun schuldig gewesen war oder nicht. Es gab keinen jungen Finbar und keine

Sorcha, die sich hier einmischten, keine leidenschaftlichen Kinder, die tapfer oder dumm genug waren, das Recht in ihre eigenen Hände zu nehmen. Es waren die anderen Dinge, die man sagte, die den Roten mehr gestört hätten. Dinge wie *Zumindest weiß Lord Richard, was zu tun ist. Er handelt schnell. Er lässt die Leute wissen, wer der Herr im Haus ist.* Selbstverständlich war die andere Gruppe vollkommen anderer Meinung. Sie murmelten, dass jemand alles gestehen würde, wenn man ihm *so etwas* antat, und was war aus der Gerechtigkeit geworden? Wo war Lord Hugh, wenn man ihn brauchte? Und was bilde sich Richard ein, eine Entscheidung zu fällen? Hatte man gehört, was aus seinen Männern geworden war, die er um einer dummen Idee willen übers Wasser geschickt hatte?

Ich blieb in meinem Zimmer und verließ es nur, wenn es absolut notwendig war. Ich glaube, Megan verstand das und entschuldigte mich ein-, zwei-, dreimal beim Abendessen. Ein empfindlicher Magen. Konnte nichts bei mir behalten. Zuvor hätte Lady Anne mich herbeizitiert. Aber nun war ich ihre Schwiegertochter, und sie musste meine Wünsche achten. Ich war zumindest dem Namen nach die Herrin des Hauses. Megan kam zurück und sagte, man flüsterte über die Gründe meiner plötzlichen Krankheit. Ein wenig früh vielleicht, aber ... Lord Hugh war offenbar recht geschäftig gewesen, sagten sie, hatte die Waren geprüft, bevor er sie kaufte. Ich spürte kalten Zorn, als ich diese Gerüchte hörte, zügelte ihn aber fest. Es war nicht wichtig, sagte ich mir. Nichts ist wichtig, nur deine Arbeit. Ich beendete das fünfte Hemd und begann mit dem Letzten.

KAPITEL 12

Es war einfach nur Pech, nehme ich an. Schlichtes Pech, dass mein Plan, nach Einbruch der Dunkelheit aus dem Haus zu schlüpfen und allein zum Fluss zu gehen, vollkommen von Lady Annes Entscheidung in letzter Minute zerstört wurde, den ganzen Haushalt zu einem Picknick am Wasser zu versammeln. Im Licht der Fackeln wollte man unter den Bäumen feierlich den Mittsommerabend begehen. Denn sie erkannte das Unbehagen, das Misstrauen unter ihren Leuten. Dies war ihr Versuch, sie aus dieser Stimmung herauszureißen und sie dazu zu bringen, wieder miteinander zu sprechen. Es war eine gute Idee. Eine wunderbare Strategie. Für mich bedeutete es eine Katastrophe. Ich verbrachte den größten Teil des Tages damit, darüber nachzudenken, ob ich mit ihnen gehen oder mich wieder krank stellen und dann versuchen sollte, unbeobachtet davonzuschlüpfen. Ich hatte keine Ahnung, wann meine Brüder kommen würden, aber ich nahm an, Conor würde erkennen, was geschah, und sie zu einem relativ sicheren Platz bringen. Wenn ich vor der Abenddämmerung am Fluss war, wenn es mir gelang, mich von den anderen abzusetzen, ohne dass sie es bemerkten, dann konnten sie vielleicht dorthin fliegen, wo ich alleine wartete, und ich konnte sie warnen. Vielleicht. Ich wollte am liebsten überhaupt nicht daran denken, dass auch Richard dort sein würde, so nah. Ben hatte über mich gewacht wie eine besorgte Mutter über ihr kränkliches Kind. Selbst Margery hatte mich am Tag zuvor mit einem dünnen Lächeln bedacht. Aber ich fühlte mich immer noch allein, so allein.

Wäre der Rote da gewesen, hätte er seinen Onkel in ein kompliziertes Gespräch über Grenzen und Verbündete verwickelt. Wäre der Rote da gewesen, hätte er dafür gesorgt, dass ich von jenen umgeben war, denen er traute, beschützt vor neugierigen Fragen und anzüglichen Blicken. Aber der Rote war weg, und sein Onkel hielt sich stets in meiner Nähe, während wir alle die Pappelallee hinunter zum Flussufer gingen. Es würde nicht mehr lange dauern bis zur Abenddämmerung. Nicht mehr lange genug. Lady Anne hatte mich mit angemessener Kleidung versorgt. Ich hatte das schlichteste, bescheidenste dieser Kleider gewählt, ein dunkelgrünes Gewand mit einem hohen Ausschnitt und Ärmeln bis zu den Handgelenken. Aber immer noch warf Richard mir Seitenblicke zu und zog anzüglich die Brauen hoch. Sein blonder Bart war so ordentlich geschnitten wie eine Hecke im Herbst. Sein schwarzes Hemd war makellos, der Halssaum abgeschlossen mit einer dünnen Linie Silberfaden.

»Nun, meine Liebe.« Er sah mich von oben bis unten an und ließ sich dabei Zeit. »Eine Dame, wie ich sehe. Du hast uns alle überrascht. Hugh hat uns überrascht. Ich hielt ihn nie für einen jener Männer, die zunächst mit ihren Lenden denken und später mit ihrem Kopf. Nicht unseren Hugh. Ein schrecklicher Fehler. Dennoch, er ist vielleicht nur von kurzer Dauer.«

Ich ging weiter und kämpfte gegen das Bedürfnis an, ihm einen Tritt zu versetzen. Vor mir und hinter mir trugen die Leute Decken und Körbe, schwatzten und lachten. Lady Annes Idee war wirklich gut gewesen. Wo steckte Ben? Ich glaubte, irgendwo weiter vorn seinen blonden Kopf entdeckt zu haben.

»Ich höre, du warst ein wenig – indisponiert, meine Liebe«, sagte Richard mit seidiger Stimme. »Wirklich schlimm. Ich bin so froh, dass du dich zumindest heute zeigst. Man muss den Schein waren, jetzt, wo du zur Familie gehörst. Ich frage mich, ob die hiesigen Leute sich an ein Halbblutgör als neuen Erben für Harrowfield gewöhnen werden? Nicht sonderlich gut, würde ich denken. Überhaupt nicht gut. Kein Brite und kein Ire, aber zur gleichen Zeit beides. Hast du das schon einmal gehört? Sag mir, gehörte das zu deinem ursprünglichen Plan? War das der Grund, wieso sie dich hergeschickt haben?«

In dieser Weise fuhr er noch einige Zeit fort, während ich versuchte, seine Worte nicht zu hören; es würde bald dämmern, und ich fürchtete, was geschehen könnte, wenn ich der Gruppe nicht entfliehen und einen einsamen Ort finden konnte. Die Begegnung mit meinen Brüdern durfte nicht lange dauern. Ich würde sie sehen und sie berühren und sie warnen können; und dann mussten sie sich verbergen bis zur Morgendämmerung, denn hier waren sie nichts weiter als Barbaren, die sich zu tief ins Feindesland vorgewagt hatten.

»Ich verstehe einfach nicht«, sagte Richard, »wieso er dich geheiratet hat. War er so verzweifelt, dich zu bekommen, dass er seine Zukunft opfern musste, um seine Begierde zu befriedigen? Jeder andere Mann hätte sich einfach genommen, was er wollte. Versteh mich nicht falsch, meine Liebe. Dein Zauber ist ganz offensichtlich. Du würdest das Blut eines jeden Mannes zum Kochen bringen. Aber ein Ehering? Das war wohl kaum nötig. Das genügt, einen glauben zu lassen, was sie über Hexen und Bannsprüche und Liebestränke erzählen. Etwas hat den Jungen um den Verstand gebracht, lange genug, um dir den Ring anzustecken; und ich wette meinen besten Hengst darauf, dass es nicht dein süßer, junger Körper alleine war, so köstlich er auch sein mag. O bitte, verzeih mir die Bemerkung über Finger. Ich sehe, dass du keinen Ring tragen kannst. Diese Hände sind wohl kaum dazu geeignet. Nicht gerade der attraktivste Teil deiner Anatomie, meine Liebe, wenn ich das sagen darf. Nun, das ist eine andere Sache, die mich fasziniert ...«

Wir erreichten das Flussufer. Es war kurz vor der Dämmerung; die Leute breiteten ihre Decken auf dem Gras aus, und Lady Anne befahl, dass das Bierfass angestochen wurde. Jemand holte eine Flöte heraus und begann, Tanzlieder zu spielen. Ich sah Ben am Rand dieser Gruppe, als hielte er nach Anzeichen von Ärger Ausschau. Fünf oder sechs seiner Männer waren rings um uns platziert. Er machte seine Arbeit gut. Aber dies war der einzige Abend, an dem ich mir weniger Schutz gewünscht hätte.

Mir blieb keine andere Wahl, als bei Richard und seiner Schwester zu sitzen. Ich gehörte nun zur Familie, was immer sie von mir halten mochten. Sie aßen und tranken; ich saß auf dem Boden, gerade aufgerichtet, und dankte Lady Anne im Stillen dafür, dass sie ihren Bruder in ein Gespräch über den Verkauf überzähliger Vorräte verwickelte. Rings um uns her entspannten sich alle genügend, um den warmen Abend zu genießen, und zweifellos half ihnen ein Überfluss an gutem Bier dabei. Ich sah Margery mit ihrem kleinen Sohn. Er konnte nun alleine sitzen, und sein braunes Haar war lang genug gewachsen, um sich ein wenig zu locken. Margery war immer noch blass, aber hier und da unterhielt sie sich kurz mit jemandem. Ben entspannte sich nicht. Er und seine Männer patrouillierten am Rande der Gruppe, die Hände am Schwertgriff.

Die Sonne sank unter die Baumwipfel, und der Himmel wurde lavendelfarben, lila und dunkelgrau. Über uns seufzten die Weiden und schwiegen dann. Gerahmt von ihren Zweigen wurde das Flusswasser langsam dunkler. Fackeln wurden entzündet und rings um die Wiese aufgestellt. Zu dem Flötenspieler gesellten sich noch ein Trommler und ein Geiger, und bald begannen ein paar junge Leute zu tanzen. Auf dem Fluss war kein Schwan zu sehen.

»Sag mir, meine Liebe«, wandte sich Richard mir plötzlich zu. »Hast du keine Ahnung, wohin dein Mann so plötzlich verschwunden ist? Ich fand die offizielle Erklärung immer ein wenig unglaubwürdig. Ich denke, das ist zu viel erwartet von der Gutgläubigkeit eines Mannes. Der junge Ben weiß etwas, aber er hält es zurück. Was ist mit dir? Hat Hugh dir verraten, was er vorhatte, als er dich so rasch verließ? Bettgeheimnisse und so? Man sollte annehmen, dass du dich damit gut auskennst. Was hat er dir gesagt?«

»Richard«, sagte Lady Anne tadelnd.

»Ich will dich nicht beunruhigen, Schwester.« Richard verzog das Gesicht. »Du vergisst, dass eine Frau aus Eire nicht so denken und fühlen wird wie du. Sie genügt, was den oberflächlichen Schein angeht, das muss ich zugeben, aber unter dieser Oberfläche findet man den Feind. Eine Spionin. Sogar eine Zauberin. Darauf würde ich wetten. Man kann ihnen nicht trauen.«

»Jenny ist die Frau meines Sohnes«, erklärte Lady Anne mit angespannter Stimme.

»Hmm«, sagte Richard. »Das ist sie. Und nun sag mir, kleine Nichte, da meine Schwester wünscht, dass ich dich so anspreche, obwohl es mir fast in der Kehle stecken bleibt, wohin ist Hugh gegangen? Was hatte er vor? Was war so dringend, dass er seine Braut an ihrem Hochzeitstag zurückließ? Was war so geheim, dass er es selbst seiner Mutter nicht sagte?«

Sorcha. Sorcha, wo bist du?

»Was ist los, Jenny? Was ist? Geht es dir nicht gut?« Lady Anne hatte gesehen, wie meine Miene sich veränderte, als ich den lautlosen Ruf meines Bruders hörte.

Wartet. Wartet. Ich komme. Rührt euch nicht.

Ich sprang auf und versuchte, so ausdruckslos wie möglich dreinzuschauen. Ich nickte und gestikulierte. *Bitte entschuldigt mich. Mein Magen ...*

»Nimm Megan mit, meine Liebe«, rief Lady Anne mir nach, als ich so ruhig wie möglich auf den Fluss zuging, auf den Schutz der Weiden. Wenn ich so tat, als bräuchte ich einen abgelegenen Ort, weil sich mir der Magen umdrehte, dann könnte ich vielleicht ... vielleicht könnte ich ...

»Wohin gehst du?« Ben stand vor mir und schaute mich besorgt an. »Bei Gott, Frau, du hast wirklich einen schwachen Magen. Ich helfe dir. Geh nicht alleine, das ist gegen die Regeln, erinnerst du dich?«

Aber ich gestikulierte wieder und wieder. *Bitte. Nur eine Minute. Ich werde nicht weit gehen. Bitte.* Er betrachtete mich stirnrunzelnd. Es stimmte, es gab bestimmte Körperfunktionen, die tatsächlich Abgeschiedenheit erforderten. Aber er hatte seine Befehle. *Bitte. Ich werde sicher sein.*

»Also gut«, sagte er, »aber bleib in der Nähe. Er wird mich umbringen, wenn er wüsste, dass ich dich außer Sichtweite gelassen habe. Pass auf dich auf. Wenn du zu lange wegbleibst, werde ich dich suchen.«

Ich ging mit gemessenem Schritt weiter übers Gras, bis er mich nicht mehr sehen konnte. Während sich meine Füße vorsichtig bewegten, sandte mein Geist mit panischer Eile Botschaften aus. *Wo seid ihr? Wie weit flussaufwärts von der kleinen Brücke? Schnell, ich habe nicht lange Zeit.*

Die Brücke ist nicht weit südlich. Eine Stelle, an der eine große Weide umgestürzt ist. Ich komme zu dir.

Nein! Es ist gefährlich! Warte, ich komme.

Endlich bog sich der Pfad, und Ben konnte mich nicht mehr sehen. Ich rannte. Raffte meine Röcke und rannte unter den Weiden zu dem Ort, wo die Wurzeln einer umgestürzten Weide in die Luft ragten, deren Schutzgeist sich längst ein anderes Heim gesucht hatte. Ich sah niemanden.

Wo seid ihr?

»Ich bin hier, Sorcha.« Mein Bruder Conor kam hinter dem Gewirr von Wurzeln hervor, eine schmale, zerbrechliche Gestalt im schwachen Mondlicht. Ich sah, wie bleich er war, sah sein langes, wirres Haar, die Fetzen von Kleidung, die alles waren, was ihm geblieben war. Er sah so körperlos aus wie ein Gespenst.

Sprich nicht laut. Es sind Menschen in der Nähe. O Conor! Ich spürte, wie er mich umarmte. Er war ausgemergelt wie ein

Kranker, und er zitterte heftig. Aber es fühlte sich so gut an, ihn im Arm zu halten.

Die anderen. Wo sind die anderen?

Sie können nicht herkommen. Nicht diesmal.

Aber … aber … bittere Enttäuschung überwältigte mich.

Es braucht große Kraft, große Entschlossenheit, sie zu zwingen, an einen Ort zu gehen, vor dem jeder Instinkt uns warnt. Ich kann sie nur einmal hierher bringen. Wenn du bereit bist, ruf mich, und wir werden kommen. Weine nicht, kleine Eule, du hast etwas sehr Tapferes getan.

Ihr wart an Meán Geimridh nicht da. Ich habe nach euch Ausschau gehalten, und ihr seid nicht gekommen.

Das war wirklich eine schreckliche Nacht gewesen – schrecklich und dennoch wunderbar, denn ich hatte die Geburt von Johns Sohn nicht vergessen.

Wir kamen zu der Höhle, und du warst nicht mehr da. Wir konnten dich nicht finden. Ein geistiges Bild meiner Brüder, die hektisch suchten, die sahen, dass mein Besitz immer noch in der Höhle verstreut war, mein kleiner Webrahmen, mein warmer Umhang und die Stiefel. Diarmid fluchte. Finbar stand allein und schweigend am See.

Die anderen – Conor, geht es ihnen gut? Was ist mit Finbar?

Sie leben alle noch, aber du solltest dich beeilen, wenn du kannst. Sobald du bereit bist, musst du mich rufen. Wir können nur ein einziges Mal hierher kommen.

Er verheimlichte mir etwas; er war immer noch ein Experte, was die geistigen Künste anging, so geschwächt er auch sein mochte. Er verheimlichte mir die ganze Wahrheit, um mich zu schützen.

Was ist es? Conor, was ist es, was du mir verheimlichst?

Still, Sorcha. Wenn du rufst, werden wir kommen. Das verspreche ich dir.

Ich weinte, den Kopf an seine Brust gelehnt, die Arme um

seine Taille geschlungen, seine um meine Schultern. Er war mein Bruder. Ich musste ihm glauben.

Es zeugt von meiner Verzweiflung und seiner Schwäche, dass keiner von uns hörte, wie sich die Männer näherten, bis es viel zu spät war. Dann knackte ganz in der Nähe ein Zweig unter einem Stiefelabsatz, und ich hörte Bens Stimme.

»Jenny? Ist alles in Ordnung?«

Ich riss den Kopf hoch. Dort stand er, das Schwert in der Hand, sein Gesicht so entsetzt, dass es beinahe komisch war, mit weit offenem Mund und weit aufgerissenen Augen, als er mich in den Armen meines Bruders entdeckte. Ich öffnete den Mund und schloss ihn wieder.

»Ergreift diesen Mann!« Nun kamen die Fackeln, und Waffen wurden gezogen, und hinter Ben stand Lord Richard von Northwoods, auf seinem Gesicht eine seltsame Mischung von triumphierender Erregung und Zorn. »Ergreift auch das Mädchen. Ihr seht ja, wie sie Lord Hugh für sein Vertrauen dankt!«

Immer noch stand ich dort, starr vor Schreck. Aber Conor verfügte über Fähigkeiten, von denen sich keiner dieser Leute je hätte träumen lassen, und noch bevor Lord Richards Männer näher gekommen waren, hatte er sich wie ein Schatten von mir gelöst und war lautlos unter den Weiden verschwunden. Es war, als wäre er niemals dort gewesen.

»Ihm nach!« zischte Richard. »Lasst ihn nicht entkommen!« Drei Männer rannten ins Unterholz davon, begierig, meinen vermeintlichen Liebhaber zu jagen. Aber Richard blieb zurück, und ich spürte, wie sich seine Hand wie eine Eisenfessel um meinen Arm schloss.

»Das war ausgesprochen dumm von dir, meine Liebe. Das ist ein wirklicher Dämpfer für das Familienpicknick. Was würde unser Hugh dazu sagen? Was würde ich dafür geben, sein Gesicht zu sehen, wenn er es herausfindet. Weniger als zwei Monate verheiratet, und schon macht sie sich in den Wald davon wie eine läufige Hündin mit einem anderen Rüden. Und nicht irgendeinem Rüden, einem von ihrer eigenen Art, einem, der schon begierig auf die Informationen wartet, die sie ihm geben kann und – komm schon, Junge. Hilf mir. Bringen wir diese kleine Schlampe zurück zu meiner Schwester und sehen wir, was Lady Anne nun von der neuen Braut ihres Sohnes hält.«

Und das Grausamste war, nun in Bens Gesicht zu schauen und den Ausdruck entsetzter Verständnislosigkeit dort zu erkennen. Was blieb ihm anderes übrig, als zu glauben, was er mit eigenen Augen gesehen hatte? Er hatte mich gesucht, nur um meine Sicherheit besorgt. Er hatte mich im Dunkeln gefunden, in den Armen eines jungen Mannes meines eigenen Volkes. Er wollte es nicht glauben, aber meine Schuld war eindeutig. Ich konnte nichts erklären. Ich ging an seiner Seite zurück, und sein Schmerz stand ihm deutlich ins Gesicht geschrieben. Zu meiner Linken ging Richard; sein eiserner Griff sagte mir deutlich: Du hast wohl geglaubt, Richard von Northwoods austricksen zu können? Da hast du dich verrechnet, kleine Hexe.

Richard glaubte an kurze Prozesse. So zeigte man seinen Leuten, dass man die Lage in der Hand hatte. So identifizierte man den Schuldigen. Wenn es keine handfesten Beweise gab, sorgte man dafür, dass es zu einem Geständnis kam. Dann bestrafte man den Schuldigen angemessen. Bei Ehebruch genügte vielleicht eine Auspeitschung oder eine andere Form öffentlicher Demütigung. Auf die Beherbergung von Gesetzlosen stand der Tod. Es war beinahe überflüssig, noch Zauberei hinzuzufügen. Was die Bestrafung dafür anging, gab es diverse Methoden. Es würde ihm Freude machen, die angemessene auszuwählen. Allerdings waren im meinem Fall die Dinge nicht so einfach. Es schien, dass gewisse Mitglieder des Haushaltes störrisch darauf bestanden, dass alles streng nach Gesetz durchgeführt wurde, wie es Lord Hugh zweifellos gewünscht hätte. Die Angelegenheit konnte bei der nächsten offiziellen Gerichtssitzung in weniger als zwei Monden verhandelt werden. Vor dieser Versammlung sämtlicher Bewohner von Harrowfield konnte der Herr des Hauses sich die Aussagen aller Beteiligten anhören, eine Entscheidung treffen und sein Urteil fällen, wie es dem Gesetz des Königs entsprach. Denn es gab hier, nachdem Wessex sich des Nordens bemächtigt hatte, nur noch einen König. Aber dieser Fall war schwierig und betraf ein enges Familienmitglied des Landbesitzers und gleich drei Anklagen auf einmal. Vielleicht sollte man ihn vor ein höheres Gericht bringen, vor König Ethelwulfs eigenen Ratsherrn. Und diese Sitzung würde wahrscheinlich nicht stattfinden, bevor Lord Hugh zurückgekehrt war. Es war am besten, bis dahin zu warten, sagten einige.

Aber Richard sah das nicht ein. Die Leute waren unruhig, konnten sich nicht angemessen mit ihrer Arbeit befassen, und alles musste vor Lord Hughs Rückkehr in Ordnung gebracht werden. Außerdem war Richard der Besitzer des Nachbargutes. Er war ein enger Verwandter und damit so gut wie Herr über Harrowfield, solange Hugh abwesend war. Die Entscheidung stand ihm zu. Ich war eingeschlossen in einem winzigen Raum im Obergeschoss und hörte nur hin und wieder, was geschah, wenn jemand die Tür entriegelte, um mir Brot und Wasser zu bringen oder den Eimer zu holen, der neben einem Strohsack und einer dünnen Decke das einzige Mobiliar der Zelle bildete. Das Zimmer hatte eine einzige, sehr kleine Öffnung zum Licht, hoch in der Außenwand. Durch dieses Fenster konnte ich am Tag einen kleinen Flecken Blau erkennen, und in der Nacht schien ein Stern in der Dunkelheit. Wäre ich tatsächlich imstande gewesen, mich zu verwandeln, hätte sich die kleine Eule vielleicht nach draußen zwängen können, hinaus ins Dunkel und über das Wasser zurück in die Arme ihres Waldes. Ich sehnte mich danach, nach meinen Brüdern rufen zu können. Aber ich brachte meine innere Stimme zum Schweigen. Es konnte nur einen Ruf geben; nur dann, wenn meine Arbeit beendet war und ich sie alle befreien konnte.

Zunächst war ich vollkommen verzweifelt, denn sie hatten mich mit nichts als dem Kleid, das ich trug, in dieses kleine Gefängnis geworfen; selbst meine Stiefel hatten sie mir abgenommen. Ich stellte mir vor, wie Richards Leute mein Zimmer durchsuchten, Spinnrocken und Spindel beiseite und den Inhalt von Truhe und Korb ins Feuer warfen. In jener ersten Nacht saß ich in der Ecke, die Knie an die Brust gezogen, die Arme darumgeschlungen, und weinte. Ich fürchtete, sie würden Conor gefangen nehmen. Ich fürchtete, ich würde meine Brüder niemals retten können; und dennoch, solange ich lebte, bestand immer noch eine Chance, und daher durfte ich nicht sprechen, um meine Unschuld zu beweisen. Aber wenn man mich schuldig befand, würde ich sterben, und niemand konnte sie retten. Ich fürchtete, dass man mich foltern würde; ich hatte gesehen, was sie Simon angetan hatten, und ich wusste, dass ich dem nicht so widerstehen könnte, wie er es getan hatte. Wie ein dummes Mädchen, dessen Kopf voll Phantasien ist, das von einem Helden auf einem weißen Streitross träumt, sehnte ich mich danach, dass der Rote zurückkommen und mich retten würde. Und dennoch fürchtete ich auch seine Rückkehr, denn würde er nicht ebenso wie Ben glauben, dass ich sie alle verraten hatte? Ich wollte diesen verwundeten, entsetzten Ausdruck nicht auch in seinen Augen sehen müssen. Es war besser, wenn er nicht zurückkehrte, bis ... Bis zum Morgengrauen hatte ich aufgehört, mich zu wiegen und zu weinen, und saß da wie eine leere Hülse und konnte nicht mehr denken. Ein Vogel flog am Fenster vorbei und zwitscherte. Und endlich sprach eine Stimme in mir: *Ein Fuß vor den anderen. Geradeaus. Das ist der Weg. Geradeaus, Sorcha. Du wusstest, es würde schwer werden. Es wird noch schwerer werden. Ein Fuß und dann der andere. Und wieder. Geradeaus ins Dunkel.*

Als die Männer zurückkamen und mir Wasser und ein Stück trockenes Brot brachten, hörte ich, wie sie miteinander sprachen, und wusste, dass Conor ihnen entkommen war. Sie hatten das Flussufer die ganze Nacht beim Fackellicht abgesucht, aber keine Spur von dem Fremden gefunden. Er hatte sich in Luft aufgelöst, tatsächlich. Man würde kaum glauben, dass er jemals da gewesen war, wenn man ihn nicht mit eigenen Augen gesehen hatte. Ein großer, gewalttätiger Bursche war er; einer von diesen irischen Häuptlingen, von denen man hörte, die einem mit einer einzigen Bewegung das Genick brechen konnten, wenn man ihnen die Gelegenheit gab. Insgeheim waren die meisten froh, ihm nicht begegnet zu sein, dort draußen in der Nacht. Aber Lord Richard war nicht froh darüber. Überhaupt nicht.

Lange Zeit kam niemand mehr vorbei. Die Tür öffnete sich, man warf mir den leeren Eimer wieder herein oder nahm den benutzten mit. Man hinterließ eine magere Mahlzeit. Ich war daran gewöhnt, zu hungern. Schlimmer war das Fehlen von Licht, die leeren Steinmauern, das winzige Fenster so weit über meinem Kopf. Noch schlimmer die Qual, nichts tun zu können. Denn ich war dem Ende meiner Arbeit so nahe gewesen. Fünf Hemden fertig, und nur noch eines herzustellen. Dass man mir das entrissen hatte, dass ich hier eingeschlossen war ohne die Möglichkeit, meine Arbeit zu vollenden, war wahrlich grausam.

In meiner Verzweiflung begann ich, mir wieder Geschichten zu erzählen. Culhans Werbung um Lady Edan. Die vier Kinder des Lir. Nein, vielleicht das doch lieber nicht. Niamh mit dem goldenen Haar. Den Becher von Isha. Diese Geschichte hatte einen Helden, der sehr gut warten konnte. Medb, die Kriegerkönigin mit ihrer Vorliebe für junge Helden. Simon hatte darüber gelacht. Und die Geschichte von Toby und seiner Meerjungfrau. Von allen Geschichten, die ich je erzählt hatte, von allen Geschichten, die ich je gehört hatte, war das die, die ich am meisten liebte. Wer hätte sich träumen lassen, dass der Rote eine solche Geschichte erzählen konnte?

Ich wusste nicht, wie viel Tage vergangen waren, aber es waren viele, und ich sah niemand außer meinen Wachen. Dann ging eines Morgens die Tür auf, und Lady Anne kam herein, mit ein paar Frauen hinter sich, und sie hatten meinen Spinnrocken und die Spindel, meinen Korb mit Mieren, meine Nadeln und den Faden dabei. Oben in den Korb hatte jemand die fünf vollendeten Hemden geworfen. Ich konnte mich nur mühsam zusammennehmen, sie nicht sofort an meine Brust zu reißen. Lady Anne sah sich in der Zelle um und runzelte die Stirn. Die Frauen betrachteten mich ängstlich. Ich muss keinen schönen Anblick geboten haben, schmutzig, mit wirrem Haar und im plötzlichen Licht aus dem Flur blinzelnd. Lady Anne schickte die Frauen weg.

»Dir ist klar«, sagte sie leise, »dass ihm dies das Herz brechen wird.« Es war, als hätte sie mich ins Gesicht geschlagen. Ich starrte sie an, als sie die Nase krauszog. Wahrscheinlich roch ich nicht so, wie eine Dame riechen sollte.

»Mein Sohn hat dich geliebt«, fuhr sie fort und verblüffte mich damit noch mehr. »Er hat dich so geliebt wie nie zuvor ein lebendes Wesen; mehr, als er das Tal selbst liebt. Ich habe es für eine flüchtige Angelegenheit gehalten, jugendliche Leidenschaft, die mehr mit den Bedürfnissen des Körpers als mit dem Herzen zu tun hatte. Er hat das Gegenteil bewiesen, in dem er dir seinen Namen gab, obwohl es sich gegen alles richtete, woran er glaubte. Wie konntest du ihm das antun? Wie konntest du uns das antun? Wir haben dir Zuflucht gegeben, wir waren freundlich zu dir, wenn man bedenkt, was du bist. Ist der Hass in dir so bitter, dass du alles zerstören musst, was uns lieb ist? Hat man dich deshalb hergeschickt?«

Langsam schüttelte ich den Kopf. *Ich hasse euch nicht. Das habe ich nie getan. Ich will nur meine Arbeit zu Ende bringen. Und du irrst dich über deinen Sohn, du irrst dich* – ohne sprechen zu können, konnte ich nichts erklären.

»Dein Volk hat Simon getötet«, sagte Lady Anne müde, »ihr habt Hugh zerstört. Was wollt ihr noch?«

Wie kannst du das sagen, wenn ich hier gefangen sitze? Es war dein Sohn, der mich hergebracht hat. Ohne ihn wäre ich nie nach Harrowfield gelangt. Ich habe diesen Weg nicht gewählt. Ich war stumm. Sie seufzte.

»Trotz allem fühle ich mich verpflichtet, den Wünschen meines Sohnes zu entsprechen. Trotz allem. Er hatte großes Vertrauen in diese seltsame Arbeit, die du da tust, er hat uns alle verpflichtet, dafür zu sorgen, dass du sie weiter tun kannst. Du hast einen Bann über ihn geworfen, dem er nicht entkommen kann, ohne sich und allen, die ihn lieben, wehzutun. Ich habe getan, was ich tun musste. Arbeite weiter, wenn du willst.«

Ich zwang mich zu einem Lächeln, ich nickte. *Danke.* Ihr war offenbar nicht klar, wie viel sie für mich getan hatte. Nun wollte sie gehen. Ich griff nach ihrem Ärmel, denn ich musste sie nach etwas fragen. Sie wich zurück, als könnte meine Berührung sie vergiften. *Ich – Tür, draußen – was, wann?*

»Deine Zukunft liegt nicht in meinen Händen, Jenny«, sagte sie. »Ich hätte dir nicht einmal deine Sachen hergebracht, hätte Hugh mich nicht versprechen lassen, dass ich dir gestatten würde, deine Arbeit fortzuführen, was immer auch geschieht. Ich bin zu bekümmert über all das, um dich gerecht zu beurteilen. Es ist Sache meines Bruders, deinen Fall anzuhören und über dein Schicksal zu entscheiden. In Hughs Abwesenheit ist er das Oberhaupt dieser Familie und muss tun, was er für angemessen hält. Aber auch er will jede Andeutung vermeiden, dass wir hier nicht den Gesetzen entsprechend vorgehen. Also hat er vor, auf Vater Stephen von Ravenglass zu warten, der nach Lammas hierher kommen sollte. In Angelegenheiten der Zauberei ist es angemessen, einen Geistlichen zu konsultieren.« Wieder sah sie sich in der Zelle um. »Es würde meinem

Sohn wehtun, dich hier zu sehen. Aber nicht so sehr, wie die Wahrheit ihm wehtun wird.«

Welche Wahrheit? dachte ich verbittert, als sie die Tür hinter sich schloss und ich hörte, wie der Riegel vorgelegt wurde. Hatte der Rote nicht einmal gesagt, es gibt so viele Wahrheiten wie Sterne am Himmel, und sie sind alle unterschiedlich? Vielleicht war das die wirkliche Wahrheit.

Die Ratten waren meine einzige Gesellschaft. Sie kamen nachts heraus und knabberten am Strohsack. Das war die einzige Zeit meines Lebens, in der ich dankbar für die Stacheln der Mieren war, denn die Ratten rührten sie nicht an. Da ich nichts anderes zu tun hatte, nichts anderes um mich als die vier Steinmauern, arbeitete ich, so lange das Licht anhielt, und versuchte zu schlafen, wenn es dunkel war. Viele Tage vergingen, einer wie der andere. Ich stellte fest, wenn ich nicht darauf achtete, wie meine Hände vor Schmerz steif wurden, wenn ich die Finger zwang, sich weiterzubewegen, kam ich gut voran. Nachts zahlte ich dafür, denn meine Hände schmerzten heftig, und ich konnte nicht schlafen. Das sechste Hemd nahm langsam Form an. Es war nicht so gut wie die anderen, denn das Licht war schlecht, und manchmal konnte ich nicht richtig sehen, aber es würde genügen. Es musste genügen.

Ich schloss aus dem sich verändernden Licht hinter meinem kleinen Fenster, dass es etwa um die Zeit von Lugnasad war, kurz vor Ende des Sommers, als Lord Richard mich zu besuchen begann. Er hatte sich Zeit gelassen, aber nun kam er regelmäßig vorbei, was ich zu fürchten begann. Ich war vielleicht dumm gewesen, als ich mir gestattet hatte, Hoffnung zu schöpfen, als Lady Anne mir meine Arbeit zurückgab. Ich konnte weiterspinnen, weben und nähen, und hatte sie nicht gesagt, sie warteten auf Vater Stephen, so dass mir ein gerechter Prozess gemacht würde? Dann kam Richard, und ich sah, dass die Wahrheit eine ganz andere war.

»Nun, meine Liebe.« Es war, als träfen wir uns bei einem Becher Met. Sein Tonfall war liebenswürdig. Er ließ den Blick durch den winzigen Raum schweifen und wieder zurück zu mir. »Deine Herrschaft als Herrin von Harrowfield war tatsächlich kurz. Ich hatte angenommen, du wärest klüger, offensichtlich habe ich mich geirrt. Ein sehr dummer Fehler, meine Liebe, wahrlich sehr dumm. Du hast mir direkt in die Hände gespielt.« Er schnupperte geziert. »Es riecht hier seltsam. Erinnert mich an Schweinefraß.« Er holte ein schneeweißes Leinentuch heraus und tupfte sich die Nase. Von dem Tuch ging ein schwacher Duft von Bergamottöl aus. »Das sollte dich aber nicht stören. Ich nehme an, zu Hause war es ziemlich – rau? Ich habe gehört, solche wie du haben nichts dagegen, sich in ihrem eigenen Dreck zu suhlen. Abschaum wird immer Abschaum finden.«

Ich biss die Zähne zusammen und konzentrierte mich auf meine Arbeit. *Wenn der Rote hören würde, wie du das zu mir sagst, würde er dich töten. Onkel oder nicht.*

Er lachte. »Oh, mir gefällt diese grimmige Miene, dieses Blitzen in den Augen. Was geht dir wohl durch den kleinen Kopf? Glaubst du, unser lieber Hugh kommt im Galopp zurück, um dich zu retten? Das glaube ich nicht. Keine Chance. Wohin immer er sich aufgemacht hat, es ist weit, weit weg. Gewisse Leute sind sehr bestrebt, ihn zu erreichen, sagt man mir, aber niemand scheint genau zu wissen, wo er steckt. Du hast ihm doch keinen Streich gespielt, oder?« Er kniff die Augen zusammen. »Ich hoffe, das gehört nicht zu deinem Plan. Ich habe eine Rolle für Hugh, und ich bestehe darauf, dass er sie meinen Wünschen entsprechend ausführt. Hoffe nicht auf Rettung, Mädchen. Er kommt nicht. Nicht, bis wir mit dir fertig sind, bis du tot und begraben bist und mein und das Leben meines Neffen verlassen hast. Mein Netz ist ziemlich ausgedehnt. Wenn er auf dem Weg nach Hause ist, werde ich das erfahren, und vielleicht wird er sich dann ein wenig ... verspäten. Nichts, was ihm schaden könnte, selbstverständlich. Nur eine kleine Ablenkung, um ihn lange genug fern zu halten.«

Meine Hände hielten einen Augenblick lang inne, das Schiffchen verharrte zwischen den Fäden. *Einen Fuß nach dem anderen.* Ich holte Luft und webte weiter.

»Das lässt dich innehalten, nicht wahr? Du hast dir doch sicher nicht vorgestellt – nein, nicht einmal du könntest so dumm sein. Der Tod ist die einzig mögliche Strafe, meine Liebe. Es ist die einzige Methode, die einem Grund zum Nachdenken gibt. Es gibt so viele, unter denen man wählen kann, jede davon ... pikanter ... als die vorangegangene. Zum Beispiel, eine Ladung heißen Eisens über eine bestimmte Entfernung zu tragen. Nicht unbedingt deine Sache, denke ich. Oder einen Stein aus einem Fass mit kochendem Wasser holen. Das habe ich einmal gesehen – der Bursche brauchte eine gewisse ... Überredung. Dann gibt es die schnelleren Methoden, Hängen, Ertränken, alles Mögliche, was man mit einem Messer machen kann. Das ist weniger unterhaltsam. Mir wäre etwas mit Hitze lieber. Es ist so schwer zu entscheiden. Also warte ich auf göttliche Hilfe. Vater Stephen von Ravenglass ist ein Mann des Bischofs, ein gelehrter Geistlicher und ein sehr alter Freund. Der gelehrte Vater kennt sich gut aus, was das Austreiben von Dämonen angeht. Ich verlasse mich vollkommen auf sein Urteil. Ich kann mich an keinen einzigen Fall erinnern, in dem wir nicht übereinstimmten. Wir sind immer derselben Ansicht. Seine Unterstützung wird meinem Urteil ... Glaubwürdigkeit verleihen. Das wird wohl nötig sein, wenn dein Mann zurückkehrt.«

Ich schauderte. Ich hatte mein Leben Vater Brien anvertraut, und ich hatte die Weisheit und Freundlichkeit im Gesicht des Mannes gesehen, der meine Ehegelübde entgegennahm. Aber etwas sagte mir, dass es in Vater Stephens Augen ein solches Verständnis nicht geben würde. Ich begann endlich zu glauben, dass ich sterben würde. Aber ich arbeitete stetig weiter, fädelte das Schiffchen durch die Fäden.

»Weißt du«, meinte Richard, »vielleicht verstehst du wirklich unsere Sprache nicht so gut, wie Hugh denkt. Hast du denn keine Angst? Suchst du nicht nach einer Möglichkeit, dich zu retten? Jedes andere Mädchen würde nun auf den Knien liegen und flehen. Und es wäre leicht. Sehr leicht.« Er schnurrte beinahe wie eine zufriedene Katze; aber keine Katze würde so tief sinken.

»Unter all dem Dreck bist du immer noch eine begehrenswerte kleine Schlampe«, sagte er leise. »Ist dir nie der Gedanke gekommen, dass du immer noch etwas zu verkaufen hast? Ich bin ein Mann, meine Liebe. Ich könnte mich kaufen lassen, ebenso wie Hugh. Knöpf dein Kleid auf, lass mich sehen, welch weiße Haut die Kleidung verbirgt. Oder soll ich es für dich tun?«

Ich spuckte gezielt auf die Spitze seines polierten Stiefels. Er reagierte mit Gelächter.

»Oje! Sie hat mich ernst genommen! Gut gemacht, kleine Hure! Beharrt auf ihrer Würde! Du glaubst doch nicht ernsthaft, dass ich mir an dir die Hände schmutzig machen würde? Wie du hier in deinem eigenen Dreck sitzt, und mit diesen groben, roten Händen? Früher hätte ich das vielleicht einmal getan. Aber ich bin nicht verzweifelt genug, um zu nehmen, was mein Neffe übrig gelassen hat. Ich habe bessere Aussichten ... diese junge Witwe zum Beispiel, wie hieß die noch, Molly, Mary? Sie zeigt so viel Interesse an deinem Schicksal; ich frage mich, ob sie geeignet ist, einen kleinen Jungen aufzuziehen. Ich muss etwas unternehmen. Sie braucht einen guten, starken Mann in ihrem Leben, der ihr etwas beibringen kann. Nun, meine Liebe, ich verlasse dich jetzt. Ich wünsche dir viel Spaß. Du wirst nicht mehr viel Zeit dazu haben.«

Es war keine Zeit, ihn zu hassen. Keine Zeit für Angst. Nach einer Weile stellte ich fest, dass ich bestimmte Dinge auch im

Dunkeln tun konnte, und ich hörte auf zu schlafen. Es war keine Zeit zum Ausruhen. Ich beendete das Vorderteil des letzten Hemdes und begann mit dem Rückenteil. Draußen war die Jahreszeit weit fortgeschritten, und erste Blätter wurden an meinem winzigen Fenster vorbeigewirbelt. Ich nahm an, dass wir nah an Meán Fómhair waren und dass ich hier seit drei Monden gefangen saß. Im Geist sah ich die späten Rosen blühen, die Beeren fett und glänzend an Johannisbeer- und Brombeerbüschen, die Bienen geschäftig im Lavendel. Ich dachte, die Äpfel reifen jetzt. Er sagte ... aber ich ließ mich den Gedanken nicht beenden, denn es war keine Zeit für dumme Hoffnungen. *Spinne. Webe. Nähe. Ein Fuß vor den anderen. Und noch mal. Weiter und weiter ins Dunkel hinein.*

Richard kam beinahe jeden Tag. Manchmal nur für ein paar Augenblicke, aber häufig ließ er sich viel Zeit. Nun, da er mich, wie er glaubte, in der Hand hatte, wurde er weniger vorsichtig. Denn immerhin würde ich kaum verraten können, was ich gehört hatte, selbst wenn ich die Gelegenheit erhielte, was unwahrscheinlich war. Und so erfuhr ich Stück für Stück eine andere Seite der Geschichte.

»So, hier sind wir also wieder. Ich kann nicht behaupten, dass du gut aussiehst, meine Liebe, das wäre tatsächlich übertrieben. Geben sie dir genug zu essen? Das sollten sie. Ich möchte, dass du am Leben bleibst. Immerhin muss der Gerechtigkeit Genüge getan werden. Bedauerlich, dass Vater Stephen sich so verspätet. Ein beschäftigter Mann. Aber er wird kommen, hab keine Angst. Und wenn es allzu lange dauert, machen wir ohne ihn weiter. Hugh ist schwach. Er ist dir hörig, das ist das richtige Wort. Ich kann nicht wagen zu warten, bis er zurückkehrt. Selbst danach, selbst nachdem du davongerannt bist, um deine Gier mit einem anderen Mann zu befriedigen, und Hughs Geheimnisse vor seiner Nase verhökert hast, kann man sich nicht darauf verlassen, dass der Junge das Richtige tun wird. Nein, es muss bald geschehen, und in der

Öffentlichkeit. Endgültig. Das ist es, was die Leute erwarten, und das ist es, was ich ihnen geben werde. Etwas Spektakuläres mit Feuer, denke ich. Auf diese Weise werden wir die Zauberin und ihre Bannsprüche in einem einzigen Spektakel von Hitze und Licht los. Göttlich. Ich werde solchen Spaß haben!«

Ich zwang mich dazu, langsam und gleichmäßig weiterzuarbeiten. Aber er musste mir etwas angesehen haben.

»Ich war in Versuchung«, sagte er, lehnte sich an die Wand, und der Hocker kippte auf zwei Beine. »Ich war tatsächlich in Versuchung. Diese Handarbeit ist sehr wichtig für dich, nicht wahr? Was hättest du alles getan, um sie zurückzubekommen? Hättest du ...« Seine nächsten Bemerkungen will ich hier nicht wiederholen, denn sie hätten nicht einmal in die widerwärtigste Versammlung von Betrunkenen gepasst. »Das hätte ich versuchen können. Aber meine Schwester war schneller. Sie folgte den Anweisungen ihres lieben Hugh. Unglaublich. Obwohl ich ihr erzählt habe, was dein Volk mit Simon angestellt hat. Nun, es ist irgendwie auf perverse Art vergnüglich, dir zuzusehen, wie du dir wehtust, kleine Hure. Warum machst du das? Erregt es dich? Sehnst du dich nach Schmerz, befriedigt dich das? Dann hast du den falschen Mann geheiratet, Tochter von Eire. Er wäre nie genug für dich gewesen. Außerdem« – und nun änderte sich sein Tonfall – »war er versprochen. Er hat sich entschlossen, das zu vergessen, aber ich vergesse es nicht. Ich weiß, wie es sein sollte. Und so wird es auch sein, wenn wir dich ... los sind. Hugh wird Elaine heiraten. Harrowfield wird Northwoods heiraten, und mit einer einzigen, großen Geste wird der größte und reichste Landsitz in Northumbria entstehen. Es ist einfach, so einfach. Und man bedenke, was solche Macht aus einem Menschen machen kann! Mit einem Streich gewinnt er alle Spielfiguren. Das befriedigt ihn auf eine Art, wie es keine Frau jemals könnte. Wem werden sich die Nachbarn um Schutz zuwenden? Wem werden sie trauen, ihre Kämpfer auszubilden und ihre Waffen zu erwerben? Wen werden sie bezahlen, um sich seines guten Willens zu versichern?« Er grinste und streckte die Arme hinter den Kopf. »Glaub mir, Mädchen, ein Mann, der solche Macht erreichen kann, lässt nicht zu, dass etwas in seinem Weg steht.«

Ist es Hugh von Harrowfield, von dem wir hier sprechen? Ich konnte nicht verhindern, dass sich meine Brauen im höhnischen Unglauben hoben.

»Hugh ist formbar. Ihn interessieren nur seine Bäume, sein Vieh und sein ordentliches, kleines Leben. Elaine ist wie ich. Sie hat ihren eigenen Willen. Das Problem war, was sie wollte, passte nicht zu meinen Plänen, überhaupt nicht. Alles war glatt wie Seide, bis sie begann erwachsen zu werden, dreizehn, vierzehn, daran gewöhnt, zu bekommen, was sie wollte, und bis dahin hatte auch keine Notwendigkeit bestanden, nein zu sagen. Ein neues Pony, ein Jagdhund, Edelsteine, schöne Kleider. Aber dann hat sie die Regel gebrochen. Hat sich in den falschen Bruder verliebt.«

Elaine und Simon? Das war eine Möglichkeit, an die ich nie gedacht hatte. Aber es erklärte viel. Es erklärte besonders ihr Verhalten gegenüber dem Roten, denn nun sah ich, dass sie ihn tatsächlich wie einen Bruder behandelt hatte. Arme Elaine. Einer von ihnen war tot, und der andere hatte mich geheiratet. Sie hatte nicht verdient, sie beide zu verlieren.

»Und nachdem sie erst einmal ihr Herz an ihn gehängt hatte, ließ sie sich zu nichts anderem mehr überreden«, fuhr Richard fort. »Am Ende musste ich es ihr sagen. Das geht nicht. Nein. So einfach ist das. Es hat ihr nicht gefallen. Aber ich bin ihr Vater. Hugh ist weich, er hat nicht diesen Mörderinstinkt, dieses bisschen Bosheit, das ein Mann braucht, der überleben und weiterkommen will. Er führt einen hübschen Bauernhof, das muss man ihm lassen. Aber er ist schwach. Du verstehst das besser als die meisten, Schlampe. Du hast ihn leicht genug dazu gebracht, zu tun, was du willst, nicht wahr? Wenn er dem nicht widerstehen konnte, wie glaubst du wohl, wie er mit mir,

Richard von Northwoods, zurechtkommt? Also heiratet er meine Tochter, und das ganze Tal gehört mir. Hätte sie den jüngeren Bruder genommen – das wäre eine andere Sache gewesen. Hoffnungslos. Erstens hätte er nicht geerbt, es sei denn ... und außerdem war er zu wild. Unberechenbar. Beinahe unzuverlässig, könnte man sagen. Überhaupt keine sichere Option. Nein, so ist es besser. Oder es war es zumindest, bevor du ins Bild kamst ...«

Plötzlich beugte er sich vor, und der Hocker krachte schwer auf den Steinboden.

»Weißt du, ich dachte, Hugh hätte dich wegen Informationen hergebracht – so sah es aus. Du wusstest etwas, was er erfahren wollte. Er wartete darauf, dass du redetest. Ein Katz-und-Maus-Spiel. Das konnte ich verstehen. Aber mein Neffe hatte bisher nie das geringste Interesse an solchen Strategien gezeigt. Nie einen Finger krumm gemacht, um mir bei meinen Feldzügen zu helfen, nie den kleinsten Beitrag für die Sache geleistet. Es war ihm gleichgültig. Weshalb sollte er jetzt also plötzlich damit anfangen, fragte ich mich. Es musste mit seinem Bruder zu tun haben. Dem jungen Simon. Irgendwie hattest du damit zu tun. Du wusstest etwas, was du ihm hättest sagen können. Damals kam es mir so vor, als könntest du reden, wenn du nur wolltest. Kein Problem damit, dachte ich – es gab Zeiten, wenn du so aussahst, als wolltest du jeden Augenblick deinen kleinen Mund öffnen, aber dann hast du die Worte heruntergeschluckt.«

Ich wand den Faden in die Spindel, spürte die Fasern stechend an meinen Fingern und wusste, dass meine Hände wieder begannen, wund zu werden und zu stinken, vom Mangel an Licht, vom Dreck, von der Vernachlässigung.

»Aber dann kam es zu diesem unseligen Unfall. So etwas geschieht nun einmal. Es gibt Erdrutsche, und Leute werden verletzt. Natürliche Ursachen. Sie sagten mir, du hättest keinen Ton von dir gegeben, nicht um Hilfe gerufen, nicht geschrien, nichts. Ich kann mir nicht vorstellen, dass du nicht geschrien hättest. Kein Mädchen kann sich so beherrschen. Kam also zu dem Schluss, dass die Stummheit echt ist. Du kannst wirklich nicht reden. Schweigst wie ein Grab. Das macht die derzeitige Situation irgendwie reizvoller. Es bedeutet, dass ich sagen kann, was ich will, alle Geheimnisse meiner Seele offen legen, und du kannst ihnen kein bisschen weitererzählen, nichts. Es wird natürlich eine Schande sein, dich nicht schreien zu hören, wenn das Feuer an deinen Füßen leckt und dein Kleid anfängt zu brennen und deine weiche weiße Haut zu einem Stück verkohlten Bratens wird. Nun, man kann nicht alles haben.«

Als er weg war, gestattete ich mir zu weinen, nur ein wenig. Ich gestatte mir, zu dem Fenster hinaufzustarren, wo der Regen schräg fiel und ein kalter Wind hereindrang, und ich dachte, wenn der Rote hier wäre, würde er dich töten. Aber es war gut, dass er nicht hier war. Wenn er hier wäre, würde er sich einer Wahl gegenüberfinden, die ihn zerbrechen würde. Es wäre besser, wenn er nicht zurückkehrte, erst nachdem ... aber ich hatte Angst. Ich hatte Angst zu sterben, ich hatte Angst vor dem Feuer. Ich hatte Angst, dass ich zu langsam arbeitete, dass ich nicht rechtzeitig fertig sein würde ... ich weinte nicht lange. Die leise Stimme war die ganze Zeit zu hören. *Spinne. Webe. Nähe.* Ich arbeitete weiter, und das halbfertige Hemd, das Letzte von sechsen, war fleckig vom Blut meiner Hände, vom Dreck aus der Zelle, und feucht von meinen Tränen. Wer immer dieses Kleidungsstück tragen würde, würde meine Liebe, meinen Schmerz und meinen Schrecken tragen. Diese Dinge würden ihn befreien.

Ich kann mich an einen guten Augenblick in diesen finsteren Zeiten erinnern. Ich hatte mich an meine Wachen gewöhnt. Ich kannte ihre Namen nicht, aber es gab einen älteren Mann, den ich zuvor mit Ben gesehen hatte. Er kam nicht oft, und wenn, dann war ihm deutlich anzusehen, wie widerwärtig er die schmutzige dunkle Zelle und die Pflicht, die man ihm aufgetragen hatte, fand. An einem Tag brachte er mir den Eimer und warf ihn in die Ecke wie üblich, und dann holte er ein kleines Päckchen aus der Tasche und ließ es verstohlen in meinen Korb fallen.

»Kopf hoch, Mädchen«, murmelte er, und dann fiel die schwere Tür wieder hinter ihm zu. In dem kleinen Päckchen war gutes, frisches Brot mit Körnern darin und ein kleines Stück Käse und eine Hand voll Brombeeren. Ich hob es lange auf und wusste, dass mein Magen nach so langer Zeit des Hungers nicht damit zurechtkommen würde. Ich teilte die Krümel von Brot und Käse mit den Ratten, weil ich dachte, sie sollten auch ein wenig Freude haben. Danach sah ich diesen Mann nicht wieder, aber die Freundlichkeit hatte mich gewärmt. Ich erinnere mich immer noch an den wunderbaren Geschmack dieses Essens, an die Reife des Käses, an die saftigen Beeren, das Brot mit seinem Geruch nach Feldern. Ich erinnere mich an jeden Bissen.

Das Hemd wuchs. Es war überraschend, wie viel ich tun konnte, wenn ich den Schmerz vergaß, wenn ich nur schlief, wenn vollkommene Erschöpfung es forderte, wenn ich mit und ohne Licht arbeitete. Das Hemd nahm Formen an, während ein Tag dem anderen folgte und eine Nacht der nächsten schlaflosen Nacht. Nun roch der Wind, der durch mein kleines Fenster drang, nach Herbst. Laub wurde verbrannt. Obst wurde eingekocht. Flussnebel stieg früh am Morgen auf. Es gab auch Geräusche. Männer, die Erntewagen abluden. Es war Erntezeit, und ich war nun fast ein ganzes Jahr in Harrowfield. Frauen, die sich stritten. Wagenräder auf dem Kiespfad. Eines Morgens ein einzelner Reiter, der sehr früh davonritt. Es hatte alles wenig Bedeutung. Es schien, dass der Haushalt nun, nachdem ich eingeschlossen war, zu seiner friedlichen, alten Routine zurückgekehrt war. Als hätte es mich nie gegeben. Denn ich hatte seit jenem Besuch von

Lady Anne niemanden gesehen, niemanden außer meinen Wachen und Lord Richard. Vielleicht hatten sie mich vergessen.

Das Warten konnte nicht ewig dauern. Es kam ein Tag, an dem ich vom Hof her Hufschlag, klirrendes Zaumzeug und Männerstimmen hörte. Und als Richard an diesem Nachmittag wiederkam, war es, um mir seinen Triumph zu zeigen. Der Vertreter des Bischofs war endlich eingetroffen, und es war Zeit, mich dem Verfahren zu stellen. Das würde morgen beginnen, und dann ... Richard war entzückt, beinahe außer sich vor Freude. Ich dachte, wieso hasst er seinen Neffen so sehr? Das war schließlich alles, worum es ging. Das Gefühl der Macht erregte ihn, das war nicht von der Hand zu weisen, aber es war ein besonderes Glitzern in seinem Blick, wenn er den Namen des Roten aussprach, das meiner Meinung nach an Wahnsinn grenzte. Er machte an diesem Tag einen Fehler. Getragen von der Woge des vorweggenommenen Sieges verriet er zu viel.

»Reden wir über Feuer.« Mit halb geschlossenen Augen sah er zu, wie ich das Hemd ungeschickt säumte. Manchmal wurden meine Finger taub, und es war schwer, sie dazu zu bringen, mir noch zu gehorchen. »Wenn man das richtige Material hat, kann man mit Feuer interessante Dinge tun. Du wärest überrascht, von wem ich das gelernt habe. Dein Vater ebenfalls, meine Liebe.«

Einen Augenblick lang erstarrte ich.

»Ah! Habe ich einen Nerv berührt? Also haben wir richtig geraten. Sie dachte, dass du es wärst, als ich ihr die Beschreibung gab. Willst du mehr wissen?«

Ich bewegte die Nadel unter dem Stoff hindurch, dann darüber. Ein weiterer Stich. Und noch einer.

»Das werde ich ihm natürlich nicht sagen. Dem gelehrten Priester. Das muss er nicht wissen. Deine Schuld ist offensichtlich; zu diesem Feuer brauchen wir nicht noch eins zuzulegen.« Er gab eine Art Kichern von sich – kein angenehmes Geräusch. »Ein schlechter Witz, es tut mir Leid. Jedenfalls, wie ich schon sagte, ich hatte bei meiner letzten Reise in deine Heimat ein interessantes Erlebnis. Ich habe ein paar Männer verloren; das war nicht zu vermeiden. Es ist mir auch nicht gelungen, den Außenposten einzurichten, den ich wollte; das war noch bedauerlicher. Aber sobald ich erst die Mittel von Harrowfield zur Verfügung habe, wird mich nichts mehr aufhalten. Ein kleiner Rückschlag. Das war alles. Aber diese Informationen ...«

Er beugte sich vor und sah mich interessiert an.

»Es gibt Möglichkeiten, ein Feuer sehr heiß zu machen. Möglichkeiten, ein ganz besonderes Feuer herzustellen, das einen Körper vollkommen verschlingt und nur Knochen zurücklässt. Ich habe es gesehen. Er hat es mir gezeigt. Einer von deinem Volk, aber er ist ein Mann nach meinem Herzen. Aufmerksam. Kampferfahren. Entschlossen. Dieser Eamonn hat keine falschen Ideale. Er verkauft einem, was man will, wenn es ihm passt. Männer, Waffen, Informationen. Wenn man etwas hat, was er will, gibt er etwas dafür.«

Ich musste mich ungemein anstrengen, weiterzuarbeiten, und es gelang mir nicht ganz, meine Miene zu beherrschen. Eamonn. Eamonn von den Marschen? Feilschte mit einem Briten? Ich konnte es kaum glauben. Sowohl mein Vater als auch Seamus Rotbart hatten Eamonn für einen ihrer vertrauenswürdigsten Verbündeten gehalten. Hatte er nicht Eilis heiraten sollen? Wer spielte nun Spielchen?

»Wir sind schließlich nicht alle wie Hugh«, fuhr Richard fort und sah mich forschend an. »Voll aufgeblasener Ideale und besessen von dem Gedanken, Gutes zu tun. Wenn wir alle so wären, wären nicht nur die Inseln verloren. Die von deiner Art würden uns überrennen wie Ungeziefer, und nichts wäre mehr sicher; es wäre das Ende der zivilisierten Welt. Glaube mir, es sind Männer wie ich, die dafür sorgen, dass das Land sicher ist, so dass Hugh sich um seine Hühner kümmern und seine kostbaren Eichen pflanzen kann.«

Nun starrte ich ihn an und tat nicht einmal mehr so, als arbeitete ich weiter.

»Bei dieser letzten Reise habe ich den Handel meines Lebens abgeschlossen. Ich habe dir doch eben von dieser Frau erzählt, nicht wahr, einer erstaunlichen Frau ... hat mir ihren Namen nicht verraten, aber sie war eine Freundin von Eamonn, die beiden standen einander sehr nahe, und sie war besonders an dir interessiert, als wir uns das letzte Mal unterhielten. Hat mir diese Geschichte von den Kindern von Sevenwaters erzählt und wie sie plötzlich verschwanden.«

Mein Herz klopfte heftig. Eine Frau? Was für eine Frau? Er sprach doch nicht etwa von Eilis?

»Also machte ich ein Angebot. Ich sagte, wenn du Colums Tochter wärest, könnten sie mich für deine sichere Rückkehr bezahlen. Am besten mit Land. Ein nettes kleines Stück zwischen dem Wald und der Küste. Das würde Colum nicht gefallen. Aber es hieß, er hätte halb den Verstand verloren auf der Suche nach seiner Tochter. Vielleicht war er verrückt genug, mir zu geben, was ich wollte. Es war einen Versuch wert.«

Es fiel mir schwer zu atmen.

»Sie brachte damals die Botschaft zurück zu Colum. Eine erstaunliche Frau. Eine Mähne rötlich braunen Haares, eine hinreißende Figur, wirklich bezaubernd. Eamonn war ganz sicher dieser Ansicht. Er beachtet diese dickliche Person, mit der er verheiratet ist, nicht sonderlich. Jedenfalls war sie die Freundlichkeit selbst. Sie sagte, sie würde mein Angebot überbringen, und gab mir ein paar ihrer eigenen Männer als Eskorte mit. Ich habe sie immer noch bei meinen Leuten. Nützliche Burschen. Sie sprechen nicht viel und können gut mit dem Messer umgehen. Sie wissen ihre Hände einzusetzen. Als ich diesmal also zurückkehrte, erwartete ich ein gutes Angebot aus Sevenwaters. Ich war optimistisch. Auf diese Weise könnte ich dich nicht nur aus dem Weg schaffen, ich würde auch einen Vorteil erlangen, auf den ich nie gehofft hatte. Colum war immer der schwierigste Gegner gewesen. Alle haben Angst vor ihm. Aber das hier war anders, dachte ich. Seine einzige Tochter und so.« Ich wartete, während er die Hand ausstreckte und seine polierten Fingernägel betrachtete. Er spielte mit mir, er genoss jeden Augenblick.

»Warum würde ein irischer Häuptling sich an einen wie mich verkaufen, fragst du dich? Was hatte Eamonn davon? Er verriet es nicht vollständig, aber er interessierte sich für dich und für deinen Vater. Vergiss nicht, es war in seinem Haus, wo ich zum ersten Mal von Colums Söhnen hörte, wie sie von einem Tag auf den anderen spurlos verschwanden. Offensichtlich bin ich nicht der einzige, der sich für eine gewisse ... Erweiterung seines Machtbereichs interessiert. Colums Land ist vielleicht schon in naher Zukunft reif, einem anderen zuzufallen. Und Eamonn kannte ein paar Tricks, die mir beim Kampf zugute kommen könnten. Gemeinsam könnten wir viel erreichen.«

Du bist ein Narr, dachte ich, ein machtgieriger Narr. Eamonn spielt nur mit dir, ebenso wie Lady Oonagh. Sobald sie haben, was sie wollen, werden sie dich wegwerfen wie eine Zwiebelschale. In diesem Spiel bist du noch ein Anfänger. *Aber was hat mein Vater gesagt?*

»Nun, dieser Besuch hat mich wirklich überrascht«, erklärte er dramatisch. »Ich überließ den Männern das Kämpfen und reiste wie üblich sehr diskret, um meinen Verbündeten auf seinem eigenen Land zu besuchen. Eine trübsinnige Gegend. Kein Wunder, dass er sein Territorium nach Süden ausdehnen will. Immerhin, ich gelangte sicher dorthin. Sie war wieder einmal zu Besuch, diese schöne Frau mit den rotbraunen Haaren. Aber Colum hatte mein Angebot abgewiesen. Tochter oder nicht, er gab nicht nach. Er sagte, wenn sie beschlossen habe, unter Fremden zu leben, dann sei sie nicht mehr seine Tochter. Und wenn ich glauben würde, dass er auch nur im Traum daran dächte, sein schwer erworbenes Land für einen solchen Grund wegzugeben, müsste ich noch dümmer sein als der Rest meines Volkes. Das tut weh, nicht wahr, Hexe? Schlag nicht die Hände vors Gesicht, du kannst diese rührende kleine Träne nicht verbergen – ja, es sieht aus, als wollten sie dich nicht wieder haben. Nicht, dass ich es ihnen übel nehmen könnte; du bist im Augenblick kaum ein schöner Anblick. Nun, ich war recht enttäuscht, mit leeren Händen zurückkommen zu müssen. Aber die Dame machte mir ein Gegenangebot. Zunächst stellte sie eine Menge Fragen über dich. Hattest du Verbündete hier, womit verbrachtest du deine Zeit, was hast du den Leuten von dir erzählt? Also berichtete ich von unserem lieben Hugh, wie versessen er auf dich war, aber dass du nicht mitspieltest, noch nicht; dass du deine Stimme verloren hattest, so dass du keine Geheimnisse ausplaudern konntest; wie du deine Zeit damit verbringst, dir die Hände mit deiner Hexenarbeit zu ruinieren. Ich sah ihr an, dass meine Antworten ihr nicht gefielen. Aber sie glaubte alles.

Und dann machte sie ihr Angebot. Ich würde Informationen, sehr genaue Informationen, über Colums Pläne für den Herbst und Winter erhalten, genug, um die Eroberung dieser Bucht sicherzustellen. Genug, um mir den Außenposten zu liefern, den ich brauchte. Im Gegenzug musste ich dich einfach nur aus dem Bild entfernen. Sie sagte mir sogar, wie ich es tun sollte. Oh, sie hatte nichts dagegen, dass ich erst mit dir spielte. Sie verstand diesen Teil. Sie verstand, wie unwiderstehlich es ist, erst seinen Spaß zu haben. Aber sorgt dafür, sagte sie, dass das Mädchen brennt, und ihre Hexenarbeit mit ihr. Das ist die einzige Möglichkeit, eine Zauberin zu töten. Heißes Feuer. Eamonn hat die Möglichkeiten, es herzustellen, und er hat es mir selbst vorgeführt. Erst kauft man eine größere Menge von Kupfervitriol, angeblich zum Färben, du verstehst? Es kostet ein bisschen mehr als ein paar Stücke deines besten Viehs, aber es ist es wert. Man zermahlt es zu einer Art Mörtel, sehr fein. Man mischt es mit Öl der besten Qualität, geeignet, einen Bischof zu salben – eine ironische Zutat, nicht wahr? Und dann ist alles bereit. Sie braucht nicht viel von dieser Mixtur, um ein nettes Feuer zu beginnen. Es wird auch schön bunt, besonders das Grün. Es flackert. Es ist heiß. Es ist gierig. Aber Eamonn ist damit noch nicht zufrieden. Er bereitet auch sein Holz vor, tränkt es mit der Mixtur, bis es sich zum Bersten vollgesogen hat. Dann trocknet er es wieder. Du solltest sehen, wie die Flammen daran lecken. Ich habe eine interessante Ladung kleiner Eschenscheite mitgebracht, als ich meinem Freund diesmal einen Besuch abstattete. Ich habe vor, sie alle in naher Zukunft zu benutzen. Das ist es immerhin, was diese Frau mir gesagt hat. Tut es bald, sagte sie, Ihr müsst es tun, bevor ... sag mir, meine Liebe, wie viele von diesen Hemden hast du fertig?«

Ich saß reglos. Ich hatte Angst, auch nur zu atmen.

»Sehen wir mal nach.« Er erhob sich mit einer anmutigen Bewegung und griff nach meinem Korb. »Nicht, dass ich selbst an Zauberei glaube. Aber ich habe etwas versprochen. Wie viele haben wir, vier, fünf?«

Ich sprang auf und riss verzweifelt an dem Korb, aber ich war schwächer geworden, als ich dachte, und er schob mich beiseite wie ein lästiges Insekt.

»Eins, zwei, drei, vier, fünf. Wir haben wirklich schwer gearbeitet. Und der größte Teil eines sechsten Hemdes. Gut gemacht, kleine Hexe. Dennoch, du hast nicht mehr lange Zeit. Ich denke, ich werde nicht viel Schwierigkeiten damit haben, der Bitte der Dame nachzukommen. Tut es, bevor das Mädchen fertig wird, sagte sie. Bringt alles zusammen, die kleine Hexe und ihre Arbeit. Verbrennt sie zusammen. Und berichtet mir dann. Ich will einen ausführlichen Bericht.« Er lächelte mich an. »Ein netter Abschluss, nicht wahr? Schön und sauber. Hugh wäre sehr zufrieden. Er liebt ein ordentliches Leben.«

Geh weg. Verschwinde, bevor mich Schock und Angst und Hass überwältigen. Geh, bevor der Zorn mich dazu bringt, etwas wirklich Dummes zu tun. Atme, Sorcha. Einatmen, ausatmen, einatmen, ausatmen.

»Ordentlich in jeder Hinsicht. Nun ja, beinahe. Die kleine Hexe stirbt, das Tal ist gerettet. Elaine heiratet Hugh. Richard von Northwoods hat seinen Außenposten auf der anderen Seite der See. Eamonn von den Marschen fügt seinem Territorium ein nettes Stück Wald hinzu. Die geheimnisvolle Dame mit dem rotbraunen Haar bekommt, was sie will. Und wir leben alle glücklich bis an unser Ende. Schade um Simon. Er ist der Einzige, der nicht ganz ins Bild passt. Er hätte einen guten Posten unter meinem Kommando haben können, wenn er imstande gewesen wäre, ein wenig Disziplin zu lernen. Ein guter Kämpfer. Jemand hat ihn gut ausgebildet. Aber er wurde zu neugierig. Er hörte etwas, was er nicht hören sollte. Er sah etwas, was er nicht sehen sollte. Man konnte ihm nicht mehr vertrauen. Interessiert dich das?«

Ich konnte mich nicht dazu bringen, wieder nach meiner Arbeit zu greifen, sondern blieb beim Korb hocken, die Arme schützend darüber ausgestreckt. *Verschwinde.* Seine Gegenwart vergiftete die Luft. Und dennoch, ich musste das Ende dieser Geschichte erfahren. Das Ende dieser bestimmten Art von Wahrheit.

»Es war unangenehm. Mein eigener Neffe und all das. Aber ich kenne den Jungen; er wäre sofort zu seinem Bruder gerannt und hätte ihm alles erzählt. Und selbst Hugh hätte das nicht ignorieren können. Nach allem, was du weißt, hat mein Volk mit dem deinen nichts zu tun. Todfeinde. Aber er hatte mich gesehen und gehört, wie ich mit Eamonns Boten sprach. Und er hat Gott weiß was daraus geschlossen. Also musste ich dafür sorgen, dass man ihn ... entfernte. Zum Schweigen brachte. Eliminierte. Zum Glück ist einer meiner Männer ein Experte in solchen Dingen. Das Problem war, ich ließ mir ein wenig zu viel Zeit. Ein dummer Fehler. Der Junge verschwand. Machte sich davon. Ich nehme an, er hielt sich für eine Art Held. Simon war immer so, er handelte zuerst und dachte dann nach. Selbstverständlich folgte ich ihm, suchte ihn, ließ mich dabei sehen, wie ich das Richtige tat, schließlich sind wir verwandt. Außerdem, bei allem, was Simon wusste, war jeder Augenblick, den er dort draußen war, einer zu viel. Aber ich fand ihn nicht, und als ich zurückkehrte, waren sie alle tot. Jeder einzelne meiner Männer. Man hatte ihnen Arme und Beine abgerissen, man hatte sie zerfetzt. Ihre Knochen waren im Schlamm verstreut. Alle tot. Es wird Jahre dauern, um wieder eine solch erfahrene Truppe auszubilden.«

Er klang verbittert. Ich dachte, das kennzeichnete diesen Mann am deutlichsten – dass er seine Leute nur als Werkzeuge betrachtete, die ihm dabei halfen, mehr Macht zu erlangen.

»Colum. Es müssen Colum und seine Söhne gewesen sein. Dieser Kriegsherr, den man so gut wie nie zu sehen bekam, der imstande zu sein schien, die Spielfiguren seines Gegners vom Brett zu fegen, wann immer er es wünschte, und so lautlos verschwand, wie er angegriffen hatte. Colum von Sevenwaters. Kein Wunder, dass so viele ihn hassen und fürchten. Ich kam zu dem Schluss, dass man Simon gefangen genommen und dass er die Stellung meines Lagers verraten hatte. Also hatte sich der Junge als ebenso schwach wie sein Bruder erwiesen, nur Oberfläche, kein Eisen darunter. Er konnte recht gut mit Schwert und Bogen umgehen, aber auf diese Leute kann man sich nicht wirklich verlassen, wenn es schwierig wird. Bist du nicht auch dieser Ansicht? Wo ist Hugh jetzt, wenn du ihn brauchst? Er beeilt sich nicht gerade, seine kleine Frau zu retten, oder? Er hat Besseres zu tun. Was immer das sein mag, ich würde wirklich gerne wissen, was. Nun, ich bin nach Hause gekommen. Habe meiner Schwester gesagt, der

Junge ist verloren. Niemand weiß, wo er ist. Dieser Teil entsprach der Wahrheit.

Ich war ein bisschen unruhig, als Hugh sich aufmachte, nach ihm zu suchen, als glaubte er nicht, was ich ihm gesagt hatte. Ich war unruhig wegen irgendwelcher Dinge, die er herausfinden konnte, falls der Junge noch am Leben war. Ich dachte, dass du vielleicht etwas über ihn weißt; wieso sonst sollte mein Neffe eine irische Göre mit heimbringen? Ich wollte dich zum Reden bringen. Wenn du mit Sevenwaters verwandt warst, war es wichtig, dich zum Reden zu bringen, bevor du es meinem Neffen erzählst. Das dachte ich. Aber ich konnte dir nicht nahe kommen, er hat dich bewacht wie einen Edelstein. Ich habe dich beobachtet. Nach einer Weile war ich anderer Ansicht. Du wirst niemals sprechen. Der Junge macht sich zum Narren, wenn er das glaubt. Du bist ein Mädchen; Mädchen schreien, wenn man ihnen wehtut. Sie weinen, wenn sie traurig sind. Mädchen ertragen es nicht, Tage und Monde und Jahre zu verbringen, ohne auch nur einmal zu quieken. Du wirst ohne einen Laut brennen. Und es wird mir ungeheure Freude machen, das Feuer zu entzünden, meine Liebe. Ein Schlag ins Gesicht von Colum. Er wird vielleicht nicht für deine Rückkehr zahlen; das kann ich verstehen. Aber er wird nicht mögen, was ich ihm übermittle, wie seine Tochter durch ein ganz besonderes Feuer umgekommen ist. Diese Geschichte wird ihn nachts nicht schlafen lassen.«

Erwartungsvoll rieb er sich die Hände. »Ja, es ist alles wieder gut geworden«, sagte er. »Es gibt eigentlich nur noch einen losen Faden. Anders als bei deiner Arbeit, meine Liebe, die ziemlich elend aussieht; konzentrierst du dich wirklich auf das, was du da tust? Aber vielleicht ist das gleich. Du wirst verbrennen und deine jämmerlichen Hemden ebenfalls. Spindel, Spinnroggen, Webrahmen und Tuch. Kleid, Haar, Haut, Nägel. Erst langsam und dann schneller und heißer, während die Flammen um dich toben und sich nach drinnen arbeiten.

Bis dein Mann zurückkommt, wird von dir keine Spur mehr in Harrowfield geblieben sein. Du wirst verschwunden sein, vertilgt. Er wird die Bruchstücke seines Lebens wieder auflesen und weitermachen. Menschen vergessen. Sie vergessen schnell. Elaine wird ihn rasch dazu bringen. Sie ist ein fähiges Mädchen. Sie wird sich hier um alles kümmern, und was mich angeht ...«

Er warf einen Blick zum Fenster hinauf.

»Es wird spät. Zeit für einen Schluck Wein und vielleicht ein Kotelett oder zwei – um diese Zeit werde ich immer hungrig.« Er stand auf und reckte sich. »Ich muss gehen, meine Liebe. Es war nett, mit dir zu reden. Du hast mich länger aufgehalten, als ich dachte. Nun, morgen ist auch noch ein Tag. Sei bereit, wenn sie dich abholen. Ich habe mit dem Mann des Bischofs über dich gesprochen; das Verfahren wird wahrscheinlich den ganzen Tag dauern, und er will früh anfangen.«

Noch eine Nacht, dachte ich mit klopfendem Herzen. Nur noch eine Nacht, und dann würde mein Schicksal entschieden. Ich musste stark sein, ich durfte nicht ans Feuer und an den Tod denken. Ich dachte an Richards Worte. Gut, dass er so sehr mit sich selbst beschäftigt war. Hätte er mich während seiner erstaunlichen Geschichte näher beobachtet, dann hätte er meinem Gesicht mehr ansehen können, als ich ihn wissen lassen wollte. Den Rest des Tages und den größten Teil der Nacht dachte ich über die Dinge nach, die er mir erzählt hatte. Der Onkel des Roten, verbündet mit einem Häuptling meines eigenen Volkes – mit einem Mann, den mein Vater als Freund betrachtet hatte. Das konnte ich mir vorstellen. Es ging ihnen allen nur um die Macht. Das hier war nur ein weiteres Spiel. Lady Oonagh hatte damit zu tun; auch das musste der Wahrheit entsprechen, denn ich hatte bereits in Johns Tod und in dem langsamen Anwachsen der Angst des Misstrauens in Harrowfield ihre Hand erkannt. Und es schien, dass der Rote zumindest in einer Hinsicht Recht gehabt hatte. Richard hatte sie belogen. Er hatte keine Beweise, dass Simon tot war. Seine Geschichte war erfunden, basierte auf Spekulationen. Er hatte sie erzählt, um dieser Suche ein Ende zu machen. Ich war froh, dass Richard mich nicht genauer angesehen hatte. Er wusste immer noch nicht, wohin der Rote gegangen war und warum. Er durfte es nicht erfahren. Denn tief im Herzen wusste ich, dass Richard vor nichts Halt machen würde, um zu bekommen, was er wollte. Er genoss das Spiel, so lange es dauerte. Aber am Ende war der Sieg alles, was zählte. Alle Spielfiguren waren ersetzbar. Der Verlust einer ganzen Kampftruppe traf ihn hart, aber Richard sah das nur als einen Rückschlag, der mit der Zeit und einem oder zwei Beuteln Silber behoben werden konnte. Man konnte gute Männer kaufen und ausbilden. Ich war eine besonders unangenehme und unerwartete Herausforderung für ihn gewesen. Aber dann hatte ich ihm in die Hände gespielt, und nun war ich hier im Gefängnis. Ich hatte keine Zweifel daran, dass er ohne Bedenken jeden opfern würde, der in seinem Weg stand, jeden. Wenn ein Neffe – wie hatte er es ausgedrückt? – eliminiert werden konnte, warum dann nicht auch der andere, falls er die Wahrheit über seinen Onkel erfuhr?

Es war gut, dass er mir viel zu denken gegeben hatte. Dies in meinem Kopf hin und her zu drehen und zu wenden und zu versuchen, es zu begreifen, half gegen die anderen Gedanken. Bilder brennenden Fleisches, während die Flammen an bloßen Füßen leckten und den bestickten Saum eines Kleides verkohlten. Ich sah, wie das Feuer einen trockenen Weidenkorb ergriff und die fünf Hemden darin verzehrte, und das sechste, das noch nicht vollständig war. Vorder- und Rückseite waren grob zusammengenäht. Es war tatsächlich nachlässige Arbeit, wie Richard festgestellt hatte; mein jüngster Bruder würde nicht gut davonkommen. Aber morgen. Morgen würden sie mich verhören. Heißt das, dass ich morgen sterben würde? Wie konnte man seinem letzten Tag auf der Welt gegenüberstehen und keine Angst haben? Ich dachte an die alten Geschichten, daran, wie der Geist der Helden seine Reise in dieser irdischen Gestalt vollendete und danach zur nächsten weiterzog.

Ein guter Tod. *Das Rad dreht sich und dreht sich weiter.* Ich dachte an Liams Geschichte von unserer Mutter, die aus der Welt davonglitt und sich ruhig von ihren Söhnen verabschiedete. Ordentlich, ernst, unvermeidlich. So fühlte ich mich überhaupt nicht. Ich war zornig, ich hatte Angst, mein Herz klopfte heftig, und ich konnte kaum atmen. Mein Kopf schmerzte. Ich war nicht bereit zu sterben. Noch nicht, nicht jetzt. Nicht, bevor ich meine Brüder wieder in den Armen gehalten hatte.

In dieser Nacht tat ich kein Auge zu. Es musste einfach Zeit sein, die Hemden zu beenden. Es musste so sein. Gab einem denn das Feenvolk eine Aufgabe und machte es dann unmöglich, sie zu vollenden? Ich konnte nicht glauben, dass man mir das nehmen wollte, so kurz vor dem Schluss. Ich musste fertig werden. Ich *würde* fertig werden. Ich erzählte mir keine Geschichten mehr, während die Nacht auf die Dämmerung zuraste. Stattdessen arbeitete ich im Dunkeln, füllte den Raum um mich herum mit geistigen Bildern, schimmernden Bildern, um die Schatten fern zu halten, wie Finbar es einmal für mich getan hatte, auf eigene Kosten. Um die Flammen fern zu halten. Um die grausame Nachricht fern zu halten, dass mein Vater wusste, wo ich war, und mich nicht auslösen wollte. Also konzentrierte ich mich auf etwas anderes. Da gab es den weißen Strand und die Seehunde mit ihren weisen Augen. Da war der Rote, der mich mit herzzerreißendem Lächeln beobachtete, und sein helles Haar wie ein Leuchtfeuer vor dem Grau und Grün und Blau des Meeres. Einen Augenblick lang sah ich ein Bild von John, der seinen winzigen Sohn in den Armen hielt, Liebe und Stolz auf dem wettergegerbtem Gesicht. Margery, die mir das Haar flocht. *Es steht dir. Du solltest dich nicht mehr so verstecken.* Nun, offenbar würde mein Ende öffentlich genug sein. Alle würden kommen, um die Hexe brennen zu sehen. Nein, denk nicht daran. Da war der Wald, das Sonnenlicht, das zwischen den Blättern hindurchfiel. Ein Kind tanzte barfuß über den weichen Boden, das Haar fiel ihr dunkel und wild auf die Schultern. Ihr Bruder beobachtete sie mit Augen wie klares Wasser, mit Augen, die so weit blicken konnten. Ein Mädchen lief über den Sand; ihr Abbild in zarten Federstrichen. Das letzte Bild in diesem Buch.

Ich hob die Hand, um die beiden kostbaren Gegenstände zu berühren, die immer noch um meinen Hals hingen. Lady Anne hatte gesagt, ihr Sohn liebte mich. Aber es war nicht Liebe, nicht, wenn man nur tat, was man tun musste, weil einem ein Befehl auferlegt war, den man nicht verstand. Er würde zurückkehren und ich würde weg sein, als hätte es mich nie gegeben. Vielleicht konnte er immer noch die zerrissenen Fäden seines Lebens zusammenweben. Und dennoch – ich wünschte, er wäre bei mir. Ich brauchte ihn. Im Dunkeln, wenn ich sehr reglos saß, konnte ich beinahe seine Gegenwart spüren, ganz nah, aber nicht nah genug. Habe ich nicht versprochen, auf dich aufzupassen, fragte er leise. Ich habe noch nie ein Versprechen gebrochen. Mach dir keine Sorgen, Jenny. Und dennoch, er wäre vorsichtig. Er würde mir nicht zu nahe kommen. Er würde mir keine Angst machen. Ich warte. Ich bin deine Zuflucht. Hab keine Angst.

KAPITEL 13

Dann war es Morgen, und sie holten mich ab. Das war das erste Mal seit Mittsommer, dass ich mein winziges Gefängnis verlassen durfte. Damals hatte Conor versprochen, dass er meine Brüder bringen würde, wenn ich bereit war. Nun schien es, als würde ich nie bereit sein können. Ich blinzelte in dem Licht, das mir so lange versagt gewesen war, stolperte auf Beinen, die mir nicht gehorchen wollten, wurde unsanft in die Halle geschleppt. Man hatte am Ende des Raums einen langen Tisch aufgestellt, und hier saß Richard von Northwoods in schwarzem Samt und neben ihm ein rundlicher Mann im schlichten, dunklen Gewand eines Geistlichen. Dazu gab es zwei Schreiber, einer ein junger Mann mit Tonsur und einem bleichen, ernsten Gesicht, der andere der Hausschreiber von Harrowfield. Tintenfässer, Federn und Stapel von Pergament befanden sich auf dem Tisch vor ihnen, dazu Sand zum Trocknen der Tinte. Laternen waren nahe den Eingängen entzündet, denn die Sonne war noch nicht zwischen den Regenwolken hervorgekommen, und es war dunkel im Zimmer. Ein warmes Feuer brannte in der großen Feuerstelle. An den anderen drei Seiten der Halle gab es Bänke, und hier saßen die Pächter von Harrowfield, wie das Gesetz es verlangte. Es gab viele dort, die ich schon zuvor gesehen hatte, und andere, die mir fremd waren. Es war recht laut, alte Freunde tauschten Neuigkeiten aus, und solange sich die Gelegenheit bot, wurden kleine Handel abgeschlossen – ein paar Schweine, ein gutes Schaf. Als sie sahen, wie man mich zu dem Hocker mitten in der Halle brachte, wurden sie alle still.

Richard erhob sich.

»Die Verhandlung beginnt«, erklärte er. »In der Abwesenheit meines Neffen, Lord Hugh von Harrowfield, des Herrn dieser

Ländereien, werde ich die Verhandlung führen. Es liegen diverse Anklagen vor, und alle von ihnen vertage ich auf morgen oder übermorgen. Speis und Trank wird den ganzen Tag für alle bereitstehen, so lange die Verhandlungen dauern.« Zustimmendes Gemurmel. »Heute geht es nur um eine einzige wichtige Angelegenheit. Dies betrifft die junge Frau, die als Jenny bekannt ist, die nun vor euch steht und mehrerer Verbrechen angeklagt wird, auf die jeweils die Todesstrafe steht, sollte sie sich als schuldig erweisen.« Alle Blicke wandten sich mir zu. Ich fühlte mich seltsam. War es der Schlafmangel oder der Mangel an Essen oder die ungewohnte Gegenwart so vieler Menschen, so viel Licht oder Lärm – vor meinen Augen war alles verschwommen und mir war schwindelig. Ich musste versuchen, mich zu konzentrieren.

»Wie Ihr alle wisst, wurde diese Verhandlung mehrmals verschoben«, fuhr Richard fort, »weil es sich um eine so ernste Angelegenheit handelt. Ich hoffte, Vater Stephen von Ravenglass würde uns die Ehre seiner Anwesenheit erweisen, so dass die Meinung der Kirche eingeholt werden kann, besonders, was die Anklage wegen Zauberei angeht.« Die Versammelten keuchten entsetzt, als dieses Wort fiel. »Man hat mir erklärt, dass dies nicht möglich sein wird, und die Angelegenheit kann nun nicht länger verschoben werden. Ich heiße also Vater Dominic von Whitehaven willkommen, der hier anstelle von Vater Stephen als Vertreter des Bischofs weilt.« Bildete ich mir das nur ein, oder hatte ihn diese Veränderung ein wenig aus dem Konzept gebracht? »Die Verhandlung wird folgendermaßen ablaufen«, fuhr er fort, und nun war ich sicher. Eine gewisse Anspannung lag in seiner Stimme, ähnlich, wie wenn er bei einer Debatte mit Hugh den Kürzeren gezogen hatte. Etwas hatte ihn durcheinander gebracht. »An diesem Morgen werden die Beweise gegen das Mädchen vorgelegt. Später am Tag wird sie Gelegenheit erhalten, sich zu verteidigen. Ich werde sie verhören, und Vater Dominic hat dieselbe Möglichkeit. Sollte irgendein Mitglied dieser Versammlung etwas zu der Angelegenheit zu sagen haben, kann er das tun. Ich werde noch heute das Urteil fällen und die Strafe festlegen, damit dieser beunruhigende Fall endlich zu Ende gebracht werden kann.«

»Nun gut, nun gut.« Vater Dominic griff nach einem Blatt Pergament und einer Feder. Der Schreiber, der offensichtlich daran gewöhnt war, schob das Tintenfass näher. »Wie genau lauten die Anklagen gegen diese junge Frau?«

»Zunächst Spionage, um Informationen an die Feinde ihres Mannes weiterzugeben. Sie hat nie geleugnet, von jenen irischen Häuptlingen abzustammen, gegen die wir um die Inseln Krieg führen. Zweitens Kontakte zu einem Gesetzlosen, einem ihrer eigenen Art, der hier nichts zu suchen hat. Drittens, die Verwendung von Zauberei zu unheilvollen Zwecken. Alle drei Verbrechen übt sie zu demselben Zweck aus. Die Strafe für alle drei ist der Tod.«

»Dessen bin ich mir bewusst. Welche Zeugen sollen aufgerufen werden?«

»Mehrere, Vater. Ich selbst bin Hauptzeuge.«

Vater Dominic nickte ungerührt. Über dem Kragen seines dunklen Gewandes quollen Speckrollen. Seinen kleinen Äuglein schien nichts zu entgehen.

»Gut. Fahrt fort.« Er wandte sich mir zu. »Hör gut zu, junge Frau. Denn man wird auch dich aufrufen, um für dich selbst zu sprechen.«

Ich erwiderte seinen Blick, und er kniff die Augen ein wenig zusammen.

»Versteht das Mädchen unsere Sprache?« Stirnrunzelnd wandte er sich Richard zu. »Sie scheint kaum zu hören, was hier gesprochen wird. Und sie sieht aus, als wäre sie krank. Ich nehme an, dass etwas mit ihr nicht stimmt. Man kann kaum von ihr erwarten, dass sie sich verteidigt, wenn sie die Beweise nicht versteht.«

»Sie versteht alles«, sagte Richard barsch, und es wurde

recht deutlich, wie verärgert er war. »Aber sie kann nicht sprechen. Es heißt, eine Krankheit habe dazu geführt.«

»Wenn das so ist, wie kann sie sich dann verteidigen? Wie kann ein gerechter Prozess stattfinden, wenn die Angeklagte sich nicht verteidigen kann? Hat sie jemanden, der ihr beisteht?«

»Sie wird schon zurechtkommen«, tat Richard das ab. »Kann ich mit meiner Aussage beginnen?«

»Ich bin alles andere als zufrieden mit der Situation. Aber fahrt fort. Lasst uns keine Zeit verschwenden.«

Selbst für mich klang es überzeugend, was er sagte. Ich hielt es für mein Todesurteil. Richard gab eine gute Vorstellung, ging zwischen den vollbesetzten Bänken auf und ab, nutzte das ganze Spektrum seiner volltönenden Stimme von Flüstern bis zu aufgebrachtem Gebrüll und erzählte die Geschichte, wie sein Neffe dieses Mädchen aus Eire mitgebracht hatte, wie seine Leute sofort gewusst hatten, dass sie nichts Gutes im Sinn hatte, wie sie sich in den Haushalt gedrängt und geschmeichelt und sich dann gegen ihren Mann gewandt hatte, wie man es von einer Wilden aus den Sümpfen von Eire erwarten konnte. Er erzählte, wie ich nach dem Abendessen belauscht hatte, was gesprochen wurde, wenn es um Handel und Kriegszüge ging. Er beschrieb, wie er mich einmal allein in den Hügeln erwischt hatte – wieso sollte ich insgeheim aus dem Haus schleichen, wenn nicht, um einen von meinem Volk zu treffen und ihm Informationen weiterzugeben?

»Das ist Spekulation«, sagte Vater Dominic ruhig und kritzelte etwas aufs Pergament. »Wo sind die Beweise?«

»Dazu komme ich noch.« Richards Stimme war scharf. Es musste ihn viel kosten, seinen Ärger herunterzuschlucken, denn er musste schließlich die Pächter ebenso überzeugen wie den Geistlichen, wenn sein Urteil akzeptiert werden sollte. Dann begann er mit der Geschichte vom Mittsommerpicknick und wie ich mich verraten hatte. Er erreichte den Höhepunkt seiner Geschichte.

»Ich sah das Mädchen, Jenny, wie sie den Weg am Fluss entlang ging. Ein wenig später begann ich mir Gedanken um ihre Sicherheit zu machen und folgte ihr. Ein Mann war vor mir, Benedict, der Sohn von William von Greystones, einer der jungen Gefährten meines Neffen. Der junge Mann ist als Pflegesohn dieses Hauses aufgezogen worden. Wir sahen sie beide; und wir sahen beide den Burschen, den sie im Arm hielt. Es bestand kein Zweifel, was die beiden getan hatten. Ähem!« Er räusperte sich und warf seiner Schwester einen demonstrativ bedauernden Blick zu.

»Was meint Ihr damit?« wollte Vater Dominic wissen. »Macht deutlich, um was es geht, denn das ist eine ernste Anklage.«

»Nun, sie ... äh ... um offen zu sein, der Bursche hatte wenig Kleider an, und das Mädchen hatte sich ... äh ... um ihn geschlungen, auf eine sehr ... intime ... Art.«

»Wollt Ihr der Anklage Ehebruch hinzufügen?« Vater Dominic tauchte die Feder ein und schrieb. »Und dann?« fragte er.

»Wir forderten den Iren heraus, und er floh in den Wald. Das Mädchen konnten wir festnehmen. Einer der Männer, der bei mir war, sagte, er hätte sie zuvor sprechen gehört. Sie sprachen von Männern und Waffen und Befestigungen. Von den Verteidigungsanlagen von Harrowfield.«

»Wir werden diesen Mann später anhören. Was ist mit diesem Benedict, von dem Ihr gesprochen habt? Ist er hier, um auszusagen?«

»Er hat nichts hinzuzufügen«, sagte Richard rasch. »Seine Geschichte stimmt mit meiner überein. Meine Männer haben den Wald durchsucht und den Iren nicht gefunden. Er konnte mit der wertvollen Information entkommen. Informationen, die dieses Mädchen an ihn weitergegeben hatte.«

»Hören wir Benedict von Greystones«, sagte Vater Dominic und ignorierte Richard. Ich hörte, dass die Männer, die die Tür bewachten, nach Ben riefen. Vater Dominics Schreiber stand auf und ging zu den Wachen. Einige Zeit verging, und die Leute in der Halle begannen zu reden. Ich rieb mir mit der Hand über die Augen. Ich fühlte mich so seltsam, als würde der ganze Raum um mich herum schaukeln und schwanken. Die Lampen bewegten sich wie Glühwürmchen, und Richard von Northwoods hatte vier Augen. Ich erinnere mich, mich einmal zuvor so gefühlt zu haben, an dem Tag, als ich den Fluss hinuntergetragen wurde und beinahe ertrunken wäre. Dem Tag, an dem ich dem Roten begegnete.

»Er ist nicht hier, Vater«, sagte der junge Geistliche. »Sie suchen ihn jetzt. Sie können ihn nicht finden, behaupten sie.« Richard atmete hörbar aus. Vater Dominic kniff die Lippen zusammen.

»Also gut. Dann will ich die anderen anhören, die in jener Nacht anwesend waren. Bestätigen sie diese Geschichte?«

Er war sorgfältig. Überraschend sorgfältig, wenn man bedachte, dass man ihn nur eingeladen hatte, um einer Verhandlung Glaubwürdigkeit zu verleihen, deren Ausgang Richard bereits beschlossen hatte, bevor sie begann. Wir lauschten, wie drei von Richards Männern erzählten, wie sie mich in einer kompromittierenden Situation angetroffen und danach erfolglos nach dem Iren in meiner Begleitung gesucht hatten. Immer noch gab es kein Zeichen von Ben. Ich dachte, er wollte vielleicht um des Roten willen nicht gegen mich aussagen und meinen Tod nicht beschleunigen, aber er wollte mich auch nicht verteidigen. Er war ebenso rasch bereit gewesen, mich für schuldig zu halten, wie die anderen.

Wir hörten, wie ein anderer Mann berichtete, wie er mich belauscht hatte, wie ich dem Spion Informationen gab, die ich nur von meinem Mann erfahren haben konnte. Es betraf Waffen und Außenposten und die Stärke der Truppe. Es hatte keinen Sinn mehr, den Kopf zu schütteln oder abzustreiten, was vollkommen erfunden war.

Sie würden mich nicht verstehen; wenige konnten das. Außerdem spürte ich, dass diese Verhandlung ohnehin nur ein Ende haben konnte.

Einer nach dem anderen kamen die Zeugen, machten ihre Aussage und gingen wieder. Vater Dominic tauchte die Feder ins Tintenfass und schrieb, tauchte und schrieb. Er hatte kleine, tief liegende Augen unter dunklen, buschigen Brauen. Jemand sagte, man habe mich nachts gesehen, wie ich nackt um ein kleines Feuer tanzte. Jemand sagte, ich hätte verbotene Pflanzen in meinem Garten, Kräuter, die kein anständiger Mensch nahe der Küche wachsen ließe; und dass ich versucht hätte, Mistress Margery zu vergiften, und dass es ein Wunder war, dass ihr Baby überlebt hatte. Wer wusste schon, was aus dem Kind werden würde, wenn es von einer Zauberin in die Welt geholt worden war? Jemand erklärte, als ich Lord Hughs Wunde nähte, hätte ich einen Bann mit hineingearbeitet, der sich langsam, aber sicher zum Herzen bewegte. Einen Bann, der ihn, solange ich lebte, an meinen Willen band. Es tat weh, das zu hören. Es gab andere Anklagen. Einmal ließen sie mich aufstehen und gaben mir einen Becher Wasser. Ich sah Lady Anne hinten im Zimmer, bleich und schweigend. Eine Wache führte meine Ankläger hinein und hinaus. Es ging lange Zeit so weiter. Ich fühlte mich seltsamer und seltsamer, als gehörte mein Kopf nicht mehr zu meinem Körper. Dann wurde mir schwarz vor Augen.

Als ich wieder zu mir kam, lag ich auf dem Boden, und die Halle war beinahe leer. Lady Anne stand in der Nähe, und Megan wischte mir mit einem feuchten Tuch die Stirn. Ich versuchte mich hinzusetzen.

»Langsam«, warnte Lady Anne. Ich packte Megans Arm und stellte fest, dass es möglich war, mich aufzurichten.

»Puh!« sagte Megan. »Euer Ladyschaft, glaubt Ihr ...«

»Wir haben ein wenig Zeit.« Lady Anne hatte die halb ausgesprochene Frage anscheinend verstanden. »Sie müssen trinken und essen, und dann wollen sie sich miteinander besprechen. Die Leute müssen alle essen. Molly hat ihnen in der Küche einiges aufgetragen. Ich denke, wir können es schaffen, heißes Wasser herbeizubringen, einen Kamm und ein sauberes Kleid.« Megan huschte davon, und die beiden Wachen an der Tür versuchten nicht, sie aufzuhalten.

»Du solltest das trinken.« Lady Annes Ton war ernst, als sie mir einen Becher Wasser in die Hand gab. Aber ich konnte ihn nicht halten, weil ich so sehr zitterte, und sie musste ihn an meine Lippen führen.

»Man wird dir heute Nachmittag Gelegenheit geben, dich zu verteidigen«, erklärte sie. »Nicht all diese Anklagen entsprechen der Wahrheit. Viele basieren nur auf Angst und Aberglauben. Du weißt, was passieren wird, wenn du weiter schweigst.«

Ich nickte. Was hatte das noch für einen Sinn? Man hatte mich für schuldig befunden, meine Strafe war bereits festgelegt, ehe ich einen Fuß in diesen Raum gesetzt hatte. Jetzt zählte nur noch, lange genug am Leben zu bleiben, um dieses letzte Hemd zu vollenden.

Lady Anne runzelte die Stirn. »Ich kann dir nicht verzeihen, was du getan hast«, sagte sie. »Wenn sie dich schuldig sprechen, besteht kein Zweifel daran, dass man dich töten wird. Ich muss ihre Entscheidung akzeptieren. Aber gleichzeitig kann ich nicht erlauben, dass eine Gefangene in meinem Haushalt so schlecht ernährt ist, und so schmutzig und ungepflegt. Wenn wir nicht einmal diese Maßstäbe einhalten, sind wir nicht besser als dein eigenes Volk. Man hat mir gesagt, man hätte dich angemessen behandelt. Aber mein Informant hatte offenbar andere Vorstellungen davon als ich.«

In diesem Augenblick gab es eine kleine Unruhe an der Tür, und eine vertraute Gestalt kam hereingestürzt und ignorierte die Wachen, ihr Gesicht ein Abbild zorniger Empörung. »Jenny! Oh, sieh dich nur an! Euer Ladyschaft, wie ...«

»Still.« Lady Anne packte Margery fest am Arm. »Schau, da kommt Megan. Bringt Jenny in diesen Vorraum dort und helft ihr, sich umzuziehen. Dieses Kleid gehört auf den Misthaufen. Versucht nicht, mit ihr zu sprechen – ihr solltet nicht einmal hier sein. Das hier ist eine förmliche Verhandlung. Ihr müsst weg sein, bevor Vater Dominic zurückkehrt.«

Megan und Margery zogen mich um und wuschen mir den schlimmsten Dreck vom Körper. In meinem Haar krochen kleine Tiere herum.

»O Jenny«, flüsterte Margery, während Lady Anne danebenstand und so tat, als hörte sie nichts. Sie zog mir die schmutzigen Kleider über den Kopf, ohne nur einmal mit der Nase zu zucken. »Oh, schau dich nur an. Du bist so dünn wie ein Gespenst. Es tut mir Leid, es tut mir so Leid.«

»Eine Schande«, murmelte Megan, tauchte einen Schwamm in den Eimer und rieb damit über meine Hände und Arme. Das Wasser wurde braun von Blut und Dreck. »Eine Schande.«

Es waren nicht meine Verbrechen, über die sie sprachen.

»Ich hätte ... ich sollte ...«, flüsterte Margery und versuchte, mir den Kamm durchs Haar zu ziehen, während Megan mir die Beine und Füße wusch. »Aber John fehlt mir so sehr ... ich habe nur an mich und an Johnny gedacht. Wäre ich nicht so selbstsüchtig gewesen, hätte ich vielleicht ...« Sie hielt inne und streckte die Hand aus, um den Ring zu berühren, der an der Schnur um meinen Hals hing. Sie lächelte, als sie den Kranz aus Eichenblättern und Eicheln und die kleine Eule sah.

»Er wird kommen«, flüsterte Margery. »Wie könnte er es nicht tun?«

Megan zog mir ein sauberes Kleid über den Kopf. Ich hätte weinen können, denn es war das blaue, das meine Freundin mit solcher Liebe für mich gemacht hatte. Jemand hatte sich große Mühe gegeben, es zu säubern, aber der Rock hatte immer noch einen Salzrand, wo das Meer seine Zeichen hinterlassen hatte. Ich wollte nicht in diesem Kleid verbrannt werden.

»Schnell«, sagte Lady Anne. »Räumt diese Sachen weg, und kein Klatsch.« Plötzlich fiel mir ein, dass dies vielleicht das letzte Mal war, dass ich meine Freundin sah. Margery hatte denselben Gedanken im Blick, und sie streckte die Arme aus, aber Lady Anne trat zwischen uns.

»Mach es nicht noch schwerer«, sagte sie, und ihre eigene Stimme zitterte ein wenig. »Das Mädchen ist eine Gefangene; niemand weiß, was ihr Schicksal sein wird. Sie gehört nicht mehr zu diesem Haushalt. Ihr habt getan, was notwendig war. Jetzt geht.«

Also gingen sie, aber Margery warf einen Blick zurück, berührte ihre Lippen mit den Fingerspitzen, und dann winkte sie mir zu; Megan hatte Tränen in den Augen.

Die Verhandlung ging weiter. Keiner machte eine Bemerkung über mein verändertes Äußeres, obwohl Lord Richard die Brauen hochzog und Vater Dominic eine Art Grunzen von sich gab.

»Nun«, sagte der Geistliche, beugte sich vor und sah mich an, »wir haben alle Beweise gegen dich gehört, und es klingt sehr belastend, wenn auch nicht vollkommen schlüssig. Der Sinn dieser Anhörung besteht darin, zu entscheiden, ob deine Schuld bewiesen werden kann, und eine entsprechende Strafe festzulegen. All deine Verbrechen fallen unter die weltliche Gesetzgebung, und da Lord Richard hier die Autorität in solchen Dingen ist, liegt die letzte Entscheidung bei ihm. Dennoch, man hat mich eingeladen, um ihm bei dieser Entscheidung zu helfen, im Hinblick auf die ernste Natur der Anklagen und die engen, familiären Beziehungen zwischen Ankläger und Angeklagter. Du brauchst die Gerechtigkeit nicht zu fürchten, Mädchen. Nun hast du die Gelegenheit, dich zu verteidigen. Nimm dir Zeit. Ich verstehe, dass du nicht sprechen kannst. Aber es mag eine Möglichkeit geben, uns wissen zu lassen, was du sagen möchtest. Lass uns wissen, wenn es etwas gibt, dem du nicht folgen konntest.«

Ich erwiderte seinen Blick. Seine Brauen waren in der Mitte zusammengewachsen und seine Augen in Fettwülste gebettet. Dennoch, die Intelligenz dieses Blickes war nicht zu bestreiten. Meine Hände ruhten weiterhin im Schoß. Alle in der Halle schwiegen.

»Seid Ihr sicher, dass dieses Mädchen unsere Sprache versteht?« Er schaute Richard an und dann Lady Anne, die immer noch hinten in der Halle saß.

»Ja, Vater.« Lady Anne hatte diese beherrschte Miene aufgesetzt, die mir so schmerzlich vertraut war. »Sie versteht uns nicht nur, sondern sie ist bis zu einem gewissen Maß auch imstande, sich mit Gesten verständlich zu machen.«

»Das kann ich kaum glauben«, sagte Vater Dominic und schüttelte den Kopf. »Wieso sollte sie dann jetzt nicht versuchen, das zu tun? Will dieses Mädchen etwa sterben?«

Richard lachte verächtlich. »Ihr habt vielleicht noch nicht viele von diesem Volk getroffen, Vater. Ich kenne die Leute aus Eire gut. Solcher Trotz ist ihnen angeboren und wird von der Geburt an eifrig genährt. Ihre Spione sind ausgebildet, bis zum Tod und darüber hinaus zu schweigen. Die Weigerung des Mädchens ist nur ein weiteres Zeichen ihrer Schuld.«

Vater Dominic sah ihn an, und die Abneigung war ihm deutlich anzusehen. Trotz all meiner Erschöpfung und Angst war ich überrascht. Dieser Mann erkannte Richard von Northwoods als das, was er war. Das Letzte, was ich erwartet hätte, wäre auch nur eine annähernd gerechte Verhandlung.

»Es gibt viele gelehrte Männer dort«, sagte Vater Dominic, »einige von ihnen meine eigenen Brüder, geschult in Debatte und Überlieferung. Ich würde das nicht so übereilt beurteilen. Außerdem ist sie nur ein Mädchen. Sie ist jung und leicht zu beeindrucken; sollte sie zu ihrer eigenen Verteidigung sprechen wollen, um ihren alten Verbrechen abzuschwören, könnte die Strafe gemildert werden.«

Richard schwieg.

Ich merkte, wie mehr und mehr Menschen ins Zimmer kamen. Ich sah mich nicht um. Draußen begann es zu regnen. Der graue Tag wurde noch dunkler.

»Junge Frau«, sagte Vater Dominic, »wir haben hier ein Problem. Man sagt mir, dass du uns verstehst. Sieh mich an, Kind. Nicke, wenn du mich verstehst.«

Mir gelang die Andeutung eines Nickens. Ich durfte auf keinen Fall die falschen Fragen beantworten. Ich durfte nichts von meiner Geschichte erzählen. Aber ich war sehr müde, zu müde, um klar denken zu können. Nun begann der Regen ernsthaft und trommelte auf die Dächer. Ich fragte mich, ob der Rote wohl irgendwo draußen war und ob er einen trockenen Platz zum Schlafen hatte. Ich fragte mich, ob auch nur die geringste Möglichkeit bestand, einen ganzen Ärmel in einer Nacht zu weben und ihn bis zum Morgen in das Hemd zu nähen.

»Gut. Und jetzt antworte mir. Bist du tatsächlich schuldig?«

Ich konnte mich nicht zu einer Antwort zwingen. Was für einen Sinn hatte das schon? Warum zustimmen oder abstreiten, wenn Richard ohnehin meinen Tod beschlossen hatte?

»Du willst nicht antworten? Nicht einmal mit einem Nicken oder Kopfschütteln? Du musst wissen, dass das als Geständnis der Schuld aufgefasst wird.«

Ich sah ihn schweigend an. Er runzelte die bleiche Stirn und schaute beunruhigt drein.

»Was könnte sie angesichts solcher Anklagen schon sagen?« warf Richard ein. »Es ist klar, dass sie sowohl eine Ehebrecherin als auch eine Spionin ist. Sie hat diesen Haushalt ausgenutzt wie eines jener Geschöpfe des Bösen, die den Opfern das Blut aussaugen. Sie hat das Vertrauen meiner Schwester und meines Neffen auf die übelste Art missbraucht. Sie ...«

»Hat man den letzten Zeugen immer noch nicht gefunden?« fragte Vater Dominic leise. »Dieser Benedict, der Mann, von dem Ihr gesprochen habt? Ich würde gerne seine Aussage noch hören, bevor das letzte Urteil gefällt wird.«

»Er ist weg, Herr.« Die Männer an der Tür zuckten die Achseln. »Wir haben Leute nach ihm geschickt, und alle haben nach ihm gesucht, aber die Stallburschen erzählten, er sei weg. Schon seit ein paar Tagen, sagen sie. Zu Besuch bei seiner Familie, nehmen sie an.«

Ich sah, wie Richard bei dieser Nachricht die Augen ein wenig zusammenkniff, und er rief einen seiner Männer zu sich. Nach einem raschen, geflüsterten Wortwechsel verließ der Mann das Zimmer recht schnell.

»Aha.« Vater Dominics Tonfall war sehr kühl. »Dies war ein wichtiger Zeuge. Man hätte dafür sorgen müssen, dass er hier blieb. Habt Ihr das nicht versucht? Müsst Ihr Euch auf Eure Stallburschen verlassen, was genauere Informationen angeht?«

»Ich wusste nicht, dass er weg war, Vater.« Und das war die Wahrheit, das sah ich ihm an, als nur mühsam verborgener Zorn in seinen Augen aufblitzte.

»Nun, es ist klar, dass wir diesen Zeugen nicht hören können. Gibt es weitere Aussagen?« fragte Vater Dominic und sah sich unter den Versammelten um.

»Ich möchte ... ich möchte eine Frage stellen, wenn Ihr erlaubt.« Es war ungewöhnlich, dass Lady Anne so zögernd sprach. Alle drehten sich zu ihr um, als sie sich erhob.

»Gut, dann fragt.« Der Priester schien müde zu sein. Es war ein langer Tag gewesen – ein sehr langer Tag.

»Sollte das Mädchen schuldig sein, wird sie zum Tode verurteilt werden. Aber ... was ist, wenn sie schwanger ist? Das ist möglich, sogar wahrscheinlich. Das Kind wäre der Erbe von Harrowfield, der Sohn meines Sohnes. Ich möchte nicht ...«

Ich spürte, wie ich vor Scham und Erniedrigung rot wurde.

Aber gleichzeitig wusste ich tief drinnen genau, was sie empfand. Ein solches Kind wäre meines, zur Hälfte ein Sohn von Eire; nach ihrer Einschätzung würde ihn das zu einem wilden Fanatiker und geschworenen Feind alles dessen machen, was ihr lieb war. Aber das Kind wäre auch der Sohn des Roten, dessen Vater und dessen Vaters Väter dieses Tal genährt hatten. Ich hätte ihr sagen können, dass ich nicht schwanger war. Aber ich saß da wie ein Stein und zwang mich, nicht mit der Wimper zu zucken. Ich vergaß nicht, dass ich die Tochter des Waldes war, keinen Augenblick. Und etwas, was ich vor langer Zeit gehört hatte, zuckte durch meinen Kopf und war wieder verschwunden, bevor ich Zeit hatte, es zu begreifen. Etwas, woran ich mich noch vor kurzem erinnert hatte ... jemand, der weder Brite noch Ire ist, aber gleichzeitig beides ... aus welcher Geschichte stammte das? Ich konnte mich nicht erinnern.

»Sieh mich an, Mädchen.« Vater Dominic hatte sich nun erhoben. »Bist du schwanger? Trägst du das Kind deines Mannes?«

Richard schnaubte. »Das ist wirklich unglaublich! Ihr erwartet eine ehrliche Antwort darauf? Das Kind könnte von jedem sein. Dieses Mädchen ist nicht besser als eine billige Hure vom Marktplatz. Sie hat es sogar mit mir versucht, vor einem oder zwei Tagen. Glaubte, sie könne sich die Freiheit kaufen, indem sie die Beine breit macht.«

»Das genügt.« Richard klappte den Mund überrascht zu. »Ihr guten Leute, dieser Teil der Verhandlung ist beendet. Richard und ich werden nun über unser Urteil nachdenken. Wir werden euch nach dem Abendessen noch einmal hereinrufen und euch dann mitteilen, zu welchem Schluss wir gekommen sind. Sollte es eine Strafe geben, wird sie am Morgen verkündet.« Die Leute schlurften nach draußen, steif vom langen Sitzen. Vater Dominic wandte sich wieder Richard zu. »Ihr solltet das Mädchen jetzt lieber wieder einschließen. Sorgt dafür, dass sie etwas zu essen hat; ihr lauft Gefahr, sie zu verlieren, bevor sie noch bestraft werden kann. Wir sollten uns für weitere Besprechungen dieser Angelegenheit vielleicht in einen abgelegeneren Raum zurückziehen.«

»Mir kommt das alles klar genug vor.« Richard klang beinahe quengelnd.

Ich hörte nichts weiter, da meine Wachen mich an den Armen packten und zurück in die kleine Zelle brachten. Jemand brachte Brot und Wasser, und ich aß und trank, und kurz danach gab mein Magen selbst diese einfache Kost wieder von sich, beinahe, als wäre ich tatsächlich schwanger. Ich tastete im Dunkeln nach meiner Arbeit und fand sie. Ich wusste, dies war die letzte Nacht. Ich griff nach dem kleinen Webrahmen, tastete nach Schiffchen und Garnknäuel und begann zu arbeiten.

Es war selbstverständlich hoffnungslos. Es bestand keine Möglichkeit, einen Ärmel zu beenden und den anderen herstellen zu können und alles in einer einzigen Nacht zusammenzunähen, ohne auch nur eine Kerze zu haben.

Aber ich arbeitete weiter. *Störrisch, wie?* Vielleicht hätte ich noch ein wenig länger. Richard hatte die Spezialmischung beschrieben, die so heiß brannte, dass sie alles bis auf die Knochen zerstörte. Er wartete vielleicht bis zur Abenddämmerung, damit es spektakulärer war. Draußen regnete es noch immer. Das wäre gut für die kleinen Eichenbäume. Richard würde auf trockenes Wetter hoffen. Im Regen gab es kein schönes, heißes Feuer. Gegen Morgen, wie in Vorbereitung für eine Verbrennung, hörte der Regen auf, und eine kühle Brise kam auf. Ich hörte eine Eule rufen, in der letzten Stille vor dem Morgengrauen. Dann war sie weg, floh in den Schutz der Bäume. Die Sonne ging auf, und die Vögel begannen mit ihrem süßen Gesang. Ich versuchte ohne großen Erfolg, nicht an die Dinge zu denken, die mich zu überwältigen drohten. *Der letzte Regen, die letzte Eule, die letzte Morgendämmerung.* Sie kamen früh, um mich zu holen, zwei große Männer in den Farben von Northwoods. Niemand sagte mir, wie das Urteil gelautet hatte, und ich konnte nicht fragen. Der erste Ärmel war so gut wie fertig und mit einem Stich oder zweien an die anderen Teile des Hemdes genäht. Der zweite war noch nicht einmal begonnen. *Lass es nicht jetzt sein, nicht direkt*, flehte ich lautlos. *Nicht jetzt, noch nicht. Bitte.*

Sie brachten mich nicht in die Halle, um meine Strafe vor der Versammlung zu verlesen; stattdessen wurde ich in eine Kammer im Obergeschoss geführt, und der einzige Anwesende war Lord Richard. Ich war taub vor Angst, aber dennoch muss sich meine Überraschung auf meiner Miene abgezeichnet haben.

»Eine geringfügige Änderung, fürchte ich«, sagte er. Er stand am Fenster, von den blonden Locken bis zu den polierten Stiefeln eine makellose Gestalt. Ich stand vor ihm, mitten im Raum, die Hände an den Seiten. In Befolgung eines unausgesprochenen Befehls zogen sich die Wachen vor die Tür zurück. »Unser gelehrter Freund wurde unerwartet abberufen. Tatsächlich ist er schon gestern Abend nach dem Abendessen davongeritten. Jemand hat in Elvington einen Priester erstochen. Also musste Vater Dominic gehen. Er hatte nicht einmal mehr die Zeit, mir bei der Verkündung des Urteils zu helfen. Aber es ist kein großer Verlust, das muss ich zugeben. Ein störrischer Bursche, schwer zu überzeugen. Aber er ist nicht gegangen, nicht, ohne mir die Meinung zu sagen.« Er hielt einen Augenblick lang inne. Wieder war die Zeiteinteilung hervorragend.

»Selbstverständlich bestand nie ein Zweifel an deiner Schuld«, sagte Richard, und nun spielte er nicht mehr, sondern war tödlich ernst. »Schuldig der Spionage für den Feind. Schuldig des Ehebruchs. Und schuldig der Zauberei. Die Beweise gegen dich waren überwältigend. Komm her, Jenny.« Dass er mich mit dem Namen ansprach, verursachte mir eine

Gänsehaut. »Nein? Dann muss ich zu dir kommen.« Er trat vor mich, mit erwartungsvoll blitzenden Augen. »Du kennst die Strafe für diese Verbrechen. Nicht einfach nur Verbannung, und man wird dich auch nicht in ein Kloster einschließen, wo du bequem weiterleben kannst. O nein. Du hast hier Schaden angerichtet, ernsthaften Schaden.« Er senkte die Stimme. »Du bist ein Stachel in meinem Fleisch gewesen, und ich freue mich darauf, diesen Stachel ein für alle Mal herausziehen zu können. Deine Strafe ist der Tod. Und du weißt bereits, wie das Urteil vollstreckt wird.« Er streckte den Finger aus und fuhr mir langsam über den Hals. Als er das beim letzten Mal versucht hatte, hatte ihm der Rote beinahe den Arm gebrochen. Aber der Rote war nicht hier.

»Das Schöne ist, wir können uns noch den ganzen Tag darauf freuen«, sagte er leise. »Also werde ich jetzt gehen und mich um dieses ganz besondere Feuer kümmern, und ich werde dir gestatten, hier zu bleiben, selbstverständlich unter Bewachung. Es ist hier wärmer und bequemer, und du wirst von diesem Fenster dort zusehen können. Wir können dir vielleicht sogar ein wenig Essen und Trinken beschaffen; eine letzte Mahlzeit. Leb wohl, meine Liebe. Es war ... interessant, dich kennen zu lernen. Am Abend treffen wir uns wieder, wenn auch nur kurz. Ich dachte, die Abenddämmerung wäre die beste Zeit. Dann bekommen die Leute wirklich etwas zu sehen, wovon sie später ihren Kindern erzählen können. Leb wohl, meine Liebe.«

Mein Herz zog sich zusammen, *aber – aber* – ich verstieß gegen meine eigenen Regeln und streckte die Hand aus, umklammerte seinen Ärmel, gestikulierte wild. *Meine Sachen – spinnen, weben – hier? Hierher bringen?* Das konnte er mir nicht antun, das konnte er einfach nicht. Sein kleines Lächeln war ein Triumph des Hasses.

»O nein. Ich glaube nicht. Ich muss mich an den Handel halten, den ich mit Eamonns Freundin geschlossen habe. Es tut mir Leid, wenn du deine Arbeit nicht beenden konntest. Aber das kann ich einfach nicht riskieren, nicht, wenn ich haben will, was man mir versprochen hat. Außerdem hast du viel zu schwer gearbeitet, meine Liebe. Nimm dir einen Tag frei.« Er stolzierte hinaus, und die zwei Wachen folgten ihm und schlossen die Tür hinter sich.

Von allen Tagen in jener langen Zeit des Schweigens sind zwei bis in jede Einzelheit in meiner Erinnerung verblieben. Einer ist der Tag, an dem ich mit meinem blauen Kleid am Strand entlanglief und die Geschichte von Toby und seiner Seejungfrau hörte und meinen Ehering bekam. Der andere ist der Tag der Verbrennung. Einige Zeit stand ich am Fenster und sah zu, wie sie den Scheiterhaufen errichteten, einen ordentlichen Stapel von Eichenscheiten rund um einen Pfahl in der Mitte. Sie bauten ihn im Hof, weit genug vom Haus entfernt, so dass das Feuer sich nicht ausbreiten konnte; nahe genug, dass alle sowohl vom Hof als auch von den Fenstern aus zusehen konnten.

Es war schwer zu glauben, dass Harrowfield so tief gesunken war. Ich konnte mir nicht vorstellen, dass Lady Anne oder Megan oder Brian oder Margery einen solchen Anblick genossen. Die meisten Männer des Roten würden solcher Barbarei den Rücken zuwenden. Aber die Männer des Roten waren kaum zu sehen. Es waren Richards Leute, die kamen und gingen, und der Scheiterhaufen nahm Gestalt an und war beinahe beendet. Man konnte sehen, dass die Verurteilte an den Pfahl gebunden würde, mit den Füßen auf einen schmalen Sims, den man daran genagelt hatte. Man konnte sehen, dass geplant war, das Holz von unten anzuzünden, wo es viele trockene Zweige zwischen den großen Scheiten gab und die Flammen sich erst langsam und dann schneller nach oben bewegen würden und ... Richard war beschäftigt, leitete hier einen Arbeiter an, zupfte dort ein paar Zweige zurück; als alles zu seiner Zufriedenheit erledigt war, ließ er zwei seiner Männer eine kleine Truhe nach draußen bringen, die er selbst aufschloss. Sie hatten neben dem Feuer eine Plattform errichtet, die selbst vom Feuer verzehrt werden würde, wenn es einen bestimmten Punkt erreichte. Nun stieg Richard die Treppe zu dieser Plattform hinauf und ließ die Männer die Truhe dort abstellen, und er griff hinein und zog etwas heraus, was wie einfaches Holz aussah. Er trat näher an den eigentlichen Scheiterhaufen und begann, dieses Holz mit einiger Sorgfalt ganz oben abzulegen, ein Scheit hier, eines dort, ringsherum. Er ließ sich Zeit und hielt häufig inne, um seine Arbeit zu bewundern. Dies waren vermutlich die Scheite, von denen er mir so begeistert erzählt hatte. Mir wurde klar, dass ich meine Arbeit nicht zurückerhalten würde. Nicht rechtzeitig. Ich wusste, man würde die Hemden mit mir verbrennen. Ich hatte keine wirkliche Wahl. Sobald ich tot war, hatten meine Brüder keine Chance mehr. Die Herrin des Waldes war sehr deutlich gewesen. Die sechs Hemden mussten vom Anfang bis zum Ende von meinen eigenen Händen gefertigt werden. Dann, wenn alle fertig waren, musste ich sie selbst über die Hälse der Schwäne ziehen. Alle sechs am selben Ort, eins nach dem anderen. Erst dann, und wenn ich die ganze Zeit geschwiegen hatte, wäre der Bann gebrochen. Ich würde nicht zulassen, dass sie mich töteten, ehe ich es versuchte. Ich musste es versuchen, obwohl es hoffnungslos schien, denn es wäre die letzte Chance meiner Brüder. Ich konnte das sechste Hemd nicht vollenden. Aber ich musste sie rufen. Vielleicht, nur vielleicht, würde es genügen.

Ich bewegte mich vom Fenster weg und setzte mich auf den Boden, so dass ich direkt nach Westen zum Himmel schaute. So dass ich die Männer und das, was sie aufbauten, nicht mehr sehen konnte. Ich zwang mich, langsamer zu atmen, und leerte meinen Geist, bis er so ruhig und still war wie ein Stein tief im Wald. Dann konzentrierte ich mich auf meinen Bruder Conor, irgendwo über dem Meer. Jede Faser meiner Gedanken. Meinen ganzen Willen. Ich stellte ihn mir vor. Hochgewachsen, bleich, ein uralter Geist im Körper eines jungen Mannes. *Conor. Ihr müsst jetzt kommen. Heute, bei Einbruch der Dämmerung.* Tödliche Stille, wenn man von gedämpften Hammerschlägen absah.

Conor. Bitte hör mir zu. Komm in den Hof des großen Hauses, das ich dir gezeigt habe. Du musst bei Einbruch der Dämmerung hier sein. Bring sie mit. Bring sie alle mit. Keine Antwort. Vielleicht war er einfach zu weit weg. *Bring sie mit. Das ist die letzte Gelegenheit. Du musst sie herbringen.* Ein kleiner Wind regte sich vor dem Fenster, und ein Vogel sang. Das war alles. Vielleicht hatte er mich nicht gehört. Aber er hatte gesagt, ruf und wir werden kommen.

Männer versprachen offenbar viel. Finbar hatte einmal gesagt, ich werde immer für dich da sein, und ich hatte ihm geglaubt. Der Rote hatte gesagt, ich werde zurückkommen.

Ich schauderte. Was, wenn Richards Leute ihn abgefangen hatten, was, wenn ... Ohne den Roten würde Harrowfield kalt und leblos werden. Es war bereits dabei, sich zu verändern.

Später am Tag brachten sie mich zur Latrine und wieder zurück. Auf dem Weg hörte ich die Stimmen von Frauen, die sich drunten stritten. Ich hörte, wie jemand sagte: »Vater Dominic«, aber den Rest konnte ich nicht verstehen. Ich sah niemanden. Dann brachte man mir etwas zu essen, aber ich konnte es nicht anrühren. Schließlich rollte ich mich auf dem Boden in der Ecke zusammen, halb schlafend, halb wach. Draußen hatte das Hämmern aufgehört, und es war still. Trübes Licht fiel schräg durchs Fenster und tauchte die Staubpartikel in ein warmes Gold.

Es war vielleicht ein Traum, oder etwas anderes. Ich glaubte, meine Augen wären offen. Aber ich sah es so klar und deutlich wie ein Bild in einem großen Buch. Zuerst glaubte ich, mich an eine Zeit zu erinnern, in der ich mit meinen Brüdern auf dem glatten Felsen am Seeufer saß und die silbernen Fische beobachtete, die durchs Wasser glitten. Aber diese Kinder waren nicht die Kinder von Sevenwaters. Da war ein Mädchen, hochgewachsen und kräftig, mit rosigen Wangen und hellem Haar wie Flammen. Da war ein dunkelhaariger Junge, der flach auf den Steinen lag und nach oben blickte, hoch in den Himmel, mit Augen klar wie Wasser, die so weit blicken konnten. »Die Schwäne kommen heute, Niamh«, sagte er, ohne sich zu regen. »Sie kommen heute zurück.« Das Mädchen lag neben ihm auf dem Bauch und fuhr mit den Fingern durchs eisige Seewasser. »Wie kannst du so sicher sein?« fragte sie. »Du bist immer so sicher.« Es kam mir so vor, als wäre noch ein anderes Kind da, am Rand des Bildes, aber diese Gestalt konnte ich nicht klar sehen. Dann verschwamm es und war verschwunden. *Deine Kinder*, sagte die leise Stimme. Und dann schwieg sie.

Meine Kinder, die ich hätte haben können, dachte ich und hob die Hand zu dem Ring, der an meinem Hals hing, und zu dem durchbohrten Stein mit den Runenzeichen. Mein Sohn, meine Tochter. Der kleine Stein hatte das geheime Zeichen *Nion* für Esche. Aber es stand auch für Niamh, was der Name meiner Mutter gewesen war. Niamh, meine Tochter, mit Haar wie Leuchtfeuer über dem Wasser. Dann konnte ich die Tränen nicht mehr aufhalten, und ich weinte und weinte, bis mein Gesicht geschwollen war und mein Kopf schmerzte und das Licht, das durch die hohen Fenster fiel, langsam erstarb. Der Tag war beinahe vorüber.

Als sie mich holen kamen, hatte ich keine Tränen mehr. Und so ging ich mit leerem Blick zwischen den Wachen auf den Hof hinaus, während jemand langsam eine Trommel schlug. Eine Menschenmenge hatte sich versammelt, und ich hörte einige ihrer Worte, als ich vorbeiging, ... *hält den Kopf hoch ... eigentlich kein richtiger Mensch, das habe ich gehört ... ich würde schreien ... warte, bis sie anfängt zu brennen ... dann wirst du sie schon singen hören.*

Einmal schaute ich zurück und sah einen Mann, der einen Korb trug, und einen anderen mit Spinnrocken, Spindel und Webrahmen und all den anderen Dingen, die mir gehört hatten. Offenbar wollten sie alles verbrennen. Es würde keine Spur von mir zurückbleiben, um den Haushalt von Harrowfield zu verseuchen. *Bitte*, flehte ich lautlos. *Bitte, legt die Hemden dorthin, wo ich sie erreichen kann. Bitte, fesselt mir nicht die Hände.* Die Wachen schauten grimmig drein. Ich spürte, dass ihnen ihre Pflicht keine Freude machte, aber sie mussten gehorchen. Ich nahm an, sie waren gute Männer; nach dem Feuer würden sie nach Hause zu ihren Frauen gehen und ihren Kindern einen Gute-Nacht-Kuss geben und vielleicht einen Augenblick oder zwei darüber nachdenken, was sie getan hatten. Es zeigte, wie viel Macht Richard hatte, dass alle seinen Befehlen ohne Frage folgten.

Der Himmel veränderte die Farbe; das erste Lila der Dämmerung zog sich über das Spätnachmittagsblau. Wir erreichten den Scheiterhaufen und die Plattform mit ihren ordentlichen Stufen. Und dort war Richard in einem frischen Samtgewand mit Silberfaden an der Kehle. Die Trommel verstummte. Die Zuschauer schwiegen. Ich sah wenig vertraute Gesichter. Keine Lady Anne, kein Ben, auch Margery konnte ich nicht entdecken. Aber Megan war da, ihr rundes Gesicht bleich im Fackellicht, so dass die Sommersprossen sich deutlich abzeichneten. Sie hatte dunkle Ringe unter den Augen.

Sie führten mich zu der Plattform, wo Richard stand. Eine kleine Fackel brannte in einem Eisenkorb unten am Scheiterhaufen. Ich hatte keinen Zweifel, welchem Zweck sie diente. Mein Herz schlug seinen eigenen schnellen Rhythmus; ich brauchte die Trommelschläge nicht. Der Himmel wurde lavendelgrau; draußen im Westen verlieh die untergehende Sonne den Wolken die Farbe eines rosigen Apfels.

»Ihr seid hier alle versammelt, um Zeugen einer gesetzmäßigen Bestrafung zu werden«, verkündete Richard großartig. »Der Prozess gegen dieses Mädchen, bekannt als Jenny, wurde gestern gehalten. Zeugen wurden aufgerufen und Aussagen wurden gemacht, die ihre Schuld unwiderlegbar bewiesen. Ihr kennt bereits das Urteil. Dieses Mädchen ist schuldig, einen Gesetzlosen beherbergt zu haben, spioniert zu haben und die teuflischen Künste ausgeübt zu haben, zusätzlich zu ihrem Ehebruch. Die Strafe für diese Verbrechen ist der Tod. Darin waren Vater Dominic und ich vollkommen einig. Die Weigerung des Mädchens, sich zu verteidigen, war ein klares Eingeständnis von Schuld. Mit dieser Verbrennung entfernen wir den bösen Abszess, der sich ins Herz von Harrowfield gefressen hat. Mit dem Tod dieses Mädchens werden Frieden und Wohlstand in diesen Haushalt und ins Tal zurückkehren. Ich rufe euch als Zeugen auf.« Ein paar Leute applaudierten, und jemand rief: »Dann macht schon!«

Aber die Menge schien unruhig. Es gab Gemurmel, als wären sie nun, nachdem sie endlich bekommen sollten, was sie die ganze Zeit gefordert hatten, nicht mehr so sicher. Und eine vertraute Stimme rief: »Schande! Schande! Jenny hat mein Leben und das meines Kindes gerettet! Ihr dürft das nicht tun!« Margery war dort irgendwo, und zumindest sie hatte keine Angst, für mich zu sprechen. Dann rief ein anderer: »Was ist mit Lord Hugh? Was hält er davon?« Richard machte eine kleine Geste, und plötzlich war dort eine Reihe seiner Männer, direkt vor der Zuschauermenge, und hielt sie zurück. Und die Stimmen der anderen wurden übertönt von Rufen wie »Verbrennt die Hexe!«, »Tod der dreckigen Spionin!«, »Sehen wir, wie sie brennt!«

Der Lärm wurde lauter, als man mich über die Plattform und auf den schmalen Sims am Pfahl in der Mitte zerrte. Hier und da konnte ich die kleinen Scheite sehen, die Richard mit eigenen Händen so sorgfältig platziert hatte. Sie hatten einen öligen Schimmer. Ein Mann band mich mit einem Seil fest an den Pfahl. Einmal, zweimal, dreimal um die Taille und hinten festgebunden, wo ich die Knoten nicht erreichen konnte. Aber sie ließen meine Hände frei.

Drunten wuchs die Aufregung. Einige pfiffen, andere riefen Schimpfnamen, wieder andere warfen irgendwelches Obst, das ploppend zwischen die Scheite fiel. Die Leute stritten sich. Die Wachen hatten Mühe, die Menschen zurückzuhalten. Ich konnte Margery nun sehen, direkt hinter Megan. Tränen liefen ihr über die Wangen. Sie schrie, aber ich konnte die Worte nicht hören. Das Trommeln begann abermals und ich dachte dümmlich: Und jetzt noch eine Flöte und eine Geige, und dann tanzt ihr alle. Die Männer, die meine Sachen hielten, standen am Fuß des Scheiterhaufens. Einer von ihnen warf die Spindel und den Spinnrocken und den kleinen Webrahmen. Ich hörte das Knacken, als sie zerbrachen. Der Mann mit dem Korb zögerte und sah mich an. Es war derselbe, der mir die Brombeeren in die Zelle gebracht hatte, als ich glaubte, ich hätte keine Freunde mehr auf der Welt.

»Eil dich, Mann«, sagte Richard gereizt.

Seine Hände, dachte ich, zuckten geradezu danach, endlich nach dieser Fackel zu greifen. Im Westen hatten die Wolken nur noch einen zarten rosa Rand. Ein leichter Wind erhob sich und fegte Blätter über den Hof.

Bitte. Bitte, gib sie mir in die Hand. O bitte. Der Mann konnte mich nicht hören; ich versuchte, mit den Augen und dem Herzen zu sprechen. Er hob den Korb hoch. *Nur noch ein wenig näher, ich kann dich nicht erreichen. Bitte, o bitte.*

»Das ist nicht nötig«, sagte Richard scharf. »Wirf sie einfach mit dem Rest aufs Feuer. Sie müssen alle brennen.«

Aber der Mann trat auf die Eschenscheite und stieg höher und hob den Korb auf den Sims neben meinen Füßen, und ich griff mit beiden Händen danach.

»Was machst du da, Mann?« zischte Richard. »Verschwinde, wenn du nicht mitbrennen willst.« Der Mann warf ihm einen

Blick zu, und dann sah er mich an, und in seinen ehrlichen Augen sah ich sowohl Mitgefühl als auch Ekel.

»Das ist das letzte Mal, dass ich so was mache«, murmelte er. »Sie ist noch fast ein Kind.«

Er ließ sich Zeit mit dem Heruntersteigen, während Richards Finger ungeduldig zuckten. Der letzte Rest der Sonne glitt unter den Horizont. Der Wind kam nun in kleinen Böen und ließ die Fackeln flackern, beinahe verglimmen und wieder aufflackern. Die Blätter wurden in Kreisen über den Boden geweht. Angepeitscht von diesem Wind würde das Feuer heiß brennen.

Kommt. Kommt. Wo seid ihr?

Ich konnte nichts hören als das Heulen des stärker werdenden Windes, der seltsamerweise hierhin und dorthin blies. Er zupfte an dem Korb in meinen Händen. Richard stieg die Treppe hinunter. Der Wind riss an seiner Tunika und zerzauste sein sorgfältig gekämmtes Haar. Die Fackeln flackerten.

Plötzlich war die Menge still. Ich schloss die Augen. *Jetzt. Es muss jetzt sein. Eilt euch.* Die Leute warteten, warteten, während Richard gemessenen Schrittes zum Fuß des Scheiterhaufens ging, wo die kleine Fackel in ihrem Halter brannte. Alle schwiegen. Dann drang laut und klar und unschuldig eine Kinderstimme durch die Abenddämmerung. »Sieh, Mutter! Dort oben!«

Wie Gespenster, die über den Himmel fegten, in einer Reihe hinter ihrem Anführer, mit langen Hälsen und breiten Schwingen weiß wie Schaum auf einer Welle, umkreisten sie den Hof. Die Menge folgte ihrem Flug mit den Blicken. Einer, zwei, drei, vier, fünf. Finbar war immer ein wenig später gekommen.

Kommt herunter. Kommt herunter zu mir. Sie kreisten abermals, und ich sah, wie Richard nach der Fackel griff. Dann glitten sie hinab, um auf der Plattform neben mir zu landen. Sie drängten sich zusammen, spähten verstört zu mir hin.

Jetzt, Sorcha. Tu es jetzt.

Keine Zeit für Fragen. Keine Zeit, in den dunklen Himmel zu schauen, ob da noch ein weiterer Schwan kam. Ich griff in den Korb. Griff nach einem Hemd, zog es über den gebogenen Hals des ersten Vogels. Die Menge murmelte und flüsterte.

Rasch, Sorcha. Wo war er, wo war Finbar? Noch über dem Wasser? Zurückgelassen, zu schwach, um so weit zu fliegen? Wo war er? Ich zog das nächste Hemd heraus und das nächste.

»Was für eine Zauberei ist das?« Richards Stimme war ein Fauchen, und ich hörte, wie er die Fackel aus dem Eisen zog. »Welche Dämonen ruft sie zu Hilfe? Sie müssen alle brennen! Alle!« Und er berührte die unterste Schicht mit der Fackel, dort wo Birken- und Weidenzweige zwischen den Eschenscheiten steckten. Es knisterte ein wenig, und Flammen flackerten auf. Die Menge keuchte.

Das vierte Hemd. Das fünfte. Und ich hielt das Letzte in meinen Händen, das allerletzte, das nur einen Ärmel hatte und schmutzig von Blut und Tränen war. *Schnell, Finbar. Schnell.*

Die Schwäne schlurften ungelenk umher, reckten die langen, verwundbaren Hälse zum Himmel. Die Mierenhemden hingen ihnen locker über die großen, weißen Körper. *Jetzt, Finbar!* Ich schaute hierhin und dorthin, in den Himmel, über die Menge hinweg. Ich wollte nicht nach unten sehen, wo das Feuer glühte, sich weiter ausbreitete, einen Zweig nach dem anderen entlanglief, angefackelt von der Brise. Ich spürte die Hitze an meinen Füßen und Beinen, spürte, wie die Luft des Feuers meine Röcke wehen ließ. Es tat noch nicht weh, noch nicht. Die Schwäne wichen zurück, die Flammen spiegelten sich in ihren verängstigten Augen. Der Himmel war dunkel; ich konnte keine Vögel dort erkennen. Ganz hinten in der Menge wurde es unruhig. Leute riefen. Ich schaute dorthin. Sah direkt in Augen von der Farbe von Schatten auf Eis; in ein Gesicht, das ich so viele Nächte in meinen Träumen gesehen hatte. Er war hager vor Erschöpfung, seine Miene wild vor Schrecken und Wut. Er hatte eine lange, frische Narbe auf der linken Wange, und sein Auge war blaugeschlagen. Er schob sich mit Gewalt durch die Menge, es war ihm gleich, wen er beiseite stieß. Hinter ihm zwei andere Männer, einer mit hellem Haar und dem Wappen von Harrowfield. Der zweite jung, hochgewachsen, kräftig. Ein Mann mit Haar wie ein Gerstenfeld in der Sommersonne und leuchtend blauen Augen.

»Lord Hugh«, riefen die Leute. »Lord Hugh ist zurückgekehrt.« Und dann: »Simon, seht, es ist Master Simon!« Die Flammen begannen, an der zweiten Schicht zu lecken. Ich versuchte, einen Fuß zu heben, dann den anderen, ihnen aus dem Weg zu gehen. Jetzt tat es wirklich weh. Über mir wendete sich der Wind, ein seltsamer, unruhiger Wind, wie ich ihn nie zuvor erlebt hatte, und auf seinen Wirbeln kam ein weiterer Schwan langsam, so langsam, als hätte er kaum die Kraft, die großen Flügel zu bewegen. Die Leute zeigten nach oben.

»Lasst mich durch!« schrie der Rote. »Lasst mich vorbei!« Aber er war gefangen im Gedränge, und alle reckten sich, um den Schwan zu sehen oder das Feuer, und seine Stimme ging im Lärm unter, als sie schwatzten und aufgeregt schrien. Die Hitze drang von den Eschenscheiten nach oben; der einsame Vogel sank nieder, dorthin, wo ich stand und mein letztes Hemd umklammerte. Unter meinen nackten Füßen qualmte das Holz. *Schnell, Finbar, schnell.* Nun kreiste er, als wüsste er nicht, wo er landen sollte. *Beeil dich.* Leute begannen sich zu bewegen, vielleicht, um Hugh durchzulassen, vielleicht wegen des kleinen scharfen Messers in seiner Hand. Unten am Scheiterhaufen stand Richard reglos und beobachtete mich, blind für alles außer seinem Augenblick des Sieges. Die Flammen wuchsen, näherten sich stetig. Sie hatten beinahe die ersten getränkten Scheite erreicht. Heißes Feuer, das brennt und glüht und nur die Knochen übrig lässt.

»Jenny!« schrie der Rote und stieß zwei von Richards Männern beiseite. »Jenny!« Er war kreidebleich. Und ich sah etwas glitzern, etwas, das das Feuerlicht reflektierte, hoch über den

Köpfen der Menge. In einem Fenster des Hauses stand ein Bogenschütze mit gespanntem Bogen, die Finger an der Sehne. Er zielte nicht auf mich und auch nicht auf den sechsten Schwan, der nun dicht über den Köpfen der Menge kreiste. Er zielte auch nicht auf Ben oder den goldhaarigen Mann, der seinem Bruder durch die Menge verblüffter Menschen folgte. Er zielte auf Hugh von Harrowfield, der jene, die um ihn herumstanden, hoch überragte, dessen leuchtendes Haar ihn zu einem einfachen Ziel machte. Richard hatte mir gesagt, als er mich in der Zelle neckte, dass er mich aus dem Weg haben wollte, bevor der Rote zurückkehrte. Er sagte, er könne für eine Verspätung sorgen, eine Ablenkung, hatte er gesagt. Das hier war etwas mehr als eine Ablenkung.

Niemand hatte es gesehen. Niemand außer mir. Ich spürte eher, als dass ich sah, wie sich die Hand an der Sehne bewegte, denn mein Blick ging zurück zum Roten, der sich gegen das Meer dicht gedrängter Körper warf. Meine Füße schmerzten, und der Saum meines Gewandes begann zu glimmen. Und dann kam eine Windbö aus dem Nichts und riss mir das sechste Hemd aus den Händen und hoch in die Luft, weit aus meiner Reichweite. Der Rote stand hinter zwei Wachen, die ihn nicht durchließen. Der Bogenschütze war beinahe reglos.

Ich schrie. »Roter, hinter dir! Pass auf!« Meine Stimme kam krächzend heraus, schwach von Jahren des Schweigens. Aber er hörte mich und drehte sich um, und der Pfeil traf ihn mit einem ekelerregenden Geräusch in die Schulter.

Die Ungeheuerlichkeit dessen, was ich getan hatte, war wie ein Stich ins Herz. Ich war nicht in der Lage gewesen, mich zu bremsen. Ich hatte das Schweigen gebrochen. Flammen waren nun überall; die Plattform am Scheiterhaufen verfärbte sich schwarz. Es gab kleine, zischende, knackende Geräusche aus der untersten Holzschicht. Ich sah zu, wie der Rote hinter sich griff und den Schaft des Pfeils abbrach wie einen Zweig, und den anderen Teil herausriss, die Zähne in einer schmerzlichen

Grimasse gefletscht. Immer noch drängte er sich weiter vor. Und dann teilte sich die Menge rasch, um ihn durchzulassen, und er erreichte den Fuß des Scheiterhaufens. Richard streckte den Arm aus, um ihn aufzuhalten, und ein Schlag ins Gesicht ließ ihn in die Menge stürzen. Dann sprang der Rote, sprang durch die Flammen und die Hitze zur zweiten Schicht, die bestiefelten Füße geschickt auf dem glimmenden Holz, stieg weiter nach oben, schnitt einmal, zweimal die Seile durch, die mich banden. Sein Gesicht war bleich wie der Tod. Die Flammen leckten an den höchsten Scheiten. Er packte mich um die Taille, warf mich über die Schulter wie einen Kartoffelsack und sprang, diesmal ungelenk, so dass wir beide mitten auf die glimmende hölzerne Plattform stürzten, die neben dem Scheiterhaufen stand. Einen Augenblick später flackerte etwas auf, es rauschte, und das Feuer nahm eine unheimliche Grünfärbung an. Das seltsame Licht beleuchtete den ganzen Hof, beleuchtete aufgerissene Münder und weit offene Augen, schimmerte auf der Gestalt eines Bogenschützen, der aus einem offenen Fenster zurückwich, beleuchtete das wutverzerrte Gesicht Richard von Northwoods, in dessen Züge sich nun Angst mischte.

Ich spürte, wie sich der Arm des Roten wie ein Schild gegen den Rest der Welt um mich schloss. Er hatte seinen Mund in mein Haar gedrückt, und sein Herz klopfte heftig unter meiner Wange. Ich schloss die Augen, klammerte mich mit beiden Händen an sein Hemd, und weinte. Nun hatte ich sie verloren, nun hatte ich sie alle verloren. Wie hatte ich das nur tun können? Wie hatte ich sprechen können, nach so langer Zeit – wie hatte ich sprechen können, bevor der Bann gebrochen war? Dennoch wusste ich tief im Herzen, dass ich nicht hätte ruhig bleiben können, denn in diesem Augenblick hatte nur gezählt, dass der Rote am Leben bleiben musste. Ich hatte ihn gerettet; aber ich hatte meine Brüder verloren.

KAPITEL 14

Das Feuer brannte grün und golden, und es gab kleine Explosionen. Es roch nach versengten Federn. Die Menge keuchte, und dann wurde der Lärm lauter. Unter meiner Wange war das Hemd des Roten feucht von Blut und Tränen. »Es wird alles gut«, sagte er wieder und wieder. »Es wird alles gut, Jenny, es wird alles gut.« Dann spürte ich plötzlich, wie er den Arm fester um meine Schultern schlang.

»Wenn du sie anfasst«, sagte er sehr leise, »bringe ich dich um.«

»Ich bin ihr Bruder, du Narr«, sagte jemand in einer Sprache, die der Rote nicht verstehen konnte. Ich konnte mich nicht umdrehen, so fest hielt er mich.

»Er kann dich nicht verstehen, Diarmid.«

Ich konnte es nicht glauben, aber Conors Stimme fuhr fort und übersetzte ruhig: »Wir sind ihre Brüder, wir sind gekommen, um Sorcha nach Hause zu holen. Wir werden niemandem etwas tun, wenn Ihr uns sicheres Geleit von Eurem Land gewährt. Unsere Schwester braucht Euren Schutz nicht mehr.« Einen Augenblick lang schlang sich der Arm noch fester um mich, dann ließ er los. Ich drehte mich um, und Conor riss mich hoch wie ein Kind, und dann waren sie alle da, Liam rief laut, Diarmid fluchte, Cormack und Padraic hatten sich bereits mit kurzen Schwertern bewaffnet, die sie ein paar Männern abgenommen hatten, die nun ächzend unten an der Treppe lagen. Diarmid warf Blicke in die Menge, versuchte, die Gegner abzuschätzen, maß die Entfernung, die er zurücklegen musste. Mir wurde plötzlich klar, dass wir hier oben vollkommen ausgeliefert waren und dass die Dielen nicht weit von uns zu brennen begonnen hatten.

»Hattest du vor, zu verbluten oder auf das Feuer zu warten?« Ben erschien wie aus dem Nichts, das Haar golden im Licht der Flammen. Er beugte sich nieder und zog den Roten auf die Beine. »Falls dir das nicht aufgefallen ist – dieses Ding da brennt. Hier.« Er schob dem Roten einen Arm unter die unverletzte Schulter und begann, seinen Freund die Treppe hinunter zu ziehen. Der Rote schaute nur einmal zurück. Ich hätte nicht geglaubt, dass er noch bleicher werden konnte, aber so war es; und sein Gesicht war vollkommen ausdruckslos. Die linke Seite seines Hemdes war von Blut durchtränkt.

»Komm schon, Roter«, sagte Ben. »Deine Mutter ist hier, und dein Bruder. Du brauchst nicht zu bleiben. Außerdem ist ein toter Held nichts nütze. Und was Euch angeht«, er warf einen Blick über die Schulter zurück auf meine Brüder, »so würde ich Euch raten, hier so schnell wie möglich zu verschwinden. Geht zum Haus. Dort solltet Ihr fürs Erste sicher sein. Ich würde Euch selbst hinbringen, aber wie Ihr seht …« Und dann waren sie weg.

Cormack ging, das Schwert in der Hand, die Treppe hinunter, während Conor, der mich immer noch trug, ihm folgte, und die anderen hinterherkamen.

»Wo ist Finbar?« flüsterte ich, aber niemand hörte mich. Der Lärm war ohrenbetäubend. Die Leute schrien, hier und da klirrten Schwerter, das gewaltige Feuer knisterte und toste, während es das Eschenholz und die Dielen und alles andere, was es erreichen konnte, verschlang. Die Flammen waren nun gewaltig, ragten hoch auf, mit Säumen von Grün und Orange. Der Sims, auf dem ich gestanden hatte, war längst verschwunden, der Pfahl durchgebrannt. Rings um uns her drängte sich die Menge vor, und es gab Männer mit Dolchen und Schwertern. Es war kein Durchkommen zur Sicherheit des Hauses. Meine Brüder bildeten einen festen Ring um mich, aber die Menge drängte näher, und die Stimmung schlug um. So viele waren gekommen, um eine Hexe brennen zu sehen, und fühlten sich nun betrogen. Andere sahen nur, dass sich plötzlich der Feind in ihrer Mitte befand, bewaffnet und gefährlich. Und da waren noch Richards Männer, die gewisse Befehle ausführen mussten.

»Ich kann nicht glauben, dass wir nur gerettet wurden, um von diesem britischen Haufen getötet zu werden«, knurrte Cormack und versuchte mit wenig Erfolg, einen Pfad durch die schreiende, zornige Menge zu finden. Ein Mann verfluchte ihn, und Cormack hob das Schwert. Conor schlang die Arme fester um mich.

»Das sieht nicht gut aus«, stimmte Liam ihm zu und schlug einen Mann zurück. Der Stürzende riss andere um. Eine Gruppe von Wachen in den Farben von Northwoods kam auf uns zu.

»Menschen von Harrowfield!« Eine befehlsgewohnte Stimme erklang. »Ihr seid in dieser Nacht Zeugen eines großen Wunders geworden.« Langsam wurde die Menge stiller und drehte sich um. Vom Rücken eines großen, kräftigen Pferdes bedachte Vater Dominic von Whitehaven die Leute mit einem strengen Blick. Tödliche Stille breitete sich aus. Aus der sicheren Zuflucht von Conors Armen blickte ich auf. Was machte Vater Dominic hier? Wieso war er zurückgekehrt?

»Dieses Mädchen war dem Tod sehr nahe. Aber ihr habt gesehen, wie diese jungen Männer hier durch ihren Glauben und ihre Hoffnung und die Arbeit ihrer Hände ihre menschliche Gestalt zurückerlangten. Zweifellos hat der Teufel diesen Bann auf sie gelegt, und durch Gottes Willen wurden sie gerettet.«

Mehr Gemurmel. Einige schüttelten den Kopf, andere nickten. Ich war müde. Ich war so müde. Wo war Finbar? Wo war ...?

»Die Hand des Herrn liegt auf dieser jungen Frau«, fuhr Vater Dominic in gemessenem Ton, der über den ganzen Hof hallte, fort. »Ihr solltet froh sein, dass ihr damit gesegnet wurdet, dies sehen zu dürfen. Und seid dankbar, dass rechtzeitig Hilfe eintraf, denn beinahe wäre hier heute Abend großes Unrecht geschehen. Das Mädchen war nicht zum Tode verurteilt. Die Anklagen gegen sie waren nicht bewiesen; außerdem, wer könnte ein Kind verurteilen, das nicht sprechen kann, um seine Unschuld zu beweisen? Ich war der Ansicht, dass es im Interesse der Gerechtigkeit notwendig war, zu warten, bis ihr Mann zurückkehrte und für sie sprechen konnte. Dies habe ich auch Lord Richard gesagt, bevor man mich abrief. Wieso er sich entschlossen hat, ein anderes Urteil zu verkünden und die Strafe so schnell zu vollstrecken, werde ich bald herausfinden. Wäre Lady Anne nicht gewesen, die mir persönlich folgte, um mich zu fragen, was geschehen war, hätte ich nichts von dieser Verbrennung gewusst, bis es zu spät gewesen wäre. Und dann wäre Gottes Gnade diesen unglücklichen jungen Männern nicht gewährt worden.«

Ich sah nun, dass Lady Anne neben ihm war, auf der kleinen Stute und in Reitkleidung. Sie sah sehr müde aus.

»Wo ist der Mann, der all dies befohlen hat?« fragte Vater Dominic, und ich sah, wie Richards Männer sich in die Menschenmenge zurückzogen und verschwanden. Am Rand der Menge, im Halbdunkel, wurde es bewegter.

»Was ist mit ihm?« fragte jemand irgendwo in der Menge. »Der Bursche da, der sie hält. Das ist der, mit dem sie im Wald war, der Flüchtling, der irische Bastard, den wir beinahe gefangen hätten. Wollt Ihr behaupten, dass er nur zu einem kurzen Besuch hier ist. Was ist mit dem?«

Conor blickte über das Meer von Menschen, und plötzlich wurde es still.

»Ich bin ihr Bruder«, sagte er ruhig in ihrer Sprache. »Wir sind alle ihre Brüder. Ihr Schweigen hat uns vor dem Dunkel bewahrt. Ihre Arbeit hat uns erlöst.«

»Gute Leute«, erhob Lady Anne die Stimme, und sie klang verzweifelt müde. »Wir haben tatsächlich wunderbare und schreckliche Dinge erlebt. Es gibt viele Fragen und viele Antworten. Ihr seht, dass ... dass meine Söhne zurückgekehrt sind, meine beiden Söhne, und mein Herz ist so voller Dankbarkeit, dass ich nicht zulassen werde, dass jemand hier verletzt oder bestraft oder auch nur unhöflich behandelt wird.« Sie musste sich anstrengen, nicht zu weinen. »Diese jungen Männer sind im Augenblick Gäste meines Hauses. Ich glaube, dass Jenny vollkommen unschuldig ist. Gott segnet jene, die Schuld in ihren Herzen tragen, nicht auf solche Weise. Wir werden morgen früh Zeit genug für Erklärungen haben. Nun steckt eure Waffen weg, geht nach Hause, legt euch schlafen und seid froh, dass kein unschuldiges Blut vergossen wurde. Freut euch mit mir, dass meine Söhne wieder zu Hause sind.«

Ein etwas halbherziger Jubel brach aus, und dann begannen die Leute, sich zögernd auf den Weg zu machen. Viele warfen noch einen Blick zu uns hin, aber die wilden, abgehärmten Gesichter meiner Brüder genügten, um alle abzuschrecken. Ein paar Diener brachten uns nach drinnen, in Lady Annes Wohnzimmer. Dort gab es ein Feuer und Lampen. Conor setzte mich vorsichtig auf einer gepolsterten Bank nahe der Feuerstelle ab. Sie waren alle dort, Liam, der angespannt Lady Anne lauschte, und Conor, der übersetzte; Padraic, der ein verbranntes Stück Holz vom Scheiterhaufen hin und her drehte und zögernd die gefährliche Mischung berührte, mit der es noch überzogen war; Diarmid und Cormack neben mir, die gezogenen Schwerter in den Händen, die Blicke auf die Tür gerichtet. Und beim Fenster, den Blick nach draußen, stand Finbar mit dem Rücken zu uns. Seine rechte Hand, die er flach gegen die Steinmauer drückte, schmal und durchsichtig, als wäre sie aus Eis gemeißelt, und nun konnte ich die Folgen jenes letzten Hemdes sehen, dieses Hemdes mit nur einem Ärmel. Denn statt des linken Arms hatte mein Bruder immer noch den schimmernden Flügel eines Schwans. Er war als Letzter zurückgekehrt, und so würde er sein Leben lang diese

Last tragen, den Fluch des unvollständigen Kleidungsstücks, das mit so viel Liebe, Tränen und Blut gefertigt worden war. Er sagte kein Wort, er sah mich an. Und er hatte seinen Geist abgeschirmt.

Ich versuchte zu sprechen. Nach so langer Zeit war es nicht einfach.

»Wie ist ... ich dachte ...«

Conor kniete neben mir nieder.

»Du hast es geschafft. Gerade noch rechtzeitig, wie es aussieht.« Er verzog den Mund zu einem schiefen Grinsen, aber sein Blick war ernst. »Diese Dame hier sagt mir, wir seien in Sicherheit, aber wie lange, wissen wir nicht. Im Augenblick musst du dich ausruhen. Es ist endlich vorüber.«

»Aber – aber ich habe gesprochen, ich habe gesprochen, bevor die Hemden – ich habe mein Gelübde gebrochen! Wie kommt es, dass ihr hier seid?« Ich konnte immer noch nicht glauben, dass sie gerettet waren. Ist nicht alles, was das Feenvolk sich ausdenkt, bis ins kleinste, grausame Detail vorgezeichnet, so dass die geringste Abweichung von den Regeln alles über den hilflosen Opfern zusammenbrechen lässt? Wie war es möglich, den Bann zu heben, nachdem ich laut gerufen hatte, bevor das letzte Hemd über Finbars Hals geglitten war?

»Du konntest es nicht sehen«, sagte Conor sanft. »Aber diese Dinge haben ihre Art, sich selbst zu lösen, wenn die richtige Zeit gekommen ist. Hast du den Wind vergessen, den plötzlichen Wind, der dir dieses letzte Hemd aus den Händen und in die Luft riss? Wer weiß denn, ob dieser Wind das Hemd nicht über Finbars Hals streifte, einen winzigen Augenblick, bevor du riefst? Der Bann ist tatsächlich gebrochen, Sorcha, bis auf ...«

Wir drehten uns alle um und schauten Finbar an. Ich dachte, diese Geschichte wird noch viele Jahre erzählt werden und sich im Lauf dieser Jahre immer wieder verändern. Aber er wird immer den Beweis ihrer Wahrheit tragen. Er wird nie wieder vollständig zurückkehren. Er wird immer zwischen den Welten hin- und hergerissen sein und zu keiner von ihnen wirklich gehören. Es wird sein Fluch und sein Segen sein.

»Jenny, wie geht es dir? Aber vielleicht sollte ich dich bei deinem richtigen Namen nennen – Sorcha, nicht wahr?« Lady Anne war näher gekommen. »Ich kann kaum glauben, was ich gesehen habe, und dennoch muss ich es. Vater Dominic hat Recht; es ist ein Wunder, und wir sind gesegnet, dass wir Zeugen werden durften. Und nun hast du durch Gottes Willen deine Stimme wieder. Meine Liebe, du hast diesen Haushalt heute vollkommen auf den Kopf gestellt.«

»Es ... es tut mir Leid.« Ich schaute zu ihr auf. Sie schien verändert, hinter ihren ruhigen Worten lag kaum unterdrückte Erregung, und ihre Augen blitzten vor Freude.

»Ich bin es, der es Leid tun sollte, denn ich habe dich schrecklich falsch beurteilt. Ich hätte nie gedacht, jemals etwas so Verblüffendes sehen zu dürfen. Man hätte glauben können, es sei ein Trick der Flammen und des Rauchs, die plötzliche Veränderung, als die Federn zu Fleisch wurden, die langen Hälse und wilden Augen dieser Vögel sich zu sechs jungen Männern veränderten. Ich muss sagen, die Menschen meines Haushalts sind davon sowohl verschreckt als verängstigt, und es wird Zeit brauchen, bis sie sich davon erholen. Das plötzliche Erscheinen deiner Brüder in ihrer Mitte, eine so wilde Bande von Iren, wie man sie sich nur vorstellen kann, und nur mit Lumpen bekleidet – das hat sie erschüttert. Eines daran können wir sofort beheben. Ich habe einen Mann geschickt, um angemessene Kleidung und Essen und Bier zu holen. Ich kann das alles kaum selbst begreifen; für meine Leute wird es ein Abend sein, an den sie sich noch lange erinnern.«

»Auf deinem Kleid ist Blut«, sagte Cormack stirnrunzelnd. »Bist du verletzt, Sorcha? Bist du verwundet?«

Ich schüttelte müde den Kopf und schaute das blaue Kleid an. Nun hatte es nicht nur das Zeichen des Meeres, sondern auch Brandspuren am Saum, und die Vorderseite des Mieders war dunkel verfärbt. Aber es war nicht mein Blut.

»Ich dachte, er hätte auf dich aufpassen sollen«, meinte Conor. »Sollte er nicht dein Beschützer sein?«

Ich sah ihn an. *Was weißt du davon?*

»Ich sah, wie er dich beobachtete, als du über den Sand liefst. Ich sah, wie er dich aus dem Feuer holte. Den Rest kann ich raten«, meinte er. »Wieso sollte ein solcher Mann dir zur Seite stehen, wenn ihm das nicht vom Feenvolk auferlegt wurde? Ich würde wetten, dass die Herrin des Waldes, als sie dich auf diesen Weg schickte, dafür sorgte, dass er immer in deiner Nähe war.«

»Besonders gut hat er seine Arbeit nicht getan«, meinte Diarmid. »Seht sie euch doch nur an!«

»Er ist ihr Mann«, knurrte Liam.

Die anderen drehten sich um und starrten ihn an.

»Wie bitte?«

»Das hat der Priester gesagt. Conor hat es mir erzählt. Er meinte, sie sollten warten, bis ihr Mann zurückkehrte, um für sie zu sprechen. Ich denke, das ist er.«

Plötzlich war ich zum Ziel missbilligender Blicke geworden.

»Ist das wahr? Dass du mit einem Briten verheiratet bist?«

»Unsinn. Sie ist noch ein Kind.« Das war Diarmid mit zorniger Stimme.

Obwohl ich wieder sprechen konnte, fiel es mir sehr schwer. Stattdessen umklammerte ich den Ring, der mir um den Hals hing, schlang den anderen Arm um die Knie und wandte mich ab. Am Fenster stand Finbar immer noch reglos, mit dem Rücken zum Raum.

»Ähem.« Ich glaube, sie hatten vergessen, dass Lady Anne anwesend war. Sie hatte ihre Worte nicht verstanden, aber mein Unbehagen bemerkt. »Eure Schwester braucht Ruhe, einen Krug Bier, und dann muss sie schlafen. Ihr regt sie nur auf.« Sie legte den Arm um meine Schulter und hielt mir den

Becher an die Lippen, so dass ich trinken konnte. »Da, meine Liebe. Langsam.« Dann wandte sie sich wieder an Conor. »Jen-Sorcha hat eine schlimme Zeit hinter sich; die seltsamen Ereignisse dieses Abends haben von uns ihren Tribut gefordert. Ich werde dafür sorgen, dass ihr alle erhaltet, was ihr braucht, warme Kleidung, Speis und Trank. Wenn ich zurückkomme, wird Zeit genug für Erklärungen und Fragen sein. Vater Dominic wird mit euch sprechen wollen, und mein Sohn ebenfalls.«

»Sorcha geht nirgendwo allein hin«, sagte Conor barsch. »Glaubt Ihr, dass wir sie nach allem, was wir hier gesehen haben, einen Augenblick weglassen? Bringt her, was gebraucht wird.« Dann sprach er leise mit den anderen.

»Sag ihr«, erklärte Liam grimmig, »dass wir keine Zeit verschwenden wollen. Jeder Augenblick ist kostbar, jede Verspätung hält uns nur länger an diesem verfluchten Ufer. Ich will, dass Sorcha morgen früh mit uns auf ein Schiff gebracht wird.«

Conor übersetzte es Wort für Wort. Lady Anne zog die Brauen hoch.

»Sorcha«, wandte sie sich flehentlich an mich, »ist es möglich, zu erklären ... kannst du ...«

Mit einiger Schwierigkeit fand ich meine Stimme.

»Schon gut«, krächzte ich, »Lady Anne meint es nicht böse. Und – ich würde mich sehr gerne waschen und wieder warm werden.«

»Ich mache mir nicht wegen der Lady Sorgen«, erwiderte Conor. »Welche Garantie haben wir denn für unsere Sicherheit, sobald du durch diese Tür gehst? Wie kannst du diesen Leuten noch vertrauen, nach dem, was man dir heute Abend angetan hat?«

»Conor.« Ich stand zitternd auf und klammerte mich an Lady Annes Arm. »Ich bin müde und schmutzig, und ich verspreche, dass ich bald zurück sein werde. Ich habe hier fast ein Jahr gewohnt, eine lange Zeit. Seit ich Sevenwaters verlassen habe, hatte ich kein Heim mehr, und dieser Ort ist zu meinem Zuhause geworden, und es gibt Menschen, von denen ich mich verabschieden muss. Ich weiß, es fällt euch schwer, das zu glauben, aber diese Leute waren ... sie waren auf ihre Art gut zu mir. Und wie du sagst, ich habe einen starken Beschützer, der sich immer noch hier befindet. Mir wird nichts geschehen.«

»Dann wird Liam mit dir gehen und Wache stehen.«

»Nein. Diese Menschen kennen mich. Ihr dürft dieses Zimmer nicht verlassen; sie sind immer noch wütend und verwirrt. Bitte, Conor.«

»Nach allem, was Sorcha für uns getan hat, sind wir wohl kaum in der Position, ihr etwas abzuschlagen«, warf Padraic ein.

Also ging ich mit Lady Anne einen Flur voll neugieriger Augen entlang bis zu einer rechteckigen, ordentlichen Kammer, wo Megan bereits mit warmem Wasser und Rosmarinöl und sauberen Handtüchern wartete. Diesmal war sie ein wenig schüchtern, als hätten die Wunder des Abends mich ihr zu weit entzogen. Sie ließ sich Zeit, mir das Haar zu waschen, und später, als ich versuchte, es zu kämmen, hielt sie das blaue Kleid hoch und betrachtete es stirnrunzelnd.

»Oje! Ich fürchte, das ist nicht mehr zu retten. Das wirst du nicht mehr tragen.« Sie knüllte es zusammen, als wollte sie es in eine Lumpenkiste stecken oder sogar auf den Misthaufen werfen.

»Nein!« flüsterte ich. »Nein ...«

Megan drehte sich wieder um, die braunen Locken wippten.

»Dieses Kleid gehört mir«, brachte ich hervor. Sie lächelte strahlend.

»Du kannst ja sprechen«, sagte sie staunend. »Und deine Stimme ist genauso, wie ich sie mir vorgestellt habe. Aber dieses Kleid muss zumindest gut gewaschen werden. Überlass das mir, ich tue, was ich kann, und dann bringe ich es dir zurück.«

»Nein«, sagte ich wieder. »Wir haben nicht genug Zeit.«

»Wie meinst du das?« fragte Lady Anne, die an einem Tisch an der Seite Wäsche sortiert hatte.

»Meine Brüder«, sagte ich und zuckte zusammen, als der Kamm wieder einmal im Haar hängen blieb.

»Lass mich das machen.« Megan nahm mir den Kamm ab und begann, die Strähnen meines vernachlässigten Haares geschickt voneinander zu trennen. Zumindest hatte das Öl die kleinen Tiere entfernt.

»Sie wollen gleich morgen früh in See stechen«, sagte ich. »Ich muss bereit sein. Ich brauche meine Stiefel, und ich werde dieses Kleid mitnehmen.« Ich besaß nicht viel. Es war mir gleich, was ich zurückließ, bis auf dieses blaue Kleid mit den Spuren des Meeres, des Feuers und dem Blut. Drei Dinge waren kostbar für mich: dieses Kleid, Finbars Amulett, mein Ehering.

Megans Gesicht war ein einziges Zeichen der Verwirrung.

»Aber – aber was ist mit Lord Hugh?« sagte sie schließlich, ohne sich weiter um Lady Anne zu kümmern. »Ich verstehe, wieso diese jungen Männer – deine Brüder – gehen wollen; man muss nur hören, was die Leute hier im Haus erzählen. Sie sollten so schnell wie möglich verschwinden. Aber du? Du kannst doch nicht einfach gehen. Was wird aus ihm?« Dann wurde sie rot und senkte den Blick. »Es steht mir nicht zu, ich weiß. Es tut mir Leid.«

»In der Tat.« Lady Annes Stimme hatte man nicht entnehmen können, was sie von der Angelegenheit hielt. »Jenny, ich muss dich einen Augenblick lang allein lassen. Mein Sohn – mein jüngerer Sohn – ist zurückgekehrt; ich habe noch nicht einmal mit ihm allein gesprochen. Nur einen Augenblick. Ich komme gleich zurück. Bitte warte hier auf mich.«

»Hast du das gesehen?« wollte Megan wissen, als sich die Tür hinter ihrer Herrin geschlossen hatte. »Simon, Lord Hughs Bruder – er ist hier, wo doch alle geschworen haben, er sei tot, umgebracht von den – nun, das haben sie gesagt, und jetzt ist er wieder da. Hat offenbar sein Gedächtnis verloren; er kann sich an nichts erinnern, seit der Zeit, als er mit Richards Leuten hier wegging. Lord Hugh hat ihn in einem Kloster gefunden, auf einer Insel, haben sie gesagt. Lady Anne wollte unbedingt mit Simon sprechen, aber das ging nicht, ehe sie sich nicht um dich gekümmert hatte. Und das, wo Lord Hugh verwundet ist und alles ...«

»Megan ...« Ich berührte ihren Arm; es war schwer, sich wieder ans Sprechen zu gewöhnen.

»Wie schlimm ist ... geht es ihm gut? Konnten sie die Blutung aufhalten, haben sie ...«

»Er ist immer noch in einem Stück«, sagte sie und warf mir einen Seitenblick zu. »Aber er ist direkt wieder losgeritten, zusammen mit Ben und ein, zwei anderen. Er hatte den Arm in einer Schlinge. Er sucht nach seinem Onkel. Er ist gerade lange genug geblieben, um sich zusammenflicken zu lassen. Master Simon wollte mit ihm gehen, aber Lord Hugh hat ihn nicht gelassen. Er hat Simon gesagt, er solle sich stattdessen um den Haushalt kümmern. So konnte seine Mutter ihn wenigstens sehen, bevor er sich wieder davonmachte. Bist du sicher, dass du nach Hause zurückkehren willst?«

Die Frage traf mich unvorbereitet.

»Es ist das Beste«, sagte ich. »Ich gehöre nicht zu euch, und ich kann nie eine von euch sein.« *Was, wenn die Wunde wieder zu bluten beginnt? Was, wenn er Richard findet und ... warum hat ihn niemand aufgehalten?* »Ich habe ihm nichts als Ärger gebracht. Nun ist es vorbei. Es ist Zeit, in den Wald zurückzukehren.«

»Hast du Lord Hugh gefragt, was er davon hält?« Megan warf mir einen scharfen Blick zu, während sie mir die Ärmel meines neuen Kleides zuknöpfte.

Was, wenn er zu schwach ist, um zu reiten, was, wenn seine Feinde im Hinterhalt liegen? Was, wenn er nicht zurückkehrt, bevor ich gehen muss?

»Hast du ihn gefragt?« Sie strich mir das Haar zurück und band es mit einem zum Kleid passenden Band im bläulichen Rosa einer Herbstrose. Eine unpraktische Farbe.

»Das ist es, was Lord Hugh wünschen würde«, sagte ich. »Ich gehöre nicht hierher, und meine Brüder brauchen mich.« *Und er wird es vergessen. Sobald der Bann erst von ihm genommen ist; vielleicht sogar jetzt schon. Vielleicht von dem Augenblick an, als er seinen Arm weggenommen hat und die Maske wieder über sein Gesicht zog.*

Megan zog die Brauen hoch. »Vielleicht solltest du Lord Hugh fragen, wenn er zurückkommt«, meinte sie. »Ich möchte heute Nacht nicht an Richard von Northwoods Stelle sein, nicht um alles in der Welt.«

Als wir ins Wohnzimmer zurückkehrten, hatte sich einiges verändert. Der beste Wein und Weizenbrot waren aufgetragen worden, zusammen mit kaltem Fleisch, und Lady Anne schnitt selbst den Käse. Ich sah mich rasch um, aber der Rote und Ben waren nicht da. Meine Brüder wirkten ein wenig ordentlicher, obwohl ihr langes, wirres Haar und ihre wilden Blicke schlecht zu den Kleidern passen wollten, die sie jetzt trugen. Vater Dominic hatte sie am Fenster um sich versammelt. Finbar stand am Rand der Gruppe und schwieg. Mit Hilfe von Conors Übersetzung und einer ganzen Reihe von Gesten schienen die anderen recht gut zu verstehen, um was es ging. Ich sah Messer in den Gürteln meiner Brüder. Es war riskant, ihnen diese Waffen zu gestatten, dachte ich. Wessen Idee war das gewesen? Vielleicht hatte niemand gewagt, sich ihnen zu widersetzen.

An der Feuerstelle stand ein anderer Mann – der hochgewachsene, goldhaarige Mann, der nicht Simon sein konnte und dennoch unglaublicherweise Simon sein musste, denn zu seinen Füßen stand Alys und bebte vor Freude, wedelte so heftig mit dem Schwanz, dass es aussah, als bewegten sich die beiden Hälften ihres Körpers in unterschiedliche Richtungen.

Wie liest man die Miene eines Menschen, wenn seine Vergangenheit weggewischt wurde? Simon war älter; in den drei Jahren, seit ich ihn zum letzten Mal gesehen hatte, war er vom Jungen zum Mann geworden. Er hatte dieselbe gerade Nase und das feste Kinn wie sein Bruder, aber der Mund war großzügiger, der Blick weniger wachsam. Er hatte keine Narben an Hals, Ohren oder den muskulösen Armen, wo er das Hemd über die Ellbogen hochgerollt hatte. Und dennoch, wie konnte das sein? Erinnerte er sich an gar nichts? Ich warf meinen Brüdern einen Blick zu. Sie konzentrierten sich auf die Worte des Priesters, und nichts wies darauf hin, dass sie ihn erkannten. Das war gut so. Simons leuchtende Augen waren so unschuldig wie die eines Kindes, seine Miene ganz und gar harmlos.

»Simon«, sagte Lady Anne, »das hier ist Sorcha, von der ich dir erzählt habe. Sorcha ist ... ist ...«

»Die Frau des Roten.« Simon spähte an seiner Mutter vorbei und sah mir direkt in die Augen. Ich sah, wie seine Miene sich veränderte. Auch er hatte eine Maske getragen, und einen Augenblick lang ließ er sie fallen, und ich wusste, was immer er vergessen haben mochte, mich hatte er nicht vergessen.

»Sorcha. Der Name passt zu dir«, sagte er leise. »Ich hätte nicht geglaubt, dass mein Bruder eine Frau aus Eire heiraten würde.«

»Es war nicht ... er hat nicht ...« Mein Herz klopfte heftig. Er kannte mich, da war ich sicher. Und wenn er sich an mich erinnerte, erinnerte er sich auch an meine Brüder und ... aber wie konnte er dann dort stehen und lächeln? Wo war der unruhige, verstörte Junge, den ich mit aller Anstrengung versucht hatte zu pflegen? Der Junge ohne Hoffnung, der sich an meine Geschichten klammerte, um durch den Alptraum von Schmerz und Schande zu kommen? Und wieso hatte dieser Mann keine Narben?

»Du hast heute Abend etwas Erstaunliches vollbracht«, fuhr Simon fort. »Es übersteigt das Fassungsvermögen unseres Volkes beinahe, dass eine solche Verwandlung möglich sein soll. Im Augenblick staunen sie noch; morgen werden sie es als einen Trick abtun, und andere werden es nur als eine Geschichte für ihre Enkel betrachten. Und dann gibt es einige, fürchte ich, die wieder anfangen, über Zauberei nachzudenken.«

»Du brauchst nicht um deinen Bruder zu fürchten«, sagte ich mit einiger Schwierigkeit. »Ich werde nicht hier bleiben und ihn belasten. Wir hatten ... wir hatten eine Übereinkunft ...«

»Interessant«, sagte er leise. »Und was für eine Übereinkunft war das?«

Ich wurde von Vater Dominic gerettet, der sich nun erhob und zu mir kam. Lady Anne, glühend vor Glück über die Rückkehr ihres Sohnes, hatte kaum zugehört.

»Junge Frau«, sagte der Priester, »deine Brüder haben mir einiges von deiner seltsamen Geschichte erzählt. Komm, setz dich zu mir und trink einen Schluck Wein. Du siehst immer noch blass aus; du hast dich von dieser Prüfung noch nicht erholt.«

Ich setzte mich hin, und sofort schlossen meine Brüder ihre Reihen um mich, so dass der schützende Kreis wieder vollendet war. Diarmid beobachtete Simon, und seine Miene sagte: Der einzige gute Brite ist ein toter Brite.

»Richard von Northwoods«, sagte Vater Dominic. »Dieser Mann hat hier großes Unrecht getan. Ich habe ihm gleich erklärt, dass es ... unklug wäre, im Fall dieser jungen Frau zu entscheiden, ohne alle Aussagen zu hören. Und als wir unter vier Augen miteinander sprachen, stimmte er mir zu. Es war äußerst unglückselig, dass ich abgerufen wurde, bevor ich Zeit hatte, den versammelten Pächtern zu erklären, was wir vorhatten. Dass Lord Richard seinen Schuldspruch sowohl in meinem als auch in seinem eigenen Namen gefällt hat, war nicht nur eine Lüge, sondern ein klarer Missbrauch der Autorität, die man ihm übertragen hat. Dass er das Urteil sofort vollziehen wollte, macht ihn noch verdächtiger. Er muss dafür zumindest verhört werden, und vielleicht auch wegen anderer Dinge.«

»Es sieht aus, als wäre er in all dieser Aufregung davongekommen«, meinte Simon und klang sehr wie sein Bruder. »Aber er wird nicht weit kommen. Auch ich habe einiges, worüber ich mit meinem Onkel sprechen muss. Obwohl ich vieles von der Vergangenheit vergessen habe, erinnere ich mich noch an ein paar Dinge. Er wird viele Fragen beantworten müssen.«

»Mein älterer Sohn ist mit seinen Männern losgeritten, um meinen Bruder zurückzubringen«, sagte Lady Anne. »Diese ganze Angelegenheit ist sehr bedrückend für mich, wie ihr euch vielleicht vorstellen könnt. Ich wusste, als ich mich auf den Weg machte, um Vater Dominic zu holen, dass es soweit kommen könnte. Aber ich kann nicht erwarten, dass meine eigenen Leute mutig und anständig handeln, wenn ich ihnen kein Beispiel gebe.«

»Das ist gut gesagt«, meinte Vater Dominic und bedachte sie mit einem mitleidigen Blick. »Ich bin sehr interessiert an Richards Antworten. Bittet Lord Hugh, nach mir zu schicken, wenn er seinen Onkel gefunden hat. Ich war entsetzt, dass ein Mann in seiner Stellung so handelt; ein solcher Missbrauch der Macht verdient eine rasche und feste Entgegnung.«

»Das ist wahr«, meinte Conor. »Auch wir haben Geschichten gehört und erfahren nun mehr. Wenn dieser Mann für die Klagen gegen unsere Schwester und die grausame Behandlung, der man sie ausgesetzt hat, verantwortlich ist, hat er sich heute tödliche Feinde gemacht. Um ehrlich zu sein, seine Zukunftsaussichten kommen mir sowohl begrenzt als auch sehr unangenehm vor.«

»Wir sollten uns an die Gesetze halten«, erklärte Vater Dominic mild und sah sich in dem Kreis grimmiger Krieger um. »Inzwischen solltet ihr euch über eure Befreiung und die

Selbstlosigkeit eurer Schwester freuen.« Lächelnd wandte er sich mir zu. »Meine Liebe, diese Geschichte zeugt von großem Mut. Wärest du nicht bereits verheiratet, wäre eine, die in Tugenden der Geduld und des Glaubens so stark ist, in unserer Gemeinschaft heiliger Schwestern sehr willkommen. Dein Beispiel würde tatsächlich leuchten, ein Licht unter Lichtern.«

Mir fiel nichts ein, was ich sagen konnte. Ich trank einen Schluck Wein und versuchte zu ignorieren, wie Simon mich ansah.

»Deine Brüder sind zornig«, fuhr der Priester fort. »Sie wollen Rache für das, was man dir angetan hat. Was dir beinahe angetan worden wäre. Aber so geht es nicht. Es ist das Beste, wenn sie so bald wie möglich dieses Land verlassen. Es sollte kein weiteres Blut vergossen werden und keinen Hass mehr an diesem Ort geben.«

Ich nickte. Wieder wurde es mir jeden Augenblick klarer, dass es nur einen Weg für mich geben würde, nur eine Wahl.

»Du siehst traurig aus. Du hast etwas Wunderbares getan, mein Kind. Freue dich, denn du bist unter den Gesegneten Gottes. Und ruh dich aus. Du hast dir die Ruhe verdient.« Er stand auf. »Ich bin ebenfalls ein wenig müde. Lady Anne, ich werde mich heute Nacht Eurer Gastfreundschaft anvertrauen, wenn ich darf. Ich bin leider ein wenig zu fortgeschrittenen Alters und zu schwer, um so schnell so weit zu reiten, ohne dafür zahlen zu müssen. Wir müssen uns alle ausruhen und über die Wunder nachdenken, die der Herr wirkt. Am Morgen werde ich zu den Leuten von Harrowfield sprechen und ihnen etwas mehr von dieser Geschichte von Leid und Erlösung erzählen. Es gibt viel, was sie daraus lernen können.«

Simon begleitete den guten Vater nach draußen, und Alys rannte kläffend hinterher. Ich schloss die Augen einen Moment lang, während meine Brüder leise aufeinander einredeten, planten, Vorbereitungen besprachen. Sie würden heute Nacht nicht ruhen, sie hatten zu viel vor sich. Also sprachen sie von Pferden und Waffen und Booten. Und sie sprachen von meinem Vater und von Lady Oonagh. Sie sprachen von Rache. Es kam mir alles so unwirklich vor, wie aus einer anderen Welt. Vielleicht, wenn ich hier sehr still sitzen bliebe und kaum atmete, würden sie mich ganz vergessen, und dann würde ich mich nicht verabschieden müssen.

»Unsere Schwester«, sagte Conor. »Hat sie vieles, was gepackt und vorbereitet werden muss?«

»Ich werde dafür sorgen.« Lady Annes Antwort kam sehr leise. »Sie besitzt nur wenig. Meine Frauen werden ihre Sachen packen und sie herbringen. Sorcha ist sehr müde.« Der letzte Satz wurde mit äußerst missbilligendem Unterton gesprochen.

»Dennoch«, erwiderte Conor, »müssen wir im Morgengrauen reisen, um dieses Haushalts als auch unserer eigenen Sicherheit willen. Der gute Priester ist gerade noch rechtzeitig gekommen, fürchte ich. Wie Euer Sohn sagte, es würde nicht lange dauern, bis die Stimmung Eurer Leute wieder umschlägt und unser Leben in Gefahr ist. Sobald wir weg sind, könnt Ihr mit Hilfe Eurer Söhne hier alles in Ordnung bringen. Das waren für uns alle seltsame Zeiten.«

Lady Anne schwieg einen Augenblick. »Ihr versteht«, sagte sie schließlich betont, »dass Eure Schwester mit meinem Sohn verheiratet ist?«

Conor übersetzte das für die anderen, und es gab eine Flut verärgerter Entgegnungen. Es war gut, dass Lady Anne die Sprache meiner Brüder nicht verstand.

»Es ist also wahr«, knurrte Diarmid.

Padraic konnte es nicht glauben. »Was hat das jetzt zu bedeuten? Sie kann doch nicht meinen ...«

»Verheiratet?« Cormack spuckte es geradezu aus. »Was für eine Ehe soll das sein, zwischen einem hilflosen Mädchen und einem großen, brutalen Briten?«

»Es scheint möglich«, meinte Liam kalt, »dass diese Ehe nie vollzogen wurde.«

Sie sprachen, als wäre ich nicht einmal da, als wären diese Dinge etwas, mit dem man umgehen konnte wie mit Strategieproblemen. Ich spürte, wie ich vor Verlegenheit rot wurde, aber gleichzeitig war ich auch wütend. Der Rote ging sie nichts an. Nichts, was geschehen war, war sein Fehler, überhaupt nichts davon. Aber niemand fragte mich nach meiner Meinung.

»Unsere Schwester ist jung«, fuhr Liam fort, »und der Bursche ist auf der Suche nach seinem Bruder gewesen. Außerdem kann ich mir nicht vorstellen, dass Sorcha einer solchen Sache zugestimmt hat. Ich verlasse mich darauf, dass diese Bindung leicht wieder zu trennen ist.«

Conor übersetzte für Lady Anne.

»Ich kann nicht für meinen Sohn sprechen«, sagte sie. »Ihr werdet ihn selbst fragen müssen.«

»Das werden wir«, erklärte Conor grimmig.

Nach einer Weile unterdrückte Lady Anne ein Gähnen und verabschiedete sich. Padraic goss mir ein wenig mehr Wein ein, und ich akzeptierte ein Stück Brot, obwohl es mich nach beidem nicht gelüstete. Dieser Raum fühlte sich seltsam an, als triebe er wie in einem Traum um mich herum. Ich wusste, wenn ich nichts aß oder trank, würde ich im Morgengrauen nicht imstande sein, mich auf die Reise zu machen. Finbar saß auf der Bank am Fenster, schaute nach draußen, und ich nahm meine kleine Mahlzeit mit und setzte mich neben ihn. Draußen hatte der Wind nachgelassen. Man konnte im Dunkeln nur noch ein schwaches Glühen von der Asche des Feuers sehen. Wenn sie heute Nacht zurückkamen, würde ich sie von hier aus sehen können.

Ich weiß, wie es sich anfühlt, Liebes. Als wäre dein Herz zerrissen. Ich spüre deinen Schmerz.

Ich holte tief Luft. Und noch einmal. *Finbar?*

Ich weiß, wie es sich anfühlt. Als würdest du nie wieder ganz werden.

Ich griff in mein Kleid, wo ich zwei Schnüre um den Hals trug. An einer hing mein Ehering, an der anderen das Amulett, das einmal meiner Mutter gehört hatte. Ich ließ den Ring hängen und nahm das Amulett ab. *Es gehört dir. Nimm es zurück. Nimm es zurück, sie hat es dir gegeben.*

Ich zog ihm die Schnur über den Kopf, und der kleine Stein mit seinem Eschensymbol lag auf seiner Brust. Finbar war schrecklich mager geworden.

Zeig mir das andere. Den anderen Talisman, den du trägst.

Langsam zog ich den geschnitzten Ring heraus.

Er hat das für dich gemacht? Der mit dem goldenen Haar und den verschlingenden Augen?

Nicht er. Ein anderer. Ich hatte deutliche Bilder in meinem Kopf; der Rote, der seinen Arm wie einen Schild um mich legte; der Rote, der einen Apfel schnitt; der Rote, der einem Mann das Schwert aus der Hand trat und es auffing; der Rote barfuß am Strand.

Du hast viel aufs Spiel gesetzt, deine Liebe einem solchen Mann zu geben.

Ich starrte ihn an. *Liebe?*

Weißt du es erst jetzt, wenn du dich von ihm verabschieden musst?

Dann ließ er mich in seinen Geist schauen. Bilder, keine Worte. Ein Ufer mit Ried, ein Ort der Zuflucht und Ruhe. Ein kleiner weißer Strand, ein Stück stillen Seewassers. Auf dem Wasser ein wunderschöner Schwan mit stolz gebogenem Hals und klaren, schimmernden Augen. Bei der Mutter zwei Junge, noch mit Daunen gefiedert, noch nicht flügge, die im Wasser tauchten und planschten. *Auch ich habe Lebewohl sagen müssen.* Das Bild verblasste. Dem Gesicht meines Bruders war nichts anzusehen als eine entfernte Traurigkeit. *Ich hatte ein wenig Zeit. Mehr, als du haben wirst. Aber ich fürchte die Kälte und den Wolf und die lange Einsamkeit. Mehr, als ich dir sagen kann, fürchte ich um sie.*

Auch er hatte eine schreckliche Wahl getroffen. Schwäne sind Gefährten für ein ganzes Leben. Ich streckte die Hand aus und griff nach der seinen. Am Ende gab es keine Wahl. Wir sieben waren eins; und jeder war Teil der Sieben.

Die Zeit kann einem grausame Streiche spielen. In dieser Nacht schien sie sehr langsam zu vergehen, als ich am Fenster stand und auf seine Rückkehr wartete und Finbar schweigend an meiner Seite saß. Schon einmal zuvor hatte er mich eine ganze endlose Nacht lang getröstet, hatte all seine Kraft damit erschöpft. Nun leistete er mir einfach Gesellschaft. Vor meinem geistigen Auge sah ich den Roten blutend, verwundet, erschöpft, von Hass angetrieben; wie er seinen Onkel in Wald und Feld und in den dunklen Hügeln von Harrowfield suchte. Mehr als alles andere sehnte ich mich danach, zu sehen, wie er sicher in den Hof zurückritt. Und so stand ich da und wartete und sah zu, wie die letzten Kohlen des großen Feuers verglühten. Und ich dachte, hat Finbar Recht? Kann das Liebe sein, die das Herz so zerreißt? Gibt einem Liebe nichts anderes als die Macht, einander zu verletzen? Ist es das, was die einfachste Berührung gleichzeitig in Sehnsucht und Schrecken verwandelt? Was immer es war, es fühlte sich wie eine tödliche Wunde an. Und plötzlich schien es, als verginge die Nacht zu schnell, denn bald würde es dämmern, und wir würden uns davonschleichen und über das Wasser nach Hause zurückkehren. Bald würde es Zeit sein, uns zu verabschieden, und ich wusste nicht, welches Gefühl stärker war: die Angst, dass er nicht rechtzeitig zurückkehren könnte, oder die Furcht, dass er es täte.

Als sie schließlich kamen, geschah es ohne großen Aufwand. Es gab keine Fackeln, keine Trommelschläge. Nur fünf Männer, die in einer Reihe aus dem Dunkeln ritten. Der erste war Ben, dessen schwarze Kapuze sein blondes Haar verbarg. Dann ein anderer, ebenfalls so dunkel gekleidet, dass man ihn in der Nacht kaum sehen würde. Dieser Mann führte ein Pferd, auf dem ein Gefangener saß, dem man die Hände auf den Rücken gebunden hatte. Er hatte dennoch eine arrogante Kopfhaltung, die von Trotz kündete. Sein Gesicht zeigte die Spuren schwerer Schläge, und Blut lief ihm aus einer Wunde oberhalb der Braue. Sie hatten Lord Richard gefunden.

»Die Tage dieses Mannes sind gezählt«, sagte Cormack, als meine Brüder sich hinter mich stellten. »Er wird sechsmal zur Rechenschaft gezogen werden.«

»Und noch öfter, würde ich sagen«, meinte Liam, der beobachtete, wie die Reiter näher kamen. Am Eingang unten hingen Lampen, und ihr Licht fiel auf die Gesichter der vier Männer, die den Gefangenen begleiteten. Ich hielt die Luft an. Denn dort war er, als letzter, die rechte Hand locker am Zügel, den linken Arm in einer Schlinge über der Brust. Sein Gesicht war so bleich wie der Leinenverband um seinen Arm und die Schultern, sein Mund grimmig. Er saß sehr aufrecht im Sattel. Als sie unter unserem Fenster vorbeikamen, blickte er auf und wandte sich wieder ab. Dann konnten wir sie nicht mehr sehen.

Mir war elend zumute, und ich befürchtete, jeden Augenblick in Tränen auszubrechen; und dennoch fühlte ich mich so leer, als würde ich nie wieder weinen können. Verwirrt und verängstigt und – und warum klopfte mein Herz so schnell, als wäre ich gelaufen? Ich wusste, was ich tun musste, was ich sagen sollte. Ich musste es hinter mich bringen und dann gehen. Das war alles. Das sollte nicht so schwierig sein.

Die Tür ging auf, und es war Ben, der hereinkam, direkt auf mich zukam, ohne irgendwen zu fragen. Es gab ein scharfes, metallisches Geräusch, und plötzlich zeigten mehrere Waffen in seine Richtung.

»Schon gut, schon gut«, sagte er und hob die Hände in spöttischer Ergebenheit. »Ich bleibe nicht lange.«

»So werden wir nicht weit kommen«, erklärte ich gereizt. »Er ist ein Freund.« Cormack runzelte die Stirn, aber Liam gab ihnen ein Zeichen, und sie zogen sich zurück.

»Jenny«, sagte Ben und sah mich an. »Geht es dir gut?«

Es gelang mir zu nicken. Warum fiel es mir so schwer zu sprechen? Er hatte einen frischen Verband am Handgelenk, und offenbar hatte ihn jemand ins Gesicht geschlagen.

»Was ...?«

Er grinste schief. »In der derzeitigen Gesellschaft könnte eine Erklärung unklug sein. Sagen wir einfach, es ist gut, dass ich nach ihm gesucht habe. Es ist mir gelungen, mich nützlich zu machen. Nicht, dass er mir gedankt hätte. Er hätte mich am liebsten umgebracht, weil ich dich hier allein gelassen habe, das war aller Dank, den ich bekam. Bist du sicher, dass alles in Ordnung ist?«

»Ich dachte ... ich dachte, du ...«

»Dass ich an dir zweifeln würde? Keinen Augenblick. Nun, vielleicht für einen einzigen Augenblick. Dann habe ich nachgedacht. So, wie du und der Rote einander anseht – war da je Platz für einen anderen? Es musste eine andere Erklärung geben. Aber Richard hat dafür gesorgt, dass ich nie in deine Nähe kam, es wimmelte hier von Northwoods Männern. Am Ende machte ich mich auf die Suche nach dem Roten.«

»Sagt uns«, fragte Conor, »was mit diesem Richard von Northwoods geschehen wird?«

Ben sah ihn abschätzend an.

»Mein Bruder Conor«, sagte ich. »Er spricht eure Sprache fließend.«

»Das habe ich gemerkt. Lord Richard ist unter Bewachung. Er lebt und ist bei passabler Gesundheit. Ich hatte ein paar Probleme, deinen Mann davon zu überzeugen, dass er sich an die Gesetze halten müsse. Die Alternative war sehr verlockend. Aber es sind so viele Fragen offen. Der Rote hat mir gesagt, dass Simon auf dem langen Heimritt von dem Kloster, wo er ihn gefunden hatte, viel erzählt hat. Er hat nicht alles vollkommen vergessen, und jeden Tag erinnert er sich an mehr. Es sieht aus, als hätte Richard seine Finger in vielen Angelegenheiten. Am Ende hat sich der Rote überzeugen lassen, dass wir warten und seine Antworten hören müssten. Aber ich habe ihn noch nie zuvor so zornig gesehen, nicht einmal an dem Tag, als John starb; ich habe noch nie zuvor erlebt, dass er sein Urteilsvermögen verlor.«

»Sein Zorn wird vergehen«, sagte ich. »Wenn ich weg bin, wird er hier alles wieder richten; er kann seinen Onkel verhören und ein Urteil fällen, ohne einen Fehler fürchten zu müssen.«

»Weg?« fragte Ben. »Wie meinst du das – weg?«

»Wir haben um sicheres Geleit zur Küste gebeten; wir gehen im Morgengrauen«, erklärte Conor. »Ihr könnt doch sicher nicht wünschen, dass wir hier länger bleiben, wo unsere Gegenwart den Haushalt vollkommen durcheinander bringt. Wir sind Feinde; das Staunen Eurer Leute über unser plötzliches Erscheinen wird bald genug in Ablehnung und Angst umschlagen. Ich dachte, Ihr wäret ebenfalls dieser Meinung und eine Eskorte würde uns zum Strand begleiten.«

Ben sah sich in dem Kreis zorniger Gesichter um und schaute dann wieder mich an. »Ja«, erwiderte er. »Das stimmt. Aber ...«

»Er bildet sich doch wohl nicht ein«, knurrte Diarmid, der dem Gespräch gut genug hatte folgen können, »dass wir daran denken, unsere Schwester zurückzulassen?« Das Zimmer schien plötzlich kälter zu werden, als Conor seine Worte übersetzte.

»Ich – nun, es mag sein, dass ich nur sage, was offensichtlich ist«, meinte Ben, »aber er ist immerhin ihr Mann.«

»Ihr Mann?« Conors Stimme war wie ein Messerstich. »Was für eine Art Mann ist das, von dem wir noch keine Spur gesehen haben, seit Sorcha beinahe verbrannt wäre? Hat er Angst, sich zu zeigen, nachdem er beim Schutz unserer Schwester so kläglich versagt hat? Wie kann so einer beanspruchen, ihr Mann zu sein?«

Ben ließ sich nicht so leicht einschüchtern. »Er hat seine Gründe«, sagte er ruhig. »Als wir Eurer Schwester zum ersten Mal begegnet sind, war sie krank und halb verhungert und verschreckt. Lord Hugh hat ihr das Leben gerettet. Man hat Jenny nie gezwungen, hierher zu kommen.«

»Jenny?«

»Als wir Eure Schwester fanden, konnte sie nicht sprechen, sie konnte uns ihren Namen nicht nennen. Das ist der Name, den man ihr gegeben hat.«

»Und offenbar auch den Namen von Harrowfield. Nun, sie wird beide nicht lange behalten«, meinte Conor. »Ist für unsere Eskorte gesorgt? Es wird bald hell werden.«

»Alles wird bereit sein«, erwiderte Ben. »Wir haben ein Schiff in einem sicheren Hafen und einen Mann, der Euch übers Meer bringt. Die Fahrt wird die Hälfte des Morgens dauern und vielleicht noch ein wenig länger. Simon kümmert sich darum, und er wird Euch begleiten.«

»Nein, ich begleite sie«, erklang eine Stimme.

Alle drehten sich zu dem Mann in der Tür um. Er stand mit einiger Schwierigkeit aufrecht, sein Gesicht hatte die gräuliche Blässe extremer Erschöpfung. Es war frisches Blut auf seinem Verband nahe der Schulter.

»Sei nicht dumm«, sagte Ben ziemlich gereizt. Er ging auf seinen Freund zu und ergriff den Arm des Roten, wurde aber abgeschüttelt. Cormack nestelte an der Dolchklinge herum. Liam verschränkte die Arme. Diarmid sah aus wie Gewitter.

»Mit allem Respekt«, erklärte Ben. »Das solltest du deinem Bruder überlassen. Ich werde ebenfalls mitgehen, wenn du willst. Wie kannst du zur Küste und zurück reiten, wenn du in diesen letzten drei Tagen kaum ein Auge zugemacht hast?«

»Ich bin ihr Mann. Ich werde sie begleiten.«

Ich konnte ihn nicht ansehen. Seine Stimme zu hören war

schlimm genug; er war so distanziert, so förmlich. Mir wurde eiskalt ums Herz.

»Ihr Mann«, sagte Conor vorsichtig. »Ja, das haben wir gehört. Ihr gebt bei all Euren Heldentaten nicht gerade einen beeindruckenden Mann ab.«

Der Rote schwieg.

»Wart Ihr da«, fuhr Conor fort, »als sie hungrig war, schmutzig und gefroren hat? Habt Ihr auf sie aufgepasst, als sie schweigend vor ihren Anklägern stand, als sie sich den Dreck anhören musste, den man über sie erzählte, die Lügen? Wart Ihr da, als sie im Dunkeln weinte, als sie wartete und zusah, wie Euer Onkel ihren Scheiterhaufen errichtete? Was für eine Art Mann seid Ihr eigentlich?«

Kurzes Schweigen, dann fragte der Rote leise: »Seid Ihr fertig?«

»Fragt ihn«, drängte Liam in unserer eigenen Sprache, »frag ihn, was für eine Art Ehe das ist; frag ihn, ob er seine dreckigen Barbarenhände an meine Schwester gelegt hat. Frag ihn das!«

»Sagt mir einfach«, wollte Conor wissen, »ob meine Schwester frei ist, mit uns zu kommen. Habt Ihr vor, sie an irgendein Versprechen, an eine Verpflichtung Euch gegenüber zu binden?«

»Kann man ein wildes Geschöpf gefangen halten, nachdem es geheilt und bereit ist, nach Hause zu fliegen?« fragte der Rote. »Jenny trifft ihre eigene Wahl. Sie weiß, sie ist frei zu gehen. Sie weiß, sie muss es mir nur sagen, wenn es an der Zeit ist.«

Conor sprach leise mit seinen Brüdern.

»Was ist mit unserem sicheren Geleit?« wollte Liam wissen. »Ich will im Morgengrauen oder eher noch hier losreiten. Wir haben nur noch wenig Zeit.«

Die Antwort des Roten kam noch leiser. Ich hatte diesen Tonfall schon öfter gehört.

»Zuerst werde ich mit meiner Frau sprechen. Dann machen wir uns auf den Weg. Es wird nicht lange dauern.«

Conor berichtete das den anderen.

»Kommt nicht in Frage!« fauchte Diarmid.

»Allein? Das denke ich nicht«, meinte Liam grimmig.

»Wofür hält sich dieser Mann?« wollte Cormack wissen. »Er hat keinen Anspruch auf Sorcha, und er weiß es. Sag ihm, er soll die Pferde bringen, und wir machen uns auf den Weg. Wir brauchen hier nicht mehr zu verhandeln.«

»Wir können das nicht gestatten«, erklärte Conor ernst. »Ihr versteht, dass wir uns nach allem, was geschehen ist, um das Wohlergehen unserer Schwester sorgen. Wir werden sie nicht aus den Augen lassen, bis wir uns wieder in unserer Heimat befinden. Es ist drei Jahre her, seit wir zum letzten Mal Menschengestalt hatten. Es waren drei Jahre des Schweigens und des Leidens für sie. Jetzt ist sie zu uns zurückgekehrt, und wir werden uns nicht von ihr trennen und ihre Sicherheit nicht aufs Spiel setzen, keinen Augenblick lang.«

Der Rote kniff die Lippen in einer beunruhigend vertrauten Weise zusammen, und ich sah, wie Bens Hand sich dem Dolchgriff näherte.

»Das hier ist mein Haus«, erklärte der Rote. »Ihr wollt es verlassen, nicht wahr? Mit Pferden und einem gewissen Maß an Schutz? Das werde ich Euch stellen; aber zuerst werde ich mit Jenny allein sprechen.«

»Eure Arroganz verblüfft mich«, erklärte Conor kühl. »Es waren Eure Leute, die meine Schwester zum Tode verurteilt haben, es waren Eure Leute, die ihren Angelegenheiten nachgingen, während Sorcha im Dunkeln eingeschlossen war, während Läuse in ihrem Haar herumkrochen und Ratten sich vom Dreck ihrer Zelle ernährten, während sie weinte und arbeitete und auf das Ende wartete. Wie könnt Ihr es wagen, etwas von uns zu fordern?«

Der Rote war sehr bleich, aber er war entschlossen, weiterzusprechen. »Für wen hat sie gearbeitet, für wen hat sie geschwiegen all diese drei Jahre, für wen hat sie ihr Lachen erstickt, ihre Tränen und ihre Schmerzensschreie? Ihr habt einfach akzeptiert, was sie für euch getan hat. Ihr seid ebenso schuldig wie ich, ihr alle.« Er stützte sich jetzt auf Bens Arm; er packte ihn fest, seine Hand war an den Knöcheln weiß.

Es war, als hätten sie vergessen, dass ich überhaupt da war.

»Conor«, sagte ich.

»Was ist?« fauchte mein Bruder in einer Weise, wie ich es nie zuvor von ihm gehört hatte.

»Das hier ist meine Entscheidung«, sagte ich leise. »Ich werde sicher sein. Ich werde nicht weit gehen; nur bis hinter die Tür.«

Und ich ging nach draußen, den Blick geradeaus gerichtet. Niemand versuchte mich aufzuhalten. Vor dem Zimmer standen zwei Männer Wache. Die Türen schlossen sich hinter mir.

»Ihr könnt gehen«, sagte der Rote zu den Wachen. Ben war drinnen geblieben; eine Geste, die unter diesen Umständen Mut erforderte.

Wir waren allein. Ich blieb, wo ich war, an der Tür. Er war ganz nah, lehnte sich an die Wand. In seine Augen zu schauen, kostete meine ganze Kraft. Sie waren kalt, sein Gesicht so leer wie ein unbeschriebenes Pergament.

»Es sieht aus, als hätte ich meinen Zweck erfüllt«, sagte er. »Du brauchst meinen Schutz nicht mehr.«

»Es ist besser so.« Ich zwang die Worte heraus. »Besser für dich und für deinen Haushalt. Besser für alle.« Und ich dachte, wenn der Bann, den dir das Feenvolk auferlegt hat, noch nicht aufgehoben wurde, dann warte, bis ich dieses Land verlasse. Das Schiff wird mich hinter die neunte Welle tragen, und dann fängst du an zu vergessen.

»Ich habe dir einmal gesagt«, meinte der Rote, »dass ich deine Stimme hören möchte. Ich glaubte nicht, dass die ersten Worte, die ich hören würde, diese sein würden.«

Es ist wahr, dachte ich. Wir haben so gut gelernt, einander zu verletzen. Ist dies nach einem Jahr das einzige, was wir gelernt haben?

»Das waren nicht die ersten Worte«, flüsterte ich und kämpfte gegen die Tränen an. Ich war entschlossen, nicht zu weinen.

»Nein«, stimmte er mir zu. »Es waren nicht die Ersten. Du hast mich gerettet, und ich dich. Vielleicht war das tatsächlich der Grund für alles. Und nun ist es vorüber, und du möchtest nach Hause zurückkehren.« Er war höflich. Er hätte auf diese Weise mit jedem Gast sprechen können, der auf Reisen wollte. »Ich werde dafür sorgen, dass du sicher bis zur Küste gelangst. Ich bezweifle nicht, dass deine Brüder dich auf der Heimreise gut beschützen werden.«

Ich schluckte. Das Licht war trüb; nur eine Lampe brannte in einer Nische und warf tiefe Schatten. Aber draußen war es beinahe Morgen. Es gab so viel zu sagen, und nichts davon konnte ich aussprechen.

»Ich sagte, ich würde dir von deinem Bruder erzählen«, meinte ich schließlich. »Von Simon.«

»O ja. Unsere Übereinkunft. Sicheres Geleit nach Hause im Austausch für Informationen. Das hatte ich beinahe vergessen.« Er versuchte beiläufig zu tun, aber ich konnte sehen, wie seine Hand zitterte, als er an seinem Verband zupfte.

»Du blutest«, sagte ich. »Lass mich sehen.«

»*Nein.*« Jetzt war er es, der vor meiner Berührung zurückwich. »Lass nur. Es hat nichts zu bedeuten. Du hast nach meinem Bruder gefragt. Das Gedächtnis ist etwas Seltsames. Simon erinnert sich an wenig aus der Vergangenheit, aber einiges ist ihm auf unserer langsamen Heimreise wieder eingefallen. Genug, um meinen Onkel schwer zu belasten.«

»Ich weiß«, sagte ich. »Als ich ... dein Onkel hat mit mir gesprochen, einige Zeit lang, ohne sich die geringsten Zügel anzulegen. Er hat mir vieles erzählt, was er nun bedauern wird.

Er dachte ... er dachte, ich würde es dir nicht sagen, er dachte, ich würde nie ...«

Ich konnte hören, wie der Rote angestrengt atmete, ein, aus, ein, aus, als könnte er sich selbst nicht recht trauen.

»Mein Onkel – hat er Hand an dich gelegt, als ... hat er dich angefasst, Jenny? Man hat mich davon abgehalten, ihn ... Ben hat mich aufgehalten, aber wenn ...«

»Es ist alles in Ordnung«, sagte ich mit einiger Schwierigkeit. »Ich bin nicht verletzt. Er sagte mir, er lege keinen Wert auf das, was sein Neffe übrig gelassen hat. Er hat mir nichts getan.«

»Ich werde ihn umbringen«, sagte der Rote leise und wandte sich ab.

»Du bist ein gerechter Mann«, sagte ich. »Diese Leute hängen von dir ab; du bist der Mittelpunkt ihrer Welt. Lass ab von deinem Zorn, und dann fälle das Urteil über ihn. Es wird einfacher sein, wenn ich weg bin.«

Nun wandte er sich mir wieder zu, ließ mich einen Augenblick lang die tiefe Einsamkeit in seinem Blick erkennen, die Schatten und Linien, die so deutlich auf der weißen Haut zu sehen waren. Wie konnte ein Mann, der so viel hatte, so allein sein?

»Mein Bruder«, erklärte er bedrückt, »hat wenig Erinnerungen an diese verlorenen Jahre. So sagt er zumindest. Aber was immer in seiner Vergangenheit geschah, er will kein Wort gegen dich hören. Ich habe gehört, wie er heute Abend mit meiner Mutter sprach. Er sprach von dir, als ... als wärst du ein Engel. Er sagte: *Ihre Hände sind die sanftesten der Welt, und sie kann wunderbare Geschichten erzählen, Geschichten, die du nicht glauben würdest und dennoch, wenn sie spricht, weißt du, dass jedes Wort wahr ist.* Er hat den Rest vielleicht vergessen, aber an dich erinnert er sich.«

»Ich ...«

»Schscht«, sagte er und streckte die Hand aus. Berührte sehr sanft meine Lippen. »Erzähl es mir nicht.« Er berührte mich nur einen Augenblick, und dennoch musste ich gegen das Bedürfnis ankämpfen, meine Hand auf seine zu legen, meine Lippen auf seine Handfläche zu pressen. Ich zwang mich, reglos zu stehen. Dann nahm er die Hand weg, und ich trat einen Schritt zurück. Unausgesprochene Worte hingen schwer zwischen uns. Unausgesprochene Worte und Gesten, die keiner gemacht hatte. Von jedem anderen hätte ich mich mit einer Umarmung, einem Kuss, der Berührung der Wangen, einem Handschlag verabschiedet. Ihm gegenüber konnte ich das nicht.

»Du hast einen Kreis«, sagte er, »den du fest um dich schließen kannst; John, Ben, deine Brüder. Simon ist so darauf versessen, dich zu schützen, wie alle anderen, obwohl er wirklich wenig Grund hat, dein Volk zu lieben. Aber sobald du uns berührst, gehören unsere Herzen uns nicht mehr selbst.« Meine Lippe zitterte; ich biss mir darauf und zuckte vor Schmerz zusammen. *Ich werde nicht weinen. Ich habe schon genug geweint. Ich kann auch stark sein.* Ich hob die Hand und zog die Schnur über meinen Kopf.

»Du willst das wahrscheinlich zurückhaben«, sagte ich und blinzelte ziemlich heftig. Der Ring lag auf meiner offenen Handfläche, leicht und warm. Ich brauchte meine ganze Willenskraft, um die Finger nicht wieder darum zu schließen. Ich sah, wie der Rote die Hand zu einer Faust ballte.

»Wenn er dir so wenig bedeutet«, sagte er einen Augenblick später, »wirf ihn ins Feuer oder auf den Misthaufen. Ich kann ihn nicht brauchen.« Dann drehte er sich um und ging davon, und ich musste an die Nacht des Steinschlags denken, wo er davongegangen war wie blind, obwohl er die Augen weit offen hatte.

Die kleine Stute trug mich so freundlich wie an dem Tag, an dem wir zur Bucht mit den Seehunden geritten waren. Meine Brüder schwiegen, als ob das Wunder, die Welt des Tageslichts wieder durch ihre eigenen Augen sehen zu können, beinahe zu viel für sie war. Der Rote ritt am Kopf der Truppe, sein Haar schimmerte in der Herbstsonne. Ben bildete eine wachsame Nachhut.

Es war schwer, nicht an das letzte Mal zu denken, als wir hier entlanggekommen waren, über den verborgenen Pfad unter den Bäumen entlang, über die Hügel und weg vom Tal. Ich hatte nicht erwartet, dass Simon mit uns kommen würde, aber er hatte sich offenbar dafür eingesetzt und seinen Bruder überzeugt. Er ritt neben mir, und ich sagte ihm, was Richard mir über Eamonn von den Marschen erzählt hatte, über seine Allianz mit ihm und was in jener Nacht geschehen war, als Simon aus dem Lager verschwand. Er lauschte und nickte und ließ mich reden. Ich erzählte nicht alles. Einiges davon kam unserer eigenen Geschichte zu nah, zu nah dem Teil, auf den der Rote so lange gewartet und den er dann am Ende nicht hatte hören wollen.

»Mein Onkel ist ein großes Risiko eingegangen, als er dir das sagte«, meinte Simon nachdenklich. »Ein großes Risiko. Sobald alles bekannt wird, wird er jeden Einfluss verlieren, den er je hatte, und von seiner Familie und seinen Verbündeten verstoßen werden; ich kann mir nicht vorstellen, was für eine Zukunft vor ihm liegt. Ich mache mir Sorgen um Elaine. Er hat sie durch das, was er getan hat, in eine sehr verwundbare Position gebracht. Und er hat keine Söhne. Es werden viele Verwandte versuchen, seinen Platz in Northwoods einzunehmen.«

Elaine war dem Roten eine gute Freundin gewesen, dachte ich. Vielleicht würde sie nun bekommen, was sie verdient hatte. Vielleicht konnte sie nun ihrem Herzen entsprechend wählen und nicht, wie ihr Vater ihr befahl. Simon war ein guter junger Mann, und ich wünschte ihnen Freude aneinander.

»Richard dachte, ich würde sterben«, sagte ich. »Er glaubte nicht, dass ich jemals wieder sprechen könnte. Ein Mann wie er liebt es zu prahlen und kann der Versuchung nicht widerstehen, anderen seinen Triumph mitzuteilen. Wäre der Rote – wäre dein Bruder nicht rechtzeitig zurückgekehrt, wäre alles geschehen, wie Richard es geplant hatte.«

»Mein Bruder hat dafür gesorgt, dass er rechtzeitig hier war«, meinte Simon. »Ich habe noch nie einen Mann so reiten sehen – es war, als würde er von Dämonen angetrieben. Der gute alte verlässliche Hugh. So ruhig, so fähig. So vollkommen berechenbar. Aber du hast ihn verändert.«

Der Geruch von Salz hing in der Luft, und ich glaubte eine Möwe gehört zu haben. Auf Padraics Gesicht zeigte sich der Hauch eines Lächelns. Er war jung, und von all meinen Brüdern schien er am wenigsten verwundet. Ich dachte, er würde imstande sein, sein Leben wieder zu finden, und ein gutes Leben. Was uns andere anging, war ich nicht so sicher. Liam musste sich dem stellen, was in Sevenwaters vor uns lag; er musste versuchen, mit unserem Vater und der Frau unseres Vaters zurechtzukommen und die Risse der einstmals starken Festung wieder zu kitten. Diarmid schien von Bitterkeit zerfressen, und Cormack stand offenbar andauernd kurz vor einer Explosion. Was Conor anging, den weisen, geheimnisvollen Conor – selbst er hatte mir heute gezeigt, wie sehr ihn seine eigenen Überzeugungen blenden konnten. Denn er hatte nicht erkannt, was der Rote wirklich war. Und Finbar, der nun wie in einem Traum daherritt, schien sich dessen, was um ihn herum geschah, kaum bewusst zu sein. Finbar würde sein Leben fern von allem führen, was hätte sein können. Ich hatte sie zurückgebracht; aber jeder hatte in der langen Zeit bis dahin einen Teil von sich verloren.

Wir kamen gut voran und waren nun unter hohen Bäumen, wo wir in einer lang gezogenen Reihe ritten. Simon und ich waren ein Stück von den anderen entfernt.

»Du gehst nach Hause«, sagte er, »aber du hast immer noch den Ring meines Bruders.«

Ich war verblüfft und wusste nicht, was ich sagen sollte.

Dann meinte er: »Warum hast du nicht auf mich gewartet, Sorcha?«

Ich starrte ihn an. Dann sagte ich: »Ich konnte nicht bleiben. Das habe ich dir gesagt. Ich wollte dich nicht verlassen, aber meine Brüder haben mich gezwungen zu gehen. Ich war damals nur ein Kind.«

»Ich erinnere mich an eine Geschichte, die du mir erzählt hast«, sagte er. »Über einen magischen Becher, aus dem nur die trinken können, die reinen Herzens sind. Es gab einen Mann, der wartete und wartete, bis er alt war, und seine Geduld wurde schließlich belohnt. Ich habe viel länger gewartet. Ich war sehr lange weg, Sorcha. Viel länger, als Sterbliche es können. Neun mal neun Jahre an diesem Ort, von dem du mir in deinen Geschichten erzählt hast. Länger, als mein Bruder sich jemals vorstellen könnte.«

Ich starrte ihn immer noch an, als wir über den Hügel ritten und unsere Pferde zusammen über eine Lichtung und wieder in die Wälder trabten. Ihre Schritte wurden von dem Teppich feinen Laubs gedämpft. Ich wollte nicht glauben, was er mir da erzählte, und dennoch wusste ich, wie eine Geschichtenerzählerin es wissen muss, dass er die Wahrheit sprach.

»In der Geschichte hat seine Liebste auf ihn gewartet«, sagte Simon und richtete seine hellblauen Augen mit erschreckender Intensität auf mich. »Sie wartete, bis sie beide alt waren. Jahre und Jahre. Für dich waren es nur drei. *Warum hast du meinen Bruder geheiratet? Warum hast du nicht auf mich gewartet?«*

»Ich ... ich ... wie hätte ich es wissen können?« flüsterte ich entsetzt. »Ich habe es nicht gewusst. Ich hätte nie auch nur gedacht ...«

Er schwieg.

»Du warst verletzt«, sagte ich. »Du hattest Brandnarben. Was ist ...«

»Es gibt jene, die solche Narben zum Verschwinden bringen können, als hätten sie nie existiert. Es gibt jene, die einem solche wunderbaren Dinge zeigen können, dass man die Welt für immer vergessen mag, und wenn man dann zurückgeschickt wird, wenn sie einen nicht mehr brauchen können, ist man vollkommen zerstört von seiner Sehnsucht nach dem, was man im Land unter den Hügeln zurückgelassen hat. Sie haben mich lange behalten. Ich habe keine Narben, keine äußerlichen. Was immer dein Volk mir angetan hat, gehört zu einem anderen Leben. Es geschah vor langer, langer Zeit. Aber ich habe meinen Verstand nicht verloren, Sorcha. Ich war immer klar und auf mein Ziel konzentriert, all diese langen Jahre. All diese lange Zeit des Wartens dachte ich nur daran, zurückzukehren und dich wieder zu finden. Ich betete nur darum, dass die Zeit in dieser Welt langsamer vergehen möge. Als sie mich schließlich wegschickten, hatte ich wenig Erinnerungen an das alte Leben; es waren mir nur Phantome, unklare, flüchtige Fetzen, geblieben. Aber eine Erinnerung blieb deutlich und strahlend.« Er griff nach oben und zog eine Schnur von seinem eigenen Hals, er reichte mir einen kleinen Beutel aus weichem Leder. »Mach ihn auf und sieh hinein.«

Ich löste die Schnur und tastete in den Beutel. Etwas Feines, Weiches wie Seide. Die kleine Stute ging stetig weiter und brauchte keine Führung. Vor mir ritten Cormack und Conor nebeneinander, hinter mir hatte Padraic Ben in ein lebhaftes Gespräch über die Prinzipien des Vogelflugs verstrickt. Finbar war irgendwo dort hinter ihnen. Ich konnte den Roten, Liam oder Diarmid nicht sehen. Ich holte den Inhalt des Beutels heraus. In meiner Hand lag eine Locke dunklen Haares. Die Locke, die Simon an jenem Tag vor langer Zeit von meinem Kopf geschnitten hatte, mit seinem scharfen, kleinen Messer. *Lass mich nicht allein.* Was für ein grausames Spiel hatten sie mit uns gespielt? Welchem gewundenen Weg waren wir gefolgt, wie in einem wilden Tanz mit verbundenen Augen? Wie Marionetten? Hatten wir denn keinen Willen? Hatten wir keine Wahl?

»Also hat das Feenvolk dich geholt«, hauchte ich. »Sie haben dich aus dem Wald geholt ...«

»Du weißt, wie sie sind«, sagte er. »Wie sie einen locken und bezaubern und entzücken. Wie sie einen drängen, einem Streiche spielen und einen erschrecken. Ohne diesen Talisman hätte ich tatsächlich den Verstand verloren. Ich hätte mich selbst viele, viele Male verloren. Ich hätte alles vergessen. Aber ich habe nicht erlaubt, dass sie mir den abnehmen; und schließlich gaben sie auf und haben mich gehen lassen. Du hättest warten sollen, Sorcha. Nur ein wenig länger.«

Was konnte ich sagen? Er nahm die Locke aus meinen zitternden Fingern, steckte sie wieder weg und zog sich die Schnur um den Hals, so dass der Beutel auf seinem Herzen lag.

»Ich habe dir einmal eine Geschichte erzählt«, sagte er. »Erinnerst du dich?«

Ich nickte. »Ich erinnere mich daran. Eine Geschichte von zwei Brüdern.«

»Du sagtest, ich könnte sie enden lassen, wie ich wollte. Ich könnte diesen oder jenen Weg gehen. Ich habe dir geglaubt. Aber du hast dich geirrt. Ich habe gewartet und gewartet, um dich wieder zu finden. Aber du hast meinen Bruder geheiratet. Auch das hat er mir genommen.«

Es gab nichts mehr, was ich sagen konnte. Dennoch stolperten meine Worte weiter. »Ich wusste nicht ... wie hätte ich wissen sollen ... erinnerst du dich an alles? Warum ...«

»Wer würde mir die Wahrheit denn glauben?« fragte er, und sein Blick war einen Augenblick lang so tief und einsam wie der seines Bruders. »So ist es leichter. Wer würde es außer dir schon glauben?«

Wir ritten schweigend weiter. Vor uns konnte ich den Roten sehen, der allein die Truppe anführte, und hinter ihm vier meiner Brüder, Liam und Diarmid, Cormack und Conor, deren

Pferde seinem Weg folgten, der schmaler geworden war, als das Gelände steiler wurde. Wir ritten durch die Wälder, bis wir die Stelle erreichten, wo man das Meer vor sich sah. Auf der anderen Seite des schimmernden Wassers, im Westen, war mein Zuhause. Und der Wald. Mein Wald.

»Wir sind vor langer Zeit oft hierher gekommen«, sagte Simon. »Es gibt hier manchmal Seehunde.«

»Das weiß ich«, sagte ich.

Er warf mir einen überraschten Blick zu. »Er hat dich hierher gebracht?«

»Ich habe die Bucht gesehen«, sagte ich und dachte: *Ich kann nicht dorthin zurückkehren. Zwingt mich nicht, dort Lebewohl zu sagen. Ich mag stark sein, aber dazu bin ich nicht stark genug.*

»Niemand sonst wusste davon«, sagte Simon sehr leise. »Wir haben niemanden von diesem Ort erzählt. Nicht einmal Elaine.«

Ich sah ein entzücktes Grinsen auf Padraics Gesicht, als er den ersten Blick auf das glitzernde Wasser warf, das mich so verblüfft hatte, als ich es zum ersten Mal sah. Als wir dort saßen und nach Westen schauten, schloss auch Finbar langsam auf. Seine Miene, sein Blick waren ausdruckslos.

»Es ist ein wenig nördlich von hier«, sagte der Rote. »Wir haben ein Boot in der nächsten Bucht, nicht weit von hier. Unser Mann sollte bereit sein. Ihr habt einen guten Tag Zeit, und der Wind ist günstig.«

»Aber denkt an den Magen Eurer Schwester«, warf Ben ein. »Sie ist nicht allzu begeistert von Seereisen.«

Nur zu bald waren wir am Strand, und der säuerliche Bootsmann, den ich bereits einmal zuvor gesehen hatte, bereitete sein kleines Fahrzeug vor. Padraic, dessen Unternehmungen bisher auf das ruhigere Wasser des Sees beschränkt gewesen waren, beeilte sich, ihm zu helfen, und war schnell mit Seilen und Rudern beschäftigt. Die Pferde grasten weiter hügelaufwärts, zu gut geschult oder zu müde, sich davonzumachen. Der Rote stand allein auf den Felsen und spähte aufs Meer hinaus.

Ich verabschiedete mich von Ben, und Liam nahm mein jämmerlich kleines Bündel mit hinunter ins Boot, und die anderen streckten ihre verkrampften Beine und versuchten, einen Blick auf das Land zu erhaschen, das auf der anderen Seite des Meeres lag. Ben umarmte mich und sagte: »Vergiss uns nicht«, und ich erwiderte, ich würde all seine Witze meinen Brüdern weitererzählen. Er wandte sich ab und war plötzlich sehr beschäftigt mit einem Stück seiner Rüstung.

»Lebe wohl, Simon«, sagte ich. Er hatte den kleinen Beutel wieder unters Hemd gesteckt, wo ihn niemand sehen konnte. Alle trugen wir unsere Erinnerungen dessen, was hätte sein können, bei uns.

Als ich mich abwandte, sagte er: »Wie kann er das tun? Wärest du mein, dann würde ich kämpfen, um dich zu behalten. Ich würde sterben, ehe ich dich gehen ließe.« Dann rief Liam vom Wasser her: »Beeil dich, Sorcha! Wir sind beinahe fertig.« Der Augenblick war fast gekommen. Der Rote wartete, eine reglose Gestalt auf dem Felsen, den Blick dem entfernten Horizont zugewandt. Über uns schrien die Möwen. Das hier war eine andere Bucht, aber die Erinnerungen jenes Tages verweilten hier immer noch. Irgendwie stand ich dann vor ihm, und wir sahen einander an, und es hätte keine Welt geben müssen außer uns beiden. Ich fand keine Worte. Nicht ein einziges. Das Feenvolk hatte mir bereits erklärt, dass mein Weg schwer sein würde. Aber nichts hätte mich auf so etwas vorbereiten können. Auch der Rote schwieg. Es war uns leichter gefallen, einander zu verstehen, als ich noch nicht sprechen konnte. Als ich ihn ansah, konnte ich sehen, wie er als alter Mann aussehen würde. Ein Gesicht, gezeichnet von Furchen und Linien, wo seine Tränen geflossen wären, hätte er sich gestattet zu weinen. Sein Blick war leer.

»Komm schon, Sorcha!« rief Diarmid.

Ich kann nicht gehen. Ich muss gehen. Ich blinzelte die Tränen zurück, ich war nicht in der Lage, mich zu bewegen.

»Ich hätte es beinahe vergessen«, sagte der Rote. Seine Stimme klang sehr seltsam, als käme sie aus sehr, sehr weiter Ferne. Er griff in seine Tasche. »Ich habe etwas für dich.«

Er gab es mir in die Hand. Ein runder, glänzender, vollkommener Apfel, grün wie frisches Gras, mit einer schwachen Spur zarten Rosas. Und nun hatte sich sein Blick verändert, so dass ich sehen konnte, was in seinen Augen lag, tief verborgen, so dass nur die Mutigsten oder Waghalsigsten versuchen würden, es zu finden.

Er hatte mich immer ohne Worte besser verstanden. Also legte ich die Hand auf mein Herz, ließ sie dort einen Augenblick, und dann legte ich die Handfläche auf seine Brust. *Mein Herz. Dein Herz.*

»Komm, Sorcha, wir haben keine Zeit mehr!« rief Padraic.

Ich wandte mich ab, keinen Augenblick zu früh, denn nun liefen mir die Tränen über die Wangen, und ich rannte zum Schiff und wurde hineingezogen. Sie schoben es vorwärts, und Wind und Wellen trugen uns nach Westen, nach Westen übers Meer und heim nach Sevenwaters. Ich saß da, mit dem Apfel in der Hand und dem Blick auf den Strand gerichtet, wo er wie eine Statue stand. Ich konnte vor Tränen nicht viel sehen, aber ich schaute immer noch zurück, bis alles, was ich von ihm noch entdecken konnte, die winzige Flamme seines Haares vor dem Grau und Grün und Weiß der Küstenlinie war. *Und alles, was ihm von ihr geblieben war, war seine Erinnerung, in der er jeden einzelnen Augenblick, in dem sie ihm gehört hatte, bewahrte. Das war alles, was er hatte, um die Einsamkeit fern zu halten.* Aber der Rote würde vergessen. Nun, da ich weg war, konnte er beginnen zu vergessen. Was mein eigenes Herz anging – ich glaubte nicht, dass selbst der beste Heiler der Welt es hätte heilen können.

KAPITEL 15

Wir segelten durch den Tag und in die Nacht, und als wir landeten, war es an unserem heimatlichen Ufer und im Dunkeln. Auf See war bald klar geworden, dass Liam von nun an den Befehl übernehmen würde, und am Ende war er es, der den Bootsmann mit präzisen Gesten zu einem wilden Küstenstrich dirigierte, wo es nur vom Wind gepeitschte Sträucher und ein paar verstreute Steine gab. Cormack hob mich aus dem Boot, Conor nahm meinen Beutel, und nun standen wir sieben wieder auf irischem Boden. Das kleine Boot verschwand in der Dunkelheit.

Meine Brüder waren nicht seekrank geworden. Sie hatten die Überfahrt beinahe genossen. Zwischen meinen Würgeanfällen hatte ich Zeit gehabt, die Erregung auf Padraics Gesicht zu sehen, als man ihm erlaubte, das Ruder zu bedienen. Nicht, dass meine Brüder unvertraut mit kleinen Schiffen gewesen wären; eine Familie von Jungen lebt nicht so lange nahe einem großen See, ohne dass sie ein paar Fähigkeiten auf dem Wasser erwerben. Aber das hier war etwas anderes; ich konnte Padraic ansehen, dass er viel größere Meere vor Augen hatte, eine Sehnsucht nach Abenteuer und geheimnisvollen Ländern, die auf keiner Karte verzeichnet waren. Ich sah es in seinem Blick, die Reflexion dessen, was ich vor langer Zeit gesehen hatte, als er die Eule in die Luft warf und sie sich in den endlosen Himmel erhob. Und ich hörte Finbars innere Stimme. *Schon bald wird auch er davonfliegen.* Mein Bruder saß schweigend im Boot, sein dunkler Umhang verbarg nicht ganz die weißen Federn. *Sei froh über Padraics Freude. Denn diese Heimkehr kann kein Triumph sein.*

Wir waren in Harrowfield gut versorgt worden, und sobald wir die Zuflucht eines kleinen Gehölzes erreichten, schlugen meine Brüder ein Lager auf. Eine Laterne wurde entzündet und so geschützt, dass ihr Licht sich nicht weit ausbreitete.

»Kein Feuer«, sagte Liam. »Nicht heute Nacht. Und wir werden auch nicht versuchen, Pferde zu finden, obwohl ich begierig darauf bin, so schnell wie möglich nach Hause zu kommen. Es ist das Beste, wenn wir unangekündigt und zu Fuß eintreffen.«

»Sorcha ist sicher müde.« Conor hielt ein Auge auf mich und achtete darauf, dass ich jeden Bissen des Gerstenbrotes aß, das sie uns gegeben hatten. »Es wird noch lange dauern; vier oder fünf Tage, selbst für uns.«

Liam runzelte die Stirn. »Diese Briten werden dafür zahlen, was sie unserer Schwester angetan haben. Aber das muss warten. Wir haben Dringenderes zu tun.«

»Es juckt mir in den Fingern, dieser Zauberin das Genick zu brechen.« Diarmid ballte die Fäuste und öffnete sie wieder. »Können wir nicht ganz offen hinreiten und dafür sorgen, dass der Gerechtigkeit Genüge getan wird? Ich werde unsere Geschichte allen erzählen und dafür sorgen, dass Lady Oonagh ihre Strafe erhält, wenn wir alle zusehen können.«

»Du bist zu hastig«, sagte Cormack, brach ein Stück von seinem Brot ab und kaute nachdenklich. »Wir wissen immer noch nicht, was inzwischen in Sevenwaters geschehen ist. Liam hat Recht. Wir können nicht einfach mit erhobenen Schwertern hinstürzen. Das könnte zu einem Gemetzel führen, und dann würden nicht nur unsere Feinde darunter leiden.«

Conor bedachte seinen Zwilling mit einem forschenden Blick. »Du hast in dieser langen Zeit anscheinend etwas gelernt«, bemerkte er lächelnd. Cormack warf ein Stück Brot nach ihm, traf aber nicht.

Padraic nickte zustimmend. »Es könnte uns helfen, sie zu überraschen«, sagte er. »Es wäre besser, wenn Lady Oonagh keine Vorwarnung erhält.«

Schweigend saßen wir eine Weile da. Die Erinnerungen schmerzten, und die Angst war noch nicht verschwunden.

»Dennoch«, meinte Diarmid. »Es kommt mir einfach zu lang vor.«

Wie lange es auch sein mag, es kann nie lange genug sein. Lange genug, um durch den Wald zu gehen und nach Hause zu kommen, lange genug, um wieder wir selbst zu sein.

Ich hatte Finbars Stimme gehört, aber die anderen nicht. »Wir müssen tun, was Liam sagt«, sagte ich leise. »Nach einer solchen Reise müssen wir auf dem richtigen Weg nach Hause zurückkehren. Ich kann es schaffen. Ich bin wirklich stark.«

»Hmm.« Conor betrachtete mich von oben bis unten. »Vielleicht sollten wir dir ein Versprechen abnehmen, dass du jeden Tag fünf gute Mahlzeiten zu dir nimmst, bis wir dorthin gelangen. Aber sie hat Recht, Diarmid. Es ist der einzige Weg.«

Also zogen wir zu Fuß weiter, und meine Brüder richteten sich nach meinem Tempo. Das war ein anderer Weg als der, den ich genommen hatte, als ich den Wald verließ, als der Fluss mich so rasch von daheim weggetragen und mich einem Briten ausgeliefert hatte. Dieser Weg brachte uns über offenes Land, von einem felsigen Hügel zum nächsten, wo wir in isolierten Hainen sturmgepeitschter Bäume so gut wie möglich Schutz suchten, nachts das Lager aufschlugen und kurz nach Einbruch der Dämmerung weiterzogen. Wir mieden die beliebteren Wege, zogen weiter wie sieben lautlose Schatten, bemerkt nur von Klippe und Felsen und Baum. Und am dritten Tag kamen wir zum Rand des Waldes.

Wir rasteten auf einem Hügelkamm, als die Sonne durch die Wolken brach, und beobachteten einen vereinzelten Falken, der in der Luft schwebte, hoch über der Aussicht aus Grau und Grün und Herbstgold, die sich so weit das Auge reichte vor uns erstreckte.

»Wir sind zu Hause«, sagte Conor. Ich holte tief Luft und spürte, wie ein Mantel von Stille sich über meinen Geist legte.

Dann gingen wir weiter, hinunter zwischen moosbedeckten Steinen und unter die Decke der Bäume, und setzten unseren Weg nach Hause auf Pfaden fort, die wir ohne Landkarte oder Führer fanden, obwohl kein Fremder ihnen hätte folgen können. Die Bäume bebten in der kalten Herbstluft, und Stimmen folgten mir. *Sorcha, o Sorcha. Zu Hause. Du bist endlich zu Hause.* Der Wind erhob sich, und Laub fiel in einem bunten Regen aus Scharlachrot und Gold. *Kleine Schwester, warum bist du so traurig? Du bist jetzt doch wieder zu Hause.* Wenn man aufblickte, konnte man sie beinahe sehen. Sie bewegten sich im kühlen Sonnenlicht auf dem Wind zwischen den nackten Gebeinen von Birken und Eschen, immer gerade so am Rand der Sichtbarkeit. Wenn man sich umsah, waren sie plötzlich verschwunden.

»Die Außenposten sind nicht bemannt«, stellte Liam stirnrunzelnd fest. »Das ist Wahnsinn.« Je näher wir Sevenwaters kamen, desto wachsamer und stiller wurden meine Brüder.

Drei Nächte verbrachten wir im Wald, und meine Brüder sorgten dafür, dass ich ein bequemes Bett aus Farnkraut hatte und aß, was sie mir vorsetzten.

Wir zogen recht langsam weiter, denn ich war nicht die einzige, die von Hunger und Schlafmangel geschwächt war, und der Weg war nicht einfach. Hier im Wald konnten wir immerhin ein kleines Feuer entfachen und eine Art Tee aus Kräutern kochen. Das wärmte den Körper, wenn schon nicht den Geist. Nun schliefen meine Brüder nachts auch besser. Alle außer Finbar. Denn für ihn gab es keine Ruhe. Bei Tag bewegte er sich wie im Traum. Bei Nacht saß er im Schneidersitz da und sah in die Ferne, mit Augen, die wie blind zu sein schienen. Er hatte nichts gegessen; er hatte kein einziges Wort gesprochen. Es war, als wäre er nicht wirklich hier, als wäre sein Körper eine leere Hülse, deren Geist eine Welt bewohnte, die wir anderen nicht berühren konnten. Was mich anging, lag ich mit offenen Augen im Dunkeln und wartete auf den Schlaf. Ich hätte mich freuen sollen. War ich nicht wieder da, wo ich hingehörte, mit all meinen Brüdern sicher um mich versammelt, bereit, unser Leben neu zu beginnen? Hatte ich sie nicht gerettet und die Aufgabe vollendet, gegen alle Chancen? Aber mein Herz war geschrumpft und kalt, und mein Geist konnte keine Zukunft sehen, die nicht aus Einsamkeit, aus Zerrissenheit, aus unerfüllten Träumen bestanden hätte.

Je weiter mich die Zeit von diesem abgelegenen Strand wegbrachte, je mehr erkannte ich, wie viel ich aufgegeben hatte. Ich sagte mir, ich solle nicht dumm sein. Und nicht selbstsüchtig. Was hatte ich erwartet – dass der Rote mich anflehte zu bleiben? Selbst wenn das unwahrscheinlicherweise geschehen wäre, wäre ich verpflichtet gewesen, mich zu weigern. Wie hätte ich bleiben können, um ihn weiter abwärts zu ziehen – eine Frau, die nur eine Last ist, Gegenstand von Hass und Misstrauen für all seine Leute? Das hätte ich ihm nicht antun können. Was ich wollte, zählte nicht. Wäre ich geblieben, dann hätte ich ihn zerstört. Aber warum war mir dann so elend zumute? Was stimmte mit mir nicht? Jeder andere hätte gedacht ... *jeder andere hätte gedacht, du hättest keine Angst mehr vor Männern.*

Das war die kleine Stimme der Vernunft, wie ein Spritzer kalten Wassers. *Ich habe noch Angst. Ich habe immer noch Angst*, sagte ich zu mir selbst, denn ich erinnerte mich gut, wie diese Männer mich verletzt und beschämt hatten, die hässlichen Dinge, die sie gesagt hatten, ich erinnerte mich an jede Einzelheit. Die Erinnerung bewirkte immer noch, dass mir vor Ekel kalt wurde. Sie würde nie verschwinden. Das war eine Seite des Gleichgewichts. Aber nur eine Seite, denn es gab jetzt auch eine andere, und ich hätte beinahe alles dafür gegeben, diesen Augenblick noch einmal zu erleben, diesen Augenblick, als ich den Arm des Roten um mich gespürt hatte wie einen Schild gegen die Welt, mit seinen Lippen an meinem Haar und seinem Herzen unter meiner Wange. In diesem Augenblick hatte er mich nicht loslassen wollen. *Es wird alles gut, Jenny. Es wird alles gut*, hatte er gesagt, aber es war nicht alles gut geworden. Ich lag im Dunkeln unter den Bäumen und verfluchte das Feenvolk dafür, wie sie uns in ihren seltsamen Spiel benutzt und wieder weggeworfen hatten, ungeachtet des Schadens, den sie anrichteten.

Es war der siebte Tag, und wir kamen der Festung von Sevenwaters immer näher. Zwischen den nackten Zweigen der Weiden glitzerte der See, und Enten schwammen im Schatten. Es war alles sehr still.

»Es gibt keine Späher«, sagte Liam grimmig. »Keine Vorposten. Jeder könnte hier einfach eindringen. Was glaubt er nur?« Wir tauchten hinter der Siedlung aus dem Wald auf, und mein Herz zog sich zusammen. Hinter den ummauerten Feldern und den Hütten, hinter der steinummauerten Festung, auf dem Hügel, der einmal anmutige Birken, starke Eschen und edle Eichen getragen hatte, zog sich eine Narbe durch die Landschaft, wo eine Reihe der ältesten Bäume gefällt und verbrannt worden waren. Kein Fetzen Leben war dort mehr übrig, keine Stechpalmen, kein Weißdorn, um die Wunde wieder zu schließen. Hinter mir begann Conor, leise etwas zu rezitieren, eine Klage, deren Worte ich nicht verstand, deren Botschaft aber direkt ins Herz ging.

»Willkürliche Zerstörung«, sagte Liam. »Es ging nur darum, Schaden anzurichten. Sie haben das Holz nicht einmal benutzt, sondern es einfach verbrannt.«

Wir gingen durch das Dorf, wo der Weg sumpfig war und Furchen hatte, und die Leute sahen müde und abgehärmt aus. Aber das hier waren unsere eigenen Leute – Leute, die wussten, wie durchlässig die Grenze zwischen dieser Welt und der anderen war. Jeder von ihnen hatte schon erlebt, dass ein Verwandter von dem Volk unterm Hügel mitgenommen wurde, oder kannte ein seltsames Kind, das unter einem Nesselbusch gefunden worden war, oder hatte mit jemandem gesprochen, der sich zu weit in eine Höhle oder bei Mondlicht in einen Pilzring gewagt hatte. Es gab keine neugierigen Fragen, keine misstrauisch zusammengekniffenen Augen. Stattdessen strahlten sie uns an und streckten uns die Hände entgegen. Nur als sie Finbar sahen, schwiegen sie, und das war ein Schweigen tiefer Hochachtung.

»Master Liam! Master Conor! Ihr seid nach Hause gekommen!« Niall der Müller versetzte Liam einen Schlag auf den Rücken.

Und Paddy der Schweinehirt grinste von einem Ohr zum anderen, schüttelte einem Bruder nach dem anderen die Hand und rief: »Ihr seid tatsächlich wieder da! Habe ich nicht immer gesagt, sie kommen zurück, Mary, habe ich es nicht gesagt?«

Und bevor ich drei Schritte zurückgelegt hatte, kam die Enkelin des alten Tom, packte mich am Arm und führte mich in seine Hütte, um die Brust des alten Mannes abzuhorchen. Ich versprach, ihm bald einen Trank zu bringen, der ihm das Atmen erleichterte.

»Und sorge für ein Feuer«, fügte ich hinzu. »Es ist eiskalt hier drin. Ihr müsst ein Feuer entzünden.« Aber es gab kein trockenes Holz und keine Männer aus der Festung, die halfen, es zu schneiden und zu stapeln. In diesem Jahr war die Ernte nicht gut ausgefallen; mit den schweren Herbstregen war vieles schon am Halm verfault. Man hatte nur wenig für die kalte Jahreszeit zurücklegen können. Die Herde war krank geworden, und es hatte heftige Verluste gegeben.

»Was ist mit unserem Vater?« fragte Conor und zog die dunklen Brauen zusammen. »Hat er in den letzten Wintern nicht für euer Wohlergehen gesorgt? Gibt es keinen Verwalter, der sich um die Ernte kümmert, oder der Vorräte an jene schickt, die Pech hatten?«

Sie senkten den Blick.

»Nun?« Liam klang ganz wie unser Vater.

»Lord Colum ... er ist nicht mehr er selbst, seid Ihr weggegangen seid«, meinte der Müller. »Alles hat sich verändert.«

»Was meint ihr damit?« fragte Cormack.

Aber niemand wollte antworten.

Also verließen wir, nachdem wir allen versprochen hatten, bald zu helfen, das Dorf, und gingen den Weg weiter entlang zu unserem alten Heim. Und dort, bei den Weißdornhecken, kam endlich eine Herausforderung.

»Wer da? Wer seid ihr, und was wollt ihr hier?« Wir sahen den Mann nicht, aber die Stimme klang vertraut.

»Ruhig«, erwiderte mein ältester Bruder. »Ich bin Liam von Sevenwaters und kehre mit meinen Brüdern und meiner Schwester zurück.«

Der Mann kam aus der Deckung, das Schwert in der Hand. Er trug einen Lederwams und lederne Hosen und darüber ein abgetragenes Hemd mit dem stolzen Zeichen zweier miteinander verbundener Ringe, dem Wappen von Sevenwaters. Dann riss der Mann den Mund auf und ließ das Schwert fallen.

»Liam!« Ein Grinsen breitete sich auf seinem wettergegerbten Gesicht aus.

»Donal!« Denn es war tatsächlich der alte Waffenmeister, der von unserem Vater auf Anweisung seiner neuen Frau verbannt worden war. »Ich dachte, du wärest längst nicht mehr hier! Ich dachte, die Festung wäre vollkommen unbewacht. Zumindest sind einige hier also noch bei Verstand.«

»Nur wenige«, knurrte Donal, schlang den Arm um Liams Schultern und schüttelte staunend den Kopf. »Bei allem, was heilig ist, es ist gut, dich zu sehen, Junge. Kommt mit, kommt mit, ich bringe euch zum Haus.«

Sobald wir näher zum Hof kamen, hatte er es nicht mehr so eilig. Stattdessen blieben wir auf dem Weg stehen, und Conor erklärte ihm, was mit uns geschehen war.

»Hmm«, meinte der alte Krieger, als die seltsame Geschichte zu einem Ende gekommen war. »Es gab viele Gerüchte, selbstverständlich, und die Leute wussten, dass *sie* damit zu tun hatte. Ein Blick, und man wusste, dass sie nichts Gutes im Sinn hatte. Einige sagten, ihr wäret verschwunden und würdet nie wieder kommen, aber ich wusste, dass ihr Sieben auf euch aufpassen könnt. Es war nur eine Frage des Wartens.« Er sah Finbar an und schüttelte den Kopf. »Aber ich sehe euren Bruder traurig verändert.«

Niemand sagte etwas dazu, und Finbar hatte es vielleicht nicht einmal gehört, so wenig verriet seine Miene. Donal schüttelte erneut den Kopf.

»Ihr werdet hier vieles verändert finden«, warnte er. »Sehr verändert. Es hat mich entsetzt, das kann ich euch sagen. Ich bin selbst erst vor kurzem zurückgekehrt, weil ich dachte, die Vergangenheit wäre vielleicht vergessen und er hätte einen Platz für mich. Ich bin zu alt, um mein Schwert an den Meistbietenden zu verkaufen. Drei Jahre waren mehr als genug. Und ich hatte gegen Mittsommer gehört, dass Colum Ärger hatte. Diese Geschichten haben mich zurückgebracht, und ich bin geblieben. Irgendjemand muss schließlich Wache halten.«

»Ärger? Welchen Ärger?« wollte Liam wissen.

»Es hieß, die Festung entglitte ihm. Männer desertierten truppweise, Posten blieben unbemannt, Besprechungen mit Verbündeten fanden nicht statt. Die Herden wurden nicht entsprechend ausgedünnt, und der größte Teil ist letzten Winter verhungert. Land wurde sinnlos gerodet. Es ist ihm alles gleich. Sie hat ihre Hand über ihm, und er kann sie nicht abschütteln.«

Diarmid ging unruhig auf und ab, die Stirn gerunzelt, die Hand am Schwertgriff.

»Wo ist sie?« fragte er ungeduldig. »Wo werden wir Lady Oonagh finden?«

»Sie ist weg«, sagte Donal.

»Wie bitte?« Die Luft schien vor Diarmids Zorn zu knistern. »Weg? Wie kann sie weg sein?«

»Sie hat gepackt und ist in aller Eile verschwunden, vor sieben oder acht Tagen, in der Morgendämmerung. Als hätte sie plötzlich etwas erschreckt. Sie hat den Jungen und ihre eigenen Männer mitgenommen und ist in die Nacht verschwunden. Und wenn ihr mich fragt – ich bin froh darüber.«

»Sie hat unseren Bruder mitgenommen?« Das war Conor.

»Das war der letzte Schlag gegen euren Vater«, erklärte Donal nüchtern. »Ihr werdet ihn sehr verändert finden.«

»Was ist aus ihm geworden, nachdem sie nun weg ist?« fragte Conor besorgt.

»Colum war immer stark«, sagte Donal, »aber euch zu verlieren, hat ihn tief getroffen. Ein paar vom alten Haushalt sind hier geblieben, und ich habe von ihnen gehört, wie es war. Er hat sich selbst die Schuld an eurem Verschwinden gegeben, und vielleicht war das auch richtig so. Im Lauf der Zeit hat diese Schuld immer weiter an ihm genagt. Er hätte mehr getan, um nach euch zu suchen, aber er konnte sich nicht von ihr losreißen. Er hat seine Willenskraft verloren. Seine Anstrengungen, euch zu finden, waren alle zum Scheitern verurteilt. Nun seid ihr endlich hier. Ich kann euch nicht sagen, ob er euch mit Freude oder einfach mit Verwirrung begrüßen wird.«

»Du sagst, er hätte versucht, uns zu finden«, sagte ich. »Man hat mir erzählt – man hat mir erzählt, man habe ihm meine sichere Rückkehr im Austausch für Gold oder Land angeboten. Und dass er sich geweigert hat.«

»Was?« Diarmid war aufgebracht. Cormack fluchte.

»Fragt ihn selbst«, sagte Donal grimmig. »Ich würde denken, das war unmöglich. Er wünschte sich nichts mehr als deine sichere Rückkehr. Ich denke, er hätte alles gegeben, um dafür zu sorgen. Wer immer dir diese Geschichte erzählt hat, muss gelogen haben.«

»Wir werden sehen«, meinte Liam mit eisiger Miene.

Wäre nicht ich es, die diese Geschichte erzählte, und wäre sie nicht meine eigene, würde ich ihr ein ordentliches, zufrieden stellendes Ende verschaffen. Die Kinder würden nach Hause kommen, und ihr Vater würde sie mit offenen Armen und voller Freude begrüßen. Die böse Stiefmutter würde bestraft und aus ihrem Heim vertrieben. Vater und Söhne würden alles wieder in Ordnung bringen, und alle könnten glücklich bis an ihr Ende leben. In solchen Geschichten gibt es keine losen Enden. Es gibt keine ausgefransten Ränder und verzogene Fäden. Töchter schenken ihr Herz nicht dem Feind. Die Bösen verschwinden nicht einfach und nehmen die Möglichkeit einer Rache mit sich. Junge Männer finden sich nicht zwischen zwei Welten hin und her gerissen. Vater kennen ihre Kinder.

Aber das hier war meine eigene Geschichte. Und überraschenderweise war ich es, die unserem Vater als erste begegnete, denn meine Brüder folgten Donal nach drinnen, und ich ging ums Haus herum in meinen alten Garten, den Oonagh zerstört hatte. Ich hatte damals geglaubt, dass es mir das Herz gebrochen hätte. Wie wenig hatte ich von Kummer gewusst!

Mein Garten war immer noch ein Durcheinander von umgestürzten Mauern und aufgeworfener Erde, aber die Jahreszeiten waren seit meinen Abschied freundlich gewesen. Moos überzog den Pfad und die verwitterte Steinmauer. Ranken kletterten über die Überreste eines Spaliers; im Frühling würde alles dort mit weißen Blüten bedeckt sein. Es gab tapfere Lavendelpflanzen zwischen dem Unkraut, und ich konnte den heilenden Duft von Thymian riechen. Die Tür ins Haus stand offen. Die alte Bank war beinahe vollkommen von Kamille überwachsen, und dort saß mein Vater, in einen dunklen Umhang gehüllt, und starrte mit leerem Blick geradeaus. Sein einstmals strenges, starkes Gesicht schien irgendwie verschwommen, als hätte jemand einen feuchten Pinsel über die Züge eines gemalten Königs gezogen. Von seinen Wolfshunden, die einmal jedem Schritt gefolgt waren, gab es kein Zeichen.

Ich ging durch den Garten auf ihn zu. Er drehte sich bei dem Geräusch langsam um, und in seinen tief liegenden Augen stand ein Ausdruck reinen Staunens. Ich kam näher.

»*Niamh?*« hauchte er ungläubig.

»Nein, Vater«, sagte ich und schluckte fest. »Ich bin es, Sorcha, deine Tochter. Ich bin nach Hause gekommen. Wir sind alle wieder da, wir sind sicher zu dir zurückgekehrt.«

Ich kam näher und setzte mich neben ihn auf die Bank. Wir schwiegen beide. Nach einer Weile streckte ich die Hand aus und griff nach seiner. Seine Hand zitterte.

Ich wusste kaum, was ich sagen sollte. Ich war noch ein Kind gewesen, als ich gegangen war, und er ein strenger, abwesender Vater, den ich kaum kannte. Nun war es, als wäre ich die Mutter und er das Kind.

»Vater?« wagte ich schließlich zu sagen. »Erkennst du mich?«

Es dauerte einige Zeit, bis er antwortete.

»Meine Tochter war ein kleines Mädchen«, sagte er schließlich.

»Das ist ... das ist eine Weile her.«

»Ich habe sie verloren, weißt du. Alle. Selbst den jüngsten.«

Rings um uns her war der Garten sehr still.

»Vater. Vielleicht sollten wir hineingehen. Meine Brüder sind alle hier. Jetzt wird alles gut.« Aber ich wusste, dass das nicht stimmte.

Er seufzte. »Das denke ich nicht. Noch nicht. Ich werde hier noch eine Weile bleiben. Geh du hinein.« Er schwieg wieder und blickte ins Leere. Endlich stand ich auf und ging hinein, und mein Rock fegte über die Kamille und den Thymian und entsandte einen süßen Duft in die kalte Morgenluft. Als ich nach der Tür griff, sprach er noch einmal hinter mir.

»Es tut mir Leid, Niamh«, sagte er. »Es tut mir so Leid.«

Aber als ich mich umdrehte, sah er mich nicht an. Man hätte glauben können, sein Blick wäre auf die Steinmauer gerichtet, aber ich spürte, dass er etwas weit Entferntes sah, so weit entfernt wie eine uralte Erinnerung, aber immer noch süß und stark wie die Töne einer Harfe und so schmerzlich wie ein Schwertstoß tief in die Eingeweide. Ich ging hinein, um meine Brüder zu suchen.

Es würde Zeit brauchen. Das sagte Conor zumindest, als wir unter uns aufteilten, was getan werden musste. Vater brauchte Zeit, um seine Willenskraft wieder zu gewinnen, um sich zu fassen, um wieder zu begreifen, wer er war und wo. Finbar brauchte Zeit, um aus seinem Schweigen aufzuwachen und dieses blinde Glitzern in seinem Blick zu verlieren, die geisterhafte Blässe. Inzwischen gab es viel zu tun, und jene, die die Kraft und den Willen dazu hatten, mussten sich an die Arbeit machen. Es war gut, dass mein Vater keine Vettern oder Neffen hatte, die ihn bisher in Abwesenheit seiner Söhne hatten herausfordern können. Aber wir hatten mächtige Nachbarn, die nicht lange warten würden, einen Vorteil aus Lord Colums Schwäche zu ziehen. Ich hörte, wie Liam mit Donal über einem Becher Met darüber sprach.

»Es ist ein Wunder, dass Eamonn noch nicht zugeschlagen hat«, sagte Donal.

»Seamus Rotbart ist immer noch unser Verbündeter, obwohl er Eilis an diesen Verräter verheiratet hat«, sagte Liam. »Ich denke, ich weiß, mit wem ich es zu tun habe, und wenn die Zeit gekommen ist, werde ich handeln.« Ich hatte meinem ältesten Bruder längst die Geschichte von Eamonns Verrat und seiner Allianz mit Richard von Northwoods erzählt. Liam hatte ernst zugehört und seinen Zorn zurückgehalten. Wir hatten Diarmid nichts von der Verbindung zwischen diesen Männern und Lady Oonagh erzählt, denn Liam meinte, diese Situation erfordere Vernunft und hervorragende Planung. Wenn die Zeit gekommen war, würden er und Seamus sich darum kümmern. Diarmid, den es am heftigsten nach Rache gelüstete, sollte lieber fern gehalten werden, bis das erledigt war. »Der Gedanke einer raschen Rache ist verlockend, das weiß ich«, fuhr Liam fort. »Aber ich habe vor, subtilere Methoden anzuwenden, denn dieser Mann hat Informationen, die für uns wichtig sein können, und ich will erfahren, um was es geht, bevor ich ihm ein Ende mache.«

»Seamus hat jetzt einen Enkel«, stellte Donal fest. »Machst du dir wegen dieser Allianz keine Sorgen? Wer weiß schon, ob der alte Mann nicht seine Farben wechseln wird?«

Liams Lächeln reichte nicht bis in seinen Blick. »Eamonns Sohn wird nicht als Feind von Sevenwaters aufwachsen«, sagte er.

Wie es mit solchen Dingen nun einmal der Fall ist, breitete sich die Nachricht von unserer Rückkehr schnell aus. Ebenso geschah es mit der Geschichte davon, was Lady Oonagh uns angetan hatte und wie ich meine Brüder von dem Bann befreit hatte. Wie ich schon sagte, unsere Leute akzeptierten das, ohne sich weiter zu wundern, aber mit der Zeit wuchs die Geschichte und wurde ausgeschmückt und nahm ihren Platz zwischen den großen, heroischen Geschichten ein, die sich die Leute an kalten Winterabenden über einem Krug Bier erzählten. Man erfuhr allerdings nie viel von den Briten und wie sie mir geholfen hatten; nur von Lord Richard und der Verbrennung. Jede Geschichte braucht einen guten Schurken.

Liam nahm die Stelle unseres Vaters ein, wie er immer gewusst hatte, dass es eines Tages geschehen würde. Zurzeit unserer Rückkehr waren nur noch wenige vom alten Haushalt übrig. Donal und ein halbes Dutzend der Männer meines Vaters, jene, die zu loyal gewesen waren, ihn selbst in einer solchen Situation zu verlassen, jene, die zu stark oder zu störrisch waren, als dass Lady Oonagh sie hätte vertreiben können. Die dicke Janis, nun mit hohlen Augen und schlank wie ein Windhund, arbeitete immer noch in einer Küche, in der sich nur die Überreste einer späten und verzweifelten Ernte befanden. Es gab ein paar Jungen, die in den Ställen schliefen und sich um die Tiere kümmerten. Das war alles. Aber bald kamen sie zurück, ein paar Männer hier, ein paar kichernde Dienerinnen dort. Alle wurden von Liam heftig dafür ausgeschimpft, Sevenwaters verlassen zu haben. Alle fanden Arbeit. Besucher von weiter her begannen ebenfalls aufzutauchen und verbrachten Abende im Gespräch mit meinem Bruder. Ich glaubte, dass Eamonn von den Marschen eines Morgens aufwachen und feststellen würde, dass sich ein Netz um ihn gezogen hatte, aus dem es kein Entkommen gab. Ich fragte nicht nach Einzelheiten. Im Lauf des Tages erklang Donals Stimme vom Hof her, das vertraute Geräusch von Metall auf Metall und klappernden Hufen. In der Küche gab Janis laut ihre Anweisungen, wenn Holz gehackt und Feuer entzündet wurde, wenn Wäsche geschrubbt und zum Trocknen aufgehängt wurde. Das Haus von Sevenwaters begann langsam wieder zu atmen.

Dann kam ein Tag, an dem die Luft frisch und kühl war und sich die kahlen Bäume am See kaum im Wind bewegten, und wir fanden uns alle am Birkenbaum unserer Mutter. Wir hatten es nicht abgesprochen. Es war nur so, dass ich an diesem besonderen Morgen Finbar am Ärmel packte und durch den Wald hinter mir herzog, und dass auch die anderen, einer nach dem anderen, zum Ufer kamen, bis wir alle sieben dort waren. Diesmal gab es keine Ritualgegenstände und keine Zeremonie. Wir standen einfach nur im Kreis um den silbrigen Baumstamm und sogen die Stille tief in unseren Geist. Eine Stimme in mir sagte: *Du bist hier. Du bist zu Hause, meine Tochter, und die Wunde ist geheilt. Lass uns nicht wieder allein.* Aber ob es die Stimme meiner Mutter war oder die des Waldes selbst, hätte ich nicht sagen können.

Ich beobachtete die Gesichter meiner Brüder, als sie still dort standen. Der Bann war von ihnen genommen, und sie waren zu Hause. So viel war wahr. Der Haushalt, die Allianzen konnten mit Hilfe schwerer Arbeit wieder gefestigt werden. Aber es gab größeren Schaden, der tiefer ging und der noch nicht behoben war und vielleicht zum Teil auch nie behoben werden konnte. Ich flehte das Feenvolk lautlos an, dafür zu sorgen, dass meine Brüder wieder sie selbst werden sollten, sie alle. Und dass ich irgendwie erlöst werden könnte von diesem schrecklichen Schmerz in meinem Herzen, der nie ganz zu verschwinden schien.

»Es ist beinahe Winter«, sagte Conor leise. »Aus der Dunkelheit des Winters kommt das Licht des Frühlings. Aus dem Winterschlaf entsteht das neue Frühlingsleben. Wir dürfen die Hoffnung nicht aufgeben, nicht, wenn uns diese Wahrheit jedes Jahr wieder gezeigt wird.«

Aber die anderen schwiegen, und nach einer Weile berührten wir alle die bleiche Rinde des Baums und gingen wieder nach Hause.

Nicht alle waren froh darüber, einfach die Scherben auflesen und von vorne beginnen zu können. Es war zu viel für Diarmid, dass unsere Stiefmutter einfach geflohen war, offensichtlich unbeschadet, und ihr Kind mitgenommen hatte. Sie musste bestraft werden, musste zahlen für das, was sie getan hatte. Ohne echte Rache war die Geschichte nicht zu Ende, das Muster nicht vollständig. Liam und Conor versuchten, ihm Vernunft beizubringen. Was geschehen war, konnte man nicht ungeschehen machen, sagte Conor. Diarmid sollte seinen Zorn loslassen und anfangen, sich am Wiederaufbau zu beteiligen. Es war nicht so, als gäbe es keine andere Möglichkeit, seine Energien zu konzentrieren. Aber Diarmid ließ sich nicht überzeugen. Die Hexe musste zahlen. Warum gingen wir nicht und suchten sie und ließen sie bluten?

Er ließ seinen Zorn an seinen Gegnern im Übungshof aus. Er kämpfte mit einer erschreckenden Intensität, offenbar unbesorgt um seine eigene Sicherheit. Wann immer Diarmid kämpfte, blieb Donal ganz in der Nähe und beobachtete jede Bewegung.

Finbar ging nicht oft zum Dorf, denn die Leute folgten ihm und versuchten, die weichen Federn dieses großen, schimmernden Flügels zu berühren, als wäre es sein Talisman; er wich vor jeder Bewegung zurück, als ob etwas von dem wilden Schwan immer noch in ihm lebte. Ich hatte Angst um ihn, und ich wusste nicht, wie ich ihm helfen sollte.

Conor führte Inventur durch. Er zählte die noch lebenden Tiere, er besichtigte die Bauernhöfe, er stellte fest, was an Hütten und Scheunen auszubessern war. Er ritt zu den äußeren Siedlungen, um sich der Loyalität der Pächter dort zu versichern, um auch dort die Herden anzuschauen und in Liams Auftrag dafür zu sorgen, dass die Außenposten bemannt wurden. Aber er war ungewöhnlich abgelenkt und verbrachte viel Zeit, indem er am Fenster stand und hinaus auf den Wald starrte, als wartete er auf etwas. An manchen Tagen verschwand er einfach und kehrte erst spät am Abend ohne eine Erklärung zurück. Und auch er erhielt Besucher; uralte Männer in weißen Gewändern und junge Männer mit alten Augen. Er sprach meist draußen mit ihnen, sehr vertraulich, und danach war er still, als wären seine Gedanken an einem anderen Ort, weit entfernt von Sevenwaters.

Inzwischen erkrankten viele im Dorf an einem Husten, der tief in der Brust saß und sie mit Fieber überzog. Ich holte Cormack vom Übungshof, wo er inzwischen zu Donals rechter Hand geworden war, als hätte er nie etwas anderes getan. Ich suchte Padraic, der sich im Stall um ein lahmes Pferd kümmerte, umgeben von zwei Jungen, die an seinen Lippen hingen. Ich ließ einen Karren mit Feuerholz beladen, und dann machten wir uns alle auf den Weg ins Dorf und sorgten dafür, dass jeder Haushalt zumindest ein wenig Holz bekam. Ich verteilte Suppe, die Janis aus Wurzeln und ein paar Stücken eines drahtigen alten Huhns gekocht hatte. Es mangelte nicht an Arbeit für mich. Der alte Tom war sehr krank; ich wusste, dass kein Balsam, keine Pfefferminze diesen Husten heilen würde. Das Feuer half zumindest ein wenig. Aber es gab andere, die gerettet werden konnten, wenn sie richtig gepflegt wurden. Zu Hause ließ ich die Mädchen sammeln und vorbereiten, was an Kräutern immer noch rund um Haus und Garten wuchs, und wir begannen, die Regale in meinem Raum wieder aufzufüllen. Das war meine Aufgabe, das hier war mein Platz. Ich war die Tochter des Waldes, ein Kind, das im Herzen dieser mystischen Landschaft aufgewachsen war, die sich stets veränderte und doch immer dieselbe blieb. Aber ich konnte die Bilder nicht fern halten, die tief aus meinem Herzen aufstiegen. Ich wünschte mir so sehr, dass er hier bei mir wäre, ich sehnte mich danach, seine Arme um mich zu spüren, seine Stimme zu hören, diese leise, beherrschte Stimme, hinter der er seine Gefühle so gut verbarg. *Es wird alles gut, Jenny. Es wird alles gut.* Ich ging meiner Arbeit nach, und ganz gleich, wie sehr ich mich anstrengte, ich fragte mich jeden Augenblick davon, wo er wohl war und was er gerade tat. Ich stellte ihn mir in der Halle von Harrowfield vor, wie er die Streitigkeiten in seinem Haushalt schlichtete, ernst zuhörte und dann ein weises Urteil abgab. Ich dachte daran, wie er und Ben im Winter Kämpfen übten. Am nächsten Tag reparierten sie vielleicht ein Dach oder bauten eine Mauer oder brachen das Eis auf den Wasserfässern. Die Kätner von Harrowfield würden keinen Hunger leiden oder bei Husten und anderen Krankheiten unbehandelt bleiben. Ich hatte Margery nicht Lebewohl gesagt. Das war ein Grund, traurig zu sein. Vielleicht würde Johnny inzwischen seine ersten Schritte machen. Das würde ich nicht sehen. Ich musste akzeptieren, dass ich den Roten nie wieder sehen würde. Ich sollte ihn loslassen und einen neuen Weg einschlagen. Aber ebenso wie Diarmid stellte ich fest, dass das nicht ging.

Es heißt, Zeit heilt alle Wunden, und solche Gefühle verblassen nach und nach. Mir ging es nicht so. Tagsüber erschöpfte ich mich mit Arbeit, aber sein Bild stand mir immer vor Augen. Nachts schlief ich wenig, und wenn ich das tat, träumte ich davon, was ich verloren hatte. Meine Brüder rissen Witze darüber, taten es als alberne Liebe eines jungen Mädchens ab, etwas, aus dem ich bald herauswachsen würde. Trotz allem betrachteten sie mich als kaum mehr als ein Kind, und sie erwarteten, dass ich an meinen alten Platz in Sevenwaters zurückkehrte, als wäre nichts geschehen. Sie konnten sich nicht vorstellen, dass ich einen Briten wirklich lieben konnte, dass ich mein Herz einem Mann schenken konnte, in dessen Haus ich beinahe umgekommen wäre. Es hatte keinen Sinn, ihnen das erklären zu wollen. Nur Finbar hatte verstanden, wie tief meine Verbindung mit dem Roten war.

Vater sprach nicht viel. Er saß gern in meinem kleinen Garten, ganz gleich, wie das Wetter war. Wenn es nur sanft regnete, breitete er einen alten Sack über Kopf und Schultern und machte sich nichts daraus. Wenn es kalt war, wickelte er sich in einen Umhang. Wenn ich nicht im Dorf zu tun hatte, versuchte ich möglichst, in seiner Nähe zu arbeiten, ich grub, jätete, säuberte, während meine kleinen Helferinnen es mir nachtaten.

Häufig fand ich auch Finbar dort im Garten, eine bleiche, schweigende Gestalt mit immer noch abgehärmtem Gesicht; in seinen Augen stand ein Wissen, das über menschliches Verständnis hinaus ging. Seit jener letzten Nacht in Harrowfield schirmte er seine Gedanken vor mir ab und benutzte die innere Stimme nicht mehr, um mit mir zu sprechen. Ich hatte allerdings das Gefühl, dass er auf diese Weise mit Vater sprach.

Vielleicht antwortete Vater ihm auf dieselbe Weise. Ich erinnerte mich daran, was Vater Brien uns vor langer Zeit gesagt hatte – dass die Uralten Colum in ihre Reihen aufgenommen hätten, hätte er sich bereit erklärt, ihre geheimen Künste zu lernen. Aber Colum hatte damals schon Niamh gesehen, mit ihrem dunklen, lockigen Haar und ihrer Haut wie frische Milch und ihren großen grünen Augen, und er hatte sein Herz verloren. Danach gab es nur noch einen Weg für ihn. Und daher hatte man Conor an seiner Stelle erwählt. Vater Brien hatte von Liebe gesprochen und von Menschen unseres Schlages. Was hatte er noch gesagt? *Du kennst sie noch nicht, diese Liebe, die zuschlägt wie ein Blitz, die dein Herz umklammert, so unwiderruflich wie der Tod; so dass sie der Leitstern wird, nach dem du den Rest deines Lebens ausrichtest ... es liegt in eurer Art, auf diese Weise zu lieben.*

Nun hatte ich schmerzlich erfahren, wie es war, so zu lieben, wie mein Vater meine Mutter geliebt hatte. Ich verstand, dass Finbar versuchte, seinen Vater wieder zu sich selbst zurückzubringen, zurück an einen Ort, wo er diese Welt berühren konnte, ohne von seinem Schuldbewusstsein, seinem Bedauern, seiner Qual zerstört zu werden. Also saßen sie dort schweigend, und ich war ganz in ihrer Nähe und schnitt Lavendel und Rosmarin und versagte vollkommen dabei, die Sehnsucht meines eigenen Herzens zu unterdrücken.

Es wurde kalt und kälter. Der Regen hörte auf, es folgten klare, helle Tage und Nächte tiefen Frosts. Die letzten Blätter fielen von Eschen und Birken, von den großen Eichen, deren weit ausgedehnte Wurzeln nun von den goldbraunen Resten ihres Sommerkleids bedeckt waren. Lady Oonaghs Hinterlassenschaften waren schrecklich. Der alte Tom starb, und dann bekam seine Enkelin diesen Husten und das Fieber. Ich kümmerte mich um Kinder, deren Körper klamm vor Schweiß waren, die nach kaltem Wasser riefen, während Schnee vor den Hüttentüren lag. Ich sah starke Männer schwach werden wie Kinder und sich an meine Hand klammern, als hätten sie Angst vor dem Dunkeln. In diesem Winter verloren wir zehn Menschen aus dem Dorf. Wären sie nicht so schwach und vernachlässigt gewesen, wären sie vielleicht in der Lage gewesen zu kämpfen.

Ich wurde immer müder und zorniger, so dass ich es verstehen konnte, als Diarmid eines Tages verkündete, dass er sich auf die Suche nach der Hexe machen und sie der Gerechtigkeit überantworten würde, und wenn niemand mit ihm gehen wolle, dann kümmerte ihn das nicht. Einer von uns müsse mutig sein, sagte er, und das Richtige tun. Er griff nach Schwert und Bogen und ritt davon. Ein wenig später sattelte Cormack mit entschlossener Miene sein Pferd und folgte ihm, denn, wie er sagte, Diarmid war wie ein zufällig abgeschossener Pfeil, der vielleicht das richtige Ziel oder ein falsches fand, und er wollte lieber dafür sorgen, dass nicht noch mehr Schaden angerichtet wurde.

»Ich werde ihn sicher mit zurückbringen«, sagte Cormack, während sein Pferd tänzelte und unruhig stampfte. »Außerdem müssen wir das Kind finden. Unseren Bruder. Das vergisst Diarmid in seiner Leidenschaft. Ich werde bei ihm bleiben, bis er zur Vernunft gekommen ist. Im Frühjahr sind wir wieder zu Hause.« Conor ergriff die Hand seines Zwillingsbruders.

»Ich wünsche dir eine sichere Reise, Bruder«, sagte er leise.

»Und ich dir«, erwiderte Cormack mit schiefem Grinsen. »Ich denke, deine Reise wird länger sein.«

Seamus Rotbart kam, um Liam zu besuchen. Sie verbrachten zwei Tage mit Besprechungen und erreichten eine Übereinkunft, Männer und Waffen und die Sicherung der Grenzen aufzuteilen. Sie sprachen von Eamonn von den Marschen, der Eilis geheiratet hatte. Ihre Mienen waren grimmig, ihre Haltung zielstrebig. Seamus ließ einen kleinen Trupp Männer zurück. Aber bevor er abreiste, saß er einen Nachmittag bei Lord Colum, unterhielt sich leise mit ihm, und ich glaubte, einen Schimmer des Wiedererkennens im Blick meines Vaters zu bemerken.

Nachdem Diarmid und Cormack weg waren, schlossen wir anderen uns enger zusammen. Es war ein strenger Winter, und es wurde schwieriger, das Dorf zu versorgen und die Außenposten zu bemannen. Wir arbeiteten jeden Tag, bis wir vor Erschöpfung schier umfielen. Am Abend versammelten sich alle, Herren, Diener und Krieger, in der Küche, wo ein Feuer brannte. Janis versorgte uns, so gut sie konnte, üblicherweise mit einer Suppe und Laiben dunklen Brots. Wir aßen zusammen, wie wir auch zusammen arbeiteten. Die Halle war zu groß, um sie mit den vorsichtig rationierten Holzvorräten warm zu halten. Wenn die einfache Mahlzeit vorüber war, erzählten wir einander Geschichten, während Janis Becher mit Glühwein herumreichte, gewürzt mit ihren immer geringer werdenden Vorräten an Gewürzen und getrocknetem Obst.

Und während eine dunkle, stille Nacht der anderen folgte, begannen die Augen meines Vaters ihren toten, erstarrten Ausdruck zu verlieren und erwachten zu den Geschichten heroischer Kämpfe und schicksalhafter Lieben. Er lächelte ein wenig, als ich die Geschichte von der Kriegerkönigin mit der ungezügelten Begierde nach jungen Männern erzählte. Er nickte ernst, als Padraic die alte Sage von Culhan und den drei Riesen erzählte, von denen jeder größer war als sein Vorgänger. Selbst Donal ließ sich eines Abends dazu überreden, mitzumachen, und erzählte von der großen Reise des Maeldun und von den wunderbaren Dingen, die er fand, wie eine Insel, auf der Ameisen so groß waren wie Pferde, oder einem Apfelhain, der das ganze Jahr über Früchte trug, oder einem Brunnen, aus dem frische Milch strömte. Sobald diese Geschichte begonnen war, hatte jeder ein wenig hinzuzufügen, und es brauchte viele Abende, bis alles erzählt war. Mein Vater saß neben Finbar, lauschte der Geschichte, und ein- oder zweimal beugte er sich zu seinem Sohn und gab eine leise Bemerkung von sich, und Finbar nickte. Dann kam ein Tag, an dem Vater statt in den Garten zu kommen und dort schweigend zu sitzen, sich auf die Suche nach Liam machte, mit dem er zusah, wie die Männer ihre Pferde ausbildeten. Er blieb den ganzen Nachmittag dort, und was sie miteinander besprachen, fragte ich nicht. Aber an jenem Abend stand neue Wärme im Blick meines Vaters.

Langsam begann er wieder zu sprechen und zu reagieren, als würde er uns kennen. Die Dinge waren allerdings nicht so, wie sie einmal gewesen waren. Unser Vater schien jetzt viel älter zu sein. Die Last dessen, was er über sich selbst und uns gebracht hatte, war immer noch kaum zu ertragen, und ich dachte manchmal, dass seine geistige Gesundheit an einem sehr dünnen Faden hing. Nun wachte Finbar über ihn, schweigend im Schatten an seiner Seite, als hielte sein Geist den unseres Vaters in Schach, als webte er ein schützendes Netz darum. So begannen Vater und Sohn einander zu verstehen, und eine weitere Wunde heilte. Aber der Sieg war schwer errungen. Finbar wurde dünner und dünner, aß weniger und weniger und sprach fast überhaupt nicht mehr. Niemand konnte so viel von sich geben, ohne einen schrecklich hohen Preis dafür zu zahlen.

Vater sprach nicht viel mit mir. Ich sagte mir, dass das nichts Neues war. Zuvor schien er nicht gewusst zu haben, was er mit seiner kleinen Tochter anfangen sollte, die ihrer Mutter so ähnlich sah. Nun war ich Niamh noch ähnlicher, so ähnlich, dass er mich zunächst für jene gehalten hatte, die er geliebt und verloren hatte. Meine Brüder hatten ihm meine Geschichte erzählt. Er wusste, dass ich mit einem Briten verheiratet war, einem von jenem Volk, das die Inseln eingenommen hatte, auf denen sich die geheimsten und heiligsten Orte unseres Volkes befanden, und das nur, um einen Außenposten zu haben, von dem aus sie in Zorn und Gier weiter vorstoßen konnten, um unser Land zu verwüsten. Sie erzählten ihm das. Aber wie Liam ihm rasch versicherte, es war keine richtige Ehe gewesen. Die Ehe konnte annulliert werden, sagte Conor, und in einiger Zeit würde man mir einen passenden Mann suchen. Es bestand keine Eile. Mein Vater hörte zu und schwieg.

KAPITEL 16

Mittwinter kam und ging, und damit mein sechzehnter Geburtstag. Das Wetter blieb schneidend kalt. Ich ging früh ins Dorf und nahm Roggenbrot mit, das Janis und ich gebacken hatten, und einen Kräutertrank für Toms Enkelin, die das schlimmste Fieber hinter sich gebracht hatte. Reif knirschte unter meinen Stiefeln. Ich ging von einem Haus zum anderen und beendete, was ich zu tun hatte, während die Sonne immer noch hinter dem winterlichen Filigran der Birken den Himmel hinauf kroch. Ich hörte das Klagen einer Eule tief im Wald und die Antwort einer anderen. Statt direkt nach Hause zu gehen, kletterte ich den Hügelpfad hinauf, mein Atem eine Wolke in der kalten Luft. Oben auf der kleinen Anhöhe setzte ich mich auf einen flachen Stein und schaute über die kahlen Zweige hinweg auf das stille Wasser des Sees hinab. Ich hatte einen Stein im Stiefel. Ich zog meine Handschuhe aus und griff nach unten, um ihn aufzuschnallen. In diesem Augenblick erst bemerkte ich, dass die Schwellung meiner Hände fast völlig verschwunden war, die Finger wieder schlank und fein, wie sie einmal gewesen waren, die Haut hell und weich. Fast, als hätten sie niemals Spindel oder Nadel gehalten, fast, als hätten sie nie von Mieren gehört. Sie hatten die Kratzer und Flecke meiner Küchenarbeit, aber das war nichts. Vielleicht war hier Magie am Werk gewesen, denn in all meiner Zeit als Heilerin hatte ich nie gesehen, dass etwas so schnell geheilt war.

Ohne nachzudenken, nahm ich die Schnur von meinem Hals und schnitt sie mit dem kleinen, scharfen Messer durch, das ich zusammen mit meinen Salben und Kräutern in der Tasche trug. Der kleine Eichenring fiel mir auf die Handfläche, warm und glatt, weil er an meinem Herzen geruht hatte. Ich zog den Ring über den dritten Finger meiner linken Hand. Er saß, als wäre er dafür gemacht, wie es ja tatsächlich der Fall gewesen war. Ich wurde von Tränen überwältigt, die mir in einer unaufhaltsamen Flut über die Wangen liefen. Ich schlug die Hände vors Gesicht und glaubte, diesen Kummer nicht mehr länger ertragen zu können. Ich war erst sechzehn. Was, wenn ich den Rest meines Lebens so weiterleben musste, halb wach, halb am Leben, nie ganz vollständig? *Was hatte ich falsch gemacht, um so verflucht zu werden?*

»Nichts«, sagte eine Stimme in der Nähe. Ich blickte zwischen tränennassen Fingern auf. Sie stand da, betrachtete mich ernst, ihr Mantel aus Mitternachtsblau der einzige Farbfleck unter den Winterbäumen. »Du hast es gut gemacht, Tochter des Waldes. Deine Arbeit für uns ist beinahe beendet. Du warst stark. Beinahe zu stark.«

Ich schnüffelte. Sie hatte sich Zeit gelassen. »Beinahe beendet?« stotterte ich. »Ich dachte, sie wäre vorüber. Meine Brüder sind zurückgekehrt. Was gibt es sonst noch zu tun?«

Die Herrin des Waldes lächelte. »Das war alles, um das man dich gebeten hat, und du hast dich tatsächlich als tapfer und wahr erwiesen, Sorcha. Es ist nur noch eine Sache. Du wirst es wissen, wenn es geschieht.«

Sie begann bereits wieder zu verblassen.

»Warte!« sagte ich hastig, als ob eine wie sie den Bitten einer Sterblichen nachgeben würde. »Bitte warte! Du musst mir sagen ... du musst mir erklären ...«

»Was, Kind?« Sie zog die Brauen hoch, als fände sie mich amüsant.

»Du hast ihm wehgetan. Du hast uns beiden wehgetan. Du sagtest damals in der Höhle, dass ich gut gewählt hätte. War das alles, was er war, eine Art Beschützer, den du an mich gebunden hast, so dass ich meine Arbeit in Sicherheit vollenden konnte? Warum habt ihr einen solchen Bann über ihn gelegt und uns beide bis ins Herz verwundet? Ihr wusstet doch, dass wir uns wieder trennen mussten, sobald meine Aufgabe beendet war.«

Die Herrin des Waldes runzelte die Stirn. »Von welchem Bann sprichst du, Tochter?«

»Dieser Bann, den ihr Lord Hugh auferlegt habt, damit er auf mich aufpassen musste, selbst auf Kosten von allem, was ihm teuer war. Es war grausam. Ich hätte auf mich selbst aufpassen können, es wäre mir lieber gewesen, wenn ...« Ich drehte den Ring rund und rund um meinen Finger. Sie lachte, ein hohes, vergnügtes Lachen wie das Plätschern eines Wasserfalls.

»Er hat diese Ermutigung nicht gebraucht«, sagte sie. »Glaub mir, einen solchen Bann gab es nicht. Fällt es dir so schwer zu glauben, dass ein solcher Mann dich ohne die Hilfe von Magie lieben konnte? Hast du in deinen Spiegel gesehen? Hast du nicht die Kraft deines Geistes erkannt, deine Loyalität, und wie liebenswert du bist? Er brauchte nur einen Herzschlag, um diese Dinge zu sehen. Wenn du nicht so stark gewesen wärest, hättest du ihn vielleicht nicht gehen lassen. Vielleicht hätte deine Geschichte dann ein anderes Ende.«

»Aber ...«, beharrte ich dümmlich. »Aber warum hat er nie etwas gesagt? Warum hat er es mir nicht gesagt?«

»Er hat es versucht«, sagte sie. Dann lächelte sie, schüttelte den Kopf ein wenig, als staune sie über die Dummheit der Menschen, und dann verschwand sie.

Und während ich den Hügel hinab nach Hause ging, wurde mir klar, dass er tatsächlich versucht hatte, es mir zu sagen, und dass ich es gewesen war, die nicht gelernt hatte zu hören. Es war die ganze Zeit da gewesen, in der Sanftheit seiner Hände und in der flüchtigen Süße seines Lächelns. Es war in seinem Zorn gewesen, als ich damals allein davongegangen und Richard im Wald begegnet war. Es war in der Art gewesen, wie er zusammenzuckte, als ich ihn in der Nacht nach Johns Tod berührte. *Ich will dein Mitleid nicht,* hatte er gesagt. Es war in der Geschichte gewesen, die er mir am Strand erzählt hatte. *Sie war die Frau seiner Seele, und er konnte sich nicht vorstellen, sie aufzugeben.* Aber er hatte mich aufgegeben, ohne ein Wort. Mir wurde klar, dass er das getan hatte, weil er glaubte, ich wolle nichts weiter als mit meinen Brüdern nach Hause zurückkehren. Wie hätte er wissen können, dass ich ihn liebte, wenn ich es kaum selbst gewusst hatte? Ich hatte versucht, ihm den Ring zurückzugeben, und ihn damit verletzt. So hatte er also sein Versprechen gehalten und mich gehen lassen. Und ich würde nie zurückkehren. Wie konnte ich den Wald verlassen? Wie die Meerjungfrau würde ich außerhalb dieses Ortes nicht lange existieren. Der Rote hatte das verstanden. Ich ging nach Hause, ganz in meine Gedanken versunken. Trotz allem, trotz des herzzerreißenden Schmerzes, war ein kleines, warmes Glühen tief in mir. Wenn ich gewusst hätte, dass er mich liebte, nur für eine Weile, hätte es den Schmerz ein wenig erträglicher gemacht.

Als wir uns an diesem Abend in der warmen Küche zum Essen trafen, trug ich mein blaues Kleid. Ich hatte es sorgfältig gewaschen, und der Fleck auf Mieder und Ärmel war auf dem verblassten Stoff kaum zu erkennen. Diese Behandlung hatte das Kleid weich und bequem gemacht, aber ich hatte es hier noch nicht getragen, denn in ihm steckten Erinnerungen, sowohl an Schmerz als auch an Freude. An diesem Abend hatte ich das Gefühl, es tragen zu müssen, und der Ehering an meinem Finger war ein Zeichen des Stolzes. Meine Brüder bemerkten beides, sagten aber nichts – vielleicht, weil mein Gesicht die Spuren langen Weinens zeigte.

Die Suppe war gut, und es dauerte nicht lange, bis Janis' großer Kessel leer war. Dann saßen wir da, mit unseren Weinbechern in den Händen und dem Schimmern des Feuers auf den müden Gesichtern, und Liam fragte: »Wer will uns heute Abend eine Geschichte erzählen?« Aber es war still im Haus, und niemand meldete sich. An diesem Mittwinter hatte es keine Stechpalmenbüsche über der Tür gegeben, keine Kräuter über den Fenstern, um die umherwandernden Geister willkommen zu heißen. Es gab kein trockenes Holz, das wir für Feuer übrig gehabt hätten, und niemanden, der genug Energie aufgebracht hatte, die Veränderung der Jahreszeiten zu feiern. Dennoch, es herrschte Freundschaft zwischen uns, ein Gefühl, dass wir dasselbe Ziel verfolgten. Ich glaubte, dass selbst mein Vater das spürte, als er neben Liam saß und seinen ältesten Sohn lange ansah, der bereits ein Anführer der Menschen geworden war. Und Conor, dessen ernster Blick ins Leere ging, als richteten sich seine Gedanken tief nach innen. Dieser Sohn war weise, weit über seine Jahre hinaus; bald würde es für ihn Zeit sein, weiterzuziehen, und im Blick meines Vaters stand die Vorwegnahme dieses Verlusts. Dann war da Finbar, der hinter dem Stuhl seines Vaters stand, viel sah und nichts sprach. Dies war der Sohn, der seinen Vater einmal mit seinem standfesten Blick und seinen offenen Worten so erzürnt hatte, mit seiner störrischen Weigerung, Lord Colums Spiel zu spielen. Es war nun dieser Sohn, der den wunden Geist seines Vaters heilte. Und Padraic – Padraic, der kein Kind mehr war. Er schäkerte mit den Dienerinnen, grinste seinen Vater an, und Colum hatte die Spur eines Lächelns auf den Lippen.

Wir saßen noch eine Weile da und sprachen über dieses und jenes, unwillig, die warme Küche zu verlassen und uns in unsere kalten Schlafquartiere zu begeben. Das Feuer brannte nieder, und Donal warf ein weiteres kostbares Holzscheit darauf. Sie hatten mehr Holz geschnitten und gestapelt, aber es würde noch lange dauern, bis es trocken war, und es gab viele Feuerstellen zu wärmen. Die Dorfleute erhielten die ersten Vorräte, und wir nahmen, was übrig war. Draußen gab es Lärm, und plötzlich waren wir alle wach. Die Tür wurde aufgestoßen, und Liam war auf den Beinen, griff nach dem Schwert, schob mich hinter sich. Auf meiner anderen Seite stand plötzlich Donal mit gezücktem Dolch. Conor bewegte sich, um seinen Vater abzuschirmen. Zwei von Liams Männern zerrten einen Gefangenen herein, dem man die Augen verbunden und die Hände auf den Rücken gefesselt hatte. Mir fiel blitzartig Simon ein, wie man ihn am Abend vor Liams Verlobung mit Eilis in die große Halle gezerrt hatte, ein wilder, um sich schlagender Gefangener. Auch dieser Gefangene war hochgewachsen und kräftig, aber er wehrte sich nicht, sondern stand reglos zwischen den Männern, als wäre es ohnehin seine Absicht gewesen, hierhin gebracht zu werden. Dieser Gefangene hatte kurz geschnittenes Haar von der Farbe der Herbstsonne auf Buchenblättern, eine leuchtende Flamme in der Winternacht.

Ich riss den Mund auf, und Liam streckte die Hand aus und legte sie mir auf die Lippen. Donal packte mich am Arm. Auf diese Weise konnte ich weder sprechen noch mich bewegen, sondern nur zusehen, wie sie den Roten vor die Männer meiner Familie schleppten. Die Wachen ließen seine Arme los und traten zurück. Es war still. Dies, so spürten alle, versprach viel bessere Unterhaltung als jede Geschichte.

»Ich kenne diesen Mann«, sagte Liam und nahm die Hand weg, bedeutete mir aber mit einer Geste, ich solle weiter schweigen. Er wies mich an, mich hinzusetzen, und im Augenblick gehorchte ich ihm. »Ich dachte, unsere Grenzen wären gut bewacht. Wie ist es möglich, dass er unentdeckt so weit gekommen ist?«

»Das ist seltsam, Herr«, sagte einer der Männer, der ein wenig außer Atem war. »Er muss sich gut auskennen, denn er kam direkt im Norden den Hügel hinauf und dann durch den Eschenwald, beinahe bis zur äußeren Hecke, ohne dass die Männer ihn hörten. Ich weiß nicht, wie er das gemacht hat. Dann kommt er direkt dort hin, wo wir ihn sehen können, und lässt sich gefangen nehmen. Er bewegt sich leise für einen so großen Burschen.«

»Ich denke, er ist nicht ganz bei Verstand«, meinte der andere Mann.

»Ich werde morgen mit euch darüber reden«, knurrte Donal drohend, und beide Männer verzogen das Gesicht. »Ihr lasst niemanden durch, habt ihr mich verstanden? Niemanden.«

»Was habt Ihr hier zu suchen, Hugh von Harrowfield?« fragte Conor streng in der fremden Sprache. »Euer Volk ist in Sevenwaters alles andere als willkommen. Habt Ihr meiner Familie nicht schon genug Schaden zugefügt? Ich bin verblüfft, dass Ihr es wagt, Euren Fuß in diesen Haushalt zu setzen.«

Der Rote räusperte sich. »Ich bin hergekommen, um mit meiner Frau zu sprechen«, sagte er. Sie hatten ihm die Augenbinde nicht abgenommen. »Wo ist Jenny?«

Mein Herz klopfte heftig. Conor übersetzte für die anderen. Liam warf mir einen Blick zu, legte den Finger auf die Lippen. Aber ich musste ihm sagen, ich wollte ihm sagen -

Warte, Sorcha. Lass ihn reden.

Ich warf Finbar, der im Schatten stand, einen Blick zu. Er hatte solche Anweisungen nie ohne Grund gegeben. *Warum? Warum muss ich den Mund halten?*

Wenn du die Worte aus seinem Herzen hören willst, dann warte und schweige.

»Wer ist dieser Mann?« wollte mein Vater wissen, und er klang beinahe wieder wie sein altes Selbst. »Und welche Frau meint er?«

»Das ist der Brite, von dem wir gesprochen haben«, sagte Liam kühl. »In dessen Haus unsere Schwester beinahe getötet wurde. Er half uns, von diesen Ufern zu fliehen, aber wir sind ihm nichts schuldig.«

»Ich bin verblüfft, dass so einer wagt, sich hier zu zeigen«, sagte Donal, der immer noch den Dolch in der Hand hatte. »Was hat er vor?«

Die Binde um die Augen war stark und fest. Der Rote konnte nichts sehen. Sein Gesicht unter dem dunklen Tuch war bleich. Er war lange unterwegs gewesen. Er war offenbar unbewaffnet, obwohl ich annahm, dass er irgendwo ein kleines, scharfes Messer versteckt hatte.

»Ich möchte nur mit meiner Frau sprechen«, sagte er abermals und ziemlich müde. »Ich will niemandem etwas tun. Ist sie hier?«

»Ihr habt keine Frau, Brite«, sagte Liam. »Unsere Schwester steht unter unserem Schutz, und sie ist zufrieden, bei ihrem Volk zu leben. Für Euch gibt es in ihrem Leben keinen Platz.« Conors Übersetzung war grausam präzise.

»Sie soll mir das selbst sagen«, forderte der Rote leise. »Lasst sie es mir sagen und ich gehe.« Ich öffnete den Mund und schloss ihn wieder.

Dann überraschte uns mein Vater, indem er sich noch mal einmischte.

»Wir hatten heute Nacht wenig Unterhaltung, so müde wie wir sind. Vielleicht hat dieser Bursche eine gute Geschichte für einen Winterabend. Vielleicht kann er mit einer solchen Geschichte erklären, wieso er hier ist. Bringt dem Briten einen Stuhl und macht ihm Platz. Lasst ihn sprechen, und wir sind still und hören ihn an. Conor wird für ihn übersetzen. Das ist nur gerecht. Ich spüre hier ein Geheimnis, das über das hinausgeht, was meine Augen sehen; ich werde mein Urteil nicht zu hastig fällen.« Also brachten sie ihm einen Hocker und der Rote setzte sich hin, schlug die langen Beine übereinander, aber sie nahmen ihm weder die Augenbinde noch die Fesseln ab.

Er saß sehr aufrecht, und der Feuerschein ließ sein Haar erst golden, dann scharlachrot, dann kupfern schimmern. Es fiel mir schwer zu atmen. Janis, Donal und die Männer und Frauen des Haushalts standen oder saßen mit erwartungsvollen Mienen da, die Becher in der Hand. Ich wusste nicht, was ich empfand. Ich zitterte vor Entzücken darüber, ihn wieder zu sehen. Ich sah die Männer meines Haushalts an, die offenbar immer Spiele spielen mussten, die keinen Fremden akzeptieren konnten, ohne ihn zu prüfen. Hätten sie den Roten gebeten, mit einem Schwert, einem Messer oder mit bloßen Händen und Füßen zu kämpfen, wäre er gut gegen den besten unter ihnen angekommen. Das wusste ich. Hätten sie ihn gebeten, eine eingestürzte Mauer zu reparieren oder sich um ein krankes Tier zu kümmern oder am Verhandlungstisch für sie zu sprechen, dann wäre er der richtige Mann gewesen. Aber er war kein Geschichtenerzähler; nicht für eine Versammlung von Fremden wie diese. Er war kein Schauspieler. Er hatte mir einmal eine Geschichte erzählt; aber das war für eine einzige Zuhörerin gewesen, und hatte nicht sogar seine eigene Mutter gesagt, dass er mit mir sprach wie mit sich selbst? Die Aufgabe, die mein Vater ihm gestellt hatte, war die schwerste, die man sich hätte denken können. Für einen solchen Mann, der seine Gefühle tief in sich verschloss, dessen kalte Augen und angespannter Mund nichts verrieten, der am wenigsten Worte fand, wenn er versuchte, sein Herz sprechen zu lassen, war das eine grausame Herausforderung. *Du kannst es,* sagte ich ihm lautlos. *Erzähl mir deine Geschichte. Ein Fuß vor den anderen, geradeaus.*

»Es war einmal ... es war einmal ein Mann«, begann er zögernd, »der alles hatte. Er war in eine gute Familie geboren, er war wohlhabend, gesund an Körper und Geist und der älteste Sohn und Erbe großer Ländereien, deren Grenzen im Westen das Meer bildete, im Osten die Hügel, dessen Felder fruchtbar waren und in dessen Flüssen es vor Fischen nur so wimmelte.«

Conors Stimme bildete einen ernsten Kontrapunkt, wenn sie seine Worte in unsere Sprache übersetzte. Finbar saß am Fenster, den Blick ins Nichts gerichtet. Er verstand, dachte ich. Nicht nur die Worte, sondern die Bedeutung dahinter. Finbar und ich, wir sind die einzigen, die es wissen. Aber Finbars Miene und seine Augen verrieten nichts.

»Er wuchs auf«, fuhr der Rote fort, »und sein Vater starb, und das Land gehörte ihm bis auf einen kleinen Teil, der seinem jüngeren Bruder zufallen sollte. Sein Leben war vorgezeichnet bis in jede Einzelheit. Er würde zu seinem Vorteil heiraten, er würde seine Ländereien erweitern, für seine Familie und seine Leute sorgen und die Arbeit seiner Vorfahren weiterführen. So ist der Weg vieler guter Männer vorgezeichnet, und sie leben nach diesem Muster und sind froh, ihren Söhnen Friede und Wohlstand vererben zu können.« Er verlagerte das Gewicht leicht. Seine Hände, die ihm immer noch auf den Rücken gefesselt waren, klammerten sich umeinander.

»Dann ... dann veränderten sich die Dinge. Übel befiel seine Familie, nahm seinen jungen Bruder weg und sandte ihn in die Gefahr. Mit der Zeit wurde deutlich, dass der Mann sein Land verlassen und diesen Bruder suchen musste, um herauszufinden, ob er tot war oder noch lebte. Aber er liebte sein Zuhause und seine Felder, und er glaubte im Grunde nicht, dass sein Bruder überlebt hatte. Er hielt ihn für verloren. Also wartete er und wartete er, bis wirklich keine andere Wahl mehr bestand, als sich über das Meer aufzumachen und die Wahrheit zu suchen.«

Er hielt einen Augenblick inne. Vielleicht war ich die einzige, die wusste, wie er diesen Augenblick benutzte, um seine Gedanken zu sammeln, sich dazu zu zwingen, langsam und stetig zu atmen, und seine ganze Willenskraft darauf zu konzentrieren, dass seine Stimme fest klang. Für die anderen war es immer noch nur eine Geschichte, wie die anderen Geschichten, die wir abends gehört hatten, komische und seltsame Geschichten, heroische und ehrfurchterregende, jene Geschichten, die den Stoff unseres Geistes bildeten.

»Der Mann reiste weit, und er hörte und sah viele seltsame Dinge. Er erfuhr, dass – dass Freund und Feind nur zwei Gesichter desselben sind. Dass der Weg, von dem man glaubt, dass man ihn schon längst gewählt hatte, dass er konstant und unveränderbar, breit und gerade ist, sich in einem einzigen Augenblick verändern kann. Er kann abzweigen, er kann sich biegen und den Reisenden an Orte führen, die weit über sein wildestes Vorstellungsvermögen hinausgehen. Er lernte, dass es Geheimnisse gibt, von denen er sich nicht hätte träumen lassen, und dass er bis zu diesem Punkt, solange er ihre Existenz leugnete, sein Leben nur halb bei Bewusstsein verbracht hatte.«

Ich sah, wie mein Vater an dieser Stelle ernst nickte. Aber Liam und Conor runzelten beide noch die Stirn und bissen die Zähne zusammen, und Donals Miene war finster.

»An einem Abend veränderte sich alles. Er ... er hatte die Gelegenheit, eine junge Frau vor dem Ertrinken zu retten, und von dem Augenblick an, in dem er sie aus dem Wasser zog, halb verhungert, halb wild, wie sie war, wusste er es. Von diesem Augenblick an würde jeder Schritt, den er machte, jede Entscheidung, die er traf, etwas anderes sein, wegen ihr. Sie war kaum mehr als ein Kind, verirrt, verletzt und verängstigt. Aber stark. Sie war der stärkste Mensch, dem er je begegnet war. Und er hatte Gelegenheit genug, das zu erfahren, als sie auf der schwierigen Heimreise an seiner Seite blieb. Sie heilte ihn, obwohl er ihr Feind war. Sie zeigte ihm Dinge, die beinahe über sein Verständnis hinausgingen, so seltsam und wunderbar waren sie. Davon will ich nicht mehr erzählen, denn einige Geheimnisse sollen lieber unausgesprochen bleiben.«

Er senkte seinen Kopf ein wenig und holte tief Luft.

»In seinem Haushalt war sie wie ein wildes Tier, das man plötzlich auf einen Bauernhof gebracht hatte, wie eine noch nicht flügge Eule in einem Hühnerstall. Mit ihrem tiefen Schweigen, mit der seltsamen Aufgabe, zu der sie sich verpflichtet hatte, Arbeit in Schmerz und Einsamkeit unter den verständnislosen Blicken seiner Familie, erfüllte sie ihn mit einer Verwirrung, wie er sie nie zuvor gekannt hatte.

Er konnte kaum mehr tun, als sie zu schützen, es schien wichtig, dass sie in Sicherheit war. Er verstand nicht, was sie tat, aber er wusste irgendwie, dass er ihr helfen musste, ihre Aufgabe zu vollenden, wenn er jemals ihre Stimme hören, wenn er jemals imstande sein wollte, ihr zu sagen ... ihr zu sagen ...«

Ich setzte dazu an, zu sprechen, dann verbiss ich mir die Worte. Aber ich musste ein Geräusch von mir gegeben haben, denn der Rote erstarrte einen Augenblick und drehte den Kopf. Er wusste nun, dass ich anwesend war.

»In seinem Haus wuchs sie und veränderte sich, war aber immer noch unmissverständlich sie selbst. Stark, liebenswert und wahr. Ohne sprechen zu können, sprach sie zu ihm, wie es keine andere konnte, mit ihren anmutigen, verstümmelten Händen und ihren großen, grünen Augen. Obwohl er oft selbst nicht wusste, was er sagen sollte, verstand sie ihn, wie es keine andere je getan hatte. Er sah, wie sie über ihre Hände weinte, die geschwollen und schwielig waren von ihrer Arbeit, und hörte, dass andere sie hässlich nannten. Er sah, was andere nicht sehen konnten, sah die Kraft, die Sanftheit und die Schönheit dieser Hände, und er lag nachts wach und sehnte sich danach, sie auf seinem Körper zu spüren. Aber sie war verletzt worden, und sie wich vor ihm zurück. Er konnte ihr nicht sagen, was sein Herz empfand. Er wagte nicht, sie noch mehr zu verschrecken, denn wenn er sie verloren hätte, hätte er alles verloren. Jeden Tag wurde es ihm klarer, während er sich weiter um sein Haus und seine Ländereien kümmerte. Ohne sie würde er kein Leben haben.«

In Conors Stimme schwang deutliche Ablehnung mit, als er das übersetzte, aber er war verpflichtet, genau zu sein, denn zumindest drei von uns hier verstanden die Sprache der Briten. Dann sagte er: »Diese Geschichte gefällt mir nicht.« Es war wie ein Messerstich. »Wenn dieser Mann so empfand, warum überließ er das Mädchen der Gnade seines Verwandten, der sowohl ein Verräter als auch wahnsinnig war? Wie könnte ein Mann, der einen solchen Fehler gemacht hat, jemals einer Frau wert sein, wie du sie beschreibst?«

»Mit allem Respekt«, sagte der Rote, und seine Stimme war so leise gewesen, dass die Leute in der Küche sich nicht mehr rührten, um ihn verstehen zu können, »meine Geschichte ist noch nicht zu Ende, also solltet Ihr mich weiter anhören. Und es ist ihre Antwort, die ich hören will, nicht Eure.«

»Lass den Mann weiterreden«, sagte mein Vater. »Für einen Briten kann er gut mit Worten umgehen. Ihn anzuhören, verpflichtet uns zu keiner Entscheidung.«

»Ich danke Euch für diese Höflichkeit, Herr«, sagte der Rote in die Richtung meines Vaters. Dann wandte er sich wieder Conor zu. »Ihr habt Recht«, fuhr er fort. »Dieser Mann hat tatsächlich, wie Ihr sagt, einen schweren Fehler gemacht. Einen, der immer noch bewirkt, dass er nachts voller Schrecken erwacht, wenn er daran denkt, wie nahe er daran war, sie an das Feuer zu verlieren. Und wie seine Vernachlässigung das Mädchen beinahe das Leben gekostet hat, ebenso wie die Möglichkeit, die schreckliche Aufgabe zu vollenden, die ihr soviel bedeutete. Er glaubte sie in Sicherheit, geschützt von seinem Namen und seinem Ehering, sicher im Schoß seiner Familie. Er ging das Risiko ein, sich auf Reisen zu begeben, um seinen verlorenen Bruder wieder zu finden, der ebenfalls in großer Gefahr war; er kehrte gerade noch rechtzeitig nach Hause zurück, um sie zu retten. Nie hat er solche Angst erfahren wie in jener Nacht, nie hatte er einen Laut gehört, der ihn so tief ins Herz traf wie ihre Stimme, die seinen Namen rief, um ihn vor Gefahr zu warnen, obwohl sie doch selbst in höchster Gefahr war. Einen Augenblick lang glaubte er ... er gestattete sich zu glauben ... einen Augenblick lang hielt er sie in den Armen, und sein Herz war wieder ganz. Dann ließ er sie los, denn sie war umgeben von starken Männern, von ihren eigenen Verwandten, die sie schützten. Sie war wieder in Sicherheit, und endlich war der Grund für die lange, grausame Zeit des Spinnens und Webens deutlich. Sie hatte ihre Kindheit geopfert, um ihre Brüder zu retten; sie liebte ihre Familie mehr als alles andere, und sie sehnte sich danach, wieder nach Hause zurückzukehren, in ihren wilden Wald und das Land geheimnisvoller Geschichten und uralter Geister, von wo er sie geholt hatte. Das war der Ort ihres Herzens, und wenn er sie liebte, musste er sie gehen lassen.«

Die Stimmung im Raum veränderte sich geringfügig. Sie wussten eine gute Geschichte zu schätzen, und diese war mit Gefühl erzählt worden, wenn auch etwas zögernd. Janis sah den Roten an. Ich hörte, wie sie einer der Mädchen zuflüsterte: »Das da ist ein richtiger Mann. Wenn sie ihn nicht will, bin ich die Erste, die ihm ein warmes Bett für die Nacht anbietet.«

Und dann spürte ich Finbars innere Stimme, wo ich doch kaum geglaubt hatte, dass er zuhörte, so abwesend hatte er ausgesehen.

Das ist ein guter Mann, Sorcha.

Ich weiß.

Er ist stark genug, vor uns allen zuzugeben, dass er etwas falsch gemacht hat. Sehr stark.

Ich weiß.

»Er konnte nicht die Worte finden, Lebewohl zu sagen. Er versagte. Er verletzte sie, als er aus dem Schmerz heraus sprach. Er hatte geschworen, ihr nicht wehzutun, aber genau das hatte er getan. Er hätte ihr gesagt ... er hätte ihr gesagt, es ist gleich, ob du hier bist oder dort, denn ich sehe dich jeden Augenblick vor mir. Ich sehe dich im Licht auf dem Wasser, im Schwanken der jungen Bäume, im Frühlingswind. Ich sehe dich im Schatten der großen Eichen, ich höre deine Stimme im Ruf der Eule bei Nacht. Du bist das Blut in meinen Adern, und du bist mein Herzschlag. Du bist mein erster Gedanke, wenn ich erwache, mein letzter Seufzer, bevor ich schlafe. Du bist – du bist Fleisch von meinem Fleisch und Atem von meinem Atem.«

Seine Stimme war zu einem Flüstern geworden. Mein Gesicht war tränennass.

»Sag ihm«, meinte Liam, »sag ihm, wenn er glaubt, dass ihm diese schönen Worte meine Schwester gewinnen werden, dann hat er sich getäuscht. Sorcha wird nie an diesen Ort zurückkehren; sie ist die Tochter von Sevenwaters, und hier gehört sie hin.«

Conor übersetzte das und fügte hinzu: »Ihr hättet das lieber bleiben lassen. Ihr hättet Euch nicht die Mühe machen sollen, diesen ganzen Weg zu reisen. Sorcha ist gerade erst sechzehn und untersteht noch ihrem Vater. Ihr bildet Euch doch nicht ernsthaft ein, dass er ihr erlauben würde, über das Meer zu reisen und sich an einen Briten zu binden, selbst wenn sie das wollte?«

Der Rote holte tief Luft. »In der Tat, daran hatte ich nicht gedacht. Ich wäre nicht hergekommen, wenn ... wenn ... wenn sie sich nicht so verabschiedet hätte, wie sie es tat. Aber ... aber sie hat ... ich habe geglaubt, es gab noch eine geringe Hoffnung, den winzigsten Keim einer Hoffnung, dass sie vielleicht ... dass sie ...«

»Ist die Geschichte beendet?« Conor gab nicht nach. »Habt Ihr noch mehr zu sagen? Es wird spät und kalt.«

»Ich sollte es Euch klarer machen«, meinte der Rote mit nun festerem Ton. »Ich verstehe, dass Eure Schwester nicht übers Meer kommen kann. Das habe ich nicht erwartet. Aus diesem Grund hat es so lange gedauert, bis ich herkam, sie zu suchen. Ich brauchte diese Zeit, um die Angelegenheiten in Harrowfield zu ordnen, lange genug, um dafür zu sorgen, dass mein Onkel bestraft wird und die Verantwortung für mein Haus und meine Ländereien an meinen Bruder übergeht. Ich werde nicht dorthin zurückkehren. Ob Jenny mich haben will oder nicht, ich habe diesem Leben Lebewohl gesagt.«

Das Schweigen war vollkommen. Keiner konnte sich der Ungeheuerlichkeit einer solchen Entscheidung entziehen. Selbst Conor fiel, nachdem er diese Worte übersetzt hatte, nichts mehr ein. Was mich anging – ich konnte kaum begreifen, was der Rote gesagt hatte. Und dennoch, ich wusste, dass dies die Wahrheit sein musste. Seine Felder, sein schimmernder Fluss, seine Herden und die guten Menschen, die ihn liebten. Das Tal mit seinem Mantel aus Eichen und Buchen, Birken und Weiden. Die Aufzeichnungen von Generationen. Mein Bild war auf der letzten Seite dieses Buches gewesen. Er würde nie sehen, wie seine jungen Eichen wuchsen, um den Waldtieren von Harrowfield Zuflucht zu geben. All das hatte er für mich aufgegeben.

»Ihr denkt daran, hier zu bleiben?« sagte Liam ungläubig und brach damit endlich die Stille. »Ein Brite in unserem Haushalt, verheiratet mit unserer Schwester, die uns lieber ist als unser eigenes Leben? Ihr müsst verrückt sein.«

Wütend wandte ich mich meinem Bruder zu.

Warte noch einen Augenblick, kam Finbars lautlose Warnung, und ich hielt meine zornigen Worte zurück.

Und dann stand mein Vater auf.

»Binde seine Hände los, Sorcha«, sagte er ernst. »Nimm die Binde ab, die um seine Augen liegt. Das hier ist deine Entscheidung, deine Wahl. Du bist nun eine Frau. Das Opfer, das du für deine Brüder gebracht hast, hat dir das Recht verschafft, deinen eigenen Weg zu wählen, ob er uns nun gefällt oder nicht.«

Liam setzte dazu an, etwas zu sagen, überlegte es sich dann aber. Lord Colum war immerhin noch Herr von Sevenwaters. Im Raum hing das Schweigen tiefster Erwartung. Der Rote hatte die Worte meines Vaters nicht verstanden.

Ich ging zu ihm, stellte mich vor ihn und griff um ihn herum, um den Knoten zu lösen, der die Augenbinde hielt. Das tat ich mit der rechten Hand; aber mit der linken, an der ich den Ring trug, berührte ich seinen Nacken, wo die Haut zwischen Hemd und Haar sichtbar war. Der Rote hielt die Luft an.

»*Schneide die Fesseln durch*«, sagte er mit einer Stimme, die mich zittern ließ. Ich bückte mich und nahm das kleine Messer von dort, wo ich gewusst hatte, dass es sein würde, verborgen im Lederstiefel, und trat hinter ihn und schnitt zweimal in das feste Seil, das seine Hände band. Er stand auf, drehte sich um und nahm mich in die Arme, als wollte er mich nie wieder gehen lassen. Ich spürte seine Lippen auf meiner Stirn, denn selbst jetzt noch hielt er sich zurück. Selbst jetzt war er meiner offenbar unsicher. Aber sein Blick war nicht mehr eiskalt, nicht länger beherrscht. Stattdessen blitzten diese Augen blau wie ein Sommerhimmel, und die Botschaft in ihnen war deutlich zu lesen und deutlich zu beantworten. Ich stellte mich auf die Zehenspitzen, nahm sein Gesicht zwischen meine Handflächen und zog seinen Kopf nach unten, so dass ich seinen festen, störrischen, unnachgiebigen Mund küssen konnte. Ich hatte keine Übung in dieser Kunst, aber es gelang mir recht gut; Padraic sagte später, Liam sei errötet, was nicht leicht geschah. Es war ein Kuss, dessen ich mich selbst nicht fähig gehalten hatte, ein Kuss, der ihm sofort sagte, wie meine Antwort lautete. Einen Augenblick lang wich er zurück und flüsterte: »Ich bin eines solchen Geschenks nicht würdig, Jenny.« Aber ich legte meine Finger auf seine Lippen. »Mein Liebster«, flüsterte ich, »ich werde es dir und keinem anderen geben.« Dann erwiderte er meinen Kuss und zeigte mir die Tiefe seiner Leidenschaft, und es waren nicht nur meine eigenen salzigen Tränen, die flossen, als er mir übers Haar strich und mich dichter an sich zog, so dass ich die Kraft seiner Begierde spürte. Das war das Ende einer langen und schwierigen Reise für uns beide, und die süße Erregung, die durch jede Faser meines Körpers zog, sagte mir, dass es sich gleichzeitig um den Anfang eines neuen Lebens handelte.

»Ähem.« Mein Vater räusperte sich und zwang uns, uns unserer Umgebung wieder bewusst zu werden. Wir schauten uns verwirrt um. Die Küche war beinahe leer; wir hatten nicht gehört, wie alle außer Vater und dem schweigenden Finbar gegangen waren.

»Such deinem Mann einen warmen Schlafplatz, Tochter«, sagte mein Vater mit einem kleinen Lächeln, obwohl in seinem Blick schmerzliche Erinnerungen standen. »Morgen haben wir genug Zeit, uns weiter zu unterhalten.« Dann raffte er seinen Umhang um sich und ging nach draußen, gefolgt von Finbar. Mein Bruder blieb in der Tür stehen, die weißen Federn seines Flügels rosig gold im Kerzenlicht, und diesmal sprach er laut.

»Diese Geschichte hat endlich ein Ende gefunden«, sagte er. »Seid glücklich. Ihr habt einander verdient. Das Geschenk der Liebe wird nur wenigen gegeben.«

Der Rote drückte seine Lippen auf mein Haar. Ich sah zu, wie Finbar wie ein Schatten aus der Tür schlüpfte. Dann griff ich nach der Hand meines Mannes und führte ihn in mein eigenes Schlafquartier, wo jemand ein Feuer in der kleinen Feuerstelle entfacht und Kerzen und Wein und Kelche und ein Büschel getrockneten Lavendels hinterlassen hatte. Ich konnte hören, wie schwer es dem Roten fiel, seinen Atem zu beherrschen, und es ging mir nicht viel besser.

»Ich ... ich habe Angst, dir wehzutun«, sagte er. »Aber ... aber ich brauche dich, Jenny, ich sehne mich so nach dir, ich glaube nicht, dass ich ...«

»Still«, sagte ich. »Es ist schon gut, es wird alles gut.«

Das wirkliche Leben ist nicht ganz so wie in den Geschichten. In den alten Geschichten geschehen schlimme Dinge, und wenn die Geschichte sich entwickelt hat und zu ihrem triumphierenden Schluss kommt, ist es, als wären diese Dinge nie gewesen. Das Leben ist nicht ganz so einfach. Es wäre gut gewesen, den Schaden, der mir an jenem Tag im Wald an Körper und Geist zugefügt worden war, einfach vergessen zu können. Aber solche Dinge werden nie vollkommen vergessen, obwohl sie im Lauf der Jahre verblassen. Und so gab es, als wir dieses erste Mal beieinander waren, einen Augenblick, in dem ich in erinnerter Angst keuchte und mein Körper erstarrte und ich zitterte. Aber der Rote hielt mich und strich mir übers Haar und sprach leise zu mir und wartete auf mich. Und endlich öffnete mein Körper sich ihm wie eine Blüte und wir bewegten uns langsam und dann schneller, und wir seufzten und schrien auf und fanden Befreiung in den Armen des anderen. Er zeigte mir, dass die Vereinigung zwischen Mann und Frau tatsächlich etwas Wunderbares ist, etwas, was man genießen kann, etwas, wobei man lachen kann. Bis zu jener Nacht hatte ich ihn nie wirklich lachen hören. Und was die Klatschtanten von Harrowfield anging – alles, was sie über meinen Mann gesagt hatten, entsprach der Wahrheit, wurde ihm aber kaum gerecht.

Nachdem wir am nächsten Morgen in einer Art glücklicher Betäubung erwacht waren, mit dümmlichem Lächeln auf den Lippen und kaum imstande, die Hände voneinander zu lassen, begleitete mich der Rote zum Dorf, und während ich mich dort um die Kranken kümmerte, machte er sich daran, die Namen eines jeden Mannes, jeder Frau und jeden Kindes dort zu lernen und sie höflich in ihrer eigenen Sprache zu grüßen. Zunächst betrachteten sie ihn mit einigem Unbehagen. Aber seine stolpernden Anstrengungen, sich verständlich zu machen, führten zu Lächeln und Witzeleien, und außerdem sahen alle, wie es uns zumute war. Mich kannten und liebten sie, und wenn er mein Mann war, dann muss er in Ordnung sein, Brite oder nicht. Bald genug schon bat man ihn, sich eine Sau anzusehen, mit Handzeichen einen Rat zu geben oder eine verrottete Diele zu ersetzen oder zu helfen, einen Pfosten aufrecht zu halten, während Stützen befestigt wurden. Mit der Zeit gewann er sie alle.

Zu Hause war es schwieriger. An jenem ersten Tag wurde er ausführlich von Donal und Liam verhört. Conor hatte überraschend wenig zu sagen. Ich sah seinen ernsten Blick, der auf mir ruhte, und als ich ihn später beiseite zog, sagte er: »Du fandest das ungerecht, nicht wahr? Dass wir ihn dazu brachten, sich so vor uns zu entblößen?«

»Du warst hart mit ihm«, sagte ich. »Ich hatte gedacht, dass zumindest du ihn ohne eine solche Prüfung als das erkennen würdest, was er ist.«

Conor lächelte. »Ohne diese Prüfung hätte er dir vielleicht nie gesagt, was er empfand. Ich kannte den Mann als das, was er war. Ich wusste, dass es mit euch so sein würde. Ich kann nicht in die Zukunft sehen wie Finbar, aber diese Begegnung der Geister war so unvermeidlich wie der Weg von Sonne und Mond über den Himmel. Ich wusste es seit einiger Zeit, aber es wäre ein Fehler gewesen, es ihm zu einfach zu machen. Ihr musstet beide lernen, was Verlust bedeutet, bevor ihr zu Verstand kamt. Sag mir, hat sie dich aufgesucht, dieses Wesen aus der anderen Welt, das dich auf deinen Weg führt? Hast du sie wieder gesehen, seit du nach Hause zurückgekommen bist?«

»Woher kannst du so viel wissen?« Ich war verblüfft und wäre zornig geworden, wäre nicht die Freude so stark in mir gewesen, dass es alles andere ausschloss.

»Ich habe Grund, meine Fähigkeiten hin und wieder zu überprüfen«, sagte Conor. »Sie sind jämmerlich genug; sie haben bisher genügt, aber das wird nicht länger dauern. Ich muss diesen Ort bald verlassen und mich auf eine andere Reise machen, und es mag lange dauern, bis ich dich wieder sehe. Es erleichtert mir den Abschied, dich nach allem, was du durchgemacht hast, zufrieden zu sehen. Ich glaube allerdings, dass dies alles vorherbestimmt war.«

»Du willst doch nicht sagen ... du willst doch nicht sagen, dass die ganze Geschichte, dass alles ... zu diesem Zweck geschah? Damit er und ich – nein, das kann ich nicht glauben.« Er hatte mich verwirrt. Er musste sich doch sicher irren. Wir waren nicht nur Marionetten, sondern Männer und Frauen, die selbst unsere Wahl trafen.

»Eines ist sicher«, sagte er. »Das Feenvolk wird dir nie die

Antwort geben. Aber es ist ein langes, langes Spiel, das sie spielen, und unsere Geschichten sind nur kleine Teile eines gewaltigen Musters. Du solltest darüber nachdenken. Ihr seid beide geprüft worden, ihr habt euch beide als stark erwiesen, stark genug für ihren Zweck. Tatsächlich so stark, dass ihr dicht davor wart, ihre Pläne zu vereiteln, denn ihr habt euch beide entschlossen, das aufzugeben, was ihr am meisten liebtet, in der Hoffnung, dass der andere sein Glück findet. Das Feenvolk erwartet solche Selbstlosigkeit nicht.«

»Aber – aber es war so grausam! Für uns ist es gut ausgegangen, aber was ist mit Vater? Was ist mit Finbar? Und es gab einen Mann von ... vom Volk meines Mannes, einen guten Mann, der starb, als er versucht hat, mich zu schützen. Was ist mit dem Kind, das Oonagh mitgenommen hat? Diarmid und Cormack sind weg, und du sagst, auch du wirst gehen; bald wird es keine Familie mehr in Sevenwaters geben. Ich könnte beinahe glauben, was Lady Oonagh an jenem Tag sagte – dass sie und die Herrin des Waldes ein und dasselbe sind, denn die Grenze zwischen Licht und Dunkelheit scheint tatsächlich dünn zu sein. Welches Ziel könnte das alles wert gewesen sein?«

»Es kümmert sie wenig, wen sie beiseite werfen«, sagte Conor. »Aber in diesem Spiel gibt es, wie ich schon sagte, ein viel größeres Ziel, als wir begreifen können. Vielleicht irre ich mich. Die Zeit wird es erweisen. Es wird hier eine Familie geben, und gute Jahre. Aber es gibt eines, was du nicht vergessen darfst. Es gibt kein Gut oder Böse außer in der Art, wie du die Welt siehst. Es gibt kein Dunkel oder Licht, außer in deinem eigenen Blick. Alles verändert sich mit einem Blinzeln, und dennoch bleibt alles dasselbe. Wenn du wissen willst, was die Zukunft bringt, solltest du Finbar fragen. Und nun genug von solch ernsten Themen. Du solltest Lord Hugh lieber aus Liams Fängen retten, bevor er noch mehr leidet. Los, mach dich auf den Weg.«

Der Rote hatte ihnen anscheinend genügend Antworten gegeben. Er hatte erklärt, er werde bleiben und mich beschützen und sich nützlich machen. Er kannte sich bestens mit Ackerbau und Viehzucht aus. Er konnte kämpfen, wenn das notwendig war, aber er erklärte auch, er werde nie die Waffen gegen sein eigenes Volk erheben. Vater nickte und war zufrieden. Donal knurrte, das sei alles ganz gut und schön, aber nur Gerede; ein guter Kampf im Übungshof, und sie würden sehen, aus welchem Holz er geschnitzt war. Der Rote nahm diese Herausforderung sofort an. Er schlug vor, dass der Nachmittag die beste Zeit sei. Donals Augen blitzten. Liam sagte nicht viel. Dann betrat ich die Halle, in der sie standen; der Rote lächelte, als er mich sah, und ein warmes Licht erwachte in seinen Augen, das eine Spiegelung meines eigenen sein musste.

»Nun gut«, sagte Liam. »Dann zeig uns heute Nachmittag, was du kannst. Bist du sicher?«

»Ja«, erwiderte der Rote ernst.

Es war vielleicht nicht zu seinem Besten, sich vorher mit mir zurückzuziehen, aber es war einfach nicht zu verhindern, denn unsere Körper sprachen auf eine Weise miteinander, die man nicht leugnen konnte. Wir hatten, nehme ich an, viel nachzuholen. Später lag ich auf dem Bett, nur in ein Laken gewickelt, und sah ihm zu, während er sich ein wenig zögernd ankleidete.

»Bist du nicht müde?« fragte ich lächelnd. »Meine Brüder sind gute Kämpfer, und sie haben etwas zu beweisen. Bist du sicher, dass du damit zurechtkommst?«

Er zog sich das Hemd über den Kopf. »Heute könnte ich es mit drei Riesen aufnehmen, jeder größer als der vorherige, und es würde mir nichts ausmachen«, sagte er. Er begann bereits, wie einer von uns zu reden. »Bleib, wo du bist, ich werde zurück sein, bevor du es auch nur weißt.«

Ich blieb nicht im Bett, sondern ging zu einem Fenster, von dem aus ich ihnen zusehen konnte. Es war ein interessanter

Kampf. Liam und der Rote waren, wie ich dachte, etwa gleich stark; was Liam an Erfahrung voraus hatte, wurde durch den schwereren Körperbau des Roten und durch seine überraschende Geschmeidigkeit ausgeglichen. Was als wilder Zweikampf begann, entwickelte sich zu einer Demonstration und schließlich zum Unterricht in den Techniken, bewaffneten und unbewaffneten Zweikampfs. Donal mischte sich ein, dann eine Gruppe anderer. Ich sah, wie der Rote ihnen beibrachte, wie man diese Tritte ausführte, die den Gegner entwaffnen; dann wurden die Pferde geholt, und Liam zeigte ihm, wie man sich tief im Sattel zur Seite sinken lässt, um einem Schlag auszuweichen, und dann mit einer einzigen, fließenden Bewegung wieder aufrichtet. Beide hatten ein paar blaue Flecke davongetragen. Ich hörte Lachen. Wie hätte Diarmid es genossen, zu zeigen, wie gut er mit dem Speer war, dachte ich. Cormack wäre mittendrin gewesen, mit dem Stock in der Hand. Wir hatten von beiden kein Wort gehört; ihre Plätze am Tisch blieben leer. Dann schlich ich mich die Steintreppe hinauf, bis zu der Stelle, wo man oben auf den Dachschindeln sitzen und über den graublauen Winterwald hinausschauen konnte. Ich hatte gewusst, dass ich Finbar dort finden würde. Ich setzte mich neben ihn und zitterte ein wenig, denn der Wind war scharf.

Sprich mit mir, mein Lieber. Mit solcher Freude im Herzen ist deine Einsamkeit schwer zu ertragen.

Du wirst sie nicht mehr lange ertragen müssen.

»Was?« Ich sprach laut, denn seine Worte hatten mich erschüttert. »Was meinst du damit?«

»Es wird nicht mehr lange dauern. Es gibt für mich hier nichts mehr zu tun.«

Wohin gehst du?

Weg.

Er war sehr vorsichtig; sein Geist war abgeschirmt, bis auf jene knappen Botschaften, die er mir gab.

Warum sprichst du nicht mehr mit mir? Was ist los?

Er bewegte sich leicht auf den Schindeln, und der Flügel öffnete sich ein wenig, um ihm Gleichgewicht zu verleihen.

Fragst du mich das wirklich?

Wir schwiegen. Ich konnte nicht sehen, wie seine Zukunft aussehen würde; ich wusste nur, dass er einmal darauf gebrannt hatte, die Welt zu verbessern und für Gerechtigkeit und Wahrheit zu sorgen. Dieser leidenschaftliche Junge war verschwunden, und den Mann, der seine Stelle eingenommen hatte, kannte ich nicht.

Gibt es etwas, was du wissen wolltest?

Ich schüttelte den Kopf. Ich hatte beschlossen, ihn nicht nach meiner Zukunft zu fragen. Ich hoffte, sie würde gut und glücklich sein, und dass mein Mann immer an meiner Seite sein würde.

Aber ich würde nicht fragen.

Als wir dort saßen, kam mir ein Bild in den Sinn. Zunächst dachte ich, es sei eins, das er mir schon einmal gezeigt hatte, eins, in dem die kleine Sorcha unter den Bäumen einherrannte und das gefleckte Waldlicht auf sie fiel. Aber es war anders, denn dieses Mädchen hatte kupferfarbenes Haar, das ihr glatt auf den Rücken fiel, und ein dunkelhaariger Junge lief hinter ihr her und rief: »Niamh! Warte auf mich!« Es waren dieselben Kinder, die ich am Tag der Verbrennung im Geist gesehen hatte. Und irgendwo am Rand des Blickfelds gab ein weiteres Kind, das mit hungrigem Blick zusah, aber diese Gestalt konnte ich nicht klar erkennen. Das Mädchen streckte die Arme aus und begann sich zu drehen, mit bloßen Füßen auf dem weichen Boden, ihr Rock schwang um sie, und die Sonne fiel durch die Baumwipfel und ließ ihr rötlich braunes Haar wie pures Gold aussehen. Dann verging das Licht, und das Bild war verschwunden, als mein Bruder die Tore seines Geistes fest schloss. *Das ist alles, was ich sehe.*

Es genügt. Ich schauderte abermals. Ich hatte vergessen, meinen Umhang mitzunehmen.

Wir werden alle gehen, einer nach dem anderen. Es wird keine Söhne geben. Es sind deine Kinder und die seinen, die Sevenwaters erben werden.

»Sag das nicht!« sagte ich laut. »Versuche nicht das Schicksal! Du kannst nicht alles wissen.«

Einiges weiß ich. Wieder zog er sich in sein Schweigen zurück, wandte seinen Blick in die Ferne über den See hinweg nach Westen.

Einige Zeit später kamen Männer zu Conor. Zwei sehr alte Männer, die zu Fuß reisten. Ihr Haar war in viele kleine Zöpfe geflochten, und sie trugen Silberringe um den Hals und fließende Gewänder. Dies war der Ruf, auf den Conor gewartet hatte. Ich konnte es zunächst kaum glauben, dass er unseren Haushalt so einfach verließ, denn er war immer hier gewesen, die Stimme des Gleichgewichts und der Vernunft, der Bruder, der die Macht gehabt hatte, zwischen den anderen zu schlichten, der genug Willenskraft hatte, seine Brüder mit sich nach Harrowfield zu bringen, über das weite Meer, um endlich geheilt zu werden. Aber dies war seine Berufung. Er konnte die alten Überlieferungen und die mystischen Künste nicht lernen und gleichzeitig Familie und Túath aufrechterhalten. Er musste in den Wald und zu den tiefen Höhlen gehen und lernen, was gewöhnliche Menschen nicht konnten. Es würde viele, viele Jahre kosten.

Ich hatte jedoch den Eindruck, dass diese beiden Alten meinen Bruder mit großem Respekt betrachteten, selbst wenn er nur ein Novize war. Hatte er nicht den größten Teil von drei Jahren als Tier verbracht und sich dennoch an sein menschliches Bewusstsein klammern können? Besaß er nicht bereits beträchtliche Fähigkeiten als Manipulator der Elemente, der dichten Nebel und heftigen Wind hervorrufen konnte? Es war vielleicht spät, aber nicht zu spät, um mit seinen Studien ernsthaft zu beginnen. Er würde stark werden; einer der Stärksten seiner Art. Ich achtete ihn dafür, aber das machte den Schmerz, ihn zu verlieren, nicht geringer.

Er verabschiedete sich in der Halle, umarmte zunächst Vater, dann Liam, schlug Donal auf die Schulter, zauste Padraics Haar. Dem Roten legte er die Hand auf die Schulter.

»Wache über meine Schwester«, sagte er. »Pass auf sie auf.«

Aber Finbar und ich gingen mit ihm bis zum Waldrand und standen dort und schauten ihm nach. Die beiden alten Männer warteten schweigend. Conor berührte Finbar nicht, aber er sprach zu ihm, und ich hörte seine Worte.

Sei stark, Bruder. Du hast deine Reise noch kaum begonnen.

Finbar sah ihm direkt in die Augen. *Manchmal ist der Weg, der vor einem liegt, dunkel.*

Es ist auch ein Licht dort. Conor streckte die Hand aus, berührte seinen Bruder leicht an der Stirn. Dann drehte er sich um, nahm mich in die Arme und zog mich so fest an sich, dass ich fast keine Luft mehr bekam. *Leb wohl, kleine Eule.*

Ich kämpfte gegen die Tränen an, denn ich wusste, dies war der Weg, dem er folgen musste. Er zog die Kapuze über, griff nach seinem Stock aus Birkenholz, und die drei gingen in den Wald hinein, und in der Zeit, die es dauerte, dass eine kleine Wolke über die Sonne geweht wurde, waren sie verschwunden.

Eines Abends waren die Männer nach dem Abendessen in eine intensive Diskussion verstrickt. Liam war gerade von einem Besuch bei Seamus Rotbart zurückgekehrt. Er hatte zwei Wolfshundwelpen und Neuigkeiten mitgebracht. Nun planten sie etwas, was sie mir nicht erklärten. Selbst den Roten hatte man mit hineingezogen, und ich hörte ihre Worte halb, als ich am Feuer saß.

»Seamus ist nicht mehr jung«, sagte Donal. »Will er das wirklich, und kann er lange genug durchhalten?«

»Er wird Hilfe haben.« Liam war sehr ernst. »Dafür werden wir sorgen. Ich lasse nicht zu, dass Eilis' Sohn in einem Haushalt aufgezogen wird, der dem meinen feindselig gegenübersteht.«

»Dieses Land ist sehr weitläufig«, meinte der Rote und betrachtete die Landkarte, die auf dem Tisch vor ihnen lag. »Fürchtest du nicht, dass sich Seamus, wenn er erst einmal diese Ländereien zusätzlich zu seinen eigenen beherrscht, gegen dich wenden könnte?«

»Seamus war immer loyal, und er kennt unsere Kraft«, erwiderte Liam. »Es ist in seinem eigenen Interesse, Eamonns Ländereien zu verwalten, bis der Junge erwachsen ist, und Sevenwaters als Verbündeten zu halten. Er ist der Großvater des Kindes; andere werden seinem Anspruch wenig entgegenhalten können.«

Ich war nicht sicher, ob ich mehr hören wollte. Besonders nicht, was sie für Eamonn selbst geplant hatten, denn in dem Bild, das sie da zeichneten, schien kein Platz für ihn zu sein. Also stand ich auf, entzündete eine Kerze und dachte daran, mich ins Bett zurückzuziehen, als ich zur Tür schaute und Finbars Blick bemerkte, bevor er nach draußen schlüpfte. Es war spät, und er hatte keinen Umhang dabei. Und er hatte diesen seltsamen, wilden Blick. Aber vielleicht wollte er nur allein sein, wie es uns allen von Zeit zu Zeit geht. Vielleicht würde er bald zurückkommen. Ich wartete und behielt die Tür im Auge. Die Zeit verging, die Männer sprachen weiter, und Finbar kam nicht wieder. Endlich konnte ich nicht mehr warten. Ich sprach leise mit dem Roten, weil ich meinen Vater nicht umsonst beunruhigen wollte. Wir griffen nach unseren Mänteln und Stiefeln und einer Laterne und machten uns auf, um Finbar zu folgen.

Es hatte geregnet, aber nun war die Luft klar und feucht. Seine Spuren waren auf dem weichen Boden leicht zu verfolgen, den ganzen Weg bis zu der Bucht, an deren Ufer die kleine Birke wuchs. Aber mein Bruder war nicht zu finden. Wir gingen eine Weile am Ufer auf und ab und suchten im Laternenlicht, bis der Mond hinter seinem Wolkenschleier erschien und einen kalten Schein auf den Wald warf. Direkt am Seeufer, wo der letzte Fußabdruck am Übergang von weißem Sand und klarem Wasser zurückgeblieben war, fiel mir etwas auf. Der Rote hielt die Laterne und wir beugten uns vor, um genauer hinzusehen. Dort lag das Amulett meiner Mutter, die Schnur immer noch ganz, ein paar Fasern gesponnenen Fadens, der wie ein Mierenfaden aussah, und eine einzelne weiße Feder. Aber von Finbar sahen wir keine Spur, nicht in jener Nacht, nicht in der nächsten, nicht von Imbolc bis Lugnasad. Er war so gänzlich verschwunden, als hätte er sich tatsächlich zurückverwandelt. Aber man konnte nicht zurückkehren. Das wusste ich. Ich glaubte nicht wie viele, dass er sich einfach ertränkt hatte. Seine Geschichte, das spürte ich, würde die Seltsamste von allen sein. Ich hoffte nur, dass ich eines Tages die Wahrheit erfahren würde.

Alle gingen. Es veränderte sich alles. Wir hatten immer noch nichts von Diarmid oder Cormack gehört, nichts von ihrer Suche und auch nichts von Lady Oonagh und dem Kind, obwohl ich wusste, dass Liam Boten ausgeschickt und von Tara bis Tirconnell Ermittlungen angestellt hatte. Im Herzen fürchtete ich um sie, und ich glaubte dieselbe Angst im Gesicht meines Vaters zu sehen. Und nun baute Padraic unten am See ein Boot. Wir sahen nicht viel von ihm oder von den Jungen, die ihm halfen. Es war schade, sagte er, nicht fliegen zu können – nicht, dass er sich wirklich daran erinnerte –, aber er wusste, dass es weiteres Land und größere Meere zu erobern gab, und genau das hatte er vor, wenn sein Boot fertig war. Er sah sich Landkarten an, zeichnete selbst welche und studierte alte Bücher. Ich erinnere mich, was Finbar einmal über unseren jüngsten Bruder gesagt hatte. *Er wird weit kommen. Weiter als jeder von uns.* Ich hätte nicht gedacht, dass er das damit gemeint hatte. Und Padraic war noch so jung; zu jung, sagte ich ihm, um daran zu denken, davonzusegeln und uns zu verlassen.

»Ich bin älter als du«, erklärte Padraic. »Und du wirst bald ein Kind haben. Das macht mich zu einem Onkel. Also muss ich wohl alt genug sein.«

Denn ich war tatsächlich schwanger. Sie würde nahe Meán Fómhair geboren werden, zur Zeit der Herbst-Tag-und-Nacht-Gleiche, und ich wusste, sie würde Haar vom hellen Kupfer der Birkenblätter haben. Der Rote war nervös und benahm sich, als wäre ich eine zarte Pflanze, die vor allem beschützt werden musste. Ich lachte über ihn, aber ich tat, um was er mich bat. Der Frühling kam, und das Wasser wurde wärmer und wir hörten immer noch nichts. Dann machte sich mein Vater eines Tages auf seine eigene Reise.

»Meine Söhne sind nicht zurückgekehrt«, sagte er. »Jetzt ist es an mir, sie zu suchen und sie alle drei sicher zurückzubringen. Das ist meine Suche«, fügte er hinzu, als zunächst einer und dann der andere anbot, mit ihm zu gehen. »Wenn ich sie wieder nach Hause bringe, kann ich vielleicht einiges von dem wieder gutmachen, was ich meiner Familie angetan habe. Ich lasse dich in guten Händen, Tochter«, sagte er, küsste mich auf die Wange und packte den Arm des Roten in einem kurzen, starken Griff. »Mein Haushalt ist gut versorgt, meine Leute geschützt. Es ist Zeit für mich, Lebewohl zu sagen.« Er berührte Liams Wange mit der seinen und griff nach seiner Hand, er umarmte Padraic, und dann machte er sich in den einfachen Arbeiterkleidern, die er sich ausgesucht hatte, auf den Weg, und ich hoffte nur, er würde die Spur nicht zu kalt finden.

So gingen meine Brüder einer nach dem anderen weg von Sevenwaters. Wir hatten immer gesagt, wir würden füreinander da sein, solange wir lebten. Wir hatten immer gesagt, dass wir, die sieben Bäche, nach denen unser Zuhause benannt ist, Teil eines Ganzen und unsere Leben miteinander verbunden waren. Dass nichts uns trennen könnte, auch nicht über die größte Entfernung hinweg. Und dennoch, bald würden nur noch Liam und ich hier bleiben. Liam konzentrierte sich ganz darauf, das wieder aufzubauen, was meinem Vater beinahe durch die Finger geglitten war. Unermüdlich und ohne ein einziges Lächeln arbeitete er wie besessen und forderte und erhielt vollkommene Loyalität von all seinen Leuten. Er hatte Grund, dankbar zu sein, dass sich der Rote in seinem Haushalt aufhielt, denn es war er, der die Streitigkeiten zwischen einer Siedlung und der anderen schlichtete, während Liam sich mit Seamus Rotbart zurückgezogen hatte, um über die Einzelheiten ihrer Strategie zu diskutieren. Es war der Rote, der sich um die Wiederaufforstung des Landes kümmerte, das Lady Oonagh verwüstet hatte, um einen guten Nachschub an Nutzholz zu gewährleisten. Es war der Rote, der sich um die Kätner kümmerte und neue Tiere einkaufte und den Leuten beibrachte, wie man am besten die Mauern und Dächer reparierte. Im Frühling gab Liam schließlich zögernd zu, dass er nicht wusste, wie er ohne ihn zurechtgekommen wäre.

Zu Meán Earraigh, zur Tag-und-Nacht-Gleiche, als die Erde aus ihrer Winterruhe kam, nahm ich den Roten mit hinaus zum See und in die Wälder zu einer Stelle, an der ich lange nicht gewesen war. Hier hatte Vater Brien, der Eremit, sein einsames, geordnetes Leben geführt. Hier hatten die Kinder von Sevenwaters seltsame Sprachen und geheime Zeichen erlernt. Hier hatte ich mich um Simon gekümmert und die Saat eines Teils meiner Geschichte gesät. Ich hatte dem Roten erklärt, dass dies ein Ort war, den ich wieder aufsuchen musste, bevor ich ganz ruhig wurde. Ein Ort, an dem einmal ein alter Freund gewohnt hatte.

Der Rote war nicht besonders begeistert von der Idee, dass ich ritt, denn er befürchtete Schaden für mich oder mein ungeborenes Kind und stimmte nur zu, wenn er mich auf seinem eigenen Pferd vor sich tragen könne, wo er mich, wie er sagte, im Auge behalten konnte. Also ritten wir zwischen den großen Eichen entlang, und er schwieg angesichts ihrer hochaufragenden Kraft und der Goldfäden, die von ihren oberen Ästen hingen, wo die heilige Pflanze in ihrem Schutz ihr Zuhause fand. Der Tag war hell und warm, mit einem frischen Wind, der kleine Wolken über den Himmel schob. Die Höhle war leer, die Regale darin ebenfalls, und die winzige Hütte verlassen. Sollte jemals der Geruch von Krankheit und Angst über diesem kleinen Heim gehangen haben, so war er längst verschwunden, und im schrägen Sonnenlicht strahlten Höhle und Zelle eine warme Ruhe aus, die nahe legte, dass beide nur darauf warteten, dass ein anderer kam und sich hier niederließ. Wir saßen auf den Felsen unter den Ebereschen und teilten Wasser und Brot und Obst.

Es waren keine Worte notwendig. Als wir mit Essen fertig waren, setzte der Rote sich hinter mich, schlang die Beine um meine, die Arme um meine Taille, so dass ich mich an ihn lehnen konnte, und er legte seine großen Hände sehr sanft auf meinen Bauch, wo die Schwellung durch das wachsende Kind immer noch kaum zu bemerken war.

»Du hast viele Erinnerungen an diesen Ort«, sagte er schließlich. »Was hier geschehen ist, hat dich zutiefst berührt.«

Ich nickte. Wir hatten nie mehr von Simon gesprochen, nicht, seit ich Harrowfield verlassen hatte. Aber ich dachte oft an ihn. Es lag eine schreckliche Ironie in seiner Geschichte, denn ich fürchtete, der Bruder, der immer das Land und die Autorität für sich selbst gewünscht hatte, der es immer gehasst hatte, der zweitbeste zu sein, hatte, sobald man ihm das Unerwartete gab, bemerkt, dass er eigentlich etwas ganz anderes wollte. Denn es war sein Schicksal, sich immer nach dem zu sehnen, was er nicht haben konnte. Aber Elaine war mir klug und stark vorgekommen, und sie liebte ihn. Vielleicht würde das genügen.

»Möchtest du darüber reden?« fragte der Rote.

»Eigentlich nicht«, sagte ich. Einige Dinge bleiben besser unausgesprochen, selbst denen gegenüber, die man liebt.

Wir schwiegen ein wenig weiter und hörten das Lied einer Lerche hoch über uns.

»Bedauerst du es nicht, alles aufgegeben zu haben?« fragte ich. »Sehnst du dich nicht manchmal danach, zurückzukehren?«

Seine Hände auf meinem Bauch bewegten sich ein wenig. Ich dachte, dieses Kind wird so sehr geliebt werden, dass ihr Weg durchs Leben sicherlich verzaubert, breit und gerade und voller Licht sein wird.

»Wie könnte ich nicht mit dem zufrieden sein, was ich habe?« sagte der Rote leise. »Denn ich habe so viel.« Später kehrten wir langsam unter den großen, gebogenen Ästen des Waldes her nach Hause zurück. Das Pferd ging vorsichtig, als wisse es, dass es eine kostbare Last trug; und die Arme meines Mannes waren stark und sanft um mich und um sein Kind geschlungen. Und falls das Feenvolk uns beobachtete und das nächste Kapitel in seiner langen Geschichte plante, hörten wir auf unserem Heimweg nach Sevenwaters von ihnen nicht ein einziges Flüstern.

ANHANG

Anmerkungen der Autorin

Meine Leser werden vielleicht ein wenig Hilfe mit den altirischen gälischen Namen und Begriffen, die ich in dieser Geschichte verwendet habe, zu schätzen wissen. Im Folgenden gebe ich die ungefähre Aussprache an; die betone Silbe ist jeweils unterstrichen.

Diarmid	Dier-mid
Eamonn	Ey-mon
Eilis	Ei-lisch
Padraic	Ped-rik
Seamus	Schey-mes
Sorcha	Sor-ra

Sorcha und ihre Brüder messen das Jahr an den acht Festen des druidischen Kalenders. Christliche Festtage wurden später manchmal am selben Tag gefeiert, wahrscheinlich aus rein praktischen Gründen, zum Beispiel Lugnasad (Lammas) und Imbolc (Mariä Lichtmess). Es gibt vier Hauptfesttage, manchmal die Feuerfeste genannt, und außerdem die Tagnundnachtgleichen und die Sonnwenden:

Samhain	Sau-an	1. November
Meán Geimrhidh (Wintersonnwende)	Meiahn Gew-rih	21. Dezember
Imbolc	Imulk	1. Februar
Meàn Earraigh (Frühlings-Tag-und-Nacht-Gleiche)	Maiahn Ah-rih	21. März
Beltaine	Bel-ti-na	1. Mai
Meàn Samhraidh	Maiahn	21. Juni

(Sommersonnwende)	Sour-rih	
Lugnasad	Luh-nasa	1. August
Meán Fómhair *(Herbst-Tag-und-Nacht-Gleiche)*	Meiahn	21. September

Ein paar andere Begriffe, die ich verwendet habe:

Tuáth: Stammesgemeinschaft im frühchristlichen Irland, regiert von einem König oder Lord. Sevenwaters ist insofern ungewöhnlich, als dass Lord Colum außer seinen Söhnen kaum männliche Verwandte hat und daher ohne die Unterstützung durch eine starte, weit ausgedehnte Familie regiert. Innerhalb seines Tuáth gibt es nur eine einzige größere Festung. Für gewöhnlich gehörten zu einem Tuáth mehrere Ringfestungen, in denen die Verwandten des Königs oder Adlige herrschten, die für dieses Vorrecht in Vieh und mit militärischer Hilfe zahlten.

Brithem: Jemand, der Urteile spricht

Finn-ghaill: wörtlich: die blonden Fremden – die Wikinger, im Gegensatz zu den dubh-ghaill, den dunkelhaarigen Fremden, den Dänen)

Ogham: das geheime Alphabet der Druiden, mit 25 Buchstaben, von denen ein jeder auch für eine bestimmte Pflanze, einen Baum oder ein Element steht. Man schnitzte Ogham-Zeichen in einen Baumstamm oder meißelte sie in Steine oder zeigte sie mittels Gesten an – die Druiden hatten keine geschriebene Sprache. Die Zeichen wurden eher symbolisch verwendet und nicht für schriftliche Aufzeichnungen.

Joanne Bertin

Der letzte Drachenlord

Deutsche Erstveröffentlichung!

Linden Rathan ist ein Drachenlord – und der letzte seines Geschlechts. Inmitten eines Bürgerkriegs trifft er die schöne Mauryanna. Sie ist die Seelenverwandte, auf die er ein Leben lang gewartet hat – doch Mauryanna weiß, dass kein Drachenlord eine Sterbliche wirklich lieben kann ...
In der Tradition von Anne McCaffreys Pern-Saga!

»Joanne Bertin schreibt so,
dass man wieder an Wunder glauben möchte.«
Joan D. Vinge

J. V. Jones

Das Schwert der Schatten 1

Das dunkle Herz der Nacht

Das Schwert der Schatten 2

Im Schatten von Spire Vanis

»Lassen Sie es mich klar und deutlich, für heute und immer sagen: *Das Schwert der Schatten* ist die beste Sage, die ich jemals gelesen habe.«
Betsy Mitchell

»Eine exzellente Autorin.
Besser kann man nicht schreiben.«
Robert Jordan

Knaur

Kristen Britain

Grüner Reiter

Der internationale Bestseller!

»*Grüner Reiter* darf man getrost als ein Wunder bezeichnen.
Als das Mädchen Karigan einen sterbenden Boten
des Königs findet, verspricht sie ihm,
an seiner Stelle eine wichtige Nachricht an den Hof
zu bringen. Doch dunkle Mächte setzen alles daran,
sie an ihrem Vorhaben zu hindern.
Kristen Britain ist eine geborene Erzählerin,
und *Grüner Reiter* ein hinreißendes Abenteuer,
wie man es nur höchst selten zu lesen bekommt.«
Terry Goodkind

Diana Marcellas

Mutter Ozean, Tochter See

Lange lebte das Hexenvolk der Sharia friedlich mit dem Seevolk zusammen, dass sich an den Küsten des Sharia-Landes angesiedelt hatte. Doch die Angst der einfachen Leute vor den besonderen Kräften der Hexen wuchs – und gipfelte in einem schrecklichen Kampf, an dessen Ende sich nur wenige Sharia-Frauen retten konnten.
Die junge Brierley ist eine der letzten Nachfahrinnen ihres einst so stolzen Volkes. Unerkannt lebt sie in einer der feindlichen Städte – bis eines Tages ihr Geheimnis entdeckt wird und für Brierley eine gefahrvolle Reise beginnt ...

Eine herausragende neue Stimme der weiblichen Fantasy
in der Tradition von Marion Zimmer Bradley
und Ursula K. LeGiun.

Knaur